重订增注

中國十大古典喜劇集

上

王季思 主编

黄秉泽 蒋松源 副主编

齊魯書社

普及类古籍整理图书专项资助项目

前　言

一

中国古代戏曲，历史悠久，遗产丰富，为近代、现代戏曲的发展提供了题材广泛的大量剧目和多方面的艺术经验。对于这批优秀的戏曲遗产，向来学者曾从不同角度去整理它、研究它，取得了不少成绩。但是，根据悲剧、喜剧的美学理论对它们进行整理、研究的工作，还仅仅是个开端。

对于中国古代戏曲的分类，前人已经有了初步的探索。宋元人就曾把金院本分成“上皇院本”“题目院本”“霸王院本”“诸杂大小院本”等类别（见陶宗仪《辍耕录》）；把元代杂剧分成“闺怨杂剧”“驾头杂剧”“绿林杂剧”“贴旦杂剧”“花旦杂剧”等不同种类（见夏伯和《青楼集》）。明初，戏曲理论家朱权又把杂剧分为“神仙道化”“隐居乐道”等十二科（见朱权《太和正音谱》）。他们主要是从题材或角色行当去分。明人又从文辞、音律上把当时的传奇作家分为临川派、吴江派，把元杂剧作家分成本色派、文采派。到了近代，由于外国戏剧理论不断介绍到国内来，人们开始试用欧洲关于悲剧、喜剧的美学概念来论述中国古典戏曲。我国近代戏曲研究创始人王国维就曾经说过:《窦娥冤》《赵氏孤儿》"即列之于世界大悲剧中,亦无愧色"(《王国维戏曲论文集》第一〇六页)。中华人民共和国成立后,运用悲、喜剧理论评论中国古典戏曲的论文逐渐增多,有人也试图根据悲、喜剧的不同性质加以分类,可惜都没有深入系统地进行下去。

悲剧、喜剧的理论属于欧洲传统的美学范畴,它究竟适用不适用于中国古代戏曲呢?我们认为,有适用的,也有不适用的。作为一种美学理论,它是从社会生活和艺术实践中总结出来的。戏剧作为一种艺术,归根结蒂来源于现实生活。中国古代戏曲是古代中国人民生活的反映。生活中本来存在着悲剧性或喜剧性的现象,这些现象必然会反映到戏曲作品中来。这就决定了中国古代戏曲必然有悲剧和喜剧的存在。欧洲关于悲剧和喜剧的理论,它的基本原则同样适用于中国。但它不是从中国古代戏曲创作和演出中总结出来的,中国古代戏曲家也没有受欧洲戏剧理论的影响,而是按照自己对生活和艺术的理解,运用自己民族的艺术形式——戏曲,进行创作和演出。因此,运用欧洲的戏剧理论来研究中国古代戏曲是有益的、必要的,但又不能生搬硬套,而要从自己民族的戏曲艺术实践出发,进行研究和总结,同时借鉴欧洲的戏剧理论,作为自己的参考。

中国戏曲虽然成熟于12世纪到14世纪的宋元时期,它的若干艺术因素却经历了一千多年的萌芽与酝酿。以喜剧而论,远自公元前五六世纪,宫廷中就曾豢养一些俳优,专以简单、滑稽的人物扮演,供帝王、贵臣玩弄。为了使这些会说话的玩偶在宫廷贵族面前出尽洋相,供自己开心,他们从民间挑来的俳优,大都是身长不满三尺的侏儒。然而这些俳优的见识和口才,却高于许多宫廷贵族,他们有时还能在滑稽调笑中,讽刺那些宫廷贵族的愚蠢。秦汉时期,俳优之风更盛。民间也出现了嘲弄东海黄公的角抵戏和《凤求凰》《陌上桑》等喜剧性的歌曲。南北朝到唐的参军戏,则是吸取了宫廷里俳优、侏儒的讽刺手法,由一个叫作参军的角色装作呆头呆脑的贵官,一个叫作苍鹘的角色装作机灵活跳的奴仆,让装官的参军在苍鹘的挑逗之下,出尽洋相,演出一场场引人发笑的短剧。宋代杂剧、金元院本里有更多受到人民群众喜爱的讽刺性剧目。可惜这些剧作的底本几乎都没有流传下来,今天我们仅能从有关记载中,约略考知一部分剧目的故事梗概。流传到今天的,主要是元明清三代的部分杂剧、传奇作品。在这些宝贵的戏曲遗产中,有很大一部分是可以称作喜剧的。

在中国古代文艺论著中,系统的悲、喜剧理论尚未发现,但已意识到戏曲有悲、喜之分,而且做了某些初步探索。元末著名戏曲家高明在他的名著《琵琶记》开场时就说:“论传奇,乐人易,动人难。”明末戏曲评论家陈继儒在《琵琶记》第四十二出总评中说:“《西厢》《琵琶》俱是传神文字,然读《西厢》令人解颐,读《琵琶》令人酸鼻。”所谓“乐人”“解颐”,指的就是喜剧的艺术效果;所谓“动人”“酸鼻”,指的就是悲剧的感人力量。明末清初戏曲家黄周星在《制曲枝语》中说,戏曲的要诀在“能感人而已”,“感人者,喜则欲歌、欲舞;悲则欲泣、欲诉”。他指出了戏曲创作中两种截然相反的倾向:使人喜舞或悲泣。同时期的李渔,又从艺术上总结了喜剧的某些特点。他认为喜剧“妙在水到渠成,天机自露,我本无心说笑话,谁知笑话逼人来”(《闲情偶寄》),意思是事物本身存在可笑的因素,自然会流露出来,不是说笑话的人硬编出来的。他以毕生精力从理论和创作上探求喜剧艺术的特点。他说:“惟我填词不卖愁,一夫不笑是吾忧。举世尽成弥勒佛,度人秃笔始堪投。”(《风筝误》收场诗)他还认为喜剧不是仅仅供人一笑,而是用引人发笑的手段,揭露现实中某些不合乎“人情物理”的现象,寓悲愤于嬉笑怒骂之中,这就是他说的“抑圣为狂,寓哭于笑”。这些言论相当深刻地概括了我国古典喜剧的某些特点。

中国古典喜剧具有本民族的明显特征。这个集子里选录的十部喜剧,就是希望为我们民族的喜剧传统提供范例。它对于从事喜剧创作的同志将是有益的借鉴,也有助于研究戏剧理论的同志进一步认识我国传统喜剧的一些本质特征。

二

中国古代喜剧作者在选择题材、塑造人物形象、安排关目等方面,都同悲剧作者有区别,同欧洲喜剧作者也有一些不大相同的地方。17世纪法国戏剧理论家高乃依曾对悲剧与喜剧的特点做过对比。他认为:“喜剧和悲剧的不同之处,在于悲剧的题材需要崇高的、不平凡的和严肃的行动;喜剧则只需要寻常的、滑稽可笑的事件。悲剧要求表现剧中人所遭遇的巨大的危难;喜剧则满足于对主要人物的惊慌和烦恼的摹拟。”(毕尔·高乃依《论剧》,见《戏剧理论译文集》第八辑)在现实生活中,经常存在正义的、先进的力量与反动的、落后的力量的矛盾冲突。当现实中的反动势力十分强大,代表正义的人物坚持斗争，刚强不屈，直至最后牺牲，引起人们的深哀剧痛，这就是现实生活中的悲剧性矛盾。把这种矛盾搬上舞台，必然表现为不平凡的、严肃的戏剧冲突和坚强崇高的人物形象。相反，当现实生活里貌似强大的反面人物，骨子里却已暴露了弱点；代表正义的人物，表面似乎很微弱，却有可能针对他们的弱点，采取有效的手段来反击，结果取得意外的胜利，引起人们快意的微笑，这就是现实生活中的喜剧性矛盾。这种喜剧性矛盾在现实生活中一般带有偶然或巧合的性质。在搬上舞台时，戏剧每每在轻松、愉快的气氛中展开冲突。剧中正面人物留给观众的印象是灵活的、机智的，而不像悲剧主人公以坚强、崇高的品格感人。

中国古代悲剧多数表现重大题材和正反面势力的剧烈冲突，但也有摄取平凡生活中的题材的，如描写青年男女的爱情悲剧就是。中国古代喜剧一般不表现重大题材和剧烈的社会冲突，而往往选取生活中的某个侧面或局部，反映生活中带有全局意义的东西；其中固然有对反面人物的讽刺，对中间人物的善意揶揄，但更多的是对正面人物的正义、机智行为的赞美。他们或旁敲侧击，以弱胜强；或避实击虚，以智取胜；或反言显正，寓庄于谐。这不但不能以“对主要人物的惊慌和烦恼的模拟”来概括，而且与悲剧中的英雄人物所显示出的精神面貌是不同的。

中国古代喜剧，反映中国人民在现实生活中的自信心和乐观主义精神。他们相信自己站在正义的一边，而正义一定能战胜邪恶。剧中正面人物往往敢于藐视比自己强大的反面人物，对他们采取冷嘲热讽的态度。在关汉卿的《救风尘》《望江亭》

中，一个弱女子，或一个社会地位极其低下的妓女，敢于面对恃官仗势的花花公子和带着上方宝剑的权豪势要的迫害，满怀信心地同他们周旋，终于获得胜利。王实甫《西厢记》中的丫环红娘，能够机智地战胜在家庭生活中颐指气使的封建家长——相国夫人。剧中主人公所遇到的对手尽管还相当强大，但他们都有致命的弱点，如周舍的喜新厌旧，杨衙内的贪杯好色，崔老夫人的死抱相国家谱不放、生怕家丑外扬。剧中主人公赵盼儿、谭记儿、红娘，尽管处于卑弱的地位，依然可以采取有效的策略，发挥自己的优势，抓住对方的弱点进攻。这就正确地反映了被压迫人民在当时历史条件下，如何以高度的自信心和有效的斗争手段，从整体上、战略上的劣势和被动地位，充分发挥他们在局部的、战术上的主动和优势，战胜比他们强大得多的对手，从而艺术地概括了处在反动统治下的人民的力量。优秀喜剧作家对待生活的这种积极态度和洞察能力，使作品既体现了历史的真实，又带有理想的光辉。

中国古代的优秀喜剧很少以下层人民为讽刺对象，相反，总是用高贵者的愚蠢、卑劣作为下层人民聪明、高尚的陪衬。比如在一些爱情戏中，贵公子总是卑鄙、愚顽的，穷书生总是多才多艺的；小姐正直而未免幼稚、单纯，丫环往往比书生、小姐聪明伶俐；院公忠诚笃厚，老爷却总是那么顽固。这种倾向甚至形成一种常见的格局。它们歌颂下层人民的侠义精神和斗争艺术，表现人民的智慧和潜在力量。《西厢记》以极大热情刻画了红娘这个聪明美丽、机智善良又富有正义感的丫环，相比之下，相国小姐莺莺虽有反抗封建礼教的叛逆精神，却显得瞻前顾后，顾虑重重；书生张珙显得书呆子气十足；封建家长崔老夫人则自作聪明，色厉内荏。《救风尘》全力歌颂的是一个被污辱被蹂躏的妓女，她凭自己的聪明美丽和高超的斗争艺术，使凶狠狡猾的花花公子周舍狼狈败北。在古典戏曲中很难找到一些以下层人民为讽刺对象的作品，这同中国古典戏曲经常在民间流行、同人民保持密切联系有关。

中国古代的喜剧和悲剧在剧情发展上也有其不同的特点。一般说，喜剧中的正面人物开始总是比较微弱，而反面人物则气焰嚣张，不可一世。但经过几番较量之后，反面人物一步步暴露他们的弱点，由强而转弱；正面人物却经一堑、长一智，一步步掌握了对方的弱点，积累了自己的经验，由弱而转强，终于取得最后的胜利。这不仅表现于《幽闺记》《玉簪记》等大型的传奇戏中，也表现于《救风尘》《望江亭》等短小的元杂剧里。

但是在现实生活中，即使是代表正义的力量，取得最后的胜利，也总是曲折前进的多，一帆风顺的少。反映到舞台上，就在喜剧中出现悲剧性的场子。由于作者对这些悲剧性场子的安排，是从实际生活出发，着眼于正面人物的斗争和胜利，着眼于生活本身的丰富性和复杂性，因此不但不会影响整个喜剧轻松愉快的基调，相反却使喜剧具有更深刻的社会意义。《西厢记》并不因为有“赖婚”和“长亭送别”等比较伤感的部分，冲淡它的喜剧气氛。相反，有“赖婚”，红娘才看清了老夫人的言而无信，从感情到行动上同情并支持莺莺与张生的结合；有“长亭送别”，才更显出莺莺与张生的深挚爱情，从而得到美满的结局。同样，《幽闺记》也不因为有“抱恙离鸾”“幽闺拜月”等悲愤、忧伤的场子，而减弱它的喜剧色彩。相反，蒋世隆与王瑞兰在“抱恙离鸾”中的被迫分离，恰恰表现他们矢志不移的深情。

王瑞兰"幽闺拜月"时的忧伤,又为她与蒋世隆的意外重圆预设地步,更有效地突出了作品的喜剧特征。还有一些悲剧性关目与喜剧性关目糅合在一起的场子,也能收到互相映衬的效果。如郑廷玉《看钱奴》第二折,周荣祖夫妇在风雪中无衣无食,被迫卖子,这当然是悲惨的,同时却突出了贾仁买子时的贪婪刻薄,可卑可鄙。在康进之的《李逵负荆》中,李逵兴致勃勃地自斟自饮,王林却在一边哭哭啼啼想念女儿。一喜一悲,造成误会,不断引发观众的笑声。

戏剧的结局,表现戏剧矛盾的最后解决,也表现作家对事物的最终观点。亚里士多德认为,希腊喜剧往往经过"化敌为友",达到大团圆结局。高乃依又补充指出,冲突双方因为误会消除,或恶人改好,所以"我们的喜剧很少不是以结婚大团圆作为结局"(《论戏剧的功用及其组成部分》,见《戏剧理论译文集》第八辑)。这里指的是爱情戏的特点,对中国古代爱情戏也是适合的。中国古代爱情戏,一般是男女双方私自相爱,封建家长发觉后竭力阻挠,经过斗争,造成既成事实,迫使家长让步;但家长往往要求男方金榜题名,以满足他们"门当户对"的愿望。后来,男方果然高中,双方达成妥协,全剧以大团圆结束。这种妥协性大团圆局面的出现,是由于当时历史没有提供解决这类矛盾的社会条件,作家当然无法超越自己的时代去提出只有未来社会才可能解决的办法。

喜剧结局的团圆,也反映了中国人民"善有善报,恶有恶报"的愿望。《救风尘》里的宋引章与安秀实,《望江亭》里的谭记儿与白士中,经过斗争,都得到团圆,而剧中的恶棍周舍、杨衙内却落得可耻的下场。团圆结局是中国古代戏曲的一种常用手法，其运用范围超出喜剧类型。在喜剧中，也不局限于爱情题材。《李逵负荆》里的李逵与宋江，《古城记》里的张飞与关羽，双方都曾剑拔弩张，几乎拼命，经过斗争，却能“化敌为友”。由于剧中的李逵、张飞，并非存心作恶，而是好人犯错误，在误会解除之后，只给予善意的讽刺，就重归于好。这里，由于好人犯错误而生出的种种误会和纠葛，以及这些误会和纠葛的必然消除，是团圆结局和全剧喜剧性的基础。但中国古代喜剧中也有并非团圆结局的，如徐渭的《歌代啸》、徐复祚的《一文钱》、竹痴居士的《齐东绝倒》、康海的《中山狼》等，它们各按生活本身的合理发展，自然收束。《歌代啸》以“只许州官放火，禁止百姓点灯”收尾，全剧故事既有头有尾，又收束得新颖别致，在荒唐中包含着辛辣的讽刺。《一文钱》以菩萨幻化真身，散尽卢至家财，无情惩罚了贪婪自私的财主。这些喜剧的不同结局，说明团圆结局不是中国古代喜剧的不变程式；作家们掌握了不同性质的戏剧矛盾，是可以创造出符合生活实际、多姿多彩的喜剧结构来的。

三

喜剧的特征是引人发笑。但不同生活经历、思想认识、文化素养的人们有不同的笑。在我国古代，有为统治阶级歌功颂德的喜庆剧，也有为小市民制造笑料的笑闹剧。进步作家和优秀民间艺人创造的喜剧，总是要引起人们健康的笑。这种笑既有对陈旧事物的否定和批判，又有对新生事物的肯定和歌颂。两种不同倾向，表现为两种不同的喜剧。侧重于否定和批判的是讽刺性喜剧，侧重于肯定和歌颂的是歌颂性喜剧。近、现代喜剧创作中的这两大类别，在中国古代喜剧中均已见其端倪，而且在戏的内容、形式上，明显地带有我们民族的历史的特点。

讽刺性喜剧与公元前五六世纪以来的俳优、侏儒有渊源，俳优、侏儒可以看作中国最早的喜剧演员。春秋时楚国的“优孟衣冠”，被认为是中国由优伶扮演真人的最早记载。秦汉时期的优旃、郭舍人等也是这种演员。他们或旁敲侧击，讽刺帝王的愚蠢；或即席取材，嘲谑官吏的贪污。在民间，汉魏以来的角抵戏、歌舞戏、参军戏，以及宋杂剧、金院本中，都有不少讽刺性的节目。在现存古代喜剧作品中，讽刺性喜剧占相当大一部分。本书所选的《看钱奴》《中山狼》《绿牡丹》和《风筝误》，都是其中颇有代表性的作品。

讽刺性喜剧以揭发反面人物的丑恶为主。剧作家以嬉笑怒骂的态度，把他们可笑可鄙的性格，穷形尽相地揭露出来，让人们在笑声中否定它、鞭挞它。《看钱奴》描写贾仁如何以虚言假意骗取了增福神的同情，让他借一个偶然的机会成了家财万贯的富豪；又写他玩弄手段，骗取人家的儿子；特别是第三折，写他怎样因为狗舔了他一个手指头上揩来的鸭油得病，临终时怎样嘱咐儿子用马槽殄尸，都令人大笑不禁。在一阵阵捧腹轰笑之后，人们就清楚地看到一个百万富豪的丑恶形象，看到在阶级社会中金钱如何腐蚀了某些人的灵魂。《一文钱》的主旨与此相似，它几乎是用独角戏的形式把一个吝啬鬼卢至活现在观众的面前。康海的《中山狼》则是一部寓言性的讽刺喜剧。它揭露像中山狼那样在危难时装作驯善可怜、得势时忘恩负义的恶人，同时讽刺了那把狼一样的恶人保护起来的东郭先生。此外如《歌代啸》《借靴》《打面缸》等，都是类似的讽刺性喜剧。在这类喜剧中，没有或很少有正面人物，反面人物神气活现，飞扬跋扈，处于戏的突出地位，在戏里似乎看不到正义和光明。但正如果戈理在谈到他的著名讽刺喜剧《钦差大臣》时所说："在我的剧本中……有一个正直高尚的人，他始终在剧中活动着，这个人物就是笑。"(《美学论文集》)中国古代的讽刺性喜剧，正是通过反面人物的自我表演，暴露其可鄙心理和丑恶形相，引起观众一阵阵嘲笑，从而达到惩恶扬善的目的。

讽刺的武器不只是对付敌人的。正如毛泽东同志所说："有几种讽刺：有对付敌人的，有对付同盟者的，有对付自己队伍的，态度各有不同。"(《在延安文艺座谈会上的讲话》)《绿牡丹》《风筝误》因讽刺的对象跟上述几部戏的不同，讽刺的锋芒也不像上述几部戏尖锐，而是以幽默见长。"幽默的喜剧就是轻轻讽刺的喜剧。"(卢那察尔斯基语)这类戏一般具有幽默、诙谐、风趣、轻快的特点。《绿牡丹》中的家居翰林沈重，以会文为名，试图择婿。车静芳从代倩文卷中发现有才情的谢英；谢英又从代倩文卷中发现了女才子车静芳。剧中既描写了他们曲折别致的恋爱婚姻，又对企图骗取婚姻的假名士柳五柳、车尚公作了淋漓尽致的嘲讽。人们通过沈重和车静芳所主持的两场考试，曲折地看到明末科场的种种弊病。《风筝误》通过戚友先的风筝失落到詹家院内引起的一系列误会，既描写了韩琦仲与詹淑娟之间曲折的婚姻故事，又嘲讽了戚友先、詹爱娟毫不自量，企图骗取美好配偶的可笑行为。柳五柳、车尚公、戚友先、詹爱娟，他们诚然是一些品行不端的青年，理应受到讽刺嘲弄；但他们俱非大凶大恶，因此作品只给予他们以应有惩戒便适可而止。

莫里哀有句名言:“责备两句,人容易受下去;可是人受不了揶揄。”这是他对他的“喜剧的使用是纠正人的恶习”(《〈达尔杜夫〉的序言》)这个概念所作的深刻而通俗的解释。莱辛发展了这一说法,也提出了一句名言:“如果喜剧不能医治不治之症,它能够巩固健康人的健康这也就够了。”(《汉堡评剧》)就是说,喜剧固然有“纠正人的恶习”的作用,但主要是对社会起预防、儆戒的作用,以保护人的健康。中国古代的讽刺性喜剧,根据题材和思想内容的不同要求,有轻轻的揶揄、讽刺,也有猛烈的抨击、挞伐;从其社会效果看,兼有“治病”和“健身”的不同功能。

总之,讽刺性喜剧所引发的笑,是对陈旧事物否定的笑。它的意义是否定社会上陈腐落后的东西,引导人们向正确方向前进。正如马克思所说:“是为了使人类笑着同自己的过去告别。”(《黑格尔法哲学批判导言》)当然,由于我国的封建时期特别长,先进的生产关系发展迟缓,封建统治加于中国人民身上的精神负担特别沉重,反映到讽刺喜剧的创作上,往往缺乏理想的光泽——尽管它对陈旧事物的否定显得痛快淋漓和深沉有力,表现了中国人民对封建势力的沉哀积愤。

歌颂性喜剧的渊源可以追溯得更为古远,早在原始时代人们就知道欢歌曼舞,庆贺自己农作、狩猎的收获,以后又出现了许多歌颂战争胜利或男女成婚的歌舞。但在长期的封建社会里,宫廷、官府和富贵人家,为庆功、祝寿也写了不少歌功颂德的喜剧。明初皇室剧作家朱有燉的《八仙庆寿》《仙官庆会》,清廷“承应大戏”里面的若干剧目,就是这一类东西。然而,在人民中间流传最广的还是民间艺人和进步作家创作的歌颂人民的美好情操与胜利斗争的喜剧。本书所选的《西厢记》《救风尘》《李逵负荆》《墙头马上》《幽闺记》《玉簪记》，就是长期流传在人民之中的这类优秀作品。

歌颂性喜剧以塑造正面人物形象，歌颂新生的美好事物为主。《西厢记》《墙头马上》《幽闺记》《玉簪记》都是写青年男女自愿结合同封建礼教、封建家长之间的矛盾，但又姿态各异，趣味迥别。《西厢记》在错综复杂的矛盾中，既写出青年人要求冲破封建礼教的积极斗争，又写出封建礼教在他们性格上打下的烙印。全剧有巧妙的情节和生动的人物形象，洋溢着轻松愉快的气氛。如崔莺莺，从佛殿奇逢、墙角联吟，到月夜听琴，充分表现了她作为一个青春少女对爱情的渴望。但她又不肯流露真情，更不敢轻易越礼，因此又有“闹简”“赖简”等的曲折和反复，表现她既要追求爱情，又一时不能摆脱封建礼教束缚的心理。这些矛盾心理的描写越细致，喜剧效果就越好，越能使人在一阵阵忍俊不禁的笑声中，看到那温顺可爱的少女，如何逐渐摆脱封建礼教的桎梏，迂回地迈出叛逆封建家长的步伐。《墙头马上》的李千金，虽贵为官宦小姐，实际上作者赋予她更多的平民色彩，因此显得特别泼辣。她一见裴少俊就情不自禁地惊叹：“呀！一个好秀才也！”略一接谈，便毅然弃家私奔，在裴家花园和少俊同居七年，生下一对儿女。这是多么大胆的行动。当裴尚书偶然发现她时，她挺身而出，直言不讳，据理争辩，显得果敢而爽朗。《幽闺记》打破才子佳人一见倾心的格局，把故事放在战乱的背景下展开，借助一系列巧合、误会构成出人意料的情节和人物关系，赞颂了在患难之中产生爱情的美满婚姻。《玉簪记》是古代爱情戏中别开生面的作品。它把故事发生的环境置于同男女爱情绝缘的道观之中;让它的主人公青年道姑陈妙常,利用她同施主过客的往来,选中自己的对象,向他直接表达爱情,而不必借助于丫环的从中牵线。剧本通过“耽思”“词媾”,表现陈妙常对爱情的热烈追求;又通过“姑阻”“促试”“追别”等波折,表现她对爱情的坚贞,歌颂了一个终于冲破封建礼教和宗教清规的双重樊篱、大胆追求爱情的少女形象。这类爱情题材的歌颂性喜剧,都用抒情的笔调,抒发青年男女纯洁高尚的情怀,揭露批判封建礼教对人性的压抑摧残。而在《救风尘》《望江亭》《李逵负荆》等另一类歌颂性喜剧中,则是通过正反两方面的尖锐冲突,依靠正面人物的正义、机智取得斗争的胜利,树立了正面人物的可喜形象。它们的喜剧特点,主要体现在正面人物的正直和智慧之中。

就中国古代的喜剧来说,讽刺性喜剧与歌颂性喜剧只是从基本倾向上划分,事实上,讽刺性喜剧中有歌颂的场子,歌颂性喜剧中也有讽刺的场子。由于中国古典戏剧遗产的丰富,艺术风格的多彩多样,现代戏剧理论研究中提出的许多戏剧样式,大都可以在中国古代戏剧中找到例证,人们可以从不同角度去分类研究,总结艺术经验。我们这里只是就传统喜剧的类型问题提出一点基本看法罢了。

四

喜剧离不开笑,没有笑就不是喜剧。但不是所有的笑都是喜剧性的。黑格尔早就指出:“不能把可笑性和真正的喜剧性混为一谈。”(《美学》)那么,喜剧的笑又是怎样的呢?笑是喜剧性社会现象所引起的客观反应,不是喜剧的本源。喜剧的本源是事物或人物性格的矛盾性。任何形式的喜剧都是对生活矛盾的揭露。在事物中如美与丑、正与邪、善与恶、进步与反动、新生与腐朽等;在人物性格中如言论与行为、动机与效果、常态与变态等,它们之间的矛盾经过剧作家的艺术概括,都可能带有喜剧性。

我国古代的喜剧作家,为了充分发挥喜剧的教育和娱乐作用,正确运用引人发笑的手段,加强喜剧性,创造了多种艺术技巧,积累了大量的艺术经验。概括起来有如下几个方面:

(一)用离奇的夸张手法,突出反面人物的性格特征,是讽刺性喜剧的有效方法。夸张的艺术对悲剧中的英雄人物与喜剧中的讽刺对象,同样适用。但前者是为了热情歌颂,后者是为了无情揭露。倾向不同,方法也有别。对正面人物精神面貌的描绘,如果夸张到不合情理的地步,将引起人们对他的怀疑,甚至感觉到可笑,这就收不到热情歌颂的效果。对喜剧中的讽刺对象,他们的丑恶本质本来是违背常情常理的,用离奇的夸张手法,突出他们的荒谬特征,激发观众的是非意识、发出哄堂大笑,从而收到了揭露批判的效果。如《看钱奴》中的贾仁要穷秀才周荣祖把儿子让给他,反要向周荣祖讨“恩养钱”。经多次讨价还价,他才肯出钱。他先说“开库”,再叫“兜着”,似乎要大出手了,最后拿出来的却是只够买一个泥娃娃的烂钞票,还说:“一贯钞上面有许多的‘宝’字,你休看的轻了。”经过这样的极度夸张,层层加码,又把他的行动出人意料地跌落到另一个极端,突出了他表面装作大方,骨子里苛刻无比的性格特征，把一个可笑的悭吝鬼写绝了。《一文钱》写大财主卢至，舍不得花掉在路上拾到的一文钱，算来算去，只好买芝麻躲到山上去吃，是同样的夸张手法。《救风尘》写周舍把宋引章骗娶到家里以后，污蔑她不会干活，说叫她套被子，她不仅把自己套进去，连隔壁王婆婆都给套进去了。这种极度夸张手法，正好突出周舍等流氓恶棍造谣诬蔑的本质。《歌代啸》把张冠李戴、丈母娘牙痛灸女婿脚后跟、只许州官放火不许百姓点灯，这三件荒谬的故事联缀成一部喜剧，无情揭露寺院、官署的荒淫自私、胡作非为，是同样的例子。

（二）运用巧合、误会等手法，通过奇巧的情节安排，揭示事物的内在实质。喜剧的情节除了按生活本身的逻辑构思，常要借助巧合、误会，增强喜剧色彩。以《幽闺记》为例，这部戏的戏剧冲突是通过一系列偶然性的巧合表现的。蒋世隆、蒋瑞莲兄妹和王瑞兰母女，都因战乱外逃，途中失散。王母呼喊瑞兰，世隆呼喊瑞莲，“兰”“莲”声同韵近，双方都误听误应，使王母与瑞莲结为母女，世隆与瑞兰结为夫妻。后来王瑞兰父母因店中偶遇而团圆，瑞兰夫妻却因店中偶遇父亲而被拆散。全剧充满了偶然性情节，却又真实反映了战乱中一些家庭的悲欢离合。喜剧中的偶然性情节，不应是主观任意的凑合，而应是从生活中精心选取的。在那兵荒马乱的年代，人们彼此逃难，各不相顾；有时又需互相照顾，结伴同行。有多少人家失散，又有多少素昧平生的人结为亲人、伴侣，乃至夫妻。这些偶然性事件，都是生活中可能出现的。《幽闺记》的作者巧妙地把它集中起来，就增添了作品的喜剧性。只有这样巧妙安排的情节，才出乎观众意料，又在人情物理之中，显得真实可信，又耐人寻味。

自关汉卿《拜月亭》以来，喜剧关目常常借偶然性的误会生发。《李逵负荆》里的老王林，误把两个抢去他女儿的强盗认作梁山泊头领宋江、鲁智深。李逵恰在他女儿被抢之后来到王林的酒店里饮酒。李逵听到王林的诉说，又引起他对宋江、鲁智深的误会，于是在梁山泊掀起一场轩然大波。但这偶然性事件是有它必然性基础的。由于梁山泊英雄在人民中享有越来越高的威望，必然引起一些流氓地痞的造谣污蔑、冒名顶替；而梁山泊英雄内部也总有些头脑简单、轻听轻信的人，因此引起他们内部的矛盾。《李逵负荆》运用误会法所造成的假设性冲突，结果是矛盾双方分别从正反两个方面得到了充分肯定。在《风筝误》里，韩琦仲为戚友先题诗的风筝，不左不右，恰好落在詹淑娟的院子里，为詹淑娟拾得，和了他一首诗，引起后来一连串喜剧性冲突，这是偶然的；但隐藏在这些偶然性事件后面的青年男女在才能上互相爱慕，又是当时情势的必然。这样安排关目，就收到了喜剧效果。

（三）运用重复、对比的手法，暴露事件或人物的某些可笑本质。在喜剧中，重复是强调特征、加深印象、起前后呼应作用的艺术手法。《西厢记》三本二折，红娘故意把张生的信放在莺莺的妆盒底下。莺莺看了，怕红娘泄露给老夫人，想先发制人，压住红娘，就板起脸孔说："告过夫人，打下你个小贱人下截来。"红娘胸有成竹，以攻为守，说自己要先去出首。莺莺这才慌了手脚，拉着红娘不让去。红娘这时也板起脸孔说："放手，看打下下截来。"这一重复正好表现了红娘的聪明机智，她早已看透了莺莺的"假意儿"。《绿牡丹》第十九出让院公、柳五柳、谢英三个人以三种声口，重复唱着宫调、曲词完全相同的一支曲子，表达出这三个人物的不同心理，更是中国古典喜剧中罕有的创造。

对比也是突出事件或人物性格特征、增强喜剧性的有效方法。没有谢英的巧同柳五柳的拙的对比，没有詹淑娟的美丽聪慧同詹爱娟的丑陋愚蠢的对比，《绿牡丹》《风筝误》中很多富有喜剧性的情节便无法出现。有张生的坦率同莺莺的含蓄对比，才使《西厢记》的故事曲折多趣，把人物性格的刻画、主题思想的表达引向深入。从情节上看，张生"接简"的狂喜、自信，同莺莺"赖简"以后他的沮丧、自嘲成对比；柳五柳因作弊而考个第一的得意神情同他被捉弄后的颓丧模样成对比；裴尚书的逼子离弃李千金同他后来苦苦恳求李千金与子复婚成对比；李逵的怒气冲冲骂宋江同他后来的负荆求饶成对比。这些，都收到了很好的喜剧效果。

（四）情趣盎然的关目。一部喜剧如果没有若干情趣盎然的关目，就很难给观众留下深刻的印象。好的关目可以使矛盾达到局部的高度集中，造成浓厚的喜剧气氛。《西厢记》的"闹简""赖简"，《幽闺记》的"招商谐偶""幽闺拜月"，《玉簪记》的"琴挑""追舟"，《风筝误》的"前亲""后亲"，这些场子所以屡演不衰，是跟它的关目安排巧妙、造成浓厚的喜剧气氛分不开的。这里试举《绿牡丹》的"帘试"作例。"帘试"里特别精彩的关目，是谢英代柳五柳作一首绿牡丹诗，暗中叫院公传递进去，并且叫院公叮嘱柳五柳，一定要咬定是自己写的。柳五柳不知是计，竟然洋洋得意地照抄，交给主考车静芳。当车静芳看到"绿毛龟儿爬上花，只怕娘行认不得"这两句，知道有人捉弄他，禁不住掩口而笑时，柳还以为得到了车的欣赏。车问他是谁作的，他果然咬定是自己作的，活活地画出了柳的胸无点墨、脸厚十层的可笑形象，谢英、车静芳的机灵、幽默性格也得到了充分的表现。

（五）幽默、机巧的语言。戏曲的语言，在悲、喜剧中并没有严格的界限。描摹景物，抒写心情，利于用曲；介绍人物、事件，展开争论，利于用白；这是悲、喜剧所共同的。但由于悲、喜剧的性质不同，风格有别，在语言运用上也同中有异。古典戏曲一些著名的悲剧场子，大都以悲愤或感伤的曲词打动人。“长歌可当哭”，“愤怒出诗人”，悲剧主人公的深哀积愤，需要诗一样的语言来倾泻。它是继承我国优秀的诗词传统而发展的。喜剧人物要快人快口，爽朗轻松，不适宜于用慢条斯理的曲词来表现，而往往以快口白或快板曲取胜。它更多地吸收了话本小说与说唱文学中人物语言的成就。王国维论曲特重悲剧，因此看不起宋元戏曲中的宾白。李渔在他的戏曲论著中为宾白立专章，说“宾白一道当与曲文等视”。因为他以喜剧擅场，非认真写好宾白不可。

古典戏剧里容易引人发笑的宾白，大致有三种。一种是通过人物的自白，表现他可笑的性格特征，给读者、观众以幽默的感觉。一些讽刺性喜剧中净、丑登场时往往出现这类自白。元人杂剧中贪官污吏上场时往往会念四句诗：“县官清如水，令史（是掌管文案的吏）白如面；水面打一和，糊涂成一片。”一个自说清如水，一个自说白如面，可是当他们和在一起时，就成了糊涂一片。这是多么幽默的语言啊！《打面缸》里的县官上场时念了四句诗：“一棵树儿空又空，两头都用皮儿绷。老爷坐堂打三下，不通不通又不通。”县太爷上堂，照例要打三下堂鼓壮壮威风，可是在明眼人看来，正好是个“不通不通又不通”的空肚大老爷。这又是多么幽默啊！《救风尘》第三场周舍跟店小二上场时有如下一段白：

周舍：店小二，我着你开着这个客店，我那里希罕你那房钱养家，不问官妓私科子（指私娼），只等有好的来你客店里，你便来叫我。

小二：我知道，只是你脚头乱，一时间那里寻你去？

周舍：你来粉房（指妓院）里寻我。

小二：粉房里没有呵？

周舍：赌房里来寻。

小二：赌房里没有呵？

周舍：牢房里来寻。

短短一段白，概括了浮浪子弟生活的三部曲，引起了读者会心的笑意。喜剧中正面人物口中偶然也出现这类的说白，如张生初见莺莺，向红娘打听莺莺行止时的自我介绍：“小生姓张，名珙，字君瑞，本贯西洛人也，年方二十三岁，正月十七日子时建生，并不曾娶妻。”把张生呆得可爱的书生气活脱脱地表现出来，七百年来每次上演都引起台下的一阵哄笑。

另一种是通过正面人物之间的互相嘲弄，突出双方的美好性格，给人以珠玉交辉的感觉。如《文君当垆》剧，司马相如先扮店小二上场，翘起大拇指说：“你看俺装龙象龙，装凤象凤。”卓文君一手托着台盘跟上，一手指着相如说：“奴也只得嫁鸡随鸡，嫁狗随狗。”把这两个人物放诞风流的性格都表现出来了。《西厢记》里红娘与莺莺、张生之间互相嘲弄的对白是同类的例子。

再一种是正面人物与反面人物之间的斗口,或正面人物之间的争论,给读者、观众以机智、泼辣的感觉。《西厢记》“拷红”中红娘反驳老夫人的大段说白,《救风尘》中赵盼儿与周舍的斗口是前者的例子。《风筝误》“逼婚”中戚补臣与韩琦仲的争论是后者的例子。当戚补臣夸说詹淑娟才貌俱全时引起了下面的一场争论:

琦仲:请问老伯,这“才貌俱全”四个字,还是老伯眼见的?耳闻的?

补臣:耳闻的。

琦仲:自古道:“耳闻是虚,眼见是实。”小侄闻得此女竟是奇丑难堪,一字不识的……

补臣:“娶妻娶德,娶妾娶色。”……

琦仲:就依老伯讲罢,色可以不要,德可是要的么?

补臣:妇人以德为主,怎么好不要?

琦仲:这等小侄又闻得此女不但恶状可憎,更有丑声难听……

补臣:我且问你,他家就有隐事,你怎么知道?还是眼见的、耳闻的呢?

琦仲:眼……〔急住,思量介〕是……是耳闻的。

补臣〔大笑介〕:你方才说我“耳闻是虚,眼见是实”;难道我耳闻的就是虚,你耳闻的就是实?

韩琦仲把约他私会的詹爱娟误认为詹淑娟,因此说她丑声难听。然而这话又不能对戚补臣讲,只好承认是耳闻。当戚补臣也根据他的理论反驳他时,就驳得他哑口无言。

曲子里有一种叫作嵌体的，如在曲词里嵌药名、人名、曲牌名，用歇后体、离合体、顶真续麻体等，大都以尖新、机巧见长。在喜剧场子里偶一为之，可以活跃场上气氛；但在悲剧场子中一般不宜于采用。

运用悲剧、喜剧的美学概念论述我国古典戏曲，是一个新的尝试，我们对欧洲悲剧、喜剧的理论既缺乏深入研究，对我国古典喜剧的艺术特征也探讨得不够。本文所谈的问题不仅是粗浅的，而且难免这样或那样的错误，恳切希望读者多多指正。

目 录

救风尘

〔元〕关汉卿

宋绵有　注释

黄秉泽　审订

第一折[1]

〔冲末[2]扮周舍上〕〔诗云〕酒肉场中三十载，花星整照二十年。一生不识柴米价，只少花钱共酒钱。自家郑州人氏，周同知的孩儿周舍是也。自小上花台，做子弟[3]。这汴梁城中有一歌者，乃是宋引章。他一心待嫁我，我一心待娶他，争奈他妈儿不肯。我今做买卖回来，今日特到他家去，一来去望妈儿，二来就提这门亲事，多少是好。〔下〕〔卜儿[4]同外旦[5]上，云〕老身汴梁人氏，自身姓李，夫主姓宋，早年亡化已过。止有这个女孩儿，叫做宋引章。俺孩儿拆白道字[6]，顶真续麻[7]，无般不晓，无般不会。有郑州周舍，与孩儿作伴多年，一个要娶，一个要嫁，只是老身谎彻梢虚[8]，怎么便肯。引章，那周舍亲事，不是我百般板障[9]，只怕你久后自家受苦。〔外旦云〕奶奶，不妨事，我一心则待要嫁他。〔卜儿云〕随你，随你！〔周舍上，云〕咱家周舍，来此正是他门首，只索进去。〔做见科〕〔外旦云〕周舍，你来了也。〔周舍云〕我一径的来问

现实生活里有些以骗人得逞的人，往往以被骗告终：你既可以用某种手法骗人，别人当然也可以用同样的手法回敬你。《救风尘》的喜剧意义就在于写一个惯于诱骗妓女的人终于被妓女诱骗，从而引起人们会心的喜笑。较早的一个本子的题目正名："念彼观音力，还着于本人；虚脾瞒倬俏，风月救风尘。"概括了全剧的主题思想，也表现了作者对现实的深刻认识。

亲事,母亲如何?〔外旦云〕母亲许了亲事也。〔周舍云〕我见母亲去。〔卜儿做见科〕〔周舍云〕母亲,我一径的来问这亲事哩。〔卜儿云〕今日好日辰,我许了你,则休欺负俺孩儿!〔周舍云〕我并不敢欺负大姐。母亲,把你那姊妹弟兄都请下者,我便收拾来也。〔卜儿云〕大姐,你在家执料,我去请那一辈儿老姊妹去来。〔周舍诗云〕数载间费尽精神,到今朝才许成亲。〔外旦云〕这都是天缘注定。〔卜儿云〕也还有不测风云。〔同下〕〔外[10]扮安秀实上,诗云〕刘蕡下第[11]千年恨,范丹守志[12]一生贫。料得苍天如有意,断然不负读书人。小生姓安,名秀实,洛阳人氏。自幼颇习儒业,学成满腹文章,只是一生不能忘情花酒。到此汴梁,有一歌者宋引章,和小生作伴。当初他要嫁我来,如今却嫁了周舍。他有个八拜交的姐姐,是赵盼儿,我去央他劝一劝,有何不可。赵大姐在家么?〔正旦[13]扮赵盼儿上,云〕妾身赵盼儿是也。听的有人叫门,我开门看咱。〔见科[14],云〕我道是谁,原来是妹夫。你那里来?〔安秀实云〕我一径的来相烦你,当初姨姨引章要嫁我来,如今却要嫁周舍,我央及你劝他一劝。〔正旦云〕当初这亲事不许你来?如今又要嫁别人,端的姻缘事非同容易也呵!〔唱〕

【点绛唇】曲赵盼儿指责宋引

【仙吕·点绛唇】妓女追陪,觅钱一

世。临收计，怎做的百纵千随，知重咱风流婿？

【混江龙】我想这姻缘匹配，少一时一刻强难为。如何可意？怎的相知？怕不便脚搭着脑勺成事早[15]，怎知他手拍着胸脯悔后迟！寻前程，觅下梢，恰便是黑海也似难寻觅。料的来人心不问，天理难欺。

【油葫芦】姻缘簿全凭我共你？谁不待拣个称意的？他每都拣来拣去百千回，待嫁一个老实的，又怕尽世儿难成对；待嫁一个聪俊的，又怕半路里轻抛弃。遮莫[16]向狗溺处藏，遮莫向牛屎里堆，忽地便吃了一个合扑地，那时节睁着眼怨他谁！

【天下乐】我想这先嫁的还不曾过几日，早折的容也波仪，瘦似鬼。只教你难分说，难告诉，空泪垂！我看了些觅前程俏女娘，见了些铁心肠男子辈，便一生里孤眠我也直甚颓[17]！

〔云〕妹夫，我可也待嫁个客人，有个比喻。〔安秀实云〕喻将何比？〔正旦唱〕

【那吒令】待妆个老实，学三从四德；

章只知觅钱，不知重安秀实。臧本改“风流婿”为“风流媚”，实误。

【混江龙】曲言轻易成婚，后悔莫及，为后来宋引章受尽周舍虐待作伏线。

【油葫芦】以下各曲，是关汉卿对妓女生涯的血泪控诉，同时表现了赵盼儿丰富的生活经验。曲词本色自然，特别善于吸收城市下层人物的谚语、成语、行话，组织成富有生活气息、切合人物性格的曲词，这是关汉卿的大本领。

争奈是匪妓，都三心二意。端的是那里是三梢末尾？俺虽居在柳陌中、花街内，可是那件儿便宜？

【鹊踏枝】俺不是卖查梨[18]，他可也逞刀锥；一个个败坏人伦，乔做胡为。〔云〕但来两三遭，不问那厮要钱，他便道："这弟子敲镘儿[19]哩。"〔唱〕但见俺有些儿不伶俐，便说是女娘家要哄骗东西。

【寄生草】他每有人爱为娼妓，有人爱作次妻；干家的干落得淘闲气，买虚的看取些羊羔利，嫁人的早中了拖刀计。他正是：南头做了北头开，东行不见西行例[20]。

〔云〕妹夫，你且坐一坐，我去劝他。劝的省时，你休欢喜；劝不省时，休烦恼。〔安秀实云〕我不坐了，且回家去等信罢。大姐留心者。〔下〕〔正旦做行科，见外旦云〕妹子，你那里人情[21]去？〔外旦云〕我不人情去，我待嫁人哩。〔正旦云〕我正来与你保亲。〔外旦云〕你保谁？〔正旦云〕我保安秀才。〔外旦云〕我嫁了安秀才呵，一对儿好打莲花落。〔正旦云〕你待嫁谁？〔外旦云〕我嫁周舍。〔正旦云〕你如今嫁人，莫不还早哩？〔外旦云〕有甚么早不早？今日也大姐，明日也大姐[22]，出了一包儿脓，我嫁了，做一

个张郎家妇，李郎家妻，立个妇名，我做鬼也风流的。〔正旦唱〕

【村里迓鼓】你也合三思而行，再思可矣。你如今年纪小哩，我与你慢慢的别寻个姻配你可便宜[23]，只守着铜斗儿家缘家计。也是你歹姐姐把衷肠话劝妹妹，我怕你受不过男儿气息。

〔云〕妹子，那做丈夫的，做不的子弟；做子弟的，做不的丈夫。〔外旦云〕你说我听咱。〔正旦唱〕

【元和令】做丈夫的便做不的子弟，那做子弟的他影儿里会虚脾[24]，那做丈夫的忒老实。〔外旦去〕那周舍穿着一架子衣服，可也堪爱哩。〔正旦唱〕那厮虽穿着几件蛇蜋皮[25]，人伦事晓得甚的？

〔云〕妹子，你为甚么就要嫁他？〔外旦云〕则为他知重您妹子，因此要嫁他。〔正旦云〕他怎么知重你？〔外旦云〕一年四季，夏天我好的一觉晌睡，他替你妹子打着扇；冬天替你妹子温的铺盖儿暖了，着你妹子歇息；但你妹子那里人情去，穿的那一套衣服，戴的那一副头面[26]，替你妹子提领系，整钗镮。只为他这等知重你妹子，因此上一心要嫁他。〔正旦云〕你原来为这般呵！〔唱〕

赵见多识广，一眼看穿了周表里不一的欺骗性。所以赵能挫败周的种种伎俩，在一场形势不利的冲突中取得喜剧性的胜利。

极力渲染此时周对宋的殷勤，正为后文写他对宋的虐待作反衬，突出这个“做子弟的”“一味是虚脾”的险恶嘴脸。

【上马娇】我听的说就里，你原来为这的，倒引的我忍不住笑微微。你道是暑月间扇子扇着你睡，冬月间着炭火煨，那愁他寒色透重衣。

【游四门】吃饭处，把匙头挑了筋共皮；出门去提领系、整衣袂，戴插头面整梳篦。衠[27]一味是虚脾，女娘每不省越着迷。

【胜葫芦】你道这子弟情肠甜似蜜，但娶到他家里，多无半载周年相弃掷。早努牙突嘴，拳椎脚踢，打的你哭啼啼。

【幺篇】[28]恁时节船到江心补漏迟，烦恼怨他谁？事要前思免后悔。我也劝你不得，有朝一日，准备着搭救你块望夫石。

〔云〕妹子，久以后你受苦呵，休来告我。〔外旦云〕我便有那该死的罪，我也不来央告你。〔周舍上云〕小的每，把这礼物摆的好看些。〔正旦云〕来的敢是周舍？那厮不言语便罢，他若但言，着他吃我几嘴好的。〔周舍云〕那壁姨姨敢是赵盼儿么？〔正旦云〕然也。〔周舍云〕请姨姨吃些茶饭波。〔正旦云〕你请我？家里饿皮脸也，揭了锅儿底，窨子里秋月[29]——不曾见这等

初次交锋，赵就给周当头一棒，其泼辣性格咄咄逼人！

食！〔周舍云〕央及姨姨，保门亲事。〔正旦云〕你着我保谁？〔周舍云〕保宋引章。〔正旦云〕你着我保宋引章那些儿？保他那针指油面，刺绣铺房，大裁小剪，生儿长女？〔周舍云〕这歪刺骨好歹嘴也。我已成了事，不索央你。〔正旦云〕我去罢。〔做出门科〕〔安秀实上，云〕姨姨劝的引章如何？〔正旦云〕不济事了也。〔安秀实云〕这等呵，我上朝求官应举去罢。〔正旦云〕你且休去，我有用你处哩。〔安秀实云〕依着姨姨说，我且在客店中安下，看你怎么发付我。〔下〕〔正旦唱〕

劝安不去，为他第四折出场留地步。

【赚煞】这妮子是狐魅人女妖精，缠郎君天魔祟。则他那裤儿里休猜做有腿，吐下鲜红血则当做苏木水[30]。耳边休采那等闲食，那的是最容易剜眼睛嫌的，则除是亲近着他便欢喜。〔带云〕着他疾省呵，〔唱〕哎，你个双郎[31]子弟，安排下金冠霞帔。〔带云〕一个夫人来到手儿里了。〔唱〕却则为三千张茶引[32]嫁了冯魁。〔下〕

〔周舍云〕辞了母亲，着大姐上轿，回咱郑州去来。〔诗云〕才出娼家门，便作良家妇。〔外旦诗云〕只怕吃了良家亏，还想娼家做。〔同下〕

我国戏曲中剧作者常用下场诗，预示人物的命运，在场次过渡中起到转接作用。宋引章的两句下场诗，不仅递出下文，而且是对这个人物急于从良的欢快心情，泼上一瓢冷水，大有意趣。

〔1〕折：杂剧划分演唱场次的单位，相当于现代戏剧中的一幕。

〔2〕冲末:杂剧中正末以外的重要男角。末是第一个上场的正末以外的末角。

〔3〕花台:指妓院;子弟:指嫖客。

〔4〕卜儿:杂剧中扮演老妇人的角色名。

〔5〕外旦:正旦以外的次要女角色名称。

〔6〕拆白道字:一种文字游戏。把一个字拆开,变成一句话,让人猜出原字。

〔7〕顶真续麻:也作顶针续麻。一种文字游戏。上句的末一字即为下句的头一字。犹诗词曲中的顶针格。

〔8〕谎彻梢虚:撒谎,意即虚与敷衍。

〔9〕板障:阻挡。

〔10〕外:外末的省称,为正末以外的次要男角色名称。

〔11〕刘蕡(fén)下第:唐刘蕡在考试文章中,劝皇帝杀权奸,考官不予录取。后用以表示贤才被黜。

〔12〕范丹守志:东汉人范丹,性耿直,辞官不就,卖卜为生,穷困终生。守志,指保持自己甘愿清贫的志向。

〔13〕正旦:杂剧中女主角。

〔14〕科:科泛、科范之省文,杂剧中表示动作、情态和效果的舞台提示用语。

〔15〕脚搭着脑勺成事早:形容快跑时脚跟几乎打着脑壳,意为急于成事。

〔16〕遮莫:尽管,或者。

〔17〕颓:屌,骂人的话。

〔18〕卖查梨:查梨是一种似梨而味酸涩的果子。卖查梨,卖弄口舌,将坏作好。

〔19〕弟子:指妓女;镘儿:指钱。

〔20〕"南头做了"二句:当时成语,意为不接受前人教训而重蹈覆辙。

〔21〕人情:应酬交往。

〔22〕大姐:“大疖”的谐音。

〔23〕便宜:好处。

〔24〕虚脾:虚情假意。

〔25〕蛇蜋皮:蛇蜋是一种吃粪便和脏物的昆虫,其翅壳乌黑光亮。这里比喻外表衣着漂亮,内里肮脏透顶。

〔26〕头面:首饰。

〔27〕衠(zhūn):完全,纯粹的意思。

〔28〕幺(yāo)篇:北曲同调连用的第二支曲。

〔29〕窨(yìn)子里秋月:窨,地窖。地窖里见到秋月,不可能的事。下句“食”,谐音“事”。

〔30〕苏木水:一种红色染料。

〔31〕双郎:北宋人双渐。民间传说,他和妓女苏小卿相爱,因他进京应考,茶商冯魁乘机将小卿买去。舟过金山,小卿题诗金山寺,表示对双渐的怀念。后双渐得官过金山寺,见诗,追回小卿。

〔32〕茶引:缴纳茶税后,官府发给的凭证,用它可以采购、运销茶叶。

第二折

〔周舍同外旦上,云〕自家周舍是也。我骑马一世,驴背上失了一脚。我为娶这妇人呵,整整磨了半截舌头,才成得事。如今着这妇人上了轿,我骑了马,离了汴京,来到郑州。让他轿子在头里走,怕那一般的舍人[1]说:“周舍娶了宋引章。”被人笑话。则见那轿子一晃一晃的,我向前打那抬轿的小厮,道:“你这等欺我。”举起鞭子

“整整磨了半截舌头”一语,活现出周惯于甜言蜜语纠缠狡赖的个性。

套绵子把邻舍都翻进去了,使观众在笑不可忍中,想见周舍的造谣诬蔑,是何等荒谬绝伦。

就打,问他道:“你走便走,晃怎么?”那小厮道:“不干我事,奶奶在里边不知做甚么。”我揭起轿帘一看,则见他精赤条条的在里面打筋斗。来到家中,我说:“你套一床被我盖。”我到房里,只见被子倒高似床。我便叫:“那妇人在那里?”则听的被子里答应道:“周舍,我在被子里面哩。”我道:“在被子里面做甚么?”他道:“我套绵子,把我翻在里头了。”我拿起棍来,恰待要打,他道:“周舍,打我不打紧,休打了隔壁王婆婆。”我道:“好也,把邻舍都翻在被里面!”〔外旦云〕我那里有这等事?〔周舍云〕我也说不得这许多。兀那贱人,我手里有打杀的,无有买休卖休的。且等我吃酒去,回来慢慢的打你。〔下〕〔外旦云〕不信好人言,必有恓惶事。当初赵家姐姐劝我不听,果然进的门来,打了我五十杀威棒,朝打暮骂,怕不死在他手里。我这隔壁有个王货郎,他如今去汴梁做买卖,我写一封书捎将去,着俺母亲和赵家姐姐来救我。若来迟了,我无那活的人也。天那,只被你打杀我也!〔下〕〔卜儿哭上,云〕自家宋引章的母亲便是。有我女孩儿从嫁了周舍,昨日王货郎寄信来,上写着道:“从到他家,进门打了五十杀威棒。如今朝打暮骂,看看至死,可急急央赵家姐姐来救我。”我拿着书去与赵家姐姐说知,怎生救他去?引章孩儿,则被你痛杀我也!〔下〕〔正旦上,云〕自家赵盼儿。我想

这门衣饭,几时是了也呵?〔唱〕

【商调·集贤宾】咱这几年来待嫁人心事有,听的道谁揭债、谁买休。他每待强巴结深宅大院,怎知道摧折了舞榭歌楼?一个个眼张狂[2]似漏了网的游鱼,一个个嘴卢都[3]似跌了弹的斑鸠。御园中可不道是栽路柳,好人家怎容这等娼优。他每初时间有些实意,临老也没回头。

骂尽世上一班花台子弟,是有血性人语。

【逍遥乐】那一个不因循成就?那一个不顷刻前程[4]?那一个不等闲罢手?他每一做一个水上浮沤!和爷娘结下不厮见的冤仇,恰便似日月参辰和卯酉[5],正中那男儿机彀。他使那千般贞烈,万种恩情,到如今一笔都勾。

〔卜儿上,云〕这是他门首,我索过去。〔做见科,云〕大姐,烦恼杀我也!〔正旦云〕奶奶,你为甚么这般啼哭?〔卜儿云〕好教大姐知道:引章不听你劝,嫁了周舍,进门去打了五十杀威棒,如今打的看看至死,不久身亡。姐姐怎生是好?〔正旦云〕呀!引章吃打了也。〔唱〕

【金菊香】想当日,他暗成公事只怕不相投。我作念你的言词今日都应口。则你那去时恰便似去秋。他本是薄幸的班头，还说道有恩爱、结绸缪。

【醋葫芦】你铺排着鸳衾和凤帱，指望效天长共地久；蓦入门知滋味便合休。几番家眼睁睁打干净[6]待离了我这手。〔带云〕赵盼儿，〔唱〕你做的个见死不救，可不羞杀桃园中杀白马、宰乌牛[7]？

〔云〕既然是这般呵，谁着你嫁他来？〔卜儿云〕大姐，周舍说誓来。〔正旦唱〕

赵看透赌咒发誓是周一类子弟的骗术，于是她决计"以其人之道，还治其人之身"——用发誓骗周上钩作张本。

【幺篇】那一个不嗲可可[8]道横死亡？那一个不实丕丕拔了短筹[9]？则你这亚仙[10]子母老实头。普天下爱女娘的子弟口，〔带云〕奶奶。不则周舍说谎也，〔唱〕那一个不指皇天各般说咒？恰似秋风过耳早休休！

〔卜儿云〕姐姐，怎生搭救引章孩儿？〔正旦云〕奶奶，我有两个压被的银子，咱两个拿着买休去来。〔卜儿云〕他说来："则有打死的，无有买休卖休的。"〔正旦寻思科，做与卜耳语科，云〕则除是这般。〔卜儿云〕可是中也不中？〔正旦云〕不妨事，将书来我看。〔卜递书科，正旦念云〕"引章拜上姐姐并奶奶：当初不信好人之言，果有栖惶之事。进得他门，便打我五十杀威棒。如今朝打暮骂，禁持[11]不过。你来的早，还得见我，来得迟呵，不能勾见我面了。只此拜上。"妹子

也，当初谁教你做这事来！〔唱〕

【幺篇】想当初有忧呵同共忧，有愁呵一处愁。他道是残生早晚丧荒丘，做了个游街野巷村务酒；你道是百年之后，〔云〕妹子也，你不道来“这个也大姐，那个也大姐，出了一包脓；不如嫁个张郎妇李郎妻，〔唱〕立一个妇名儿做鬼也风流？”

〔云〕奶奶，那寄书的人去了不曾？〔卜儿云〕还不曾去哩。〔正旦云〕我写一封书寄与引章去。〔做写科〕〔唱〕

【后庭花】我将这知心书亲自修，教他把天机休泄漏。传示与休莽戆[12]收心的女，拜上你浑身疼的歹事头[13]。〔带云〕引章，我怎的劝你来？〔唱〕你好没来由，遭他毒手，无情的棍棒抽，赤津津鲜血流，逐朝家如暴囚，怕不将性命丢！况家乡隔郑州，有谁人相睬瞅？空这般出尽丑。

“机事不密则害成。”这里没有透露赵与宋母耳语及寄宋书的内容，既表现赵的老练，也在观众中留下悬念。

〔卜儿哭科，云〕我那女孩儿那里打熬得过！大姐，你可怎生的救他一救？〔正旦云〕奶奶，放心！〔唱〕

【柳叶儿】则教你怎生消受，我索合再做个机谋。把这云鬟蝉鬓妆梳就，〔带云〕还再穿上些锦绣衣服。〔唱〕珊瑚钩，芙蓉扣，扭捏的身子儿别样娇柔。

【双雁儿】我着这粉脸儿搭救你女骷髅，割舍的一不做二不休，拚了个由他咒也波咒。不是我说大口，怎出得我这烟月手！

赵使出“烟月手”，正是看准了对手好色的弱点，故能胜券在握。这种关目、唱做，充满丰富的内部动作，喜剧效果特别强烈。

〔卜儿云〕姐姐，到那里仔细着。〔哭科，云〕孩儿，则被你烦恼杀了我也！〔正旦唱〕

【浪里来煞】你收拾了心上忧，你展放了眉间皱，我直着花叶不损觅归秋[14]。那厮爱女娘的心见的便似驴共狗，卖弄他玲珑剔透。〔云〕我到那里，三言两句，肯写休书，万事俱休，若是不肯写休书，我将他掐一掐，拈一拈，搂一搂，抱一抱，着那厮通身酥，遍体麻。将他鼻凹儿抹上一块砂糖，着那厮舔又舔不着，吃又吃不着。赚得那厮写了休书，引章将的休书来，淹的撇了[15]。我这里出了门儿，〔唱〕可不是一场风月，我着那汉一时休。〔下〕

〔1〕舍人：宋元时对贵族官僚子弟的称呼，如同公子哥儿。

〔2〕张狂：慌张，忙乱。

〔3〕嘴卢都：鼓着嘴。

〔4〕“那一个不因循成就”二句：哪一个不是随便结成夫妻，哪一个不是很快散伙。

〔5〕日月参辰和卯酉：日与月相对，参星和商星互不相见，卯时和酉时相对立，都比喻为“对头”。

〔6〕打干净：意出打干净球儿，意思是抽身不管。

〔7〕桃园中杀白马、宰乌牛：以东汉末刘备、关羽、张飞桃园三结义事，比喻姊妹间的义气。

〔8〕嗔（chěn）可可：形容凄惨可怕的样子。

〔9〕拔了短筹：筹为古代计数的工具，筹上刻着数目。短筹表示数小，元曲中常用来比喻命运不好或者短命。

〔10〕亚仙：唐传奇《李娃传》中的妓女李娃，元杂剧中改称李亚仙。此借指宋引章。

〔11〕禁持：折磨、摆布。

〔12〕莽戆（gàng）：莽撞，言行粗率而不审慎。

〔13〕歹事头：受苦的人，倒霉的人。

〔14〕花叶不损觅归秋：意为完美无损地把她找回来。

〔15〕淹的撇了：顷刻间就甩掉了。

第三折

〔周舍同店小二上，诗云〕万事分已定，浮生空自忙。无非花共酒，恼乱我心肠。店小二，我着你开着这个客店，我那里希罕你那房钱养家，不问官妓私科子[1]，只等有好的来你客店里，你便来叫我。〔小二云〕我知道，只是你脚头乱，一时间那里寻你去？〔周舍云〕你来粉房[2]里

用此科诨开场，不只活跃了场上气氛，也在笑声中揭露了周吃喝嫖赌的丑恶灵魂，展示了他一步步走上犯罪道路的三部曲。

寻我。〔小二云〕粉房里没有呵?〔周舍云〕赌房里来寻。〔小二云〕赌房里没有呵?〔周舍云〕牢房里来寻。〔下〕〔丑扮小闲挑笼上〕〔诗云〕钉靴雨伞为活计,偷寒送暖[3]作营生;不是闲人闲不得,及至得了闲时又闲不成。自家张小闲的便是。平生做不的买卖,止是与歌者姐姐每叫些人,两头往来,传消寄信都是我。这里有个大姐赵盼儿,着我收拾两箱子衣服行李,往郑州去。都收拾停当了,请姐姐上马。〔正旦上,云〕小闲,我这等打扮,可冲动得那厮么?〔小闲做倒科〕〔正旦云〕你做甚么哩?〔小闲云〕休道冲动那厮,这一会儿连小闲也酥倒了。〔正旦唱〕

【正宫·端正好】则为他满怀愁,心间闷,做的个进退无门。那婆娘家一涌性[4]无思忖,我可也强打入迷魂阵。

出于舍己救人的正义感,毅然牺牲色相,强打入迷魂阵。这种行动,进一步提高了赵的精神境界。

【滚绣球】我这里微微的把气喷,输个婚姻,怎不教那厮背槽抛粪[5]!更做道普天下无他这等郎君。想着容易情,忒献勤,几番家待要不问,第一来我则是可怜见无主娘亲,第二来是我惯曾为旅偏怜客,第三来也是我自己贪杯惜醉人。到那里呵,也索费些精神。

〔云〕说话之间,早来到郑州地方了。小闲,接了马者。且在柳阴下歇一歇咱。〔小闲云〕我知道。〔正旦云〕小闲,咱闲口论闲话:这好人家好举止,恶人家恶家法。〔小闲云〕姐姐,你说我听。〔正旦唱〕

【倘秀才】县君[6]的则是县君,妓人的则是妓人。怕不扭捏着身子蓦入他门;怎禁他使数的[7],到支分,背地里暗忍。

【滚绣球】那好人家将粉扑儿浅淡匀,那里象咱干茨腊[8]手抢着粉?好人家将那篦梳儿慢慢地铺鬓,那里象咱解了那襻胸带[9],下颏上勒一道深痕?好人家知个远近,觑个向顺,衠一味良人家风韵,那里象咱们恰便似空房中锁定个猢孙:有那千般不实乔躯老[10],有万种虚嚣歹议论,断不了风尘!

从与良家妇女生活的对比中,表现对自身处境的不平,笑中有泪。

〔小闲云〕这里一个客店,姐姐好住下罢。〔正旦云〕叫店家来。〔店小二见科〕〔正旦云〕小二哥,你打扫一间干净房儿,放下行李。你与我请将周舍来,说我在这里久等多时也。〔小二云〕我知道。〔做行叫科,云〕小哥在那里?〔周舍上,云〕店小二,有甚么事?〔小二云〕店里有个好女子请你哩。〔周舍云〕咱和你就去来。〔做见科云〕是好一个科子也。〔正旦云〕周舍,赵表面上赞美宋引章，骨子里给周舍灌迷汤，引周步步入彀。一个巧言令色，一个色迷心窍，妙在观众看得明白，于是生出无穷喜剧意趣。

你来了也。〔唱〕

【幺篇】俺那妹子儿有见闻，可有福分，抬举的个丈夫俊上添俊，年纪儿恰正青春。

〔周舍云〕我那里曾见你来？我在客火里，你弹着一架筝，我不与了你个褐色绸段儿？〔正旦云〕小的，你可见来？〔小闲云〕不曾见他有甚么褐色绸段儿。〔周舍云〕哦，早起杭州客火散了，赶到陕西客火里吃酒，我不与了大姐一分饭来？〔正旦云〕小的每，你可见来？〔小闲云〕我不曾见。〔正旦唱〕你则是忒现新，忒忘昏，更做道你眼钝。那唱词话的有两句留文："咱也曾武陵溪畔曾相识[11]，今日佯推不认人。"我为你断梦劳魂！

〔周舍云〕我想起来了，你敢是赵盼儿么？〔正旦云〕然也。〔周舍云〕你是赵盼儿，好，好！当初破亲也是你来。小二，关了店门，则打这小闲。〔小闲云〕你休要打我。俺姐姐将着锦绣衣服，一房一卧[12]来嫁你，你倒打我？〔正旦云〕周舍，你坐下，你听我说。你在南京时，人说你周舍名字，说的我耳满鼻满的，则是不曾见你。后得见你呵，害的我不茶不饭，只是思想着你。听的你娶了宋引章，教我如何不恼？周舍，我待嫁你，你却着我保亲！〔唱〕

【倘秀才】我当初倚大呵妆儇[13]主婚,怎知我嫉妒呵特故里破亲?你这厮外相儿通疏就里村!你今日结婚姻,咱就肯罢论?

先是来酸的:嫉妒;再是来辣的:挖苦;最后来甜的:抹蜜。这不仅显示赵的手段高明,也使剧情进展有波澜、有起伏。

〔云〕我好意将着车辆鞍马奁房来寻你,你划地将我打骂?小闲,拦回车儿,咱家去来。〔周舍云〕早知姐姐来嫁我,我怎肯打舅舅?〔正旦云〕你真个不知道?你既不知,你休出店门,只守着我坐下。〔周舍云〕休说一两日,就是一两年,您儿也坐的将去。〔外旦上,云〕周舍两三日不家去,我寻到这店门首,我试看咱。原来是赵盼儿和周舍坐哩。兀那老弟子不识羞,直赶到这里来。周舍,你再不要来家,等你来时,我拿一把刀子,你拿一把刀子,和你一递一刀子戳哩。〔下〕〔周舍取棍科,云〕我和你抢生吃哩[14]!不是奶奶在这里,我打杀你。〔正旦唱〕

故意挑起周、宋矛盾。

【脱布衫】我更是的不待饶人,我为甚不敢明闻?肋底下插柴自忍[15],怎见你便打他一顿?

【脱布衫】一曲,似当作背唱。

【小梁州】可不道一夜夫妻百夜恩,你可便息怒停嗔。你村时节背地里使些村,对着我合思忖:那一个双同叔打杀俏红裙[16]?

【幺篇】则见他恶哏哏摸按着无情

棍，便有火性的不似你个郎君。〔云〕你拿着偌粗的棍棒，倘或打杀他呵，可怎了？〔周舍云〕丈夫打杀老婆，不该偿命。〔正旦云〕这等说，谁敢嫁你？〔背唱〕我假意儿瞒，虚科儿喷，着这厮有家难奔。妹子也，你试看咱风月救风尘。

〔云〕周舍，你好道儿。你这里坐着，点的你媳妇来骂我这一场。小闲，拦回车儿，咱回去来。〔周舍云〕好奶奶，请坐。我不知道他来，我若知道他来，我就该死。〔正旦云〕你真个不曾使他来？这妮子不贤惠。打一棒快球子[17]，你舍的宋引章，我一发嫁你。〔周舍云〕我到家里就休了他。〔背云〕且慢着，那个妇人是我平日间打怕的，若与了一纸休书，那妇人就一道烟去了。这婆娘他若是不嫁我呵，可不弄的尖担两头脱？休的造次，把这婆娘摇撼的实着。〔向旦云〕奶奶。您孩儿肚肠是驴马的见识，我今家去把媳妇休了呵，奶奶你把肉吊窗儿[18]放下来，可不嫁我，做的个尖担两头脱。奶奶，你说下个誓着。〔正旦云〕周舍，你真个要我赌咒？你若休了媳妇，我不嫁你呵，我着堂子里马踏杀，灯草打折臁儿骨[19]。你逼的我赌这般重咒哩！〔周舍云〕小二，将酒来。〔正旦云〕休买酒，我车儿上有十瓶酒哩。〔周舍云〕还要买羊。〔正旦云〕休买羊，我车上有个熟羊哩。〔周舍云〕好，好，好，待我

欲擒先纵，逼周掉进圈套。

写周舍先发制人，没有轻易上当，更显赵盼儿棋高一着，强中还有强中手。

买红去。〔正旦云〕休买红,我箱子里有一对大红罗。周舍,你争甚么那?你的便是我的,我的就是你的。〔唱〕

【二煞】则这紧的到头终是紧,亲的原来只是亲。凭着我花朵儿身躯,笋条儿年纪[20],为这锦片儿前程,倒赔了几锭儿花银。拼着个十米九糠[21],问甚么两妇三妻?受了些万苦千辛,我着人头上气忍,不枉了一世做郎君。

表面上事事体贴周,骨子里处处防备周,不让他有可以放刁的口实,赵盼儿真是大智大勇一奇女子!

【黄钟尾】你穷杀呵甘心守分挨贫困,你富呵休笑我饱暖生淫惹议论。您心中觑个意顺,但休了你这眼下人,不要你钱财使半文,早是我走将来自上门。家业家私待你六亲,肥马轻裘待你一身,倒贴了奁房和你为眷姻。〔云〕我若还嫁了你,我不比那宋引章,针指油面,刺绣铺房,大裁小剪,都不晓得一些儿的。〔唱〕我将你写了的休书正了本[22]。〔同下〕

〔1〕私科子:私娼。

〔2〕粉房:妓院。

〔3〕偷寒送暖:暗中为男女双方牵线。

〔4〕一涌性:一时感情冲动。

〔5〕背槽抛粪:驴马背转食槽就拉粪,比喻翻脸无情,忘恩负义。

〔6〕县君：唐宋以来妇人的一种封号。

〔7〕“怎禁他使数的”三句：使数的，供使唤的人，随从。支分，支使，也指供使唤的人。这三句意为：连他们使唤的奴仆也看得出你不是良家妇女，禁不住背地里暗暗忍住笑。

〔8〕干茨腊：干枯、干瘪之意。

〔9〕襻胸带：古时妇女梳头时包裹头发用的带子。

〔10〕乔躯老：怪模怪样。乔，假装。躯老，勾栏里对身体的称呼。

〔11〕武陵溪畔曾相识：传说东汉刘晨、阮肇入天台山采药，遇桃园仙女于武陵溪，留住两年，回到人间。后常以此作男女恋爱的典故。

〔12〕一房一卧：一房妆奁，一床铺盖。

〔13〕妆儇：装乖弄巧。

〔14〕抢生吃：东西未熟就抢着吃，比喻性急。

〔15〕肋底下插柴自忍：当时俗语，谓肋间插着木柴，虽痛苦，也得暗暗忍受。忍，原作“稳”，据古名家本改。

〔16〕双同叔：指双渐；俏红裙：指妓女苏小卿。

〔17〕打一棒快球子：宋元时打球的术语。比喻快速解决问题。

〔18〕肉吊窗儿：指眼皮儿。

〔19〕“我着堂子里马踏杀”二句：堂，疑为“塘”。臁（lián），小腿两侧。丁氏本《元明杂剧·罗李郎》中有：“塘子里洗澡马踏死，灯草打折臁儿骨。”此为发誓常用语。

〔20〕笋条儿年纪：比喻青春年少。

〔21〕拚着个十米九糠：甘愿不计较一切。拚，甘愿。十米九糠，不计较贫富，不问一切。

〔22〕正了本：够本，不亏本。

第四折

〔外旦上,云〕这些时周舍敢待来也。〔周舍上,见科〕〔外旦云〕周舍,你要吃甚么茶饭?〔周舍做怒科,云〕好也,将纸笔来,写与你一纸休书,你快走。〔外旦接休书不走科,云〕我有甚么不是,你休了我?〔周舍云〕你还在这里?你快走!〔外旦云〕你真个休了我?你当初要我时怎么样说来?你这负心汉,害天灾的,你要去,我偏不去!〔周舍推出门科〕〔外旦云〕我出的这门来。周舍,你好痴也。赵盼儿姐姐,你好强也!我将着这休书,直至店中寻姐姐去来。〔下〕〔周舍云〕这贱人去了,我到店中娶那妇人去。〔做到店科,叫云〕店小二,恰才来的那妇人在那里?〔小二云〕你刚出门,他也上马去了。〔周舍云〕倒着他道儿了。将马来,我赶将他去。〔小二云〕马揣[1]驹了。〔周舍云〕鞴骡子。〔小二云〕骡子漏蹄[2]。〔周舍云〕这等,我步行赶将他去。〔小二云〕我也赶他去。〔同下〕〔旦同外旦上〕〔外旦云〕若不是姐姐,我怎能勾出的这门也!〔正旦云〕走,走,走!〔唱〕

周已入瓮,还逞威风,着实可笑,用自己的行为否定了自己,观众不免发出讽刺的笑声。

一"痴"一"强",评得恰好!

周骑马一世,而今在"驴"背上真的失了一脚!

【双调·新水令】笑吟吟案板似写着休书，则俺这脱空[3]的故人何处？卖弄他能爱女、有权术，怎禁那得胜葫芦[4]说到有九千句。

〔云〕引章，你将那休书来与我看咱。〔外旦付休书〕〔正旦换科，云〕引章，你再要嫁人时，全凭这一张纸是个照证，你收好者！〔外旦接科〕〔周舍赶上，喝云〕贱人，那里去？宋引章，你是我的老婆，如何逃走？〔外旦云〕周舍，你与了我休书，赶出我来了。〔周舍云〕休书上手模印五个指头，那里四个指头的是休书？〔外旦展看，周夺咬碎科〕〔外旦云〕姐姐，周舍咬碎了我的休书也。〔旦上救科〕〔周舍云〕你也是我的老婆。〔正旦云〕我怎么是你的老婆？〔周舍云〕你吃了我的酒来。〔正旦云〕我车上有十瓶好酒，怎么是你的？〔周舍云〕你可受我的羊来。〔正旦云〕我自有一只熟羊，怎么是你的？〔周舍云〕你受我的红定来。〔正旦云〕我自有大红罗，怎么是你的？〔唱〕

周舍奸猾到底，宋引章轻信到底，赵盼儿机警到底，从三人不同性格的比照中，把喜剧性冲突推向了高潮。

【乔牌儿】酒和羊车上物，大红罗自将去。你一心淫滥无是处，要将人白赖取。

将赵盼儿计谋一一补叙出来，更令观众赞佩喜羡。

〔周舍云〕你曾说过誓嫁我来。〔正旦唱〕

【庆东原】俺须是卖空虚，凭着那说

来的言咒誓为活路。〔带云〕怕你不信呵，〔唱〕遍花街请到娼家女，那一个不对着明香宝烛？那一个不指着皇天后土？那一个不赌着鬼戮神诛？若信这咒盟言，早死的绝门户！

〔云〕引章妹子，你跟将他去。〔外旦怕科，云〕姐姐，跟了他去就是死。〔正旦唱〕

【落梅风】则为你无思虑，忒模糊。〔周舍云〕休书已毁了。你不跟我去待怎么？〔外旦怕科〕〔正旦云〕妹子，休慌莫怕！咬碎的是假休书。〔唱〕我特故抄与你个休书题目[5]，我跟前现放着这亲模。〔周舍夺科〕〔正旦唱〕便有九头牛也拽不出去！

〔周扯二旦科，云〕明有王法，我和你告官去来。〔同下〕〔外扮孤引张千上〕〔诗云〕声名德化九重闻，良夜家家不闭门。雨后有人耕绿野，月明无犬吠花村。小官郑州守李公弼是也。今日升起早衙，断理些公事。张千，喝撺箱[6]。〔张千云〕理会的。〔周舍同二旦卜儿上〕〔周叫云〕冤屈也。〔孤云〕告甚么事？〔周舍云〕大人可怜见，混赖我媳妇。〔孤云〕谁混赖你的媳妇？〔周舍云〕是赵盼儿设计混赖我媳妇宋引章。〔孤云〕那妇人怎么说？〔正旦云〕宋引章是有丈夫的，被周舍强占为妻，昨日又与了休书，怎么是小

周舍夺不回休书，就宣告了赵盼儿的胜利。“谁笑得最后，谁笑得最好”，正是极富有喜剧效果的一种收场。下面硬拉出一个李公弼来结案，未免狗尾续貂，大杀风景。这是剧作者思想上的弱点，在艺术构思中留下的阴影。

妇人混赖他的?〔唱〕

【雁儿落】这厮心狠毒,这厮家豪富,衠一味虚肚肠,不踏着实途路。

【得胜令】宋引章有亲夫,他强占作家属。淫乱心情歹,凶顽胆气粗,无徒[7]!到处里胡为做。现放着休书,望恩官明鉴取。

〔安秀实上,云〕适才赵盼儿使人来说:"宋引章已有休书了,你快告官去,便好娶他。"这里是衙门首,不免高叫道:冤屈也!〔孤云〕衙门外谁闹?拿过来!〔张千拿入科,云〕告人当面。〔孤云〕你告谁来?〔安秀实云〕我安秀实,聘下宋引章,被郑州周舍强夺为妻,乞大人做主咱!〔孤云〕谁是保亲?〔安秀实云〕是赵盼儿。〔孤云〕赵盼儿,你说宋引章原有丈夫,是谁?〔正旦云〕正是这安秀才。〔唱〕

【沽美酒】[8]他幼年间便习儒,腹隐着九经书;他是俺共里同村一处居,接受了钗环财物,明是个良人妇。

〔孤云〕赵盼儿,我问你:这保亲的委是你么?〔正旦云〕是小妇人。〔唱〕

【太平令】现放着保亲的堪为凭据,怎当他抢亲的百计亏图[9]?那里是明婚正娶,公然的伤风败俗!今日个诉与太府、做主,可怜见断他夫妻完聚。

〔孤云〕周舍,那宋引章明明有丈夫的,你怎生还赖是你的妻子?若不看你父亲面上,送你有司问罪。你一行人听我下断:周舍杖六十,与民一体当差;宋引章仍归安秀才为妻;赵盼儿等宁家住坐[10]。〔词云〕只为老虔婆爱贿贪钱,赵盼儿细说根原,呆周舍不安本业,安秀才夫妇团圆。〔众叩谢科〕〔正旦唱〕

【收尾】对恩官一一说缘故,分剖开贪夫怨女;面糊盆[11]再休说死生交,风月所重谐燕莺侣。

题目[12]　安秀才花柳成花烛

正名　赵盼儿风月救风尘

经过官断,案情得以了结。显示出作家笃定纠纷和冤情以官断为凭的思想倾向。戏曲作品中依此结尾者殊不少见。而非前文所说此折属多余。如无此折,则纯属民间一厢情愿,纯属私了。

〔1〕揣:藏。这里指怀孕。

〔2〕漏蹄:一种马蹄病。

〔3〕脱空:弄虚作假。

〔4〕得胜葫芦:指口齿伶俐、能说会道。葫芦指嘴。

〔5〕休书题目:指另抄写的假休书。

〔6〕喝攛箱:元代官府接受状词设有攛箱。喝攛箱是指官吏开庭时,衙役大声吆喝告状人投状纸入箱。攛:抛,投。

〔7〕无徒:无赖。

〔8〕【沽美酒】曲:前二句指安秀实,后三句指宋引章。

〔9〕亏图:暗算,图谋损害的意思。

〔10〕宁家坐住:回家安分过日子。

〔11〕面糊盆:指糊涂人。

〔12〕题目正名:元杂剧末尾用四句或两句对偶句,概括全剧内容。一般前一句或两句标为“题目”;后面一句或两句标作“正名”。一般取最后一句作该剧标题,明初又取标题的中心词语作简名。

后　记

《赵盼儿风月救风尘》杂剧，是元代大戏曲家关汉卿最得称誉的一部喜剧作品。

关汉卿生活在那个知识分子在社会中排名比较靠后的元代，他处身的社会地位和沦落风尘的妓女之地位排名接近。他"半生来弄柳拈花，一世里眠花卧柳"，一生大半的时间跟妓女生活在一起，对她们的悲惨处境有着深切的了解。他同情她们的非人遭遇，体察她们的内心痛苦，更乐于为她们的愿望和理想呼号和抗争。在我国戏剧史上，关汉卿是第一个真实地描写妓女的血泪生活，有意识地把这群向来受人践踏、受人鄙视的下层妇女作为正面形象来描写的剧作家。

在《救风尘》中，关汉卿把热烈的同情倾注在一个见义勇为、舍己救人的妓女身上，通过她凭借自己的大智大勇斗倒了市井流氓、救出了自己同伴的感人故事，深刻地揭示了妓女想要摆脱"皮肉生涯"所遇到的社会障碍，愤怒地抨击了把妓女当作物品任意"买休卖休"的黑暗势力；并满怀激情地指出，只有从自身痛苦的经历中总结经验，用自己的力量和智慧去制服敌手，妓女才能改变自己的处境。正由于这个剧本的思想主题，是从现实生活中提炼，达到这样高的境界，因而有可能把一个悲剧性的题材升华成为动人心弦的喜剧故事。剧作者显然认识到当时社会中的下层人民多么需要用自己成功的斗争和胜利的欢乐来鼓舞自己，所以用如此轻松明快的笔调，谱写出了这样一出具有深刻现实意义的生活喜剧。

《救风尘》最显著的喜剧特色，在于它不是依靠巧合、误会等常用的喜剧手法来结构和发展喜剧冲突，而是忠实地按照生活的逻辑，从人物的特定性格出发，巧妙地构成一连串饶有趣味的喜剧性情节，使贯穿全剧的戏剧冲突始终带着浓郁的喜剧色彩。

在剧中占着主导地位的是赵盼儿和周舍之间的矛盾。周舍的身上表现出封建势力的残暴和腐朽，而其性格中最根本的特点是贪财好色。赵盼儿虽然是风尘人物，但她久历沧桑，熟谙世故，有着丰富的生活经验，形成了机智、老练的性格特点。他们两人之间的冲突，本来优势在周舍一边，但由于赵盼儿抓准对手的性格特点（也是他的致命弱点），周密部署，巧妙周旋，一步步瓦解周舍的优势，挫败了他的种种奸狡伎俩，终于赢得了喜剧性的结局。由于这场迂回曲折、惊奇多变的斗争，是从两个对立人物的性格中引申出来的，因此全剧不断出现喜剧性的场面，从中逐步完成着喜剧人物的性格塑造。在周舍身上，作者主要用辛辣讽刺的笔触，一次次剥露出他可笑的丑态；而在赵盼儿身上，则更多地赋予她以优美动人的气质，使这个正面形象既正气凛然，又富于热情智慧，从机智的斗争中表现出动人的艺术魅力。

在我国喜剧人物的画廊里，赵盼儿宛如一朵沾满朝露的鲜花，逗人喜爱。《曲海总目提要》就说过："小说家所载诸女子，有能识别英雄于未遇者，如红拂之于李卫公，梁夫人之于韩蕲王也；有能成人之美者，如欧阳彬之歌人，董国度之妾也；有为豪侠而诛薄情者，女商荆十三娘也。剧中所称赵盼儿，似乎兼擅众长。"（卷一）这个比较说明是颇中肯綮的。

《救尘风》一剧，在很长一段时间里保持着不朽的舞台生命。中华人民共和国成立后，不少地方剧种改编上演过这个剧目，如昆剧、越剧的《救风尘》，评剧、川剧的《赵盼儿》等。

我们这次校勘，是以《元曲选》为底本，以《脉望馆钞校本》《古今杂剧》为参校本；对其中一些明显的讹误和脱文，也根据前后文作了补正。

墙头马上

〔元〕白　朴

胡振务　注释

黄秉泽　审订

第 一 折

〔冲末扮裴尚书引老旦扮夫人上，诗云〕满腹诗书七步才[1]，绮罗衫袖拂香埃，今生坐享荣华福，不是读书那里来。老夫工部尚书裴行俭是也。夫人柳氏，孩儿少俊。方今唐高宗即位仪凤三年，自去年驾幸西御园，见花木狼藉，不堪游赏；奉命前往洛阳，不问权豪势要之家，选拣奇花异卉，和买花栽子[2]，趁时栽接。为老夫年高，奏过官里，教孩儿少俊承宣驰驿[3]，代某前去。自新正为始，得了六日宣限[4]，那的是老夫有福处：少俊三岁能言，五岁识字，七岁草字如云，十岁吟诗应口，才貌两全，京师人每呼为"少俊"，年当弱冠，未曾娶妻，不亲酒色。如今差他出去公干，万无一失。教张千伏侍舍人，在一路上休教他胡行，替俺买花栽子去来。〔下〕〔外扮李总管上，云〕老夫姓李，双名世杰，乃李广之后，当今皇上之族。嫡亲三口儿，夫人张氏，有女孩儿小字千金，年方一十八岁；尤善女工，深通文墨，志量过人，容颜出世。老夫前任京兆留守[5]，因讽谏则

孟称舜曰："《墙头马上》说佳人求偶处，奕奕神动，真大家手笔也。"

天，谪降洛阳总管。老夫当初曾与裴尚书议结婚姻，只为宦路相左，遂将此事都不提起了。如今左司家勾唤我，今日便行，留下夫人与孩儿紧守闺门，待我回来，另议亲事，未为迟也。〔下〕〔正末扮裴舍人引张千上，云〕小生是工部尚书舍人裴少俊。自三岁能言，五岁识字，七岁草字如云，十岁吟诗应口，才貌两全，京师人每呼为"少俊"。年当弱冠，未曾娶妻，惟亲诗书，不通女色。承宣驰驿，前来洛阳，不问权豪势要之家，名园佳圃，选拣奇花和买花栽子，就用一车装送，来日起程。今日乃三月初八日，上巳[6]节令，洛阳王孙士女，倾城玩赏。张千，咱每也同你看去来！〔下〕〔正旦扮李千金领梅香上，云〕妾身李千金是也。今日是三月上巳，良辰佳节。是好春景也呵！〔梅香云〕小姐，观此春天，真好景致也！〔正旦云〕梅香，你觑着围屏上佳人才子，士女王孙，是好华丽也。〔梅香云〕小姐，佳人才子为甚都上屏障？非同容易也呵！〔正旦唱〕

裴少俊自称"惟亲诗书，不通女色"。裴行俭也夸他"不亲酒色"，"万无一失"，后面才有出人意外的好戏看。

【仙吕·点绛唇】往日夫妻，夙缘仙契[7]。多才艺，倩丹青写入屏围，真乃是画出个蓬莱意。

孟称舜曰："首折虽是闺情常语，然自喁喁堪听。"

〔梅香云〕小姐看这围屏，有个主意，梅香猜着了也：少一个女婿哩！〔正旦唱〕

【混江龙】我若还招得个风流女婿，

写千金情窦已

怎肯教费工夫学画远山眉？宁可教银缸高照，锦帐低垂，菡萏花深鸳并宿，梧桐枝隐凤双栖。这千金良夜，一刻春宵，谁管我衾单枕独数更长？则这半床锦褥枉呼做"鸳鸯被"。〔梅香云〕等老相公回来呵，寻一门亲事，可不好也。〔正旦唱〕流落的男游别郡，耽阁的女怨深闺[8]。

〔梅香云〕小姐这几日越消瘦了。〔正旦唱〕

【油葫芦】我为甚消瘦春风玉一围？又不曾染病疾，近新来宽褪了旧时衣！〔梅香云〕夫人道：小姐不快时，少做女工，胜服汤药。〔正旦唱〕害的来不疼不痒难医治[9]，吃了些好茶好饭无滋味，似舟中载倩女魂[10]，天边盼织女期：这些时困腾腾每日家贪春睡，看时节针线强收拾。

【天下乐】我可便提起东来忘了西。〔梅香云〕昨日儿家来问亲，小姐不语怎么？〔正旦唱〕咱萱堂[11]又觑着面皮。至如个穷人家女孩儿到十六七，或是谁家来问亲，那家来做媒，你教女孩儿羞答答说甚的？

〔梅香云〕今日上巳，王孙士女，宝马香车，

开，故一见少俊即毅然与之私奔。但亦如清人梁廷楠在《曲话》中所批评的："偶尔思春，出语那便如许浅露。"

【那吒令】以下各曲运用词家手法，组织丽词美句，抒写少女心情，开元人杂剧中文采一派。

都去郊外玩赏去了。咱两个去后花园内看一看来。〔正旦云〕梅香，将着纸墨笔砚，咱去来。〔做行科〕〔正旦唱〕

【那吒令】本待要送春向池塘草萋，我且来散心到荼蘼架底，我待教寄身在蓬莱洞里。蹙金莲红绣鞋，荡湘裙鸣环珮，转过那曲槛之西。

【鹊踏枝】怎肯道负花期，惜芳菲；粉悴胭憔，他绿暗红稀，九十日春光如过隙，怕春归又早春归。

【寄生草】柳暗青烟密，花残红雨飞。这人人和柳浑相类：花心吹得人心碎，柳眉不转蛾眉系。为甚西园陡恁景狼藉？正是东君不管人憔悴。

【幺篇】榆散青钱乱，梅攒翠豆肥。轻轻风趁蝴蝶队，霏霏雨过蜻蜓戏，融融沙暖鸳鸯睡。落红踏践马蹄尘，残花酝酿蜂儿蜜。

〔裴舍骑马引张千上，云〕方信道洛阳花锦之地，休道城中有多少名园，〔做点花本科，云〕你觑这一所花园……〔做见旦惊科，云〕一所花园……呀，一个好姐姐！〔正旦见末科，云〕呀！一个好秀才也！〔唱〕

【金盏儿】兀那画桥西，猛听的玉骢嘶。便好道杏花一色红千里，和花掩映美容仪。他把乌靴挑宝镫，玉带束腰围，真乃是能骑高价马，会着及时衣[12]。

骢马、杏花、乌靴、玉带皆着上感情色彩，极写李千金的一见倾心。

〔正末云〕你看他雾鬓云鬟，冰肌玉骨，花开媚脸，星转双眸[13]。只疑洞府神仙，非是人间艳冶。〔梅香云〕小姐，你听来！〔正旦唱〕

【后庭花】休道是转星眸上下窥，恨不的倚香腮左右偎。便锦被翻红浪，罗裙作地席。〔梅香云〕小姐休看他，倘有人看见……〔正旦唱〕既待要暗偷期，咱先有意，爱别人可舍了自己。

〔梅香云〕小姐，你却顾盼他，他可不顾盼你哩！〔张千上，云〕舍人，休要惹事，咱城外去看来。〔做催科〕〔裴舍云〕四目相觑，各有眷心，从今已后，这相思须害也！〔张千做催打马科，云〕舍人，去罢！〔裴舍云〕如此佳丽美人，料他识字，写个简帖儿嘲拨他。张千，将纸笔来，看他理会的么。〔做写科，云〕张千，将这简帖儿与那小姐去。〔张千云〕舍人使张千去，若有人撞见，这顿打可不善也。〔裴舍云〕我教你：有人若问呵，则说俺买花栽子。不妨事。若见那小姐，说："俺舍人教送与你。"〔张千云〕舍人，我去！〔裴舍云〕那小姐喜欢，你便招手唤我，我便来；若是抢

所谓"不通女色"的少俊，一见李千金就神魂颠倒。这样，主观与客观、言与行的尖锐矛盾，便产生了妙趣横生的喜剧情节。

白，你便摆手，我便走。〔张千云〕我知道。〔做见旦科，云〕小姐，你这后花园里有卖花栽子么？〔梅香云〕这里花栽子，谁要买？〔张千云〕俺那舍人要买。〔做招手，裴舍望科，云〕谢天地，事已谐矣！〔梅香做叫科，云〕小姐，那两个人拿过一张儿纸来，不知写甚么。小姐看咱。〔正旦做念诗科，云〕"只疑身在武陵游[14]，流水桃花隔岸羞。咫尺刘郎[15]肠已断，为谁含笑倚墙头。"梅香，将纸笔来。〔做写科，云〕梅香，我央你咱，你勿阻我，将这一首诗送与那舍人。〔梅香云〕小姐，教我送这诗与谁去也？诗中意怎生？见那秀才道甚的？则怕有人撞见怎了！〔正旦云〕好姐姐，你与我走一遭去。〔梅香云〕你往常打我骂我，今日为甚的央我，着我寄与谁。〔正旦唱〕

【幺篇】你道是情词寄与谁，我道来新诗权作媒。我映丽日墙头望，他怎肯袖春风马上归？怕的是外人知，你便叫天叫地，哎，小梅香好不做美！

宋人话本《西山一窟鬼》："如拈青梅窥少俊，如骑红杏出墙头。"可见故事早在民间流传。

〔梅香云〕这简帖我送与老夫人去。〔正旦云〕梅香，我央及你，要告老夫人呵，可怎了！〔梅香云〕你慌么？〔正旦云〕可知慌哩！〔梅香云〕你怕么？〔正旦云〕可知怕哩！〔梅香云〕我逗你耍哩。〔正旦云〕则被你唬杀我也。〔梅香送裴舍科，云〕俺小姐上覆舍人，看这首诗咱。〔裴舍看科，诗云〕"深闺拘束暂闲游，手拈青梅半掩羞。莫负后园今夜约，月移初上柳梢头。千金作。"这小姐有倾城之态，出世之才，可为囊箧宝玩。〔梅香云〕俺小姐道来："今夜后园中赴期，休得失信。"〔裴舍云〕张千，俺打那里过去？〔张千云〕跳墙过去。〔梅香转向旦云〕小姐，他待跳墙来也。〔正旦唱〕

【赚煞】这一堵粉墙儿低，这一带花阴儿密。与你个在客的刘郎说知：虽无那流出胡麻香饭水，比天台山倒径抄直。莫疑迟，等的那斗转星移，休教这印苍苔的凌波袜儿湿。将湖山困倚，把角门儿虚闭，这后花园权做武陵溪。〔下〕

〔裴舍云〕惭愧，这一场喜事，非同小可。只等的天晚，便好赴约去也！〔诗云〕偶然间两相窥望，引逗的春心狂荡。今夜里早赴佳期，成就了墙头马上[16]。〔下〕

〔1〕七步才：三国时曹植曾七步作成一首诗，后人常用以形容才华的出众。

〔2〕和买：宋代官买制度，也即预买。春时预贷官钱于民，到夏秋时收购民家的绢帛。花栽子：花苗、花秧。

〔3〕承宣驰驿：接受皇帝派遣出公差。古代政府设置驿站，为官吏入觐、出差时驻足之地。

〔4〕宣限：上司规定的期限。

〔5〕京兆留守：管理京兆府民政事宜的官职。

〔6〕上巳(sì):古代习俗,农历三月上旬巳日(后定为三月三日),人们置酒河岸,于东流水上洗濯去污,祓除不祥。

〔7〕夙缘仙契:前世结下的美满姻缘。

〔8〕"男游别郡"两句:宋元时谓男女婚嫁不及时的俗语。

〔9〕不疼不痒难医治:指害了相思病。

〔10〕倩女魂:唐代陈玄祐《离魂记》写倩娘与王宙相爱,至于魂魄与躯体分离,追随王宙而去。

〔11〕萱堂:指母亲。

〔12〕"能骑高价马"两句:宋元时形容人富贵风流、讲究时髦的俗语。

〔13〕星转双眸:双眼似流星般闪动。

〔14〕武陵游:在元曲中,武陵多为陶渊明《桃花源记》武陵奇景与《神仙传》中刘晨、阮肇桃源遇仙故事的合用。刘、阮事见《救风尘》第三折注〔11〕。

〔15〕刘郎:裴少俊以刘晨自喻。

〔16〕墙头马上:白居易《井底引银瓶》诗:"妾弄青梅凭短墙,君骑白马傍垂杨。墙头马上遥相顾,一见知君即断肠。"杂剧以诗为题材,但没有沿用原诗的主题,表现的是女主人公的积极反抗精神。

第二折

〔夫人同老旦嬷嬷上,云〕老身是李相公夫人。相公左司家唤的去了,不见回来。今日老身东阁下探妗子[1]回来,身子有些不快。天色晚也,梅香,绣房中道与小姐,休教他出来。嬷嬷收拾前后,我歇息去也。〔下〕〔裴舍上,云〕我回到这馆驿安下，心中闷倦，那里有心去买花栽子。巴不得天晚了也，我如今与小姐赴期去来。〔下〕〔正旦同梅香上，云〕今日因去后园中看花，墙头见了那生，四目相视，各有此心，将一个简帖儿约今夜来赴期，我回到绣房中。梅香，不知夫人睡去也不曾？〔梅香云〕我去看来。〔下〕〔正旦做睡，梅香推科，云〕小姐，小姐！〔正旦醒科，云〕我正好做梦哩。〔梅香云〕你梦见甚么来？〔正旦唱〕

【南吕 · 一枝花】睡魔缠缴得慌，别恨禁持得煞[2]。离魂随梦去，几时得好事奔人来？一见了多才，口儿里念心儿里爱，合是姻缘簿[3]上该。则为画眉的张敞[4]风流，掷果的潘郎稔色[5]。

〔梅香云〕今夜好歹来也，则管里作念的眼前活现[6]。〔正旦唱〕

【梁州第七】早是抱闲怨时乖运蹇，又添这害相思月值年灾。〔带云〕休道是我，〔唱〕天若知道和天也害！〔云〕梅香，这早晚多早晚也？〔梅香云〕是申牌时候了。〔正旦唱〕几时得月离海峤，才则是日转申牌。〔梅香云〕小姐，日头下去了，一天星月出来了。〔正旦唱〕怕露惊宿鸟，风弄庭槐。看银河斜映瑶阶，都不动纤细尘埃。月也，你本细怨月而又拜月，写尽少女殷切盼望私会而又担心好事多磨的复杂感情。

如弓一半儿蟾蜍[7]，却休明如镜照三千世界[8]，冷如冰浸十二瑶台[9]！禁炉瑞霭，把剔团圞明月深深拜：你方便我无碍，深拜你个嫦娥不妒色，你敢且半霎儿雾锁云埋。

〔梅香云〕这场事也非容易哩。〔正旦唱〕

【牧羊关】待月帘微簌[10]，迎风户半开。你看，这场风月规划[11]——〔梅香云〕怎生规划？〔正旦云〕你与我接去。〔梅香云〕怕他不来，倒教我去接他？〔正旦唱〕就着这风送花香，云笼月色。〔梅香云〕小姐为甚么着我接他去？〔正旦唱〕你道为甚着你个丫嬛迎少俊，我则怕似赵杲送曾哀[12]。〔梅香云〕这里线也似一条直路，怕他迷了道儿？〔正旦唱〕你道方径直如线，我道侯门深似海。

〔梅香云〕你两个头目，自说话来。〔正旦唱〕

【骂玉郎】相逢正是花溪侧，也须穿短巷过长街。〔梅香云〕到那里便唤你来。〔正旦唱〕又不比秦楼夜宴金钗客，这的担着利害；把你那小性格，且宁奈。

【感皇恩】咱这大院深宅，幽砌闲阶，

不比操琴堂，沽酒舍，看书斋。〔梅香云〕迟又不是，疾又不是，怎生可是？〔正旦唱〕教你轻分翠竹，款步苍苔；休惊起庭鸦喧，邻犬吠，怕院公来！

〔梅香云〕小姐，这来时可着多早晚也？〔正旦唱〕

【采茶歌】把粉墙儿挨，角门儿开，等夫人烧罢夜香来。月色朦胧天色晚，鼓声才动角声哀。

〔梅香云〕我说与你，夫人已睡了也，一准不来了。今夜嬷嬷又在前面守着库房门哩。到天色晚了，我点上灯，就接姐夫去。〔裴舍引张千上，云〕张千，休大惊小怪的，你只在墙外等着。〔做跳墙见科，云〕梅香，我来了也！〔梅香云〕我说去。小姐，姐夫来了也。你两个说话，我门首看着。〔裴舍云〕小生是个寒儒，小姐不弃，小生杀身难报。〔正旦云〕舍人则休负心！〔唱〕

【隔尾】我推粘翠靥遮宫额[13]，怕绰起罗裙露绣鞋，我忙忙扯的鸳鸯被儿盖。翠冠儿懒摘，画屏儿紧挨，是他撒滞殢[14]把香罗带儿解。

〔嬷嬷上，云〕这早晚小姐房里有人说话，在窗下听咱。呀！果然有人，我去觑破他。〔梅香尽管李小心翼翼，布置严谨，其“秘密”却仍被识破，这就引起了一系列喜剧性冲突，而李敢于蔑视封建礼教的性格也得到了充分的揭示。

云〕小姐，吹灭了灯，嬷嬷来也。〔嬷嬷云〕吹灭了灯，我听的多时了也。你待走那里去？〔裴舍同旦做跪科，正旦云〕是做下来也，怎见父母！奶奶可怜见，你放我两个私走了罢，至死也不敢忘你。〔嬷嬷云〕兀的是不出嫁的闺女，教人营勾了身躯，可又随着他去。这汉子是谁家的？〔裴舍云〕小生是各奇书生，乞谷宽恕！〔嬷嬷云〕俺这里不是赢奸买俏去处[15]。〔正旦唱〕

【红芍药】他承宣驰驿奉官差，来这里和买花栽。又不是瀛州方丈接蓬莱，远上天台[16]；比画眉郎多气概，骤青骢踏断章台[17]。〔嬷嬷云〕都是这梅香小奴才勾引来的。〔正旦唱〕枉骂他偷寒送暖小奴才，要这般当面抢白。

〔嬷嬷云〕不是这奴胎是谁？〔正旦唱〕

是这墙头掷果裙钗，马上摇鞭狂客。说与你个聪明的奶奶，送春情是这眼去眉来。〔嬷嬷云〕好，可羞也那不羞！眼去眉来，倒与真奸真盗一般，教官司问去。〔正旦唱〕则这女娘家直恁性儿乖，我待舍残生还却鸳鸯债，也谋成不谋败！是今日且停嗔过后改，怎做的奸盗拿获！

〔嬷嬷云〕你看上这穷酸饿醋[18]甚么好？〔正旦唱〕

【牧羊关】龙虎也招了儒士[19]，神仙也聘与秀才，何况咱是浊骨凡胎！一个刘向题倒西岳灵祠[20]，一个张生煮滚东洋大海[21]；却待要宴瑶池七夕会[22]，便银汉水两分开。委实这乌鹊桥边女，舍不的斗牛星畔客。

广引古代优美爱情故事，如数家珍，淋漓痛快。

〔嬷嬷云〕家丑事不可外扬。兀那汉子，我将你拖到官中，不道的饶了你哩。〔裴舍云〕嬷嬷，你要了我买花栽子的银子，教梅香唤将我来。咱就和你见官去来。〔正旦唱〕

【三煞】不肯教一床锦被权遮盖，可不道九里山前大会垓[23]，【菩萨梁州】绣房里血泊浸尸骸。解下这搂带裙刀，为你逼的我紧也便自伤残害，颠倒把你娘来赖。〔梅香云〕你要他这秀才的银子，教我去唤将他来，便见夫人也则实说。〔嬷嬷云〕夫人也不信。〔正旦唱〕你则是拾的孩儿落的摔[24]，你待致命图财。

自择佳偶，理直气壮，必要时甚至不惜以死殉情，其对爱情是何等执着！

【二煞】我怎肯掩残粉泪横眉黛，倚定门儿手托腮，山长水远几时来？且休说度岁经年，只一夜冰消瓦解，恁时节知他是和尚在钵盂在[25]？他凭着满腹文章七步才，管情取日转千阶！

〔嬷嬷云〕亲的则是亲，若夫人变了心，可不枉送我这老性命？我如今和你商量，随你拣一件做：第一件，且教这秀才求官去，再来取你；不着，嫁了别人。第二件，就今夜放你两个走了，等这秀才得了官，那时依旧来认亲。〔正旦云〕嬷嬷，只是走的好！〔唱〕

【黄钟尾】他折一枝丹桂群儒骇[26]，怎肯十谒朱门九不开？〔嬷嬷云〕若以后泄漏出些风声，枉坏了一世前程，拆散了一双佳配。常言道："一岁使长百岁奴[27]。"我耽着利害放您，则要一路上小心在意者！〔正旦云〕母亲年高，怎生割舍？〔嬷嬷云〕夫人处有我在此，你自放心去罢！〔正旦同裴谢科〕〔正旦唱〕不是我敢为非敢作歹，他也有风情有手策；你也会圆成会分解；我也肯过从肯耽待，便锁在空房、嫁在乡外，你道父母年高老迈，那里有女孩儿共爷娘相守到头白？女孩儿是你十五岁寄居的堂上客！〔同裴舍、梅香下〕

为自己远大前程着想，"便锁在空房、嫁在乡外"，也在所不顾，决不能依靠父母终身。有此想法，才能摆脱封建枷锁，走上自择佳偶的道路。

〔嬷嬷云〕他每去也。若夫人问时，说个谎道："不知怎生走了。"料夫人必然不敢声扬，等待他日后再来认亲，也未迟哩。〔下〕

〔1〕妗(jìn)子：舅母。

〔2〕禁持得煞:折磨得厉害。

〔3〕姻缘簿:古人迷信,认为阴间有一种记载婚姻关系的册子叫姻缘簿,它决定人间的婚姻关系。

〔4〕画眉的张敞:东汉人张敞与妻子很恩爱,常为其妻画眉。后常用以比喻夫妻恩爱。

〔5〕潘郎稔(rěn)色:西晋人潘岳有文才,容貌俊雅,出游时常有女子向他掷果,以示爱慕。稔色,美色。

〔6〕则管里作念的眼前活现:心里一味地想念着的,眼前就会出现。则管里,只管,一味地。

〔7〕细如弓一半儿蟾蜍(chánchú):半个细得像弓一样的月亮。蟾蜍,传说月宫中有嫦娥、玉兔、蟾蜍。此指月亮。

〔8〕三千世界:佛教用语,借指天、地、人间。

〔9〕十二瑶台:传说中的仙境,此借指裴、李幽会的楼台。

〔10〕月帘微簌(sù):月色转暗。

〔11〕风月规划:男女私相约会。

〔12〕赵杲送曾哀:一去不复返的意思。宋元俗谚:"赵杲送灯台,一去更不来。"故事说木匠鲁班要徒弟赵杲送灯台给海龙王,赵自作聪明,仿造了一个灯台送去,就一去不回来了。

〔13〕推粘翠靥(yè)遮宫额:借贴翠掩面以示含羞。

〔14〕撒滞殢(zhìtì):此为厚着颜面的意思。

〔15〕赢奸买俏去处:指酒楼、妓院等地。

〔16〕"瀛州方丈"二句:意谓并非来自遥远的仙界。瀛州(洲)、方丈、蓬莱,传说为海上三神山。

〔17〕踏断章台:章台,秦汉时皇帝接见大臣的宫名。通往章台的路称章台街,张敞曾由此上朝。这里是说裴少俊将骑上骏马往还于章台街,比张敞更胜一筹。

〔18〕穷酸饿醋:宋元时嘲骂书生的话。

〔19〕龙虎也招了儒士:龙虎,疑为龙女。即下文张生煮海故事中的琼

莲,她与儒士张羽成婚。

〔20〕刘向题倒西岳灵祠:刘向,即《沉香太子劈华山》故事中的刘彦昌,他赴考途经华岳娘娘庙,见塑像甚美,题诗庙壁,后得圣母娘娘爱恋,私与结合。

〔21〕张生煮滚东洋大海:传说书生张羽在石佛寺与龙女琼莲相遇,约为婚姻,至期张生在海边寻不见琼莲,便用东华仙姑所授之法煮沸大海,龙王被迫把龙女许配给他。

〔22〕"宴瑶池七夕会"四句:传说织女与牛郎结为夫妻,王母娘娘责其违反了天庭清规,划银河为界,让他们永远隔河相望,仅每年七夕能在鹊桥相见一次。这里表示决不相离。

〔23〕九里山前大会垓:大闹一场的意思。九里山,传说楚汉相争时,韩信在九里山前十面埋伏,大败项羽。

〔24〕拾的孩儿落的摔:比喻关系不亲密便不怜惜。

〔25〕和尚在钵盂在:比喻当事人被拿住,或是把柄被捉住。是俗谚"和尚不在钵盂在"的活用。

〔26〕"折一枝丹桂"两句:决不会长期不得中,定会一鸣惊人。蟾宫折桂,意为科举得中。

〔27〕"一岁使长百岁奴":当时对主人称使长。此句意:主人虽小,仍可支使年长的奴仆。

第 三 折

裴尚书自以为家教有方,儿子"不亲女色",哪知后花园内却隐藏着李千金和一双儿女达

〔裴尚书上,云〕自从少俊去洛阳买花栽子回来,今经七年。老夫常是公差,多在外,少在里。且喜少俊颇有大志,每日只在后花园中看书,直等功名成就,方才娶妻。今日是清明节令,

老夫待亲自上坟去，奈畏风寒，教夫人和少俊替祭祖去咱。〔下〕〔裴舍引院公上，云〕自离洛阳，同小姐到长安七年也，得了一双儿女：小厮儿叫做端端，女儿唤做重阳。端端六岁，重阳四岁。只在后花园中隐藏，不曾参见父母。皆是院公伏侍，连宅里人也不知道。今日清明节令，父亲畏风寒，我与母亲郊外坟茔中祭奠去。院公在意照顾，怕老相公撞见。〔院公云〕哥哥，"一岁使长百岁奴"，这宅中谁敢提起个李字？若有一些差失，如同那赵盾便有灾难[1]，老汉就是灵辄扶轮；王伯当与李密叠尸[2]，为人须为彻。休道老相公不来，便来呵，老汉凭四方口，调三寸舌，也说将回去。我这是蒯文通、李左车[3]。哥哥，你放心，倚着我呵，万丈水不教泄漏了一点儿。〔裴舍云〕若无疏失，回家多多赏你。〔下〕〔正旦引端端、重阳上，云〕自从跟了舍人来此呵，早又七年光景。得了一双儿女。过日月好疾也呵！〔唱〕

七年之久。这是多么有趣的带有讽刺性的喜剧情节。

【双调·新水令】数年一枕梦庄蝶[4]，过了些不明白好天良夜。想父母关山途路远，鱼雁信音绝。为甚感叹咨嗟？甚日得离书舍！

【驻马听】凭男子豪杰，平步上万里龙庭双凤阙；妻儿真烈，合该得五花官诰七香车[5]。也强如带满头花[6]，向午门左

【新水令】曲写尽李千金七年来幽居生活。【驻马听】曲突然转笔，说这样

的自由结合，才是“一天锦绣佳风月”，改换了金榜题名、洞房花烛那庸俗的一套。

右把状元接；也强如挂拖地红[7]，两头来往交媒谢。今日个改换别，成就了一天锦绣佳风月。

〔云〕我掩上这门，看有甚人来此。〔院公持扫帚上，云〕哥哥祭奠去了。嫂嫂跟前回复去咱。〔见科，云〕嫂嫂，舍人祭奠去了，院公特地说与嫂嫂得知。〔正旦云〕院公可要在意者，则怕老相公撞将来。〔院公云〕老汉有句话敢说么？今日清明节，有甚节令酒果，把些与老汉吃饱了，只在门首坐着，看有甚的人来。〔旦与酒肉吃科，院公云〕夜来两个小使长把墙头上花都折坏了，今日休教出来，只教书房中耍，则怕老相公撞见。〔正旦唱〕

【乔牌儿】当拦的便去拦，我把你个院公谢。想昨日被棘针都把衣袂扯，将孩儿指尖儿都掐破也。

〔端端云〕奶奶，我接爹爹去来。〔正旦云〕还未来哩。〔唱〕

【幺篇】便将球棒儿撇，不把胆瓶藉[8]；你哥哥[9]这其间未是他来时节，怎抵死的要去接。

端端、重阳要出来玩耍，千金要院公严加看守，院公阻止不遂，这些矛盾纠葛，为“秘密”被发现造足气氛。

〔院公云〕我门口去吃了一瓶酒，一分节食，觉一阵昏沉，倚着湖山睡些儿咱。〔端端打科〕〔院公云〕唬杀人也！小爷爷，你要到房里耍去！

〔又睡科，重阳打科〕〔院公云〕小奶奶，女孩家这般劣。〔又睡科，二人齐打介〕〔院公云〕我告你去也，快书房里去！〔裴尚书引张千上，云〕夫人共少俊祭奠去了，老夫心中闷倦，后花园内走一遭去，看孩儿做下的功课咱。〔见院公云〕这老子睡着了。〔做打科，院公做醒，着扫帚打科，云〕打你娘，那小厮。〔做见，慌科，尚书云〕这两个小的是谁家？〔端端云〕是裴家。〔尚书云〕是那个裴家？〔重阳云〕是裴尚书家。〔院公云〕谁道不是裴尚书家花园？小弟子还不去！〔重阳云〕告我爹爹、奶奶说去。〔院公云〕你两个采了花木，还道告你爹爹、奶奶去？跳起您公公来也，打你娘！〔两人走科，院公云〕你两个不投前面走，便往后头去！〔二人见旦科，云〕我两人接爹爹去，见一老爹，问是谁家的。〔正旦云〕孩儿也，我教你休出去，兀的怎了？〔尚书做意科，云〕这两个小的不是寻常之家，这老子其中有诈。我且到堂上看来。〔正旦唱〕

院公打孩子，把扫帚打到裴尚书头上，引起一场哄笑，收到喜剧效果。

【豆叶儿】接不着你哥哥，正撞见你爷爷。魄散魂消，肠慌腹热，手脚獐狂去不迭！相公把拄杖掂详[10]，院公把扫帚支吾，孩儿把衣袂掀者！

孩儿的天真、院公的尴尬、千金的惊恐、尚书的横蛮，均从刹那间看出。

〔尚书云〕咱房里去来。〔到书房，正旦掩门科〕〔尚书云〕更有谁家个妇人？〔院公云〕这妇人折了俺花，在这房内藏来。〔正旦唱〕

【挂玉钩】小业种把栊门掩上些，道不的跳天撅地十分劣；被老相公亲向园中撞见者，唬的我死临侵地难分说！〔尚书云〕拿的芙蓉亭上来。〔正旦唱〕氲氲的[11]脸上羞，扑扑的心头怯；喘似雷轰，烈似风车！

〔院公云〕这妇人折了两朵儿花，怕相公见，躲在这里，合当饶过教家去。〔正旦云〕相公可怜见，妾身是少俊的妻室。〔尚书云〕谁是媒人？下了多少钱财？谁主婚来？〔旦做低头科〕〔尚书云〕这两个小的是谁家？〔院公云〕相公不合烦恼，合欢喜！这的是不曾使一分财礼，得这等花枝般媳妇儿，一双好儿女，合做一个大筵席，老汉买羊去。大嫂，请回书房里去者。〔尚书怒科，云〕这妇人决是娼优酒肆之家！〔正旦云〕妾是官宦人家，不是下贱之人。〔尚书云〕噤声！妇人家共人淫奔，私情来往，这罪过逢赦不赦[12]。送与官司问去，打下你下半截来！〔正旦唱〕

既已败露，索性挺身而出，据理争辩，亦见李千金的爽朗性格。

【沽美酒】本是好人家女艳冶，便待要兴词讼，发文牒，送到官司遭痛决；人心非铁，逢赦不该赦？

【太平令】随汉走怎说三贞九烈？勘奸情八棒十挟；谁识他歌台舞榭，甚的是茶房酒舍。相公便把贱妾拷折下截，并不是风尘烟月！

〔尚书云〕则打这老汉，他知情。〔张千云〕这个老子，从来会勾大引小。〔院公云〕相公，七年前舍人哥哥买花栽子时，都是这厮搬大引小，着舍人刁将来的。〔张千云〕老子攀下我来也。〔尚书云〕是了，敢这厮也知情。〔正旦唱〕

【川拨棹】赛灵辄[13]，蒯文通、李左车，都不似季布喉舌，王伯当尸叠。更做道向人处无过背说，是和非须辨别。

〔尚书云〕唤的夫人和少俊来者。〔夫人、裴舍上，见科〕〔尚书云〕你与孩儿通同作弊，乱我家法。〔夫人云〕老相公，我可怎生知道。〔尚书云〕这的是你后园中七年做下功课！我送到官司，依律施行者。〔裴舍云〕少俊是卿相之子，怎好为一妇人，受官司凌辱？情愿写与休书便了，告父亲宽恕！〔正旦唱〕

原来只瞒了老头子，可见封建家长统治的失灵。

把少俊写得太懦弱了。

【七弟兄】是那些劣懒[14]、痛伤嗟，也时乖运蹇遭磨灭。冰清玉洁肯随邪？怎生的拆开我连理同心结。

〔尚书云〕我便似八烈周公，俺夫人似三移孟母。都因为你个淫妇，枉坏了我少俊前程，辱没了我裴家上祖。兀那妇人你听者：你既为官宦人家，如何与人私奔？昔日无盐采桑于村野，齐王车过见了，欲纳为后，同车。而无盐曰："不可，尚书极力要维护封建礼法，千金要冲破它，喜剧冲突渐趋尖锐。

禀知父母，方可成婚；不见父母，即是私奔。”呸！你比无盐败坏风俗，做的个男游九郡、女嫁三夫。〔正旦云〕我则是裴少俊一个！〔尚书怒云〕可不道女慕贞洁，男效才良[15]；聘则为妻，奔则为妾[16]。你还不归家去！〔正旦云〕这姻缘也是天赐的！〔尚书云〕夫人，将你头上玉簪来。你若天赐的姻缘，问天买卦，将玉簪向石上磨做了针儿一般细，不折了便是天赐姻缘，若折了便归家去也！〔正旦唱〕

【梅花酒】他毒肠狠切，丈夫又软揣[17]些些；相公又恶噷噷乖劣，夫人又叫丫丫似蝎螫：“你不去望夫石上变化身，筑坟台上立个碑碣[18]？”待教我漫懒懒，愁万缕闷千叠。心似醉，意如呆；眼似瞎，手如瘸；轻拈掇，慢拿捻！

【收江南】呀！珰叮珰掂做了两三截。有鸾胶难续玉簪折，则他这夫妻儿女两离别。总是我业彻，也强如参辰日月不交接。

〔尚书云〕可知道玉簪折了也。你还不肯归家去？再取一个银壶瓶来，将着游丝儿系住，到金井内汲水，不断了便是夫妻；瓶坠簪折，便归家去！〔正旦云〕可怎了也！〔唱〕

【雁儿落】似陷人坑千丈穴，胜滚浪

千堆雪。恰才石头上损玉簪，又教我水底捞明月。

【得胜令】冰弦断，便情绝；银瓶坠，永离别。把几口儿分两处。〔尚书云〕随你再嫁别人去。〔正旦唱〕谁更待双轮碾四辙[19]！恋酒色淫邪，那犯七出[20]的应拼舍；享富贵豪奢，这守三从[21]的谁似妾！

〔尚书云〕既然簪折瓶坠，是天着你夫妻分离。着这贼丑生与你一纸休书，便着你归家去。少俊，你只今日便与我收拾琴剑书箱，上朝求官应举去，将这一儿一女收留在我家。张千，便与我赶离了门者。〔下〕〔裴舍与旦休书科〕〔正旦云〕少俊，端端，重阳，则被你痛杀我也！〔唱〕

【沉醉东风】梦惊破情缘万结，路迢遥烟水千叠；常言道有亲娘有后爷，无亲娘无疼热。他要送我到官司逞尽豪杰，多谢你把一双幼女痴儿好觑者，我待信拖拖去也。

欲扬先抑，此处写离别之悲伤，为的是衬托后面的欢乐。孟称舜评【沉醉东风】曲云：“痛绝之语，语语本色。”

〔云〕端端，重阳儿也！你晓事些儿个，我也不能勾见你了也！〔唱〕

【甜水令】端端共重阳，他须是你裴家枝叶；孩儿也！啼哭的似痴呆，这须是我子母情肠断牵断惹，兀的不痛杀人也！

【折桂令】果然人生最苦是离别，方信道花发风筛，月满云遮。谁更敢倒凤颠鸾，撩蜂剔蝎，打草惊蛇。坏了咱墙头上传情简帖，拆开咱柳阴中莺燕蜂蝶。儿也咨嗟，女又拦截，既瓶坠簪折，咱义断恩绝！

〔张千云〕娘子，你去了罢，老相公便着我回话哩。〔正旦云〕少俊，你也须送我归家去来。〔唱〕

【鸳鸯煞】休把似残花败柳冤仇结，我与你生男长女填还彻。指望生则同衾，死则共穴。唱道题柱胸襟，当垆的志节。也是前世前缘，今生今业。少俊呵，与你干驾了会香车〔24〕，把这个没气性的文君送了也！〔下〕

这样写，见得少俊写休书，是为了瞒着父亲，为后面夫妇团圆留地步。从喜剧结构看，也要求在本折结束时缓解悲切气氛。

〔裴舍云〕父亲，你好下的也！一时间将俺夫妻子女分离，怎生是好？张千，与我收拾琴剑书箱，我就上朝取应去，一面瞒着父亲，悄悄送小姐回到家中，料也不妨。〔诗云〕正是石上磨玉簪，欲成中央折；井底引银瓶，欲上丝绳绝。两者可奈何，似我今朝别！果若有天缘，终当做瓜葛。〔下〕

〔1〕“赵盾有灾难”二句：意为舍命相助。赵盾，春秋时晋国大夫，有功于

国，晋灵公听信谗言，迫害赵盾，赵被迫出逃，民间勇士灵辄（zhé）曾为其推轮，助他脱难。

〔2〕王伯当与李密叠尸：有难同当之意。李密是隋末农民起义军领袖之一，降唐后又叛离，被李世民杀死。王伯当是李密手下大将。传说李密死于山涧之中，王伯当誓不降唐，也投涧自杀，所以有“叠尸”之说。

〔3〕蒯（kuǎi）文通、李左车：汉初著名舌辩之士。

〔4〕一枕梦庄蝶：比喻婚后生活如梦幻一般过去。庄子曾梦见自身化蝶，能自在飞翔。

〔5〕五花官诰七香车：封建时代，皇帝对五品以上官员的妻子的册封，用五色金花绫纸书写，称五花诰，配给使用的车辆缀有香囊，叫七香车。

〔6〕满头花：金元时贵族妇女外出时的盛装。

〔7〕拖地红：古代妇女结婚时穿的红帔。

〔8〕胆瓶：长颈大腹，呈胆形的花瓶。藉，顾惜。

〔9〕你哥哥：宋元时风俗，母亲有对子女称他们的父亲为哥哥的。

〔10〕掂详：估量、思索。

〔11〕氲（yūn）氲的：难堪的。

〔12〕罪过逢赦不赦：罪大恶极，不能赦免。

〔13〕“赛灵辄”数句：讥讽老院公说话不算数。季布，楚汉时人，以豪侠、重信义著称。

〔14〕劣㦬：粗鲁、暴躁。

〔15〕“女慕贞洁”二句：女子要学贞洁，男子要学有才能的贤人。语见《千字文》。

〔16〕“聘则为妻”二句：明媒正娶为妻，私自投奔只能做妾。语出《礼记·内则》。

〔17〕软揣：软弱。

〔18〕“望夫石上变化身”二句：意为为丈夫守节而死，在坟头上立个贞节碑。

〔19〕双轮碾四辙：比喻一女嫁两夫。

〔20〕七出：按封建礼教规定，凡妇女有下列罪名之一者，便可离异：无子、口舌、恶病、淫、盗、妒、不事翁姑。

〔21〕三从：封建礼教要求妇女"在家从父，出嫁从夫，夫死从子"。

〔22〕干驾了会香车：白做了一场夫妻。传说卓文君与司马相如同坐香车私奔。

第 四 折

〔正旦引梅香上，云〕自从裴少俊将我休弃了，回到洛阳，父母双亡，遗下几个使数和那宅舍庄田，依还的享用富贵不尽；则是撇下一双儿女，又未知少俊应举去，得官也不曾？好伤感人也！〔唱〕

这曲子写得风光旖旎，情思缠绵，表现文采派的特征。把裴、李的秘密同居比作金枷玉锁，称作风流牢狱，确切而又精警。

【中吕·粉蝶儿】帘卷虾须[1]，冷清清绿窗朱户，闪杀我独自离居。落可便想金枷，思玉锁，风流的牢狱。〔内做鸟鸣科〕〔唱〕谁叫你飞出巴蜀[2]，叫离人不如归去！

【醉春风】家万里梦蝴蝶，月三更闻杜宇。则兀那墙头马上引起欢娱，怎想有这场苦，苦！都则道百媚千娇，送的人四分五落，两头三绪。

〔裴舍上，诗云〕亲捧丹书下九重，路人争识五花骢。想来全是文章力,未必家门积善功。小官裴少俊,自从上朝取应,一举状元及第,就除洛阳县尹之职。来到这洛阳城,我且换了衣服,跟寻我那李千金小姐去。问人来,则这里便是李总管家府门首。兀的不是梅香,小姐在家么?〔梅香见科,云〕我则做不知。我这里有甚么小姐。这个汉子不达时务,你这里立地,我家去也。〔见旦科,云〕你欢喜也,姐夫在门首。〔正旦云〕这妮子又胡说。果然是他,你看他穿着甚么衣服哩?〔梅香云〕他穿着秀才的衣服。小姐,真个我不说谎。

〔正旦云〕可怎生穿着秀才衣服?〔唱〕

【满庭芳】长安应举,羞归故里,懒睹乡间。他那里谈天口[3]喷珠玉,一划的"者也之乎";他那三昧手能修手模[4],读五车书会写休书;教斋长[5]休题柱,想他人有怨语,兀的不笑杀汉相如。

以下数曲,痛快淋漓,对封建的婚姻观念极尽挖苦讽刺之能事。

〔裴舍云〕梅香进去了就不出来,我自过去。〔做见旦科,云〕小姐,间别无恙?今日还来寻你,依旧和你相好,重做夫妻。〔正旦云〕裴少俊,你是说甚么话?〔唱〕

【普天乐】你待结绸缪,我怕遭刑狱;我人心似铁,他官法如垆。你娘并无那子母情,你爷怎肯相怜顾。问的个下惠先生针对前尚书语："你比无盐败坏风俗，做的个男游九郡、女嫁三夫。"

无言语，他道我更不贤达败坏风俗，怎做家无二长、男游九郡、女嫁三夫！

〔裴舍云〕小姐，我如今得了官也。我父亲致仕闲居。我特来认你。我就在此处为县尹。〔正旦唱〕

【迎仙客】你封为三品官，列着八椒图[6]；你父亲告致仕却离了京兆府。吏部里注定迁移，户部里革罢了俸禄，枉教他遥授着尚书[7]，则好教管着那普天下姻缘簿。

〔裴舍云〕我则今日就搬将行李来。〔正旦云〕我这里住不的。〔唱〕

【石榴花】常言道好客不如无，抢出去又何如，我心中意气怎消除？你是寗付，负予何辜[8]？既为官怎脸上无羞辱！〔裴舍云〕我与你是儿女夫妻，怎么不认我？〔正旦唱〕你道我不识亲疏，虽然是眼中没的珍珠处，也须知略辨个贤惠。

〔裴舍云〕这是我父亲之命，不干我事。〔正旦唱〕

针对前尚书语："我便似八烈周公，俺夫人似三移孟母。"以其人之言反驳其人之行，批判锐利，并增加喜剧性。

【斗鹌鹑】一个是八烈周公，一个是三移孟母。我本是好人家孩儿，不是娼人家妇女；也是行下春风望夏雨[9]，待要做眷属，枉坏了少俊前程，辱没了你裴家上祖。

〔裴舍云〕小姐,你是个读书聪明的人,岂不闻:"子甚宜其妻,父母不悦,出!子不宜其妻,父母曰:是善事我,则行夫妇之礼焉,终身不衰。"[10]〔正旦云〕裴少俊,你是不知,听我说与你咱。〔唱〕

【上小楼】恁母亲从来狠毒,恁父亲偏生嫉妒。治国忠直,操守廉能,可怎生做事糊突。幸得个鸾凤交,琴瑟谐,夫妻和睦,不似你裴尚书替儿嫌妇。

〔尚书引夫人、端端、重阳上,云〕老夫裴尚书。我问人来,这便是李总管家府里。听的少俊孩儿得了官,授本处县尹,媳妇儿不肯认他。我引着两个孩儿同老夫人,可早来到也。左右,报复去。道:"裴尚书在于门首。"〔祗候报科〕〔裴舍云〕呀,父亲在门首,我接去。父亲,你孩儿得了官也,授本处县尹。媳妇不肯相认,道我当初休了他来。〔尚书云〕孩儿在那里?〔见旦科,云〕儿也,谁知道你是李世杰的女儿。我当初也曾议亲来,谁知道你暗合姻缘,你可怎生不说!你是李世杰的女儿,我则道你是优人娼女;我如今和夫人、两个孩儿牵羊担酒,一径的来替你陪话,可是我不是了。左右,将酒来,你满饮此一杯。〔正旦唱〕

裴尚书前后两副面孔,颇具讽刺意味。然未免转弯太快。虽是儿子高中得官,有了前程,又知千金为李世杰之女,门当户对,但"聘则为妻,奔则为妾"又如何自圆其说?处处强调李千金出身高贵,并非风尘烟月,是本剧一大弱点,反映了作者思想的局限性。

【幺篇】他把酒盏儿擎，我便把认字儿许。〔夫人云〕你看我的面皮，我替你抬举的两个孩儿偌大也，你认了俺者。〔端端、重阳云〕奶奶，你认了俺者！〔正旦唱〕赤紧的陶母熬煎[11]，曾参错见，太公跋扈。一个儿，一个女，都一时啼哭。〔带云〕哎！儿，则被你想杀我也！〔唱〕须是俺断不了子母肠肚。

〔尚书云〕哎，你认了我罢！〔正旦云〕你休了我，我断然不认！〔尚书云〕你既不认，引着孩儿回去。〔端端、重阳悲云〕奶奶你好狠也，则被你痛杀我也！你若不认，要我两个性命怎的？我两个死了罢！〔正旦云〕我待不认来呵，不干你两个事。罢，罢，罢！我认了罢！公公，婆婆，你受媳妇儿拜。〔尚书云〕既是孩儿认了，将酒来，我与你庆喜。你满饮一杯者！〔正旦拜受科〕〔唱〕

【十二月】这是你自来的媳妇，今日参拜公姑。索甚擎壶执盏，又怕是定计铺谋。猛见了玉簪银瓶，不由我不想起当初。

【尧民歌】呀，只怕簪折瓶坠写休书。〔尚书云〕孩儿，旧话休提。〔正旦唱〕他那里做小伏低劝芳醑，将一杯满饮醉模糊。〔裴舍云〕小姐，须索欢喜咱。〔正旦唱〕有甚心情

尽管尚书赔情认错，千金还是不从。只是儿女求情，方才认了。这就表现了李非屈服于封建礼教，而是感于儿女之情才这样做的。既认之后，还要来几句揶揄讽刺，足见其锋芒未减。

笑欢娱？踌也波踊，贼儿胆底虚又怕似赶我归家去！

〔尚书云〕孩儿也，您当初等我来问亲可不好？你可瞒着我私奔来宅内，你又不说是李世杰女儿。〔正旦云〕父亲，自古及今，则您孩儿私奔哩！〔唱〕

【耍孩儿】告爹爹奶奶听分诉：不是我家丑事将今喻古，只一个卓王孙气量卷江湖[12]，卓文君美貌无如，他一时窃听求凰曲，异日同乘驷马车，也是他前生福。怎将我墙头马上，偏输却沽酒当垆！

【煞尾】今日个五花诰准应言，七香车谈笑取。愿普天下姻眷皆完聚，荷着万万岁当今圣明主！

〔尚书云〕今日夫妻团圆，杀羊造酒，做庆喜的筵席。〔诗云〕从来女大不中留，马上墙头亦好逑。只要姻缘天配合，何必区区结彩楼！

题目　李千金月下花前

正名　裴少俊墙头马上

本剧着力刻画李千金为追求爱情而一往无前的倔强斗争性格，尖锐批判三贞九烈等封建礼法，用写人物前倨后恭的手法生发喜剧效果。末曲提出“愿普天下姻眷皆完聚”，其善良愿望与《西厢》相似。“只要姻缘天（当作‘人’解）配合，何必区区结彩楼”的提法也具有进步意义。

〔1〕虾须：指代精致的竹帘。

〔2〕“飞出巴蜀”二句：传说古蜀王杜宇死后身变杜鹃，啼声似“不如归去”。这里借以表达李千金思归夫家的情绪。

〔3〕谈天口：形容人能说善辩，海阔天空，口才出众。

〔4〕“三昧手能修手模”两句:讽刺裴少俊读了满腹诗书只会写休书、打手印。

〔5〕斋长:原指太学生,这里借指裴少俊。

〔6〕三品官、八椒图:泛指高官显位。八椒图,古代官署门上刻绘的龙形图案。

〔7〕“遥授着尚书”二句:意谓裴少俊的父亲曾为尚书,现在罢了官,应该叫他去管人家闲事,拆散人家夫妻。

〔8〕你是窨付,负予何辜:意为你试扪心自问,为什么这样欺负我。元剧“是”字每与“试”字通用。“负予”原作“负与”。

〔9〕行下春风望夏雨:比喻既已私自结合,定将有始有终。

〔10〕“子甚宜其妻”数句:语出《礼记·内则》。宜,和谐。

〔11〕“陶母熬煎”三句:陶母,陶侃母亲,贫困时曾以其辛劳所得,供子交游;曾参因被误传杀人,使其母停织机出走;太公,刘邦父亲。刘邦称帝以后,仍要五日一次朝见其父。

〔12〕“卓王孙气量卷江湖”数句:意为卓王孙终于谅解了私奔司马相如的女儿卓文君。卓文君是因窃听了相如弹奏的凤凰曲而与其结为夫妻的。

后 记

白朴,字仁甫,一字太素,号兰谷,真定人。其父白华,与金时著名诗人元好问为好友。金亡时,白华被留在南宋,不能北归,白朴从小在元好问家长大,得到元氏的教育培养。他写的散曲、杂剧,格调高雅。《太和正音谱》称其“风骨磊磈,词源滂沛,若大鹏之起北溟,奋翼凌乎九霄,有一举万里之志”。

此剧源于白居易《井底引银瓶》诗。《录鬼簿》题作《鸳鸯简墙头马上》。《宋史·乐志》载宋无名氏杂剧有《裴少俊伊州》一本,已出现男主角“裴少俊”的名字。《辍耕录》所载金院本,有《墙头马》(“马”后落“上”字)和《鸳鸯简》两本。可见这一故事早被搬上舞台。

宋元戏文中也有这一故事的剧本。据《永乐大典》本《宦门子弟错立身》歌咏当时通行的戏文题目二十几种,其中就提到《墙头马上》(徐渭《南词叙录》记“宋元旧篇”,其中就有《裴少俊墙头马上》);沈璟《南九宫谱》所载散曲“刷子序”,歌咏许多爱情故事,其中也有“叹古今,马上墙头,继着月夜闻筝”。

白朴此剧一反白诗的主旨。白诗在题目下明确说明:“止淫奔也。”篇末词句:“为君一日恩,误妾百年身;寄言痴小人家女，慎勿将身轻许人！”见出他在真实地反映了唐代社会风俗的同时，表现出维护封建礼教的思想局限。白朴此剧把裴、李的幽会、私奔看成自由择配的合理现象，因而大大提高了作品反封建束缚的主题思想。

明清时有叙述墙头马上故事的《青梅歌》，见于《国色天香》卷二。篇末大发议论：“嗟乎！时有先后，事无古今，盖妇人一失其身，人所贱恶；始虽以欲而迷，后必有时而悔。士君子立身一败，而万事瓦裂，何以异哉！”说教意味甚浓。

《墙头马上》的喜剧性冲突，在于不同人物之间思想性格的尖锐对立而造成的主观与客观、言与行的矛盾。裴行俭自诩是“八烈周公”，夫人是“三移孟母”，并相信他的儿子在封建教育的熏陶下，“不亲酒色”；因而认为差儿子去洛阳买花栽子，“万无一失”。而少俊亦自称“只亲诗书，不通女色”。可是一到洛阳，见到李千金，就大为倾倒，写诗“嘲拨”，与之私会。而李千金也一见钟情，敢与少俊私奔，并且匿居于堂堂尚书府的后花园中，生男育女，竟达七年之久！这就产生了相当强烈的讽刺性的喜剧效果。而当裴尚书发现他们的“秘密”后，又以为挥舞他那封建家长的棍棒就能制服李千金。谁知李千金并不是封建束缚的驯服者，她既敢于自择配偶，敢于私奔，也就敢于面对指责而一一据理驳斥。即使被休而回到娘家，仍然没有屈服。最后裴尚书不得不率领全家向李千金赔礼道歉。千金感于儿女之情，虽然同意回到裴家，却仍不放过挖苦、讽刺裴尚书的机会，以撕破其“神圣”“庄严”的封建说教的外衣，露出虚伪、丑陋、可笑的真相，从而造成令人拍手称快的喜剧效果。

但此剧也有一些缺点：如说裴、李两家原已议婚，这就把一场带根本性的冲突化为误会，从而削弱了裴、李自择配偶的意义；裴、李讹诈乳母的情节，也有损于李千金的性格；李千金在遇裴少俊以前的一些曲白，也与深闺少女的身份不大相称，等等。中华人民共和国成立后，上海京昆剧团改编上演的《墙头马上》，改李千金为李倩君，发扬了原著精华，并纠正了白朴原著中的一些缺点，使它成为一部适宜于今日舞台演出的优秀剧目。

本书校勘时，以《元曲选》为底本，以孟称舜《柳枝集》为参校本。间有订正，不一一注明。

西厢记

〔元〕王实甫

张人和　注释

黄秉泽　审订

第一本　张君瑞闹道场

楔　子[1]

〔外[2]扮老夫人上开[3]〕老身姓郑，夫主姓崔，官拜前朝相国，不幸因病告殂。生得个小姐，小字莺莺，年一十九岁，针黹女工，诗词书算，无不能者。老相公在日，曾许下老身之侄——乃郑尚书之长子郑恒——为妻。因俺孩儿父丧未满，未得成合。又有个小妮子，是自幼伏侍孩儿的，唤做红娘。一个小厮儿[4]，唤做欢郎。先夫弃世之后，老身与女孩儿扶柩至博陵[5]安葬；因路途有阻，不能得去。来到河中府[6]，将这灵柩寄在普救寺内。这寺是先夫相国修造的，是则天娘娘香火院，况兼法本长老又是俺相公剃度[7]的和尚；因此俺就这西厢下一座宅子安下。一壁[8]写书附京师去，唤郑恒来相扶回博陵去。我想先夫在日，食前方丈[9]，从者数百；今日至亲则这三四口儿，好生伤感人也呵！

本剧是一曲爱情战胜礼教的颂歌。剧中生动传神的性格描写，优美浓烈的抒情色彩，饶有风趣的喜剧画面，富有独特的艺术魅力。明人李卓吾称其为“化工”之作。陈继儒谓：“其文反反复复，重重叠叠，见精神而不见文字，即所称‘千古第一神物’，亶其然乎！”

由老夫人自报家门，不仅交代了家庭身世，点明了人物关系，也透露出她看重门第家谱的封建意识，预示了戏剧冲突的社会根源。

【仙吕·赏花时】夫主京师禄命终，子母孤孀途路穷；因此上旅榇在梵王宫[10]。盼不到博陵旧家，血泪洒杜鹃红。

今日暮春天气，好生困人，不免唤红娘出来分付他。红娘何在？〔旦俫[11]扮红见科〕〔夫人云〕你看佛殿上没人烧香呵，和小姐闲散心耍一回去来。〔红云〕谨依严命。〔夫人下〕〔红云〕小姐有请。〔正旦扮莺莺上〕〔红云〕夫人着俺和姐姐佛殿上闲耍一回去来。〔旦唱〕

淡淡一语，既描写夫人对女儿的关切，又交代红娘的职责，既明写莺莺所受的拘束，又暗伏崔、张邂逅的线索。

【幺篇】可正是人值残春蒲郡[12]东，门掩重关萧寺[13]中；花落水流红，闲愁万种，无语怨东风。〔并下〕

〔1〕楔子：元杂剧一般分为四折，有的还加“楔子”，用来介绍人物、交代情节，相当于现代戏剧中的序幕或过场。

〔2〕外：这里是“外旦”的省称。

〔3〕开：开场。

〔4〕小厮儿：小男孩儿。

〔5〕博陵：今河北定州一带，唐置博陵郡。

〔6〕河中府：今山西永济一带，唐置河中府。

〔7〕剃度：指和尚剃发出家。和尚出家时要有施主买好度牒，布施衣物，这个和尚便是那个施主剃度的。

〔8〕一壁：一面。

〔9〕食前方丈：眼前食物，一丈见方，极言饮食莱肴的丰盛。

〔10〕旅榇（chèn）：暂时寄放在外的灵柩。榇，棺材。梵（fàn）王宫：泛指佛寺。

〔11〕旦徕(lái):徕,元杂剧里儿童的俗称。旦徕指年龄小的女角,即小旦。

〔12〕蒲郡:指河中府。

〔13〕萧寺:梁武帝萧衍信佛,建造了许多佛寺,后亦习称佛庙为萧寺。

第一折

〔正末扮张生骑马引仆上开〕小生姓张,名珙,字君瑞,本贯西洛人也[1]。先人拜礼部尚书,不幸五旬之上,因病身亡。后一年丧母。小生书剑飘零,功名未遂,游于四方。即今贞元十七年二月上旬,唐德宗即位,欲往上朝取应[2]。路经河中府过。蒲关上,有一故人,姓杜名确,字君实,与小生同郡同学,当初为八拜之交。后弃文就武,遂得武举状元,官拜征西大元帅,统领十万大军,镇守着蒲关。小生就望哥哥一遭,却往京师求进。暗想小生萤窗雪案[3],刮垢磨光[4],学成满腹文章,尚在湖海飘零,何日得遂大志也呵!万金宝剑藏秋水[5],满马春愁压绣鞍。

凌濛初曰:"院本皆供应内用,故当场须称曩时庙号以为别。考戏剧中无不如此者,盖其体也。"按剧中开场宾白,角色自报姓名履历,兼称曩时庙号,沿自评话说唱而然。

【仙吕·点绛唇】游艺中原,脚根无线、如蓬转[6]。望眼连天,日近长安远[7]。

【混江龙】向诗书经传,蠹鱼[8]似不出费钻研。将棘围[9]守暖,把铁砚磨穿。

抒发了张生对科举考试埋没人才的强烈不满。

投至得[10]云路鹏程九万里[11]，先受了雪窗萤火二十年。才高难入俗人机，时乖不遂男儿愿。空雕虫篆刻[12]，缀断简残编[13]。

行路之间，早到蒲津。这黄河有九曲，此正古河内之地，你看好形势也呵！

咏黄河雄伟气势，抒张生抱负、气魄。

【油葫芦】九曲风涛何处显，只除是此地偏。这河带齐梁，分秦晋，隘幽燕；雪浪拍长空，天际秋云卷；竹索缆浮桥，水上苍龙偃；东西汇九州，南北串百川。归舟紧不紧[14]如何见？却便似弩箭乍离弦。

【天下乐】只疑是银河落九天；渊泉、云外悬，入东洋不离此径穿。滋洛阳千种花，润梁园[15]万顷田，也曾泛浮槎[16]到日月边。

话说间早到城中。这里一座店儿，琴童接下马者！店小二哥那里？〔小二上，云〕自家是这状元店里小二哥。官人要下[17]呵，俺这里有干净店房。〔末云〕头房里下，先撒和[18]那马者！小二哥，你来，我问你：这里有甚么闲散心处？名山胜境，福地宝坊皆可。〔小二云〕俺这里有一座寺，名曰普救寺，是则天皇后香火院，盖造非俗：琉璃殿相近青霄，舍利塔[19]直侵云汉。南来北往，三教九流，过者无不瞻仰，则除那里可以君子游玩。〔末云〕琴童料持下晌午饭！俺到那里

用夸张手法极写寺院的庄严肃穆，与后崔、张佛殿乍逢的喜剧性场面，形成强烈对照。

走一遭便回来也。〔仆云〕安排下饭，撒和了马，等哥哥回家。〔下〕〔法聪上〕小僧法聪，是这普救寺法本长老座下弟子。今日师父赴斋去了，着我在寺中，但有探长老的，便记着，待师父回来报知。山门[20]下立地，看有甚么人来。〔末上，云〕却早来到也。〔见聪了，聪问云〕客官从何来？〔末云〕小生西洛至此，闻上刹[21]幽雅清爽，一来瞻仰佛像，二来拜谒长老。敢问长老在么？〔聪云〕俺师父不在寺中，贫僧弟子法聪的便是，请先生方丈[22]拜茶。〔末云〕既然长老不在呵，不必吃茶；敢烦和尚相引，瞻仰一遭，幸甚！〔聪云〕小僧取钥匙，开了佛殿、钟楼、塔院、罗汉堂[23]、香积厨[24]，盘桓一会，师父敢待回来。〔做看科〕〔末云〕是盖造得好也呵！

【村里迓鼓】随喜[25]了上方佛殿，早来到下方僧院。行过厨房近西，法堂北，钟楼前面。游了洞房，登了宝塔，将回廊绕遍。数了罗汉，参了菩萨，拜了圣贤[26]。〔莺莺引红娘拈花枝上，云〕红娘，俺去佛殿上耍去来。〔末做见科〕呀！正撞着五百年前风流业冤[27]。

一部《西厢》俱由此一遇引起。

【元和令】颠不剌[28]的见了万千，似这般可喜娘的庞儿罕曾见。则着人眼花撩乱口难言，魂灵儿飞在半天。他那里尽

【元和令】以下四曲，极力形容莺莺的美丽。先总写一笔，然后分写妆饰容貌、声音动作、腰肢体态，绘形绘声，充分渲染了一个贵族小姐的柔弱娇媚。

人调戏亸[29]着香肩，只将花笑拈。

【上马娇】曲格律，"偏"字断作一句，然字断而意接。

【上马娇】这的是兜率宫[30]，休猜做了离恨天[31]。呀，谁想着寺里遇神仙！我见他宜嗔宜喜春风面，偏、宜贴翠花钿[32]。

【胜葫芦】则见他宫样眉儿新月偃，斜侵入鬓云边。〔旦云〕红娘，你觑：寂寂僧房人不到，满阶苔衬落花红。〔末云〕我死也！未语人前先腼腆，樱桃红绽[33]，玉粳[34]白露，半晌恰方言。

【幺篇】恰便似呖呖莺声花外啭，行一步可人怜。解舞腰肢娇又软，千般袅娜，万般旖旎[35]，似垂柳晚风前。

对张生的顾盼眷恋之意，尽在这无声的回顾一觑中。与前张生见崔后的惊诧羡艳相呼应。这一爱一恋，构成一部《西厢》关窍。

〔红云〕那壁有人，咱家去来。〔旦回顾觑末下〕〔末云〕和尚，恰怎么观音现来。〔聪云〕休胡说，这是河中开府[36]崔相国的小姐。〔末云〕世间有这等女子，岂非天姿国色乎。休说那模样儿，则那一对小脚儿，价值百镒[37]之金。〔聪云〕偌[38]远地，他在那壁，你在这壁，系着长裙儿，你便怎知他脚儿小？〔末云〕法聪，来，来，来，你问我怎便知，你觑：

【后庭花】若不是衬残红芳径软，怎显得步香尘底样儿[39]浅。且休题眼角儿留情处,则这脚踪儿将心事传。慢俄延,投至到栊门儿前面,刚那[40]了一步远。刚刚的打个照面,风魔了张解元[41]。似神仙归洞天,空余下杨柳烟,只闻得鸟雀喧。

【柳叶儿】呀,门掩着梨花深院,粉墙儿高似青天。恨天,天不与人行方便,好着我难消遣,端的是怎留连。小姐呵,则被你兀的不引了人意马心猿[42]。

〔聪云〕休惹事,河中开府的小姐去远了也。〔末唱〕

【寄生草】兰麝香仍在,佩环声渐远。东风摇曳垂杨线,游丝牵惹桃花片,珠帘掩映芙蓉面。你道是河中开府相公家,我道是南海水月观音现。

“十年不识君王面,始信婵娟解误人。”小生便不往京师去应举也罢。〔觑聪云〕敢烦和尚对长老说知,有僧房借半间,早晚温习经史,胜如旅邸内冗杂;房金依例拜纳,小生明日自来也。

【赚煞】饿眼望将穿,馋口涎空咽,空着我透骨髓相思病染,怎当他临去秋波那一转!休道是小生,便是铁石人也意惹情牵。近庭轩,花柳争妍,日午当庭塔影圆。

此曲分三层写莺莺去远:首二句写余香余声,是实境;中三句写余影余形,是比兴;末二句写张生出神,是想象。骈俪蕴藉的语句,符合一个有美好愿望与文化修养的青年的口吻,读来真令人口角生香。极写张生情思,结得有力。

春光在眼前，争奈玉人不见，将一座梵王宫疑是武陵源[43]。〔并下〕

〔1〕本贯：原籍。西洛：洛阳。

〔2〕往上朝取应：进京参加科举考试。

〔3〕萤窗雪案：指勤奋刻苦读书。萤窗，晋人车胤家贫好学，常无灯烛，夏夜捉萤火虫放在白纱袋里照着读书。雪案，晋人孙康好学，家穷无钱买油点灯，冬天夜晚常借用雪光读书。

〔4〕刮垢磨光：语出韩愈《进学解》。原意是刮去污垢，磨出光泽，比喻人才一经磨练就能放出光辉。这里是勤学不懈的意思。

〔5〕万金宝剑藏秋水：比喻才学未能施展，如万金的宝剑隐藏着四射的光芒。秋水，以秋水的明净、清亮，比喻宝剑的光芒。

〔6〕蓬：草名，又名“飞蓬”，开小白花，秋天草枯根断，随风飞转。常用来比喻行踪的飘泊不定。

〔7〕日近长安远：东晋明帝司马绍幼年的时候，其父晋元帝有一次问：“太阳与长安哪个近？”司马绍回答：“日近。因为抬头只见太阳，不见长安。”这里意为进京求取功名太艰难。

〔8〕蠹（dù）鱼：蛀书虫。

〔9〕棘围：指科举时代的考场。为了防止扰乱作弊，试院的围墙上都插上棘枝，所以称试院为棘院、棘围或棘闱。

〔10〕投至得：直等到。

〔11〕云路鹏程九万里：这里是用鹏鸟的远举高飞比喻人的功名成就。

〔12〕雕虫篆刻：原意是把文章辞赋比喻为小技，这里指写诗作文。

〔13〕缀断简残编：原意是搜集整理古籍，这里指钻研学问。

〔14〕紧不紧：即紧。元杂剧常在原来肯定词下面加否定词以加重语气。

〔15〕梁园：即兔园，汉朝梁孝王刘武所建，故址在今河南商丘东。

〔16〕浮槎（chá）：木排竹筏。传说汉代张骞曾乘浮槎从黄河到天河，见

到了牛郎和织女。

〔17〕下:住下,住宿。

〔18〕撒和:以草料喂牲口。

〔19〕舍利塔:贮藏大和尚骨灰的塔。

〔20〕山门:寺庙的大门。

〔21〕上刹(chà):贵庙,尊寺。

〔22〕方丈:住持和尚的居室。

〔23〕罗汉堂:安置释迦牟尼弟子五百罗汉塑像的佛堂。

〔24〕香积厨:寺院的厨房。

〔25〕随喜:游览佛寺。

〔26〕圣贤:对神佛的敬称,这里指佛祖释迦牟尼。

〔27〕业冤:孽冤,冤家。爱极的反语。

〔28〕颠不剌:风流漂亮的意思。

〔29〕亸(duǒ):下垂。

〔30〕兜率宫:意为天宫。兜率,佛家语,知足、欢喜的意思。

〔31〕离恨天:指男女爱情受阻,相思而不能相见的地方。

〔32〕翠花钿(diàn):古代妇女的一种面饰。

〔33〕樱桃红绽:比喻开口。

〔34〕玉粳:光洁如玉的粳米,比喻牙齿。

〔35〕旖(yǐ)旎(nǐ):娇柔。

〔36〕开府:古代高级官吏设置府署自选僚属称开府。此处代称官长。

〔37〕镒(yì):古代重量单位,二十两或二十四两为一镒。

〔38〕偌(ruò):这么。

〔39〕底样儿:脚印儿。

〔40〕那(nuó):通"挪动"的"挪"。

〔41〕解元:乡试第一名称解元,后来也作为对读书人的敬称。

〔42〕意马心猿:比喻心神不安。

〔43〕武陵源:见《救风尘》第三折注〔11〕。

第二折

〔夫人上,白〕前日长老将钱去与老相公做好事,不见来回话。道与红娘,传着我的言语去问长老几时好与老相公做好事,就着他办下东西的当了,来回我话者。〔下〕〔净扮洁[1]上〕老僧法本,在这普救寺内做长老。此寺是则天皇后盖造的,后来崩损,又是崔相国重修的。现今崔老夫人领着家眷扶柩回博陵,因路阻暂寓本寺西厢之下,待路通回博陵迁葬。老夫人处事温俭,治家有方,是是非非,人莫敢犯。夜来老僧赴斋,不知曾有人来望老僧否?〔唤聪问科〕〔聪云〕夜来有一秀才自西洛而来,特谒我师,不遇而返。〔洁云〕山门外觑着,若再来时,报我知道。〔末上〕昨日见了那小姐,倒有顾盼小生之意。今日去问长老借一间僧房,早晚温习经史;倘遇那小姐出来,必当饱看一会。

“处事温俭”四句,写出老夫人的性格特征。这是一个典型的封建主义的慈母,她的爱和恨,都服从于亡夫的家谱和礼教的规范,表现于出尔反尔善于权变的个性之中。

【中吕·粉蝶儿】不做周方[2],埋怨杀你个法聪和尚!借与我半间儿客舍僧房,与我那可憎才[3]居止处门儿相向。虽不能够窃玉偷香[4],且将这盼行云[5]眼睛儿打当[6]。

【醉春风】往常时见傅粉的委实羞，画眉的敢是谎；今日多情人一见了有情娘，着小生心儿里早痒痒。迤逗得肠荒[7]，断送得眼乱，引惹得心忙。

〔末见聪科〕〔聪云〕师父正望先生来哩，只此少待，小僧通报去。〔洁出见末科〕〔末云〕是好一个和尚呵！

【迎仙客】我则见他头似雪，鬓如霜，面如童，少年得内养；貌堂堂，声朗朗，头直上只少个圆光[8]，却便似捏塑来的僧伽[9]像。

〔洁云〕请先生方丈内相见。夜来老僧不在，有失迎迓，望先生恕罪！〔末云〕小生久闻老和尚清誉，欲来座下听讲，何期昨日不得相遇。今能一见，是小生三生有幸矣。〔洁云〕先生世家何郡？敢问上姓大名，因甚至此？〔末云〕小生姓张，名珙，字君瑞。

【石榴花】大师一一问行藏[10]，小生仔细诉衷肠，自来西洛是吾乡，宦游在四方，寄居咸阳。先人拜礼部尚书多名望，五旬上因病身亡。〔洁云〕老相公弃世，必有所遗。〔末唱〕平生正直无偏向，止留下四

“往常”“今日”对照，突出张生的志诚和莺莺的美丽。“痒痒”两字叠用作句，调法如此。徐士范评：“叠痒痒二字，果见风魔。”

安排张生有个官拜礼部尚书的先人，显然是要缩短他与崔家的门第差距，反映了作者的思想局限。

海一空囊。

【斗鹌鹑】俺先人甚的是浑俗和光[11],衠一味风清月朗。〔洁云〕先生此一行必上朝取应去。〔末唱〕小生无意求官,有心待听讲。小生特谒长老,奈路途奔驰,无以相馈。量着穷秀才人情只是纸半张,又没甚七青八黄[12],尽着你说短论长,一任待掂斤播两[13]。

毛西河评:"此以自谦作调笑语,妙绝!"

径禀:有白银一两,与常住[14]公用,略表寸心,望笑留是幸!〔洁云〕先生客中,何故如此?〔末云〕物鲜不足辞,但充讲下一茶耳。

【上小楼】小生特来见访,大师何须谦让。〔洁云〕老僧决不敢受。〔末唱〕这钱也难买柴薪,不够斋粮,且备茶汤。〔觑聪云〕这一两银未为厚礼。你若有主张,对艳妆,将言词说上,我将你众和尚死生难忘。

〔洁云〕先生必有所请。〔末云〕小生不揣有恳,因恶旅邸冗杂,早晚难以温习经史;欲假一室,晨昏听讲。房金按月任意多少。〔洁云〕敝寺颇有数间,任先生拣选。〔末唱〕

【幺篇】也不要香积厨,枯木堂[15]。远着南轩,离着东墙,靠着西厢。近主廊,过耳房,都皆停当。〔洁云〕便不呵,就与老僧同处何如?〔末笑云〕要恁怎么? 你是必休题着长老方丈。

〔红上,云〕老夫人着俺问长老几时好与老相公做好事,看得停当回话。须索走一遭去来。〔见洁科〕长老万福! 夫人使侍妾来问几时好与老相公做好事,着看得停当了回话。〔末背云〕好个女子也呵!

【脱布衫】大人家举止端详,全没那半点儿轻狂。大师行深深拜了,启朱唇语言得当。

红娘初露形影,就写得玲珑剔透,气质不俗。金圣叹评曰:"如从天心月窟雕镂出来。"

【小梁州】可喜娘的庞儿浅淡妆,穿一套缟素衣裳;胡伶渌老[16]不寻常,偷睛望,眼挫里抹张郎[17]。

【幺篇】若共他多情的小姐同鸳帐,怎舍得他叠被铺床。我将小姐央,夫人央,他不令许放,我亲自写与从良。

〔洁云〕二月十五日,可与老相公做好事。〔红云〕妾与长老同去佛殿看了,却回夫人话。〔洁云〕先生请少坐,老僧同小娘子看一遭便来。〔末云〕何故却小生? 便同行一遭,又且何如?〔洁云〕便同行。〔末云〕着小娘子先行,俺近后些。〔洁云〕一个有道理的秀才。〔末云〕小生有一句话说敢道么?〔洁云〕便道不妨。〔末唱〕

【快活三】崔家女艳妆,莫不是演

本剧中调笑谑语多具浓厚生活气息和幽默感,但也掺杂庸俗情趣。

撒[18]你个老洁郎?〔洁云〕俺出家人那有此事?〔末唱〕既不沙[19],却怎睃趁[20]着你头上放毫光,打扮的特来晃[21]。

〔洁云〕先生是何言语!早是那小娘子不听得哩,若知呵,是甚意思!〔红上佛殿科〕〔末唱〕

【朝天子】过得主廊,引入洞房,好事从天降。我与你看着门儿,你进去。〔洁怒云〕先生,此非先王之法言[22],岂不得罪于圣人之门乎?老僧偌大年纪,焉肯作此等之态?〔末唱〕好模好样太莽撞,没则罗[23]便罢;烦恼怎么耶唐三藏[24]?怪不得小生疑你,偌大一个宅堂,可怎生别没个儿郎,使得梅香来说勾当。〔洁云〕老夫人治家严肃,内外并无一个男子出入。〔末背云〕这秃厮巧说。你在我行、口强,硬抵着头皮撞。

时时点及老夫人的专横和严厉,使读者想见封建势力的重压。

〔洁对红云〕这斋供道场都完备了,十五日请夫人小姐拈香。〔末问云〕何故?〔洁云〕这是崔相国小姐至孝,为报父母之恩。又是老相公禫日[25],就脱孝服,所以做好事。〔末哭科,云〕"哀哀父母,生我劬劳,欲报深恩,昊天罔极。"小姐是一女子,尚然有报父母之心;小生湖海飘零数年,自父母下世之后,并不曾有一陌纸钱相报。望和尚慈悲为本,小生亦备钱五千,怎生带得一分儿斋,追荐俺父母咱!便夫人知也不妨,以尽人子之心。〔洁云〕法聪与这先生带一分者。〔末背问聪云〕那小姐明日来么？〔聪云〕他父母的勾当，如何不来。〔末背云〕这五千钱使得有些下落者。

【四边静】人间天上，看莺莺强如做道场。软玉温香，休道是相亲傍；若能够汤[26]他一汤，倒与人消灾障。

〔洁云〕都到方丈吃茶。〔做到科〕〔末云〕小生更衣咱。〔末出科，云〕那小娘子已定出来也，我只在这里等待问他咱。〔红辞洁云〕我不吃茶了，恐夫人怪来迟，去回话也。〔红出科〕〔末迎红娘祇揖科〕小娘子拜揖！〔红云〕先生万福！〔末云〕小娘子莫非莺莺小姐的侍妾么？〔红云〕我便是，何劳先生动问？〔末云〕小生姓张，名珙，字君瑞，本贯西洛人也，年方二十三岁，正月十七日子时建生，并不曾娶妻……〔红云〕谁问你来？〔末云〕敢问小姐常出来么？〔红怒云〕先生是读书君子，孟子曰："男女授受不亲，礼也。"君子"瓜田不纳履，李下不整冠"。道不得个"非礼勿视，非礼勿听，非礼勿言，非礼勿动"。俺夫人治家严肃，有冰霜之操。内无应门五尺之童，年至十二三者，非呼召不敢辄入中堂。向日莺莺潜出闺房，夫人窥之，召立莺莺于庭下，责之曰："汝为女子，不告而出闺门，倘遇游客小僧私视，岂不自耻。"莺立谢而言曰："今当改过

一个忙不迭地自我介绍，鲁莽得可爱，一个伶牙俐齿，正经得可笑，两相对照，使人忍俊不禁。

从新，毋敢再犯。”是他亲女，尚然如此，何况以下侍妾乎？先生习先王之道，尊周公之礼，不干己事，何故用心？早是妾身，可以容恕，若夫人知其事呵，决无干休。今后得问的问，不得问的休胡说！〔下〕

〔末云〕这相思索是害也！

金圣叹评：“不怨自己，不怨红娘，忽然反怨莺莺，真是神魂颠倒之笔。”看似反常的心理，最能表现张生风魔的神态。

【哨遍】听说罢心怀悒快，把一天愁都撮在眉尖上。说：“夫人节操凛冰霜，不召呼谁敢辄入中堂？”自思想，比及你心儿里畏惧老母亲威严，小姐呵，你不合临去也回头儿望。待飏下[27]教人怎飏？赤紧的[28]情沾了肺腑，意惹了肝肠。若今生难得有情人，是前世烧了断头香。我得时节手掌儿里奇擎，心坎儿里温存，眼皮儿上供养。

【耍孩儿】数曲起伏跌宕，极尽铺排之能事，中心在表现对老夫人的封建礼法的反感，正面提出“郎才女貌合相仿”的恋爱婚姻观点。崔、张的自由爱情，无疑表现了对封建礼教的背叛与挑战，但这种挑战又是不

【耍孩儿】当初那巫山远隔如天样，听说罢又在巫山那厢。业身躯虽是立在回廊，魂灵儿已在他行。本待要安排心事传幽客，我则怕漏泄春光与乃堂。夫人怕女孩儿春心荡，怪黄莺儿作对，怨粉蝶儿成双。

【五煞】小姐年纪小，性气刚。张郎倘得相亲傍，乍相逢厌见何郎粉，看邂逅

偷将韩寿香。才到得风流况，成就了会温存的娇婿，怕甚么能拘束的亲娘。

【四煞】夫人太虑过，小生空妄想，郎才女貌合相仿。休直待眉儿浅淡思张敞，春色飘零忆阮郎[29]。非是咱自夸奖：他有德言工貌[30]，小生有恭俭温良。

【三煞】想着他眉儿浅浅描，脸儿淡淡妆，粉香腻玉搓咽项。翠裙鸳绣金莲小，红袖鸾销玉笋[31]长。不想呵其实强[32]：你撇下半天风韵，我拾得万种思量。

却忘了辞长老。〔见洁科〕小生敢问长老，房舍如何？〔洁云〕塔院侧边西厢一间房，甚是潇洒，正可先生安下。现收拾下了，随先生早晚来。〔末云〕小生便回店中搬去。〔洁云〕吃斋了去，老僧收拾下斋。〔末云〕小生取行李便来。〔洁云〕既然如此，老僧准备下斋，先生是必便来。〔下〕〔末云〕若在店中人闹，到好消遣；搬在寺中静处，怎么挨这凄凉也呵。

【二煞】院宇深，枕簟凉，一灯孤影摇书幌。纵然酬得今生志，着甚支吾此夜长。睡不着如翻掌，少可[33]有一万声长吁短叹，五千遍捣枕捶床。

彻底的。“他有德言工貌”两句，就说明他们的爱情还以封建道德修养与贵族青年的性情才识为共同基础，其最终演变成封建主义的夫贵妻荣是必然的。

活画出相思情态，承上启下，余味无穷。

【尾】娇羞花解语，温柔玉有香，我和他乍相逢记不真娇模样，我则索手抵着牙儿慢慢的想。〔下〕

〔1〕洁：元代称和尚为“洁郎”，简作“洁”。

〔2〕周方：周全方便。

〔3〕可憎才：可爱的人。可憎，可爱的反语。

〔4〕窃玉偷香：指男女间的幽会私通。窃玉，元杂剧散曲中有郑生兰房窃玉之事，详情待考。偷香，晋贾充女与韩寿私通，窃其父所藏御赐西域异香给韩。

〔5〕行云：传说巫山神女说她“朝为行云，暮为行雨”，见宋玉《高唐赋》。这里指美女。

〔6〕打当：准备妥当。

〔7〕迤（tuō）逗：挑逗，勾引。肠荒：肠慌，心肠发慌。

〔8〕圆光：佛教传说，佛菩萨头顶上有放射成圆轮形的光环。

〔9〕僧伽（qié）：省称为僧。本指众和尚，后单人也称作僧。

〔10〕行藏（cáng）：原意指对于出仕和退隐的态度。这里指身世经历。

〔11〕浑俗和光：不露锋芒。

〔12〕七青八黄：黄金的成色有七青、八黄、九紫、十赤之分。这里代指钱财。

〔13〕掂（diān）斤播两：估量轻重，计较多少。

〔14〕常住：僧人称寺院为常住。

〔15〕枯木堂：和尚打坐修行的地方。

〔16〕胡伶渌（lù）老：灵活的眼睛。

〔17〕眼挫：眼角。抹：斜视。

〔18〕演撒：勾搭。

〔19〕既不沙：既不是。沙，语助词。

〔20〕睃(suō)趁:瞧,看。趁,语助词。

〔21〕晃:本义是明亮,这里是漂亮的意思。

〔22〕法言:合乎礼法的语言。

〔23〕没则罗:没有。罗,语助词。

〔24〕唐三藏(zàng):唐僧玄奘。这里用以调侃法本。

〔25〕禫(dàn)日:举行祭祀除去丧服的日子。

〔26〕汤(tàng):触,碰。

〔27〕飏(yáng)下:丢下,抛开。

〔28〕赤紧的:当真的,真个是。

〔29〕阮郎:指阮肇,见《救风尘》第三折注〔11〕。

〔30〕德言工貌:封建时代要求妇女的四种品行。

〔31〕玉笋:比喻美女的手指。

〔32〕强(jiàng):嘴硬。

〔33〕少可:至少。可,语助词。

第 三 折

〔正旦上,云〕老夫人着红娘问长老去了,这小贱人不来我行回话。〔红上,云〕回夫人话了,去回小姐话去。〔旦云〕使你问长老:几时做好事?〔红云〕恰回夫人话也,正待回姐姐话:二月十五日,请夫人姐姐拈香。〔红笑云〕姐姐,你不知,我对你说一件好笑的勾当。咱前日寺里见的那秀才,今日也在方丈里。他先出门儿外等着红娘,深深唱个喏[1]道:"小生姓张,名珙,字君瑞,本贯西洛人也,年二十三岁,正月十七日子时建生,并不曾娶妻。"姐姐,却是谁问他来?他又问:"那壁小娘子莫非莺莺小姐的侍妾乎?小姐常出来么?"被红娘抢白了一顿呵回来了。姐姐,我不知他想甚么哩,世上有这等傻角!〔旦笑云〕红娘,休对夫人说。天色晚也,安排香案,咱花园内烧香去来。〔下〕〔末上,云〕搬至寺中,正近西厢居址。我问和尚每[2]来,小姐每夜花园内烧香。这个花园和俺寺中合着。比及小姐出来,我先在太湖石畔墙角儿边等待,饱看一会。两廊僧众都睡着了。夜深人静,月朗风清,是好天气也呵!正是:闲寻方丈高僧语,闷对西厢皓月吟。

只"休对夫人说"一语,就准确而微妙地传达出她对张生的钟情和关心,以及在爱情问题上与老夫人的隔阂。

【越调·斗鹌鹑】玉宇无尘,银河泻影;月色横空,花阴满庭;罗袂生寒,芳心自警。侧着耳朵儿听,蹑着脚步儿行:悄悄冥冥,潜潜等等。

【紫花儿序】等待那齐齐整整,袅袅婷婷,姐姐莺莺。一更之后,万籁无声,直至莺庭。若是回廊下没揣的[3]见俺可憎,将他来紧紧的搂定;则问你那会少离多有影无形。

连用十个叠字倒衬于"莺莺"二字之上,累累然如线贯珠,摹写出张生的急迫之情。

〔旦引红娘上,云〕开了角门儿,将香桌出来者。〔末唱〕

【金蕉叶】猛听得角门儿呀的一声，风过处衣香细生。踮着脚尖儿仔细定睛，比我那初见时庞儿越整。

〔旦云〕红娘，移香桌儿近太湖石畔放者。〔末做看科，云〕料想春娇厌拘束，等闲飞出广寒宫[4]。看他容分一捻[5]，体露半襟，亸香袖以无言，垂罗裙而不语。似湘陵妃子[6]，斜倚舜庙朱扉；如玉殿嫦娥，微现蟾宫素影。是好女子也呵！

【调笑令】我这里甫能[7]、见娉婷，比着那月殿嫦娥也不恁般撑[8]。遮遮掩掩穿芳径，料应来小脚儿难行。可喜娘的脸儿百媚生，兀的不引了人魂灵！

〔旦云〕取香来。〔末云〕听小姐祝告甚么。〔旦云〕此一炷香，愿化去先人，早生天界。此一炷香，愿堂中老母，身安无事。此一炷香……〔做不语科〕〔红云〕姐姐不祝这一炷香，我替姐姐祝告：愿俺姐姐早寻一个姐夫，拖带红娘咱！〔旦再拜云〕心中无限伤心事，尽在深深两拜中。〔长吁科〕〔末云〕小姐倚栏长叹，似有动情之意。

【小桃红】夜深香霭散空庭，帘幕东风静。拜罢也斜将曲栏凭，长吁了两三声。剔团圞明月如悬镜。又不是轻云薄雾，都则是香烟人气，两般儿氤氲[9]得不分明。

【金蕉叶】一曲，写莺莺自远而渐近，张生越看越分明，神情毕肖。与第一折【寄生草】合看，可悟作曲之法。

提及择夫，无限伤怀，可见莺莺对父母包办婚姻早就不满，后来封建文人说她原来怎样端庄守礼，心如止水，只是偶然中见了张生才动心，全是梦话。

我虽不及司马相如,我只看小姐颇有文君之意。我且高吟一绝,看他则甚:"月色溶溶夜,花阴寂寂春;如何临皓魄,不见月中人?"〔旦云〕有人墙角吟诗。〔红云〕这声音便是那二十三岁不曾娶妻的那傻角。〔旦云〕好清新之诗,我依韵做一首。〔红云〕你两个是好做一首。〔旦念诗云〕"兰闺久寂寞,无事度芳春;料得行吟者,应怜长叹人。"〔末云〕好应酬得快也呵!

月下联吟,充满诗情画意。

【秃厮儿】早是那脸儿上扑堆[10]着可憎,那堪那心儿里埋没着聪明。他把那新诗和得忒应声,一字字,诉衷情,堪听。

由羡其貌,到慕其才。爱情基础又加深一步。

【圣药王】那语句清,音律轻,小名儿不枉了唤做莺莺。他若是共小生、厮觑定,隔墙儿酬和到天明。方信道"惺惺的自古惜惺惺[11]"。

借莺莺小名赞其吟诗语清音轻,想象丰富,构思奇妙。

我撞出去,看他说甚么。

【麻郎儿】我拽起罗衫欲行,〔旦做见科〕他陪着笑脸儿相迎。不做美的红娘忒浅情,便做道"谨依来命"……

〔红云〕姐姐,有人,咱家去来,怕夫人嗔着。〔莺回顾下〕〔末唱〕

【幺篇】我忽听、一声、猛惊。元来是扑刺刺宿鸟飞腾,颤巍巍花梢弄影,乱纷纷落红满径。

此为"排递语"。人去则鸟惊飞,鸟惊飞则振动花影,花落则红满径。首六字,小姐,你去了呵,那里发付小生!

【络丝娘】空撇下碧澄澄苍苔露冷,明皎皎花筛月影。白日凄凉枉耽病,今夜把相思再整。

三句,三韵,俱平声,为本调"务头",词家以此为难,亦以此见巧。

【东原乐】帘垂下,户已扃,却才个悄悄相问,他那里低低应。月朗风清恰二更,厮傒幸[12]:他无缘,小生薄命。

【绵搭絮】恰寻归路,伫立空庭,竹梢风摆,斗柄云横。呀!今夜凄凉有四星[13],他不偢人待怎生!虽然是眼角儿传情,咱两个口不言心自省。

今夜甚睡到得我眼里呵!

【拙鲁速】对着盏碧荧荧短檠灯,倚着扇冷清清旧帏屏。灯儿又不明,梦儿又不成;窗儿外淅零零的风儿透疏棂,忒楞楞的纸条儿鸣;枕头儿上孤另,被窝儿里寂静。你便是铁石人,铁石人也动情。

【络丝娘】以下四曲,以景融情、映情、抒情。

【幺篇】怨不能,恨不成,坐不安,睡不宁。有一日柳遮花映,雾帐云屏,夜阑人静,海誓山盟。恁时节风流嘉庆,锦片也似前程[14],美满恩情,咱两个画堂春自生。

写其失望,复又写其有望,笔势曲折,波澜起伏,煞尾以俊语作结,金圣叹谓之"龙王掉尾法"。

【尾】一天好事从今定,一首诗分明

照证；再不向青琐闼[15]梦儿中寻，只去那碧桃花[16]树儿下等。〔下〕

〔1〕唱个喏(rě)：作个揖。

〔2〕每：们。

〔3〕没揣的：猛然间，意外的。

〔4〕广寒宫：月宫。

〔5〕容分一捻：指容貌只显露了一小部分。一捻，一条儿。

〔6〕湘陵妃子：指舜的两个妃子娥皇、女英。

〔7〕甫能：刚才。

〔8〕撑：即"撑达"，美丽、漂亮的意思。

〔9〕氤(yīn)氲(yūn)：烟气混杂蒸腾的样子。

〔10〕扑堆：铺摆堆积，这里是显露的意思。

〔11〕惺(xīng)惺：聪明。惺惺惜惺惺，当时成语。

〔12〕傒(xī)幸：苦恼。

〔13〕四星：古人以二分半为一星，四星是"十分"的意思。

〔14〕前程：元剧多指婚姻。

〔15〕青琐闼(tà)：宫门，这里代指朝廷。青琐，古代宫门上的一种装饰。

〔16〕碧桃花：元剧用以代指男女幽会的地方。

第 四 折

〔洁引聪上，云〕今日二月十五日开启[1]，众僧动法器[2]者。请夫人小姐拈香。比及夫人未来，先请张生拈香。怕夫人问呵，则说道贫僧亲者。〔末上，云〕今日二月十五日，和尚请拈香，须索走一遭。

【双调·新水令】梵王宫殿月轮高，碧琉璃瑞烟笼罩。香烟云盖结，讽咒[3]海波潮。幡影飘飖，诸檀越[4]尽来到。

【驻马听】法鼓金铎，二月春雷响殿角；钟声佛号，半天风雨洒松梢。侯门不许老僧敲，纱窗外定有红娘报。害相思的馋眼脑[5]，见他时须看个十分饱。

〔末见洁科〕〔洁云〕先生先拈香，恐夫人问呵，则说是老僧的亲。〔末拈香科〕

【沉醉东风】惟愿存在的人间寿高，亡化的天上逍遥。为曾、祖、父先灵，礼佛、法、僧三宝，焚名香暗中祷告：则愿得红娘休劣，夫人休焦，犬儿休恶。佛啰，早成就了幽期密约！

〔夫人引旦上，云〕长老请拈香，小姐，咱走一遭。〔末做见科〕〔觑聪云〕为你志诚呵，神仙下降也。〔聪云〕这生却早两遭儿也。〔末唱〕

【雁儿落】我则道这玉天仙离了碧霄，原来是可意种来清醮[6]。小子多愁多

本折写张生对莺莺的追求，场面从幽静趋于热闹。张生情思狂热，性格温厚，又有书生迂腐，表现在行为上，必然唐突鲁莽。喜剧效果从情节和人物性格中自然生发，步步向前推进。

明祝语庄严，暗祷语诙谐，两相对照，妙趣横生。

病身，怎当他倾国倾城貌。

【得胜令】恰便似檀口点樱桃，粉鼻儿倚琼瑶，淡白梨花面，轻盈杨柳腰。妖娆，满面儿扑堆着俏；苗条，一团儿衠是娇。

至此才对莺莺容貌体态做工笔描写，以见张生前两次看得不甚分明，这次才看得仔细。在形象刻画上，层层展开，用的是画家的“皴染”手法。

〔洁云〕贫僧一句话，夫人行敢道么？老僧有个敝亲，是个饱学的秀才，父母亡后，无可相报。对我说：“央及带一分斋，追荐父母。”贫僧一时应允了，恐夫人见责。〔夫人云〕长老的亲便是我的亲，请来厮见咱。

〔末拜夫人科〕〔众僧见旦发科[7]〕〔末唱〕

【乔牌儿】大师年纪老，法座上也凝眺；举名的班首真呆傍[8]，觑着法聪头做金磬敲。

活画出众僧见莺莺后的惊艳情状，透过佛门清规，表现了人对爱情生活的共同要求，寓绝妙讽刺于喜剧效果之中。毛西河曰：“三曲参错，写看莺莺处如《陌上桑》曲，虽本董词而章法特妙。”

【甜水令】老的小的，村的俏的，没颠没倒，胜似闹元宵。稔色人儿，可意冤家，怕人知道，看时节泪眼偷瞧。

【折桂令】着小生迷留没乱[9]，心痒难挠。哭声儿似莺啭乔林，泪珠儿似露滴花梢。大师也难学，把一个发慈悲的脸儿来朦着。击磬的头陀[10]懊恼，添香的行者[11]心焦。烛影风摇，香霭云飘；贪看莺莺，烛灭香消。

〔洁云〕风灭灯也。〔末云〕小生点灯烧香。〔旦与红云〕那生忙了一夜。

【锦上花】外像儿风流，青春年少；内性儿聪明，冠世才学。扭捏着身子儿百般做作，来往向人前卖弄俊俏。

北曲一人主唱，此插入莺、红二人各唱一曲，属变体。

〔红云〕我猜那生——

【幺篇】黄昏这一回，白日那一觉，窗儿外那会镬铎[12]。到晚来向书帏里比及睡着，千万声长吁怎挨到晓。

〔末云〕那小姐好生顾盼小子。

【碧玉箫】情引眉梢，心绪你知道；愁种心苗，情思我猜着。畅懊恼！响铛铛云板[13]敲。行者又嚎，沙弥[14]又哨，恁须不夺人之好。

〔洁与众僧发科了〕〔动法器了，洁摇铃跪宣疏[15]了，烧纸科〕〔洁云〕天明了也，请夫人小姐回宅。〔末云〕再做一会也好，那里发付小生也呵！

【鸳鸯煞】有心争似无心好，多情却被无情恼。劳攘了一宵，月儿沉，钟儿响，鸡儿叫。畅道是[16]玉人归去得疾，好事收拾得早，道场毕诸人散了。酩子里[17]各归家，葫芦提闹到晓。〔并下〕

第一本中，着重描写张生对莺莺的一见钟情，他以热烈追求自由爱情的果敢行为，赢得了莺莺的顾盼垂爱，莺莺逐步由被动走向主动，在下一本中作为主唱角色登场。

本剧前四本人物下场后，有【络丝娘】一曲承上启下，相互连接。这是戏剧过渡到代言体后留下的叙事体的痕迹。

【络丝娘煞尾】则为你闭月羞花相貌，少不得剪草除根大小。

题目　老夫人闲春院　崔莺莺烧夜香

正名　小红娘传好事　张君瑞闹道场

〔1〕开启：佛教徒做道场的开始。

〔2〕法器：僧人做法事所用的乐器。

〔3〕讽咒：念诵，这里指念经的声音。

〔4〕檀越：施主。

〔5〕眼脑：眼睛。

〔6〕清醮（jiào）：参加和尚为消灾除祟而做的法事。

〔7〕发科：指演员做出引起观众发笑的动作。

〔8〕班首：原指礼仪班行中为首的人，这里指打头的和尚。呆傍（láo）：痴呆病。

〔9〕迷留没乱：即“没撩没乱”。心神不定，神魂颠倒。

〔10〕头陀：行脚乞食的僧人。这里泛指和尚。

〔11〕行者：出家而未经剃度的佛教徒。

〔12〕镬（huò）铎：喧闹。

〔13〕云板：古乐器，形状如云，官署、寺院和权门之家用为报事集众的信号。

〔14〕沙弥：小和尚。

〔15〕宣疏：宣读祝文。

〔16〕畅道是：真正是。“畅道”二字是【鸳鸯煞】曲子的定格。

〔17〕酩子里：昏昏沉沉，无精打采。

第二本 崔莺莺夜听琴

第一折

〔孙飞虎上开〕自家姓孙,名彪,字飞虎。方今唐德宗即位,天下扰攘。因主将丁文雅失政,俺分统五千人马,镇守河桥,劫掳良民财物。近知先相国崔珏之女莺莺,眉黛青颦,莲脸生春,有倾国倾城之容,西子太真之颜[1],现在河中府普救寺借居。我心中想来:当今用武之际,主将尚然不正,我独廉何为!大小三军,听吾号令:人尽衔枚[2],马皆勒口,连夜进兵河中府!掳莺莺为妻,是我平生愿足。〔下〕〔法本慌上〕谁想孙飞虎将半万贼兵围住寺门,鸣锣击鼓,呐喊摇旗,欲掳莺莺小姐为妻。我今不敢违误,即索报知夫人走一遭。〔下〕〔夫人慌上,云〕如此却怎了!俺同到小姐卧房里商量去。〔下〕〔旦引红上,云〕自见了张生,神魂荡漾,情思不快,茶饭少进。早是离人伤感,况值暮春天道,好烦恼人也呵!好句有情怜夜月,落花无语怨东风。

李渔在《闲情偶寄》中说:“一部《西厢》,止为张君瑞一人;而张君瑞一人,又止为‘白马解围’一事;其余枝节,皆从此一事而生——夫人之许婚,张生之望配,红娘之勇于作合,莺莺之敢于失身,与郑恒之力争原配而不得,皆由于此。是‘白马解围’四字,即作《西厢记》之主脑也。”

此二曲景含情，情点景，都是绝妙好词。

【仙吕·八声甘州】恹恹瘦损，早是伤神，那值残春。罗衣宽褪，能消几度黄昏。风袅篆烟[3]不卷帘，雨打梨花深闭门；无语凭阑干，目断行云。

【混江龙】落红成阵，风飘万点正愁人。池塘梦晓，阑槛[4]辞春；蝶粉轻沾飞絮雪，燕泥香惹落花尘；系春心情短柳丝长，隔花阴人远天涯近。香消了六朝金粉，清减了三楚精神。

"情短柳丝长"，"人远天涯近"句以夸张反衬的手法抒发了莺莺的怨闷心理。

吴梅评曰："'系春心情短柳丝长，隔花阴人远天涯近'，语妙古今；顾在当时，不甚以此等艳语为然也。"而明人习气，最赏此类艳语，何元朗即谓："虽李供奉复生，何以加此。"

〔红云〕姐姐情思不快，我将被儿熏得香香的，睡些儿。〔旦唱〕

【油葫芦】翠被生寒压绣茵，休将兰麝熏；便将兰麝熏尽，则索自温存。昨宵个锦囊佳制[5]明勾引，今日个玉堂人物[6]难亲近。这些时坐又不安，睡又不稳，我欲待登临又不快，闲行又闷。每日价情思睡昏昏。

【天下乐】红娘呵，我则索搭伏定鲛绡[7]枕头儿上盹。但出闺门，影儿般不离身。〔红云〕不干红娘事，老夫人着我跟着姐姐来。〔旦云〕俺娘也好没意思！这些时直恁般堤防着人；小梅香伏侍得勤，老夫人拘系得紧，则怕俺女孩儿折了气分。

〔红云〕姐姐往常不曾如此无情无绪；自见了那生，便觉心事不宁，却是如何？〔旦唱〕

【那吒令】往常但见个外人，氲的早嗔；但见个客人，厌的[8]倒褪；从见了那人，兜的便亲。想着他昨夜诗，依前韵，酬和得清新。

【鹊踏枝】吟得句儿匀，念得字儿真，咏月新诗，煞强似织锦回文[9]。谁肯把针儿将线引，向东邻通个殷勤。

【寄生草】想着文章士，旖旎人；他脸儿清秀身儿俊，性儿温克[10]情儿顺，不由人口儿里作念心儿里印。学得来“一天星斗焕文章”，不枉了“十年窗下无人问”。

本曲“儿”字连用，笔调轻松，感情亲切。

〔飞虎领兵上，围寺科〕〔下〕〔卒子内高叫云〕寺里人听者：限你每三日内将莺莺献出来与俺将军成亲，万事干休。三日之后不送出，伽蓝[11]尽皆焚烧，僧俗寸斩，不留一个。〔夫人、洁同上，敲门了〕〔红看了，云〕姐姐，夫人和长老都在房门前。〔旦见了科〕〔夫人云〕孩儿，你知道么，如今孙飞虎将半万贼兵围住寺门，道你“眉黛青颦，莲脸生春，似倾国倾城的太真”，要掳你做压寨夫人。孩儿，怎生是了也？〔旦唱〕

放手渲染环境压力，置崔、张爱情于无望境地，然后杀出个孙飞虎，使剧情陡转，波澜迭起，绝处逢生，为喜剧结局提供了条件，成为全剧的喜剧性转机。

【六幺序】听说罢魂离了壳，现放着

祸灭身，将袖梢儿揾不住啼痕。好教我去住无因，进退无门，可着俺那埚儿里人急偎亲。孤孀子母无投奔，赤紧的先亡过了有福之人。耳边厢金鼓连天震，征云冉冉[12]，土雨[13]纷纷。

【幺篇】那厮每风闻，胡云，道我"眉黛青颦，莲脸生春，恰便似倾国倾城的太真"；兀的不送了他三百僧人，半万贼军，半霎儿敢剪草除根？这厮每于家为国无忠信，恣情的掳掠人民，更将那天宫般盖造焚烧尽。则没那诸葛孔明，便待要博望烧屯[14]。

〔夫人云〕老身年六十岁，不为寿夭；奈孩儿年少，未得从夫，却如之奈何？〔旦云〕孩儿有一计，想来则是将我与贼汉为妻，庶可免一家儿性命。〔夫人哭云〕俺家无犯法之男，再婚之女，怎舍得你献与贼汉，却不辱没了俺家谱！〔洁云〕俺同到法堂上两廊下，问僧俗有高见者，俺一同商议个长便[15]。〔同到法堂科〕〔夫人云〕小姐却是怎生？〔旦云〕不如将我与贼人，其便有五：

老夫人时时以门第家谱为念，虽临危不舍，不免卫道者声气。

【后庭花】第一来免摧残老太君；第二来免堂殿作灰烬；第三来诸僧无事得安存；第四来先君灵柩稳；第五来欢郎虽是

未成人,〔欢云〕俺呵,打甚么不紧。〔旦唱〕须是崔家后代孙。莺莺为惜己身,不行从[16]着乱军:诸僧众污血痕,将伽蓝火内焚,先灵为细尘,断绝了爱弟亲,割开了慈母恩。

【柳叶儿】呀,将俺一家儿不留一个龆龀[17],待从军又怕辱没了家门。我不如白练套头儿寻个自尽,将我尸榇,献与贼人,也须得个远害全身。

【青歌儿】母亲,都做了莺莺生忿[18],对傍人一言难尽。母亲,休爱惜莺莺这一身。您孩儿别有一计:不拣何人,建立功勋,杀退贼军,扫荡妖氛;倒陪家门[19],情愿与英雄结婚姻,成秦晋[20]。

三曲共三策:先是献贼之策,次是自尽之策,后是退兵择婚之策。末策是本意,逐步递入,层次分明。莺莺甘愿舍己救众,其品质光彩夺目。

〔夫人云〕此计较可。虽然不是门当户对,也强如陷于贼中。长老在法堂上高叫:"两廊僧俗,但有退兵之策的,倒陪房奁,断送莺莺与他为妻。"〔洁叫了,住[21]〕〔末鼓掌上,云〕我有退兵之策,何不问我?〔见夫人了〕〔洁云〕这秀才便是前日带追荐的秀才。〔夫人云〕计将安在?〔末云〕"重赏之下,必有勇夫;赏罚若明,其计必成。"〔旦背云〕只愿这生退了贼者。〔夫人云〕恰才与长老说下,但有退得贼兵的,将小姐与他为

本折人物众多,但舞台调度处处以莺莺为中心。其他角色做戏,都在她身上得到反映。

妻。〔末云〕既是恁的，休唬了我浑家，请入卧房里去，俺自有退兵之策。〔夫人云〕小姐和红娘回去者！〔旦对红云〕难得此生这一片好心！

莺莺背地为张生祝愿，既赞美了张生急人之难，又显示了她的无限情意，爱情及其基础更进一层。

【赚煞】诸僧众各逃生，众家眷谁偢问，这生不相识横枝儿着紧[22]。非是书生多议论，也堤防着玉石俱焚。虽然是不关亲，可怜见命在逡巡[23]，济不济权将秀才来尽[24]。果若有出师表文[25]，吓蛮书信[26]，张生呵，则愿你笔尖儿横扫了五千人。〔下〕

〔1〕西子：指西施，春秋时越国的美女。太真：杨玉环，初为女道士，号太真，后被唐玄宗册封为贵妃。

〔2〕衔枚：口中衔着像筷子一样的木棍。古代行军，为了防止士兵说话，让军士把类似筷子的东西含在嘴里，两头用绳子系在脖后。

〔3〕篆烟：香烟上升时盘旋缭绕，状如篆文。

〔4〕阑槛（jiàn）：花圃的围栏。这里指花圃。

〔5〕锦囊佳制：好诗。这里指张生莺莺隔墙唱和的诗。

〔6〕玉堂人物：文人学士。这里指张生。

〔7〕鲛绡（jiāoxiāo）：传说中南海鲛人（人鱼）所织的一种丝织品，极薄不透水。也泛指薄纱。

〔8〕厌的：忽然地，突然地。

〔9〕织锦回文：晋朝人苏惠，曾用锦丝织成回文诗，寄给远方的丈夫窦滔，表达爱情。

〔10〕温克：温和自重。

〔11〕伽（qié）蓝：佛寺。

〔12〕冉(rǎn)冉:弥漫。

〔13〕土雨:尘土飞扬如雨。

〔14〕博望烧屯:三国故事,诸葛亮在博望坡火烧夏侯惇十万大军,立下初出茅庐第一功。

〔15〕长便:长策,妥善的办法。

〔16〕行从:顺从。

〔17〕龆龀(tiáochèn):本义为儿童换齿,后代指儿童。

〔18〕生忿:忤逆不孝。

〔19〕家门:这里指家私财产。

〔20〕秦晋:秦秋时秦晋两国世通婚姻,后人就以秦晋代称婚姻。

〔21〕住:稍停。与现在话剧中的"哑场"相似。

〔22〕横枝儿着紧:意思是无亲无故也肯为之分忧出力。

〔23〕逡(qūn)巡:这里是"旦夕"的意思。

〔24〕尽:任凭。

〔25〕出师表:诸葛亮出师讨伐曹魏前曾写过《出师表》上书给后主刘禅。这里借指发兵的文书。

〔26〕吓蛮书信:传说李白有醉草吓蛮书的故事。这里指退兵的书信。

第二折

〔夫人云〕此事如何?〔末云〕小生有一计,先用着长老。〔洁云〕老僧不会厮杀,请秀才别换一个。〔末云〕休慌,不要你厮杀。你出去与贼汉说:"夫人本待便将小姐出来,送与将军,奈有父丧在身。不争[1]鸣锣击鼓,惊死小姐,也可

此套有的本子与上折连属,有的做"楔子",此从弘治本别为一折。

惜了。将军若要做女婿呵,可按甲束兵,退一射之地。限三日功德圆满,脱了孝服,换上颜色衣服,倒陪房奁,定将小姐送与将军。不争便送来,一来父服在身,二来于军不利。"你去说来。〔洁云〕三日后如何?〔末云〕有计在后。〔洁朝鬼门道[2]叫科〕请将军打话。〔飞虎引卒上,云〕快送出莺莺来。〔洁云〕将军息怒!夫人使老僧来与将军说。〔说如前了〕[3]〔飞虎云〕既然如此,限你三日后若不送来,我着你人人皆死,个个不存。你对夫人说去,恁的这般好性儿的女婿,教他招了者。〔引卒下〕〔洁云〕贼兵退了也,三日后不送出去,便都是死的。〔末云〕小子有一故人,姓杜,名确,号为白马将军,现统十万大兵,镇守着蒲关。一封书去,此人必来救我。此间离蒲关四十五里,写了书呵,怎得人送去?〔洁云〕若是白马将军肯来,何虑孙飞虎。俺这里有一个徒弟,唤作惠明,则是要吃酒厮打。若使央他去,定不肯去;须将言语激着他,他便去。〔末唤云〕有书寄与杜将军,谁敢去?谁敢去?〔惠明上,云〕我敢去!〔唱〕

惠明乃王实甫创造;《董西厢》赍书人是法聪。

【正宫·端正好】不念法华经[4],不礼梁皇忏[5],飐[6]了僧伽帽,袒下我这偏衫[7]。杀人心逗起英雄胆,两只手将乌龙尾钢椽揝[8]。

【滚绣球】非是我贪，不是我敢，知他怎生唤做打参[9]，大踏步直杀出虎窟龙潭。非是我搀[10]，不是我揽，这些时吃菜馒头委实口淡，五千人也不索炙煿煎爁[11]。腔子里热血权消渴，肺腑内生心且解馋，有甚腌臜[12]！

【叨叨令】浮沙羹、宽片粉添些杂糁[13]，酸黄齑、烂豆腐休调啖，万余斤黑面从教暗，我将这五千人做一顿馒头馅。是必休误了也么哥[14]！休误了也么哥！包残余肉把青盐蘸。

〔洁云〕张秀才着你寄书去蒲关，你敢去么？〔惠唱〕

【倘秀才】你那里问小僧敢去也那不敢，我这里启大师用咱也不用咱。你道是飞虎将声名播斗南[15]；那厮能淫欲，会贪婪，诚何以堪！

〔末云〕你是出家人，却怎不看经礼忏，则厮打为何？〔惠唱〕

【滚绣球】我经文也不会谈，逃禅[16]也懒去参；戒刀头近新来钢蘸，铁棒上无半星儿土渍尘缄。别的都僧不僧、俗不俗，女不女、男不男，则会斋得饱也则去那

钱南扬评曰："此套字字本色，雄奇排奡，视诸曲更一机杼！"

元曲用监咸韵者甚少，此套下语颇为险峻。

惠明不守清规佛法，却能在危难中挺身而出，显英雄本色。此寓作者嘲讽佛门、愤世嫉俗之情。

僧房中胡渰[17]，那里管焚烧了兜率也似伽蓝。则为那善文能武人千里，凭着这济困扶危书一缄，有勇无惭。

〔末云〕他倘不放你过去如何？〔惠云〕他不放我呵，你放心！

【白鹤子】着几个小沙弥把幢幡宝盖擎，壮行者将杆棒镬叉担。你排阵脚将众僧安，我撞钉子[18]把贼兵来探。

【二】远的破开步将铁棒飐，近的顺着手把戒刀钐[19]；有小的提起来将脚尖踹[20]，有大的扳下来把髑髅勘[21]。

有的版本，【二】【一】两曲次序颠倒。金圣叹评曰："一阕虚写，一阕实写。"全是夸张戏谑之词，大有喜剧色彩！

【一】瞅一瞅古都都翻了海波，滉一滉厮琅琅震动山岩；脚踏得赤力力地轴摇，手扳得忽剌剌天关撼。

【耍孩儿】我从来驳驳劣劣[22]，世不曾忑忑忐忐，打熬成不厌[23]天生敢。我从来斩钉截铁常居一，不似您惹草拈花没掂三[24]。劣性子人皆惨，舍着命提刀仗剑，更怕甚勒马停骖。

【二】我从来欺硬怕软，吃苦不甘[25]，你休只因亲事胡扑掩[26]。若是杜将军不把干戈退，张解元干将风月担，我将不志诚的言词赚。倘或纰缪，倒大[27]羞惭。

〔惠云〕将书来,你等回音者。

【收尾】您与我助威风擂几声鼓,仗佛力呐一声喊。绣旗下遥见英雄俺,我教那半万贼兵唬破胆。〔下〕

〔末云〕老夫人长老都放心,此书到日,必有佳音。咱"眼观旌节旗,耳听好消息"。你看:一封书札逡巡至,半万雄兵咫尺来。〔并下〕

〔1〕不争:这里是若是、如果的意思。

〔2〕鬼门道:舞台上演员上、下场的门。因为所演多为古人古事,所以称作"鬼门道"或"古门道"。

〔3〕说如前了:就是把前面张生让法本说的话对孙飞虎再说一遍。这是一种省略简便的办法。

〔4〕法华经:佛经的一种,即《妙法莲华经》的简称。

〔5〕梁皇忏(chàn):梁武帝萧衍所写的佛经名。

〔6〕颩(diū):扔掉。

〔7〕偏衫:指袈裟。僧尼的一种法衣,袒露右臂,斜披在左肩上,所以称作"偏衫"。

〔8〕乌龙尾钢椽:两头裹铁的棍棒。揝(zuàn):同"攥",握住。

〔9〕打参:打坐参禅。

〔10〕搀:争夺。

〔11〕炙煿(bó)煎爁(lǎn):这里是煎炒烹炸的意思。炙,烤;煿,爆;爁,烧。

〔12〕腌臜(āzā):肮脏。

〔13〕杂糁(sǎn):菜粥。

〔14〕也么哥:语助词,无义,为此调定格。

〔15〕斗南:北斗星以南,意即天下。

〔16〕逃禅:这里应是学佛坐禅的意思。

〔17〕胡渰(yǎn):装傻作痴。

〔18〕撞钉子:冒险的意思。

〔19〕钐(shàn):砍。

〔20〕跐(zhuāng):踢。

〔21〕劻:劈。

〔22〕驳驳劣劣:莽撞,爆烈。

〔23〕不厌:不倦,引申为坚强。

〔24〕没掂三:轻浮,糊涂。

〔25〕吃苦不甘:吃苦的不吃甜的,与“欺硬怕软”同义。

〔26〕胡扑掩:乱猜测。

〔27〕倒大:非常。

楔　子

毛西河本此处作楔子,甚是。兹从之。

〔杜将军引卒子上开〕林下晒衣嫌日淡,池中濯足恨鱼腥;花根本艳[1]公卿子,虎体原斑[2]将相孙。自家姓杜,名确,字君实,本贯西洛人也。自幼与君瑞同学儒业,后弃文就武。当年武举及第,官拜征西大将军,正授管军元帅,统领十万之众,镇守着蒲关。有人自河中来,听知君瑞兄弟在普救寺中,不来望我;着人去请,亦不肯来,不知主甚意?今闻丁文雅失政,不守国法,剽掠黎民;我为不知虚实,未敢造次兴师。孙子曰:"凡用兵之法,将受命于君,合军聚众,圮地无舍[3],衢地交合[4],绝地无留,围地则谋,死地则战;途有所不由,军有所不击,城有所不攻,地有所不争,君命有所不受。故将通于九变之利者,知用兵矣。治兵不知九变之术,虽知五利,不能得人用矣。"吾之未疾进兵征讨者,为不知地利浅深出没之故也。昨日探听去,不见回报。今日升帐,看有甚军情来,报我知道者!〔卒子引惠明和尚上开〕〔惠明云〕我离了普救寺,一日至蒲关,见杜将军走一遭。〔卒报科〕〔将军云〕着他过来!〔惠打问讯了,云〕贫僧是普救寺来的,今有孙飞虎作乱,将半万贼兵,围住寺门,欲劫故臣崔相国女为妻。有游客张君瑞,奉书令小僧拜投于麾下,欲求将军以解倒悬之危。〔将军云〕将过书来!〔惠投书了〕〔将军折书念曰〕珙顿首再拜大元帅将军契兄纛下:伏自洛中,拜违犀表[5],寒暄屡隔,积有岁月,仰德之私,铭刻如也。忆昔联床风雨,叹今彼各天涯;客况复生于肺腑,离愁无慰于羁怀。念贫处十年藜藿[6],走困他乡;羡威统百万貔貅[7],坐安边境。故知虎体食天禄,瞻天表,大德胜常;使贱子慕台颜,仰台翰,寸心为慰。辄禀:小弟辞家,欲诣帐下,以叙数载间阔之情;奈至河中府普救寺,忽值采薪之忧[8],不及径

元曲作者每喜掉书袋,王实甫亦不免。

造。不期有贼将孙飞虎，领兵半万，欲劫故臣崔相国之女，实为迫切狼狈。小弟之命，亦在逡巡。万一朝廷知道，其罪何归？将军倘不弃旧交之情，兴一旅之师；上以报天子之恩，下以救苍生之急；使故相国虽在九泉，亦不泯将军之德。愿将军虎视去书，使小弟鹄观来旌[9]。造次干渎，不胜惭愧。伏乞台照不宣。张珙再拜。二月十六日书。〔将军云〕既然如此，和尚你行，我便来。〔惠明云〕将军是必疾来者！〔唱〕

“赏花时”二曲，或存或删，以存者为是。

【仙吕·赏花时】那厮掳掠黎民德行短，将军镇压边庭机变宽。他弥天罪有百千般，若将军不管，纵贼寇骋无端。

【幺篇】便是你坐视朝廷将帝主瞒。若是扫荡妖氛着百姓欢，干戈息，大功完，歌谣遍满，名誉到金銮。〔下〕

将军破贼解围，是作者为喜剧结局预设的重要关目。至此，崔、张结合具有了道义、情理上的合理性。

〔将军云〕虽无圣旨发兵，将在军，君命有所不受。大小三军，听吾将令：速点五千人马，人尽衔枚，马皆勒口，星夜起发，直至河中府普救寺救张生走一遭。〔飞虎引卒子上开〕〔将军引卒子骑竹马调阵[10]拿绑下〕〔夫人、洁同末上，云〕下书已两日，不见回音。〔末云〕山门外呐喊摇旗，莫不是俺哥哥军至了。〔末见将军了〕〔引夫人拜了〕〔将军云〕杜确有失防御，致令老夫人受惊，切勿见罪是幸！〔末拜将军了〕自别兄长台颜,一向有失听教;今得一见,如拨云睹日。〔夫人云〕老身子母,如将军所赐之命,将何补报?〔将军云〕不敢,此乃职分之所当为。敢问贤弟,因甚不至戎帐?〔末云〕小弟欲来,奈小疾偶作,不能动止,所以失敬。今见夫人受困,所言退得贼兵者,以小姐妻之,因此愚弟作书请吾兄。〔将军云〕既然有此姻缘,可贺,可贺!〔夫人云〕安排茶饭者!〔将军云〕不索,尚有余党未尽,小官去捕了,却来望贤弟。左右那里,去斩孙飞虎去!〔拿贼了〕本欲斩首示众,具表奏闻,见丁文雅失守之罪,恐有未叛者,今将为首者各杖一百,余者尽归旧营去者!〔孙飞虎谢了下〕〔将军云〕张生建退贼之策,夫人面许结亲;若不违前言,淑女可配君子也。〔夫人云〕恐小女有辱君子。〔末云〕请将军筵席者!〔将军云〕我不吃筵席了,我回营去,异日却来庆贺。〔末云〕不敢久留兄长,有劳台候。〔将军望蒲关起发〕〔众念云〕马离普救敲金镫,人望蒲关唱凯歌。〔下〕〔夫人云〕先生大恩,不敢忘也。自今先生休在寺里下,则着仆人寺内养马,足下来家内书院里安歇。我已收拾了,便搬来者。到明日略备草酌,着红娘来请,你是必来一会,别有商议。〔下〕〔末云〕这事都在长老身上。〔问洁云〕小子亲事未知何如?〔洁云〕莺莺亲事拟定妻君。"只因兵火至,引起雨云心。"〔下〕〔末云〕小子收拾行李去花园里去

先是避开将军对崔、张姻缘的祝贺,但云安排茶饭,此又言明日必来一会,别有商议,已为赖婚埋下伏线。

也。〔下〕

〔1〕花根本艳:花朵的艳丽本来自根。这里用以比喻公卿之子自然富贵。

〔2〕虎体原斑:虎身上的花纹也是天生自有的。这里比喻将相的子孙自然尊荣。

〔3〕圮(pǐ)地无舍:有倾塌风险的地方不能宿营。

〔4〕衢地交合:四通八达的大路交叉处要设重兵把守。

〔5〕犀表:武将的仪表。

〔6〕藜藿(líhuò):指粗劣的饭菜。藜,灰菜;藿,豆叶。

〔7〕貔貅(píxiū):本为猛兽名,多用以代指将士。

〔8〕采薪之忧:原意是患病不能打柴,后用为自称有病的婉辞。

〔9〕鹄观来旄:瞻望大军到来。鹄观,像天鹅一样伸颈远望。

〔10〕骑竹马调阵:指剧中人骑着竹马摆开阵式打仗。

第 三 折

〔夫人上,云〕今日安排下小酌,单请张生酬劳。道与红娘,疾忙去书院中请张生,着他是必便来,休推故。〔下〕〔末上,云〕夜来老夫人说,着红娘来请我,却怎生不见来?我打扮着等他。皂角[1]也使过两个也,水也换了两桶也,乌纱帽擦得光挣挣的。怎么不见红娘来也呵?〔红娘上,云〕老夫人使我请张生。我想若非张生妙计呵，俺一家儿性命难保也呵。

【中吕·粉蝶儿】半万贼兵，卷浮云片时扫净，俺一家儿死里逃生。舒心的列山灵，陈水陆[2]，张君瑞合当钦敬。当日所望无成；谁想一缄书倒为了媒证。

【醉春风】今日个东阁玳筵开[3]，煞强如西厢和月等。薄衾单枕有人温，早则不冷、冷。受用足宝鼎香浓，绣帘风细，绿窗人静。

可早来到也。

【脱布衫】幽僻处可有人行，点苍苔白露泠泠。隔窗儿咳嗽了一声，〔红敲门科〕〔末云〕是谁来也？〔红云〕是我。他启朱唇急来答应。

〔末云〕拜揖小娘子。〔红唱〕

【小梁州】只见他叉手忙将礼数迎，我这里“万福，先生”。乌纱小帽耀人明，白襕[4]净，角带傲黄鞓[5]。

【幺篇】衣冠济楚庞儿俊，可知道引动俺莺莺。据相貌，凭才性，我从来心硬，一见了也留情。

〔末云〕“既来之，则安之。”请书房内说话。小娘子此行为何？〔红云〕贱妾奉夫人严命，特

红娘神采飞扬，张生急不可待，他们都以为好事已经天成。此处写得愈足，愈与后文夫人赖婚形成强烈对比，使剧情大起大落，扣人心弦。

“万福，先生”以白入曲，此即以曲代白法。

请先生小酌数杯,勿却。〔末云〕便去,便去。敢问席上有莺莺姐姐么?〔红唱〕

细节描写生动形象、出神入化。

【上小楼】"请"字儿不曾出声,"去"字儿连忙答应;可早莺莺根前,"姐姐"呼之,喏喏连声。秀才每闻道"请",恰便似听将军严令,和他那五脏神[6]愿随鞭镫。

〔末云〕今日夫人端的为甚么筵席?〔红唱〕

一问一答,曲白相生。

【幺篇】第一来为压惊,第二来因谢承。不请街坊,不会亲邻,不受人情。避众僧,请老兄,和莺莺匹聘。〔末云〕如此小生欢喜。〔红唱〕则见他欢天喜地,谨依来命。

〔末云〕小生客中无镜,敢烦小娘子看小生一看何如?〔红唱〕

通过外貌、打扮装束写人物心理。"来回顾影"四字活画张生形象。

【满庭芳】来回顾影,文魔秀士[7],风欠酸丁[8]。下工夫将额颅十分挣,迟和疾擦倒苍蝇,光油油耀花人眼睛,酸溜溜螫得人牙疼。〔末云〕夫人办甚么请我?〔红唱〕茶饭已安排定,淘下陈仓米数升,炸下七八碗软蔓青[9]。

〔末云〕小生想来:自寺中一见了小姐之后,不想今日得成婚姻,岂不为前生分定?〔红云〕姻缘非人力所为,天意尔。

【快活三】咱人一事精,百事精;一无成,百无成。世间草木本无情,自古云:"地生连理木,水出并头莲。"他犹有相兼并[10]。

"一事精"四句系成语。

【朝天子】休道这生,年纪儿后生,恰学害相思病。天生聪俊,打扮素净,奈夜夜成孤另。才子多情,佳人薄幸,兀的不担阁了人性命。〔末云〕你姐姐果有信行?〔红唱〕谁无一个信行,谁无一个志诚,您两个今夜亲折证[11]。

徐士范评:"红娘之善谑如此!"

我嘱咐你咱!

【四边静】今宵欢庆,软弱莺莺,可曾惯经。你索款款轻轻,灯下交鸳颈。端详可憎,好煞人也无干净!

〔末云〕小娘子先行,小生收拾书房便来。敢问那里有甚么景致?〔红唱〕

【耍孩儿】俺那里落红满地胭脂冷,休辜负了良辰美景。夫人遣妾莫消停,请先生勿得推称。俺那里准备着鸳鸯夜月销金帐[12],孔雀春风软玉屏[13]。乐奏合欢令,有凤箫象板[14],锦瑟鸾笙[15]。

揣想婚礼的喜庆景象,是本折开首喜剧气氛的延续,为赖婚后的痛苦失望作反衬。

〔末云〕小生书剑飘零,无以为财礼,却是怎生?〔红唱〕

【四煞】聘财断不争，婚姻自有成，新婚燕尔[16]安排定。你明博得跨凤乘鸾客[17]，我到晚来卧看牵牛织女星。休傒幸，不要你半丝儿红线[18]，成就了一世儿前程。

【三煞】凭着你灭寇功，举将能，两般儿功效如红定[19]。为甚俺莺娘心下十分顺，都则为君瑞胸中百万兵。越显得文风盛，受用足珠围翠绕，结果了黄卷青灯[20]。

【二煞】夫人只一家，老兄无伴等，为嫌繁冗寻幽静。〔末云〕别有甚客人？〔红唱〕单请你个有恩有义闲中客，且回避了无是无非窗下僧。夫人的命，道足下莫教推托，和贱妾即便随行。

〔末云〕小娘子先行，小生随后便来。〔红唱〕

【收尾】先生休作谦，夫人专意等。常言道“恭敬不如从命”，休使得梅香再来请。〔下〕

〔末云〕红娘去了，小生拽上书房门者。我比及到得夫人那里，夫人道：“张生，你来了也，饮几杯酒，去卧房内和莺莺做亲去！”小生到得卧房内,和姐姐解带脱衣,颠鸾倒凤,同谐鱼水之欢[21],共效于飞[22]之愿。觑他云鬟低坠,星眼微朦,被翻翡翠,袜绣鸳鸯。不知性命何如?且看下回分解。

〔笑云〕单羡法本好和尚也:只凭说法口,遂却读书心。〔下〕

〔1〕皂角:皂荚树结的角荚,可以洗衣去污。

〔2〕舒心:心甘情愿。列山灵,陈水陆:摆列山珍海味。

〔3〕东阁玳(dài)筵开:打开东阁门摆设丰盛精美的筵席。东阁,这里指款待宾客的地方。

〔4〕白襕(lán):白细布做的上下衣相连的服装。

〔5〕角带傲黄鞓(tīng):黄色的布腰带上装饰着兽角。

〔6〕五脏神:指心、肝、肺、肾、脾五脏。

〔7〕文魔秀士:好文入迷的秀才。

〔8〕风欠酸丁:风魔痴呆的书生。

〔9〕蔓青:蔬菜名,又名芜菁,根可做菜,是贫寒人家的食物。

〔10〕兼并:匹配,比并。

〔11〕折证:对证。

〔12〕销金帐:用金线绣着各种装饰图案的床帐。

〔13〕软玉屏:用玉石点缀的围屏。

〔14〕凤箫:即排箫,由若干长短不同的竹管编排而成的一种管乐器。象板:象牙制的拍板。

〔15〕锦瑟:装饰华美的瑟。鸾笙:即笙,一种簧管乐器。

〔16〕燕尔:形容新婚安乐的样子。

〔17〕跨凤乘鸾客:本指萧史。萧史,秦人,善吹箫,娶秦穆公的女儿弄玉为妻,教弄玉吹箫作凤鸣,一日吹箫引来凤凰,夫妻乘之而仙去。这里指张

生成为新婿。

〔18〕红线：传说中月下老人用红线系男女之足，男女就会成为夫妻。

〔19〕红定：男方送给女方定亲的财礼。

〔20〕黄卷青灯：指读书人的清苦生活。黄卷，指书；青灯，幽暗的灯光。

〔21〕鱼水之欢：比喻夫妻的合欢。

〔22〕于飞：《诗·大雅·卷阿》："凤凰于飞，翙（huì）翙其羽。"本指凤和凰相偕而飞，后用以比喻夫妻的和谐。

第 四 折

内里虚伪，表面真诚，老夫人果善权变。

〔夫人排桌子上，云〕红娘去请张生，如何不见来？〔红见夫人云〕张生着红娘先行，随后便来也。〔末上，见夫人施礼科〕〔夫人云〕前日若非先生，焉得有今日；我一家之命，皆先生所活也。聊备小酌，非为报礼，勿嫌轻意。〔末云〕"一人有庆，兆民赖之[1]。"此贼之败，皆夫人之福。万一杜将军不至，我辈皆无免死之术。此皆往事，不必挂齿。〔夫人云〕将酒来，先生满饮此杯。〔末云〕"长者赐，少者不敢辞。"〔末做饮酒科〕〔末把夫人酒了〕〔夫人云〕先生请坐！〔末云〕小子侍立座下，尚然越礼，焉敢与夫人对坐。〔夫人云〕道不得个"恭敬不如从命"。〔末谢了，坐〕〔夫人云〕红娘，去唤小姐来，与先生行礼者！〔红朝鬼门道唤云〕老夫人后堂待客，请小姐出来哩!〔旦应云〕我身子有些不停当,来不得。〔红云〕你道请谁哩?〔旦云〕请谁?〔红云〕请张生哩!〔旦云〕若请张生,扶病也索走一遭。〔红发科了〕〔旦上〕免除崔氏全家祸,尽在张生半纸书。

一却一应,情态逼真,观众能不发出会心微笑?

【双调·五供养】若不是张解元识人多,别一个怎退干戈。排着酒果,列着笙歌。篆烟微,花香细,散满东风帘幕。救了咱全家祸,殷勤呵正礼,钦敬呵当合。

前写张生、红娘受骗,此写莺莺受骗,欲抑先扬,写透写足。

【新水令】恰才向碧纱窗下画了双蛾,拂拭了罗衣上粉香浮涴[2],只将指尖儿轻轻的贴了钿窝[3]。若不是惊觉人呵,犹压着绣衾卧。

毛评:"'惊觉'指红唤,此以撒娇处见殷勤意。"

〔红云〕觑俺姐姐这个脸儿吹弹得破,张生有福也呵!〔旦唱〕

【幺篇】没查没利谎偻科[4],你道我宜梳妆的脸儿吹弹得破。〔红云〕俺姐姐天生的一个夫人的样儿。〔旦唱〕你那里休聒,不当一个信口开合。知他命福是如何?我做一个夫人也做得过。

〔红云〕往常两个都害,今日早则喜也!〔旦唱〕

【乔木查】我相思为他，他相思为我，从今后两下里相思都较可。酬贺间礼当酬贺，俺母亲也好心多。

红娘起疑，显其敏感机警；莺莺既有不满又自慰自解，显其通达贤良。人物行为入情入理，赖婚前伏势又一跌宕。

〔红云〕敢着小姐和张生结亲呵，怎生不做大筵席，会亲戚朋友，安排小酌为何？〔旦云〕红娘，你不知夫人意。

【搅筝琶】他怕我是赔钱货，两当一便成合。据着他举将除贼，也消得家缘过活。费了甚一股那[5]，便待要结丝萝[6]；休波，省人情的奶奶忒虑过，恐怕张罗。

〔末云〕小子更衣咱。〔做撞见旦科〕〔旦唱〕

【庆宣和】门儿外，窗儿前，将小脚儿那。我恰待目转秋波，谁想那识空便的灵心儿早瞧破。唬得我倒躲，倒躲。

老夫人赖婚用一句话揭出，莺莺、张生、红娘立即激起强烈反应，戏剧气氛骤然紧张。前面铺垫得充分，这里展开得利索，手法高妙。

〔末见旦科〕〔夫人云〕小姐近前拜了哥哥者！〔末背云〕呀，声息不好了也！〔旦云〕呀，俺娘变了卦也！〔红云〕这相思又索害也。〔旦唱〕

【雁儿落】荆棘刺怎动那！死没腾无回豁[7]！措支剌[8]不对答！软兀剌难存坐！

【得胜令】谁承望这即即世世[9]老婆婆，着莺莺做妹妹拜哥哥。白茫茫溢起蓝桥水[10]，不邓邓点着祆庙火[11]。碧澄澄清波，扑剌剌将比目鱼分破；急攘攘因何，扢搭地把双眉锁纳合。

〔夫人云〕红娘看热酒，小姐与哥哥把盏者！〔旦唱〕

【甜水令】我这里粉颈低垂，蛾眉频蹙，芳心无那，俺可甚"相见话偏多"？星眼朦胧，檀口嗟咨，攧窨[12]不过，这席面儿畅好是乌合。

〔旦把酒科〕〔夫人央科〕〔末云〕小生量窄。〔旦云〕红娘接了台盏者！

今天舞台演出，在这里常用一个掷杯的动作，突出表现莺莺此时内心的怨愤。这比单单一句说白更有效果。

【折桂令】他其实咽不下玉液金波。谁承望月底西厢，变做了梦里南柯[13]。泪眼偷淹，酩子里揾湿香罗。他那里眼倦开软瘫做一垛；我这里手难抬称不起肩窝。病染沉疴，断然难活。则被你送了人呵，当甚么喽啰[14]。

〔夫人云〕再把一盏者！〔红递盏了〕〔旦唱〕

【月上海棠】一杯闷酒尊前过，低首无言自摧挫。不堪醉颜酡[15]，却早嫌玻璃盏大。从因我，酒上心来较可。

〔红背与旦云〕姐姐，这烦恼怎生是了！〔旦唱〕

【幺篇】而今烦恼犹闲可[16]，久后思量怎奈何？有意诉衷肠，争奈母亲侧坐，成抛躲，咫尺间如间阔[17]。

〔夫人云〕红娘送小姐卧房里去者！〔旦辞末出科〕〔旦云〕俺娘好口不应心也呵！

不作正面抗争，而用大段唱曲尽情抒发内心怨愤，切合莺莺身份性格。【乔牌儿】三曲是对封建家长制虚伪本质和封建势力摧残青年爱情幸福的揭露和控诉。

【乔牌儿】老夫人转关儿没定夺，哑谜儿怎猜破；黑阁落甜话儿将人和，请将来着人不快活。

【江儿水】佳人自来多命薄，秀才每从来懦。闷杀没头鹅[18]，撇下陪钱货；不争你不成亲呵，下场头那答儿发付我！

【殿前欢】恰才个笑呵呵，都做了江州司马泪痕多[19]。若不是一封书将半万贼兵破，俺一家儿怎得存活。他不想结姻缘想甚么？到如今难着莫[20]。老夫人谎到天来大；当日成也是您个母亲，今日败也是您个萧何[21]。

【离】调多用三句对法。读来激越剀切。

【离亭宴带歇指煞】从今后玉容寂寞梨花朵，胭脂浅淡樱桃颗，这相思何时是可？昏邓邓黑海来深，白茫茫陆地来厚，碧悠悠青天来阔；太行山般高仰望，东洋海般深思渴。毒害的恁么。俺娘呵，将颤巍巍双头花蕊搓，香馥馥同心缕带割，长

搀搀连理琼枝挫。白头娘不负荷,青春女成担搁,将俺那锦片也似前程蹬脱。俺娘把甜句儿落空了他,虚名儿误赚了我。〔下〕

〔末云〕小生醉也,告退。夫人根前,欲一言以尽意,未知可否?前者贼寇相迫,夫人所言,能退贼者,以莺莺妻之。小生挺身而出,作书与杜将军,庶几得免夫人之祸。今日命小生赴宴,将谓有喜庆之期;不知夫人何见,以兄妹之礼相待?小生非图哺啜而来,此事果若不谐,小生即当告退。〔夫人云〕先生纵有活我之恩,奈小姐先相国在日,曾许下老身侄儿郑恒。即日有书赴京唤去了,未见来。如若此子至,其事将如之何?莫若多以金帛相酬,先生拣豪门贵宅之女,别为之求,先生台意若何?〔末云〕既然夫人不与,小生何慕金帛之色?却不道"书中有女颜如玉"?则今日便索告辞。〔夫人云〕你且住者,今日有酒也。红娘扶将哥哥去书房中歇息,到明日咱别有话说。〔下〕〔红扶末科〕〔末念〕有分只熬萧寺夜,无缘难遇洞房春。〔红云〕张生,少吃一盏却不好!〔末云〕我吃甚么来!〔末跪红科〕小生为小姐,昼夜忘餐废寝,魂劳梦断,常忽忽如有所失。自寺中一见,隔墙酬和,迎风待月,受无限之苦楚。甫能得成就婚姻,夫人变了卦,使小生智竭思穷,此事几时是了!小娘

张生毕竟书生意气,不堪一击。

几句对话令人生笑。张生之迂，红娘之精警尖利，跃然纸上。紧张局面既得缓解，悲切气氛又为喜剧效果代替。

子怎生可怜见小生，将此意申与小姐，知小生之心。就小娘子前解下腰间之带，寻个自尽。〔末念〕可怜刺股悬梁〔22〕志，险作离乡背井魂。〔红云〕街上好贱柴，烧你个傻角〔23〕。你休慌，妾当与君谋之。〔末云〕计将安在？小生当筑坛拜将。〔红云〕妾见先生有囊琴一张，必善于此。俺小姐深慕于琴。今夕妾与小姐同至花园内烧夜香，但听咳嗽为令，先生动操〔24〕；看小姐听得时，说甚么言语，却将先生之言达知。若有话说，明日妾来回报，这早晚怕夫人寻我，回去也。〔下〕

〔1〕一人有庆，兆民赖之：这里的意思是，一人有福，大家沾光。

〔2〕浮涴（wò）：浮污，浮尘。

〔3〕钿窝：贴在脸上的花钿。

〔4〕没查没利谎偻科：信口开河的小鬼头。没查没利，说话不正经、没定准。偻科，精明、机灵、能干的小家伙。

〔5〕一股那：一股脑儿。

〔6〕丝萝：菟丝和女萝，比喻婚姻。

〔7〕死没腾：呆呆地，没生气的样子。回豁：反应。

〔8〕措支刺：张皇失措的样子。

〔9〕即即世世：“积世”一词的重叠，指老于世故，阅历甚深，引申为狡猾奸诈、老奸巨滑的意思。

〔10〕蓝桥水：尾生和一个女子相爱，约定在蓝桥下会面。尾生先到，女子未至。不料河水上涨，尾生坚守信约，不肯离去，竟被水淹死。典出《庄子》。

〔11〕祆(xiān)庙火:祆庙为波斯拜火教的寺院。相传蜀帝的公主和乳母陈氏的儿子相爱,约定在祆庙相会。公主到了庙里,正遇陈生熟睡,便将幼时所玩的玉环放在陈生的怀里而去。陈生醒后,知道公主来过,怨气化火而庙毁。后用为姻缘不遂之典。典出《渊鉴类函》引《蜀志》。

〔12〕攧窨(diānyìn):顿足怨恨。

〔13〕梦里南柯(kē):南柯一梦。唐代李公佐《南柯太守传》写淳于棼(fén)在梦中做了槐安国驸马,任南柯太守二十年,梦醒后寻访旧迹,才知所谓"槐安国""南柯郡"乃是槐树洞中的蚁穴。

〔14〕喽啰:这里是能干、英雄的意思。

〔15〕酡(tuó):饮酒脸红。

〔16〕闲可:平常、不要紧的意思。

〔17〕间(jiàn)阔:远隔。

〔18〕没头鹅:比喻蒙头转向、惊慌无主的人。这里指张生。

〔19〕江州司马泪痕多:白居易被贬官做江州司马后,所写《琵琶行》中有"座中泣下谁最多,江州司马青衫湿"的诗句。这里指张生泪多。

〔20〕着莫:捉摸。

〔21〕败也是您个萧何:"成也萧何,败也萧何",当时成语。萧何当初推荐韩信拜为大将,后又设计杀害了韩信。这里指老夫人。

〔22〕刺股:战国苏秦读书困倦时,便用锥子扎自己的大腿。悬梁:汉代孙敬读书,为了防止打瞌睡,用绳子把自己的头发拴在房梁上。

〔23〕街上好贱柴,烧你个傻角:街上的柴很贱,如果你要自尽,就把你这个傻瓜的尸首烧掉。元代实行火葬,红娘以此调侃张生,意思是他死得不值得。

〔24〕动操:弹琴。操,琴曲的一种,这里泛指琴曲。

第五折

从本折起，戏剧冲突在崔、张内部展开，饶有风趣地表现他们突破封建礼教束缚，克服思想性格上的弱点，终于结合的过程。同时穿插了红娘的积极活动，把喜剧色彩渲染得十分浓烈。

〔末上，云〕红娘之言，深有意趣。天色晚也，月儿，你早些出来么！〔焚香了〕呀，却早发擂[1]也；呀，却早撞钟也。〔做理琴科〕琴呵，小生与足下湖海相随数年，今夜这一场大功，都在你这神品金徽、玉轸[2]、蛇腹、断纹[3]、峄阳、焦尾[4]、冰弦[5]之上。天那！却怎生借得一阵顺风，将小生这琴声吹入俺那小姐玉琢成、粉捏就、知音的耳朵里去者！〔旦引红上，红云〕小姐，烧香去来，好明月也呵！〔旦云〕事已无成，烧香何济！月儿，你团圆呵，咱却怎生。

【越调·斗鹌鹑】云敛晴空，冰轮[6]乍涌；风扫残红，香阶乱拥；离恨千端，闲愁万种。夫人那，“靡不有初，鲜克有终[7]”。他做了个影儿里的情郎，我做了个画儿里的爱宠。

【紫花儿序】则落得心儿里念想，口儿里闲题，则索向梦儿里相逢。俺娘昨日个大开东阁，我则道怎生般炮凤烹龙[8]。朦胧，可教我“翠袖殷勤捧玉钟”，却不道

"主人情重"。则为那兄妹排连，因此上鱼水难同。

〔红云〕姐姐，你看月阑[9]，明日敢有风也？〔旦云〕风月天边有，人间好事无。

【小桃红】人间看波，玉容深锁绣帏中，怕有人搬弄。想嫦娥，西没东生有谁共？怨天公，裴航不作游仙梦[10]。这云似我罗帏数重，只恐怕嫦娥心动，因此上围住广寒宫。

借景抒情，思路跳脱，曲意委宛蕴藉。

〔红做咳嗽科〕〔末云〕来了。〔做理琴科〕〔旦云〕这甚么响？〔红发科〕〔旦唱〕

【天净沙】莫不是步摇得宝髻玲珑？莫不是裙拖得环珮玎玲？莫不是铁马儿[11]檐前骤风？莫不是金钩双控，吉丁当敲响帘栊？

【调笑令】莫不是梵王宫夜撞钟？莫不是疏竹潇潇曲槛中？莫不是牙尺剪刀声相送？莫不是漏声长滴响壶铜[12]？潜身再听在墙角东，原来是近西厢理结丝桐。

【秃厮儿】其声壮，似铁骑刀枪冗冗；其声幽，似落花流水溶溶；其声高，似风清月朗鹤唳空；其声低，似听儿女语，小窗

前二曲虚写，此曲实写，音调铿锵，想象丰富，以形拟声，以声传情。下曲在

中，喁喁[13]。

【圣药王】他那里思不穷，我这里意已通，娇鸾雏凤失雌雄；他曲未终，我意转浓，争奈伯劳飞燕各西东[14]：尽在不言中。

我近书窗听咱。〔红云〕姐姐，你这里听，我瞧夫人一会便来。〔末云〕窗外有人，已定是小姐，我将弦改过，弹一曲，就歌一篇，名曰《凤求凰》[15]。昔日司马相如得此曲成事，我虽不及相如，愿小姐有文君之意。〔歌曰〕有美人兮，见之不忘。一日不见兮，思之如狂。凤飞翩翩兮，四海求凰。无奈佳人兮，不在东墙。张弦代语兮，欲诉衷肠。何时见许兮，慰我彷徨？愿言配德兮，携手相将！不得于飞兮，使我沦亡。〔旦云〕是弹得好也呵！其词哀，其意切，凄凄然如鹤唳天；故使妾闻之，不觉泪下。

【麻郎儿】这的是令他人耳聪，诉自己情衷。知音者芳心自懂，感怀者断肠悲痛。

【幺篇】这一篇与本宫、始终、不同[16]。又不是清夜闻钟，又不是黄鹤醉翁，又不是泣麟悲凤[17]。

【络丝娘】一字字更长漏永，一声声衣宽带松。别恨离愁，变成一弄[18]。张生

“情”上发挥，以琴声通情达意，归为“尽在不言中”，切合剧情发展和人物此时心境。

卓文君私奔相如和张生钟情莺莺，都遇到了男女自由爱情和封建婚姻的矛盾，也就是处于萌芽状态的现代性爱和占据统治地位的古代性爱的矛盾，所以，崔、张对“凤求凰”的故事产生感情上的共鸣，是有共同的思想基础的。流传的司马相如《琴歌》，即《凤求凰》的歌辞，不仅表现相如对文君的热烈追求，也表现文君夜奔相如双双远走高飞。所

呵,越教人知重。

〔末云〕夫人且做忘恩,小姐,你也说谎也呵!〔旦云〕你差怨了我。

【东原乐】这的是俺娘的机变,非干是妾身脱空[19];若由得我呵,乞求得效鸾凤。俺娘无夜无明并[20]女工;我若得些儿闲空,张生呵,怎教你无人处把妾身作诵[21]。

【绵搭絮】疏帘风细,幽室灯清,都则是一层儿红纸,几榥儿疏棂,兀的不是隔着云山几万重,怎得个人来信息通。便做道十二巫峰[22],他也曾赋高唐来梦中。

〔红云〕夫人寻小姐哩,咱家去来。〔旦唱〕

【拙鲁速】则见他走将来气冲冲,怎不教人恨匆匆,唬得人来怕恐。早是不曾转动,女孩儿家直恁响喉咙!紧摩弄[23];索将他拦纵[24],则恐怕夫人行把我来厮葬送。

〔红云〕姐姐则管听琴怎么?张生着我对姐姐说,他回去也。〔旦云〕好姐姐呵,是必再着他住一程儿!〔红云〕再说甚么?〔旦云〕你去呵,

以,张生此时弹歌《凤求凰》,其心意比"酬韵"时更进了一步,是鼓励莺莺效法文君,走私自结合的道路。

莺莺听琴后意痴心醉,意急心撩状如画。

莺莺对老夫人的反抗由内心开始转向行动，“好共歹不着你落空”，表现了她的坚定和执着；这是老夫人“赖婚”造成的直接结果，预示了爱情的喜剧结局。

【尾】则说道夫人时下有人唧哝[25]，好共歹不着你落空。不问俺口不应的狠毒娘，怎肯着别离了志诚种[26]？〔并下〕

【络丝娘煞尾】不争惹恨牵情逗引，少不得废寝忘餐病症。

题目　张君瑞破贼计　莽和尚生杀心

正名　小红娘昼请客　崔莺莺夜听琴

〔1〕发擂：敲鼓。这里指寺院夜间报更的鼓声。

〔2〕金徽、玉轸(zhěn)：徽，琴面标志音阶的记号；轸，系琴弦的轴，转动轸可以调节音调。金、玉，表示贵重的美称。

〔3〕蛇腹、断纹：琴以古为佳，年久琴身漆面则崩裂成纹，称为断纹。断纹像蛇腹的花纹，称作蛇腹。

〔4〕峄(yì)阳、焦尾：琴身用梧桐木制成。据说峄山阳(山南为阳)面所产的桐木制琴最好。传说东汉时蔡邕听到有人用桐木烧火做饭时爆烈的响声，知道是制琴的良材，便要来做成琴，琴尾还留有烧焦的痕迹。

〔5〕冰弦：用冰蚕丝做的琴弦。冰蚕是古代传说中的一种蚕，据说用它的丝制成的琴弦最好。

〔6〕冰轮：月亮。

〔7〕靡(mǐ)不有初，鲜克有终：语出《诗经·大雅·荡》，意思是有始无终，有头没尾。

〔8〕炮凤烹龙：烹调山珍海味，比喻筵席的丰美。

〔9〕月阑：月晕，起风的征兆。

〔10〕裴航不作游仙梦：唐人传奇故事：秀才裴航，路经蓝桥驿，渴而求

浆，遇女云英，结为夫妇，双双成仙。这里借指张生与莺莺不能成婚。

〔11〕铁马儿：房檐前悬挂的铃铛或铁片。

〔12〕壶铜：指铜壶，古代计时用的器具。

〔13〕喁（yóng）喁：低声细语。

〔14〕伯劳飞燕各西东：比喻夫妻离散。伯劳，鸟名。

〔15〕凤求凰：琴曲名，司马相如向卓文君求爱时所弹。

〔16〕本宫、始终、不同：宫，指宫调；初弹的琴曲所用的宫调为本宫本调。张生后改弦弹《凤求凰》曲，所以说与本宫始终不同。

〔17〕清夜闻钟、黄鹤醉翁、泣麟悲凤：皆为古琴曲名。

〔18〕一弄：一曲。

〔19〕脱空：说谎。

〔20〕并：催逼。

〔21〕作诵：作念，念叨。这里含有抱怨的意思。

〔22〕十二巫峰：传说巫山有十二峰。

〔23〕摩弄：折磨、捉弄的意思。

〔24〕拦纵：阻拦。

〔25〕唧哝：嘀咕，这里指暗地劝说。

〔26〕志诚种：爱情专一的人。

第三本　张君瑞害相思

楔　子

〔旦上，云〕自那夜听琴后，闻说张生有病，｜本剧五本中，这是最富有戏剧性的一本。作者从规定情境出发，巧妙地挖掘出人物关系和性格中的内在喜剧因素，让观众从含泪的笑声中，去了解当时男女青年追求爱情自由的曲折历程。

我如今着红娘去书院里，看他说甚么。〔叫红科〕〔红上，云〕姐姐唤我，不知有甚事，须索走一遭。〔旦云〕这般身子不快呵，你怎么不来看我？〔红云〕你想张……〔旦云〕张甚么？〔红云〕我张〔1〕着姐姐哩。〔旦云〕我有一件事央及你咱。〔红云〕甚么事？〔旦云〕你与我望张生去走一遭，看他说甚么，你来回我话者。〔红云〕我不去，夫人知道不是耍。〔旦云〕好姐姐，我拜你两拜，你便与我走一遭！〔红云〕侍长〔2〕请起，我去则便了。说道"张生，你好生病重，则俺姐姐也不弱"。只因午夜调琴手，引起春闺爱月心。

【仙吕·赏花时】俺姐姐针线无心不待〔3〕拈，脂粉香消懒去添。春恨压眉尖，若得灵犀一点〔4〕，敢医可了病恹恹。〔下〕

〔旦云〕红娘去了，看他回来说甚话，我自有主意。〔下〕

〔1〕张：看，望。

〔2〕侍长：元代奴婢对主人的称呼。

〔3〕不待：不愿。

〔4〕灵犀一点：古代传说犀牛是一种神异的兽类，角有白纹，感应灵敏，所以称犀牛角为"灵犀"。李商隐《无题》诗："身无彩凤双飞翼，心有灵犀一点通。"后多用以比喻两情相通。

第一折

〔末上,云〕害杀小生也。自那夜听琴之后,再不能够见俺那小姐。我着长老说将去,道张生好生病重,却怎生不见人来看我?却思量上来,我睡些儿咱。〔红上,云〕奉小姐言语,着我看张生,须索走一遭。我想咱每一家,若非张生,怎存俺一家儿性命也。

【仙吕·点绛唇】相国行祠[1],寄居萧寺。因丧事、幼女孤儿,将欲从军死。

王伯良评曰:“记中诸曲,生旦伯仲间耳,独红娘曲婉丽艳绝,如明霞烂锦,耀人目眦,不可思议。”【点绛唇】二曲写红娘伸张正义的磊落胸襟。

【混江龙】谢张生伸志,一封书到便兴师。显得文章有用,足见天地无私。若不是剪草除根半万贼,险些儿灭门绝户了俺一家儿。莺莺君瑞,许配雄雌;夫人失信,推托别词;将婚姻打灭,以兄妹为之。如今都废却成亲事,一个价糊突了胸中锦绣,一个价泪揾湿了脸上胭脂。

【油葫芦】憔悴潘郎鬓有丝[2];杜韦娘[3]不似旧时,带围宽清减了瘦腰肢。一个睡昏昏不待观经史,一个意悬悬懒去拈针指;一个丝桐上调弄出离恨谱,一个花

六句自相对偶,排比连用,句式或长或短,忽断忽续,既写出崔、张被隔绝的苦闷,又道出红娘对他们的体贴同情。

笺上删抹成断肠诗；一个笔下写幽情，一个弦上传心事：两下里都一样害相思。

【天下乐】方信道才子佳人信有之，红娘看时，有些乖性儿，则怕有情人不遂心也似此。他害的有些抹媚[4]，我遭着没三思[5]，一纳头[6]安排着憔悴死。却早来到书院里，我把唾津儿润破窗纸，看他在书房里做甚么。

张生的形貌神态，全从迁延窗下的红娘眼中看出，绘形传神，色色写到，堪称妙笔。

【村里迓鼓】我将这纸窗儿润破，悄声儿窥视。多管是和衣儿睡起，罗衫上前襟褶裢[7]。孤眠况味，凄凉情绪，无人伏侍。觑了他涩滞气色，听了他微弱声息，看了他黄瘦脸儿。张生呵，你若不闷死多应是害死。

【元和令】金钗敲门扇儿。〔末云〕是谁？〔红唱〕我是个散相思的五瘟使[8]。俺小姐想着风清月朗夜深时，使红娘来探尔。〔末云〕既然小娘子来，小姐必有言语。〔红唱〕俺小姐至今脂粉未曾施，念到有一千番张殿试[9]。

〔末云〕小姐既有见怜之心，小生有一简，敢烦小娘子达知肺腑咱。〔红云〕只恐他翻了面皮。

【上马娇】他若是见了这诗，看了这词，他敢颠倒费神思。他拽扎起面皮[10]来："查得谁的言语你将来，这妮子怎敢胡行事!"他可敢嗤、嗤的扯做了纸条儿。

〔末云〕小生久后多以金帛拜酬小娘子。〔红唱〕

【胜葫芦】哎，你个馋穷酸俫[11]没意儿，卖弄你有家私，莫不图谋你的东西来到此？先生的钱物，与红娘做赏赐，是我爱你的金资？

【幺篇】你看人似桃李春风墙外枝，卖俏倚门儿。我虽是个婆娘有志气。则说道："可怜见小子，只身独自!"恁的呵颠倒有个寻思。

〔末云〕依着姐姐，可怜见小子只身独自!〔红云〕兀的不是也，你写来，咱与你将去。〔末写科〕〔红云〕写得好呵，读与我听咱。〔末读云〕珙百拜奉书芳卿可人妆次[12]，自别颜范[13]，鸿稀鳞绝[14]，悲怆不胜。孰料夫人以恩成怨，变易前姻，岂得不为失信乎？使小生目视东墙，恨不得腋翅[15]于妆台左右；患成思渴，垂命有日。因红娘至，聊奉数字，以表寸心。万一有见怜之意，书以掷下，庶几尚可保养。造次不谨，伏乞情恕!后成五言诗一首，就书录呈：相思恨转添，谩把瑶

二曲语气连贯，一气呵成，红娘心直口快豪侠爽朗的性格，栩栩如生。这情书却没有写好，不像个"笔尖儿横扫五千人"的才子。

琴弄。乐事又逢春,芳心尔亦动。此情不可违,芳誉何须奉?莫负月华明,且怜花影重。〔红唱〕

“不构思”三字点出张生敏捷的才思。末二句顺口嘲弄,活现红娘聪明活泼的个性。

【后庭花】我则道拂花笺打稿儿,原来他染霜毫不构思。先写下几句寒温序,后题着五言八句诗。不移时,把花笺锦字,叠做个同心方胜[16]儿。忒聪明,忒敬思[17],忒风流,忒浪子。虽然是假意儿,小可的[18]难到此。

【青歌儿】颠倒写鸳鸯两字,方信道“在心为志[19]”。〔末云〕姐姐将去,是必在意者!〔红唱〕看喜怒其间觑个意儿[20]。放心波,学士!我愿为之,并不推辞,自有言词。则说道:“昨夜弹琴的那人儿,教传示。”

显出红娘的远见和心机。

这简帖儿我与你将去,先生当以功名为念,休堕了志气者!

【寄生草】你将那偷香手,准备着折桂枝[21]。休教那淫词儿污了龙蛇字,藕丝儿缚定鹍鹏翅,黄莺儿夺了鸿鹄志;休为这翠帏锦帐一佳人,误了你“玉堂金马三学士[22]”。

〔末云〕姐姐在意者!〔红云〕放心,放心!

【煞尾】沈约病多般[23]，宋玉愁无二[24]，清减了相思样子。则你那眉眼传情未了时，中心日夜藏之。怎敢因而[25]，"有美玉于斯[26]"，我须教有发落归着这张纸。凭着我舌尖儿上说词，更和这简帖儿里心事，管教那人儿来探你一遭儿。〔下〕

〔末云〕小娘子将简帖儿去了，不是小生说口，则是一道会亲的符箓。他明日回话，必有个次第[27]。且放下心，须索好音来也。且将宋玉风流策，寄与蒲东窈窕娘。〔下〕

红娘的许诺，张生的自夸，又反挑闹简，剧情更显跌宕！

〔1〕行祠：即旅榇，旅途中的灵柩。

〔2〕潘郎鬓有丝：晋代潘岳在《秋兴赋》里说他由于多愁，三十二岁时就有白发，因此又有"愁潘"之称。丝，银丝，白发。这里以潘郎代指张生。

〔3〕杜韦娘：唐代有名的美貌歌女，这里代指莺莺。

〔4〕抹媚：也作"魔媚"，迷恋很深的意思。

〔5〕没三思：没主意。

〔6〕纳头：埋头。

〔7〕褶袛（zhězhì）：衣服上的褶皱。

〔8〕五瘟使：瘟神。

〔9〕殿试：元时对读书人的通称。

〔10〕拽（zhuài）扎起面皮：绷紧脸，板起面孔。

〔11〕馋穷酸俫：即穷酸，对寒微读书人含有讥讽调侃性质的称呼。

〔12〕芳卿：对女子的亲昵称呼。可人：可意人，意中人。妆次：妆台边。书信中对女子的尊称。

〔13〕颜范:容颜。

〔14〕鸿稀鳞绝:没有音信。鸿,即雁;鳞,指鱼。古有雁足传书、鱼腹传信的传说,故以雁和鱼代指书信。

〔15〕腋翅:两腋生翅,飞的意思。

〔16〕方胜:指把信笺叠成相互连结的方形。

〔17〕敬思:潇洒可爱、风流放浪的意思。

〔18〕小可的:一般人。

〔19〕在心为志:《毛诗序》:"在心为志,发言为诗。"这里取其前句隐去后句,实即用后句诗意称赞张生能诗。

〔20〕觑个意儿:找个机会。

〔21〕折桂枝:比喻科举及第。

〔22〕玉堂金马三学士:指才华出众、前程远大的文士。金马,金马门,汉代宫门名,因傍有铜马而得名。汉武帝使学士才能卓异者,待诏金马门,以备顾问。

〔23〕沈约病多般:沈约,南朝时有名的文人。他在《与徐勉书》中叙述了自己老病的情景,后人形容病状多以他为例。

〔24〕宋玉愁无二:宋玉,战国时楚国的文学家,他的《九辩》多悲愁凄伤之辞。

〔25〕因而:马虎。

〔26〕有美玉于斯:《论语·子罕》:"有美玉于斯,韫椟而藏诸。"这里是歇后语,取后半句"韫椟而藏诸",珍重保存的意思。

〔27〕次第:结果。

第二折

〔旦上,云〕红娘伏侍老夫人不得空便,偌早晚敢待来也。起得早了些儿,困思上来,我再睡些儿咱。〔睡科〕〔红上,云〕奉小姐言语去看张生,因伏侍老夫人,未曾回小姐话去。不听得声音,敢又睡哩,我入去看一遭。

【中吕·粉蝶儿】风静帘闲,透纱窗麝兰香散,启朱扉摇响双环。绛台[1]高,金荷[2]小,银釭[3]犹灿。比及将暖帐轻弹,先揭起这梅红罗软帘偷看。

【醉春风】则见他钗亸玉斜横[4],髻偏云乱挽。日高犹自不明眸,畅好是懒、懒。〔旦做起身长叹科〕〔红唱〕半晌抬身,几回搔耳,一声长叹。

我待便将简帖儿与他,恐俺小姐有许多假处哩。我则将这简帖儿放在妆盒儿上,看他见了说甚么。〔旦做照镜科,见帖看科〕〔红唱〕

【普天乐】晚妆残,乌云亸,轻匀了粉脸,乱挽起云鬟。将简帖儿拈,把妆盒儿按,开拆封皮孜孜看,颠来倒去不害心烦。

“闹简”和“赖简”的主角都是莺莺,但她此时内心深处充满了痛苦,如由她来唱,会给剧情带上悲剧色彩。因而,剧中安排红娘主唱,既可从旁细腻刻画莺莺的动作神态,又可鲜明地渲染她行动的喜剧性。毛评:“首二曲写莺初起时,是晓闺之绝艳者。”【粉蝶儿】一曲,从室外写到室内,展现出莺莺卧房的优雅环境。【醉春风】一曲,从莺莺的静态写到动态,从神情透出心理,把一个为爱情苦恼的少女形象写得栩栩如生。

毛评:“此言‘乌云亸’,则髻解将理矣。又曰‘乱挽起云鬟’,则因见简帖而又仓卒绾结也。此正模画入阿堵处。”

汤显祖评:"'只见'三句递伺其发怒次第也。皱眉,将欲决撒也;垂颈,又踌躇也;变朱颜,则决撒矣。"这一瞬间的连续三个动作,精确地展示了莺莺复杂的心理变化:她初见简帖时,喜不自抑,又马上感到私相传递的危险性,就以先发制人的办法来掩盖真相。

〔旦怒叫〕红娘!〔红做意云〕呀,决撒[5]了也!厌的早扢皱了黛眉。〔旦云〕小贱人,不来怎么!〔红唱〕忽的波低垂了粉颈,氲的呵改变了朱颜。

〔旦云〕小贱人,这东西那里将来的?我是相国的小姐,谁敢将这简帖来戏弄我,我几曾惯看这等东西。告过夫人,打下你个小贱人下截来。〔红云〕小姐使将我去,他着我将来。我不识字,知他写着甚么。

【快活三】分明是你过犯,没来由把我摧残;使别人颠倒恶心烦,你不惯,谁曾惯。

姐姐休闹,比及你对夫人说呵,我将这简帖儿去夫人行出首去来。〔旦做揪住科〕我逗你耍来。〔红云〕放手,看打下下截来。〔旦云〕张生近日如何?〔红云〕我则不说。〔旦云〕好姐姐,你说与我听咱!〔红唱〕

【朝天子】张生近间面颜,瘦得来实难看。不思量茶饭,怕待动弹;晓夜将佳期盼,废寝忘餐。黄昏清旦,望东墙淹泪眼。〔旦云〕请个好太医看他证候咱。〔红云〕他证候吃药不济。病患、要安,则除是出几点风流汗。

〔旦云〕红娘,不看你面时,我将与老夫人

看，看他有何面目见夫人？虽然我家亏他，只是兄妹之情，焉有外事。红娘，早是你口稳哩；若别人知呵，甚么模样。〔红云〕你哄着谁哩，你把这个饿鬼弄得他七死八活，却要怎么？

【四边静】怕人家调犯[6]，"早共晚夫人见些破绽，你我何安"。问甚么他遭危难？撺断[7]得上竿，掇了梯儿看。

红娘随机应变，以子之矛攻子之盾，使剧情曲折回复，格调轻松欢快，具有强烈的喜剧性。凌评："（此曲）盖恨莺拿班而反言以诮之也。'早晚'二句，亦体莺意中语。"

〔旦云〕将描笔儿过来，我写将去回他，着他下次休是这般。〔旦做写科〕〔起身科，云〕红娘，你将去说："小姐看望先生，相待兄妹之礼如此，非有他意。再一遭儿是这般呵，必告夫人知道。"和你个小贱人都有话说。〔旦掷书下〕〔红唱〕

【脱布衫】小孩儿家口没遮拦，一迷的将言语摧残。把似[8]你使性子，休思量秀才，做多少好人家风范。〔红做拾书科〕

莺莺掷书，愚弄了红娘，瞒过了观众；及至真相拆穿，就爆发出哄堂笑声。

【小梁州】他为你梦里成双觉后单，废寝忘餐。罗衣不奈五更寒，愁无限，寂寞泪阑干。

【幺篇】似这等辰勾[9]空把佳期盼，我将这角门儿世不曾牢拴，则愿你做夫妻无危难。我向这筵席头上整扮，做一个缝了口的撮合山[10]。

红娘的火热心肠，与莺莺对她的误会、防范对照，大有意趣！

〔红云〕我若不去来，道我违拗他，那生又等我回报，我须索走一遭。〔下〕〔末上，云〕那书倩红娘将去，未见回话。我这封书去，必定成事，这早晚敢待来也。〔红上〕须索回张生话去。小姐，你性儿忒惯得娇了；有前日的心，那得今日的心来？

【石榴花】当日个晚妆楼上杏花残，犹自怯衣单，那一片听琴心清露月明间。昨日个向晚，不怕春寒，几乎险被“先生馔”[11]，那其间岂不胡颜[12]。为一个不酸不醋风魔汉，隔墙儿险化做了望夫山[13]。

【斗鹌鹑】你用心儿拨雨撩云，我好意儿传书寄简。不肯搜自己狂为，则待要觅别人破绽。受艾焙[14]权时忍这番，畅好是奸。“张生是兄妹之礼，焉敢如此！”对人前巧语花言；没人处便想张生，背地里愁眉泪眼。

一腔热忱，却两头受气，是喜剧中刻画正面形象的常见关目，最能引起观众兴味。

〔红见末科〕〔末云〕小娘子来了。擎天柱，大事如何了也？〔红云〕不济事了，先生休傻。〔末云〕小生简帖儿是一道会亲的符箓，则是小娘子不用心，故意如此。〔红云〕我不用心？有天理，你那简帖儿好听！

【上小楼】这的是先生命悭，须不是红娘违慢。那简帖儿倒做了你的招状，他的勾头[15]，我的公案。若不是觑面颜，厮顾盼，担饶轻慢，先生受罪，礼之当然，贱妾何辜？争些儿把你娘拖犯。

【幺篇】从今后相会少，见面难。月暗西厢，凤去秦楼[16]，云敛巫山。你也赸[17]，我也赸；请先生休讪[18]，早寻个酒阑人散。

此以危言绝张生，作者行文如张劲弓，务尽其势而发。

〔红云〕只此再不必申诉足下肺腑，怕夫人寻，我回去也。〔末云〕小娘子此一遭去，再着谁与小生分剖；必索做一个道理，方可救得小生一命。〔末跪下揪住红科〕〔红云〕张先生是读书人，岂不知此意，其事可知矣。

【满庭芳】你休要呆里撒奸[19]；你待要恩情美满，却教我骨肉摧残。老夫人手执着棍儿摩娑看，粗麻线怎透得针关。直待我拄着拐帮闲钻懒，缝合唇送暖偷寒。待去呵，小姐性儿撮盐入火[20]，消息儿踏着泛[21]；待不去呵，〔末跪哭云〕小生这一个性命，都在小娘子身上。〔红唱〕禁不得你甜话儿热趱[22]：好着我两下里做人难。

直诉衷曲，妙语如珠！

我没来由分说；小姐回与你的书，你自看者。〔末接科，开读科〕呀，有这场喜事，撮土焚香，三拜礼毕。早知小姐简至，理合远接，接待不及，勿令见罪！小娘子，和你也欢喜。〔红云〕怎么？〔末云〕小姐骂我都是假，书中之意，着我今夜花

金评：至此“始出袖中书，使自绝之，而不意峰回岭变，又起奇观。”

说白高度个性化，张生惊喜之情跳动纸上。有人说“《西厢》曲美而白不称”，是只把《西厢》当诗词读的文人习气。

全不理解莺莺一片苦心，风魔解元真是傻得可爱！

园里来，和他“哩也波哩也啰[23]”哩。〔红云〕你读书我听。〔末云〕“待月西厢下，迎风户半开，隔墙花影动，疑是玉人来。”〔红云〕怎见得他着你来？你解与我听咱。〔末云〕“待月西厢下”，着我月上来；“迎风户半开”，他开门待我；“隔墙花影动，疑是玉人来”，着我跳过墙来。〔红笑云〕他着你跳过墙来，你做下来，端的有此说么？〔末云〕俺是个猜诗谜的社家[24]，风流隋何，浪子陆贾[25]，我那里有差的勾当。〔红云〕你看我姐姐，在我行也使这般道儿。

【耍孩儿】几曾见寄书的颠倒瞒着鱼雁，小则小心肠儿转关。写着道西厢待月等得更阑，着你跳东墙“女”字边“干[26]”。原来那诗句儿里包笼着三更枣[27]，简帖儿里埋伏着九里山[28]。他着紧处将人慢，您会云雨闹中取静，我寄音书忙里偷闲。

【四煞】纸光明玉板[29]，字香喷麝兰，行儿边湮透非春汗？一缄情泪红犹湿，满纸春愁墨未干。从今后休疑难，放心波玉堂学士，稳情取金雀鸦鬟[30]。

【三煞】他人行别样的亲，俺根前取次看[31]，更做道孟光接了梁鸿案[32]。别人行甜言美语三冬暖，我根前恶语伤人六月寒。我为头儿看:看你个离魂倩女[33],怎发付掷果潘安[34]。

〔末云〕小生读书人,怎跳得那花园过也?〔红唱〕

【二煞】隔墙花又低,迎风户半拴,偷香手段今番按。怕墙高怎把龙门[35]跳,嫌花密难将仙桂攀。放心去,休辞惮;你若不去呵,望穿他盈盈秋水,蹙损他淡淡春山[36]。

红娘因受捉弄而赌气,使她和崔、张的关系更加复杂,促成了"赖简"这场相互捉弄的恶作剧。

〔末云〕小生曾到那花园里,已经两遭,不见那好处;这一遭知他又怎么?〔红云〕如今不比往常。

【煞尾】你虽是去了两遭,我敢道不如这番。你那隔墙酬和都胡侃[37],证果[38]的是今番这一简。〔红下〕

〔末云〕万事自有分定,谁想小姐有此一场好处。小生是猜诗谜的社家,风流隋何,浪子陆贾,到那里扢扎帮[39]便倒地。今日颓天百般的难得晚。天,你有万物于人,何故争此一日。疾下去波!读书继晷怕黄昏,不觉西沉强掩门。欲赴海棠花下约,太阳何苦又生根?〔看天云〕呀,才晌午也,再等一等。〔又看科〕今日万般的难得下去也呵。碧天万里无云,空劳倦客身心;恨杀鲁阳贪战[40],不教红日西沉!呀,却早倒西

大段独白,把张生的急切心理和不可抑止的痴情刻画得淋漓尽致。

也,再等一等咱。无端三足乌[41],团团光烁烁;安得后羿弓[42],射此一轮落?谢天地!却早日下去也!呀,却早发擂也!呀,却早撞钟也!拽上书房门,到得那里,手挽着垂杨滴流扑跳过墙去。〔下〕

〔1〕绛(jiàng)台:红色的蜡台。

〔2〕金荷:蜡台上承接烛泪的荷花形铜盘。

〔3〕银釭(gāng):灯。

〔4〕钗亸(duǒ)玉斜横:即玉钗横斜。亸,下垂,这里是斜坠的意思。

〔5〕决撒:败露、坏事的意思。

〔6〕调犯:讥笑,说闲话。

〔7〕撺(cuān)断:怂恿。

〔8〕把似:假如,与其。

〔9〕辰勾:星名。见之甚难。

〔10〕撮合山:媒人。

〔11〕先生馔:《论语·为政》:"有酒食,先生馔。"这里意指听琴时险些被张生赚到手。

〔12〕胡颜:丢脸。

〔13〕望夫山:民间传说,妻子登山伫立远望久出未归的丈夫,时间久了就变成了石头。

〔14〕艾焙(bèi):用艾火烤灸,是一种治病的方法。

〔15〕勾头:逮捕人的票证。

〔16〕凤去秦楼:暗用萧史、弄玉乘凤凰升天成仙的故事,比喻婚事无成。

〔17〕赸(shàn):走开。

〔18〕讪(shàn):讪脸,厚着脸皮。

〔19〕呆里撒奸:外作痴呆,内藏奸诈。

〔20〕撮盐入火：盐入火即爆，形容性情暴躁。

〔21〕消息儿踏着泛：踩着机关的泛子(枢纽)，误中圈套、自投罗网的意思。

〔22〕热趱(zǎn)：紧催。

〔23〕哩也波哩也啰：有音无义，用以代指不便明言的事。这里是暗指男女合欢。

〔24〕社家：行家。

〔25〕风流隋何、浪子陆贾：隋何、陆贾，汉初舌辩之士。此言风流的张生有隋、陆的舌辩。

〔26〕女字边干："奸"字的拆白。

〔27〕三更枣：佛教传说，禅宗五祖传法给六祖时，交给六祖三粒粳米，一枚枣。六祖领悟到这是让他"三更早来"。这里是隐语的意思。

〔28〕九里山：见《墙头马上》第二折注〔23〕。这里指计谋。

〔29〕玉板：一种光洁匀厚供书画用的白棉纸。

〔30〕金雀鸦鬟：金雀钗黑发髻。这里代指莺莺。

〔31〕取次看：小看，不重视。

〔32〕孟光接了梁鸿案：东汉梁鸿和孟光夫妻和美，吃饭时孟光举案齐眉，对梁鸿表示敬重。这里反用其事，讥讽莺莺主动约张生幽会。

〔33〕离魂倩女：见《墙头马上》第一折注〔10〕。这里指莺莺。

〔34〕掷果潘安：见《墙头马上》第二折注〔5〕。这里借指张生。

〔35〕龙门：传说黄河的鲤鱼跳过龙门就能变成龙，因而旧以跳龙门比喻登科及第。

〔36〕春山：指眉，喻其长秀。

〔37〕胡侃(kǎn)：胡扯。

〔38〕证果：佛教把修行得道称为正果。这里比喻好事成就。

〔39〕扢(gē)扎帮：本为拟声词，形容重物跌落的声音，这里借指动作的迅速。

〔40〕鲁阳贪战：传说鲁阳公与韩构交战激烈的时候，天色已晚，鲁阳公

举戈一挥，太阳退回三舍（九十里）。

〔41〕三足乌：指太阳。古代传说太阳里有三只脚的乌鸦。

〔42〕后羿（yì）弓：传说尧时天上有十个太阳，草木枯焦，于是尧命羿射日，射落九个。

第 三 折

〔红上，云〕今日小姐着我寄书与张生，当面偌多般假意儿，原来诗内暗约着他来。小姐也不对我说，我也不瞧破他，则请他烧香。今夜晚妆处，比每日较别，我看他到其间怎的瞒我。〔红唤科〕姐姐，咱烧香去来。〔旦上，云〕花阴重叠香风细，庭院深沉淡月明。〔红云〕今夜月明风清，好一派景致也呵！

晚闺景象，描摹如画。人物的心情和景物的色彩达到和谐的统一。

【双调·新水令】晚风寒峭透窗纱，控金钩绣帘不挂。门阑凝暮霭，楼角敛残霞。恰对菱花[1]，楼上晚妆罢。

【驻马听】不近喧哗，嫩绿池塘藏睡鸭；自然幽雅，淡黄杨柳带栖鸦。金莲蹴损牡丹芽，玉簪抓住荼蘼架。夜凉苔径滑，露珠儿湿透了凌波袜[2]。

我看那生和俺小姐巴不得到晚。

【乔牌儿】自从那日初时想月华，挨

一刻似一夏；见柳梢斜日迟迟下，早道“好教贤圣[3]打”。

【搅筝琶】打扮的身子儿诈[4]，准备着云雨会巫峡。只为这燕侣莺俦，锁不住心猿意马。不则俺那姐姐害，那生呵，二三日来水米不粘牙。因姐姐闭月羞花，真假、这其间性儿难按纳[5]，一地里胡拿[6]。

姐姐，这湖山下立地，我开了寺里角门儿。怕有人听俺说话，我且看一看。〔做意了〕偌早晚傻角却不来，赫赫赤赤[7]，来。〔末云〕这其间正好去也，赫赫赤赤。〔红云〕那鸟[8]来了。

【沉醉东风】我则道槐影风摇暮鸦，原来是玉人帽侧乌纱。一个潜身在曲槛边，一个背立在湖山下；那里叙寒温，并不曾打话。〔红云〕赫赫赤赤，那鸟来了。〔末云〕小姐，你来也。〔搂住红科〕〔红云〕禽兽，是我，你看得好仔细着，若是夫人怎了。〔末云〕小生害得眼花，搂得慌了些儿，不知是谁，望乞恕罪！〔红唱〕便做道搂得慌呵，你也索觑咱，多管是饿得你个穷神眼花。

《西厢》亦不免有鄙陋卑猥之处。

〔末云〕小姐在那里？〔红云〕在湖山下，我问你咱，真个着你来哩？〔末云〕小生猜诗谜社家，风流隋何，浪子陆贾，准定扢扎帮便倒地。〔红云〕你休从门里去，只道我使你来。你跳过这墙去，今夜这一弄儿[9]助你两个成亲。我说与你，依着我者。

【乔牌儿】你看那淡云笼月华，似红纸护银蜡；柳丝花朵垂帘下，绿莎茵铺着绣榻。

【甜水令】良夜迢迢，闲庭寂静，花枝低亚。他是个女孩儿家，你索将性儿温存，话儿摩弄，意儿谦洽；休猜做败柳残花。

【折桂令】他是个娇滴滴美玉无瑕，粉脸生春，云鬟堆鸦。恁的般受怕担惊，又不图甚浪酒闲茶。则你那夹被儿时当奋发，指头儿告了消乏；打叠起嗟呀，毕罢了牵挂，收拾了忧愁，准备着撑达[10]。

初似柳暗花明，倏又山重水复，剧情千折百回，引人入胜。

〔末作跳墙搂旦科〕〔旦云〕是谁？〔末云〕是小生。〔旦怒云〕张生，你是何等之人！我在这里烧香，你无故至此；若夫人闻知，有何理说！〔末云〕呀，变了卦也！〔红唱〕

【锦上花】为甚媒人，心无惊怕；赤紧的夫妻每，意不争差。我这里蹑足潜踪，悄地听咱。一个羞惭，一个怒发。

【幺篇】张生无一言，呀！莺莺变了卦。一个悄悄冥冥，一个絮絮答答。却早禁住隋何，迸住陆贾，叉手躬身，妆聋做哑。

张生背地里嘴那里去了？向前搂住丢翻，告到官司，怕羞了你！

【清江引】没人处则会闲嗑牙，就里空奸诈。怎想湖山边，不记“西厢下”[11]。香美娘处分破花木瓜[12]。

〔旦云〕红娘，有贼。〔红云〕是谁？〔末云〕是小生。〔红云〕张生，你来这里有甚么勾当？〔旦云〕扯到夫人那里去！〔红云〕到夫人那里，怕坏了他行止。我与姐姐处分他一场。张生，你过来跪着！你既读孔圣之书，必达周公之礼，夤夜来此何干？

【雁儿落】不是俺一家儿乔作衙[13]，说几句衷肠话。我则道你文学海样深，谁知你色胆有天来大？

〔红云〕你知罪么？〔末云〕小生不知罪。〔红唱〕

【得胜令】谁着你夤夜入人家，非奸做贼拿。你本是个折桂客，做了偷花汉；不想去跳龙门，学骗马[14]。姐姐，且看红娘面饶过这生者！〔旦云〕若不看红娘面，扯你到夫人那里去，看你有何面目见江东父老[15]。起来！〔红唱〕谢小姐贤达，看我面遂情罢。若到

莺莺的“假意儿”，是她对红娘的防范，也是她内心矛盾的体现。但是，透过这些“假”处，不难看到她要得到张生爱情的执着信念。这种动作的意向与动作表现的矛盾，在于以软弱性的外在形式体现了坚定性的内在本质。

红娘这些似庄似谐的表现，不如说是莺莺行动的夸张模拟，大大增加了莺莺形象的喜剧性。

官司详察,“你既是秀才,只合苦志于寒窗之下,谁教你夤夜辄入人家花园,做得个非奸即盗”。先生呵,整备着精皮肤吃顿打。

〔旦云〕先生虽有活人之恩,恩则当报。既为兄妹,何生此心?万一夫人知之,先生何以自安?今后再勿如此,若更为之,与足下决无干休。〔下〕〔末朝鬼门道云〕你着我来,却怎么有偌多说话!〔红扳过末云〕羞也,羞也,却不“风流隋何,浪子陆贾”?〔末云〕得罪波“社家”,今日便早则死心塌地。〔红唱〕

结尾以简中诗句相嘲,照应前折。

【离亭宴带歇指煞】再休题“春宵一刻千金价”,准备着“寒窗更守十年寡”。猜诗谜的社家,𠆙拍[16]了“迎风户半开”,山障[17]了“隔墙花影动”,绿惨[18]了“待月西厢下”。你将何郎粉面搽,他自把张敞眉儿画。强风情措大[19],晴干了尤云殢雨[20]心,悔过了窃玉偷香胆,删抹了倚翠偎红话。〔末云〕小生再写一简,烦小娘子将去,以尽衷情如何?〔红唱〕淫词儿早则休,简帖儿从今罢。犹古自[21]参不透风流调法[22]。从今后悔罪也卓文君,你与我游学去波汉司马。〔下〕

“赖简”是“闹简”的继续,莺莺和红娘之间的矛盾发展到了高潮。红娘为张生解围,使莺莺探明了红娘的真意,终于由防范转到信任,为崔、张结合准备了条件。

〔末云〕你这小姐送了人也!此一念小生再

不敢举，奈有病体日笃，将如之奈何。夜来得简方喜，今日强扶至此，又值这一场怨气，眼见得休也。只索回书房中纳闷去。桂子闲中落，槐花病里看。〔下〕

〔1〕菱花：镜子。

〔2〕凌波袜：女袜。语本曹植《洛神赋》："凌波微步，罗袜生尘。"凌波，踏着水波。

〔3〕贤圣：即圣贤。这里指神话传说中驾日车的神羲和。

〔4〕诈：漂亮，俊俏。

〔5〕按纳：抑制，忍耐。

〔6〕一地里胡拿：一味地胡闹。

〔7〕赫赫赤赤：元剧中男女私会的暗号。

〔8〕鸟（diǎo）：即屌。

〔9〕一弄儿：一股脑儿，一块儿。

〔10〕撑达：这里是欢乐的意思。

〔11〕西厢下：指莺莺"待月西厢下"一诗。

〔12〕香美娘处分破花木瓜：香美娘，指莺莺。花木瓜，本是一种瓜果，这里取其貌美中空，中看不中用的意思，借以指张生。

〔13〕乔作衙：即乔坐衙，假装作官长升堂问事。

〔14〕骗马：本义是一跃上马，这里借指张生跳墙。

〔15〕江东父老：项羽被刘邦打败，不肯东渡乌江，说："纵江东父老怜而王我，我何面目见之。"这里借指故人。

〔16〕厺（qí）拍：不合拍。这里指张生所猜谜底与谜面参差不合。

〔17〕山障：遮蔽，堵塞。

〔18〕绿惨：阴暗。

〔19〕措大：即醋大，穷酸的秀才。

〔20〕尤云殢(tì)雨:迷恋于男女情爱。

〔21〕犹古自:犹自,尚且。

〔22〕调法:方法,手段。

第 四 折

〔夫人上,云〕早间长老使人来,说张生病重。我着长老使人请个太医去看了。一壁道与红娘,看哥哥行问汤药去者,问太医下甚么药,证候如何,便来回话。〔下〕〔红上,云〕老夫人才说张生病沉重,昨夜吃我那一场气,越重了。莺莺呵,你送了他人。〔下〕〔旦上,云〕我写一简,则说道药方,着红娘将去与他,证候便可。〔旦唤红科〕〔红云〕姐姐唤红娘怎么?〔旦云〕张生病重,我有一个好药方儿,与我将去咱!〔红云〕又来也!娘呵,休送了他人!〔旦云〕好姐姐,救人一命,将去咱!〔红云〕不是你,一世也救他不得。如今老夫人使我去哩,我就与你将去走一遭。〔下〕〔旦云〕红娘去了,我绣房里等他回话。〔下〕〔末上,云〕自从昨夜花园中吃了这一场气,投着旧证候,眼见得休了也。老夫人说着长老唤太医来看我;我这颓证候,非是太医所治的;则除是那小姐美甘甘、香喷喷、凉渗渗、娇滴滴一点唾津儿咽下去,这屌病便可。〔洁引太医上,《双斗医》科范[1]了〕〔下〕〔洁云〕下了药了,我回夫人话去,少刻再来相望。〔下〕〔红上,云〕俺小姐送得人如此,又着我去动问,送药方儿去,越着他病沉了也。我索走一遭。异乡易得离愁病,妙药难医肠断人。

【越调·斗鹌鹑】则为你彩笔题诗,回文织锦;送得人卧枕着床,忘餐废寝;折倒得鬓似愁潘,腰如病沉。恨已深,病已沉,昨夜个热脸儿对面抢白,今日个冷句儿将人厮侵。

昨夜这般抢白他呵!

【紫花儿序】把似你休倚着栊门儿待月,依着韵脚儿联诗,侧着耳朵儿听琴。见了他撇假[2]偌多话:"张生,我与你兄妹之礼,甚么勾当!"怒时节把一个书生来跌窨[3],欢时节——"红娘,好姐姐,去望他一遭!"——将一个侍妾来逼临。难禁,好着我似线脚儿般殷勤不离了针。从今后教他一任,这的是俺老夫人的不是:将人的义海恩山,都做了远水遥岑。

背地评跋,曲白相生,宛如画出。

〔红见末问云〕哥哥病体若何?〔末云〕害杀小生也!我若是死呵,小娘子,阎王殿前,少不得你做个干连人。〔红叹云〕普天下害相思的不似

张生此时大叫病重,与其接书后大笑狂喜对照,是喜剧好关目。

你这个傻角。

【天净沙】心不存学海文林，梦不离柳影花阴，则去那窃玉偷香上用心。又不曾得甚，自从海棠开想到如今。

因甚的便病得这般了？〔末云〕都因你行——怕说的谎——因小侍长上来！当夜书房一气一个死。小生救了人，反被害了。自古人云："痴心女子负心汉。"今日反其事了。〔红唱〕

金评："真是妙白，写来便真是气尽喘急，逐日断续之声。"活画出痴心汉形状。

【调笑令】我这里自审，这病为邪淫；尸骨岩岩鬼病侵。更做道秀才们从来恁。似这般干相思的好撒唔[4]！功名上早则不遂心，婚姻上更返吟复吟[5]。

〔红云〕老夫人着我来看哥哥，要甚么汤药。小姐再三伸敬，有一药方送来与先生。〔末做慌科〕在那里？〔红云〕用着几般儿生药，各有制度，我说与你：

借药名双关见意，构思奇巧。

【小桃红】"桂花"摇影夜深沉，酸醋"当归"浸。〔末云〕桂花性温，当归活血，怎生制度？〔红唱〕面靠着湖山背阴里窨[6]，这方儿最难寻。一服两服令人恁[7]。〔末云〕忌甚么物？〔红唱〕忌的是"知母"未寝，怕的是"红娘"撒沁[8]。吃了呵，稳情取"使君子"一星儿"参"[9]。

这药方儿小姐亲笔写的。〔末看药方大笑科〕〔末云〕早知姐姐书来，只合远接。小娘子——〔红云〕又怎么？却早两遭儿也。〔末云〕——不知这首诗意，小姐待和小生"里也波"哩。〔红云〕不少了一些儿？

情节发展至山穷水尽之处，忽又峰回路转，别开奇境。

【鬼三台】足下其实啉[10]，休妆唔[11]。笑你个风魔的翰林，无处问佳音，向简帖儿上计禀[12]。得了个纸条儿恁般绵里针[13]，若见玉天仙怎生软厮禁[14]？俺那小姐忘恩，赤紧的偻人[15]负心。

书上如何说？你读与我听咱。〔末念云〕"休将闲事苦萦怀，取次摧残天赋才。不意当时完妾命，岂防今日作君灾。仰图厚德难从礼，谨奉新诗可当媒。寄语高唐休咏赋，今宵端的雨云来。"此韵非前日之比，小姐必来。〔红云〕他来呵怎生？

【秃厮儿】身卧着一条布衾，头枕着三尺瑶琴；他来时怎生和你一处寝？冻得来战兢兢，说甚知音？

【圣药王】果若你有心，他有心，昨日秋千院宇夜深沉；花有阴，月有阴，"春宵一刻抵千金"，何须"诗对会家吟"？

〔末云〕小生有花银十两，有铺盖赁与小生一付。〔红唱〕

【东原乐】俺那鸳鸯枕，翡翠衾，便遂杀了人心[16]，如何肯赁？至如你不脱解和衣儿更怕甚？不强如手执定指尖儿恁。倘或成亲，到大来福荫。

〔末云〕小生为小姐如此容色，莫不小姐为小生也减动丰韵么？〔红唱〕

【绵搭絮】他眉弯远山铺翠，眼横秋水无尘，体若凝酥，腰如嫩柳，俊的是庞儿俏的是心，体态温柔性格儿沉。虽不会法灸神针，更胜似救苦难观世音。

〔末云〕今夜成了事，小生不敢有忘。〔红唱〕

【幺篇】你口儿里漫沉吟，梦儿里苦追寻。往事已沉，只言目今，今夜相逢管教恁。不图你甚白璧黄金，只要你满头花，拖地锦。

张生得书后满心欢喜，至此又作一转，使人惊疑不定，对莺莺能否践约大增悬念。毛评："两次传简，何以不复，此处颇费措置。作者着眼，俱在下一折内。如初次约生，下一折是跳墙，则于讪怨中尽情相许，以起下不成就意。二次约生，下一折是合欢，则于惊疑中尽情撇脱，以起下成就意。总是抑扬顿挫之法。"

〔末云〕怕夫人拘系，不能够出来。〔红云〕则怕小姐不肯，果有意呵，

【煞尾】虽然是老夫人晓夜将门禁，好共歹须教你称心。〔末云〕休似昨夜不肯。〔红云〕你挣揣[17]咱，来时节肯不肯尽由他，见时节亲不亲尽在您。〔并下〕

【络丝娘煞尾】因今宵传言送语，看

明日携云握雨。

题目　老夫人命医士　崔莺莺寄情诗

正名　小红娘问汤药　张君瑞害相思

〔1〕《双斗医》科范:《双斗医》,院本名目。这里是表示穿插表演了一段《双斗医》,因有现成规范可资遵循,故略去。

〔2〕撇假:装假。

〔3〕跌窨:即“撅窨”,顿足忍气,怨恨之意。

〔4〕撒唔(tùn):痴心。

〔5〕返吟复吟:算命卜卦时的术语,予示婚姻难成。

〔6〕窨:窖藏。这里是深藏的意思。

〔7〕恁:如此,这样。演出时演员要以动作手势加以说明。

〔8〕撒沁:撒泼,捣鬼。

〔9〕参:人参。这里有痊愈的意思。

〔10〕啉(lín):呆傻。

〔11〕妆唔:当傻瓜。

〔12〕计禀:诉说。

〔13〕绵里针:小心珍重的意思。

〔14〕软厮禁:体贴爱护。

〔15〕偻人:曲背之人。此指老夫人。

〔16〕遂杀了人心:十分满意。

〔17〕挣揣:挣扎,振作、努力的意思。

第四本　草桥店梦莺莺

楔　子

莺莺的羞怯忸怩，红娘的泼辣爽朗，惟妙惟肖。

〔旦上，云〕昨夜红娘传简去与张生，约今夕和他相见，等红娘来做个商量。〔红上，云〕姐姐着我传简帖儿与张生，约他今宵赴约。俺那小姐，我怕又有说谎，送了他性命，不是耍处。我见小姐去，看他说甚么。〔旦云〕红娘收拾卧房，我睡去。〔红云〕不争你要睡呵，那里发付那生？〔旦云〕甚么那生？〔红云〕姐姐，你又来也！送了人性命不是耍处。你若又翻悔，我出首与夫人，你着我将简帖儿约下他来。〔旦云〕这小贱人倒会放刁，羞人答答的[1]，怎生去！〔红云〕有甚的羞，到那里只合着眼者。〔红催莺云〕去来去来，老夫人睡了也。〔旦走科〕〔红云〕俺姐姐语言虽是强，脚步儿早先行也。

【仙吕 · 端正好】因姐姐玉精神，花模样，无倒断[2]晓夜思量。着一片志诚心盖抹[3]了漫天谎。出画阁，向书房；离楚岫，赴高唐；学窃玉，试偷香；巫娥女，楚襄

王;楚襄王敢先在阳台[4]上。〔下〕

〔1〕羞人答答的:教人羞答答的。

〔2〕无倒断:不间断,无休无止。

〔3〕盖抹:即“改抹”,本义为涂改文字,引申为改变的意思。

〔4〕阳台:指男女欢会的地方。语本宋玉《高唐赋》。

第 一 折

〔末上,云〕昨夜红娘所遗之简,约小生今夜成就。这早晚初更尽也,不见来呵,小姐休说谎咱!人间良夜静复静,天上美人来不来。

【仙吕·点绛唇】伫立闲阶,夜深香霭、横金界[1]。潇洒书斋,闷杀读书客。

【混江龙】彩云[2]何在,月明如水浸楼台。僧归禅室,鸦噪庭槐。风弄竹声则道金珮响;月移花影疑是玉人来。意悬悬业眼[3],急攘攘情怀,身心一片,无处安排;则索呆答孩[4]倚定门儿待。越越的青鸾信杳[5],黄犬[6]音乖。

小生一日十二时,无一刻放下小姐,你那里知道呵!

毛评:“先著‘伫立’句,后入‘夜深’,以立阶之久也。”接着反身慢慢入内,从“倚门”到“倚窗”,表现张生情思恍惚、急灼焦躁的情状。

【油葫芦】情思昏昏眼倦开，单枕侧，梦魂飞入楚阳台。早知道无明无夜因他害，想当初“不如不遇倾城色”。人有过，必自责，勿惮改，我却待“贤贤易色[7]”将心戒，怎禁他兜的上心来。

忽等忽想，忽悔忽恨，忽疑忽猜，数曲婉转反复，俱写张生千头万绪的久待心理。

【天下乐】我则索倚定门儿手托腮，好着我难猜：来也那不来？夫人行料应难离侧。望得人眼欲穿，想得人心越窄，多管是冤家不自在。

偌早晚不来，莫不又是谎么？

【那吒令】他若是肯来，早身离贵宅；他若是到来，便春生敝斋；他若是不来，似石沉大海。数着他脚步儿行，倚定窗棂儿待。寄语多才[8]：

【鹊踏枝】恁的般恶抢白，并不曾记心怀；拨得[9]个意转心回，夜去明来。空调眼色[10]经今半载，这其间委实难挨。

小姐这一遭若不来呵，

【寄生草】安排着害[11]，准备着抬[12]。想着这异乡身强把茶汤挨，则为这可憎才熬得心肠耐，办一片志诚心留得形骸在。试着那司天台[13]打算半年愁，端的是太平车[14]约有十余载。

〔红上,云〕姐姐,我过去,你在这里。〔红敲门科〕〔末问云〕是谁?〔红云〕是你前世的娘。〔末云〕小姐来么?〔红云〕你接了衾枕者,小姐入来也。张生,你怎么谢我?〔末拜云〕小生一言难尽,寸心相报,惟天可表!〔红云〕你放轻者,休唬了他!〔红推旦入云〕姐姐,你入去,我在门儿外等你。〔末见旦跪云〕张珙有何德能,敢劳神仙下降,知他是睡里梦里?

半娇半羞,半推半就,"推"字妙。

【村里迓鼓】猛见他可憎模样,——小生那里得病来——早医可九分不快。先前见责,谁承望今宵欢爱!着小姐这般用心,不才张珙,合当跪拜。小生无宋玉般容,潘安般貌,子建般才;姐姐,你则是可怜见为人在客!

【元和令】绣鞋儿刚半拆[15],柳腰儿够一搦[16],羞答答不肯把头抬,只将鸳枕挨。云鬟仿佛坠金钗,偏宜鬏髻儿歪。

《西厢记》用词多含蓄蕴藉,有时意虽极亵而文字颇雅。但亦有莽率俚浅猥俗之处,故昔人有"浓盐赤酱"之诮。

【上马娇】我将这钮扣儿松,把缕带儿解;兰麝散幽斋。不良[17]会把人禁害,哈[18],怎不肯回过脸儿来?

【胜葫芦】我这里软玉温香抱满怀。呀,阮肇到天台,春至人间花弄色。将柳腰款摆,花心轻拆,露滴牡丹开。

崔、张私合，以实际行动宣布了对封建礼教和封建婚姻的叛逆。二人之间的旧有矛盾解决，莺莺又担心张生“停妻再娶”，构成了新的内心冲突。

【幺篇】但蘸着些儿麻上来，鱼水得和谐，嫩蕊娇香蝶恣采。半推半就，又惊又爱，檀口揾[19]香腮。

〔末跪云〕谢小姐不弃，张珙今夕得就枕席，异日犬马之报。〔旦云〕妾千金之躯，一旦弃之。此身皆托于足下，勿以他日见弃，使妾有白头之叹[20]。〔末云〕小生焉敢如此？〔末看手帕科〕

【后庭花】春罗原莹白，早见红香点嫩色。〔旦云〕羞人答答的，看甚么？〔末唱〕灯下偷睛觑，胸前着肉揣。畅奇哉，浑身通泰，不知春从何处来？无能的张秀才，孤身西洛客，自从逢稔色，思量的不下怀；忧愁因间隔，相思无摆划[21]；谢芳卿不见责。

【柳叶儿】我将你做心肝儿般看待，点污了小姐清白。忘餐废寝舒心害，若不是真心耐，志诚挨，怎能够这相思苦尽甘来？

【青哥儿】成就了今宵欢爱，魂飞在九霄云外。投至得见你多情小奶奶，憔悴形骸，瘦似麻秸。今夜和谐，犹自疑猜。露滴香埃，风静闲阶，月射书斋，云锁阳台；审问明白，只疑是昨夜梦中来，愁无奈。

〔旦云〕我回去也，怕夫人觉来寻我。〔末云〕我送小姐出来。

【寄生草】多丰韵，忒稔色。乍时相见教人害，霎时不见教人怪，些儿得见教人爱。今宵同会碧纱厨，何时重解香罗带。

“乍时”三句总收上文，是对崔、张由相见、相思至相会全部过程的简要概括。

〔红云〕来拜你娘！张生，你喜也。姐姐，咱家去来。〔末唱〕

【煞尾】春意透酥胸，春色横眉黛，贱却人间玉帛。杏脸桃腮，乘着月色，娇滴滴越显得红白。下香阶，懒步苍苔，动人处弓鞋凤头窄。叹鲰生〔22〕不才，谢多娇错爱。若小姐不弃小生，此情一心者，你是必破工夫明夜早些来。〔下〕

〔1〕金界：庙宇。

〔2〕彩云：晏小山《临江仙》词：“当时明月在，曾照彩云归。”这里语意双关，暗指所爱的女子。

〔3〕业眼：造孽的眼睛。

〔4〕呆答孩：痴呆地。答孩，语助词，无义。

〔5〕越越的：悄悄地。青鸾：即青鸟，传说中为西王母传信的使者。

〔6〕黄犬：传说晋代陆机有一条狗，名叫黄耳，能够长途传递书信。

〔7〕贤贤易色：语出《论语·学而》，意思是以好贤之心来改换好色之心。前一“贤”字为动词，后一“贤”字为名词。

〔8〕多才：多才的人，指莺莺。

〔9〕拨得：即“博得”。

〔10〕调眼色：眉目传情。

〔11〕害：害相思病。

〔12〕抬：病死被抬走。

〔13〕司天台：掌管观察天文、推算历法的机关。

〔14〕太平车：一种大型的兽力载重车。

〔15〕拆：同“拃(zhǎ)”，拇指与中指伸开间的长度。

〔16〕一搦(nuò)：一握，一把，极言其细弱。

〔17〕不良：爱极的反语，与“可憎”“冤家”相同。

〔18〕哈(hāi)：招呼声，犹如“咳”。

〔19〕揾：吻。

〔20〕白头之叹：被丈夫抛弃的哀叹。司马相如与卓文君成婚，后又将娶妾，卓文君作《白头吟》以示自绝。

〔21〕摆划：办法。

〔22〕鲰(zōu)生：小子，鄙人。自称的谦词。

第二折

莺莺酬简，标志内部矛盾的解决。从这一折起，戏剧冲突表现为两种势力的对抗，夫人拷红、长亭送别，成为全剧的高潮。

〔夫人引俫上，云〕这几日窃见莺莺语言恍惚，神思加倍，腰肢体态，比向日不同；莫不做下来了么？〔俫云〕前日晚夕，奶奶睡了，我见姐姐和红娘烧香，半晌不回来，我家去睡了。〔夫人云〕这桩事都在红娘身上，唤红娘来！〔俫唤红科〕〔红云〕哥哥唤我怎么？〔俫云〕奶奶知道你和姐姐去花园里去，如今要打你哩。〔红云〕呀！小姐，你带累我也！小哥哥，你先去，我便来也。〔红唤旦科〕〔红云〕姐姐，事发了也，老夫人唤我哩，却怎了？〔旦云〕好姐姐，遮盖咱！〔红云〕娘呵，你做的隐秀[1]者，我道你做下来也。〔旦念〕月圆便有阴云蔽，花发须教急雨催。〔红唱〕

【越调·斗鹌鹑】则着你夜去明来，倒有个天长地久；不争你握雨携云，常使我提心在口。则合带月披星，谁着你停眠整宿？老夫人心数多，情性㑇[2]；使不着我巧语花言，将没做有。

全曲成语叠用，相互对称，切合红娘伶牙俐齿的特点。

【紫花儿序】老夫人猜那穷酸做了新婿，小姐做了娇妻，这小贱人做了牵头。俺小姐这些时春山低翠，秋水凝眸。别样的都休，试把你裙带儿拴，纽门儿扣，比着你旧时肥瘦，出落得精神，别样的风流。

〔旦云〕红娘，你到那里小心回话者！〔红云〕我到夫人处，必问："这小贱人，

【金蕉叶】我着你但去处行监坐守，谁着你迤逗的胡行乱走？"若问着此一节呵如何诉休？你便索与他个知情的犯由[3]。

红娘拟夫人责己语，逼真入化。

姐姐，你受责理当，我图甚么来？

【调笑令】你绣帏里效绸缪[4]，倒凤颠

【斗鹌鹑】四曲，

写红娘见老夫人前的思想活动，细致入微，近情近理。她对局势的估计，对老夫人家法的担心，增强了场上的紧张气氛；同时说明她对这场冲突有清醒的认识，考虑了对策，为舌战老夫人作了张本。

鸾百事有。我在窗儿外几曾轻咳嗽，立苍苔将绣鞋儿冰透。今日个嫩皮肤倒将粗棍抽，姐姐呵，俺这通殷勤的着甚来由？

姐姐在这里等着，我过去。说过呵，休欢喜；说不过，休烦恼。〔红见夫人科〕〔夫人云〕小贱人，为甚么不跪下！你知罪么？〔红跪云〕红娘不知罪。〔夫人云〕你故自[5]口强哩。若实说呵，饶你；若不实说呵，我直打死你这个贱人！谁着你和小姐花园里去来？〔红云〕不曾去，谁见来？〔夫人云〕欢郎见你去来，尚故自推哩。〔打科〕〔红云〕夫人休闪了手，且息怒停嗔，听红娘说。

【鬼三台】夜坐时停了针绣，共姐姐闲穷究[6]，说张生哥哥病久。咱两个背着夫人，向书房问候。〔夫人云〕问候呵，他说甚么？〔红云〕他说来，道“老夫人事已休，将恩变为仇，着小生半途喜变做忧”。他道：“红娘你且先行，教小姐权时落后。”

〔夫人云〕他是个女孩儿家，着他落后怎么？〔红唱〕

【秃厮儿】我只道神针法灸，谁承望燕侣莺俦。他两个经今月余只是一处宿，何须你一一问缘由？

由招承到排解，进而指责，过接自然。

【圣药王】他每不识忧，不识愁，一双心意两相投。夫人得好休，便好休，这其间何必苦追求？常言道“女大不中留”。

〔夫人云〕这端事都是你个贱人。〔红云〕非是张生小姐红娘之罪，乃夫人之过也。〔夫人云〕这贱人倒指下我来，怎么是我之过？〔红云〕信者人之根本，“人而无信，不知其可也。大车无輗，小车无軏[7]，其何以行之哉？”当日军围普救，夫人所许退军者，以女妻之。张生非慕小姐颜色，岂肯区区建退军之策？兵退身安，夫人悔却前言，岂得不为失信乎？既然不肯成其事，只合酬之以金帛，令张生舍此而去。却不当留请张生于书院，使怨女旷夫，各相早晚窥视，所以夫人有此一端。目下老夫人若不息其事，一来辱没相国家谱；二来张生日后名重天下，施恩于人，忍令反受其辱哉？使至官司，夫人亦得治家不严之罪。官司若推其详，亦知老夫人背义而忘恩，岂得为贤哉？红娘不敢自专，乞望夫人台鉴：莫若恕其小过，成就大事，㩳[8]之以去其污，岂不为长便乎？

全剧的根本矛盾酿成直接的正面冲突，情节进入高潮。表面上是老夫人责问红娘，实际是红娘用“以其人之道还治其人之身”的方式指责老夫人。

【麻郎儿】秀才是文章魁首，姐姐是仕女班头；一个通彻三教九流，一个晓尽描鸾刺绣。

【幺篇】世有、便休、罢手[9]，大恩人怎做敌头？起白马将军故友，斩飞虎叛贼草寇。

【络丝娘】不争和张解元参辰卯酉[10]，便是与崔相国出乖弄丑。到底干连着自己骨肉，夫人索穷究。

〔夫人云〕这小贱人也道得是。我不合养了这个不肖之女。待经官呵，玷辱家门。罢，罢！俺家无犯法之男，再婚之女，与了这厮罢。红娘唤那贱人来！〔红见旦云〕且喜姐姐，那棍子则是滴溜溜在我身上，吃我直说过了。我也怕不得许多，夫人如今唤你来，待成合亲事。〔旦云〕羞人答答的，怎么见夫人？〔红云〕娘跟前有甚么羞？

老夫人本来要拿红娘治罪，却陷入了被审判的境地，不得不让红娘牵着鼻子走。这样的结局大有喜剧意味。

【小桃红】当日个月明才上柳梢头，却早人约黄昏后。羞得我脑背后将牙儿衬着衫儿袖。猛凝眸，看时节则见鞋底尖儿瘦。一个恣情的不休，一个哑声儿厮耨[11]。呸！那其间可怎生不害半星儿羞？

〔旦见夫人科〕〔夫人云〕莺莺，我怎生抬举你来，今日做这等的勾当；则是我的孽障，待怨谁的是！我待经官来，辱没了你父亲，这等事不是俺相国人家的勾当。罢，罢，罢！谁似俺养女的不长进！红娘，书房里唤将那禽兽来！〔红唤末科〕〔末云〕小娘子唤小生做甚么？〔红云〕你的事发了也，如今夫人唤你来，将小姐配与你哩。

小姐先招了也,你过去。〔末云〕小生惶恐,如何见老夫人?当初谁在老夫人行说来?〔红云〕休佯小心,过去便了。

【幺篇】既然泄漏怎干休?是我先投首。俺家里陪酒陪茶倒撋就。你休愁,何须约定通媒媾?我弃了部署[12]不收,你原来"苗而不秀"[13]。呸!你是个银样镴枪头[14]。

每于红娘穿针引线、调侃排闼中引发笑料。"银样镴枪头",中看不中用。切合张生热烈多情而又迂阔软弱的性格。

〔末见夫人科〕〔夫人云〕好秀才呵,岂不闻"非先王之德行不敢行"。我待送你去官司里去来,恐辱没了俺家谱。我如今将莺莺与你为妻,则是俺三辈儿不招白衣[15]女婿,你明日便上朝取应去。我与你养着媳妇,得官呵,来见我;驳落呵,休来见我。〔红云〕张生早则喜也。

再次许婚,是不得已的妥协,立逼张生上京应试,是被动中的主动,妥协中的进攻,既符合老夫人顽固坚持封建门第观念的思想性格,又造成新的戏剧悬念。剧情发展一开一合,一纵一收,极尽曲折回环之致。

【东原乐】相思事,一笔勾,早则展放从前眉儿皱。美爱幽欢恰动头。既能够,张生,你觑兀的般可喜娘庞儿也要人消受。

〔夫人云〕明日收拾行装,安排果酒,请长老一同送张生到十里长亭去。〔旦念〕寄语西河堤畔柳,安排青眼[16]送行人。〔同夫人下〕〔红唱〕

【收尾】来时节画堂箫鼓鸣春昼,列着一对儿鸾交凤友。那其间才受你说媒红[17],方吃你谢亲酒[18]。〔并下〕

〔1〕隐秀:隐蔽,秘密。

〔2〕㑳(chōu):同“㤘”,固执,狭隘。

〔3〕犯由:犯罪的原由,罪状。

〔4〕绸缪(móu):缠绵亲昵。

〔5〕故自:“尚故自”的省略。尚自,还。

〔6〕穷究:聊天。

〔7〕大车无輗(ní),小车无軏(yuè):輗和軏都是车辕前端与车横衔接处穿孔中的关键。大车上的叫輗,小车上的叫軏。

〔8〕撋(ruán):“撋就”的省称,撮合、成就的意思。

〔9〕世有、便休、罢手:意为崔、张相爱,既有此事,莫如罢休,不必再追究。世有,既有。

〔10〕参(shēn)辰卯酉:参、辰是两个此出彼没互不相见的星宿,卯、酉是两个相对的时辰。这里比作对头。

〔11〕厮耨(nòu):相昵。

〔12〕部署:宋元时的枪棒教师。

〔13〕苗而不秀:庄稼生长了却不吐穗扬花,比喻没出息,不中用。

〔14〕银样镴(là)枪头:像银子一样的枪头却是镴做的。比喻中看不中用。镴,铅与锡的合金。

〔15〕白衣:古代平民穿白衣,用以指没有功名、官职的人。

〔16〕青眼:指柳叶,也暗用晋代诗人阮籍青白眼的故事。青眼,表示对人的善爱。

〔17〕说媒红:酬谢媒人的钱钞花红。

〔18〕谢亲酒:宋元习俗,婚后三天,男方宴请岳父母及媒人,称为谢亲酒。

第三折

〔夫人、长老上,云〕今日送张生赴京,十里长亭,安排下筵席。我和长老先行,不见张生小姐来到。

〔旦、末、红同上〕〔旦云〕今日送张生上朝取应,早是离人伤感,况值那暮秋天气,好烦恼人也呵!悲欢聚散一杯酒,南北东西万里程。

【正宫·端正好】碧云天,黄花地,西风紧,北雁南飞。晓来谁染霜林醉?总是离人泪。

【滚绣球】恨相见得迟,怨归去得疾。柳丝长玉骢[1]难系,恨不倩疏林挂住斜晖。马儿迍迍[2]的行,车儿快快的随,却告了相思回避[3],破题儿[4]又早别离。听得道一声去也,松了金钏;遥望见十里长亭,减了玉肌:此恨谁知?

〔红云〕姐姐今日怎么不打扮?〔旦云〕你那知我的心里呵。

【叨叨令】见安排着车儿、马儿,不由人熬熬煎煎的气;有甚么心情花儿、靥儿,

徐士范评:"此折叙离合情绪,客路景物,可称辞曲中赋。"

色彩斑斓,秋景如画。由景入情,情中点景,情景交融,堪称绝唱。

莺莺唱的曲子,有含情不露,接近秦、柳小词的,

如"白马解围"前唱的【八声甘州】【混江龙】二曲；有尽情倾泻，近似姚、卢散曲的，如此处【叨叨令】一曲。作用各有不同，不能离开规定情景分高下。

打扮得娇娇滴滴的媚；准备着被儿、枕儿，则索昏昏沉沉的睡；从今后衫儿、袖儿，都搵做重重叠叠的泪。兀的不闷杀人也么哥！兀的不闷杀人也么哥！久已后书儿、信儿，索与我恓恓惶惶的寄。

〔做到〕〔见夫人科〕〔夫人云〕张生和长老坐，小姐这壁坐，红娘将酒来。张生，你向前来，是自家亲眷，不要回避。俺今日将莺莺与你，到京师休辱没了俺孩儿，挣揣〔5〕一个状元回来者。〔末云〕小生托夫人余荫，凭着胸中之才，视官如拾芥〔6〕耳。〔洁云〕夫人主见不差，张生不是落后的人。〔把酒了，坐〕〔旦长吁科〕

【脱布衫】下西风黄叶纷飞，染寒烟衰草萋迷〔7〕。酒席上斜签着〔8〕坐的，蹙愁眉死临侵地〔9〕。

【小梁州】我见他阁泪汪汪不敢垂，恐怕人知；猛然见了把头低，长吁气，推整素罗衣。

【幺篇】虽然久后成佳配，奈时间怎不悲啼。意似痴，心如醉，昨宵今日，清减了小腰围。

〔夫人云〕小姐把盏者！〔红递酒，旦把盏长吁科云〕请吃酒！

【上小楼】合欢未已，离愁相继。想着俺前暮私情，昨夜成亲，今日别离。我谂知[10]这几日相思滋味，却原来此别离情更增十倍。

【幺篇】年少呵轻远别，情薄呵易弃掷。全不想腿儿相挨，脸儿相偎，手儿相携。你与俺崔相国做女婿，妻荣夫贵[11]，但得一个并头莲，煞强如状元及第。

珍重爱情，轻薄功名，是莺莺思想性格的一大发展。

〔夫人云〕红娘把盏者！〔红把酒科〕〔旦唱〕

【满庭芳】供食太急，须臾对面，顷刻别离。若不是酒席间子母每当回避，有心待与他举案齐眉。虽然是厮守得一时半刻，也合着俺夫妻每共桌而食。眼底空留意，寻思起就里，险化做望夫石。

〔红云〕姐姐不曾吃早饭，饮一口儿汤水。〔旦云〕红娘，甚么汤水咽得下！

【快活三】将来的酒共食，尝着似土和泥。假若便是土和泥，也有些土气息，泥滋味。

比喻精当，韵味无穷，是状写离愁别绪的当行至语。

【朝天子】暖溶溶玉醅，白泠泠似水，多半是相思泪。眼面前茶饭怕不待[12]要吃，恨塞满愁肠胃。“蜗角虚名，蝇头微利[13]”，拆鸳鸯在两下里。一个这壁，一个那壁，一递一声长吁气。

〔夫人云〕辆起车儿[14]，俺先回去，小姐随后和红娘来。〔下〕〔末辞洁科〕〔洁云〕此一行别无话儿，贫僧准备买登科录[15]看看，做亲的茶饭少不得贫僧的。先生在意，鞍马上保重者！从今经忏无心礼，专听春雷第一声。〔下〕〔旦唱〕

“车儿投东，马儿向西”与前“马儿迍迍的行，车儿快快的随”及后文“据鞍上马”“懒上车儿”相应。“有梦也难寻觅”开启下折。

【四边静】霎时间杯盘狼籍，车儿投东，马儿向西。两意徘徊，落日山横翠。知他今宵宿在那里？有梦也难寻觅。

张生，此一行得官不得官，疾便回来。〔末云〕小生这一去白夺一个状元，正是“青霄有路终须到，金榜无名誓不归”。〔旦云〕君行别无所赠，口占一绝，为君送行：弃掷今何在，当时且自亲。还将旧来意，怜取眼前人。〔末云〕小姐之意差矣，张珙更敢怜谁？谨赓一绝，以剖寸心：人生长远别，孰与最关亲？不遇知音者，谁怜长叹人？〔旦唱〕

张生对前程的乐观，莺莺对爱情的坚贞，表明“逼试”的打击，并不能拆散这对青年夫妻；预示离别是暂时的，团圆是必然的。这就在浓厚的抒情气氛中，将悲剧因素与喜剧因素交织起来，痛苦、悲伤的感情潮水，不是奔向绝望，而是要达到幸福的彼岸！

【耍孩儿】淋漓襟袖啼红泪，比司马青衫更湿。伯劳东去燕西飞，未登程先问归期。虽然眼底人千里，且尽生前酒一杯。未饮心先醉，眼中流血，心内成灰。

【五煞】到京师服水土，趁程途节饮食，顺时自保揣[16]身体。荒村雨露宜眠早，野店风霜要起迟。鞍马秋风里，最难调护，最要扶持。

【四煞】这忧愁诉与谁？相思只自知，老天不管人憔悴。泪添九曲黄河溢，恨压三峰华岳低。到晚来闷把西楼倚，见了些夕阳古道，衰柳长堤。

【三煞】笑吟吟一处来，哭啼啼独自归。归家若到罗帏里，昨宵个绣衾香暖留春住，今夜个翠被生寒有梦知。留恋你别无意，见据鞍上马，阁不住泪眼愁眉。

〔末云〕有甚言语嘱付小生咱？〔旦唱〕

【二煞】你休忧"文齐福不齐[17]"，我则怕你"停妻再娶妻"。休要"一春鱼雁无消息"！我这里青鸾有信频须寄，你却休"金榜无名誓不归"。此一节君须记，若见了那异乡花草，再休似此处栖迟。

莺莺内心疑虑的发展。

〔末云〕再谁似小姐？小生又生此念。小姐放心，小生就此拜辞。〔旦唱〕

【一煞】青山隔送行，疏林不做美，淡烟暮霭相遮蔽。夕阳古道无人语，禾黍秋风听马嘶。我为甚么懒上车儿内，来时甚急，去后何迟？

〔红云〕夫人去好一会，姐姐，咱家去！〔旦唱〕

末二曲写张生去后莺莺的怅望情景,景中有人、有情,虚情实写,正语反诘,俱臻妙境。

【收尾】四围山色中,一鞭残照里。遍人间烦恼填胸臆,量这些大小车儿[18]如何载得起!

〔旦、红下〕〔末云〕仆童赶早行一程儿,早寻个宿处。泪随流水急,愁逐野云飞。〔下〕

〔1〕玉骢(cōng):毛色青白相间的骏马。

〔2〕迍(zhūn)迍:行动迟缓的样子。

〔3〕回避:躲避。这里是结束的意思。

〔4〕破题儿:唐宋人叫诗赋的起首为破题,引申指事情的起头、开始。

〔5〕挣揣:夺取。

〔6〕拾芥:拾取小草。比喻事情的轻而易举。

〔7〕萋迷:凄凉而迷蒙的样子。萋,通"凄"。

〔8〕斜签着:斜插着。这里形容张生斜身侧坐的一种姿态。

〔9〕死临侵地:死气沉沉的样子。

〔10〕谂(shěn)知:深知。

〔11〕妻荣夫贵:"夫荣妻贵"是当时成语,这里反其意用之。

〔12〕怕不待:怎么不,难道不。

〔13〕蜗角虚名,蝇头微利:比喻微小的名利。

〔14〕辆起车儿:套起车子。辆,做动词用。

〔15〕登科录:科举考试的录取名单。

〔16〕揣:即"囊揣"之省词,指身体虚弱。

〔17〕文齐福不齐:当时成语,意为有文才而运气却不好,指不能考取。

〔18〕大小车儿:意为小车儿。大小,偏义复词,即小。

第　四　折

〔末引仆骑马上，开〕离了蒲东早三十里也。兀的前面是草桥，店里宿一宵，明日赶早行。这马百般儿不肯走：行色一鞭催去马，羁愁万斛引新诗。

【双调·新水令】望蒲东萧寺暮云遮，惨离情半林黄叶。马迟人意懒，风急雁行斜。离恨重叠，破题儿第一夜。

想着昨日受用，谁知今日凄凉！

【步步娇】昨夜个翠被香浓熏兰麝，欹珊枕把身躯儿趄[1]。脸儿厮揾者，仔细端详，可憎的别[2]。铺云鬓玉梳斜，恰便似半吐初生月。

早到也，店小二哥那里？〔小二哥上，云〕官人，俺这头房里下。〔末云〕琴童接了马者！点上灯，我诸般不要吃，只要睡些儿。〔仆云〕小人也辛苦，待歇息也。〔在床前打铺做睡科〕〔末云〕今夜甚睡得到我眼里来也！

【落梅风】旅馆欹单枕，秋蛩鸣四野，助人愁的是纸窗儿风裂。乍孤眠被儿薄

徐复祚评：“且《西厢》之妙，正在于‘草桥’一梦，似假疑真，乍离乍合，情尽而意无穷……”这一折承上启下，写梦境里的送别，是“哭宴”的继续，想象莺莺大胆私奔，表明莺莺的性格有了新的飞跃。

又怯，冷清清几时温热！

〔末睡科〕〔旦上，云〕长亭畔别了张生，好生放不下。老夫人和梅香都睡了，我私奔出城，赶上和他同去。

通过梦境表现两人心情，明刘丽华曰："旅舍魂惊，春闺梦断，此篇隐语。"

【乔木查】走荒郊旷野，把不住心娇怯，喘吁吁难将两气接。疾忙赶上者，打草惊蛇[3]。

【搅筝琶】他把我心肠扯，因此不避路途赊[4]。瞒过俺能拘管的夫人，稳住俺厮齐攒[5]的侍妾。想着他临上马痛伤嗟，哭得我也似痴呆。不是我心邪，自别离以后，到西日初斜，愁得来陡峻，瘦得来咋嗻[6]。则离得半个日头，却早又宽掩过翠裙三四褶，谁曾经这般磨灭？

【锦上花】有限姻缘，方才宁贴；无奈功名，使人离缺。害不了的愁怀，却才觉[7]些；撇不下的相思，如今又也。

【幺篇】清霜净碧波，白露下黄叶。下下高高，道路凹折；四野风来，左右乱踅[8]。我这里奔驰，他何处困歇？

【清江引】呆答孩店房儿里没话说，闷对如年夜。暮雨催寒蛩，晓风吹残月，今宵酒醒何处也？

〔旦云〕在这个店儿里，不免敲门。〔末云〕谁敲门哩？是一个女人的声音，我且开门看咱，这早晚是谁？

【庆宣和】是人呵疾忙快分说，是鬼呵合速灭。〔旦云〕是我。老夫人睡了，想你去了呵，几时再得见，特来和你同去。〔末唱〕听说罢将香罗袖儿拽，却原来是姐姐、姐姐。

难得小姐的心勤！

【乔牌儿】你是为人须为彻，将衣袂不藉[9]。绣鞋儿被露水泥沾惹，脚心儿管踏破也。

〔旦云〕我为足下呵，顾不得迢递。〔旦唧唧了[10]〕〔末唱〕

【甜水令】想着你废寝忘餐，香消玉减，花开花谢，犹自觉争些[11]；便枕冷衾寒，凤只鸾孤，月圆云遮，寻思来有甚伤嗟。

铺写相思痛苦，为下曲"想人生最苦离别"作衬。

【折桂令】想人生最苦离别，可怜见千里关山，独自跋涉。似这般割肚牵肠，倒不如义断恩绝。虽然是一时间花残月缺，休猜做瓶坠簪折[12]。不恋豪杰，不羡骄奢；自愿的生则同衾，死则同穴。

不图虚名，不羡富贵，忠贞爱情，生死不渝，莺莺思想性格最后完成。此曲抑扬顿挫，连用十余句习语倾吐衷肠，煞似成语集锦。

〔外净一行扮卒子上，叫云〕恰才见一女子

渡河,不知那里去了?打起火把者,分明见他走在这店中去也。将出来!将出来!〔末云〕却怎了?〔旦云〕你近后,我自开门对他说。

【水仙子】硬围着普救寺下锹镢[13],强当住咽喉仗剑钺。贼心肠馋眼脑天生得劣。〔卒子云〕你是谁家女子,夤夜渡河?〔旦唱〕休言语,靠后些!杜将军你知道他是英杰,觑一觑着你为了醯酱[14],指一指教你化做背血[15]。骑着匹白马来也。

〔卒子抢旦下〕〔末惊觉云〕呀,原来却是梦里。且将门儿推开看。只见一天露气,满地霜华,晓星初上,残月犹明。无端燕鹊高枝上,一枕鸳鸯梦不成。

徐文长评:"全篇皆梦中语,从天而降,摹写如画。"元词多以梦境写离思,如《汉宫秋》《梧桐雨》等,《西厢记》亦然。

【雁儿落】绿依依墙高柳半遮,静悄悄门掩清秋夜,疏剌剌林梢落叶风,昏惨惨云际穿窗月。

【得胜令】惊觉我的是颤巍巍竹影走龙蛇,虚飘飘庄周梦蝴蝶,絮叨叨促织儿无休歇,韵悠悠砧声儿不断绝。痛煞煞伤别,急煎煎好梦儿应难舍;冷清清的咨嗟,娇滴滴玉人儿何处也!

二曲以叠字对句赋旅邸梦回之景,凄绝可念。

〔仆云〕天明也。咱早行一程儿,前面打火[16]去。〔末云〕店小二哥,还你房钱,鞴了马者。

【鸳鸯煞】柳丝长咫尺情牵惹,水声幽仿佛人呜咽。斜月残灯,半明不灭。唱道是旧恨连绵,新愁郁结;别恨离愁,满肺腑难淘泻。除纸笔代喉舌,千种相思对谁说。〔并下〕

【络丝娘煞尾】都则为一官半职,阻隔得千山万水。

题目　小红娘成好事　老夫人问由情

正名　短长亭斟别酒　草桥店梦莺莺

“除纸笔代喉舌,千种相思对谁说”,为下文寄书作过渡。前人谓《西厢》至此已完,后为续尾,殊不可信。

〔1〕趄(qiè):斜靠。

〔2〕可憎的别:特别的可爱。

〔3〕打草惊蛇:不要惊动别人的意思。

〔4〕赊(shē):远。

〔5〕齐攒:搅扰。

〔6〕咗嗻(chēzhē):厉害。

〔7〕觉:同“较”,减轻,痊愈。

〔8〕踅(xué):旋转。

〔9〕藉:顾藉,顾惜。

〔10〕唧唧:叹息声。

〔11〕争些:差点。

〔12〕瓶坠簪折:比喻夫妻关系破裂。

〔13〕䦆(jué):大锄。

〔14〕醯(xī)酱:即酱,此指肉酱。醯,醋。

〔15〕膋(liáo)血:脓血。

〔16〕打火:旅途中吃饭叫打火。

第五本　张君瑞庆团圞

楔　子

第五本写张生功名得志,与第一本开场时他唱的"泛浮槎到日月边"遥相呼应。写郑恒争婚,夫人再悔,为全剧大团圆结局再次造成危机感。喜剧冲突曲折发展,最后形成崔、张完婚、皆大欢喜的场面,用最欢快的调子唱出"愿普天下有情的都成了眷属"的美好祝愿。

〔末引仆人上开,云〕自暮秋与小姐相别,倏经半载之际。托赖祖宗之荫,一举及第,得了头名状元。如今在客馆听候圣旨御笔除授[1],惟恐小姐挂念,且修一封书,令琴童家去,达知夫人,便知小生得中,以安其心。琴童过来,你将文房四宝[2]来,我写就家书一封,与我星夜到河中府去。见小姐时,说:"官人怕娘子忧,特地先着小人将书来。"即忙接了回书来者。过日月好疾也呵!

【仙吕·赏花时】相见时红雨[3]纷纷点绿苔,别离后黄叶萧萧凝暮霭。今日见梅开,别离半载。琴童,我嘱咐你的言语记着!则说道特地寄书来。〔下〕

〔仆云〕得了这书,星夜望河中府走一遭。〔下〕

〔1〕除授:任命官职。

〔2〕文房四宝:指纸、墨、笔、砚。

〔3〕红雨:比喻落花。

第 一 折

〔旦引红娘上开,云〕自张生去京师,不觉半年,杳无音信。这些时神思不快,妆镜懒抬,腰肢瘦损,茜裙宽褪,好烦恼人也呵!

【商调·集贤宾】虽离了我眼前,却在心上有;不甫能[1]离了心上,又早眉头。忘了时依然还又,恶思量无了无休。大都来[2]一寸眉峰,怎当他许多颦皱。新愁近来接着旧愁,厮混了难分新旧。旧愁似太行山隐隐,新愁似天堑水悠悠。

全曲熔铸前人词意,通体只写一"愁"字,为剧末大团圆的喜庆结局作铺垫。

〔红云〕姐姐往常针尖不倒[3],其实不曾闲了一个绣床,如今百般的闷倦。往常也曾不快,将息便可,不似这一场清减得十分利害。〔旦唱〕

【逍遥乐】曾经消瘦,每遍犹闲,这番

最陡。〔红云〕姐姐心儿闷呵，那里散心耍咱。〔旦唱〕何处忘忧？看时节独上妆楼，手卷珠帘上玉钩，空目断山明水秀；见苍烟迷树，衰草连天，野渡横舟。

“空目断”数语，意在言外，余音缭绕。

〔旦云〕红娘，我这衣裳这些时都不似我穿的。〔红云〕姐姐正是“腰细不胜衣”。〔旦唱〕

【挂金索】裙染榴花，睡损胭脂皱；纽结丁香，掩过芙蓉扣；线脱珍珠，泪湿香罗袖；杨柳眉颦，“人比黄花瘦”。

〔仆人上，云〕奉相公言语，特将书来与小姐。恰才前厅上见了夫人，夫人好生欢喜，着入来见小姐，早至后堂。〔咳嗽科〕〔红问云〕谁在外面？〔见科〕〔红见仆了〕〔红笑云〕你几时来？可知道“昨夜灯花报，今朝喜鹊噪”。姐姐正烦恼哩，你自来？和哥哥来？〔仆云〕哥哥得了官也，着我寄书来。〔红云〕你则在这里等着，我对俺姐姐说了呵，你进来。〔红见旦笑科〕〔旦云〕这小妮子怎么？〔红云〕姐姐，大喜大喜，咱姐夫得了官也。〔旦云〕这妮子见我闷呵，特故哄我。〔红云〕琴童在门首，见了夫人了，使他进来见姐姐，姐夫有书。〔旦云〕惭愧，我也有盼着他的日头，唤他入来。〔仆入见旦科〕〔旦云〕琴童，你几时离京师？〔仆云〕离京一月多也，我来时哥哥去吃游街棍子[4]去了。〔旦云〕这禽兽不省得，

状元唤做夸官,游街三日。〔仆云〕夫人说的便是,有书在此。〔旦做接书科〕

【金菊花】早是我只因他去减了风流,不争你寄得书来又与我添些儿证候。说来的话儿不应口,无语低头,书在手,泪凝眸。

毛评:"此曲接书,后曲开书,又后曲念书,步骤甚细。故未闻开书以前,纯是写怨;见书以后,然后略及捷音耳。'无语低头'两句自模语,似㧐弹家词,最妙。"

〔旦开书看科〕

【醋葫芦】我这里开时和泪开,他那里修时和泪修,多管搁着笔尖儿未写早泪先流,寄来的书泪点儿兀自有。我将这新痕把旧痕湮透,正是一重愁翻做两重愁。

〔旦念书科〕"张珙百拜奉启芳卿可人妆次:自暮秋拜违,倏尔半载。上赖祖宗之荫,下托贤妻之德,举中甲第。即目[5]于招贤馆寄迹,以伺圣旨御笔除授。惟恐夫人与贤妻忧念,特令琴童奉书驰报,庶几免虑。小生身虽遥而心常迩矣,恨不得鹣鹣比翼,邛邛并躯[6]。重功名而薄恩爱者,诚有浅见贪饕[7]之罪。他日面会,自当请谢不备。后成一绝,以奉清照[8]:玉京仙府探花郎,寄语蒲东窈窕娘。指日拜恩衣昼锦[9],定须休作倚门妆。"

《西厢》所载崔、张二书,陈腐迂板,与曲白不称。

据唐时习尚,"探花郎"系指其得第,非后世殿试第三名者。他本不解,有误添"探花郎是第三名"句,遂与前后曲白自称状元相矛盾。

【幺篇】当日向西厢月底潜,今日向琼林宴上㧐[10]。谁承望跳东墙脚步儿占了鳌头[11]?怎想道惜花心养成折桂手?

脂粉丛里包藏着锦绣？从今后晚妆楼改做了至公楼[12]。

〔旦云〕你吃饭不曾？〔仆云〕上告夫人知道，早晨至今，空立厅前，那有饭吃。〔旦云〕红娘，你快取饭与他吃。〔仆云〕感蒙赏赐，我每就此吃饭，夫人写书。哥哥着小人索了夫人回书，至紧、至紧！〔旦云〕红娘将笔砚来。〔红将来科〕〔旦云〕书却写了，无可表意，只有汗衫一领，裹肚一条，袜儿一双，瑶琴一张，玉簪一枚，斑管一枝。琴童，你收拾得好者。红娘取银十两来，就与他盘缠。〔红娘云〕姐夫得了官，岂无这几件东西，寄与他有甚缘故？〔旦云〕你不知道。这汗衫儿呀，

寄物本《会真记》《董西厢》，取其象征意义。莺莺对张生疑虑的加深，正表明她追求的不是一时的欢乐，而是久长的爱情幸福。同时，摹写莺莺担心被遗弃的心理，反映了封建时代妇女处于从属的地位，有助于开拓爱情主题的社会意义。

【梧叶儿】他若是和衣卧，便是和我一处宿；但贴着他皮肉，不信不想我温柔。〔红云〕这裹肚要怎么？〔旦唱〕常则不要离了前后，守着他左右，紧紧的系在心头。〔红云〕这袜儿如何？〔旦〕拘管他胡行乱走。〔红云〕这琴他那里自有，又将去怎么？〔旦唱〕

【后庭花】当日五言诗紧趁逐，后来因七弦琴成配偶。他怎肯冷落了诗中意，我则怕生疏了弦上手。〔红云〕玉簪呵有甚主意？〔旦唱〕我须有个缘由，他如今功名成就，则怕他撇人在脑背后。〔红云〕斑管

要怎的?〔旦唱〕湘江两岸秋,当日娥皇因虞舜愁,今日莺莺为君瑞忧。这九嶷山下竹[13],共香罗衫袖口,

【青哥儿】都一般啼痕湮透。似这等泪斑宛然依旧,万古情缘一样愁。涕泪交流,怨慕难收,对学士叮咛说缘由,是必休忘旧!

〔旦云〕琴童,这东西收拾好者。〔仆云〕理会得。〔旦唱〕

【醋葫芦】你逐宵野店上宿,休将包袱做枕头,怕油脂腻展污了恐难酬。倘或水侵雨湿休便扭,我则怕干时节熨不开褶皱。一桩桩一件件细收留。

《西厢》曲词雅俗共赏,本色文采兼长。此曲明白如话,亦见作者工力。

【金菊花】书封雁足此时修,情系人心早晚休?长安望来天际头,倚遍西楼,"人不见,水空流"。

〔仆云〕小人拜辞,即便去也。〔旦云〕琴童,你见官人对他说。〔仆云〕说甚么?〔旦唱〕

【浪里来煞】他那里为我愁,我这里因他瘦。临行时啜赚[14]人的巧舌头,指归期约定九月九,不觉的过了小春[15]时候。到如今"悔教夫婿觅封侯"。

〔仆云〕得了回书,星夜回俺哥哥话去。〔并

下〕

〔1〕不甫能:即"甫能",刚刚,好容易。"不"以反语起加强语气的作用。

〔2〕大都来:只不过。

〔3〕针尖不倒:手不停针。

〔4〕吃游街棍子:本是元时对犯人的一种刑罚,这里借以打诨。

〔5〕即目:眼下,现在。

〔6〕鹣(jiān)鹣比翼、邛(qióng)邛并躯:比喻夫妻相伴相随。鹣鹣,比翼鸟;邛邛,比肩兽。

〔7〕贪饕(tāo):贪食。这里指贪图功名。

〔8〕清照:请对方看阅的敬词。

〔9〕衣昼锦:衣锦还乡。

〔10〕搊(chōu):以手弹拨乐器。

〔11〕占了鳌头:指中了状元。

〔12〕至公楼:本指科举考试的试院,这里泛指官署。

〔13〕九嶷(yí)山下竹:即斑竹。九嶷山,今湖南宁远的苍梧山。传说舜帝南巡,死葬苍梧,他的两个妃子娥皇、女英追至,泪下滴竹,竹便成斑。

〔14〕啜(chuò)赚:哄骗。

〔15〕小春:指旧历十月。

第 二 折

〔末上,云〕"画虎未成君莫笑,安排牙爪始惊人。"本是举过便除,奉圣旨着翰林院编修国史。他每那知我的心,甚么文章做得成。使琴童递佳音,不见回来。这几日睡卧不宁,饮食少进,给假在驿亭中将息。早间太医院着人来看视,下药去了。我这病卢扁[1]也医不得。自离了小姐,无一日心闲也呵!

【中吕·粉蝶儿】从到京师,思量心旦夕如是,向心头横躺着俺那莺儿。请医师,看诊罢,一星星[2]说是。本意待推辞,则被他察虚实不须看视。

【醉春风】他道是医杂证有方术,治相思无药饵。莺莺呵,你若是知我害相思,我甘心儿死、死。四海无家,一身客寄,半年将至。

毛评:"此与前折作对偶,俱用虚写。盖未合以前,则以传书递简为微情;既合以后,又以寄物缄书为余思。"

〔仆上,云〕我则道哥哥除了,原来在驿亭中抱病,须索回书去咱。〔见了科〕〔末云〕你回来了也。

【迎仙客】疑怪这噪花枝灵鹊儿,垂帘幕喜蛛儿,正应着短檠上夜来灯爆时。若不是断肠词,决定是断肠诗。〔仆云〕小夫人有书至此。〔末接科〕写时管情泪如丝,既不呵,怎生泪点儿封皮上渍。

〔末读书科〕"薄命妾崔氏拜复,敬奉才郎君瑞文几:自音容去后,不觉许时,仰敬之心,未尝少怠。纵云日近长安远,何故鳞鸿之杳矣。莫因花柳之心，弃妾恩情之意？正念间，琴童至，得见翰墨，始知中科，使妾喜之如狂。郎之才望，亦不辱相国之家谱也。今因琴童回，无以奉贡，聊布瑶琴一张，玉簪一枚，斑管一枝，裹肚一条，汗衫一领，袜儿一双，权表妾之真诚。匆匆草字欠恭，伏乞情恕不备。谨依来韵，遂继一绝云：阑干倚遍盼才郎，莫恋宸京黄四娘[3]；病里得书知中甲，窗前览镜试新妆。"〔云〕那风风流流的姐姐，似这等女子，张珙死也死得着了。

【上小楼】这的堪为字史[4]，当为款识[5]。有柳骨颜筋[6]，张旭张芝[7]，羲之献之[8]。此一时，彼一时，佳人才思，俺莺莺世间无二。

【幺篇】俺做经咒般持，符箓般使。高似金章[9]，重似金帛，贵似金资。这上面若签个押字，使个令史[10]，差个勾使[11]，则是一张忙不及印赴期的咨示[12]。

〔末拿汗衫儿科〕休道文章，则看他这针指，人间少有。

【满庭芳】怎不教张生爱尔，堪针工出色，女教为师。几千般用意针针是，可索寻思。长共短又没个样子，窄和宽想象着腰肢，好共歹无人试。想当初做时，用煞那小心儿。

小姐寄来这几件东西，都有缘故，一件件我都猜着了。

【白鹤子】这琴，他教我闭门学禁指[13]，留意谱声诗，调养圣贤心，洗荡巢由耳[14]。

【二煞】这玉簪，纤长如竹笋，细白似葱枝，温润有清香，莹洁无瑕玼。

【三煞】这斑管，霜枝曾栖凤凰，泪点渍胭脂，当时舜帝恸娥皇，今日淑女思君子。

【四煞】这裹肚，手中一叶绵，灯下几回丝，表出腹中愁，果称心间事。

【五煞】这鞋袜儿，针脚儿细似虮子，绢帛儿腻似鹅脂，既知礼不胡行，愿足下当如此。

数曲虽首首与前折对应，然意似重复。元剧每每末尾结构松散，竟不如前，似强弩之末，《西厢》亦不免。

琴童，你临行小夫人对你说甚么？〔仆云〕着哥哥休别继良姻。〔末云〕小姐，你尚然不知我的心哩。

【快活三】冷清清客店儿，风淅淅雨丝丝，雨儿零，风儿细，梦回时，多少伤心事。

【朝天子】四肢不能动止，急切里盼不到蒲东寺。小夫人须是你见时，别有甚闲传示？我是个浪子官人，风流学士，怎肯去带残花折旧枝。自从到此，甚的是闲街市[15]。

【贺圣朝】少甚宰相人家，招婿的娇姿。其间或有个人儿似尔，那里取那温柔，这般才思？想莺莺意儿，怎不教人梦想眠思？

琴童来，将这衣裳东西收拾好者。

应上折莺莺嘱琴童语。

【耍孩儿】则在书房中倾倒个藤箱子，向箱子里面铺几张纸。放时节须索用心思，休教藤刺儿抓住绵丝。高抬[16]在衣架上怕吹了颜色，乱穰[17]在包袱中恐锉[18]了褶儿。当如此，切须爱护，勿得因而。

【二煞】恰新婚，才燕尔，为功名来到此。长安忆念蒲东寺。昨宵个春风桃李花开夜，今日个秋雨梧桐叶落时。愁如是，身遥心迩，坐想行思。

【三煞】这天高地厚情，直到海枯石烂时，此时作念何时止？直到烛灰眼下才无泪，蚕老心中罢却丝。我不比游荡轻薄子，轻夫妇的琴瑟，拆鸾凤的雄雌。

毛评："一曲一意，反复缠绵，此是元词本意。"

【四煞】不闻黄犬音，难传红叶诗[19]，驿长不遇梅花使[20]。孤身去国三千里，一日归心十二时。凭栏视,听江声浩荡,看山色参差。

【尾】忧则忧我在病中,喜则喜你来到此。投至得引人魂卓氏音书至,险将这害鬼病的相如盼望死。〔下〕

〔1〕卢扁:春秋时的名医扁鹊。扁鹊家于卢,因而后人又称之为卢医、卢扁。

〔2〕一星星:一件件。

〔3〕宸京:帝京,京城。黄四娘:泛指美女。杜甫《江畔独步寻花七绝句》:"黄四娘家花满蹊,千朵万朵压枝低。"

〔4〕字史:字帖,写字的范本。

〔5〕款识(zhì):古代器物上刻的字。这里是应当刻出来流传的意思。

〔6〕柳骨颜筋:柳指柳公权,颜指颜真卿,都是唐代的书法家。

〔7〕张旭张芝:原文为"张旭张颠",兹据王伯良本改。张旭,唐代书法家,善草书,嗜酒,每大醉后便下笔,或以头蘸墨而书,世称"张颠"。张芝,东汉书法家,亦工草书,时称"草圣"。

〔8〕羲之献之:指晋代书法家王羲之、王献之父子,二人都以行书出名。

〔9〕金章:金印。

〔10〕令史:衙门里的书吏。

〔11〕勾使:官府中的差役。

〔12〕咨示:告示。

〔13〕禁指:弹琴的指法。

〔14〕洗荡巢由耳:巢指巢父,由指许由,二人都是古代传说中隐居不仕的高士。据说尧曾让天下给许由,许由不受,遂到河边去洗耳。巢父看见许由洗耳并问明了原因之后,本来打算在那里饮牛,怕污了牛口,便牵到上流去饮。

〔15〕闲街市:闲逛街市,胡行乱走。

〔16〕抬:挂。

〔17〕穰:裹。

〔18〕锉(cuò):这里是揉搓的意思。

〔19〕红叶诗:传说唐代的于祐从宫中流出的河里拾到一片题诗的红叶,于祐也题诗于红叶上,置河的上游,流入宫中,为题诗的宫女韩翠蘋所得,后二人成为夫妻。

〔20〕梅花使:六朝时宋朝的陆凯与范晔相友善,从江南寄梅花一枝,并赠诗一首:“折梅逢驿使,寄与陇头人。江南无所有,聊赠一枝春。”后遂称信使为梅花使。

第 三 折

〔净扮郑恒上开,云〕自家姓郑名恒,字伯常。先人拜礼部尚书,不幸早丧。后数年,又丧母。先人在时曾定下俺姑娘[1]的女孩儿莺莺为妻,不想姑夫亡化,莺莺孝服未满,不曾成亲。俺姑娘将着这灵榇,引着莺莺,回博陵下葬,为因路阻,不能得去。数月前写书来唤我同扶柩去,因家中无人,来得迟了。我离京师,来到河中府,打听得孙飞虎欲掳莺莺为妻,得一个张君瑞退了贼兵,俺姑娘许了他。我如今到这里,没这个消息便好去见他;既有这个消息,我便撞将去呵,没意思。这一件事都在红娘身上,我着人去唤他。则说"哥哥从京师来,不敢来见姑娘,着红娘来下处[2]来,有话去对姑娘行说去"。去的人好一会了,不见来。见姑娘和他有话说。〔红上云〕郑恒哥哥在下处,不来见夫人,却唤我说话。夫人着我来,看他说甚么。

〔见净科〕哥哥万福!夫人道哥哥来到呵,怎么不来家里来?〔净云〕我有甚颜色见姑娘?我唤你来的缘故是怎生?当日姑夫在时,曾许下这门亲事;我今番到这里,姑夫孝已满了,特地央及你去夫人行说知,拣一个吉日成合,了这件事,好和小姐一答里[3]下葬去。不争不成合,一答里路上难厮见。若说得肯呵,我重重的相谢你。〔红云〕这一节话再也休题,莺莺已与了别人了也。〔净云〕道不得"一马不跨双鞍",可怎生父在时曾许了我,父丧之后,母倒悔亲?这个道理那里有!〔红云〕却非如此说。当日孙飞虎将半万贼兵来时,哥哥你在那里?若不是那生呵,那里得俺一家儿来?今日太平无事,却来争亲;倘被贼人掳去呵,哥哥如何去争?〔净云〕与了一个富家,也不枉了,却与了这个穷酸饿醋。偏我不如他?我仁者能仁、身里出身[4]的根脚,又是亲上做亲,况兼他父命。〔红云〕他倒不如你,噤声!

前与老夫人斗,此与郑恒争。红娘在崔、张爱情发展中起了往来周旋、排难解纷的作用,是加深主题和生发喜剧效果的重要因素。

【越调·斗鹌鹑】卖弄你仁者能仁,倚仗你身里出身;至如你官上加官,也不合亲上做亲。又不曾执羔雁[5]邀媒，献币帛问肯。恰洗了尘，便待要过门：枉腌了他金屋银屏，枉污了他锦衾绣茵。

【紫花儿序】枉蠢了他梳云掠月，枉羞了他惜玉怜香，枉村了他殢雨尤云。当日三才[6]始判，两仪[7]初分；乾坤：清者为乾，浊者为坤，人在中间相混。君瑞是君子清贤，郑恒是小人浊民。

〔净云〕贼来怎地他一个人退得？都是胡说！〔红云〕我对你说。

【天净沙】看河桥飞虎将军，叛蒲东掳掠人民，半万贼屯合寺门，手横着霜刃，高叫道"要莺莺做压寨夫人"。

郑恒质问红娘，颇似夫人拷问。此折情节平淡，曲白迂板，较前大为逊色，故前人有"《西厢》后卷不及前卷，自是情尽才尽"之说。

〔净云〕半万贼，他一个人济甚么事？〔红云〕贼围之甚迫，夫人慌了，和长老商议，拍手高叫："两廊不问僧俗，如退得贼兵的，便将莺莺与他为妻。"忽有游客张生，应声而前曰："我有退兵之策，何不问我？"夫人大喜，就问："其计何在？"生云："我有一故人白马将军，现统十万之众，镇守蒲关。我修书一封，着人寄去，必来救我。"不想书至兵来，其困即解。

【小桃红】洛阳才子善属文，火急修书信。白马将军到时分，灭了烟尘。夫人小姐都心顺，则为他"威而不猛"，"言而有信”,因此上“不敢慢于人”。

〔净云〕我自来未尝闻其名,知他会也不会。你这个小妮子,卖弄他偌多!〔红云〕便又骂我。

【金蕉叶】他凭着讲性理齐论鲁论[8],作词赋韩文柳文[9],他识道理为人敬人,掩家里有信行知恩报恩。

【调笑令】你值一分,他值百十分,萤火焉能比月轮?高低远近都休论,我拆白道字辨与你个清浑。〔净云〕这小妮子省得甚么拆白道字,你拆与我听。〔红唱〕

君瑞是个“肖”字这壁着个“立人”,你是个“木寸”“马户”“尸巾”。

〔净云〕木寸、马户、尸巾——你道我是个“村驴屌”。我祖代是相国之门,到不如你个白衣饿夫穷士!做官的则是做官。〔红唱〕

【秃厮儿】他凭师友君子务本,你倚父兄仗势欺人。齑盐日月不嫌贫,治百姓新民、传闻。

【秃厮儿】三曲,稍露红娘当日锋芒。

【圣药王】这厮乔议论,有向顺。你道是官人则合做官人,信口喷,不本分。你道穷民到老是穷民,却不道“将相出寒门”。

〔净云〕这桩事都是那长老秃驴弟子孩

儿[10],我明日慢慢的和他说话。〔红唱〕

【麻郎儿】他出家儿慈悲为本,方便为门。横死[11]眼不识好人,招祸口不知分寸。

〔净云〕这是姑夫的遗留,我拣日牵羊担酒上门去,看姑娘怎么发落我。〔红唱〕

【幺篇】讪筋[12],发村[13],使狠,甚的是软款温存。硬打挨[14]强为眷姻,不睹事[15]强谐秦晋。

〔净云〕姑娘若不肯,着二三十个伴当,抬上轿子,到下处脱了衣裳,赶将来还你一个婆娘。〔红唱〕

【络丝娘】你须是郑相国嫡亲的舍人,须不是孙飞虎家生[16]的莽军。乔嘴脸、腌躯老[17]、死身分,少不得有家难奔。

〔净云〕兀的那小妮子,眼见得受了招安了也。我也不对你说,明日我要娶,我要娶。〔红云〕不嫁你,不嫁你。

末二句用词奇巧,语意新颖,乃调侃之俊语,可谓化腐朽为神奇。

【收尾】佳人有意郎君俊,我待不喝采其实怎忍。〔净云〕你喝一声我听。〔红笑云〕你这般颓嘴脸,则好偷韩寿下风头香,傅何郎左壁厢粉。〔下〕

〔净脱衣科,云〕这妮子拟定都和那酸丁演撒,我明日自上门去,见俺姑娘,则做不知。我则道张生赘在卫尚书家，做了女婿。俺姑娘最听是非，他自小又爱我，必有话说。休说别个，则这一套衣服也冲动他。自小京师同住，惯会寻章摘句，姑夫许我成亲，谁敢将言相拒。我若放起刁来，且看莺莺那去。且将压善欺良意，权作尤云殢雨心。〔下〕〔夫人上，云〕夜来郑恒至，不来见我，唤红娘去问亲事。据我的心则是与孩儿是；况兼相国在时，已许下了。我便是违了先夫的言语。做我一个主家的不着[18]，这厮每做下来。拟定则与郑恒，他有言语，怪他不得也。料持下酒者，今日他敢来见我也。〔净上，云〕来到也，不索报复，自入去见夫人。〔拜夫人哭科〕〔夫人云〕孩儿既来到这里，怎么不来见我？〔净云〕小孩儿有甚嘴脸来见姑娘！〔夫人云〕莺莺为孙飞虎一节，等你不来，无可解危，许张生也。〔净云〕那个张生？敢便是状元。我在京师看榜来，年纪有二十四五岁，洛阳张珙，夸官游街三日。第二日头答[19]正来到卫尚书家门首，尚书的小姐十八岁也，结着彩楼，在那御街上，则一球正打着他。我也骑着马看，险些打着我。他家粗使梅香十余人，把那张生横拖倒拽入去。他口叫道："我自有妻，我是崔相国家女婿。"那尚书有权势气象，那里听，则管拖将入去了。这个却才便是他本分，出于无奈。尚书说道："我女奉圣旨结彩楼，你着崔小姐做次妻。他是先奸后娶的，不应

郑恒争婚，首尾相救，在情节下降中掀波澜。

取他。"闹动京师,因此认得他。〔夫人怒云〕我道这秀才不中抬举,今日果然负了俺家。俺相国之家,世无与人做次妻之理。既然张生奉圣旨娶了妻,孩儿,你拣个吉日良辰,依着姑夫的言语,依旧入来做女婿者。〔净云〕倘或张生有言语,怎生?〔夫人云〕放着我哩,明日拣个吉日良辰,你便过门来。〔下〕〔净云〕中了我的计策了,准备筵席、茶礼、花红,克日[20]过门者。〔下〕〔洁上,云〕老僧昨日买登科记看来,张生头名状元,授着河中府尹。谁想夫人没主张,又许了郑恒亲事。老夫人不肯去接,我将着肴馔直至十里长亭接官走一遭。〔下〕〔杜将军上,云〕奉圣旨,着小官主兵蒲关,提调河中府事,上马管军,下马管民。谁想君瑞兄弟一举及第,正授河中府尹,不曾接得。眼见得在老夫人宅里下,拟定乘此机会成亲。小官牵羊担酒直至老夫人宅上,一来庆贺状元,二来就主亲,与兄弟成此大事。左右那里?将马来,到河中府走一遭。〔下〕

夫人此时因受骗而悔婚,远不如前日"赖婚"能反映其性格特点。

〔1〕姑娘:姑母。

〔2〕下处:住处,旅店。

〔3〕一答里:一起。

〔4〕仁者能仁、身里出身:都是当时的成语。仁者能仁意为本身能干,身里出身是说出身高贵。

〔5〕羔雁:定亲的聘礼。

〔6〕三才:指天、地、人。

〔7〕两仪:指天与地。

〔8〕齐论鲁论:汉代传授的《论语》有齐、鲁两家。

〔9〕韩文柳文:指唐代文学家韩愈、柳宗元。

〔10〕弟子孩儿:骂人的话,如同“婊子养的”。宋元时称妓女为弟子。

〔11〕横死:不得好死。

〔12〕讪筋:恼怒。

〔13〕发村:撒野。

〔14〕硬打挨:硬干,强行。

〔15〕不睹事:不懂事。

〔16〕家生:奴婢所生的子女仍在家做奴隶的叫做家生。

〔17〕躯老:身体。

〔18〕做我一个主家的不着:意为将我做主家的不顾。

〔19〕头答:即头踏,古代官员出行时前列的仪仗。

〔20〕克日:约定日期。

第四折

〔夫人上,云〕谁想张生负了俺家,去卫尚书家做女婿去,今日不负老相公遗言,还招郑恒为婿。今日好个日子,过门者,准备下筵席,郑恒敢待来也。〔末上,云〕小官奉圣旨,正授河中府尹。今日衣锦还乡,小姐的金冠霞帔[1]都将着,若见呵,双手索送过去。谁想有今日也呵!文章旧冠乾坤内,姓字新闻日月边。

【新水令】二曲，暴露了张生的封建意识，他和莺莺的爱情终究被套上了封建主义与家族利益的锁链。

【双调·新水令】玉鞭骄马出皇都，畅风流玉堂人物。今朝三品职，昨日一寒儒。御笔亲除，将名姓翰林注。

【驻马听】张珙如愚[2]，酬志了三尺龙泉[3]万卷书；莺莺有福，稳请了五花官诰七香车。身荣难忘借僧居，愁来犹记题诗处。从应举，梦魂儿不离了蒲东路。

〔末云〕接了马者！〔见夫人科〕新状元河中府尹婿张珙参见。〔夫人云〕休拜，休拜，你是奉圣旨的女婿，我怎消受得你拜。〔末唱〕

【乔牌儿】我谨躬身问起居，夫人这慈色为谁怒？我只见丫鬟使数[4]都厮觑，莫不我身边有甚事故？

〔末云〕小生去时，夫人亲自饯行，喜不自胜。今日中选得官，夫人反行不悦，何也？〔夫人云〕你如今那里想着俺家！道不得个"靡不有初，鲜克有终"。我一个女孩儿，虽然妆残貌陋，他父为前朝相国。若非贼来，足下甚气力到得俺家？今日一旦置之度外，却于卫尚书家作婿，岂有是理？〔末云〕夫人听谁说？若有此事，天不盖，地不载，害老大小[5]疔疮！

"害疔疮"语似与张生身份不合。

【雁儿落】若说着丝鞭仕女图[6]，端的是塞满章台路[7]。小生呵此间怀旧恩，怎肯别处寻亲去？

【得胜令】岂不闻"君子断其初",我怎肯忘得有恩处?那一个贼畜生行嫉妒,走将来老夫人行厮间阻?不能够娇姝,早共晚施心数;说来的无徒,迟和疾上木驴[8]。

〔夫人云〕是郑恒说来,绣球儿打着马了,做女婿也。你不信呵,唤红娘来问。〔红上,云〕我巴不得见他,原来得官回来。惭愧,这是非对着也。〔末背问云〕红娘,小姐好么?〔红云〕为你别做了女婿,俺小姐依旧嫁了郑恒也。〔末云〕有这般跷蹊的事!

【庆东原】那里有粪堆上长出连枝树,淤泥中生出比目鱼?不明白展污了姻缘簿。莺莺呵,你嫁个油炸猢狲的丈夫;红娘呵,你伏侍个烟熏猫儿的姐夫;张生呵,你撞着个水浸老鼠的姨夫。这厮坏了风俗,伤了时务。

嘲讪讥笑,语出新意。"莺莺呵"三句对仗,三"夫"字用得巧妙天然。

〔红唱〕

【乔木查】妾前来拜覆,省可里[9]心头怒!间别来安乐否?你那新夫人何处居?比俺姐姐是何如?

句句接递,咄咄逼人,方是红娘口吻。

〔末云〕和你也葫芦提了也。小生为小姐受过的苦,诸人不知,瞒不得你。不甫能成亲,焉有是理？

【搅筝琶】小生若求了媳妇，则目下便身殂。怎肯忘得待月回廊，难撇下吹箫伴侣。受了些活地狱，下了些死工夫。不甫能得做妻夫，现将着夫人诰敇，县君名称，怎生待欢天喜地，两只手儿分付与。你划地[10]倒把人赃诬。

〔红对夫人云〕我道张生不是这般人，则唤小姐出来自问他。〔叫旦科〕姐姐快来问张生，我不信他直恁般薄情。我见他呵，怒气冲天，实有缘故。〔旦见末科〕〔末云〕小姐间别无恙？〔旦云〕先生万福！〔红云〕姐姐有的言语，和他说破。〔旦长吁云〕待说甚么的是！

【沉醉东风】不见时准备着千言万语，得相逢都变做短叹长吁。他急攘攘却才来，我羞答答怎生觑。将腹中愁恰待申诉，及至相逢一句也无。则道个“先生万福”。

〔旦云〕张生，俺家何负足下？足下见弃妾身，去卫尚书家为婿，此理安在？〔末云〕谁说来？〔旦云〕郑恒在夫人行说来。〔末云〕小姐如何听这厮？张珙之心，惟天可表！

【落梅风】从离了蒲东路，来到京兆府，见个佳人世不曾回顾。硬揣个[11]卫尚书家女孩儿为了眷属，曾见他影儿的也教灭门绝户。

〔末云〕这一桩事都在红娘身上，我则将言语傍[12]着他，看他说甚么。红娘，我问人来，说道你与小姐将简帖儿去唤郑恒来。〔红云〕痴人，我不合与你作成，你便看得我一般了。〔红唱〕

【甜水令】君瑞先生，不索踌躇，何须忧虑。那厮本意糊涂；俺家世清白，祖宗贤良，相国名誉。我怎肯他跟前寄简传书？

大谈家世门楣，岂是红娘声口！

【折桂令】那吃敲才[13]怕不口里嚼蛆，那厮待数黑论黄，恶紫夺朱[14]。俺姐姐更做道软弱囊揣，怎嫁那不值钱人样虾朐[15]。你个东君[16]索与莺莺做主，怎肯将嫩枝柯折与樵夫。那厮本意嚣虚[17]，将足下亏图[18]，有口难言，气夯破胸脯。

〔红云〕张生，你若端的不曾做女婿呵，我去夫人跟前一力保你。等那厮来，你和他两个对证。〔红见夫人云〕张生并不曾人家做女婿，都是郑恒谎，等他两个对证。〔夫人云〕既然他不曾呵，等郑恒那厮来对证了呵，再做说话。〔洁上云〕谁想张生一举成名，得了河中府尹，老僧一径到夫人那里庆贺。这门亲事，几时成就？当初也有老僧来，老夫人没主张，便待要与郑恒。若与了他，今日张生来却怎生？〔洁见末叙寒温科〕〔对夫人云〕夫人，今日却知老僧说的是，张生决不是那一等没行止的秀才。他如何敢忘了夫人，况兼杜将军是证见，如何悔得他这亲事？〔旦云〕张生此一事必得杜将军来方可。

【雁儿落】他曾笑孙庞[19]真下愚，若是论贾马[20]非英物；正授着征西元帅府，兼领着陕右河中路。

【得胜令】是咱前者护身符，今日有权术。来时节定把先生助，决将贼子诛。他不识亲疏，啜赚良人妇；你不辨贤愚，无毒不丈夫。

〔夫人云〕着小姐去卧房里去者。〔旦、红下〕〔杜将军上，云〕下官离了蒲关，到普救寺。第一来庆贺兄弟咱，第二来就与兄弟成就了这亲事。〔末对将军云〕小弟托兄长虎威，得中一举。今者回来，本待做亲。有夫人的侄儿郑恒，来夫人行说道你兄弟在卫尚书家作赘了。夫人怒欲悔亲，依旧要将莺莺与郑恒，焉有此理？道不得个“烈女不更二夫”。〔将军云〕此事夫人差矣。君瑞也是礼部尚书之子，况兼又得一举。夫人世不招白衣秀士，今日反欲罢亲，莫非理上不顺？〔夫人云〕当初夫主在时，曾许下这厮，不想遇此一难，亏张生请将军来杀退贼众。老身不负前言，欲招他为婿；不想郑恒说道，他在卫尚书家做了女婿也，因此上我怒他，依旧许了郑恒。〔将军云〕他是贼心，可知道诽谤他。老夫人如何便信得他？〔净上，云〕打扮得整整齐齐的，则等做女婿。今日好日头，牵羊担酒过门走一遭。〔末云〕郑恒，你来怎么？〔净云〕苦也！闻知状元回，特来贺喜。〔将军云〕你这厮怎么要诳骗良人的妻子，行不仁之事，我跟前有甚么话说？我奏闻朝廷，诛此贼子。〔末唱〕

【落梅风】你硬撞入桃源路，不言个谁是主，被东君把你个蜜蜂儿拦住。不信呵去那绿杨影里听杜宇，一声声道“不如归去”。

〔将军云〕那厮若不去呵，祗候[21]拿下。〔净云〕不必拿，小人自退亲事与张生罢。〔夫人云〕相公息怒，赶出去便罢。〔净云〕罢，罢！要这性命怎么，不如触树身死。妻子空争不到头，风流自古恋风流；三寸气在千般用，一日无常万事休。〔净倒科〕〔夫人云〕俺不曾逼死他，我是他亲姑娘，他又无父母，我做主葬了者。着唤莺莺出来，今日做个庆喜的茶饭，着他两口儿成合者。〔旦、红上，末、旦拜科〕〔末唱〕

【沽美酒】门迎着驷马车[22]，户列着

八椒图，娶了个四德三从宰相女，平生愿足，托赖着众亲故。

【太平令】若不是大恩人拔刀相助，怎能够好夫妻似水如鱼。得意也当时题柱[23]，正酬了今生夫妇。自古相女配夫[24]，新状元花生满路[25]。

〔使臣上科〕〔末唱〕

此只言“使臣上科”而不详，演出时必有“敕赐”常套。末尾歌功颂德亦元剧俗套。此曲有的作使臣唱，有的作众唱。下【清江引】二曲或作众唱或作末旦同唱。

【锦上花】四海无虞，皆称臣庶；诸国来朝，万岁山呼；行迈羲轩[26]，德过舜禹；圣策神机，仁文义武。

【幺篇】朝中宰相贤，天下庶民富；万里河清，五谷成熟；户户安居，处处乐土；凤凰来仪，麒麟屡出。

【清江引】谢当今盛明唐圣主，敕赐为夫妇。永老无别离，万古常完聚，愿普天下有情的都成了眷属。

“愿普天下有情的都成了眷属”一语，是全剧主题思想的点睛之笔，也是作者的理想和愿望。它喊出了广大青年男女的共同心声，具有极大的鼓舞力量。

【随尾】则因月底联诗句，成就了怨女旷夫。显得有志的状元能，无情的郑恒苦。〔下〕

题目　小琴童传捷报　崔莺莺寄汗衫

正名　郑伯常干舍命　张君瑞庆团圞

总目[27]

张君瑞巧做东床婿　法本师住持南赡[28]地

老夫人开宴北堂[29]春　崔莺莺待月西厢记

〔1〕金冠霞帔(pèi):古代得皇帝赐封的贵夫人的穿戴。

〔2〕如愚:大智如愚的省文。

〔3〕龙泉:宝剑名。

〔4〕使数:使用的人,仆人。

〔5〕老大小:即老大的。

〔6〕丝鞭仕女图:指结彩楼、抛绣球、接丝鞭招亲的场景。古代戏曲小说中,常用接丝鞭表示缔结婚姻。

〔7〕章台路:汉代长安的一条街道。

〔8〕木驴:一种刑具。犯人被凌迟处死前,先绑在木桩上游街示众,叫做“上木驴”。

〔9〕省可里:省得,休要。可里,助词。

〔10〕刬(chǎn)地:平白无故地。

〔11〕硬揣个:硬捏造个。

〔12〕傍:敲打。

〔13〕吃敲材:该死的家伙。杖杀处死叫敲。

〔14〕数黑论黄,恶紫夺朱:说三道四,以邪争正。

〔15〕虾朐(qú):虾干。

〔16〕东君:春神。

〔17〕嚣虚:虚伪。

〔18〕亏图:图谋陷害。

〔19〕孙庞：孙膑、庞涓，战国时著名的军事家。

〔20〕贾马：贾谊、司马相如，汉代有名的文学家。

〔21〕祗候：差役。

〔22〕驷(sì)马车：四匹马拉的车。

〔23〕题柱：传说司马相如西去求官过升仙桥时，曾在桥柱上题写“不乘高车驷马，不过此桥”。

〔24〕相(xiàng)女配夫：根据女儿的条件选配夫婿，意思是佳人必配才子。

〔25〕花生满路：前程锦绣的意思。

〔26〕行迈羲轩：品行超过了伏羲和轩辕。

〔27〕原本无总目，据王伯良本补。据元杂剧以题目正名末句作剧名的通例，应有此四句总目。

〔28〕南赡(shàn)：即南赡部洲，佛经所说的四大部洲之一。

〔29〕北堂：古代士大夫家主妇经常居留的地方。

后 记

《西厢记》是一部以爱情故事为题材、具有浓郁喜剧特色的作品。

作者王实甫是中国文学史上最优秀的戏曲作家之一。他的生卒年代已不可考，生平事迹也很难找到资料。元人钟嗣成编的《录鬼簿》(天一阁本)说他“名德信，大都(今北京)人”，并著录了他的十三种杂剧。明初贾仲明续编《录鬼簿》时，写了一首追吊王实甫的《凌波仙》词：“风月营密匝匝列旌旗，莺花寨明飚飚排剑戟，翠红乡雄纠纠施谋智。作词章，风韵美，士林中等辈伏低。新杂剧，旧传奇，《西厢记》天下夺魁。”这首词说明，王实甫是一个沉沦下层，熟悉勾栏生活的书会才人，特别擅长于写“儿女风情”一类杂剧，在当时剧坛上，已是一个有才华、有名望、有影响的作家；他的《西厢记》，被公认为出类拔萃、首屈一指的作品。

王实甫的主要创作活动大约在元成宗元贞、大德年间(1295—1307)。他写的杂剧除了《西厢记》，还有一本《丽春堂》，被选在臧晋叔的《元曲选》里；此外他的《芙蓉亭》杂剧和《贩茶船》杂剧也各有一折曲文被录在《雍熙乐府》里。其余的剧作,可惜都没有流传下来。(现传《也是园杂剧》里的《破窑记》,题名王实甫是不可靠的。)

《西厢记》杂剧的故事原本唐人小说元稹的《会真记》。《会真记》里的张生对崔莺莺的恋爱是有始无终的。这篇小说的末段,以为张生抛弃了莺莺是"善补过",表现了封建文人的正统观念。到了北宋时期,这篇小说被收入《太平广记》里,成为民间说书、说唱的题材。民间说书、说唱的对象,主要是当时的市民阶层,他们对于《会真记》里那样一个始乱终弃的结局当然不爱听,于是很自然地把张生和崔莺莺的恋爱故事改变为以团圆终场。到了南宋,北方受金朝统治,这个故事又各自在当时的中原和江南,以各种不同的说唱或戏曲形式演出。特别值得提出的是,当时金朝一位说唱家董解元,写了一本《西厢记挡弹词》(又名《西厢记诸宫调》),是现在流传下来关于崔、张故事的文学作品中第一部打破悲剧性结局的著作。它已经改变了张生轻薄少年的形象,也不再把崔莺莺看成"不妖其身,必妖于人"的"妖孽",最后让张生偕莺莺双双出奔,表现了"从今至古,自是佳人,合配才子"的主题。到了元朝统一中国,随着都市经济进一步的繁荣,戏剧更发达起来。王实甫就是在这样的情况之下,根据董解元的《西厢记挡弹词》,把崔、张故事改写为杂剧,出色地完成了这部爱情喜剧的再创造。

《西厢记》杂剧所以能得到当时广大市民阶层的欢迎和后世无数青年读者的爱好,首先是由于它对"父母之命、媒妁之言"的封建婚姻制度表示不满,正面提出了"愿普天下有情的都成了眷属"的主张。在封建社会里,这种以爱情作为基础而不是权衡门阀利害的婚姻观念,当然是不能普遍实现的,它只是一种美好的理想和愿望。然而,王实甫正是以这种乐观的信念,使《西厢记》杂剧的全部剧情环绕这个主题发展。剧中人物凡是为实现这一理想而积极追求、坚定不移的,如莺莺、张生、红娘,都塑造成为十分生动可爱的形象。反之,对为了维护门第尊严、勉强要把莺莺许配郑恒的老夫人,凭仗暴力、要夺取莺莺为妻的孙飞虎,仗着父母之命、要上门抢亲的郑恒,都给他们画上了不同的丑恶嘴脸。在封建制度压迫之下,男女恋爱不能自由,张生、莺莺的月下私期,是那么美满欢畅、有情有义;他们的长亭分手,是那么缠绵婉转、难解难分。这就使处在封建统治下的无数青年男女为他们这种美满的恋爱生活所歆动,所陶醉,引起他们对于封建礼教和封建婚姻的不满和反抗。

在剧情处理上,王实甫善于根据剧中人物的不同环境、不同性格,展开各种矛盾斗争。作为贯穿全剧的主要矛盾,老夫人和张生、莺莺、红娘之间的正面冲突,总是放在矛盾发展的转折点上,抓住一些最能揭示性格特征的情节和场面进行集中的描写。如第二本第三折“赖婚”和第四本第二折“拷红”,都是通过戏剧冲突的“突转”,反映了两种对立的社会力量之间的尖锐斗争,突出地表现了老夫人冷酷、虚伪、自私的阶级本质和出尔反尔善于权变的个性。而在其他的场面中,老夫人的戏并不多,但她的活动通过后场处理不断得到提示,使人们处处感到她在起作用,从而更深刻地揭露了封建势力对青年一代爱情幸福的无情摧残,大大开拓了作品的思想深度。矛盾发展的方式是喜剧性的,常用尖利、诙谐的语言,揭穿封建礼教的虚伪、荒谬,而使老夫人等处于令人额手称庆的难堪境地。同时,在张生、莺莺和红娘之间,更通过性格的对比,引发出一系列的喜剧性冲突。如老夫人赖婚以后，王实甫从第二本第五折到第四本第一折，用了整整六场戏（还带两个“楔子”），生动细致地展现了张生、莺莺在红娘的帮助下，逐步克服心理上的阴影和性格上的弱点，进一步发展爱情、大胆结合的过程。张生、莺莺和红娘由于身份、处境、教养、个性不同，他们对待封建礼教的态度有所差异，所采取的反抗和挣脱精神束缚的方式也各有不同；因而，在三个不同身份、不同个性的人物之间，不断发生冲撞和误会，不时进行试探性的捉弄，常常出现令人捧腹的局面；正是这些喜剧效果十分强烈的冲突，鲜明地展现了人物复杂的内心世界，使人们在轻松愉快的气氛中，进一步理解了人物的苦衷，并为他们的胜利而放声欢笑。

王实甫在描摹环境、酝酿气氛方面，更是元人杂剧中的圣手。像“梵王宫殿月轮高，碧琉璃瑞烟笼罩”、“风静帘闲，透纱窗麝兰香散，启朱扉摇响双环”、“碧云天，黄花地，西风紧，北雁南飞”等曲子，选叙的景物，仿佛都染上了一层人情的色彩，能把读者自然地带到戏剧规定的典型环境里，与剧中人分享那一份月色与花香、风声与鸟语。为着更切合崔、张这一对在封建时代有着相当文学修养的青年的性格，王实甫更在曲文里熟练地运用中国古典文学里许多为人传诵的诗句与词汇，来表达他们深沉的情愫和优雅的风格。他们唱的许多曲文，都像一首首优美的抒情诗，使剧中处处呈现出诗的意境，把这部爱情喜剧烘染得更有感人的魅力。

同一切进步的文艺作品一样，《西厢记》杂剧也必然遭受封建统治者的排斥和打击。明清的统治者和御用文人曾诬蔑它“诲淫”而加以禁毁，各种诋毁和“反崔张之案”的续作和改编本纷纷出笼。但是《西厢记》思想和艺术上的成就是扼杀不了的。自问世以来,它曾被改编成各种剧本而广泛上演。明代有代表性的改本是陆天池和崔时佩、李日华的《南西厢》。《西厢记》直至今天仍在舞台上演出,在国外也有较大影响。

《西厢记》杂剧由于流传的广泛,翻刻的版本非常多。现在流行的最早的本子是明弘治十一年(1498)北京岳氏刻本,此外流传较广、具有代表性的有徐士范、王伯良、张深之、凌濛初、金圣叹、毛西河诸本。我们这个本子是在上海古籍出版社刊行的王季思校注本的基础上重加修订而成的。

李逵负荆

〔元〕康进之
齐裕焜　注释
黄秉泽　审订

第 一 折

〔冲末扮宋江,同外扮吴学究,净扮鲁智深,领卒子上。宋江诗云〕涧水潺潺绕寨门,野花斜插渗青[1]巾。杏黄旗上七个字,替天行道救生民。某,姓宋名江,字公明,绰号顺天呼保义者是也。曾为郓州郓城县把笔司吏,因带酒杀了阎婆惜,迭配江州牢城。路经这梁山过,遇见晁盖哥哥,救某上山。后来哥哥三打祝家庄身亡,众兄弟推某为头领。某聚三十六大伙,七十二小伙,半垓来[2]的小偻儸,威镇山东,令行河北。某喜的是两个节令:清明三月三,重阳九月九。如今遇这清明三月三,放众弟兄下山,上坟祭扫。三日已了,都要上山,若违令者,必当斩首。〔诗云〕俺威令谁人不怕,只放你三日严假;若违了半个时辰,上山来决无干罢。〔下〕〔老王林上云〕曲律竿头悬草稕[3],绿杨影里拨琵琶。高阳公子[4]休空过,不比寻常卖酒家。老汉姓王名林,在这杏花庄居住,开着一个小酒务儿[5]做些生意。嫡亲的三口儿家属,婆婆早年亡化过了,止

孟称舜曰:"曲语句句当行,手笔绝高绝老,至其摹像李山儿半粗半细、似呆似慧,形景如见,世无此巧丹青也。"
四句定场诗说明梁山的自然环境,并揭示起义军的政治主张。点出义旗,为下折李逵闹山砍旗伏笔。
从宋江的独白中,点明"清明三月三","放众弟兄下山",为李逵出场作了准备。

有一个女孩儿，年长十八岁，唤做满堂娇，未曾许聘他人。俺这里靠着这梁山较近，但是山上头领，都在俺家买酒吃。今日烧的旋锅儿[6]热着，看有甚么人来。〔净扮宋刚，丑扮鲁智恩上〕〔宋刚云〕柴又不贵，米又不贵。两个油嘴，正是一对。某乃宋刚，这个兄弟叫做鲁智恩。俺与这梁山泊较近，俺两个则是假名托姓，我便认做宋江，兄弟便认做鲁智深。来到这杏花庄老王林家，买一钟酒吃。〔见王林科，云〕老王林，有酒么？〔王林云〕哥哥，有酒有酒，家里请坐。〔宋刚云〕打五百长钱[7]酒来。老王林，你认得我两人么？〔王林云〕我老汉眼花，不认的哥哥们。〔宋刚云〕俺便是宋江，这个兄弟便是鲁智深。俺那山上头领，多有来你这里打搅，若有欺负你的，你上梁山来告我，我与你做主。〔王林云〕你山上头领，都是替天行道的好汉，并没有这事。只是老汉不认的太仆[8]，休怪休怪。早知太仆来到，只合远接；接待不及，勿令见罪。老汉在这里，多亏了头领哥哥照顾老汉。〔做递酒科，云〕太仆，请满饮此杯。〔宋刚饮科〕〔王林云〕再将酒来。〔鲁智恩饮酒科，云〕哥哥，好酒。〔宋刚云〕老王，你家里还有甚么人？〔王林云〕老汉家中并无甚么人，有个女孩儿，唤做满堂娇，年长一十八岁，未曾许聘他人。老汉别无甚么孝顺，着孩儿出来，与太仆递钟酒儿，也表老汉一点心。〔宋刚

坏人干坏事，总要百般装假，为自己掩饰，结果是越掩饰越暴露。这就形成了喜剧因素。

云〕既是闺女,不要他出来罢。〔鲁智恩云〕哥哥怕甚么?着他出来。〔王林云〕满堂娇孩儿,你出来。〔旦儿扮满堂娇云〕父亲,唤我做甚么?〔王林云〕孩儿,你不知道,如今有梁山上宋公明,亲身在此,你出来递他一钟儿酒。〔旦儿云〕父亲,则怕不中么?〔王林云〕不妨事。〔旦儿做见科〕〔宋刚云〕我一生怕闻脂粉气,靠后些。〔王林云〕孩儿,与二位太仆递一钟儿酒。〔旦做递酒科〕〔宋刚云〕我也递老王一钟酒。〔做与王林酒科〕〔宋刚云〕你这老人家,这衣服怎么破了?把我这红绢褡膊[9]与你,补这破处。〔老王林接衣科〕〔鲁智恩云〕你还不知道,才此这杯酒是肯酒[10],这褡膊是红定[11],把你这女孩儿与俺宋公明哥哥做压寨夫人。只借你女孩儿去三日,第四日便送来还你。俺回山去也。〔领旦下〕〔王林云〕老汉眼睛一对,臂膊一双,只看着这个女孩儿,似这般可怎么了也?〔做哭科〕〔正末扮李逵做带醉上,云〕吃酒不醉,不如醒也。俺,梁山泊上山儿李逵的便是。人见我生得黑,起个绰号,叫俺做黑旋风。奉宋公明哥哥将令,放俺三日假限,踏青赏玩。不免下山,去老王林家,再买几壶酒,吃个烂醉也呵。〔唱〕

“吃酒不醉”二句极写李逵豪爽性格,如闻其声,如见其人。

【仙吕·点绛唇】饮兴难酬,醉魂依旧。寻村酒,恰问罢王留[12]。〔云〕俺问王留道,那里有酒?那厮不说便走。俺喝道,走那里去？被俺赶上，一把揪住张口毛[13]，恰待要打，那王留道，休打休打，爹爹，有。〔唱〕王留道兀那里人家有。

【混江龙】可正是清明时候，却言风雨替花愁。和风渐起，暮雨初收。俺则见杨柳半藏沽酒市，桃花深映钓鱼舟，更和这碧粼粼春水波纹绉。有往来社燕，远近沙鸥。

〔云〕人道我梁山泊无有景致，俺打那厮的嘴！〔唱〕

孟称舜评："描写黑厮一派天趣。妙，妙。"

【醉中天】俺这里雾锁着青山秀，烟罩定绿杨洲。〔云〕那桃树上一个黄莺儿，将那桃花瓣儿啖阿啖阿，啖的下来，落在水中，是好看也。我曾听的谁说来，我试想唱：哦！想起来了也，俺学究哥哥道来。〔唱〕他道是"轻薄桃花逐水流"。〔云〕俺绰起[14]这桃花瓣儿来，我试看咱，好红红的桃花瓣儿。〔做笑科，云〕你看我好黑指头也！〔唱〕恰便是粉衬的这胭脂透。〔云〕可惜了你这瓣儿，俺放你趁那一般的瓣儿去。我与你赶，与你赶，贪赶桃花瓣儿，〔唱〕早来到这草桥店垂杨的渡口。〔云〕不中，则怕误了俺哥哥的将令，我索回去也。〔唱〕待不吃呵，又被这酒旗儿将我来相淹逗。他、

"轻薄桃花逐水流"是听"俺学究哥哥道来"。好！这两支曲子与带白，着意写梁山清明时节美丽景色。通过演唱，既渲染了环境，刻画了人物，又自然地引入酒店，充满着喜剧气氛。

他、他舞东风在曲律杆头。

〔云〕兀那王林,有酒么?不则这般白吃你的,与你一抄[15]碎金子,与你做酒钱。〔王林做揣科,云〕要他那碎金子做甚么?〔正末笑科,云〕他口里说不要,可揣在怀里。老王,将酒来。〔王林云〕有酒,有酒。〔做筛酒科〕〔正末云〕我吃这酒在肚里,则是翻也翻的;不吃,更待干罢。〔唱〕

【油葫芦】往常时酒债寻常行处有,十欠着九。〔带云〕老王也,〔唱〕则你这杏花庄压尽他谢家楼[16]。你与我便熟油般造下春醅酒,你与我花羔般煮下肥羊肉。一壁厢肉又熟,一壁厢酒正篘[17],抵多少锦封未拆香先透[18],我则待乘兴饮两三瓯。

【天下乐】可正是一盏能消万种愁。〔云〕老王也,咱吃了这酒呵,〔唱〕把烦恼都也波丢,都丢在脑背后。这些时吃一个没了休。〔带云〕我醉了呵,〔唱〕遮莫我倒在路边,遮莫我卧在瓮头。〔做吐科,云〕老王咪,〔唱〕直醉的来在这搭里呕。

〔云〕老王,这酒寒,快旋热酒来。〔王林云〕老汉知道。〔做换酒科,哭云〕我那满堂娇儿也!〔正末云〕快酾热酒来。〔王林又哭云〕我那满堂娇儿也!〔正末云〕老王,我不曾与你酒钱来?你怎么这般烦恼?〔王林云〕哥哥,不干你事,我

一个自斟自饮,满心高兴,风趣横生;一个吞吞吐吐,有苦难言:误会由此愈陷愈深,不断使人发笑。

自有撇不下的烦恼哩,你则吃酒。〔正末唱〕

【赏花时】咱两个每日尊前语话投,今日呵为甚将咱佯不倸?〔王林云〕你不知道,我自嫁我的女孩儿,为此着恼。〔正末唱〕哎,你个呆老子畅好是忒㧐搜[19]。〔云〕比似你这般烦恼,休嫁他不的。〔王林哭科,云〕哎哟,我那满堂娇儿也!〔正末唱〕你何不养着他到苍颜皓首?〔云〕你晓的世上有三不留么?〔王林云〕哥,是那三不留?〔正末云〕蚕老不中留,人老不中留,〔唱〕呆老子,常言道:女大不中留。

〔云〕我问你,那女孩儿嫁了个甚么人?〔王林云〕哥,我那女孩儿嫁人,我怎么烦恼?则是晦气,被一个贼汉夺将去了。〔正末做打科,云〕你道是贼汉,是我夺了你女孩儿来?〔唱〕

“贼汉”二字,触犯了李逵敬爱的梁山泊,也伤了这位草莽英雄的自尊心。这又加深了李逵与王林间的误会性矛盾。

【金盏儿】我这里猛睁眸,他那里巧舌头,是非只为多开口。但半星儿虚谬,恼翻我怎干休!一把火将你那草团瓢烧成为腐炭,盛酒瓮摔做碎瓷瓯。〔带云〕绰起俺两把板斧来,〔唱〕砍折你那蟠根桑枣树,活杀你那阔角水黄牛。

〔云〕兀那老王,你说的是,万事皆休;说的不是,我不道的饶你哩。〔王林云〕太仆停嗔息怒,听老汉慢慢的说与你听。有两个人来吃酒,他说我一个是宋江，一个是鲁智深。老汉便道：正是梁山泊上太仆，我无甚孝顺，我只一个十八岁女孩儿，叫做满堂娇，着他出来拜见，与太仆递一杯儿酒，也表老汉的一点心。我叫出我那女孩儿来，与那宋江、鲁智深递了三杯酒，那宋江也回递了我三钟酒，他又把红褡膊揣在我怀里。那鲁智深说："这三钟酒是肯酒，这红褡膊是红定，俺宋江哥哥有一百八个头领，单只少一个人哩。你将这十八岁的满堂娇，与俺哥哥做个压寨夫人，则今日好日辰，俺两个便上梁山泊去也。"许我三日之后，便送女孩儿来家。他两个说罢，就将女孩儿领去了。老汉偌大年纪，眼睛一对，臂膊一双，则觑着我那女孩儿。他平白地把我女孩儿强抢将去，哥，教我怎么不烦恼？〔正末云〕有甚么显证？〔王林云〕有红绢褡膊便是显证。〔正末云〕我待不信来，那个士大夫有这东西？老王，你做下一瓮好酒，宰下一个好牛犊儿，只等三日之后，我轻轻的把着手儿，送将你那满堂娇孩儿来家，你意下如何？〔王林云〕哥，你若送将我那女孩儿来家，老汉莫要说一瓮酒，一个牛犊儿，便杀身也报答大恩不尽。〔正末唱〕

听了王林的诉说，李逵与王林之间的矛盾解决了。但王林对宋江的误会又引起了李逵与宋江的矛盾，为下折剧情的展开作导火线。

【赚煞】管着你目下见仇人，则不要口似无梁斗[20]，一句句言如劈竹。〔带云〕宋江咊，〔唱〕不争你这一度风流倒出了一度丑，暂今番泼水难收。到那里问缘由，

所有的气愤，都转向宋江，连平日的"哥哥"称呼，也改为"宋江咊"。在粗犷中显示出他正直的性格。

怎敢便信口胡诌?则要你肚囊里揣着状本熟,不要你将无来作有,则要你依前来依后[21]。〔云〕我如今回去见俺宋公明,数说他这罪过,就着他辞了三十六大伙,七十二小伙,半垓来小偻罗,同着鲁智深,一径离了山寨,到你庄上。那时节,我若叫你出来,你可休似乌龟一般,缩了头再也不肯出来。〔王林云〕老汉若不见他,万事休论;我若见了他,我认的他两个,恨不的咬掉他一块肉来,我怎么肯不出见他?〔正末云〕老王,兀的不是俺宋江哥哥?〔王林慌顾科〕〔正末云〕没也。老儿,俺斗你耍哩。〔唱〕你可也休翻做了镴枪头。〔下〕〔王林云〕李逵哥哥去了,我也收拾过铺面,专等三日之后,送满堂娇孩儿来家。满堂娇孩儿,则被你痛杀我也。〔下〕

孟称舜评:"数语嘱付王林,又见黑厮细腻处。"

〔1〕渗青:当时颜色名。

〔2〕半垓来:十亿谓之兆,十兆谓之经,十经谓之垓。半垓,夸耀人数之多。

〔3〕"曲律竿头"句:曲律,弯曲的样子。草稕(zhùn):用禾草束成的草圈,挂在门口,做酒店的标帜。

〔4〕高阳公子:或称高阳酒徒。原指刘邦手下谋士高阳人郦食其(Lì Yìjī),后来,成了爱喝酒的人的代称。

〔5〕小酒务儿:小酒店。

〔6〕旋锅儿:温酒用的器具。

〔7〕长钱:足一百个钱的称长钱,以八十个钱当作一百的叫短钱。

〔8〕太仆:古代官名,后为人们对绿林好汉的敬称。

〔9〕褡膊:系在腰上的阔带,可放钱物。

〔10〕肯酒:订婚酒,宋元时定婚的一种仪式。

〔11〕红定:宋元时定婚的礼物,为红色的布匹或绸缎。

〔12〕王留:元剧里对乡下人的通称。

〔13〕张口毛:指胡子。

〔14〕绰起:抄起,抓取。

〔15〕一抄:一撮。

〔16〕谢家楼:唐张九龄诗:“谢公楼上好醇酒,二百青蚨买一斗。”后用谢家楼作为有名酒楼的代称。

〔17〕篘(chōu):漉酒的竹器,此作动词用。

〔18〕锦封未拆香先透:当时成语,形容浓郁的酒味透过了酒坛的封盖。

〔19〕忒挡搜:忒,太。挡搜:古怪,固执。

〔20〕口似无梁斗:斗是古代有提梁的量具。斗若无梁,不好把握,比喻说话无凭据。

〔21〕依前来依后:即前后说话一致。

第 二 折

〔宋江同吴学究、鲁智深领卒子上〕〔宋江诗云〕旗帜无非人血染,灯油尽是脑浆熬。鸦衔肝肺扎煞尾[1],狗啃骷髅抖搜毛。某乃宋江是也。因清明节令,放众头领下山踏青赏玩去了。今日可早三日光景也,在那聚义堂上,三通鼓罢,都要

宋江的定场诗,是对农民起义军的丑化。

来齐。小偻㑩,寨门首觑者,看是那一个先来。〔卒子云〕理会得。〔正末上,云〕自家李山儿的便是。将着这红褡膊,见宋江走一遭来。〔唱〕

李逵越气大越认真,喜剧性也就越强。

【正宫·端正好】抖搜着黑精神,扎煞开黄髭髯[2],则今番不许收拾[3]。俺可也磨拳擦掌,行行里,按不住莽撞心头气。

表现李逵的内心矛盾,富有人情味,使黑旋风这个人物更富有生活气息。

【滚绣球】宋江咪,这是甚所为,甚道理?不知他主着何意,激的我怒气如雷。可不道他是谁,我是谁,俺两个半生来岂有些嫌隙?到今日却做了日月交食[4]。不争几句闲言语,我则怕恶了多年旧面皮,展转猜疑。

〔云〕小偻㑩报复去,道我李山儿来了也。〔卒子做报科,云〕喏,报的哥哥得知,有李山儿来了也。〔宋江云〕着他过来。〔卒子云〕着过去。〔做见科〕〔正末云〕学究哥哥,喏!帽儿光光,今日做个新郎;袖儿窄窄,今日做个娇客。俺宋公明在那里?请出来和俺拜两拜,俺有些零碎金银在这里,送与嫂嫂做拜见钱。〔宋江云〕这厮好无礼也!与学究哥哥施礼,不与我施礼。这厮胡言乱语的,有甚么说话?〔正末唱〕

不论李逵怎样旁敲侧击,挪揄讽刺,宋江还是莫明其妙。而这被李逵看作是“装糊涂”。

【倘秀才】哎,你个刎颈的知交庆喜!〔宋江云〕庆什么喜?〔正末唱〕则你那压寨的夫人在那里?〔指鲁智深科,云〕秃驴,你做的好事来！〔唱〕打干净球儿不道的走了你！〔宋江云〕怎么，智深兄弟，也有你那？〔正末唱〕强赌当[5]硬支持，要见个到底。

〔宋江云〕山儿，你下山去，有什么事，何不就明对我说？〔正末做恼不言语科〕〔宋江云〕山儿，既然不好和我说，你就对学究哥哥跟前说波。〔正末唱〕

【滚绣球】俺哥哥要娶妻，这秃厮会做媒。〔宋江云〕智深兄弟，说你曾做什么媒来？〔鲁智深云〕你看这厮，到山下去噇了多少酒，醉的来似踹不杀的老鼠一般，知他支支的说甚么哩。〔正末唱〕元来个梁山泊有天无日。〔做拔斧斫旗科〕〔唱〕就恨不斫倒这一面黄旗！〔众做夺斧科〕〔宋江云〕你这铁牛，有甚么事也不查个明白，就提起板斧来，要斫倒我杏黄旗，是何道理？〔学究云〕山儿，你也忒口快心直哩！〔正末唱〕你道我忒口快，忒心直，还待要献勤出力。〔做喊科，云〕众兄弟们都来！〔宋江云〕都来做甚么？〔正末唱〕则不如做个会六亲庆喜的筵席。〔宋江云〕做甚么筵席？〔正末唱〕走不了你个撮合山师父唐三藏，更和这新女婿郎君，哎，你个柳盗跖，看那个便宜！

〔宋江云〕山儿，你下山在那里吃酒，遇着甚

鲁智深满不在乎的态度，更激起他的气恼，拔斧砍旗，从而把他们之间的误会性矛盾引向激化，也使观众为他们之间可能出现一场火并捏一把汗。

人,想必说我些甚么?你从头儿说,则要说的明白。〔正末唱〕

【倘秀才】不争你抢了他花朵般青春艳质,这其间抛闪杀那草桥店白头老的。〔宋江云〕这事,其中必有暗昧。〔正末唱〕这桩事分明甚暗昧!生割舍,痛悲凄,〔带云〕宋江唻,〔唱〕他其实怨你。

〔宋江云〕元来是老王林的女孩儿,说我抢将来了。休道不是我,便是我抢将来,那老子可是喜欢也是烦恼?你说我试听。〔正末唱〕

【叨叨令】那老儿一会家便哭啼啼在那茅店里,〔带云〕觑着山寨,宋江,好恨也!〔唱〕他这般急张拘诸[6]的立。那老儿一会家便怒吽吽在那柴门外,〔带云〕哭道,我那满堂娇儿也!〔唱〕他这般乞留曲律[7]的气。〔宋江云〕他怎生烦恼那?〔正末唱〕那老儿一会家便闷沉沉在那酒瓮边,〔带云〕那老儿拿起瓢来,揭开蒲墩[8],舀一瓢冷酒来,汩汩的咽了。〔唱〕他这般迷留没乱[9]的醉。那老儿托着一片席头便慢腾腾放在土炕上,〔带云〕他出的门来,看一看,又不见来,哭道,我那满堂娇儿也!〔唱〕他这般壹留兀渌[10]的睡。似这般过不的也么哥,似这般过不的

孟称舜评:"画出老王林景像,又绘出李山儿口角,此绝妙丹青手笔也。"让一个大黑脸,打着老王林的腔调,哭哭啼啼,好笑煞人。曲终奏雅,点出李逵对梁山泊声誉的关心,是全剧宗旨所在。宾白、曲词里都包含着动作、神态,是很好的舞台本。

也么哥。〔宋江云〕这厮怎的？〔正末唱〕他道俺梁山泊水不甜人不义！

〔宋江云〕学究兄弟，想必有那依草附木，冒着俺家名姓，做这等事情的，也不可知。只是山儿也该讨个显证，才得分晓。〔正末云〕有，有，有，这红褡膊，不是显证？〔宋江云〕山儿，我今日和你打个赌赛。若是我抢将他女孩儿来，输我这六阳会首；若不是我，你输些甚么？〔正末云〕哥，你与我赌头？罢，您兄弟摆一席酒。〔宋江云〕摆一席酒，倒好了你，须要配得上我的。〔正末云〕罢，罢，罢！哥，倘若不是你，我情愿纳这颗牛头。〔宋江云〕既如此，立下军状，学究兄弟收着。〔正末云〕难道花和尚就饶了他？〔鲁智深云〕我这光头，不赌他罢，省的你叫不利市。〔做立状科〕〔正末唱〕

【一煞】则为你两头白面搬兴废[11]，转背言词说是非，这厮敢狗行狼心，虎头蛇尾。不是我节外生枝，囊里成锥，谁着你夺人爱女，逞己风流，被咱都知。〔宋江云〕你看黑牛这村沙样势[12]那。〔正末唱〕休怪我村沙样势，平地上起孤堆[13]。

〔宋江云〕若不是我呵，我不道的饶了你哩！〔正末唱〕

【黄钟尾】那怕你指天画地能瞒鬼，

步线行针[14]待哄谁？又不是不精细，又不是不伶俐。〔宋江云〕我和你就下山去。〔正末唱〕下山寨，到那里，李山儿，共质对。认的真，觑的实，割你头，塞你嘴。〔宋江云〕这铁牛怎敢无礼。〔正末唱〕非铁牛敢无礼，既赌赛，怎翻悔！莫说这三十六英雄，一个个都是弟兄辈。〔云〕众兄弟每都来听着！〔宋江云〕你着他听什么？〔正末云〕俺如今和宋江、鲁智深同到那杏花庄上，只等那老王林道出一个是字儿，你那做媒的花和尚，休要怪，我一斧分开两个瓢，谁着你拐了一十八岁满堂娇！单把宋江一个留将下，待我亲手伏侍哥哥这一遭。〔宋江云〕你怎生伏侍我？〔正末云〕我伏侍你，我伏侍你！一只手揪住衣领，一只手搭住腰带，滴留扑摔个一字，阔脚板踏住胸脯，举起我那板斧来，觑着脖子上，可叉！〔唱〕便跳出你那七代先灵也将我来劝不得。

“一斧分开两个瓢”，把黑旋风的板斧、花和尚的光头，以及他们的闹得不可开交，都写尽了。

〔下〕

〔宋江云〕山儿去了也，小偻㑩鞴两匹马来，某和智深兄弟，亲下山寨，与老王林质对去走一遭。〔诗云〕老王林出乖露丑，李山儿将没做有。如今去杏花庄前，看谁输六阳魁首。〔同下〕

〔1〕鸦衔肝肺扎煞尾：意为乌鸦吃人的肝肺时，兴奋得张开尾巴上的羽

毛。扎煞:张开。

〔2〕髭髣(zīlì):胡子。

〔3〕不许收拾:不能甘休。

〔4〕日月交食:比喻冤家对头。

〔5〕强赌当:即强堵挡,勉强对付的意思。

〔6〕急张拘诸:形容局促不安的样子。

〔7〕乞留曲律:形容气咽抽泣的样子。

〔8〕蒲墩:盖酒瓮的蒲包。

〔9〕迷留没乱:昏迷烦乱的样子。

〔10〕壹留兀渌:睡不安稳时发出的模糊不清的声音。

〔11〕两头白面搬兴废:两面讨好搬弄是非。

〔12〕村沙样势:鲁莽可笑的样子。

〔13〕平地上起孤堆:无缘无故生出事来。

〔14〕步线行针:穿针引线,比喻编造理由。

第 三 折

〔王林做哭上,云〕我那满堂娇儿也,则被你想杀我也!老汉王林,被那两个贼汉将我那女孩儿抢将去了,今日又是三日也。昨日有那李逵哥哥,去梁山上寻那宋江、鲁智深,要来对证这一桩事哩。老汉如今收拾下些茶饭,等候则个。〔做哭科,云〕我那满堂娇儿,说道今日第三日,送他来家,不知来也是不来,则被你想杀我也!〔宋江同智深、正末李逵对宋、鲁不断调侃、猜度，逐渐加深了误会性矛盾，也逐步加强了喜剧气氛。

上]〔宋江云〕智深兄弟，咱行动些。你看那山儿，俺在头里走，他可在后面；俺在后面走，他可在前面，敢怕我两个逃走了那！〔正末云〕你也等我一等波，听见到丈人家去，你好喜欢也。〔宋江云〕智深兄弟，你看他那厮迷言迷语的。到那里认的不是，山儿，我不道的饶了你哩！〔正末唱〕

【商调·集贤宾】过的这翠巍巍一带山崖脚，遥望见滴溜溜的酒旗招。想悲欢不同昨夜，论真假只在今朝。〔云〕花和尚，你也小脚儿，这般走不动！多则是做媒的心虚，不敢走哩。〔鲁智深云〕你看这厮！〔正末唱〕鲁智深似窟里拔蛇。〔云〕宋公明，你也行动些儿，你只是拐了人家女孩儿害羞，也不敢走哩？〔宋江云〕你看他波！〔正末唱〕宋公明似毡上拖毛。则俺那周琼姬[1]，你可甚么王子高，玉人在何处吹箫[2]？我不合蹬翻了莺燕友，拆散了这凤鸾交。

〔云〕我今日同你两个来这杏花庄上呵，〔唱〕

“遇水搭桥”，语意双关。宋江要李逵念“八拜之交”，表面是求情，实际是挑逗。三人互相调侃，妙趣横生。

【逍遥乐】倒做了逢山开道，〔鲁智深云〕山儿，我还要你遇水搭桥哩！〔正末唱〕你休得顺水推船，偏不许我过河拆桥。〔宋江做前走科〕〔正末唱〕当不的他纳胯挪腰[3]。〔宋江云〕山儿，你不记得上山时，认俺做哥哥，也曾有八拜之交哩。〔正末唱〕哥也,你只说在先时有八拜之交,元来是花木瓜儿[4]外看好。不由咱不回头儿暗笑,待和你争甚么头角,辩甚的衷肠,惜甚的皮毛!

〔云〕这是老王林门首。哥也,你莫言语,等我去唤门。〔宋江云〕我知道。〔正末叫门科〕老王,老王,开门来!〔王林做打盹〕〔正末又叫科〕〔云〕老王,开门来!我将你那女孩儿送来了也。〔王林做惊醒科,云〕真个来了,我开开这门。〔做抱正末科,云〕我那满堂娇儿也!呸,原来不是。〔正末唱〕

让老王林抱着一个黑大汉,当作满堂娇,是绝妙的喜剧关目。

【醋葫芦】这老儿外名唤做半槽[5],就里带着一杓。是则是去了你那一十八岁这个满堂娇,更做你家年纪老。〔云〕俺叫了两三声不开门,第三声道送将你那满堂娇女孩儿来了,他开开门,搂着俺那黑膊子,叫道:我那满堂娇儿也!〔唱〕老儿也,似这般烦恼的无颠无倒[6],越惹你揉眵[7]抹泪哭嚎啕。

〔云〕哥也,进家里来坐着。〔宋江、鲁智深做入坐科〕〔正末云〕他是一个老人家,你可休唬他。我如今着他认你也。老王,你过去认波!〔王林云〕老汉正要认他哩。〔宋江云〕兀那老子,你近前来,我就是宋江。我与你说,那个夺将你那女孩儿去?则要你认的是者,我与山儿赌着六阳会首哩。〔正末云〕老王，你认去，可正是他么？〔王林做认科，云〕不是他，不是他。〔宋江云〕可如何？〔正末云〕哥也，你等他好好认咱，怎么先睁着眼吓他？这一吓，他还敢认你那。兀的老王，只为你那女孩儿，俺弟兄两个赌着头哩！老王，兀那个不是你那女婿，拐了满堂娇孩儿的宋江？〔王林做再认摇头科，云〕不是，不是。〔宋江云〕可何如？〔正末唱〕

【幺篇】你则合低头就坐来，谁着你睁睛先去瞧？则你个宋公明威势怎生豪，刚一瞅早将他魂灵吓掉了。这便是你替天行道，则俺那无情板斧肯担饶[8]！

三方对证，将决定赌赛双方的命运。主要矛盾发展到了顶点，是全剧的高潮。

〔云〕老王你来。兀那秃厮便是做媒的鲁智深。你再去认咱！〔鲁智深云〕你快认来。〔王林做再认科，云〕不是，不是。那两个，一个是青眼儿长子，如今这个是黑矮的；那一个是稀头发腊梨[9]，如今这个是剃头发的和尚。不是，不是。〔鲁智深云〕山儿，我可是哩？〔正末云〕你这秃厮，由他自认，你先幺喝一声怎么？〔唱〕

【幺篇】谁不知你是镇关西鲁智深，离五台山才落草。便在黑影中摸索也应着，只被你爆雷似一声先唬倒。那呆老子怕不知名号？〔带云〕适才间他也待认来，〔唱〕只见他摇头侧脑费量度。

〔宋江云〕既然认的不是，智深兄弟，我们先回山去，等铁牛自来支对。〔正末云〕老王，我的儿，你再认去。〔王林云〕哥，我说不是他，就不是他了，教我再认怎的？〔正末做打王林科〕〔王林云〕可怜见打杀老汉也！〔正末唱〕

三次相认都“不是”，李逵失去了精神上的支持，羞愧的感情取代了正义感。羞愧而怒，怒而打王，既是莽汉性格，亦见喜剧意趣。

【后庭花】打这老子没肚皮揽泻药[10]，偏不的我敦葫芦摔马杓[11]。〔宋江云〕小偻㑩，将马来，俺与鲁家兄弟先回去也。〔正末云〕你道是弟兄每将马来，先回山寨上去。我道哥也，你再坐一坐，等那老子再细认波。〔唱〕哥哥道备马来还山寨，〔带云〕哎，哥也，羞的你兄弟，〔唱〕恰便似牵驴上板桥。恼的我怒难消，踹匾了盛浆铁落[12]，辘轳上截井索，芭棚下瀽副槽[13]。摔碎了舀酒瓢，砍折了切菜刀。

【双雁儿】就恨不一把火，刮刮搒搒[14]烧了你这草团瓢，将人来险中倒，气得咱一似那鲫鱼跳。可不道家有老敬老，家有小敬小。

孟称舜评：“怒景少不得。”怒是李逵这个人物性格应有的发展。

〔宋江云〕智深兄弟，咱和你回山寨去。〔诗云〕堪笑山儿忒慕古[15]，无事空将头共赌。早早回来山寨中，舒出脖子受板斧。〔同鲁智深下〕〔正末做叹科，云〕嗨，这的是山儿不是了也！〔唱〕

误会都已消除，且看如何解决“赌头”及王林和“两个油嘴”的矛盾。

【浪里来煞】方信道人心未易知，灯台

不自照。从今后开眼见个低高。没来由共哥哥赌赛着，使不的三家来便厮靠[16]。则这三寸舌是俺斩身刀。〔下〕

〔王林云〕李逵哥哥去了也，他今日果然领将两个人来，着我认道是也不是。元来一个是真宋江，一个是真鲁智深，都不是拐我女孩儿的。不知被那两个天杀的，拐了我满堂娇儿去？则被你想杀我也。〔宋刚做打嚏，同鲁智恩、旦儿上，云〕打嚏耳朵热，一定有人说。可早来到杏花庄也。我那泰山在那里？我每原许三日后，送你女孩儿回家，如今来也。〔王林做相见抱旦哭科，云〕我那满堂娇儿也！〔宋刚云〕泰山，我可不说谎，准准三日，送你令爱还家。〔王林云〕多谢太仆抬举。老汉只是家寒，急切里不曾备的喜酒，且到我女儿房里吃一杯淡酒去，待明日宰个小小鸡儿请你。〔鲁智恩云〕老王，我那山寨上有的是羊酒，我教小偻儸赶二三十个肥羊，抬四五十担好酒送你。〔王林云〕多谢太仆！只是老汉没的谢媒红送你，惶恐杀人也。〔宋刚云〕俺们且到夫人房里去吃酒来。〔下〕〔王林云〕这两个贼汉，元来不是梁山泊上头领，他拐了我女孩儿，左右弄做破罐子，倒也罢了。只可惜那李逵哥哥，一片热心，赌着头来，这须不是要处。我如今将酒冷一碗，热一碗，劝那两个贼汉吃的烂醉。到晚间等他睡了，我悄悄蓦上梁山，报与宋公明知

王林上山报信，预示了下一折的情节。也为矛盾冲突圆满解决提供了契机。

道，搭救李逵，有何不可？〔诗云〕做甚么老王林夜走梁山道，也则为李山儿恩义须当报。但愁他一涌性杀了假宋江，连累我满堂娇要带前夫孝。〔下〕

〔1〕“则俺那周琼姬”二句：子乔，当作子高。宋王迥，字子高，传说与仙女周琼姬相爱，曾共游仙境芙蓉城，住了一百多天才回来。

〔2〕玉人在何处吹箫：古代传说，萧史善吹箫，秦穆公的女儿弄玉爱他，他教弄玉吹箫作凤鸣，引来了凤凰，他俩便乘之升天而去。

〔3〕纳胯挪腰：意为装模作样。

〔4〕花木瓜儿：花木瓜，果实好看不好吃。比喻中看不中用。

〔5〕“外名唤做半槽”二句：外名，绰号。半槽、一杓，都就酒说。意思是骂他酒糊涂。

〔6〕无颠无倒：心神慌乱的样子。

〔7〕眵（chī）：眼屎。

〔8〕肯担饶：怎肯饶恕。

〔9〕稀头发腊梨：只剩几根头发的癞痢头。

〔10〕没肚皮揽泻药：肚肠不好偏要吃泻药。意为做事无把握，惹了祸。

〔11〕敦葫芦摔马杓：葫芦，盛酒器；马杓，舀水或酒的器物。敦、摔互文，都是没好气时的粗暴举动。

〔12〕铁落：铁做的酒漏斗。

〔13〕瀽（jiǎn）副槽：掀翻井边的蓄水槽。

〔14〕刮刮拶（zā）拶：形容火烧房屋的声音。

〔15〕慕古：本为古板、拘谨，引申作糊涂之意。

〔16〕使不的三家来便厮靠：语意难明。“三家”，疑即“三家衙”，意为几回、反复。

第 四 折

〔宋江同吴学究、鲁智深领卒子上,云〕某乃宋江是也。学究兄弟,颇奈李山儿无礼,我和他打下赌赛,到那里,果然认的不是。我与鲁家兄弟先回来了,只等山儿来时,便当斩首。小偻㑩,踏着山岗望者,这早晚山儿敢待来也。〔正末做负荆上,云〕黑旋风,你好是没来由也！为着别人,输了自己。我今日无计所奈,砍了这一束荆杖,负在背上,回山寨见俺公明哥哥去也呵。〔唱〕

三曲倾泻了李山儿悔恨的心情,又带有种种舞台动作,活灵活现。

【双调·新水令】这一场烦恼可也奔人来,没来由共哥哥赌赛。袒下[1]我这红纳袄,跌绽我这旧皮鞋。心下量猜:〔带云〕到山寨上,哥哥不打,则要头,〔唱〕怎发付脖项上这一块？

【驻马听】有心待不顾形骸,〔带云〕这碧湛湛石崖,不得底的深涧,我待跳下去,休说一个,便是十个黑旋风也不见了。〔唱〕两三番自投碧湛崖。敬临山寨,行一步如上吓魂台。我死后墓顶头谁定远乡牌[2]？灵位[3]边谁咒生天界？怎擘划[4]，但得个完全尸首，便是十分采。

【搅筝琶】我来到辕门外，见小校雁行排。〔带云〕往常时我来呵，〔唱〕他这般退后趋前，〔带云〕怎么今日的，〔唱〕他将我佯呆不睬？〔做偷瞧科，云〕哦，元来是俺宋公明哥哥和众兄弟都升堂了也。〔唱〕他对着那有期会的众英才，一个个稳坐抬颏[5]。我说的明白，道莽撞的廉颇请罪来，死也应该。

一个"偷"字，十分传神。孟称舜评："景象亦真。"

〔见科〕〔宋江云〕山儿，你来了也，你背着甚么哩？〔正末云〕哥哥，恁兄弟山涧直下，砍了一束荆杖，告哥哥打几下。您兄弟一时间没见识，做这等的事来。〔唱〕

【沉醉东风】呼保义哥哥见责，我李山儿情愿餐柴。第一来看着咱兄弟情，第二来少欠他脓血债[6]。休道您兄弟不伏烧埋[7]，由你便直打到梨花月上来，若不打这顽皮不改。

〔宋江云〕我元与你赌头，不曾赌打。小偻㑩，将李山儿踹下聚义堂，斩首报来。〔正末云〕学究哥，你劝一劝儿！智深哥，你也劝一劝儿！〔学究同鲁智深劝科〕〔宋江云〕这是军状。我不打他，则要他那颗头。〔正末云〕哥，你道甚么

孟称舜评："又写出天趣。"

哩?〔宋江云〕我不打你,则要你那颗头。〔正末云〕哥哥,你真个不肯打?打一下是一下疼,那杀的只是一刀,倒不疼哩。〔宋江云〕我不打你。〔正末云〕不打?谢了哥哥也!〔做走科〕〔宋江云〕你走那里去?〔正末云〕哥哥道是不打我。〔宋江云〕我和你打赌赛,我则要你那六阳会首。〔正末云〕罢,罢,罢!他杀不如自杀。借哥哥剑来,待我自刎而亡。〔宋江云〕也罢,小偻㑩将剑来递与他。〔正末做接剑科,云〕这剑可不元是我的?想当日跟着哥哥打围猎射,在那官道傍边,众人都看见一条大蟒蛇拦路;我走到跟前,并无蟒蛇,可是一口太阿宝剑。我得了这剑,献与俺哥哥悬带。数日前我曾听得支楞楞的剑响,想杀别人,不想道杀害自己也。〔唱〕

回忆梁山兄弟往日深情,一旦为坏人破坏,几至兄弟相残,真是一字一泪,给观众留下了血的教训。斩蛇开路,化用刘邦斩白蛇故事,隐然把梁山义军领袖与开国帝王等量齐观。下文的“真命强盗”也隐含此意。这表现了作者了不起的史识。

【步步娇】则听得宝剑声鸣使我心惊骇,端的个风团快。似这般好器械,一拃[8]来铜钱,恰便似砍麻秸。〔带云〕想您兄弟十载相依,那般恩义,都也不消说了。〔唱〕还说甚旧情怀,早砍取我半壁天灵盖。

〔王林冲上叫科,云〕刀下留人!告太仆,那个贼汉送将我那女孩儿来了,我将他两个灌醉在家里,一径的来报知。太仆,与老汉做主咱。〔宋江云〕山儿,我如今放你去。若拿得这两个棍徒,将功折罪;若拿不得,二罪俱罚。你敢去么?〔正末做笑科,云〕这是揉着我山儿的痒处,管教他瓮中捉鳖,手到拿来。〔学究云〕虽然如此,他有两副鞍马,你一个如何拿的他住?万一被他走了,可不输了我梁山泊上的气概?鲁家兄弟,你帮山儿同走一遭。〔鲁智深云〕那山儿开口便骂我秃厮会做媒,两次三番要那王林认我,是甚主意?他如今有本事,自去拿那两个,我鲁智深决不帮他。〔学究云〕你只看聚义两个字,不要因这小忿,坏了大体面。〔宋江云〕这也说的是。智深兄弟,你就同他去拿那两个顶名冒姓的贼汉来。〔鲁智深云〕既是哥哥分付,您兄弟敢不同去。〔同下〕〔宋刚、鲁智恩上云〕好酒,俺们昨夜都醉了也。今早日高三丈,还不见泰山出来,敢是也醉倒了?〔正末同鲁智深、王林上,云〕贼汉,你泰山不在这里。〔做见就打科,宋刚云〕兀那大汉,你也通个名姓,怎么动手便打?〔正末云〕你要问俺名姓,若说出来,直唬的你尿流屁滚。我就是梁山泊上黑爹爹李逵,这个哥哥是真正花和尚鲁智深。〔做打科,唱〕

【乔牌儿】你顶着鬼名儿会使乖,到今日当天败。谁许这满堂娇压你那莺花寨,也不是我黑爹爹忒性歹。

〔宋刚云〕这是真命强盗,我们打他不过,走走走!〔做走科〕〔正末云〕这厮走那里去?〔做追上再打科〕〔唱〕

【殿前欢】我打你这吃敲材,直著你

皮残骨断肉都开。那怕你会飞腾，就透出青霄外，早则是手到拿来。你你你，好一个鲁智深不吃斋，好一个呼保义能贪色！如今去亲身对证休嗔怪，须不是我倚强凌弱，还是你自揽祸招灾。

〔做拿住二贼科〕〔正末云〕这贼早拿住了也。〔王林同旦儿做拜科〕〔鲁智深云〕兀那老头儿不要拜，明日你同女儿到山寨来，拜谢宋头领便了。〔同正末押二贼下〕〔王林云〕他们拿这两个贼汉去了也，今日才出的俺那一口臭气。我儿，等待明日牵羊担酒，亲上梁山去，拜谢宋江头领走一遭。〔旦儿做打战科，王林云〕我儿不要哭，这样贼汉有甚么好处？等我慢慢的拣一个好的，嫁他便了。〔同下〕〔宋江同吴学究领卒子上，云〕学究兄弟，怎生李山儿同鲁智深到杏花庄去了许久，还不见来，俺山上该差人接应他么？〔学究云〕这两个贼子到的那里！不必差人接应，只早晚敢待来也。〔卒子做报科，云〕喏，报的哥哥得知，两位头领得胜回来了也。〔正末同鲁智深押二贼上，云〕那两个贼汉擒拿在此，请哥哥发落。〔宋江云〕好宋江！好鲁智深！你怎么假名冒姓，坏我家的名目？小偻㑩，将他绑在那花标树[9]上，取这两副心肝，与咱配酒。枭他首级，悬挂通衢警众。〔卒子云〕理会的。〔拿二贼

惩处了冒名的恶棍，恢复了山寨和宋、鲁的声誉，一切矛盾都得到解决，于是出现了十分热闹的大团圆结局。

下]〔正末唱〕

【离亭宴煞】蓼儿洼里开筵待,花标树下肥羊宰,酒尽呵搽当再买。涎邓邓[10]眼睛剜,滴屑屑[11]手脚卸,磣可可心肝摘。饿虎口中将脆骨夺,骊龙颔下把明珠握[12],生担他一场利害!〔带云〕智深哥哥,〔唱〕我也则要洗清你这强打挣的执柯人[13],〔带云〕公明哥哥,〔唱〕出脱你这干风情的画眉客[14]。

〔宋江云〕今日就聚义堂上,设下赏功筵席,与李山儿、鲁智深庆喜者。〔诗云〕宋公明行道替天,众英雄聚义林泉。李山儿拔刀相助,老王林父女团圆。

题目 杏花庄王林告状

正名 梁山泊李逵负荆

〔1〕袒(tǎn)下:脱去上衣,露出身体的一部分。

〔2〕远乡牌:死在外乡的人的墓牌。

〔3〕灵位:灵牌。

〔4〕擘(bò)划:布置,安排。

〔5〕抬颏:翘起下巴,板起面孔的样子。

〔6〕脓血债:意指被鞭笞出血。

〔7〕不伏烧埋:由犯罪者出钱替枉死者烧化埋葬尸体叫烧埋。不伏烧埋,意为不伏判决。

〔8〕一拃(zhǎ):"拃",原作"柞"。拇指与食指伸直,两端间的长度叫

“拃”。一拃来铜钱,指一串铜钱。

〔9〕花标树:把犯人绑在上面行刑的木桩。

〔10〕涎邓邓:痴呆的样子。

〔11〕滴屑屑:颤抖的样子。

〔12〕“骊龙颔下”句:相传骊龙颔下有明珠,只有在它睡着时才可偷摘。这里指冒险的事。

〔13〕执柯人:媒人。

〔14〕“出脱你这”句:意为放了你这个被错认了的新郎。出脱,解脱,释放;画眉客,指新郎,用张敞故事。

后　记

康进之(一说姓陈),元代前期杂剧家,棣州(今山东滨州一带)人。生平事迹,俱不可考。所作杂剧,还有《黑旋风老收心》一种,今不传。

元明时代,水浒戏存目约三十余种,今存十余种。《李逵负荆》是其中最好的一种。

李逵的故事在水浒戏中占的比重很大,李逵又是水浒戏中塑造得最出色的英雄人物形象。李逵负荆的故事,在元明之际,被施耐庵等小说家采集编写于《水浒传》中。但小说中的这一故事,远不如杂剧那样生动感人。中华人民共和国成立后,上海文化局创作研究室又依据《李逵负荆》杂剧和京剧《望江楼》改写成《黑旋风李逵》,说明这个剧本直到今天仍然为广大群众所欢迎。

《李逵负荆》是一部优秀的歌颂性喜剧,它是由误会而产生的喜剧性冲突构成的,因此有人又叫它误会剧或幽默喜剧。从故事本身看,李逵和宋江的误会是剧本的主要矛盾。王林和两个贼汉的矛盾,王林和宋江之间的误会,都是构成李逵和宋江之间误会性矛盾的条件。而随着各种矛盾的推移和转化,自然而然地出现了一个又一个的喜剧关目和一系列的喜剧性故事情节。

宋江定场诗中的“替天行道救生民”，是梁山起义军的政治纲领和行动准则，也是统领全剧的主导思想。两个贼汉正是利用梁山头领的威望而冒名作恶，老王林基于对梁山头领的信任才要女儿出来敬酒。假宋江抢走满堂娇，造成了王林对真宋江的误会。通过王林告状，又把这一误会移植到李逵的心头。李逵那种嫉恶如仇、忠于起义军的政治原则性和急躁鲁莽的性格，决定了他与宋江的一场误会性冲突必然发生。

李逵上山问罪，从旁敲侧击到正面冲突，从拔斧砍旗到堂前赌赛，自以为真理在握，气冲牛斗。李逵越是煞有介事，观众越是发笑，喜剧气氛越浓。

在下山对质途中，李逵对宋江行动的快慢，总能找出他认为的合理解释，使误会通过他的错觉在想象中逐渐加深。宋江由于成竹在胸，不仅不计较李逵的无礼，反而不时地对他进行挑逗。这场十分幽默相互调侃的好戏，不时引起观众内心的愉悦。

三方对证，是本剧情节的高潮。对证的结果，原在宋江意料之中，却在李逵意料之外。误会一经消除，双方气势完全转换过来了。李逵闹店，是他愧恨的内心冲突的反映。

至此，戏剧只有宋江与李逵“赌赛”和王林与两个贼汉之间这两个次要矛盾了。“负荆请罪”又是一场妙趣横生的好戏。李逵借剑准备自刎，场面气氛紧张；王林上山报信，紧张场面顿缓。李逵捉拿了两个贼汉，自己“将功折罪”，又使王林父女团圆，宋江、鲁智深恢复了名誉。一切矛盾都得到解决，出现了十分热烈的喜庆场面。

《李逵负荆》始终充满着浓郁的喜剧气氛，不断博得观众的笑声。喜剧中的笑，不仅可以用于讽刺，用于揭露生活中的腐朽势力；而且可以用来歌颂、塑造正面英雄人物。本剧就是一个范例。

《李逵负荆》现存《元曲选》和《酹江集》两个本子，文字基本相同。本书以前者为底本，以后者为参校本，改正明显错误数处。另外，《北词广正谱》所录本剧曲文，与以上两本相较，出入甚大；其中〔蛮姑儿〕〔上京马〕〔楚江秋〕三曲，今传两本皆佚，余不具引。

看钱奴

〔元〕郑廷玉
蒋松源　注释
黄秉泽　审订

楔　子

〔正末扮周荣祖同旦儿张氏、俫儿上，云〕小人汴梁曹州[1]人氏。姓周名荣祖，字伯成。浑家张氏。孩儿长寿。小生先世广有家财。因祖父周奉记敬重释门，起盖一所佛院；每日看经念佛，祈保平安。至我父亲，一心只做人家。为修理宅舍，这木石砖瓦，无处取办，遂将那所佛院尽毁废了。比及宅舍工完，我父亲得了一病，百般的医药无效，人皆以为不信佛教之过。我父亲亡后，家私里外，都是小生掌把。小生学成满腹诗书，现今黄榜[2]招贤，开放选场[3]。大嫂，我待要应举走一遭去，你意下如何？〔旦儿云〕秀才，不知好着俺领了长寿孩儿，一路同去么？〔正末云〕这也使的。大嫂，有俺那祖财，携带不去，且埋在后面墙下；房廊屋舍，着行钱[4]看守着。俺和你带了孩儿，上朝取应去。但得一官半职，改换家门，可不好也！〔旦儿云〕既如此，便当收拾行李，随你同去则个。〔正末云〕大嫂，想俺祖上信佛，俺父亲偏不信佛，到今日都有报应也呵！

埋藏祖财，是全剧关目接会处；后文几许波澜，全因这注财物的得失而起。绝似后世传奇的一篇开场词，从中可看出作者的人生观和他的作剧宗旨。

〔唱〕

【仙吕·赏花时】也曾将释典儒宗细讲习,无非是积善修心为第一。则俺这家豪富祖先积,他为甚施仁布德,也则要博一个孝子和贤妻。

【幺篇】可不道湛湛青天不可欺,举意之前悔后迟。空内有神祇[5]。〔带云〕俺父亲呵,〔唱〕不合兴心儿拆毁。今日个客路里怨他谁!〔同下〕

〔1〕汴梁曹州:汴梁,汴梁路,治所在今河南开封。曹州,今山东菏泽一带。

〔2〕黄榜:皇帝的文告。

〔3〕选场:科举试场。

〔4〕行钱:伙计。

〔5〕神祇:天地之神,这里泛指神灵。

第 一 折

拾掇神灵梦幻的材料,表现一定的思想主题,是元杂剧的惯用手法。

〔外扮灵派侯[1],领鬼力[2]上,诗云〕赫奕[3]丹青庙貌隆,天分五岳[4]镇西东。时人不识阴功大,但看香烟散满空。吾神乃东岳殿前灵派侯是也。想东岳泰山者,乃群仙之祖,万峰之尊,天地之孙，神灵之祚，在于兖州地方。古有金轮皇帝，妻乃浵轮仙女，夜梦吞二日，觉而有孕。所生二子，长曰金虹氏，次曰金蝉氏。金虹氏乃东岳圣帝[5]是也。圣帝在长白山有功，封为古岁太岳真人，汉明帝时封为泰山元帅，管十八地狱，七十四司生死之期。自唐虞三代历秦汉以来，有都天府君之位。在唐武后垂拱三年七月初一日，封为东岳之神。至开元十三年，加为天齐王。宋真宗朝封为东岳天齐大生神圣帝。这的是天地循环，周而复始，便好道：不孝谩烧千束纸，亏心空爇万炉香。神灵本是正直做，不受人间枉法赃。如今阳世有一人，乃是贾仁。此人在吾神庙中埋天怨地，告诉神明，只说不怜愍他。想他今日必然又来告诉，吾神自有个显应。这早晚敢待来也！〔净扮贾仁上，诗云〕又无房舍又无田，每日城南窑里眠。一般带眼安眉汉[6]，何事手中偏没钱？小可曹州人氏贾仁的便是。幼年间父母双亡，别无甚亲眷，则我单身独自。人见我十分过的艰难，都唤我做穷贾儿。想人生世间，有那等富贵奢华，吃好的，穿好的，用好的，他也是一世人。偏贾仁吃了那早起的，无那晚夕的；每日烧地眠，炙地卧，衣不遮身，食不充口，可也是一世人。天那！你也睁开眼波，兀的不穷杀贾仁也！我每日家不会做甚么营生，则是与人家挑土筑墙，和泥托坯，担水运浆，做坌工[7]生活度日，到晚来在那破瓦窑中安身。今日替人家打着一堵儿墙，打起半堵儿，只为气力不加，还有半堵儿墙不曾打的。我如今困乏了，且歇一歇。这里有一所东岳灵派侯庙，我去那庙中诉我这苦楚去。天那，兀的不穷杀贾仁也！〔做到庙跪科，云〕我也无那香，只是捻土为香，祷告神灵可怜见。小人是贾仁。想有那等骑鞍压马，穿罗着锦，吃好的，用好的，他也是一世人，我贾仁也是一世人，偏我衣不遮身，食不充口，吃了早起的，无那晚夕的；烧地眠，炙地卧，穷杀贾仁也！上圣，但有些小富贵，我也会斋僧布施；盖寺建塔，修桥补路，惜孤念寡，敬老怜贫，我可也舍的，则是圣贤可怜见我。说话中间，觉得身体有些困倦，我且在这屋檐下暂时歇息咱。〔做睡倒科〕〔灵派侯云〕鬼力，与我摄过贾仁来者！〔问云〕兀那贾仁，你为何在吾神庙中埋天怨地，怪恨俺神灵，你主何缘故？〔贾仁做拜科，云〕上圣可怜见，小人怎敢埋天怨地。我想贾仁生于人世之间，衣不遮身，食不充口，吃了早起的，无那晚夕的；烧地眠，炙地卧，穷杀贾仁也！上圣可怜见，但与我些小衣禄食禄，我贾仁也会斋僧布施；盖寺建塔，修桥补路，惜孤念寡，敬老怜贫，我可也舍的。上圣，则是可怜见咱。〔灵派侯云〕这桩可是增福神[8]该管。鬼力，与我唤的增福神来者。〔正末扮增福神上，云〕小圣增福神是也。掌管人间生、死、贵、贱、高、下六科[9]长

乞告神灵，见其愚昧；艳羡富贵，见其贪婪。

这里让贾仁把好话说尽，与他发迹后坏事做绝相对照，见出他的虚伪透顶。

短之事，十八地狱，七十四司。我想尘世人心性迷痴，不知为善。只看那奈河[10]潺潺，金桥[11]之上并无一人也呵。〔唱〕

【仙吕·点绛唇】这等人轻视贫乏，不恤鳏寡，天生下、一种奸猾，将神鬼都瞒唬。

〔正末云〕常言道："人间私语，天闻若雷；暗室亏心，神目如电。"信有之也！〔唱〕

【混江龙】你休要虚贪声价，但存的那心田一寸种根芽。不肯道甘贫守分，都则待侥幸成家。自拿着杀子杀孙笑里刀，怎留的好儿好女眼前花。你则看那阳间之事，正和俺阴府无差。明明折挫，暗暗消乏。这等人动则是忘人恩、背人义、昧人心，管甚么败风俗、杀风景、伤风化！怎能勾长享着肥羊法酒[12]、异锦轻纱？

〔做见科，云〕上圣呼唤小神，有何法旨？〔灵派侯云〕今阳世间有一贾仁，每日在吾庙中埋天怨地，怪恨俺神灵。你与我问他去。〔正末云〕理会的。〔做问科，云〕兀那贾仁，是你怪恨俺这神灵来么？〔贾仁云〕上圣可怜见，俺贾仁怎敢怪恨您这神灵。我则说世上有那等富贵的人，有衣穿，有食吃，又有钱钞使，他也是一个人。

偏我贾仁衣不遮身，食不充口，吃了早起的，无那晚夕的；烧地眠，炙地卧，兀的不穷杀贾仁也！则怨我小人的命薄，怎敢埋天怨地？上圣可怜见，但与我些小衣禄食禄，我也会斋僧布施；盖寺建塔，修桥补路，惜孤念寡，敬老怜贫，我可也舍的。上圣，则是可怜见咱。〔正末云〕噤声。〔回云〕上圣，此人平日之间，不敬天地，不孝父母，毁僧谤佛，杀生害命，当受冻饿而死。上圣管他做甚么！〔灵派侯云〕尊神，则怕注的他这衣禄食禄差了么？〔正末唱〕

贾仁身上集中表现的，正是封建统治阶级的丑恶本质。“这等人”原本是“官员财主里”的当然成员，怎么能说“难安插”呢？

【油葫芦】那一个红脸儿的阎王〔13〕不是要，捏胎儿依正法，则他注生的分数几曾差。这等人向官员财主里难安插，好去那驴骡狗马里刚投下；又不曾将他去油锅里炸，又不曾将他去剑树上杀。据着那阿鼻地狱〔14〕天来大，但得个人身体便可也不亏他。

〔灵派侯云〕尊神，论此等人在世，不知怎生贪财好贿，害众成家也。〔正末唱〕

几笔勾勒，贾仁嗜财如命的病态心理，便活现纸上；犹如一幅高明的速写。

【天下乐】这等人何足人间挂齿牙。他前世里奢华，那一片贪财心没命煞，则他油锅内见钱也去抬。富了他这一辈人，穷了他那数百家。今世里受贫穷还报他。

〔贾仁云〕上圣休听增福神说，念小人不是这样人，也是个看经念佛、吃斋把素、行善事的人。上圣怎生可怜见，与小人些小富贵，可也好也！〔正末云〕你这厮平昔之间，扭曲作直，抛撒五谷，伤残物命，害众成家；你怎生能勾发迹那？〔灵派侯云〕尊神，此人前生抛撒净水，作贱五谷。既然这等，今世冻死饿死，也不为过。〔正末唱〕

【那吒令】你前世里造下，今世里折罚。前世里狡猾，今世里叫化。前世里抛撒，今世里饿杀。〔贾仁云〕我平昔间也是个敬天地，尊法度，和弟兄，睦六亲，信佛法，礼三光[15]，孝父母，不偷盗。我是个心慈好善的人，现如今吃长斋哩！上圣，但与我些小富贵，我做本分营生买卖去也。〔正末唱〕你使的是造恶心，但说的是亏心话，不肯做本分生涯。

“前世里作恶，今世里折罚”，宣扬的是宗教轮回的迷信观念，它把人们引向虚幻的来世，而在现实世界里听任宰割。

〔灵派侯云〕正是“亏心折尽平生福，行短天教一世贫”。吾神自有点检，怎瞒的过也。〔正末唱〕

【鹊踏枝】亏心也尽由他，造恶也怎瞒咱。上面有湛湛青天，下面有漫漫黄沙。请上圣鉴察，枉将他救拔，俺可便管他甚贫富穷达。

贾仁一味虚夸，令人作呕；尊神连揭带批，鞭挞犀利。一说一唱，针锋相对，使戏情带有喜剧感。

〔贾仁云〕上圣，我爷娘在时，也还奉养他好好的。从亡化之后，不知甚么缘故，颠倒一日穷一日了。我也在爷娘坟上烧钱烈纸，浇茶奠酒；我这泪珠儿至今不曾干，至是一个孝顺的人。〔正末云〕噤声。〔唱〕

【寄生草】你爷娘在生时常忧饭，死了也奠甚茶？则您那泪珠儿滴尽空潇洒，瀽了些浆水饭那里肯道停时霎，巴的那纸钱灰烧过无牵挂。你可便瀽了那百壶浆也湿不透墓门前，浇的那千钟茶怎流得到黄泉下？

〔灵派侯云〕尊神，这等穷儿乍富，瞒心昧己，欺天诳地，只要损别人安自己；正是一世儿不能勾发迹的。〔正末唱〕

“损别人安自己”，当是普天下看钱奴的座右铭。

【六幺序】这人没钱时无些话，才的有便说夸，打扮似大户豪家。你看他耸起肩胛，迸定鼻凹，没半点和气谦洽。每日在长街市上把青骢[16]跨，只待要弄柳拈花[17]，马儿上扭捏着身子儿诈，做出那般般样势，种种村沙！

借增福神之口，写尽小人得势丑态。

【幺篇】则说街狭，更嫌人杂。把玉勒牢拿，玉鞭忙加，掿行花踏，喧喧哗哗，问甚么先达[18]；那肯道攀鞍下马，直将穷民来傲慢杀。〔贾仁云〕上圣,我贾仁不是这等人。你但与我些小富贵,我也会和街坊,敬邻里,识尊卑,知上下。只愿上圣可怜见咱。〔正末唱〕他虽则消乏,也是你邻家,须索将礼数酬答。则你那自尊自贵无高下,真乃是井底鸣蛙。似这等待穷民肚量些儿大,则你那酸寒乞俭[19],怎消得富贵荣华!

〔灵派侯云〕尊神,据着贾仁埋天怨地,正当冻死饿死,便好道天不生无禄之人,地不长无名之草。吾等体上帝好生之德,权且与他些福力咱。〔正末云〕既如此,待小圣看去波。〔做看科,云〕上圣,据着这厮正当冻死饿死。今奉上圣法旨,权且借些福力与他。看的有曹州曹南周家庄上,他家福力所积,阴功三辈。为他一念差池,合受折罚。我如今将那家的福力,权且借与他二十年,待到二十年后,着他双手儿交还本主便了。〔灵派侯云〕这个使的。〔正末云〕兀那贾仁。〔贾仁做应科〕〔正末云〕你本当冻死饿死,上圣可怜见,借与你些福力。今有曹州曹南周家庄上,所积阴功三辈。只因一念差池,合受折罚。我如今将那家福力权且借与你二十年,待到二十年后,你两只手儿交付还他那本主。你记者:比及你去呵,索钱的可早等着你也。〔贾仁做拜谢

暗伏贾仁买周长寿做儿。

科，云〕谢上圣济拔之恩，我便做财主去也。〔正末云〕噤声。〔唱〕

还没做财主就先摆架子，可笑可鄙！

【赚煞】则你这成家子未安身，那一个破家鬼先生下。〔贾仁云〕我若做了财主呵，穿一架子好衣服，骑着一匹好马，去那三山骨[20]上赠上他一鞭，那马不剌剌，〔正末云〕做甚么？〔贾仁云〕没，我则这般道。〔正末做笑科，唱〕我则是借与你那钱龙儿[21]入家，有限次的光阴你权掌把。〔贾仁云〕上圣可怜见，不知借与我几十年？〔正末唱〕我则是借与你二十年仍旧还他。〔贾仁云〕上圣，怎么可怜见，则借得小人二十年。左右是个小字儿，高处再添上一画，借的我三十年，可也好也？〔正末云〕噤声！这厮还不足哩！〔唱〕你还待告增加，怎知这祸福无差；贫和富都是前缘非浪假，为甚么桃花向三月奋发，菊花向九秋开罢？〔带云〕你道为甚么那？〔唱〕也则为这天公不放一时花。

"善有善报，恶有恶报"，是宣扬因果报应的迷信思想。但人们常用来表达一种积极的信念：正义必然胜利，恶人一定要受到惩罚。不少戏剧结束时，正面人物要

〔灵派侯云〕兀那贾仁，据着你正当冻死饿死，吾神体上帝好生之德，权且借与你二十年福力，二十年之后，交还与那本主。便好道："善有善报，恶有恶报，不是不报，时辰未到。"天若不降严霜，松柏不如蒿草。神明若不报应，积善不如作恶。莫瞒天地莫瞒心，心不瞒时祸不侵；十二

时中行好事,灾星变做福星临。〔做挥手科,云〕贾仁,你休推睡里梦里。〔并下〕〔贾仁做醒科,云〕哎呀,一觉好睡也,原来是南柯一梦。恰才上圣分明的对我说,曹州曹南周家庄上的福力,借与我二十年,我如今便做财主。财主也,知他在那里?便好道"梦是心头想",信他做甚么!还有半堵墙儿不曾打的哩,我可去打那半堵墙儿去。天那,兀的不穷杀贾仁也!〔下〕

念了这两句话才得散场。此折仍以贾仁叫穷作结,留下"扣子",使观众对这个人物即将出现的喜剧性变化产生悬念。

〔1〕灵派侯:《文献通考》卷八三记:"大中祥符元年十月十五日,诏封泰山上通泉庙为灵派侯。"

〔2〕鬼力:元杂剧中扮演鬼卒的角色。

〔3〕赫奕:显耀盛大。

〔4〕五岳:东岳泰山、南岳衡山、西岳华山、北岳恒山、中岳嵩山。

〔5〕东岳圣帝:据东方朔《神异经》所记,盘古氏之苗裔金虹氏,汉明帝时封为太山元帅,掌人世贵贱高下之事、生死之期。世因以奉为治鬼之神。

〔6〕带眼安眉汉:有眉有目的人,喻义为有面目、有见识的人。

〔7〕坌(bèn)工:干粗活。

〔8〕增福神:元时,讹以唐德宗朝道州刺史阳成为汉武帝时人,并奉为天下福禄神。

〔9〕六科:指"生、死、贵、贱、高、下"六种人事。

〔10〕奈河:旧时迷信所传源出于地狱的河,河水都是血,血波翻滚,腥风扑鼻。

〔11〕金桥:旧时迷信所传忠孝贤良之辈、公平正大之人,方能从金桥、银桥上渡过奈河,而恶鬼孽魂永堕奈河无出路。

〔12〕法酒:依古法所酿的美酒。

〔13〕阎王:阎罗王,佛教所传之阴间主宰。

〔14〕阿鼻地狱:酆都城铁网阿鼻地狱,佛教所传凡杀人放火、斩绞正法者,到阴间均由阎王发遣阿鼻地狱受刑。

〔15〕三光:指日、月、星。

〔16〕青骢:青白色的马。

〔17〕弄柳拈花:这里是玩弄女性的意思。

〔18〕先达:以才德而显达的先辈。

〔19〕乞俭:乞穷俭相,像乞丐。

〔20〕三山骨:髀骨。

〔21〕钱龙儿:犹如说财神。

第 二 折

这一场戏,作者的笔触几乎洗尽了迷信色彩,以极其逼真的现实主义的描绘,揭示贾仁的发迹是得之于刻薄剥削和无赖欺骗。

〔外扮陈德甫上,诗云〕耕牛无宿料,仓鼠有余粮;万事分已定,浮生空自忙。小可姓陈,双名德甫,乃本处曹州曹南人氏。幼年间攻习诗书,颇亲文墨;不幸父母双亡,家道艰难,因此将儒业废弃,与人家做个门馆先生[1],度其日月。此处有一人是贾老员外,有万贯家财,鸦飞不过的田产物业。油磨坊、解典库[2]、金银珠翠、绫罗缎匹,不知其数。他是个巨富的财主。这里可也无人,一了[3]他一贫如洗,专与人家挑土筑墙,和泥托坯[4],担水运浆,做坌工生活,常是吃了早起的,无那晚夕的,人都叫他做穷贾儿。也不知他福分生在那里，这几年间暴富起来，做下泼天[5]也似家私。只是那员外虽然做个财主，争奈一文也不使，半文也不用；别人的东西恨不得擘手夺将来，自己东西舍不的与人，若与人呵，就心疼杀了也。小可今日正在他家坐馆，这馆也不是教学的馆，无过在他解典库里上些帐目。那员外空有家私，寸男尺女皆无。数次家常与小可说："街市上但遇着卖的，或男或女，寻一个来与我两口儿喂眼[6]。"小可已曾分付了店小二，着他打听着，但有呵便报我知道。今日无甚事，到解典库中看看去。〔下〕〔净扮店小二上，诗云〕酒店门前三尺布[7]，人来人往图主顾。做下好酒一百缸，倒有九十九缸似头醋[8]。自家店小二的便是。俺这酒店是贾员外的。他家有个门馆先生，叫做陈德甫，三五日来算一遭帐。今日下着这般大雪，我做了一缸新酒，不供养过不敢卖，待我供养上三杯酒。〔做供酒科，云〕招财利市土地，俺这酒一缸胜似一缸。俺将这酒帘儿挂上，看有甚么人来。〔正末周荣祖领旦儿、俫儿上，云〕小生周荣祖，嫡亲的三口儿家属，浑家张氏，孩儿长寿。自应举去后，命运未通，功名不遂，这也罢了！岂知到的家来，事事不如意，连我祖遗家财，埋在墙下的，都被人盗去。从此衣食艰难，只得领了三口儿去洛阳探亲，图他救济；偏生这等时运，不遇而回。正值暮冬天道，下着连日大雪，这途路上好

贾仁买儿不仅是一个有无子嗣的问题；因为，地主阶级要维持其世袭剥削，必须解决财产继承权的问题。

苦楚也呵!〔旦儿云〕秀才,似这等大风大雪,俺每行动些儿。〔俫儿云〕爹爹,冻饿杀我也。〔正末唱〕

【正宫·端正好】赤紧的[9]路难通,俺可也家何在?休道是乾坤老山也头白。似这等冻云万里无边届,肯分[10]的俺三口儿离乡外。

〔带云〕大嫂,你看好大雪也。〔唱〕

极写雪天的酷寒,衬托人物心境的凄苦。环境气氛的渲染,和人物命运的刻画紧密结合,感人地展现了一幅雪中行乞图。

【滚绣球】是谁人碾琼瑶[11]往下筛,是谁人剪冰花迷眼界?恰便似玉琢成六街三陌,恰便似粉妆就殿阁楼台。〔带云〕似这雪呵,〔唱〕便有那韩退之蓝关前冷怎当[12],便有那孟浩然驴背上也跌下来[13]。〔带云〕似这雪呵,〔唱〕便有那剡溪中禁回他子猷访戴[14],则俺这三口儿兀的不冻倒尘埃。〔做寒战科,带云〕匆匆匆!〔唱〕眼见的一家受尽千般苦,可甚么十谒朱门[15]九不开,委实难挨。

〔旦儿云〕秀才,似这般风又大,雪又紧,俺且去那里避一避,可也好也。〔正末云〕大嫂,俺到那酒务儿里避雪去来。〔做见科,云〕哥哥支揖。〔店小二云〕请家里坐吃酒去。秀才,你那里人氏?〔正末云〕哥哥,我那得那钱来买酒吃!

小生是个穷秀才,三口儿探亲去来,不想遇着一天大雪,身上无衣,肚里无食,一径的来这里避一避儿。哥哥,怎生可怜见咱。〔店小二云〕那一个顶着房子走哩,你们且进来避一避儿。〔正末做同进科,云〕大嫂,你看这雪越下的紧了也。〔唱〕

【倘秀才】饿的我肚里饥失魂丧魄,冻的我身上冷无颜落色。这雪呵,偏向俺穷汉身边乱洒来。〔带云〕大嫂,〔唱〕你看雪深埋脚面,风紧透人怀。我忙将这孩儿的手揣。

〔店小二做叹科,云〕你看这三口儿,身上无衣,肚里无食;偌大的风雪,到俺店肆中避避。那里不是积福处,我早晨间供养的利市酒三钟儿,我与那秀才钟吃。兀那秀才,俺与你钟酒吃。〔正末云〕哥哥,我那里得那钱钞来买酒吃!〔店小二云〕俺不要你钱钞。我见你身上单寒,与你钟酒吃。〔正末云〕哥哥说不要小生钱,则这等与我钟酒吃,多谢了哥哥。〔做吃酒科,云〕好酒也。〔唱〕

店小二连送三钟酒,突出地表现他的善良性格,也为下文写贾仁坑人赖钱的丑恶行为作反衬。

【滚绣球】见哥哥酒斟着磁盏台[16],香浓也胜琥珀[17]。哥哥也你莫不道小人现钱多卖,问甚么新酿茅柴[18]。〔带云〕这酒呵,〔唱〕赛中山宿酝[19]开,笑兰周荣祖三次讨酒,一次比一次为难,店小二三次给酒,一次比一次勉强。然后顺理成章,带出卖儿的必然情势。若不是熟悉人情世态又深谙舞台艺术的作家,不可能有此手笔。

陵[20]高价抬,不枉了唤做那凤城春色[21]。〔带云〕我饮一杯呵,〔唱〕恰便似重添上一件绵胎。〔带云〕这雪呵,〔唱〕似千团柳絮随风舞。〔带云〕我恰才咽下这杯酒去呵,〔唱〕可又早两朵桃花上脸来[22],便觉的和气开怀。

〔旦儿云〕秀才,恰才谁与你酒吃来?〔正末云〕是那卖酒的哥哥,见我身上单寒,可怜见我,与了我钟酒吃。〔旦儿云〕我这一会儿身上寒冷不过,你怎生问那卖酒的讨一钟酒儿与我吃,可也好也。〔正末云〕大嫂,羞人答答的,教我怎生问他讨酒吃。〔做对店小二揖科,云〕哥哥,我那浑家问我那里吃酒来,我便道:"卖酒的哥哥见我身上单寒,与了我一钟酒儿吃。"他便道:"我身上冷不过,怎生再讨得半钟酒儿吃,可也好也。"〔店小二云〕你娘子也要钟酒吃,来来来,俺舍这钟酒儿与你娘子吃罢。〔正末云〕多谢了哥哥。大嫂,我讨了一钟酒来,你吃,你吃。〔俫儿云〕爹爹,我也要吃一钟。〔正末云〕儿也,你着我怎生问他讨那!〔又做揖科,云〕哥哥,我那孩儿道:"爹爹,你那里得这酒与奶奶吃来?"我便道:"那卖酒的哥哥又与了我一钟儿吃。"我那孩儿便道:"怎生再讨的一钟儿我吃,可也好也。"〔店小二云〕这等,你一发搬在俺家中住罢。〔正末云〕哥哥,那里不是积福处!〔店小二云〕来来来,俺再与你这一钟儿酒。〔正末云〕多谢了哥哥。孩儿,你吃,你吃。〔店小二云〕比及你这等贫呵,把这小的儿与了人家可不好?〔正末云〕我怕不肯?但未知我那浑家心里何如。〔店小二云〕你和你那娘子商量去。〔正末云〕大嫂,恰才那卖酒的哥哥道:"似你这等饥寒,将你那孩儿与了人可不好?"〔旦儿云〕若与了人,倒也强似冻饿死了。只要那一份人家养的活,便与他去罢。〔正末做见店小二云〕哥哥,俺浑家肯把这个小的与了人家也。〔店小二云〕秀才,你真个要与人?〔正末云〕是,与了人罢。〔店小二云〕我这里有个财主要,我如今领你去。〔正末云〕他家里有儿子么?〔店小二云〕他家儿女并没一个儿哩。〔正末唱〕

【倘秀才】卖与个有儿女的是孩儿命衰,卖与个无子嗣的是孩儿大采[23],撞着个有道理的爹娘呵,是孩儿修福来。〔带云〕哥哥,〔唱〕你救孩儿一身苦,强似把万僧斋。越显的你个哥哥敬客。

〔店小二云〕既是这等,你两口儿则在这里,我叫那买孩儿的人来。〔做向古门[24]叫科,云〕陈先生在家么?〔陈德甫上,云〕店小二,你唤我做甚么?〔店小二云〕你前日分付我的事,如今有个秀才,要卖他小的,你看去。〔陈德甫云〕在那里?〔店小二云〕则这个便是。〔陈德甫做看科,云〕是一个有福的孩儿也。〔正末云〕先生支揖。〔陈德甫云〕君子恕罪。敢问秀才那里人氏?姓甚名谁,因何就肯卖了这孩儿?〔正末云〕小生曹州人氏,姓周名荣祖,字伯成。因家业凋零,无钱使用,将自己亲儿情愿过房与人为儿。先生,你可作成小生咱。〔陈德甫云〕兀那君子,我不要这孩儿,这里有个贾老员外,他寸男尺女皆无,若是要了你这孩儿,他有泼天也似家缘家计,久后都是你这孩儿的。你跟将我来。〔正末云〕不知在那里住,我跟将哥哥去。〔携旦儿同倈儿下〕〔店小二云〕他三口儿跟的陈先生去了也。待我收拾了铺面,也到员外家看看去。〔下〕〔贾仁同卜儿上,云〕兀的不富贵杀我也。常言道人有七贫八富,信有之也。自家贾老员外的便是。这里也无人,自从与那一份人家打墙,刨出一石槽金银来,那主人家也不知道,都被我悄悄的搬运家来,盖起这房廊、屋舍、解典库、粉房、磨房、油房、酒房,做的生意就如水也似长将起来。我如今旱路上有田,水路上有船,人头上有钱[25]。那一个敢叫我做穷贾儿?皆以员外呼之。但是一件,自从有这家私,娶的个浑家也有好几年了,争奈寸男尺女皆无,空有那鸦飞不过的田产,教把那一个承领!

让陈德甫及周荣祖一家先下,店小二随下,空出场面让贾仁夫妇上场。既表现场景的转换,也便于集中戏情,是当行作家的手笔。

〔做叹科,云〕我平昔间一文也不使,半文也不用,我可不知怎生来这么悭吝苦克。若有人问我要一贯钞呵,哎呀,就如同挑我一条筋相似。如今又有一等人叫我做悭贾儿,这也不必题起。我这解典库里有一个门馆先生,叫做陈德甫,他替我家收钱举债。我数番家分付他,或儿或女寻一个来,与我两口儿喂眼。〔卜儿云〕员外,你既分付了他,必然访得来也。〔贾仁云〕今日下着偌大的雪,天气有些寒冷,下次小的每,少少的釃些热酒儿来,则撕只水鸡[26]腿儿来,我与婆婆吃一钟波。〔陈德甫同正末、旦儿、俫儿上,云〕秀才,你且在门首等着。我先过去与员外说知。〔做见科。贾仁云〕陈德甫,我数番家分付你,教你寻一个小的,怎这般不会干事!〔陈德甫云〕员外,且喜有一个小的哩。〔贾仁云〕有?在那里?〔陈德甫云〕现在门首。〔贾仁云〕他是个甚么人?〔陈德甫云〕他是个穷秀才。〔贾仁云〕秀才便罢了,甚么穷秀才!〔陈德甫云〕这个员外,有那个富的来卖儿女那!〔贾仁云〕你教他过来我看。〔陈德甫出云〕兀那秀才,你过去把体面见员外者。〔正末做揖科,云〕先生,你须是多与我些钱钞。〔陈德甫云〕你要的他多少?这事都在我身上。〔正末云〕大嫂,你看着孩儿,我见员外去也。〔做入见科,云〕员外支揖。〔贾仁云〕兀那秀才,你那

自我画像,有刻骨传神之妙,滑稽调笑之趣。

描写势利小人仗财使气，神态俱绝。

里人氏？姓甚名谁？〔正末云〕小生曹州人氏，姓周名荣祖，字伯成。〔贾仁云〕住了。我两个眼里偏生见不的这穷厮。陈德甫，你且着他靠后些，饿虱子满屋飞哩。〔陈德甫云〕秀才，你依着员外靠后些。他那有钱的是这等性儿。〔正末做出科，云〕大嫂，俺这穷的好不气长也！〔贾仁云〕陈德甫，咱要买他这小的，也索要立一纸文书。〔陈德甫云〕你打个稿儿。〔贾仁云〕我说与你写。立文书人周秀才，因为无钱使用，口食不敷，难以度日，情愿将自己亲儿某人，年几岁，卖与财主贾老员外为儿。〔陈德甫云〕谁不知你有钱，只叫员外勾了，又要那"财主"两字做甚么？〔贾仁云〕陈德甫，是你抬举我哩？我不是财主，难道叫我穷汉？〔陈德甫云〕是是是，财主财主。〔贾仁云〕那文书后头写道：当日三面言定，付价多少。立约之后，两家不许反悔，若有反悔之人，罚宝钞[27]一千贯与不悔之人使用。恐后无凭，立此文书，永远为照。〔陈德甫云〕是了，反悔之人罚宝钞一千贯。他这正钱[28]可是多少？〔贾仁云〕这个你莫要管我。我是个财主，他要的多少，我指甲里弹出来的，他可也吃不了。〔陈德甫云〕是是是，我与那秀才说去。〔做出科，云〕秀才，员外着你立一纸文书哩。〔正末云〕哥哥，可怎生写那？〔陈德甫云〕他与你个稿儿：今有过路周秀

暗下圈套，是诈骗老手。

与后日为一个指头沾的油送命，是绝妙对照。

才,因为无钱使用,将自己亲儿,年方几岁,情愿卖与财主贾老员外为儿。〔正末云〕先生,这财主两字也不消的上文书。〔陈德甫云〕他要这等写,你就写了罢。〔正末云〕便依着写。〔陈德甫云〕这文书不打紧,有一件要紧,他说后面写着,如有反悔之人,罚宝钞一千贯与不反悔之人。〔正末云〕先生,那反悔的罚宝钞一千贯,我这正钱可是多少?〔陈德甫云〕知他是多少。秀才,你则放心,恰才他也曾说来,他说:我是个巨富的财主,要的多少,他指甲里弹出来的,着你吃不了哩。〔正末云〕先生说的是,将纸笔来。〔旦儿云〕秀才,咱这恩养钱[29]可曾议定多少?你且慢写着。〔正末云〕大嫂,恰才先生不说来,他是个巨富的财主,他那指甲里弹出来的,俺每也吃不了,则管里问他多少怎的。〔唱〕

【滚绣球】我这里急急的研了墨浓,便待要轻轻的下了笔划。〔俫儿云〕爹爹,你写甚么哩?〔正末云〕我儿也,我写的是借钱的文书。〔俫儿云〕你说借那一个的?〔正末云〕儿也,我写了可与你说。〔俫儿云〕我知道了也。你在那酒店里商量,你敢要卖了我也!〔正末唱〕呀!儿也,这是我不得已无如之奈。〔俫儿做哭科,云〕可知道无奈。则是活便一处活,死便一处死,怎下的卖了我也!〔正末哭云〕

【滚绣球】一曲,全是血泪之词。曲中交迭穿插长寿母子的哭诉,反复烘托周荣祖卖儿的惨痛,增强了感染力。

呀！儿也，想着俺子父的情呵，〔唱〕可着我斑管[30]难抬。这孩儿是爷精髓结就胎，是他娘肠肚摘下来。今日将俺这子父情可都撇在九霄云外，则俺这三口儿生扢扎[31]两处分开。〔旦儿云〕怎下的撇了我这亲儿，兀的不痛杀我也！〔正末哭唱〕做娘的伤心惨惨刀剜腹，做爹的滴血簌簌泪满腮，恰便似郭巨般活把儿埋[32]。

〔做写科，云〕这文书写就了也。〔陈德甫云〕周秀才，你休烦恼，我将这文书与员外看去。〔做入科，云〕员外，他写了文书也。你看。〔贾仁云〕将来我看，今有立文书人周秀才，因为无钱使用，口食不敷，难以度日，情愿将自己亲儿长寿，年七岁，卖与财主贾老员外为儿。写的好，写的好！陈德甫，你则叫那小的过来，我看看咱。〔陈德甫云〕我领过那孩儿来与员外看。〔见正末云〕秀才，员外要看你那孩儿哩。〔正末云〕儿也，你如今过去。他问你姓甚么，你说我姓贾。〔倈儿云〕我姓周。〔正末云〕姓贾。〔倈儿云〕便打杀我也则姓周。〔正末哭科，云〕儿也！〔陈德甫云〕我领这孩儿过去。员外，你看好个孩儿也。〔贾仁云〕这小的是好一个孩儿也。我的儿也，你今日到我家里，那街上人问你姓甚么，你便道我姓贾。〔倈儿云〕我

长寿不肯改姓而遭责打，关目感人，可使愤者扼腕，悲者掩泣！

姓周。〔贾仁云〕姓贾。〔俫儿云〕我姓周。〔做打科,云〕这弟子孩儿养杀也不坚。婆婆,你问他。〔卜儿云〕好儿也,明日与你做花花袄子穿。有人问你姓甚么?你道我姓贾。〔俫儿云〕便做大红袍与我穿,我也则是姓周。〔卜儿打科,云〕这弟子孩儿养杀也不坚的。〔陈德甫云〕他父母不曾去哩,可怎么便下的打他!〔俫儿叫科云〕爹爹,他每打杀我也!〔正末做听科,云〕我那儿怎生这等叫?他可敢打俺孩儿也!〔唱〕

【倘秀才】俺儿也差着一个字千般的见责。〔云〕那员外好狠也!〔唱〕那员外伸着五个指十分的便掴[33],打的他连耳通红半壁腮。说又不敢高声语,哭又不敢放声来,他则是偷将那泪揩。

【呆骨朵】奶奶可怜见小冤家把你做七世亲娘拜,高抬手饶过这婴孩。我不怕烦恼杀他爷爷,我则怕乞良[34]煞他奶奶。怕有些不周处权耽待,做一床锦被都遮盖。把孩儿姓字从今夜排,交小名儿自来日改。

〔做叫科,云〕陈先生,陈先生,早打发俺每去波。〔陈德甫出见云〕是,我着员外打发你去。〔正末云〕先生,天色渐晚,误了俺途程也。〔陈

【倘秀才】一曲,周荣祖仅说及长寿被打的伤痛,旋即要离开,于情理不合。兹据元刊本,补入【呆骨朵】一曲,加述周荣祖忍痛嘱托贾仁夫妇,剧情发展始觉自然。

德甫入见科，云〕员外，且喜且喜，有了儿也。〔贾仁云〕陈德甫，那秀才去了么？改日请你吃茶。〔陈德甫云〕哎呀，他怎么肯去，员外还不曾与他恩养钱哩。〔贾仁云〕甚么恩养钱，随他与我些便罢。〔陈德甫云〕这个员外！他为无钱才卖这个小的，怎么倒要他恩养钱那？〔贾仁云〕陈德甫，你好没分晓！他因为无饭的养活儿子，才卖与我。如今要在我家吃饭，我不问他要恩养钱，他倒问我要恩养钱？〔陈德甫云〕好说。他也辛辛苦苦养这小的，与了员外为儿，专等员外与他些恩养钱，做盘缠回家去也。〔贾仁云〕陈德甫，他若不肯，便是反悔之人，你将这小的还他去，教他罚一千贯宝钞来与我。〔陈德甫云〕怎么倒与你一千贯钞！员外，你则与他些恩养钱去。〔贾仁云〕陈德甫，那秀才敢不要，都是你捣鬼。〔陈德甫云〕怎么是我捣鬼？〔贾仁云〕陈德甫，看你的面皮，待我与他些。下次小的每开库。〔陈德甫云〕好了，员外开库哩。周秀才，你这一场富贵不小也。〔贾仁云〕拿来。你兜着，你兜着。〔陈德甫云〕我兜着。与他多少？〔贾仁云〕与他一贯钞。〔陈德甫云〕他这等一个孩儿，怎么与他一贯钞？忒少。〔贾仁云〕一贯钞上面有许多的"宝"字，你休看的轻了。你便不打紧，我便似挑我一条筋哩！倒是挑我一条筋也熬了，要打发出这一贯钞，更觉艰难。你则与他去，他是

故作糊涂，是泼皮要赖的惯技。

先说"开库"，再叫"兜着"，摆尽财主的声势，最后拿出的是一张不够买一个泥娃娃的烂票子，把一个悭吝鬼写绝了。

个读书的人,他有个要不要也不见的。〔陈德甫云〕我便依着你,且拿与他去。〔做出见科,云〕秀才你休慌,安排茶饭哩。这个是员外打发你的一贯钞。〔旦儿云〕我几盆儿水洗的孩儿偌大,可怎生与我一贯钞!便买个泥娃娃儿,也买不的。〔正末云〕想我这孩儿呵,〔唱〕

【滚绣球】也曾有三年乳十月胎,似珍珠掌上抬;甚功夫养得他偌大,须不是半路里拾的婴孩。〔做叹科,唱〕我虽是穷秀才,他觑人忒小哉!那些个公平买卖,量这一贯钞值甚钱财!〔带云〕员外,你的意思我也猜着你了。〔陈德甫云〕你猜着甚的?〔正末唱〕他道我贪他香饵终吞钓,我则道留下青山怕没柴。拼的个搠笔巡街[35]。

〔旦儿云〕还了我孩儿,我们去罢。〔陈德甫云〕你且慢些,我见员外去。〔正末云〕天色晚也,休斗小生耍。〔陈德甫入科,云〕员外,还你这钞。〔贾仁云〕陈德甫,我说他不要么。〔陈德甫云〕他嫌少,他说买个泥娃娃儿也买不的。〔贾仁云〕那泥娃娃儿会吃饭么?〔陈德甫云〕员外,不是这等说,那个养儿女的算饭钱来?〔贾仁云〕陈德甫,也着你做人哩。常言道:"有钱不买张口货。"因他养活不过,方才卖与人。我不要他还饭钱也勾了,倒要我的宝钞?我想来,都是你背地里调唆他。我则问你怎么与他钞来?〔陈德甫云〕我说:“员外与你钞。”〔贾仁云〕可知他不要哩,你轻看我这钞了。我教与你,你把这钞高高的抬着,道:“兀那穷秀才,贾老员外与你宝钞一贯。”〔陈德甫云〕抬的高杀,也则是一贯钞。员外,你则快些打发他去罢。〔贾仁云〕罢罢罢!小的每开库,再拿一贯钞来与他。〔做与钞科〕〔陈德甫云〕员外,你问他买甚么东西哩,一贯一贯添。〔贾仁云〕我则是两贯,再也没的添了。〔陈德甫云〕我且拿与他去。〔做出见科,云〕秀才,你放心,员外安排茶饭哩。秀才,那头里是一贯钞,如今又添你一贯钞。〔正末云〕先生,可怎生只与我两贯,我几盆儿水洗的孩儿偌大,先生休斗小生耍。〔陈德甫云〕嗨!这都是领来的不是了!我再见员外去。〔做入科,云〕员外,他不肯。〔贾仁云〕不要闲说,白纸上写着黑字儿哩:“若有反悔之人,罚宝钞一千贯与不悔之人使用。”这便是他反悔,你着他拿一千贯钞来。〔陈德甫云〕他有一千贯时,可便不卖这小的了!〔贾仁云〕哦!陈德甫,你是有钱的!你买么?快领了去,着他罚一千贯钞来与我。〔陈德甫云〕员外,你添也不添?〔贾仁云〕不添。〔陈德甫云〕你真个不添?〔贾仁云〕真个不添。〔陈德甫云〕员外,你又不肯添,那秀才又不肯去,教人中间做人也难。便好道:“君子成人之美,不成人之恶。”罢罢罢!员外,我在你家两个月,该与我两贯饭钱,我如今问员外支过,凑着你这两贯,共成四贯,打发那秀才回去。〔贾仁云〕哦!要支你的饭钱,凑上四贯钱,打发那穷秀才去,这小的还是我的。陈德甫,你原来是个好人。可则一件,你那文簿上写的明白,道陈德甫先借过两个月饭钱,计两贯。〔陈德甫云〕我写的明白了。〔做出见科,云〕来来来。秀才,你可休怪。员外是个悭吝苦克的人,他说一贯也不添。我问他支过两月的馆钱,凑成四贯钞,送与秀才。这的是我替他出了两贯哩。秀才休怪。〔正末云〕这等,可不难为了你?〔陈德甫云〕秀才,你久后则休忘了我陈德甫。〔正末云〕贾员外则与我两贯钱,这两贯是先生替他出的。这等呵,倒是先生赍发了小生也。〔唱〕

【倘秀才】如今这有钱的度量呵、做不的三江也那四海,便受用呵、多不到十年五载。我骂你个勒揹[36]穷民狠员外,或是有人家典缎匹,或是有人家当镮钗,你则待加一倍放解[37]。

〔贾仁做出瞧科,云〕这穷厮还不去哩!〔正末唱〕

【塞鸿秋】快离了他这公孙弘东阁门

陈德甫的“三出三入”,是喜剧中常用的反复的手法,有效地造成形势上的夸张,使贾仁陷于挤牙膏式的尴尬地位;而他仍然厚颜处之,要尽无赖,不拔一毛,这就把一个看钱奴的刻薄本性突现出来了。

桯外[38]。〔旦儿云〕秀才,俺今日撇下了孩儿,不知何日再得相见也!〔正末云〕大嫂,去罢。〔唱〕再休想汉孔融北海开尊待[39]。〔陈德甫云〕秀才,这两贯钞是我与你的。〔正末云〕先生此恩,异日必当重报。〔唱〕多谢你范尧夫肯付舟中麦[40],〔带云〕那员外呵,〔唱〕怎不学庞居士预放来生债[41]。〔贾仁做揪住怒科,云〕这厮骂我,好无礼也。〔正末唱〕他他他则待掏破我三思台[42]。〔贾仁做推正末科,云〕你这穷弟子孩儿,还不走哩。〔正末唱〕他他他可便擷破我天灵盖[43]。〔贾仁云〕下次小的每,呼狗来咬这穷弟子孩儿。〔正末做怕科,云〕大嫂,我与你去罢。〔唱〕走走走!早跳出了齐孙膑这一座连环寨[44]。

陈的善良,贾的狠毒,处处对照,以正衬邪。鞭辟更其有力。曲尽人意,尽情发泄了对为富不仁者的满腔愤慨,表达了人民愿望。

〔陈德甫云〕秀才休怪,你慢慢的去,休和他一般见识。〔旦儿云〕秀才,俺行动些儿波。〔正末唱〕

【随煞】别人家便当的一周年,下架容赎解,〔带云〕这员外呵,〔唱〕他巴到那五个月,还钱本利该。纳了利从头儿再取索,还了钱文书上厮混赖。似这等无仁义愚浊的却有财,偏着俺有德行聪明的嚼齑菜[45];这八个字[46]穷通怎的排,则除非天打算日头儿轮到来。发背疔疮[47]是你这富汉的灾,禁口伤寒[48]着你这有钱的害。有一日贼打劫火烧了您院宅,有一日人连累抄没了旧钱债。恁时节合着锅无钱买米柴,忍饥饿街头做乞丐,这才是你家破人亡见天败。〔贾仁云〕你这穷弟子孩儿,还不走哩。〔正末云〕员外,〔唱〕你还这等苦克瞒心骂我来,直待要犯了法遭了刑,你可便恁时节改。〔同旦儿下〕

〔贾仁云〕陈德甫,那厮去了也。他去则去,敢有些怪我?〔陈德甫云〕可知哩。〔贾仁云〕陈德甫,生受你。本待要安排一杯酒致谢,我可也忙,不得工夫。后堂中盒子里有一个烧饼,送与你吃茶罢。〔同下〕

处处讽其刻薄吝啬,下场时又博人一笑。

〔1〕门馆先生:本为家庭塾师,这里指管家。

〔2〕解典库:当铺。

〔3〕一了:向来,本来。

〔4〕托坯:做泥砖。

〔5〕泼天:拍天,这里是形容家产极多。

〔6〕喂眼:慰眼,指眼前得到安慰。

〔7〕三尺布:指酒帘,酒家用竹杆悬于门口,作为卖酒的标志。

〔8〕头醋:美醋。

〔9〕赤紧的:实在的。

〔10〕肯分:偏生的意思。

〔11〕琼瑶:美玉,这里用以比喻雪。

〔12〕韩退之蓝关前冷怎当:唐代文学家韩愈,字退之,因谏宪宗迎佛骨,被贬潮州,路过蓝关(在今陕西蓝田)时,写了一首诗,其中有"雪拥蓝关马不前"句。

〔13〕那孟浩然驴背上也跌下来:孟浩然,唐代诗人,传说他常在风雪中骑驴觅诗。

〔14〕剡溪中禁回他子猷访戴:晋朝人王徽之,字子猷,家住山阴,曾雪夜泛舟去剡溪(在浙江嵊州)访问友人戴逵,将近戴家却又回船,说:"本乘兴而来,兴尽而返,何必见戴。"

〔15〕朱门:指王侯贵族的宅第。

〔16〕磁盏台:磁杯。

〔17〕琥珀:松柏树脂的化石,旧时常作装饰品。

〔18〕茅柴:劣酒。

〔19〕中山宿酝:中山老酒;传说此酒浓烈,饮后可醉千日。

〔20〕兰陵:美酒。李白《客中行》诗:"兰陵美酒郁金香,玉碗盛来琥珀光。"

〔21〕凤城春色:美酒名。

〔22〕两朵桃花上脸来:喻酒后两边脸上发烧。

〔23〕大采:大幸运。

〔24〕古门:鬼门道,戏台上下场门。

〔25〕人头上有钱:指放债。

〔26〕水鸡:青蛙。

〔27〕宝钞:元代使用的钞票,票面上都写明某某宝钞。

〔28〕正钱:正式交易的付款。

〔29〕恩养钱:买儿人为了避免买卖人口的名义,把付给卖儿家的钱叫恩养钱。

〔30〕斑管:毛笔。

〔31〕生扢扎:硬是、生生地。

〔32〕郭巨般活把儿埋:郭巨,晋人,传说他担心儿子分吃掉母亲的膳食,便挖了一个坑要活埋儿子。此事被封建统治者鼓吹为二十四孝之一。

〔33〕掴(guāi):用手掌打。

〔34〕乞良:乞留乞良,形容悲痛的样子。

〔35〕搠笔巡街:沿街卖诗文讨吃。

〔36〕勒掯:勒索。

〔37〕加一倍放解:赎当的时候要加付一倍利息。

〔38〕公孙弘东阁门桯外:公孙弘,汉代人,官至丞相,曾开东阁以延士,并把自己的俸禄全用来供养宾客。门桯(tīng),门柱,这里指家门。

〔39〕孔融北海开尊待:孔融,东汉末人,曾为北海相,性好交友,常开樽邀宾客共饮。

〔40〕范尧夫肯付舟中麦:范纯仁,字尧夫,宋代人,一次运一船麦子回家,路遇友人石曼卿,得知曼卿家里有丧事未办,就将整船麦子送给了曼卿。

〔41〕庞居士预放来生债:传说唐朝人庞蕴放债从不索还,一日梦见家里的牛马谈话,得知它们都是前世欠他的债,转世为牛马来还债的。庞蕴因此把钱都丢到海里,并说:“不敢收取来生的债务。”

〔42〕三思台:心。

〔43〕天灵盖:头顶。

〔44〕齐孙膑这一座连环寨:孙膑,战国齐人,传说他擅长用兵排阵。

〔45〕齑(jī)菜:腌菜。

〔46〕八个字:即八字,旧时星命术士以人的生年、月、日、时所值干支,推算命运吉凶,称作八字。

〔47〕发背疔疮:背上长疔疮,过去认为这是绝症。

〔48〕禁口伤寒:禁口,指口不能进食;伤寒,为中医所指寒邪外袭之症。

第 三 折

〔小末扮贾长寿领兴儿上,诗云〕一生衣饭不曾愁,赢得人称贾半州。何事老亲恁善病,教人终日皱眉头。自家贾长寿的便是。父亲是贾老员外,叫做贾仁。母亲亡化已过。靠着祖宗福德,有泼天也似的家缘家计。俺父亲则生的我一个,人口顺都唤我做钱舍。岂知俺父亲他一文也不使,半文也不用,这等悭吝的紧;俺枉叫做钱舍,不得钱在手里,不曾用的个快活。近日俺父亲染病,不能动止。兴儿,我许下东岳泰安神州烧香去,与俺父亲说知,多将些钱钞,等我去还愿。兴儿,跟着我见父亲去来。〔下〕〔小末同兴儿扶贾仁上,云〕人有四百四病。哎呀,害杀我也。〔做叹科,云〕过日月好疾也!自从买了这个小的,可早二十年光景。我便一文不使,半文不用。这小的他却痴迷愚滥,只图穿吃,看的那钱钞便土块般相似,他可不疼。怎知我多使了一个钱,便心疼杀了我也!〔小末云〕父亲,你可想甚么吃那?〔贾仁云〕我儿也,你不知我这病是一口气上得的。我那一日想烧鸭儿吃,我走到街上,那一个店里正烧鸭子,油

出场喊"穷杀",发迹叫"富杀",此刻叹"害杀",人物的声口,随着命运的变化移步换形,表现了不同的神态心理。

贾仁挝油和狗餂指头,动作上都作了夸张;特别是把这两个情景剪辑在一

渌渌的。我推买那鸭子,着实的挝了一把,恰好五个指头挝的全全的。我来到家,我说盛饭来我吃,一碗饭我咂一个指头,四碗饭咂了四个指头。我一会瞌睡上来,就在这板凳上,不想睡着了,被个狗舔了我这一个指头,我着了一口气,就成了这病。罢罢罢!我往常间一文不使,半文不用;我今病重,左右是个死人了,我可也破一破悭,使些钱。我儿,我想豆腐吃哩。〔小末云〕可买几百钱?〔贾仁云〕买一个钱的豆腐。〔小末云〕一个钱只买得半块豆腐,把与那个吃?兴儿,你买一贯钞罢。〔贾仁云〕只买十文钱的豆腐。〔兴儿云〕他则有五文钱的豆腐,记下帐,明日讨还罢。〔贾仁云〕我儿,你则依着我。〔小末云〕便依着父亲,只买十文钱的来。〔贾仁云〕我儿,恰才见你把十文钱都与那卖豆腐的了。〔小末云〕他还欠着我五文哩,改日再讨。〔贾仁云〕寄着五文,你可问他姓甚么?左邻是谁?右邻是谁?〔小末云〕父亲,你要问他邻舍怎的?〔贾仁云〕他假使搬的走了,我这五文钱问谁讨?〔小末云〕直是这等。父亲,你孩儿趁父亲在日,画一轴喜神[1],着子孙后代供养着。〔贾仁云〕我儿也,画喜神时不要画前面,则画背身儿。〔小末云〕父亲,你说的差了,画前面才是,可怎么画背身的?〔贾仁云〕你那里知道,画匠开光明[2],又要喜钱。〔小末云〕父

起,产生强烈的对比,增强了讽刺效果。

一路打诨,全从贾仁悭吝本性拈出,生动逼真,令人绝倒。

这是贾仁对财神最后一次的顶礼膜拜。作者用人物自己的嘴巴，通过出神入化的心理描写，造成形象上的喜剧性夸张，使观众在捧腹大笑中，看到了一个血淋淋的被金钱腐蚀了的灵魂。

亲，你也忒算计了。〔贾仁云〕我儿，我这病觑天远，入地近，多分是死的人了。我儿，你可怎么发送[3]我？〔小末云〕若父亲有些好歹呵，您孩儿买一个好杉木棺材与父亲。〔贾仁云〕我的儿，不要买，杉木价高，我左右是死的人，晓的甚么杉木柳木！我后门头不有那一个喂马槽，尽好发送了！〔小末云〕那喂马槽短，你偌大一个身子，装不下。〔贾仁云〕哦，槽可短，要我这身子短，可也容易。拿斧子来把我这身子拦腰剁做两段，折叠着，可不装下也！我儿也，我嘱付你，那时节不要咱家的斧子，借别人家的斧子剁。〔小末云〕父亲，俺家里有斧子，可怎么问人家借？〔贾仁云〕你那里知道，我的骨头硬，若使我家斧子剁卷了刃，又得几文钱钢！〔小末云〕直是这等。父亲，您孩儿要上庙与父亲烧香去，与我些钱钞。〔贾仁云〕我儿，你不去烧香罢了。〔小末云〕孩儿许下香愿多时了，怎好不去？〔贾仁云〕哦，你许下愿来。这等，与你一贯钞去。〔小末云〕少。〔贾仁云〕两贯。〔小末云〕少。〔贾仁云〕罢罢罢！与你三贯，可忒多了。我儿，这一桩事要紧，我死之后休忘记讨还那五文钱的豆腐。〔下〕〔兴儿云〕小哥，不要听那老员外。你自去开了库，拿着十个金子、十个银子、一千贯钞，我跟着你烧香去来。〔小末云〕兴儿，你说的是。我开了库取了十个金子、十个银子、一千贯钞，到庙上烧香去来。〔同兴儿下〕〔净扮庙祝[4]上。诗云〕官清司吏瘦，神灵庙主肥；有人来烧纸，则抢大公鸡。小道是东岳泰安州庙祝。明日三月二十八日，是东岳圣帝诞辰，多有远方人来烧香。我扫的庙宇干净，看有甚么人来。〔正末同旦儿上，云〕叫化咱，叫化咱……可怜见俺无挨无倚，无主无靠，卖了亲儿，无人养济。长街市上可有那等舍贫的爹爹奶奶呵！〔唱〕

极写周氏夫妇苦楚，旨在强调神道感灵有验；但在客观上，反映出元代下层知识分子的困境。

【商调·集贤宾】我可便区区的步行离了汴梁。〔带云〕这途路好远也！〔唱〕过了些山隐隐更和这水茫茫，盼了些州城县镇，经了些店道村坊，遥望那东岱岳万丈巅峰，怎不见泰安州四面儿墙匡？〔云〕婆婆，这前面不是东岳爷爷的庙哩！〔唱〕这不是仁安殿盖造的接上苍，掩映着紫气红光。正值他春和三月天，〔带云〕婆婆，〔唱〕早来到仙阙五云乡。

【逍遥乐】这的是人间天上，烧的是御赐名香，盖的是那敕修的这庙堂。我则见不断头客旅经商，还口愿百二十行；听的道是儿愿爹爹寿命长，又见那校椅上顶戴着亲娘。我这里千般感叹，万种凄惶，百样思量。

〔带云〕庙官哥哥，俺两口儿一径来还愿的，赶烧炷儿头香[5]，暂借一坨儿田地，与我歇息咱。〔庙祝云〕这老人家好苦恼也。既是还香愿的，我也做些好事，你老两口儿就在这一塌儿干净处安歇；明日绝早起来，烧了头香去罢。〔正末云〕谢了哥哥。婆婆，我和你在此安歇，明日赶一炷头香咱。〔旦儿云〕佛啰，俺那长寿儿也！〔小末同兴儿上，云〕兴儿，你看这庙上人好不多哩！〔兴儿云〕小哥，咱每来迟，那前面早下的满了也。〔小末云〕天色已晚，我们拣个干净处安歇。兴儿，这搭儿干净处，被两口叫化的倒在这里，你打起那叫化的去。〔兴儿云〕兀那叫化的，你且过一壁。〔正末云〕你是那个？〔兴儿云〕这弟子孩儿，钱舍也不认的。〔做打科〕〔正末云〕哎呀，钱舍打杀我也。〔庙祝云〕这厮无礼，甚么钱舍。家有家主，庙有庙主，他老子那里做官来，叫做钱舍？徒弟，拿绳子来绑了他送官去。〔兴儿云〕庙官，你不要闹，我与你一个银子，借这埚儿田地，等俺歇息咱。〔庙祝云〕哦，你与我这个银子，借这里坐一坐；我正骂那老弟子孩儿，你便让钱舍这里坐一坐儿。自家讨打吃！〔正末云〕俺这无钱的好不气长也。〔旦儿云〕老的，咱每依着他那边歇罢。〔正末唱〕

父子对面不相认，是喜剧中常用的熟套。

【金菊香】这的是雕梁画栋圣祠堂，

又不是锦帐罗帏你的卧房，怎这般断推断抢赶我在半壁厢。〔兴儿云〕你这老弟子孩儿，口里唠唠叨叨的，还说甚么哩？〔正末唱〕你你你全不顾我这鬓雪鬓霜。〔云〕你这厮还要打谁？婆婆，你向前着，我不信。〔唱〕你可敢便打打打打这个八十岁病婆娘？

〔云〕庙官哥哥，一个甚么钱舍，将俺老两口儿赶出来了。〔庙祝云〕他是钱舍，你两个让他些便了。俺明日要早起，自去睡也。〔下〕〔小末云〕你这老弟子孩儿，你告诉那庙官便怎的？我富汉打杀你这穷汉，只当拍杀个苍蝇相似。〔正末唱〕

富汉打杀穷汉，只当拍杀个苍蝇，社会黑暗如画。

【醋葫芦】你道是没钱的好受亏，有钱的好使强，你和俺须同村共疃近邻庄。〔兴儿云〕你这叫化的还强嘴哩！〔正末唱〕俺也是钱里生来钱里长，怎便打的俺一个不知方向，你须不是泰安州官府到此压坛场？

〔兴儿云〕官便不是官，叫做钱舍。〔正末云〕俺这无钱的好不气长也。〔旦儿云〕老的，你与他争甚么，俺每将就在那边歇罢。〔正末唱〕

【梧叶儿】这都是俺前生业[6]，可着俺便今世当，莫不是曾烧着甚么断头香[7]?揾不住腮边泪,挠不着心上痒,割不断俺业情肠。〔带云〕哎!〔唱〕俺那长寿儿也,我端的可便才合眼又早眠思梦想。

此等看钱奴,做了鬼,也未必愿意交还。

〔贾仁扮魂子上,云〕自家贾仁的便是。那正主儿来了,俺今日着他父子团圆,双手交还了罢。〔做叹科,云〕那小的那里知道是他的老子,这老子那里知道是他的儿子,我与他说知。兀那老子,那个不是你的儿子!〔正末做认科,云〕俺那长寿儿也。〔小末打科〕〔贾仁又上,云〕兀那小的,那个不是你老子!〔小末做叫科,云〕父亲,父亲。〔正末应云〕哎哎哎。〔小末云〕兴儿,与我打这老弟子孩儿。〔兴儿云〕这叫化的好无礼也。〔正末云〕你叫我三声父亲,我应你三声,你怎生打我那?〔唱〕

【后庭花】你不肯冬三月开暖堂,你不肯夏三月舍义浆,则你那情狠身中病,则你那心平便是海上方[8]。您爷呵,休想道得安康,稳情取无人埋葬,泪汪汪甚人来守孝堂,急慌慌为亲爷来献香。我痛杀杀身躯儿无倚仗,他絮叨叨还口愿都是谎。

【柳叶儿】他也似个人模人样,衠一片不本分的心肠。有一朝打在你头直上,天开眼无轻放,天还报有灾殃,稳情取家破人亡。

〔小末云〕天色明了也。兴儿,随俺烧香去来。〔做上香科,云〕东岳爷爷,可怜见俺父亲患病在床,但得神明保祐,指日平安;俺贾长寿情愿烧三年香,望东岳爷爷鉴察咱。〔正末同旦儿打嚏科,云〕阿嚏。〔小末云〕则愿俺的父亲无病无痛。〔正末又打嚏科,云〕阿嚏。〔小末云〕则愿俺的父亲无灾无难。〔正末又打嚏科,云〕阿嚏。〔卜儿云〕老的,咱们早些烧香去。〔正末做拜科,云〕东岳爷爷,则愿俺长寿儿无病无痛。〔小末做打嚏科,云〕阿嚏。〔正末云〕则愿俺长寿儿无灾无难。〔小末又做打嚏科,云〕阿嚏。〔正末云〕则愿俺长寿儿早早相见咱。〔小末又做打嚏科,云〕阿嚏。〔兴儿上,云〕阿嚏,阿嚏。〔庙祝上,云〕阿嚏,阿嚏。〔小末云〕兴儿,打那老弟子孩儿。〔兴儿云〕你这叫化的,快走过一边去。〔正末做哭科,云〕俺那长寿儿也,〔唱〕

打诨亦作迷信说教;虽有逗笑效果,却破坏了喜剧意味。

【高过煞】[9]但得见亲生儿俺可也不似这凄惶。他他他明欺负俺无人侍养。〔做哭科,云〕俺那长寿儿也,〔唱〕想着俺长寿年来,也和他都一般家血气方刚。〔带云〕婆婆,〔唱〕则俺这受苦的糟糠[10],卖儿呵也合将咱拦当。俺可甚么养小防备老,栽树要阴凉。想着俺那忤逆的儿郎,便成人也不认的爷娘。有一日激恼了穹苍,要整顿着纲常,儿呵!你可不怕那五六月的雷声骨碌碌只在半空里响。〔同旦儿下〕〔小末云〕兴儿,烧罢香也。随俺回家去来。〔同下〕

〔1〕喜神:人的画像。

〔2〕开光明:指人像画好时点眼睛的工序。

〔3〕发送:办丧事。

〔4〕庙祝:庙里管理香火的人。

〔5〕头香:第一炷香。

〔6〕业:通“孽”,罪孽。

〔7〕断头香:中途熄灭的香。迷信者认为再烧此香,就是对神佛不敬,将受严惩。

〔8〕海上方:指从海上求来的灵丹妙药。

〔9〕《元曲选》本作《高过浪来里煞》,此据《元刊杂剧三十种》本改。

〔10〕糟糠:指贫贱与共的妻子。

第 四 折

〔店小二上,诗云〕不是自家没主顾,争奈酒酸长似醋，这回若是又酸香，不如放倒望竿[1]做豆腐。自家店小二的便是。开开门面，挑起望子[2]，看有甚么人来。〔正末同旦儿上，云〕婆婆，便烧罢香也，回家去来。〔旦儿云〕老的，俺和你行动些儿咱。〔正末唱〕

【越调·斗鹌鹑】赛五岳灵神，为一人圣慈，总四海神州，受千年祭祀；护百二山河，掌七十四司。献香钱，火醮纸，积善的长生，造恶的便死。

【紫花儿序】一个那颜回短命[3]，一个那盗跖延年[4]，一个那伯道无儿[5]。人都道威灵有验，正直无私。现如今神祠，东岱岳新添一个速报司[6]。大刚来[7]祸无虚至，只要你恶事休行，择其这善者从之。

〔旦儿做心疼科，正末云〕婆婆，你做甚么？〔旦儿云〕老的也，我一阵急心疼，你那里讨一杯儿酒来我吃。〔正末云〕你害急心疼，我去那酒店里讨一钟酒去咱。哥哥，俺这婆婆害急心疼，有酒么，教化一钟儿？〔店小二云〕老人家，你那婆婆害急心疼呵，对门那一家儿有这急心疼的药；施舍与人，你问他讨一服去。〔正末云〕是真个。俺去对门讨一服儿急心疼药去来。〔同旦儿下〕〔店小二云〕大清早起，利市也不曾发；这两个老的就来教化酒吃，被我支他对门讨药去了。便心疼杀他，也不干我事。我自前后执料去也。〔下〕〔陈德甫上，云〕自家陈德甫的便是。过日月好疾也，自从贾老员外买了那个小的，今经可早二十年光景了。老员外一生悭吝苦克，今亡逝已过。那小的长立成人，比他父亲在日，家私越增添了。他父亲在日，人都叫他做钱舍。如今那小的仗义疏财，比老员外甚是不同，人都叫他做小员外。老夫一向在他家上些帐目。这几年间精神老惫，只得辞了馆，开着一个小小药铺，施舍些急心疼的药；虽则普济贫人，然也有病好的，酬谢我些药钱，我老夫也不敢辞，好将来做药本。今日铺里闲坐，看有甚么人来。〔正末同旦儿上，见科，云〕先生可怜见，我那婆婆害急心疼，说先生施的好药，老汉不揣，求一服儿咱。〔做揖科。陈德甫云〕老人家免礼。有有有，我这一服药与你那婆婆吃了，登时间就好。则要你与我传名，我叫做陈德甫。〔正末云〕多谢了。先生叫做陈德甫，陈德甫……婆婆，这陈德甫名儿好熟也！〔旦儿云〕老的，咱卖孩儿时做保人的，不是陈德甫？〔正末云〕是真个。我过去认他波。〔做认科云〕陈德甫先生，原来你也这般老了也。〔陈德甫云〕这老儿就来诈熟也。〔正末唱〕

既有“仗义疏财”之名，上折写他欺压穷叫化，就不合情理。

传名识人，关目自然。

久别重逢，情事逼真。

【小桃红】你这般雪盔白发鬓如丝。

〔陈德甫云〕你说的是儿时的话?〔正末唱〕我说的是二十年前事。〔陈德甫云〕兀那老的,你那里人氏?姓甚名谁?〔正末唱〕你问我姓甚名谁那里人氏。〔陈德甫云〕你因何认的老夫来?〔正末唱〕说起来痛嗟咨,常言道"闻钟始觉山藏寺",这搭儿里曾卖了一个小厮。〔陈德甫云〕你莫不是卖儿子的周秀才么?〔正末唱〕我常记的你个恩人名字。〔陈德甫云〕你还记的我赍发[8]你那两贯钱么?〔正末唱〕我怎敢便忘了你那周急济贫时。

〔陈德甫云〕秀才,你欢喜咱。你那孩儿贾长寿,如今长立成人了也。〔正末云〕贾员外好么?〔陈德甫云〕老员外亡化过了也。〔正末云〕死的好,死的好!打俺孩儿的那妇人有么?〔陈德甫云〕那婆婆又早些死了也。〔正末云〕死的好,死的好。〔唱〕

【鬼三台】则他这庞居士,世做的亏心事,恨不把穷民勒死,满口假悲慈,可曾有半文儿布施。〔带云〕想他两贯钞强买俺孩儿时节,还要与俺算饭钱哩。〔唱〕空掌着精金向钞百万资,偏没个寸男尺女为继嗣。俺倒不如郭巨埋儿,也强似明达

语带嘲弄,是对贾仁之流看财奴的当头棒喝!

卖子[9]。

〔云〕陈先生，俺那长寿孩儿好么？〔陈德甫云〕贾员外的万贯家财，都是你的孩儿贾长寿掌把着，人皆叫他做小员外哩。〔正末云〕陈先生可怜见，着俺那孩儿来厮见一面，可也好也？〔陈德甫云〕你要见他，待我寻他去。〔小末上，云〕自家贾长寿的便是。自从泰安山烧香回来，父亲亡逝过了，如今营葬已毕，无甚么事，去望陈德甫叔叔走一遭。〔做撞见科，云〕叔叔，我一径来望你也。〔陈德甫云〕小员外，你欢喜咱。〔小末云〕俺喜从何来？〔陈德甫云〕我老实的说与你知，你当初原不是贾老员外的儿子；你父亲是周秀才，偶然打员外家经过，我是保见人，将你卖与那员外为儿。你今日长立成人，现有你的一双父母在这里，要与你相见。我说兀的做甚，二十年来把你瞒，老夫说着尚心酸。可怜你生身父母饥寒死，直与陌路旁人做一般。〔做见科，云〕则这两个，便是你的父亲母亲，你拜他咱。〔小末做认科，云〕这是我父亲母亲？住住住，泰安神州，我打的不是你来？〔正末云〕婆婆，泰安神州打俺的，不是这厮么？〔旦儿云〕俺认的，他正叫做钱舍哩。〔正末唱〕

【调笑令】俺待和这厮，厮捰[10]的见官司。不俫[11]、俺只问你这般殴打亲爷甚意思？无非倚恃着钱神把俺相轻视。

〔小末云〕俺实是不认的你。〔正末云〕噤声。到今日呵,〔唱〕可早知一家无二,父子们厮见非同造次。〔带云〕婆婆,〔唱〕想他也只是个忤逆的孩儿。

〔陈德甫云〕端的是怎生来?老人家请息怒。〔正末云〕我告他去。〔陈德甫云〕小员外,似此怎了也?〔小末云〕叔叔,你不知道,我在泰安神州打了他来。他如今要告我去,我如今与他些东西,买嘱他罢。〔陈德甫云〕与他甚么东西?〔小末出砌末科,云〕我与他一匣子金银,只买一个不言语。〔陈德甫云〕怎么买个不言语?〔小末云〕他若不告我,我便将这一匣子金银都与他;若告我,我拼的把这金银官府上下打点使用,我也不见的便输与他。〔陈德甫云〕小员外,你放心,我和他说去。〔见正末云〕老人家,你见这一匣金银么!那小员外要与你买个不言语。〔正末云〕怎生是买个不言语?〔陈德甫云〕你若是不告他呵,把这匣金银与你;你若告他呵,将这金银去官府上下打点使用,他也没事。两桩儿随你自拣去。〔正末云〕婆婆,孩儿在泰安神州打俺时节,他也不认的俺。〔旦儿云〕你个爱钱的老弟子孩儿。〔正末云〕将钥匙来开了这锁,待我看这银子咱。〔做看惊科,云〕这银子上凿着周奉记,周奉记,可不原是俺家的来!〔陈德甫云〕怎生是

竟想出用金银买通父子之情,不愧贾仁的养子。

辨银,是为看钱奴正名。但把他悭吝的原因,归结为命中注定,是代人看守财物,这就掩盖了贾仁为富不仁的丑恶本质。

你家的?〔正末云〕俺祖公公正叫做周奉记哩。〔唱〕

【幺篇】猛觑了这字,是俺正明师[12]。想祖上留传到此时,是儿孙合着俺儿孙使,若不沙怎题着公公名氏!〔带云〕贾员外,贾员外,〔唱〕亏了他二十年用心把钥匙,也则是看守俺祖上的金赀。

〔店小二上,云〕闻得小员外认着了他亲爷亲娘,我去看咱。〔做见科,云〕老人家,你那婆婆害急心疼,可好了么?〔正末云〕多谢哥哥,俺婆婆好了也。想起二十年前,曾在你店里,你不舍与我三钟儿酒吃么!〔店小二云〕小子没记性,这远年的帐都忘了也。〔正末云〕孩儿,你依着我者:陈德甫先生二十年前曾为你赍发俺两贯钞,俺如今将这两个银子谢他。〔陈德甫云〕我则是两贯钞,怎好换你两个银子?那贾老员外一生爱钱,也不曾赚得这等厚利,这个我老夫决不敢当。〔正末唱〕

照应前文,一丝不漏,在关目上也无懈可击。

【天净纱】若不是陈先生肯把恩施,俺周荣祖争些儿雪里停尸。则这两贯钞俺念兹在兹[13],常恐怕报不得你故人之赐,又何须苦苦推辞。

〔陈德甫云〕多谢了老员外。〔正末云〕卖酒的哥哥,我当日吃了你三钟酒,如今还你这一个

银子。〔店小二云〕这个小子也不敢受。〔正末唱〕

【秃厮儿】论你个小本钱茶坊酒肆，有甚么大度量仗义轻施，你也则可怜俺饥寒穷路不自支。如今这银一个，酬谢你酒三卮，也见俺的情私。

〔店小二云〕这等，小子收了，多谢老员外。〔正末云〕孩儿，这多余的银子，你与我都散与那贫难无倚的，可是为何？这二十年来俺骂的那财主每多了也。〔唱〕

【圣药王】为甚么骂这厮，骂那厮，他道俺贫儿到底做贫儿。又谁知彼一时，此一时，这家私原是俺家私，相对喜孜孜。

〔小末云〕父亲，您孩儿都依你便了。〔旦儿云〕俺一家儿同到泰安神州回香去来。〔正末唱〕

【收尾】这的是贫穷富贵皆轮至。〔做笑科〕〔陈德甫云〕老员外，你笑甚的来？〔正末云〕俺不笑别的，〔唱〕笑则笑贾员外一文不使，单为这口衔垫背几文钱，险送了拽布拖麻[14]孝顺子。

〔灵派侯上，云〕周荣祖，你如今省悟了么？这二十年光景，你可都看见了也？〔正末同众拜

作者在剧本的一头一尾，让东岳增福神以正面人物出场，作为人间祸福的主宰，判定周贾两家的命运；这就把全部剧情囊括在一个宿命论的框子中，用“贫与富前定不能移”的宗教

观念来取代富有现实意义的讽刺主题。

伏科,云〕是那方神圣降临?愚民不知,乞赐指示。〔灵派侯云〕吾神乃灵派侯是也。你一行人都跪者,听吾神分付:〔词云〕想为人禀命生于世,但做事不可瞒天地,贫与富前定不能移。笑愚夫枉使欺心计,周秀才卖子受艰难,贾员外悭吝贪财贿;若不是陈德甫仔细说分明,怎能勾周奉记父子重相会。〔同下〕

题目 穷秀才卖嫡亲儿男

正名 看钱奴买冤家债主

〔1〕望竿:悬挂酒旗的竹竿。

〔2〕望子:酒望子,即酒旗。

〔3〕颜回短命:颜回,孔子的弟子,贫而好学,以德行著称,但只活了三十一岁。全句意为好人不长寿。

〔4〕盗跖延年:跖是春秋时奴隶暴动的头领,传说他"聚党数千人,横行天下,竟以寿终"。见《史记·伯夷列传》。旧诬跖为盗。这里意为恶人竟得长寿。

〔5〕伯道无儿:邓攸,字伯道,东晋时人。他在战乱中携一子一侄逃难,为了保全侄子,竟丢掉了儿子。全句意为好人不得好报。

〔6〕速报司:速予报应的主司。迷信传说或谓由包公所掌,凡"浊逆曲恶辈,报案尽抄名"。见《永乐大典》第七千五百四十三卷。

〔7〕大刚来:总之。

〔8〕赍发:赐赠金钱。

〔9〕明达卖子:古代流传"明达卖子"的故事,大致为明达家贫无力提供母亲与儿子的口粮,为顾全母亲便将儿子卖出。元剧亦有《孝父母明达卖子》,今已佚,本事未详。

〔10〕厮探(wǒ):纠缠。

〔11〕不俫:语气词,无义。

〔12〕正明师:证明人。

〔13〕念兹在兹:念念不忘。

〔14〕拽布拖麻:为父母穿丧服。

后 记

郑廷玉的《看钱奴买冤家债主》杂剧，是我国现存最早的讽刺性喜剧之一，在戏曲史上占有重要地位。

郑廷玉，彰德府（今河南安阳）人。他是元代前期的戏曲作家，一共写了二十二部杂剧，现在有五部流传下来；《看钱奴》是其中最好的一部，也是郑廷玉的代表作。

《看钱奴》的故事来源于4世纪时一部神怪小说集《搜神记》。《搜神记》载有一个姓周的贫民在夜里梦见天帝哀怜他，叫司命神把张车子的千万家财借给他，等张车子出世后再物归原主。从此以后，他经营产业，处处顺手，成了一方豪富。后来他家里的女仆张氏在东房里养下个孩子，取名张车子。车子长大以后，周家渐渐贫穷，他的产业都转移到车子手里。这个宣扬贫富由天定的迷信故事后来一直在民间流传，到13世纪中叶就成为穷贾仁借用周家二十年财产的故事。

生活在七百多年前的杂剧作家郑廷玉的思想不免有迷信成分，当然还不可能认识到贯穿在这个故事里“贫与富前定不能移”的思想的欺骗性，因此他在剧本的结构上安排了一个宿命论的框子，让东岳增福神以正面人物出场作封建道德和因果报应的说教,这当然是不足取的。然而作者对苦难人民怀有同情,对于“这等无仁义愚浊的却有财”、“有德行聪明的嚼齑菜”的社会现象有所认识,并对当时社会是非颠倒怀有强烈的不满,因此依然能在剧中以有力的现实主义的笔触,深刻揭示封建剥削阶级的丑恶本性,成功地塑造了一个为富不仁、贪婪狡诈的“看钱奴”形象。

郑廷玉为这个看钱奴取名贾仁,同时即意味着他的假仁假义。

剧本第一折,作者在大力宣扬神的威力的同时,就描写了这个看钱奴性格里虚伪的一面。他令人厌烦地宣扬自己如何得了些少富贵就一定会怎样地做许多好事;当增福神答应给他二十年富贵时,他想的却是怎样做财主、摆架子。这样前后对照,就用他自己的卑污心理戳穿了他满嘴的谎言,突出地揭露出他随处行骗的可憎面目,取得了强烈的讽刺效果。

第二折,通过“买子”的关目,无情地揭露了贾仁性格里刻薄贪婪的一面。他连别人出卖儿子的钱都要赖掉,连替他作中人的门馆先生都要叫他赔钱,为了攫取财物真是到了灭绝人性的地步。这一折中写那孩子死也不肯改口说自己姓贾,贾仁夫妇就在他的父母面前打得他呼天叫地,以及贾仁摆架子、耍无赖的种种情状,都渗透着生活气息的现实主义描绘,生动逼真,讽刺性强。元朝滥发钞票,一贯钞当时还不够买一个泥娃娃。贾仁却说“一贯钞上面有许多宝字”,要陈德甫高高地抬起来给那穷秀才。这种描述不仅把这个刻薄鬼的神态写绝了,而且寓针砭时弊于幽默诙谐的笑乐之中。

第三折用夸张、漫画的手法突出刻画贾仁爱钱如命的悭吝性格,最富有喜剧性。在他病倒后对养子的一段谈话中,作者正确地把握住这个金钱奴才在特定情境中的思想逻辑,用一连串夸张性比较明显的动作,敷演出买鸭挝油、狗舔指头、马槽发送、借斧断尸等充满喜剧机趣的细节,并把这些细节串连在一起,前后烘托,在连续不断的哄堂大笑中,让观众摄神夺魄地看到一个守财奴损人利己的本性、贪婪悭吝的心理和狗彘不若的行径。

显然,由于贾仁的性格既有可憎的一面,又有可笑的一面,所以用讽刺喜剧的手法来塑造这个形象,更容易取得强烈的艺术效果。讽刺的锋芒,可以使对其丑恶灵魂的解剖更为犀利;而喜剧的笑谑,可以更为尖刻地"将那无价值的东西撕破给人看",露出它的奇形怪状,引起人们的憎恶和鄙弃。

从中外文学形象的发展系列来看,贾仁的形象,以其独特的美学价值,奠定了看钱奴这类艺术典型在文学人物画廊中的地位。在剥削阶级形形色色的代表人物中,看钱奴这类典型最为直接地暴露出剥削阶级的腐朽本性,所以最便于夸张、便于丑化、便于挖苦,也就最容易被戏剧开始繁荣阶段的剧作家选作鞭挞和调笑的对象。可以说,剥削阶级真正作为历史的丑角在戏剧舞台上受到嘲弄,是从看钱奴开始的,对后世讽刺性文学创作具有深远影响。17 世纪初徐复祚的杂剧《一文钱》,18 世纪中叶吴敬梓的长篇小说《儒林外史》,对悭吝鬼形象的描写也都有独到之处,但仍不及《看钱奴》的淋漓尽致。出现在 13 世纪杂剧舞台上的贾仁形象,就是和法国古典主义戏剧家莫里哀的著名喜剧《悭吝人》中的阿尔巴贡相比,也是毫不逊色的。

作为我国讽刺性喜剧的代表作品，它和宋杂剧中的随意取闹或赋形嘲弄有明显的区别。尽管剧本中插入某些悲剧关目，与喜剧基调不大和谐，却加深了作品的内蕴，引起读者深思。

《看钱奴》的艺术价值，早就受到了世界人民的珍视。它在17、18世纪曾被介绍到西欧，有裘利安的法译本和佚名的英译本。

《看钱奴》传世的版本，有《元刊杂剧三十种》本，息机子《古今杂剧选》本，《元曲选》本。这三个本子的剧情大体相同，但元刊本的科白极为简略，唱词也与其他两个本子出入较大。我们这次校订，选了曲白比较完整的《元曲选》作底本，以息机子本作参校本；两本并存的个别明显脱误，则据元刊本补正。

幽闺记

〔元〕施　惠
黄秉泽　注释
蒋松源　审订

第一出[1]　开场始末

【西江月】〔副末上〕轻薄人情似纸，迁移世事如棋。今来古往不胜悲，何用虚名虚利？遇景且须行乐，当场谩共衔杯[2]。莫教花落子规啼[3]，懊恨春光去矣！

【沁园春】蒋氏世隆，中都贡士[4]，妹子瑞莲。遇兴福逃生，结为兄弟。瑞兰王女，失母为随迁。荒村寻妹，频呼小字，音韵相同事偶然。应声处，佳人才子，旅馆就良缘。岳翁瞥见生嗔怒，拆散鸳鸯最可怜。叹幽闺寂寞，亭前拜月；几多心事，分付与婵娟[5]。兄中文科，弟登武举，恩赐尚书赘状元。当此际，夫妻重会，百岁永团圆。

老尚书缉探[6]虎狼军。穷秀才拆散凤鸾群。

文武举双第黄金榜。幽闺怨佳人拜月亭[7]。

李贽在《拜月亭序》中说：“此记关目极好，说得好，曲亦好，真元人手笔也。首似散漫，终致奇绝，以配《西厢》，不妨相逐追也。自当与天地相终始。”甚是。

〔1〕出:南戏、传奇划分场次的单位,相当于元杂剧的折、现代戏剧的幕。第一出例由副末登场,介绍剧情,标作“副末开场”“开场始末”等。

〔2〕衔杯:喝酒。

〔3〕花落子规啼:传说古蜀帝杜宇自愧德薄,化为子规,于暮春花落时啼叫。子规,又称杜鹃鸟。

〔4〕中都:金朝于贞元元年(1153)迁都燕京,改为中都(今北京)。贡士:经乡贡考试合格者称贡士,由州县送京参加会试。

〔5〕婵娟:本指女子形态美好,后也借指月亮。

〔6〕缉探:探察。

〔7〕南戏、传奇每出之末例有四句,或两句对句,概括本出戏的大意,称作“下场诗”;而第一出的下场诗,是全部剧情的概括,它的作用相当于杂剧的“题目正名”。

第二出　兄妹筹咨

【珍珠帘】〔生[1]扮蒋世隆上〕十年映雪囊萤,苦学干禄[2],幸首获州庠乡举。继晷与焚膏[3],只勤习诗书,咳唾珠玑才灿锦[4],养浩然春闱必取[5]。一跃过龙门,当此青云得路。

中都风物景全佳,街市骈阗[6]斗丽华;烟锁楼台浮锦色,月笼花影映林斜。礼乐流芳忝儒裔[7],双亲不幸俱倾逝。止存一妹在闺中,真乃家传多富贵。自家姓蒋,双名世隆,中都路人氏。

虽叨乡荐,未赴春闱[8]。只因服制在身,难以进取。家中别无亲人,止有一妹,叫名瑞莲。年已及笄[9],未曾许聘。〔鹧鸪天〕正是:锦绣胸襟气若虹,文章才学足三冬,循循善道驰庠校[10],济济儒风蔼郡中[11]。题雁塔[12],步蟾宫[13],前程万里附溟鸿[14]。此时衣锦还乡客,五百名中让世隆。道犹未了,妹子早到。

【缑山月】〔小旦[15]扮瑞莲上〕乐道安贫巨儒,嗟怨是何如?但孜孜有志效鸿鹄[16],似藏珍韫椟,韬光隐锐,待价沽诸[17]。哥哥万福。〔生〕妹子到来,妹子请坐。〔小旦〕哥哥请。哥哥,妹子往常间见哥哥眉开眼笑,今日见哥哥眉头不展,面带忧容,却为些甚么来?〔生〕妹子,你不知道,我有三件事在心,所以不乐。〔小旦〕那三件事?〔生〕第一件,父母灵柩在堂,未曾殡葬;第二件,我服制在身,难以进取;第三件,你我年纪长大,亲事未谐。以此不乐。〔小旦〕〔玉楼春〕瑞莲愚不将贤谏,安居温习何嗟叹?退藏山水作渔樵,进身皇阙为官宦。〔生〕妹子,迅速光阴如转眼,少年何事功名赚?苍天未必误儒冠,儒冠多误男儿汉。〔小旦〕哥哥你平日攻书多少,谅必自知上达之意。

惟"第三件"乃是兄妹最关心之处,也是贯穿全剧的一条线索。诗句太腐。

【玉芙蓉】〔生〕胸中书,富五车[18];笔下句,高千古。镇朝经暮史[19],寐夜兴夙。拟蟾宫折桂云梯步。待求官奈何服制拘？教人怨，怨不沾寸禄。〔合〕望当今圣明天子诏贤书。

【前腔】〔小旦〕功名事，本在天，何必恁心过虑？且从他得失，任取荣枯。为人只恐身无艺，暂时间未从心所欲。金埋土，也须会离土。〔合〕望当今圣明天子诏贤书。

【刷子序】〔生〕书斋数椽[20]，良田尽可，随分饘粥[21]。世态纷纷，争如静守闲居。〔小旦〕勤劬，事业学成文武，掌王朝方展讦谟[22]。〔合〕但有个抱艺怀才，那曾见沧海遗珠？

【前腔】〔生〕难服，晚进儿童，夺朱污紫[23]，肥马轻裘。磊落男儿，惭睹蠢尔之徒[24]。〔小旦〕听语，万事皆由天命，尽皆非者也之乎。〔合〕但有个抱艺怀才，那曾见沧海遗珠？

〔生〕琢磨成器待春闱，〔小旦〕万里前程唾手期。

〔合〕一举首登龙虎榜[25]，十年身到凤凰池[26]。

〔1〕生:南戏、传奇角色名。剧中男主角。

〔2〕干禄:求官。禄,官员的俸薪。

〔3〕继晷焚膏:夜以继日。晷,日影,指白天的光阴;膏,油脂,指灯烛,夜晚的光阴。

〔4〕咳唾珠玑:口中飞出的唾沫如珠玉。语出《庄子·秋水》,后引申为言论高明精当,文字优美准确。才灿锦:比喻才能美好。

〔5〕养浩然:养浩然之气的省语。语出《孟子·公孙丑上》。浩然之气,正大刚直之气。春闱:春试。元明清时代,例于秋季举行乡试,春季举行会试。

〔6〕骈阗:布集、连属。

〔7〕忝儒裔:因功名未成,自愧为儒门子孙。忝,有愧于。

〔8〕"虽叨乡荐"二句:虽然乡试得中,尚未参加会试。叨,承受意。

〔9〕及笄:古代女子一般十五岁结发上簪,表示已成人,故称为及笄、笄年。

〔10〕庠校:乡学。

〔11〕"济济儒风"句:意为家乡读书的人很多,读书的风气很浓厚。

〔12〕题雁塔:雁塔上题名,指科举得中。大雁塔在陕西西安南慈恩寺内,塔下为唐进士题名之处。

〔13〕步蟾宫:登上月宫,比喻科举得中。

〔14〕溟鸿:比喻海阔天空。

〔15〕小旦:剧中的次要女角。

〔16〕鸿鹄:大雁和天鹅,其鸟高飞远举,比喻志向远大。

〔17〕"似藏珍韫椟"三句:比喻怀才以待施展的时机,语出《论语·子罕》。

〔18〕"胸中书"二句:《庄子·天下》:"惠施多方,其书五车。"这里比喻读书很多。

〔19〕镇朝经暮史:每天起早戴晚攻读经史。镇,整日。

〔20〕数椽:几间房屋。

〔21〕饘(zhān)粥:较稠的粥。

〔22〕讦谟:重大谋划。

〔23〕夺朱污紫:语出《论语·阳货》。朱为正色,紫为间色。后来用以比喻不正派的排挤正派的。

〔24〕蠢尔之徒:语出《诗经·小雅·采芑》。指不恭顺、不安分的人。

〔25〕龙虎榜:会试中选。

〔26〕凤凰池:本为禁苑中池沼,诗文中多指宰相。

第三出　虎狼扰乱

本剧分两条线索发展:一是由北番入侵引起的大金内部主战与主和的矛盾以及由此造成的战乱;二是蒋世隆、王瑞兰爱情婚姻的悲欢离合。后者是剧本的主线,前者是后者的背景。两条线交互发展,把人物的命运和性格的发展紧密地联系起来。这一出是前一条线索的开端。

【点绛唇】〔净扮番将上〕势压中华,仁将夷化[1];威风大。一曲琵琶,醉后驱鹰马。

你看边塞上好光景:只见万里寒沙,一天秋草。马嘶平野呼鹰地,犬吠低坡射雁人。草丛中无非是赤兔黄獐,天际表有些儿皂雕白鹞。夜夜月为青冢[2]镜,年年雪作黑山花。俺这里吃的是马酪羊羔,说甚么龙肝凤髓;穿的是狐裘貂帽,要甚么锦衣绣裳?比着他诸夏无君,争似俺蛮夷有主。汉家虽盛,曾与和亲;唐国称隆,结为兄弟。国号附金,而威风凛凛;中华臣宋,而气宇巍巍。远观着几层瑞彩罩金城,遥望见一派祥云笼铁柱。自家北番一个虎狼军将是也。只因大金天子,俺这里三年一小进,五年一大进,十年一总进。今经一十五年,并无一丝儿回答。俺主大怒,着俺起兵前去,打夺州城,占据粮草。不免叫把都儿[3]每出来,与他商议。把都儿那里?

【水底鱼】〔小生、外、丑[4]、末上〕白草黄沙,毡房为住家。胡儿胡女,惯能骑战马。因贪财宝到中华,闲戏耍;被他拿住,铁里温都哈喇[5]。主帅呼唤,上前参见。〔净〕把都儿每!只因大金天子,俺这里三年一小进,五年一大进,十年一总进。今经一十五年,并无一丝儿回答。主上大怒,着俺起兵前去,打夺州城,占据粮草。众把都儿每听吾号令,不可有违。

【豹子令】点起番家百万兵,百万兵;纷纷快马似腾云,似腾云。叵耐[6]大金无道理,与他交战定输赢。〔合〕安排器械便登程,杀教片甲不留存。

【金字经】[7]啃都儿哪应咖哩,者么打么撒嘛呢,哧嘛打么呢,咭罗也赤吉哩,撒么呢撒哩,吉么赤南无应咖哩。

头戴金盔挽玉鞭,驱兵领将几千员。
金朝那解番狼将,血溅东南半壁天。

〔1〕仁将夷化:意在以自己之生活习俗变化中原文化。

〔2〕青冢:王昭君墓。在内蒙古呼和浩特南,相传冢上草色常青,故名。

往往作为塞外大漠的标志性物件。

〔3〕把都儿:蒙古语,武士、兵士。

〔4〕丑:南戏、传奇中的喜剧角色,多扮演插科打诨的人物。

〔5〕铁里温都哈喇:蒙古语。铁里温,头。哈喇,杀。

〔6〕叵耐:可恨的意思。

〔7〕此曲全用蒙古语,其意待考。

第四出　罔害皤良[1]

对"早朝"的描写,未免多余。

〔小生、丑扮金瓜武士[2]上〕蓬莱正殿起金鳌,红日初生碧海涛。开着午门遥北望,赭黄新帕御床高。

【点绛唇】〔末扮黄门上〕渐辟东方,星残月淡,启明犹显[3]。平闪清光,点滴檐铃响。万烛当天紫雾消,百花深处漏声遥。宫门半辟天风起,吹落炉香满绣袍。自家金朝一个小黄门是也。主司仪典,出纳纶音[4]。身穿兽锦袍[5],与宾客言;口含鸡舌香[6],传天子令。如今早朝时分,官里[7]升殿,怕有奏事官到来,不免在此伺候。怎见得早朝?但见:银河耿耿,玉露瀼瀼[8]。似有似无,一天香雾;半明半灭,几点残星。铜壶水冷,数声莲漏出花迟[9];宝鸭[10]香消,三唱金鸡明曙早。人过御沟桥,灯影里衣冠济楚；马嘶官巷柳，月明中环珮铿锵。钟声响，大殿门开；五音合，内宫乐奏。只见那奉天殿、武英殿、披香殿、太乙殿、谨身殿，巍巍峨峨，日色乍临仙掌动；奉天门、承天门、大明门、朝阳门、乾明门，隐隐约约，香烟欲傍衮龙[11]浮。其时有御用监官、尚膳监官、尚衣监官，各司其事，备其所用；鸿胪寺官、光禄寺官、太常寺官，各守乃职，听其所需。周旋中规，折旋中矩[12]，降者降而升者升；过位色勃[13]，执圭鞠躬[14]，跪者跪而拜者拜。文官有稷、契、伊、傅之才[15]，武将有起、翦、颇、牧之勇[16]。正是日月光天德，山河壮帝居。太平无以报，愿上万言书。道犹未了，奏事官早到。

【出队子】〔净扮聂贾列上〕番兵突至，番兵突至，御敌无人为出师，教人日夜苦忧思。事到临危不可迟，奏议迁都，伏乞圣旨。〔末〕来者何官？〔净〕臣聂贾列奏闻陛下。〔末〕所奏何事？〔净〕奏为保国安民事。诚惶诚恐，稽首顿首，冒奏天颜，恕臣万死万死。臣闻番兵犯界，突入榆关[17]，离俺中国只有百二十里之地。况彼人强马壮，本国将寡兵疲，难以当敌。不若迁都汴梁，上保社稷无危，下免生民涂炭。〔末〕官里道来：汴梁有何好处可以迁都？〔净〕夫汴梁者，东有秦关，西有两隘，南有函谷，北有巨海，地雄土厚，可以迁都。所谓“王公设险

我能往，寇亦能往。迁都何能止侵略？

以守其国”。愿我王准臣所奏，不必迟回[18]。〔末〕官里道来：可退在午门外，与众官商议，即便迁都汴梁，免致两国相争，实为便益。〔净〕万岁，万岁，万万岁！〔退科〕

主张抗击侵略，自是忠臣本色。

【点绛唇】〔外扮陀满海牙上〕长乐[19]钟鸣，未央宫启，千官至。顿首丹墀[20]，遥拜着红云里。〔末〕来者何官？〔外〕臣陀满海牙，累世忠良，官居左丞之职，有事不容不谏。〔末〕所谏何事？〔外〕臣闻番兵犯界，军马已到榆关，相去百二十里之地。所谓“剥床以肤，切近灾[21]”者也。本合命将出师，今被奸臣窃柄，奏令迁都。不惟天子蒙尘，抑且生民涂炭。于此不谏，不为忠也。诚惶诚恐，稽首顿首。君乃臣之元首[22]，臣乃君之股肱。君有诤臣[23]，父有诤子。王事多艰，民不堪命。若钳口不言，是坐视其危也。即今番兵犯界，何不遣将出师，却乃迁都远避？〔末〕官里道来：如今朝中缺少良将，着何人为帅，统领三军，与他对敌？〔外〕臣闻“内举不避亲”[24]。臣举一人，即臣之子，陀满兴福，此子六韬三略[25]皆能，有万夫不当之勇，手下见有三千忠孝军，人人敢勇，个个当先，可退番兵。〔净〕臣聂贾列奏闻陛下，陀满海牙已有无君之心，又令其子出军，如虎加翼，为祸不浅，我王不可准奏。〔外〕咄！聂贾列，你何故妄奏迁都？〔净〕咄！陀满海牙，你何故阻驾？〔外怒奏科〕

【新水令】〔外〕九重天听望垂慈，九重天听望垂慈，主君贤谏臣须直。事当言敢自欺？既为官要尽臣职。〔净〕如今圣驾迁都，有何不可？〔外〕你若是要迁移，把社稷一时弃。

〔末〕官里道来：二人所奏不同，还退在午门外，与众官商议。〔外、净〕万岁，万岁，万万岁！〔退科〕〔外〕聂贯列，你怎见得就该迁都？

【步步娇】〔净〕蠢尔番兵须臾至，力寡难当御，朝臣众议之。你不见昔日呵，太王居邠，狄人侵地。事之以皮币不得免[26]，事之以犬马不得免，事之以珠玉不得免。他也无计可施为，只得迁都去。

【折桂令】〔外〕古人言自有权舆[27]，能者迁之，否则存之。〔净〕说得好，说得好，你说圣上不如太王。〔外〕怎忍见夫挈其妻，兄携其弟，母抱其儿；城市中喧喧攘攘，村野间哭哭啼啼！可惜车驾奔驰，生民涂炭，宗庙丘墟。

李贽评："仁人之言。"

【江儿水】〔净〕臣道当卑顺，秋毫敢犯之？你道能如太王则迁之，不能谨守常法。这是不能尧舜欺君罪。那百姓每呵，见说仁君迁都避，纷纷从者如归市。你道效死而民勿去，这等拘守之言，怎及得迁国图存之计？

李贽评："腐甚，宜及祸也。"

【雁儿落】〔外〕俺穿一领裹乾坤缝掖衣[28]，要干着儒家事；读几行正纲常贤圣书，要识着君臣义。俺则是一心儿清白本无私。〔净〕你触犯了圣上，就该万死。〔外〕言如达，死何辞！〔净〕常言道："闭口深藏舌，安身处处牢。"[29]〔外〕怎做得窨无气[30]？〔净〕你许多年纪了，还要管这等闲事怎么？〔外〕怎做得老无为？今日任你就打落张巡齿[31]，痴也么痴，常自把严颜头[32]手内提。

刚则刚矣，徒死何益！

【侥侥令】〔净〕半空横剑戟，四面列旌旗，战鼓如雷轰天地。你却唱太平歌，念孔圣书。

【收江南】〔外〕呀，恰便是骄骢立仗[33]，噤住口不容嘶。将焉用彼过谁欤？那知越瘦与秦肥？你这般所为，你这般所为，恨不得啖伊血肉寝伊皮！

【园林好】〔净〕朝廷上尊严去处，岂容你谈论是非？全不识君臣之体。凭河死[34]，悔时迟。凭河死，悔时迟。〔外将笏击净，净怒科〕

【沽美酒】〔外〕你为人何太谀？你为人何太谀？腹中剑，口中蜜，长脚憸人[35]蓝面鬼。百般样，肆奸回[36]；肆奸回，把圣聪蒙蔽。俺学的是段秀实以笏击贼[37]。你那臭名儿海波难洗。我好名儿史策留题。我呵，这件事你知我知，天知地知。呀，便死做鬼魂灵，一心无愧。

只为"史策留题"，难免"沽名"之嫌，"文死谏"者每每如是。

〔净〕聂贾列奏闻陛下，陀满海牙故意阻驾，陀满兴福造意[38]出军，父子将谋为不轨。〔末〕官里道来：陀满海牙父子既有反叛之心，着金瓜武士打死。〔外〕圣上，谗言不可听信。〔小生、丑扯外下〕〔末〕官里道来：陀满海牙三百家口，不分良贱，尽行诛戮，龆龀不留。就差聂贾列前去监斩，不得有违。〔净〕奉圣旨。

李贽总批："从来君子不能用小人，故小人亦复不能容君子，所以君子每每取祸。若令陀满海牙从容商议，委曲调停，何至此也。奈何口口自家圣贤，他人奸佞，何独为君子一至此哉！所以偾天下事也。可叹，可叹！"

〔末〕早朝奏罢离金阶。〔净〕戈戟森森列将台。

〔合〕会施天上无穷计，难免今朝目下灾。

〔1〕罔害皤良：陷害忠良老臣。皤，指白发。

〔2〕金瓜武士：古代手执金瓜的卫士。金瓜，一种兵仗，仗端作瓜形，有立瓜、卧瓜两式，外镀黄金。

〔3〕"星残月淡"二句：容与堂本原作"残月淡启，犹伺显"，既不合律，又失韵。现据世德堂本校正。

〔4〕纶音：指皇帝的诏书、制令。

〔5〕兽锦袍：绣有兽形图案的锦袍，古代显贵的服装。

〔6〕鸡舌香：今称丁香。汉三国故事，郎官口含鸡舌香，欲其奏事对答，气味芬芳。

〔7〕官里：指皇帝。

〔8〕瀼（ráng）瀼：露水很多的样子。

〔9〕莲漏：古代计时器莲花漏。把莲花状的铜叶，放在盆水上，底孔漏水，水半则沉，每昼夜十二沉。出花迟：谓时辰尚未到。

〔10〕宝鸭：指鸭形香炉。

〔11〕衮龙：衮服，古代帝王及公侯的礼服。

〔12〕"周旋中规"二句：语出《礼记·玉藻》。意为朝臣参拜，礼仪肃整，训练有素。

〔13〕过位色勃：语出《论语·乡党》。意为经过国君的座位，面色便矜持庄重起来。

〔14〕执圭鞠躬：语出《论语·乡党》。意为举行朝礼时，大臣们捧着圭，显得恭敬谨慎。

〔15〕稷：后稷，周的先祖。契：传说中商族始祖帝喾之子。伊：伊尹，佐汤伐夏桀，被尊为阿衡（宰相）。傅：傅说，相传曾板筑于傅岩之野，武丁举以为相。稷、契、伊、傅，都是古代著名贤臣。

〔16〕起：白起；翦：王翦，并战国时秦将。颇：廉颇；牧：李牧，并战国时赵将。

〔17〕榆关：在今河南中牟南。

〔18〕迟回：迟疑、徘徊，犹豫不决。

〔19〕长乐、未央：俱汉宫名，此借指金宫。

〔20〕丹墀：古代宫殿前的石阶，漆成红色，称为丹墀。

〔21〕剥床以肤，切近灾：语出《易经·剥》。原意是伤害到肌肤。

〔22〕元首：头。

〔23〕诤臣：直言敢谏之臣。

〔24〕内举不避亲:春秋时晋国中军尉祁奚,年老,举仇人解狐以代,将立之而卒。又举其子午以代。当时人称为“外举不避仇,内举不避亲”。

〔25〕六韬三略:古代兵书有《六韬》《三略》,后以六韬三略比喻用兵谋略。

〔26〕“太王居邠”五句:语出《孟子·梁惠王下》。太王,周先祖古公亶父,原居于邠,因北来势力侵逼,迁于岐山。皮币,毛皮制成的裘和缯帛。此处聂贾列用来作为迁都退让的借口。

〔27〕权舆:本为草木萌芽的状态,引申为起始的意思。

〔28〕缝掖衣:宽袖单衣,古代儒生所服。

〔29〕“闭口深藏舌”二句:俗语,意为遇事不说话,保险无灾祸。

〔30〕窨无气:闷声不说话。窨,喑,缄默。

〔31〕张巡齿:张巡是唐开元末进士,安史之乱时固守睢阳(今河南商丘),拜御史中丞,每与贼战,大呼誓师,眦裂血流,齿牙皆碎。

〔32〕严颜头:严颜是汉末益州牧刘璋的部将,巴郡太守。刘备入蜀时,严颜为张飞所败,被俘,张飞问他为何不降,他说:“我州但有断头将军,无有降将军也。”

〔33〕“骄骢立仗”二句:骏马站在仪仗队里,勒住口不让它嘶叫。比喻对有才能的人使用不当,致其受到束缚。

〔34〕凭河死:语出《论语·述而》。比喻莽撞拼死。

〔35〕憸人:小人,奸邪的人。

〔36〕奸回:奸恶邪僻。

〔37〕段秀实以笏击贼:段秀实,唐汧阳人,字成公,官至司农卿。朱泚反,秀实阳与泚合,伺机以象笏击之,中其额,秀实遂遇害。

〔38〕造意:主谋。

第五出　亡命全忠

【红纳袄】〔小生扮陀满兴福上〕将门庭，非小轻。掌貔貅[1]，百万兵。威权勇猛千般计，势显英雄一派钲[2]。官宦族，名誉称。声闻彻帝京。好笑番魔也，怎当俺三千忠孝军。胆略曾经百战场，势如猛虎走群羊。胸中豪气冲天日，训练三军悉智强。自家陀满兴福。爹爹海牙丞相，今早入朝未回。目下番奴侵乱，不免把军士每训练一番，多少是好！军吏那里？〔丑上〕朝中天子宣，阃外将军令[3]。复将军，有何钧旨？〔小生〕取军册上来。〔丑取册，小生看科〕〔末上〕有事不敢不报，无事不敢乱传。将军，不好了！〔小生〕怎么说？〔末〕即今番兵犯界，聂贾列奏令迁都，圣意欲从，老相公极言苦谏，那聂贾列辄生恶意，妄奏圣上，说老相公故意阻驾，谋为不轨。圣上听信谗言，将老相公金瓜打死了。〔小生哭科〕〔末〕还有一件。〔小生〕又怎么？〔末〕圣上就差聂贾列为监斩官，把将军三百家口，不分良贱，尽行诛戮。如今聂贾列那厮带领人马将到了也。〔小生〕这苦怎生是了？〔末〕将军不妨。将军手下见有三千忠孝军，人人敢勇，个个当先。待那奸臣来时，把他一刀杀了，上报老相公屈死之仇，下免三百口屠戮之苦，有何难处？〔小生〕我若杀了那厮，怎全得我老相公的忠义？无计可奈，只得逃难他方，再作计处。

双手擘开生死路，一身跳出是非门。

为全忠而亡命，固有可取，但缺乏英雄血性。

〔1〕貔貅：原为传说中的一种猛兽，后喻指勇猛的军队。

〔2〕钲（zhēng）：古代行军的乐器，击鼓以进军，击钲以收军。

〔3〕阃（kǔn）外：指统兵在外。将在外君命有所不受，所以阃外将军令就是最高命令。

第六出　图形追捕

【赵皮鞋】〔丑上〕我是个巡警官[1]，日夜差科千万端。俸钱些少几曾关[2]。怎得三年官债满？〔西江月〕当职身充巡检，上司差遣常忙，捕贼违限最堪伤，罚俸别无指望。日里迎来送往，夜间巡警关防。虽然鹅酒得些噇[3]，事发纳赃吃棒。今有当朝陀满丞相阻当銮驾，朝廷大怒，将他满门良贱，尽皆诛戮，只走了陀满兴福一人。奉上司明文，遍张文榜，画影图形。十家为甲，排门粉壁[4]，各处挨捕[5]。但有拿得着者，有官有赏。窝藏者，与本犯同罪。不免叫左右的出来分付。左右那里？〔末上〕讼简公衙静，民安士庶称。明如秋夜月，清似玉壶冰。复老爹，有何分付？〔丑〕我且问你，这个地方谁管？〔末〕这是中都路坊正[6]管的。〔丑〕这等与我叫中都路坊正来。〔末〕领钧旨。中都路坊正走动。

【大齐郎】〔净上〕狂秀才，命儿乖，身充坊正是官差。三隅两巷民户灾，要无违碍，好生只把月钱来。身充坊正霸乡都，财物鸡鹅那得无？物取小民穷骨髓，钱剥百姓苦皮肤。当权若不行方便，后代儿孙作马驴。罚愿满门都听素，年头年尾只吃麸[7]。〔末〕你倒佛口蛇心。〔净〕你是甚么人？〔末〕我是公使人。〔净〕公使人，干热乱[8]；得文引，去勾唤。穷三千，富五贯。得了钱，解一半。这等之人，如何判断？押赴市曹，一刀两段。吾奉太上老君急急如律令敕。〔末〕你也不象个坊正，到是个掌法司巡警。老爹叫你半日了，且不要闲说。〔净〕既如此，待我去见。老爹见坊正。〔丑〕我把你这狗骨头。我在此半日，你才来见我，到说老爹见坊正，我倒来见你么？〔净〕不是这等说，不曾分得句读。我说老爹见，小人是坊正。只少“小人是”三个字。〔丑〕这狗骨头！“白铁刀，转口

不打自招，喜剧常用这一讽刺手法。

快[9]。”且不打你,听我分付。今有当朝陀满丞相阻当銮驾,朝廷大怒,将他满门良贱,尽皆诛戮,只走了陀满兴福一人。奉上司明文,遍张文榜,画影图形。十家为甲,排门粉壁,各处挨捕。但有拿得着者,有官有赏。窝藏者,与本犯同罪。〔净叫科〕东西南北四隅里卖豆腐的王公听着:但有人拿得陀满兴福者,有官有赏。窝藏者,与本犯同罪。〔丑〕拿过来,我把你这狗骨头。东南西北四隅里,岂没有个姓张姓李的?偏只有这个卖豆腐的王公?〔净〕老爹,有个缘故:小的老婆吃斋,卖豆腐的王公,每日挑了豆腐,在小的门首经过,小的老婆问他赊一块儿吃,他再不肯。老婆说,家长老官儿,今后有甚么官府事,报他一名。故此只报他的名字。〔丑〕这狗骨头。我倒替你官报私仇?叫左右拿下去打。〔末〕禀老爹,打多少?〔丑〕打十三。〔末打科〕〔丑〕你方才打多少?〔末〕打十三。〔丑〕狗骨头。明明打得他三板,就说打了十三,坏了我的法度。坊正起来,拿这狗骨头下去打。〔净〕“六月债,还得快[10]。”禀老爹,打多少?〔丑〕也打十三。〔净打科〕〔丑〕我晓得人人如此,个个一般。你打得他三板,也就哄我说打了十三。你每欺我老爷不识数,左右的如今拿坊正下去打。打一下我老爷记一根筹,难道也哄得我不成?〔末打净,净打丑,诨科〕

虽为插科打诨,亦见社会弊端,并具喜剧色彩。

“末”以下的科诨,令人厌烦。

【恤刑儿】〔丑〕你十三，我十三，三个十三三十九，赛过东京白牡丹。

【柳絮飞】〔丑〕听我分付：一军人尽诛戮，诛戮；走了陀满兴福，兴福。遍张文榜行诸处，都用心跟捉逃徒，逃徒。〔合〕邻佑与窝主，停藏的罪同诛。

【前腔】〔末〕圣旨非比寻俗，寻俗。明立官赏条局[11]，条局。反叛朝廷非小可，市曹中影画形图，形图。〔合〕邻佑与窝主，停藏的罪同诛。

【前腔】〔净〕排门粉壁明书，明书。扰扰攘攘中都，中都。坊正干系天来大，没钱撰不比差夫，差夫。〔合〕邻佑与窝主，停藏的罪同诛。

〔丑〕排门粉壁刷拘[12]，〔净〕各分干系公徒[13]。

〔末〕假饶人心似铁，〔合〕怎当官法如炉！

〔1〕巡警官：巡检官，掌训治甲兵，巡逻州役，擒捕盗贼事，受所在州县守令节制。

〔2〕关：发放。

〔3〕噇（chuáng）：吃，喝。不敬之语。

〔4〕排门粉壁：元代乡村出告示的一种特殊方式。在各家门首立一刷白

土墙，如有告令、科敛，就写在壁上，通告该户。

〔5〕挨捕：挨门搜捕。

〔6〕坊正：管理街坊的小吏。

〔7〕麸：小麦颗粒的外皮。

〔8〕干热乱：本不相干，却来趁热闹。

〔9〕“白铁刀，转口快”：俗语，意出白铁质软，一用即钝。

〔10〕“六月债，还得快”：俗语。上半年借的债，一到下半年就得归还。六月为上半年最末一个月，转眼就到了下半年，所以这么说。

〔11〕条局：条款，文件契约上规定的事项。

〔12〕刷拘：搜查追捕。

〔13〕公徒：刑罚。

第七出　文武同盟

〔小生慌走上〕休赶，休赶！“拆碎玉笼飞彩凤，断开金锁走蛟龙。”

【金珑璁】銮舆迁汴梁，朝廷，你信谗言杀害忠良。忠孝军尽诛亡。慌慌逃命走，此身前往何方？天可表我衷肠。俺陀满兴福，〔水调歌头〕本为忠孝将，翻作奔离人。番兵犯界，迁都远避驾蒙尘。严父金阶苦谏，圣怒一门赐死，亡命且逃生。上天天无路，入地地无门。

【北绛都春】兴福家九族遭殃，六亲

俱丧。衔冤枉,怎教俺三百口无罪身亡!兀的是平地里灾从天降。

【混江龙】大金主上,怨着大金主上,信谗言佞语,杀害我忠良。把俺忠孝军都杀尽,教俺一身逃难,离了家乡。朝廷忙传圣旨,差使命前往地方。把兴福图形画影,将文榜遍地里开张。拿住的请功受赏,但人家不许窝藏。却教俺走一步、一步回头望。痛杀俺爹和娘。走得俺筋舒力乏,諕得俺魄散魂扬。〔内喊科〕呀,后面军马越赶得紧急了。休赶,休赶,俺和你鱼水无交。冤有头,债有主,教你一个来时一个死,两个来时两个亡。

陀满兴福武艺超群,如果愿意打,几个巡捕卒是不在话下的。他之所以一味逃避,并非惧怯,而是为了成全乃父"忠义"之名。这样写,是合乎性格逻辑发展的。

【油葫芦】则见几个巡捕弓兵如虎狼,赶得俺慌上慌,忙上忙。天那,这场灾祸,无可堤防。见那厮恶吽吽[1]手里拿着的都是枪和棒,諕得俺战兢兢小鹿儿在心头撞。这壁厢无处隐藏。且住,这里有一堵高墙,墙边有口八角琉璃井。曾记得兵书上有个金蝉脱壳之计,不免将身上红锦战袍挂在这枯桩上,翻身跳过墙去。待那土兵来时,见了这袍,则道俺坠井身亡,一定打捞尸首。那时陀满兴福在墙那边,不知去了多少路了。好计,好计。将俺这锦红袍、锦红袍脱放在枯桩上。呀,衣服脱了,粉墙这等高峻,如何跳得过?自古道人急计生,不免攀住这杏花梢,跳将过去。跳过这粉墙,恰便似失路英雄楚霸王。教俺兴福慌也不慌?不觉来到花影旁。呀,好大风,想必是天神过往。且在这花丛底下,暂躲一躲,再作区处。〔下〕〔末扮太白星上〕

【旋风子】祥云缥缈,飞昇体探人间。湛湛青天不可欺,未曾举意早先知。善恶到头终有报,只争来早与来迟。

【北雁儿落带过得胜令】〔末〕总乾坤一转丸,睹日月双飞箭。浮生[2]梦一场,世事云千变。万里玉门关[3],七里钓鱼滩[4]。晓日长安近,秋风蜀道难。险些儿误杀了个英雄汉。凄凄冷冷,埋冤世间。善哉,善哉。苦事难挨。有难不救,等待谁来?花园的土地那里?〔丑上〕花园土地老,并无牺牲咬[5]。叵耐灌花奴,香炉都推倒。复仙主,有何分付?〔末〕今有本国忠孝将陀满兴福,他家三百余口,尽被昏奸诛戮,只脱得一身到此。此人去后,当有显荣。如今被军马追赶紧急,汝可隐形全庇此人这场大难。不可有违。〔丑〕领钧旨。便将此人变其形像为小神,与他躲过便了。〔末〕降身临凡世,起步到天宫。〔下〕〔丑坐科〕

本意非宣扬神道,盖为报应善人耳!然以神凑戏,终非善策。

〔小生上〕风已息了，不免寻个走路。呀，这里太湖石傍，有个神像在此，牌上写着明朗神之位。明朗神爷，陀满兴福是冤枉之人，逃难到此，若得片云盖顶，救了小将之难，他日重修庙宇，再整金身。

【混江龙后】〔小生〕望神圣将身隐藏。兴福撮土为香，祷告上苍，但愿得俺兴福离了天罗，脱了地网。〔推丑下，自坐科〕

【六么令】〔外、末、丑、净上〕官司遍榜，捕捉陀满兴福恶党，正身拿住受官赏。寻踪迹，问行藏，俺待见了，休想轻轻饶放。俺待见了，休想轻轻饶放。〔净〕你们见也不曾？〔众〕见甚么？〔净〕攀脊梁不着，一个矮子。〔众〕攀脊梁不着，是个长子。〔净〕在这里，在这里。〔众〕在那里？〔净〕你看这脚迹不是陀满兴福的？〔众〕怎么晓得是陀满兴福的？〔净〕陀满兴福是个雕青大汉[6]，他人长脚也长。〔众〕有多少长？〔净〕待我量一量看，有一丈二三长。〔众〕一丈二三？且住，脚迹在这里，怎么就不见了？〔净〕是跳过墙去了。〔众〕这墙是谁家的？〔外〕是蒋举人的花园。那个先进去？〔净〕你们进去。〔众〕还是你进去。〔净〕也罢，我有个分晓。待我先把这棍子丢将进去看。〔丢棍科〕〔末〕这个是护身龙，怎么丢了进去？〔净〕如今

南戏中，丑常与净、末搭配，相互调笑以活跃戏剧气氛。

不叫他是护身龙。〔末〕叫做什么?〔净〕叫做查实。〔末〕怎么叫做查实?〔净〕丢这棍子进去,倘若里面有沟有河,有人有狗,也晓得个明白。故此叫做查实。〔末〕如今丢在那里响?〔净〕在平地上响。待我进去。〔作跳墙科〕呀,有个神像在此,牌上写着是明朗神之位。且住,陀满兴福是个有本事的人,倘撞着了他,一拳打得稀烂,还出去叫他们一齐进来。〔跳出科〕〔末〕怎么又出来了,可见些甚么?〔净〕不见甚么,只见一个神道,坐在那里。和你都跳去看。〔末〕我们奉上司拿人。和你推倒墙进去。〔众〕是如此,推倒墙进去。〔众推科〕果然有个神道在此。〔净〕列位哥哥,我和你在神道面前许下一愿心,保佑你我早拿得陀满兴福,你道如何?〔众〕好,好。〔丑〕我就许一只鹅。〔净〕我就许一只鸡。〔末〕我许一刀肉。〔外〕我许酒果纸烛,都在我身上。〔众〕明朗神爷,我每都是土兵,奉上司明文,捉拿陀满兴福。若拿得着,还你一个三牲[7]。〔丑〕若拿不着,我那儿,你休怪。〔外〕神明怎么去亵渎他?〔末〕来,和你在此嚷了半日,他就在此也去了。和你还到墙外边去,追寻踪迹。〔净〕说得有理。快来,快来,走在这里。〔丑〕在那里?〔净〕这不是陀满兴福的红锦战袍?想是见我们追得紧急,坠井而亡了。〔丑窥井科〕一个,一个。〔外看科〕〔丑〕两个,两个。〔外〕不是，是我和你的影子。〔丑〕怎么有人在里面说话？〔外〕是我和你的应声。哥，被他使了计了。〔净〕使甚么计？〔外〕金蝉脱壳之计。他哄我和你在此打捞尸首，他不知去了多少田地。不如拿这领衣服去请赏罢。〔众〕说得有理。

【好花儿】〔众〕恨不得掘地翻天。见树边一人端然，是个土地公公，塑在花园。许金钱，望指点。〔合〕歹人歹人那里见？

【前腔】〔众〕寻不见连忙向前，搜索尽墙边院边。莫不是隐身法术似神仙？走如烟，眼寻穿。〔合〕歹人歹人那里见？

【前腔】〔众〕捉拿了三千六千，做公人十年五年。马翰司公且休言。见着钱，最为先。〔合〕歹人歹人那里见？

〔外〕手眼快且饶巡院。〔末〕心机巧枉说周宣[8]。〔净〕有指爪辟开地面。〔丑〕插翅翼飞上青天。〔并下〕〔小生吊场〕你看这一起土兵，倒在我跟前许下三牲去了。这回不走，更待何时？不免拜谢天地则个。

【金蕉叶】〔小生〕谢天，谢了天，怎么不拜谢明朗神爷？谢神。避难来，幸脱离了祸门。〔欲下科。生上〕咄！是何人入我园中暗隐？〔小生跪科〕告少息雷霆怒嗔。〔生〕

汉子,这不是说话的去处,随我到亭子上来。

【章台柳】〔生〕情既紧,言又窘,我斟量非奸即盗贼。〔小生〕小人不是贼,逃躯潜地奔。〔生〕既不是贼呵,无故入人家有何事因?〔小生〕小人也是好人家儿女。〔生〕你休得要逞花唇,休得要逞精神,稍虚词,送你到有司推问。〔小生〕长者息怒且停嗔,听我从头说事因:兴福本为忠孝将,谁知翻作叛离人。长者若拿兴福去,官上加官职不轻。正是:得放手时须放手,可饶人处且饶人。

【前腔】〔小生〕我将冤苦陈,教君不忍闻。〔生〕你是何处人氏?姓甚名谁?〔小生〕念兴福生来女直人。〔生〕做甚么勾当?〔小生〕身充忠孝军。〔生〕呀,既是忠孝军,怎么不去随驾?倒在这里?〔小生〕为父直谏迁都阻佞臣,龆龀不留存,诛戮尽,只留我苟活逃遁。

【醉娘儿】〔生〕且听言,此情实为可悯。汉子,抬起头来我看。〔小生抬头科〕〔生〕觑着他,貌英雄,出辈群。〔背云〕结交在未遇之先,施恩在贫窘之日。看此人一貌堂堂,后来必有好处。意欲结义他为兄弟,未知他意下何如?汉子,请起。你不嫌秀士贫,和你弟兄

敢于冒"与本犯同罪"的风险,拯英雄于危难之中,蒋世隆不失为"志诚君子"。

相识认。〔小生〕小人该死之徒，得蒙长者饶恕，已出望外，焉敢与长者齐躯？〔生〕这也非在今日，他时须记取今危困。

【前腔】〔小生〕死重生，怎敢忘伊大恩？〔生〕你多少年纪了？〔小生〕小人二十八岁。〔生〕我今年三十岁，长你二岁，你称我为兄便了。〔小生〕既如此，哥哥请上，受兄弟几拜。〔生〕不要拜罢。〔小生拜科〕既为兄，休谦逊。〔生〕你拜我受之不稳。〔小生〕休道是百拜受不稳，受兄弟千拜何劳顿！除了仁兄呵，谁肯把我负屈衔冤问？〔生〕兄弟，我本待要留你在此，暂住几时，只是一件：

【雁过南楼】〔生〕此间难容汝身，此间难容汝身，但人知彼此遭迍。兄弟，你衣帽那里去了？〔小生〕衣帽多失落了。〔生〕叫院子取我的衣帽并银子十两出来。〔末上〕衣帽银子在此。〔生〕你且回避。〔末下〕〔生〕无物赠君，些少馂银[9]，不嫌少，望留休哂。〔小生〕多谢哥哥！〔生〕兄弟，你此去呵，莫辞苦辛。暮行朝隐更名姓，向外州他郡。兄弟，你方才打从那里来的？〔小生〕后园墙上跳过来的。〔生〕我如今送你到前门出去。〔别科〕

【前腔】〔小生〕拜别拜别，方欲离门，且住，我陀满兴福聪明了一世，懵懂在一时。方才跳入那秀士园中，他不拿我送官请赏，反助我银两，又结义我为兄弟。我久后若得寸进，欲报恩义，未知他姓甚名谁？猛回身，猛回身，幸还思忖。〔生〕呀，兄弟你去了怎么又转来？〔小生〕特有少禀，欲言又忍。〔生〕兄弟有甚话，但说不妨。〔小生〕哥哥姓和名，小兄弟敢问？〔生〕自家姓蒋，双名世隆，中都路人氏。兄弟，你三回五次问我的姓名，莫非恐人拿住，要攀扯着我么？〔小生〕无他效芹[10]，略得进身，犬马报，怎敢忘半米星分？〔走科〕〔生〕兄弟且慢去，我还有几句言语嘱付你。

为“虎头遇旧”“兄弟弹冠”伏线。好关目。

这一反问，有点迂腐，作者本意，盖为“犬马报”一语作铺垫。

【山麻稭】〔生〕你去渡关津，怕有人盘问，又没个官司文凭路引[11]。此行何处能安顿？蓦忽地怕有便人，寄取一封平安书信。

【前腔】〔小生〕兄长言，极明论。遍行军州，立赏明文。世没个男儿，有谁投奔？一片心，后土皇天，表我忠直不陷良人。

【尾声】埋名避祸挨时运，满望取皇家赦恩。罪大弥天，其时许自新。

〔生〕古语积善逢善，〔小生〕常言知恩

报恩。

〔合〕此去愿逢吉地，前行莫撞凶门。

〔1〕恶吽（hǒu）吽：凶恶地喊叫。吽，通“吼”，象声词，牛鸣。

〔2〕浮生：老、庄以人生在世，虚浮无定，后来称人生为浮生。以下七句用元散曲家邓玉宾子〔双调·雁儿落过得胜令〕曲中句。

〔3〕万里玉门关：玉门关，在今甘肃省。班超建功于绝域，老来思乡，愿生入玉门关，后用以抒发功名富贵如过眼云烟的思想。

〔4〕七里钓鱼滩：东汉严光隐遁浙江桐庐富春江的钓鱼滩，名严陵滩，滩长七里，又名七里滩。

〔5〕牺牲：供祭祀用的纯色全体牲畜。咬：咬嚼，吃。

〔6〕雕青大汉：强悍勇武的男子。雕青，刺花纹于皮肤，涂以靛，即显青色花纹，尚武者常雕此。

〔7〕三牲：祭祀用的牛、羊、豖，谓之三牲。

〔8〕周宣：三国魏时乐安人，字孔和，官中郎，善占梦。

〔9〕鏒（sǎn）银：成色较差的银子。

〔10〕效芹：自谦礼物菲薄，不足当意之词。

〔11〕文凭路引：通行的文字凭证。

第八出　少不知愁

李贽评：“此出似淡，亦无关目，然亦自少不得。”

【七娘子】〔旦扮王瑞兰上〕生居画阁兰堂里，正青春岁方及笄。家世簪缨[1]，仪容娇媚，那堪身处欢娱地？

【踏莎行】瑞兰兰蕙温柔[2],柔香肌体,体如玉润宫腰细。细眉淡扫远山横,横波滴溜娇还媚。媚脸凝脂,脂匀粉腻,腻酥香雪天然美。美人妆罢更临鸾,鸾钗斜插堆云髻。

【锦缠道】〔旦〕髻云堆,珠翠簇。兰姿蕙质,香肌称罗绮。黛眉长,盈盈照泓秋水。鞋直上冠儿至底。诸余没半桩儿不美。针指暂闲时,花朝月夕,丫鬟侍妾随。好景须欢会,四时不负佳致。

【朱奴儿】春名苑,奇葩异卉。夏水阁,浮瓜沉李[3]。秋玩蟾光折桂枝。逢冬景赏雪观梅。呼呼唤唤,愁是甚的?总不解愁滋味。

芳容鱼沉雁落,美貌月闭花羞。
肌骨天然自好,不搽脂粉风流。

沈德符评:"即'髻云堆'小曲,模拟闺秀娇憨情态,活托逼真。"

身居画阁兰堂,生就香闺弱质,从来"不解愁滋味";尚书的独生女,父母的掌上珠:这是女主角王瑞兰首次出场时具有的生活特色。

〔1〕家世簪缨:世代显贵。

〔2〕兰蕙温柔:兰草与蕙兰,花开香气清淡,常用以比喻女子幽静高雅的品格。下文"兰姿蕙质"意同。

〔3〕浮瓜沉李:魏文帝曹丕《与朝歌令吴质书》:"浮甘瓜于清泉,沉朱李于寒水。"后以浮瓜沉李为夏日游宴之词。

第九出　绿林寄迹

【水底鱼】〔外、净、丑、末扮喽罗上〕击鼓鸣锣，杀人并放火。倚山为寨，号为拦路虎。金银财宝，劫来如粪土。无钱买路，霸王也难过。〔净〕山中壮士，全无救苦之心，寨内强人，尽有害民之意。不思昔日萧何律[1]，且效当年盗跖能。众兄弟，你我不是别人，虎头山草寇是也。寨中有五百名喽罗，你我却是头领。昨夜巡哨各山，不知有事也没有？〔外〕我巡东山，一些事也没有。〔净〕我巡西山，也没事。〔丑〕我巡南山，也没事。只有巡北山的头领不见回来。待他来时便知分晓。〔末上〕欢来不似今日，喜来那胜今朝。〔众〕哥回来了？〔末〕是回来了。你们巡哨如何？〔众〕我们都没事。〔末〕我倒有事。〔丑〕你敢被人拿住了？〔末〕被人拿住，那得我来？〔丑〕却怎么说？〔末〕我一巡巡到山凹里，只见霞光万道，瑞气千条。被我把铧锹掘将下去，只见一个石匣，石匣里面一顶金盔，一把宝剑。〔众〕在那里？〔末〕是我藏在那里。〔众〕去拿来看一看。〔末〕我去拿来。〔背云〕我在那里戴一戴，头脑生疼起来。

争戴金盔一场，虽与主题无涉，对情节的发展也是多余，却有深刻的讽刺性，表明了作者的政治倾向，是一场好丑角戏。

且把与他们戴戴看。哥,你看好东西。〔净〕拿来我戴。〔丑、外夺科〕〔末〕不要争,我有个主张。我们虎头山有五百名喽罗,只少一个寨主。若是带得这盔的,大家就拜他做寨主。〔丑〕这有甚么难,拿来我戴起。〔末〕且住。要做寨主,还要通得些文墨才戴得。〔丑〕要弄文墨,这个不打紧。拿来我戴了说。〔末〕说了戴。〔丑〕也罢,我就说。怎么样说好?〔末〕要说得大些。〔丑〕我平生会说大话:混沌初分我出身。如何?〔末〕大便大了,且看下句。〔丑〕有么:混沌初分我出身,伏羲、神农是我后辈人。山中寨主无人做,五百名喽罗我是尊。拿来我戴。〔末〕钦赐了你,不消谢恩。〔外〕好皇家气象。〔丑〕好,你看:耀日争光,这红帽儿不用了。赐与你们罢。且住,还要防后,拿那雌雄宝剑来。〔末〕甚么雌雄宝剑?〔丑〕插在我杨柳细边。〔末〕甚么杨柳细?〔丑〕腰,雌雄宝剑,杨柳细腰。〔净〕皇帝也打歇后语?颁行天下,都要打歇后语哩。〔丑反戴科〕〔末〕反了。〔丑〕一日皇帝也不曾做,怎么就反了?〔末〕盔反戴了。〔丑〕你那晓得?我是个没面目的大王,却要垂帘听政哩。〔歪戴科〕〔末〕歪了。〔丑〕这叫做耳不闻。〔作跌,推末科〕〔末〕怎么推我一交?〔丑〕这叫做“推位让国”。〔摇科〕〔末〕不要摇。〔丑〕是尧舜,“有虞陶唐”。〔末〕怎么这等抖?〔丑〕刘备儿子叫做

拿皇帝开玩笑,寓讽刺于嬉笑之中。

阿斗。他就失了帝位。我只得临深履薄[2]，悚惧恐惶。〔末〕怎么坐在地上？〔丑〕地主明王也要“坐朝问道”。阿呀，盔内有鬼。〔末〕无鬼不成魁。〔丑〕快备龙床，寡人要驾崩了。大家且来“济弱扶倾”。〔倒科〕〔众扶科〕怎么？〔丑〕戴在头上，渐渐似泰山压顶一般，头疼眼胀，成不得，这寨主不愿做了。还是戴红帽儿罢。〔净〕我量你这等嘴脸，怎做得寨主？看我坐在这里，就有样子了。〔末〕也先要通文。〔净〕有么：混沌初分我出世，寿星老儿是我的徒弟。这些小贼莫多言，虎头山中我即位。〔末〕好个即位。〔净〕进上我戴。〔末〕把红帽我拿了。〔净〕且放在此，备而不用。我今日做了寨主，你每都要听我令旨，遵我约束。如违拿来就斩了。〔众〕好欺心。寨主未做得成，就要杀兄弟。〔净〕不是。先说过了，日后方见寡人言顾行。都走过一边听点，走过东来。〔众走科〕〔净〕走过西去。呀，不好了！〔倒科〕〔众扶科〕〔净〕戴不得。戴在头上，就像一万斤重。寨主要做，受不得这般疼痛。罢，还是这红帽儿安稳。〔末〕不瞒哥们说，我在山凹里时就戴一戴，头上生疼。若是好戴呵，不到如今让与你们戴。〔丑〕列位，以后有了得的客商经过，只把这盔与他戴，就压倒了。不消费力，金银财宝都是我每的。〔末〕不是这般说。天赐这顶盔，必有个做寨主的来戴。如今和你每下山去，招军买马，积草聚粮，等候那人便了。〔众〕说得是，说得是。

【节节高】〔众〕强梁勇，猛人会一家，杀人放火张威霸。行劫掠，聚草粮，屯人马。惯战武艺多潇洒，从来贼胆天来大。蛟龙猛虎离山窝，闻风那个不惊怕！闻风那个不惊怕！〔下〕

【醉罗歌】〔小生上〕那日那日离都下，流落流落在天涯。画影图形遍挨查，到处都张挂。草为茵褥，桥为住家。山花当饭，溪水当茶。陀满兴福这般苦楚呵，那些个"一刻千金价"。〔内喊科〕〔小生〕兵戈扰，道路赊。几番回首望京华。〔外、末、净、丑上〕这厮往那里走？〔小生〕你这伙是甚么人？拦我去路。〔众〕快留下买路钱去。〔小生〕我且问你，这路是你家的？我且是没钱在身边，就有，你每也要我的不得。〔丑〕你是贼的老子？要你的不得？〔净〕咗！贼的儿子。〔小生〕怎么叫做买路钱？〔净〕我每这个虎头山虎头寨，但是打我这里经过，要几贯买路钱；若是没有，一刀两段。〔小生〕你这伙原来是剪径的毛贼。〔净〕罢了，叫出表字道号来了。〔小生〕我行来路远，肚中饥又饥，渴又渴，有酒饭拿来我吃，有盘缠送我做过山钱，饶你这伙毛贼的性命。〔净〕倒要土

"毛贼"碰着了"真命强盗"，令人发笑。再加下面的武打，场上也热闹。

地三陌纸?〔丑〕哥,但是过这山的人,少不得大胆说几句大话唬人。〔净〕说得有理,待我去拿他过来。哇,你休得说大话。战得我过,饶你性命。〔小生〕你来。〔净倒科〕〔丑〕罢了,倒了虎头山的架子。待我去拿他。你要活的,就是活的;要死的,就是死的。哇,这厮看刀。〔小生〕你来。〔丑跪倒科〕〔净〕不是这等。和你众人齐上去与他杀,叫他双拳不敌四手。〔丑〕这个有理,和你齐上去。〔小生〕你每都来。〔众战倒科〕〔丑〕这个人果然有些本事。快拿那话儿来。〔末〕甚么那话儿?〔丑〕戴在头上生疼的。〔净取盔跪介〕壮士爷!〔丑〕啐,怎么跪了他,又叫爷?〔净〕再不要惹他打了疼处。壮士爷!〔末〕又叫爷?〔净〕哥,奉承他些罢。〔小生〕怎么说?〔净〕众人没有什么孝顺,止有一顶嵌金盔在此。壮士爷若戴得,就奉送。〔小生〕拿上来。你这伙毛贼也有这顶好金盔。〔净〕众人也指望成些大事,特打在此的。〔小生戴科〕倒正好。〔众〕可疼?〔小生〕甚么疼?〔净〕你不头疼?〔小生〕我怎么头疼?〔净〕你可眼花?〔小生〕我为甚眼花?〔丑〕这却是真命强盗。〔外〕真命寨主。〔众〕禀壮士,你来得去不得了。〔小生〕我怎么来得去不得?

为了躲过缉捕,隐姓埋名,暂作虎头山寨主,这

【不漏水车子】〔众〕告壮士,休怒嗔。不嫌草寨贫,拜壮士为山中头领,掌管喽

罗五百名。〔小生〕你每要留我么?〔众〕是。〔小生〕且退后。且自沉吟,谩自评论。画影图形,捕捉甚紧。不如隐遁在埋名径。也罢,我权且住在这里罢。〔众拜科〕多蒙便应承,小的们悉遵钧令。请问寨主上姓?〔小生〕你问我姓名么?〔众〕是。〔小生背云〕虽然没人到此寻我,也未可把真名说与他每知道。众喽罗,我姓蒋,双名世昌。你众人听我号令。〔众应科〕〔小生〕汝等下山,三不可杀。〔众〕那三样不可杀?〔小生〕中都路人不可杀,秀士不可杀,姓蒋的不可杀。其余有买路钱的放他过去,没有的带上山来。〔众〕领钧旨。

倒是个好办法。从情节发展看,亦不可少。

"三不可杀",条条指的蒋世隆,表现了兴福知恩必报的品质。在情节上,既照应了"文武同盟",又为"虎头遇旧"伏笔。

【红绣鞋】〔小生〕本为盖世英雄,英雄。奸邪疾妒难容,难容。万山深处隐其踪。不是路,且相从。屯作蚁,聚成蜂。屯作蚁,聚成蜂。

【前腔】〔众〕将军凛凛威风,威风。战袍绣虎雕龙,雕龙。山花斜插茜巾红。新寨主,坐山中。商旅过,莫遭逢。商旅过,莫遭逢。

〔小生〕暂居山寨作生涯,〔众〕喜得将军肯上来。

〔合〕巍岭峻峰通隐豹[3],野花芳草待

时开。

〔1〕萧何律:萧何(? —前193),沛人,佐刘邦建汉王朝,汉代律令多出其手,世称萧何律。

〔2〕临渊履薄:面临深渊,走在薄冰上,比喻戒慎恐惧。

〔3〕隐豹:犹豹隐,比喻远害以全身。

第十出　奉使临番

王镇一出场,聂与陀满的矛盾即告结束。从此转入战乱的描写。

【丞相贤】〔外扮王镇上〕弯弓驰骑射双雕,武勇超群胆气高。紫袍金带非同小,见随朝,兵部尚书官养老。

马挂征鞍将挂袍,柳梢门外月儿高。男儿未挂封侯印,腰下常悬带血刀。自家姓王,名镇。女直人也。官拜兵部尚书。家眷五十余口,至亲者三人。夫人张氏,生女瑞兰,年方及笄,未曾许聘。今日私宅称觞[1],怕有朝使到来,不当稳便[2]。院子那里?〔末上〕堂上呼双字,阶前应一声。复老爷,有何分付?〔外〕我今日私宅称觞,倘有朝使到来,即报与我知道。〔末〕理会得。

【梨花儿】〔净扮使臣上〕使臣走马传敕旨,铺陈香案疾穿执[3]。万岁山呼行礼毕，嗏，钦依宣谕躬身立。

圣旨已到，跪听宣读：朕当邦国阽危[4]，边疆多难。士庶汹汹，各不聊生。贼情叵测，难以遥度。尔兵部尚书王镇，当朝良将，昭代名臣，可前往边城，缉探详细，便宜行事。军情紧急，不可稽迟[5]。谢恩。〔外〕万岁，万岁，万万岁！朝使，不知朝廷敕旨，为何这等急促？

【番鼓儿】〔净〕为塞北兴兵临边鄙，临边鄙。但州城关津险隘，势怎当敌？待欲迁都回避。不许稽迟，上京去缉探事实。〔合〕火速便驰驿，等回音，星飞电急。

【前腔】〔外〕念老臣年登七十岁，七十岁。今又奉朝廷敕旨。事属安危，恨不得肋生双翅。两头白日[6]多只行五里十里。〔合〕火速便驰驿，等回音，星飞电急。

【前腔】〔末〕紧使人疾速催驿骑，催驿骑。便疾忙安排鞍辔。打点行李，这回须教仔细。先解缰绳，怕骑了没头马儿。〔合〕火速便驰驿，等回音，星飞电急。

【前腔】〔净〕兀剌赤[7]，兀剌赤，门外等多时。〔外〕纵辔加鞭，心急马迟。〔末〕伴宿女孩儿，羊酒要关支。管取完备，休得误了军期。〔合〕火速便驰驿，等回音，星飞电急。

【双劝酒】〔外〕军情紧急，国家责委[8]，不敢有违滞。常言道，养兵千日，今朝用人之际。〔合〕火速便驰驿，等回音，星飞电急。〔净〕老大人，此乃朝廷大事，即日就望回音。作急起程罢。眼望捷旌旗，耳听好消息。〔下〕〔外〕身食天禄[9]，命悬君手。驿马俱已完备，只得就此前去。院子，后堂请老夫人、小姐出来，分付家事，即便起程。〔末〕老夫人、小姐有请。

【东风第一枝】〔老旦〕宫日添长，壶冰结满，仲冬天气严寒。〔旦〕绣工停却金针，红炉画阁人闲。金猊[10]香袅，丽曲趁舞袖弓弯。〔合〕锦帐中褥隐芙蓉。怎教鹦鹉杯干？〔老旦〕相公万福。〔外〕夫人少礼。〔旦〕爹爹万福。〔外〕孩儿到来。〔老旦〕〔临江仙〕相公，忽听朝廷颁敕旨，传宣未审何因？〔外〕使臣走马到家门，教老夫急离龙凤阙，缉探虎狼军。〔旦〕爹爹，朝中多少文和武，缘何独劳家尊？〔末〕惟行君命岂私身？正是“家贫显孝子，国难见忠臣”。〔旦〕爹爹迟些去也无妨。〔外〕孩儿说那里话。我若迟延，是违忤了朝廷了。今日将家事交付与你母子，就此起程。〔老旦〕相公路上带谁去伏侍？〔外〕六儿[11]北

三言两语，活画出瑞兰不谙世事、不懂人生的天真娇态。

边惯熟,带六儿去。〔老旦〕院子叫六儿过来。〔末〕六叔,老爷叫。〔丑上〕听得爹爹叫,即忙便来到。爹爹,奶奶,小姐,六儿叩头。〔外〕六儿,我奉圣旨往北边,带你去伏侍。快去收拾行李。〔丑〕理会得。〔叫科〕媳妇收拾我行李,我随爹爹往北边走一遭。〔老旦〕老身已分付安排杯酒,就与相公饯行。看酒来。〔丑〕酒在此。

【催拍】〔外〕受君恩,身居从班。食君禄,怎敢辞难。〔老旦〕此行非同小看,非同小看。缉探上京虚实,便往边关。漠漠平沙,路远天寒。〔合〕一别后,涉水登山;今日去,甚时还?

【前腔】〔老旦〕气力衰,行履尚难,怎驱驰,挥鞭跨鞍?〔旦〕愁只愁路里,愁只愁路里,难禁冒雨蒙霜,此身劳烦。谁奉兴居,暮宿朝餐?〔合〕一别后,涉水登山;今日去,甚时还?

【前腔】〔旦〕去难留,愁擎凤盏。爱情深,重掩泪眼。〔外〕休忧虑放怀,休忧虑放怀。堂上母亲,叮咛小心相看。〔老旦〕娘女在家中,怎免愁烦?〔合〕一别后,涉水登山;今日去,甚时还?

【前腔】〔丑、末〕宣限紧,休作等闲。

前写瑞兰对乃父感情之深,才显后来在婚姻问题上与乃父冲突之尖锐。

报国家，忠心似丹。〔旦〕稍迟延半晌，稍迟延半晌。寻思止得些时，面觑尊颜。子父隔绝，雾阻云拦。〔合〕一别后，涉水登山；今日去，甚时还？

【一撮棹】〔外〕夫人，只得就此分别了。今日去，便驰驿离乡关。朝廷命，疾登途，怕迟晚。〔老旦〕兵南进，兴戈甲，取江山。〔旦〕遭离乱，家无主，怎逃难？〔外〕虽士马侵边紧，两三月便回还。〔老旦〕专心望，望佳音，报平安。

〔外〕军情怎敢暂留停？〔老旦〕疾速登程离帝京。

〔合〕正是相逢不下马，从今各自奔前程。

〔1〕称觞：举杯祝酒。

〔2〕不当稳便：不大妥当、方便。

〔3〕穿执：穿戴衣帽，拿起武器。

〔4〕阽危：面临危险。

〔5〕稽迟：停留耽误。

〔6〕两头白日：从日出到日落，即从早到晚。

〔7〕兀剌赤：蒙古语，掌车马或养马的人。

〔8〕责委：要求、付托。

〔9〕天禄：朝臣的俸薪。

〔10〕金猊:一种香炉,形如狻猊。

〔11〕六儿:女真人通称家僮为六儿。外人尊称六爷。

第十一出　士女随迁

此出为过场戏,有渲染战乱气氛之用。

〔末慌走上〕灾来怎躲,祸至难逃。官人、小姐,不好了,快走,快走!〔生、小旦上〕忽闻人唤语,未审有何因?〔末〕官人、小姐,不好了!〔生〕怎么说?〔末〕只见簇簇军马往南来,密密枪刀从北至。势不可遏,锋不能当。夺关隘争履平川,攻城邑竞登坦地。黎民逃难,街衢中似乱乱奔獐;官宦随迁,途路里若慌慌走鹿。百司解散,万姓仓皇。明张榜示,今朝驾幸汴梁城;晓谕通知,即时要徙中都路。一来军马临城,二者都堂[1]法令。蝼蚁尚且贪生,为人岂不惜命?官人、小姐听缘因,满目干戈失太平。双手擘开生死路,一身跳出是非门。〔下〕

【薄媚滚】〔生、小旦〕听人报军马近城,天子迁都汴。今晚庶民、今晚庶民不许一人流落后在京城。生长升平遭离乱,苦怎言!胆颤心惊,如何可免?

【前腔】听街坊巷陌,听街坊巷陌,唯闻得炒炒[2]哀声遍。急去打叠,急去打叠金共宝，随身带做盘缠。田业家私，田业家私不能守，不能恋。两泪涟，生死安危，只是靠天。

〔生〕父母家乡甚日归？〔小旦〕慌慌垂泪离京畿。

〔合〕避难一心忙似箭，逃生两脚走如飞。

〔1〕都堂：唐制尚书令有大厅，在尚书省中，谓之都堂，此指朝廷。

〔2〕炒炒：吵吵。

第十二出　山寨巡罗

【贺圣朝】〔小生上〕斩龙射虎威风，擒王捉将英雄。锦征袍相称茜巾红，镇山北山东。

陀满兴福来在此间，正所谓"穷猿奔林，无暇择木"，只得依附亡命[1]，啃聚山林；靠高冈为栅寨，依野涧作城濠。风高放火，无非劫掠庄农；夜黑杀人，尽是伤残民命。弓兵巡尉，闻知胆丧心惊；客旅经商，见说魂飞魄散。除非黄榜可招安，余下官兵收不得。众喽罗那里？〔外、末应上〕

果然如此，真乃杀人放火的强盗矣。几句自白，表现封建文人对啃聚山寨者的看法。

〔小生〕你每俱有差点,只有大小喽罗没有事委他。与我唤来。〔外、末唤科〕〔净、丑应上〕宋江三十六,回来十八双。若还少一个,定是不还乡。复主帅,有何分付?〔小生〕大小喽罗,别的都有差点,只你两个没有。如今发下一个伙落更梆[2],一个巡山伏路。头上戴的,身上穿的,腰间系的,手中拿的,脚下踹的,如少了一件,捆打二十。〔净、丑〕领钧旨。〔巡山打更诨科〕〔小生〕大小喽罗,且听我分付。

【豹子令】〔小生〕闻说中都起战尘,起战尘。黎民逃难乱纷纷,乱纷纷。怕有推车担担人经过,劫掠财宝共金银。〔合〕用心巡,登山蓦岭用心巡。

【前腔】〔净〕休避些儿苦共勤,苦共勤。提刀携剑聚成群,聚成群。士农工商钱夺下,回来山寨醉醺醺。〔合〕用心巡,登山蓦岭用心巡。

【前腔】〔丑〕劫掠金珠不要分,不要分。肥羊美酒不沾唇,不沾唇。但愿捉得个多娇女,将来压寨做夫人。〔合〕用心巡,登山蓦岭用心巡。

〔小生〕逢人买路要金珠,〔净〕认得山中好汉无?

以上十二出,除剧中人物逐一登场亮相外,主要在于为蒋、王的爱情婚姻故事提供一个战乱的社会背景。但过于冗长,尤其是对兴福的遭遇,铺排过多，对主要矛盾揭示太晚。

〔丑〕日后欲求生富贵，〔合〕眼前须下死工夫。

〔1〕亡命：指不顾性命犯法作恶，包括啸聚山林。

〔2〕更梆：报更的梆子。

第十三出　相泣路岐

战争把瑞兰母女推出了安逸的家庭，卷入了战乱的漩涡，开始经受磨炼。

【破阵子】〔老旦上〕况是君臣分散，那看母子临危。〔旦上〕严父东行何日返？天子南迁甚日回？〔合〕家邦无所依。〔老旦〕〔望江南〕身狼狈，慌急便奔驰。贴肉金珠揣得甚，随身衣服着些儿，子母紧相随。〔旦〕离帝辇[1]，前路去投谁？风雨催人辞故国，乡关回首暮云迷。何日是归期？〔老旦〕孩儿，管不得你鞋弓袜小，只得趱行几步。〔旦〕母亲，怎么是好？

【渔家傲】〔老旦〕天不念去国愁人最惨凄。淋淋的雨若盆倾，风如箭急。〔旦〕侍妾从人皆星散，各逃生计。〔合〕身居处华屋高堂，但寻常珠绕翠围。那曾经地覆天翻受苦时。

【剔银灯】〔老旦〕孩儿,两条路不知往那一条去? 迢迢路不知是那里,前途去安身在何处。〔旦〕一点点雨间着一行行栖惶泪,一阵阵风对着一声声愁和气。〔合〕云低,天色傍晚。子母命存亡,兀自尚未知。

【摊破地锦花】〔旦〕绣鞋儿,分不得帮和底。一步步提,百忙里褪了跟儿。〔老旦〕冒雨荡风,带水拖泥。〔合〕步难移,全没些气和力。

【麻婆子】〔老旦〕路途、路途行不惯,心惊胆颤摧。〔旦〕地冷、地冷行不上,人慌语乱催。〔老旦〕年高力弱怎支持?〔倒科,旦扶科〕〔旦〕泥滑跌,倒在冻田地。款款扶将起。〔合〕心急步行迟。

〔旦〕最苦家尊去远,〔老旦〕怎当军马临城?

〔合〕正是福无双至,果然祸不单行。

"一点点"二句,见关汉卿原作【油葫芦】曲,这里只重叠了"点""行""阵""声"四字,便更深沉地描绘出瑞兰母女在乱离中的愁苦。

此曲仍从关剧【油葫芦】后半曲脱化而来,生动地表现了这个娇羞的弱女更经不起乱离之苦。

何良俊评云:"'绣鞋儿,分不得帮和底。一步步提,百忙里褪了跟儿',正词家所谓'本色语'。"

〔1〕帝辇:原为皇帝的坐车,引申指京城。

第十四出　风雨间关[1]

【薄幸】〔生上〕凛冽寒风，淋漓冷雨，送君臣南北，父子东西。〔小旦〕心肠痛，不幸见刀兵冗冗[2]。〔合〕望故国，云山远蒙蒙。〔生〕【浣溪沙】万里飞沙咽鼓鼙，三军杀气傍旌旗。天涯兄妹两相依。〔小旦〕前路未知何处是，故乡犹恐不同归。出关愁暮一沾衣。〔生〕妹子，管不得你的鞋弓袜小，只得趱行几步。〔小旦〕是，哥哥。

【赛观音】〔生〕雨儿催，风儿送。叹一旦家邦尽空。〔小旦〕想富贵荣华如梦，〔合〕哽咽伤心，教我气填胸。

曲尽描摹之妙。

【前腔】〔小旦〕意儿慌，脚儿痛。颤笃速[3]如痴似懵。〔生〕苦挨着疾忙行动。〔合〕郊野看看，又早晚烟笼。

【人月员】〔生〕途路里，奔走流民拥。胆丧魂飞心惊恐。〔小旦〕风吹雨湿衣襟重，止不住双双珠泪涌。〔合〕行不上，惟闻得战鼓声震苍穹。

【前腔】〔生〕军马又来，四下如铁桶。眼见得京师城壁空。〔小旦〕他每赶着无轻纵[4]，人似豺狼马似龙。〔合〕遭驱虏，亲骨肉甚年何日重逢。

急前去汴梁路杳，慢停待[5]中都乱扰。

乌鸦共喜鹊同巢，吉凶事全然未保。

〔1〕间关：道路崎岖难行。

〔2〕冗冗：繁多散乱的样子。

〔3〕颤笃速：簌簌发抖的样子。

〔4〕无轻纵：不轻易放过。

〔5〕停待：停留。

第十五出　番落回军[1]

〔丑扮老汉上〕天有不测风云，人有旦夕祸福。只今番兵犯界，天子南迁。百官随驾，尽离中都，万姓逃生，交驰道路。正是"相逢不下马，各自奔前程"。呀，前面烟尘扰攘，想又是番兵来了。不免在此石板桥下，暂躲片时，再作区处。

李贽评："此出亦自少不得，点出王尚书来，妙。"

【竹马儿】〔净引众上〕喊杀漫山漫

野，招飐着皂旗儿，万点寒鸦。见千户万户每领雄兵，围绕中都城下。见敌楼上无一个人披挂，都迁徙离京华。前驱奋武征伐，尽揽辔攀鞍，加鞭催着骏马。待逃生除非是插双翅，直追赶到天涯。呀，金鞍玉辔，斜插着宝镫葵花。〔净〕生长阴山燕水北，袄子浑金腰系玉。弯弓沙塞射双雕，跃马围场逐走鹿。展手齐齐弄舞腰，颠脚来来高唱曲。有时画在小屏风，展转教人看不足。且喜已到中都地面，果然好花锦世界。彼国军民，皆已随驾迁都汴梁去了。不免与把都儿每闲玩一回。〔众〕告主帅，前面石板桥下有一个老儿。〔净〕拿过来。〔众拿丑见科〕〔净〕你是甚么人？〔丑〕小人是本处耆老[2]。〔净〕叵耐你大金天子，俺那里三年一小进，五年一大进，十年一总进。今经一十五年，并无一丝儿回答。是何道理？〔丑〕本国前月差兵部王尚书，装载宝物，从水路进至上国来了。〔净〕我每从陆路征发，想是错过了也。你莫非说谎么？〔丑〕小人怎敢！〔净〕既然如此，把都儿每传下号令，且自回兵。

点出王尚书，照应"奉使临番"与"和寇还朝"。

〔净〕加鞭哨马走如龙，海角天涯要立功。

〔合〕假饶一国长空阔，尽在皇都掌

握中。

〔1〕番落回军:番兵攻下金中都,又撤了回去。

〔2〕耆老:老人。六十曰耆,七十曰老。

第十六出　违离兵火[1]

【满江红】〔老旦、旦上〕身遭兵火,身遭兵火,母子逃生受奔波。怎禁得,风雨摧残,田地上坎坷。泥滑路生行未多。军马追急,教我怎奈何?弹珠颗[2],冒雨荡风,沿山转坡。〔众番上,赶老旦、旦下〕〔番抢伞诨科下〕

曲文如说家常,自然流畅,足见初期戏文本色。

【前腔】〔生、小旦上〕身遭兵火,身遭兵火,兄妹逃生受奔波。怎禁得,风雨摧残,田地上坎坷。泥滑路生行未多。军马追急,教我怎奈何?弹珠颗,冒雨荡风,沿山转坡。〔众番上,赶生、小旦下〕〔番抢包诨科下〕〔老旦、旦、生、小旦同上,各唱前曲科〕〔丑扮妇人、净扮和尚、外扮道士上诨科〕〔众番上,赶散科并下〕

李贽评:"妙在一字不改。"实际改了二字。

【东瓯令】〔旦上〕我那娘!心如醉,泪

母女、兄妹、妇

人、和尚、道士各色人等同时上场，又有番兵抢劫，集中体现了兵荒马乱的情景。

交流。去远家尊绝信久。途中母子生离别，这苦如何受！一重愁翻做两重愁，是我命合休。我那娘！〔下〕

【望梅花】〔生上〕瑞莲！叫得我不绝口，恰被喊声流民四走。慌急便寻，不知个所有。此间无处安身，想只在前头后头。瑞莲！〔下〕

母女分离，兄妹冲散，四人各唱一支曲子来抒愁苦、喊亲人。他们各自的前途、命运如何？给观众留下了悬念。

【东瓯令】〔老旦上〕瑞兰！寻思苦，路生疏。军喊风传行路促。娘儿挽手相回护，这苦难分诉。望天、天怜念老身孤，免使受奔波。瑞兰！〔下〕

【满江红尾】〔小旦上〕我那哥哥！大喊一声过，唬得人獐狂鼠窜〔3〕，那里去了，哥哥！怎生撇下了我？教我无处安身，无门路可躲。我那哥哥！〔下〕

〔1〕违离兵火：在战乱中分离。

〔2〕弹珠颗：挥汗。

〔3〕獐狂鼠窜：比喻人们在逃难中慌慌奔逃的样子。獐、鼠都很警觉，善于奔逃。

第十七出　旷野奇逢

【金莲子】〔旦上〕古今愁，古今愁，谁似我目下这样愁！听军马骤，听军马骤，人乱语稠。向深林中逃难，恐有人搜。〔下〕

【前腔】〔生上〕百忙里散失，差了路头。寻妹子不见，教我怎措手！瑞莲！〔旦内应科〕〔生〕神天佑，神天佑，这答儿是有亲骨肉。见了向前走。瑞莲，瑞莲！

【菊花新】〔旦应上〕你是何人我是谁？〔生〕应了还应，呀，见又非。〔旦〕将咱小名提，进前去，问他端的。我只道是我母亲，原来是个秀才。〔生〕我只道是我妹子，原来是一位娘子。〔旦〕呀，你不是我母亲，如何叫我？〔生〕我自叫我妹子瑞莲，谁来叫你？

【古轮台】〔旦〕自惊疑，相呼厮唤两相回。瑞兰和先辈不曾相识。〔生〕瑞莲名儿本是卑人亲妹。不知娘子因甚到此？〔旦〕妾因兵火急，离乡故。〔生〕娘子如何独行？〔旦〕母子随迁往南避，中途相失。秀

【金莲子】曲，语语自然本色，而又道出了瑞兰惊惶无依的处境。
这一出，是本剧第一个重场戏。王瑞兰在旷野奇逢蒋世隆，是爱情发展的起点，全剧喜剧性的冲突从此开始。

母女、兄妹，散而错合，关目极巧，出乎观众意料；然而二人名字音韵相同，又在兵荒马乱之中，产生这一误会也令人可信。

王瑞兰在孤身无助的情况下，不顾羞耻，热情主动，再三要求蒋世隆提携周庇；蒋世隆本来爱上王瑞兰，巴不得与之同行，却又偏偏装得冷淡无心，甚至故作刁难。这就能引人入胜，富于喜剧色彩。

才在何处不见了令妹？〔生〕喊杀声，各各逃生，电奔星驰。中路里差池[1]，因循寻至。应声错，偶逢伊。娘子不见了母亲，小生不见了妹子。正是俱错意，一般烦恼两心知。

【前腔】〔生〕名儿应错了自先回。〔旦〕秀才那里去？〔生〕急急便往跟寻，岂容迟滞[2]。〔旦〕事到如今，事到头来，怎生惜得羞耻。〔拜科〕秀才，念苦怜孤，救奴残喘，带奴离此免灾危，我也不忘你的恩义。〔生〕娘子，你方才说不见了令堂，远远望见一位妈妈来了。〔旦回头科〕在那里？〔生近看科〕旷野间，旷野间，见独自一个佳人，生得千娇百媚。他也无夫无婿，眼见得落便宜。且待我唬他一唬。娘子，如何是[3]？天色昏惨暮云迷。〔旦慌科〕秀才带奴同行则个。〔生〕娘子差矣，我自家妹子尚且顾不得，怎带得你？

问的妙，答的更妙。好戏！

【扑灯蛾】〔生〕自亲妹不见影，自亲妹不见影，他人怎相庇？〔旦〕秀才，你读书也不曾？〔生〕秀才家何书不读览？〔旦〕书上说道："恻隐之心，人皆有之[4]。"既然读诗书，恻隐心怎不周急[5]也？〔生〕你只晓得有恻隐之心，那晓得有别嫌之礼？我是个孤男，你是寡女。厮赶着、厮赶着，教人猜疑。〔旦〕乱军中、乱军中，有谁来问你？〔生〕缓急间，语言须是要支持。

【前腔】〔旦〕路中不挡拦，〔生〕路中若挡拦？〔旦〕路中若挡拦，可怜做兄妹。〔生〕兄妹固好，只是面貌不同，语言各别。有人厮盘问，教咱把甚言抵对也？〔旦〕没个道理。〔生〕既没道理，小生自去。〔旦〕有一个道理。〔生〕有甚么道理？〔旦〕怕问时……〔生〕怕问时却怎么？〔旦〕奴家害羞，说不出来。〔生〕娘子，没人在此，便说有何害。〔旦〕怕问时，权……〔生〕怎么又不说了？权甚么？〔旦〕权说是夫妻。〔生〕恁的说，方才可矣。便同行，访踪穷迹去寻觅。

【尾】〔旦〕今日得君提掇起，免使一身在污泥。〔生〕久后常思受苦时。

〔生〕半路兄寻妹，〔旦〕中途母丧儿。

〔合〕情知不是伴，事急且相随。

“权说是夫妻”，一个刚涉世的大家闺秀，怎好一口说出？故说到“权”字突然哽住；只是在蒋生的紧紧追问下，才脱口说出。这样的曲、白，结合表演，使王瑞兰神情毕现，引起观众会心的笑意。但就曲谱而论，“有一个道理”句和“怕问时”一句，乃演员演出时描摹当时光景，故不得不将上句重唱，非本调固如此也。

〔1〕差池：差错。

〔2〕迟滞：停留。

〔3〕如何是：怎么办，如何是好。

〔4〕“恻隐之心”二句：语出《孟子·告子上》。谓同情心每个人都有。

〔5〕周急：周济急难。

第十八出　彼此亲依

上一出与此出，叙说情事，宛转详尽，关目极好！

【普天乐】〔小旦上〕我那哥哥，叫得我气全无，哭得我声难语。只教我两头来往到千百步。兄安在，妾是何如？真个是逆旅穷途。哥哥，须念我、念我爹娘身故，须是一蒂一瓜儿和女，割得断弟兄肠肚，将奴闪下在这里。进无门，退也还又无所。

【山桃红】大道上，难前去。小路里，怎逃伏？遥望窝梁[1]三两间茅檐屋，转弯环野径，休辞苦，暂安身，少避些风和雨。多管是村野民居。〔下〕

瑞莲与夫人的错合，同瑞兰与世隆的错合一样，由于夫人眼昏，又已天暝，她一见瑞莲就叫儿叫女，深怜痛惜，演来就与前场不同。

恤老怜孤，将错就错，在乱离中相互扶持，表现了一种好品德。

【生查子】〔老旦上〕行寻行又寻。瑞兰！〔小旦内应科〕〔老旦〕远远闻人应。瑞兰！〔小旦应上〕呼唤瑞莲名，听了还重省[2]。

【水仙子】〔老旦〕眼又昏，天将暝，趁声儿向前厮认。〔认科〕我那儿！浑身上雨水淋漓，尽皆泥泞，生来这苦何曾惯经！〔小旦〕眼见错，十分定。事无可奈，只得陪些下情。老娘,你是高年人,怎生行得这山径?瑞莲款款扶着娘慢行。

【前腔】〔老旦〕观模样,听语声。呀,你是阿谁便应承?枉了许多时,教娘苦相等。〔小旦〕非诈应。瑞莲听得名儿厮类,怕寻觅是我家兄。偶遇娘娘如再生。〔合〕你是高年人,怎生行得这山径?瑞莲款款扶着娘慢行。

【刮地风】〔老旦〕看他举止,与我孩儿也不恁撑[3]。小娘子,厮跟去,你可心肯?〔小旦〕奴家不见了哥哥,望老娘带奴同行则个。〔老旦〕事既如此,我就把你做女儿看承罢。〔小旦〕情愿做小为婢身,焉敢指望儿称?〔老旦〕若得干戈宁静,和你同往到南京[4]。〔小旦〕谢深恩,感大恩救取奴一命。〔合〕天昏地黑,迷去路程,就此处权停。

写瑞莲乖巧,与出身大家的瑞兰不同。

〔老旦〕母为寻儿错认真,〔小旦〕不因亲者强来亲。

〔合〕愁人莫向愁人说,说与愁人愁杀人。

〔1〕窝梁:屋梁凹陷的一种简陋房屋。

〔2〕听了还重省:似乎听见了,不敢相信,再想一想。

〔3〕不恁撑:没有这样漂亮。撑:撑达,漂亮、美丽。

〔4〕南京:金以中都(今北京)为首都,以汴梁(今开封)为南京。

第十九出　偷儿挡路

【高阳台引】〔生上〕凛凛严寒,漫漫肃气,依稀晓色将开。宿水餐风,去客尘埃[1]。〔旦上〕思今念往心自骇,受这苦谁想谁猜。〔合〕望家乡,水远山遥,雾锁云埋。〔生〕乱乱随迁客,纷纷避祸民。风传军喊急,雨送哭声频。〔旦〕子不能庇父,君无可保臣。〔合〕宁为太平犬,莫作离乱人。〔生〕娘子,你看一路上风景,好生伤感人也呵!

【山坡羊】〔生〕翠巍巍云山一带,碧澄澄寒波几派?深密密烟林数簇,滴溜溜黄叶都飘败。一两阵风,三五声过雁哀。〔旦〕伤心对景、对景愁无奈,回首家乡,珠泪满腮。〔合〕情怀,急煎煎闷似海。形骸,骨岩岩瘦似柴。

【水红花】〔旦〕忆昔歌舞宴楼台,会金钗,欢娱难再。〔生〕思之诗酒看书斋,

【山坡羊】曲,在观众想象中浮现云山、寒波、烟林、黄叶,传来风声、雁声,充分酝酿出剧中男女主人公离乡别井的情绪。加以翠巍巍、碧澄澄等一连串叠音词的运用,唱来流转如珠,声情并茂。

【水红花】以下,生、旦分唱各曲,句句切合世

命多乖，风光难再。〔旦〕母亲知他何处？尊父阻天涯。不能够千里故人来也啰。

【梧桐叶】〔生〕徙黎民，迁臣宰，天子蒙尘[2]尽远迈。雕兰玉砌今何在？〔旦〕想画阁兰堂那样安排，翻做草舍茅檐。这境界，怎教人偿得尽恓惶债。

【水红花】〔旦〕路滑霜重步难抬，小弓鞋，其实难挨。〔生〕家亡国破更时乖。这场灾，冰消瓦解，否极何时生泰，苦尽更甜来？只除是枯树上再花开也啰。〔内鸣锣喊科〕〔生、旦慌科〕

【金钱花】〔生、旦〕听得数声锣筛[3]，锣筛。好汉山前齐摆，齐摆。个个狞恶似狼豺。〔外、末、净、丑上〕留买路，与钱财；不留与，便杀坏。你两个是甚么人？留下买路钱去。

【念佛子】〔生、旦〕穷秀才，夫和妇，为士马[4]逃难登途。望相怜，壮士略放一路。〔众〕捉住，枉自说闲言语。买路钱且留下金珠。稍迟延，便教你身丧须臾！

【前腔】〔生、旦〕区区，山行路宿，粥食无觅处。有盘缠，肯相推阻？〔众〕厮侮，穷酸饿儒，模样须寻俗。随行所有，疾忙

隆、瑞兰不同的身分、性格，曲文通俗自然，语语本色，确是场上之曲。八股文人是一句也写不出的。

分付。

【前腔】〔生、旦〕苦不苦，从头至足，衣衫皆蓝缕。难同他，往来客旅。〔众〕你不与，我施威仗勇，轮动刀和斧。激得人忿心发怒。

【前腔】〔生、旦〕告饶恕，魂飞胆颤摧，神恐心惊惧。此身恁地无，屈死真实何辜？〔众绑生、旦科〕且执缚，管押前去，山寨里听从区处。〔生、旦〕到那里，吉凶事全然未知。

〔生〕秀才身畔没行囊，〔旦〕逃避刀兵离故乡。

〔众〕且听雷霆施号令，休言星斗焕文章[5]。

〔1〕去客尘埃：离家奔走在外。

〔2〕蒙尘：出奔。

〔3〕锣筛：筛锣，连声敲锣。

〔4〕士马：兵马，指战乱。

〔5〕星斗焕文章：文章像天上的星一样放射光芒。比喻文才好。斗，北斗星。

第二十出 虎头遇旧

前以战乱中误会见趣，此以落难中遇故旧见喜。抓住大关目强烈渲染，多用喜剧手法。

【粉蝶儿】〔小生上〕山寨鸣金，白鹤半空展翅。〔众押生、旦上〕见擒获过客夫妻。〔生、旦〕离天罗，入地网，逃生无计。〔合〕到麾下善恶区处[1]。〔众〕禀主帅，夜来巡哨，拿得一个汉子，一个妇人。

〔小生〕带过来。〔众带见科〕〔小生〕那汉子，俺这里经年无客过，累月少人行。你明知山有虎，故作采樵人。

【尾犯序】山径路幽僻，但寻常此间来往人稀。男女相随，岂是良人行止？〔生、旦〕凶时，遭士马流民散失，避干戈君臣远徙。夫和妇，为天摧地塌，逃难路途迷。

【前腔】〔小生〕无非买命与赎身，但随行有何囊箧资费？〔生、旦〕没有，将军。〔众〕快口强舌，休同儿戏。〔生、旦〕听启，乱慌慌行来数日，苦滴滴实没半厘。〔众〕你好不知礼！常言道："打鱼猎射怎空回?”

【前腔】〔小生〕何必说甚的?众喽罗,便推转斩首,更莫迟疑。〔众扯科〕将他扯起,倒拽横拖,倒拖横拽,把军令遵依。〔生、旦〕魂飞,才逆旅穷途认妻,早背井离乡做鬼。听哀告,望雷霆暂息,略罢虎狼威。

【前腔】〔小生〕军前令怎移?但一言既出,驷马难追。〔生、旦〕将军可怜饶命。〔众〕枉自厚礼卑词,休想饶你。〔旦〕伤悲,王瑞兰遭刑枉死。〔生〕蒋世隆衔冤负屈。天和地,有谁人可怜,烧陌纸钱灰?〔小生〕呀?象似那汉子说甚蒋世隆一般。众喽罗,

蒋世隆在自我感叹中无意说出名字,引起戏情的急转直下,关目好。

【梁州赚】且与我留人,押回来问取详细。那汉子,你家居在那里?农种、工、商、学文艺?〔生〕通诗礼,乡进士州庠屡魁[2],中都路离城三里。〔小生〕因甚到此?〔生〕闲居止,因兵火弃家无所倚。〔小生〕听说仔细。汉子,抬起头来我看。〔生抬头科〕

【前腔】〔小生〕紧降阶释缚扶将起,是兄弟负恩忘义。这是何人?〔生〕是我浑家。

〔小生〕尊嫂受礼。谁知此地能完聚？〔旦〕愁为喜，深谢得贤叔盗跖。〔小生〕哥哥行那些个尊卑，权休罪，适间冒渎少拜识。〔跪科〕〔生〕恐君错矣。〔小生〕哥哥，你就不认得兄弟了？〔生〕一时间想不起。

【鲍老催】〔小生〕朝廷当时巡捕急，闪避在围墙内。若非恩人救难危，险赴法云阳市。〔生〕呀，元来是兴福兄弟。"相逢狭路难回避"，这言语古来提。〔小生〕众喽罗，连忙整备排筵席，欢来不似今日。看酒过来。〔净〕酒在此。〔小生把酒科〕

【前腔】〔小生〕酒浮嫩醅[3]，酒浮嫩醅，压惊解烦休要推。嫂嫂请酒。〔旦〕奴家天性不饮。〔小生〕寒色告少饮半杯。〔旦〕非诈伪，量浅窄，休央及。〔小生〕高歌畅饮展放眉，开怀醉了重还醉。酒待人无恶意。

【前腔】〔旦〕秀才，你儒业祖传袭，文章幼攻习。我低低问，暗暗猜，心疑忌，叔伯远房姑舅的？〔生〕不是。〔旦〕敢是两姨一瓜蒂[4]？〔生〕也不是。〔旦〕这不是，那不是，怎有这个贼兄弟？〔净〕告主帅。主帅好意，劝那娘子饮酒，那娘子反骂主帅。〔小生〕哥

此曲从关剧《醉扶归》曲化来，因改为对答形式，便更生动有趣。

这个场圆得好！

哥，兄弟好意劝嫂嫂饮酒，如何反骂兄弟？〔生〕兄弟，你小校听错了。道这不是，那不是，怎有这个好兄弟？赛关张，胜刘备。

【前腔】〔旦〕秀才去罢。〔生〕告辞去急。〔小生〕姑留待等宁静归。〔生〕龙潭虎穴难住地。〔小生〕众喽罗，取一百两金子过来。〔净〕金子在此。〔小生〕哥哥既不肯住呵，金百两，望领纳为盘费。〔生〕多谢兄弟，就此告辞了。〔合〕懊恨人生东又西，难逢最苦别离易，叹此行何时会。迟速早晚干戈息，共约行朝〔5〕访踪迹。

【尾】男儿志，心肯灰？一旦风云际会日，怎肯依旧中原一布衣！〔旦〕秀才去罢。

〔生〕相促相催行步紧，〔旦〕厮收厮拾去心频。

〔小生〕他日剑诛无义汉，〔众〕此时金赠有恩人。

〔1〕到麾下善恶区处：是好是坏，到主帅面前去分辨清楚。麾，古代指挥军队的旗帜，借指主帅。

〔2〕进士：可以受爵禄的人。州庠屡魁：在州学中经常考第一。

〔3〕酒浮嫩醅：酒面上浮着新酒沫。醅，刚酿出而未经沉淀的酒。

〔4〕两姨一瓜蒂：指姑舅姨表关系。

〔5〕行朝:行都,皇帝在外地临时听政的地方。此处意为政局平稳时朝会之处。

第二十一出　子母途穷

【天下乐】〔老旦〕行尽长亭又短亭,穷途路,那曾经?〔小旦〕飘零此身如萍梗〔1〕,叹何日归到汴京?〔老旦〕【忆秦娥】抛家业,人离财散如何说?如何说?这般愁闷,这般时节。〔小旦〕不幸裙钗遭此劫,一回追想添情切。添情切,心儿悒怏,眼儿流血。〔老旦〕孩儿,天色将暝,和你只得趱行几步。〔小旦〕是,母亲。

李贽评:"此出景色都真。"

【羽调排歌】〔老旦〕黯黯云迷,寒天暮景,驱驰水涉山登。萧萧黄叶舞风轻,这样愁烦不惯经。不忍听,不美听,听得胡笳野外两三声。〔合〕风力劲,天气冷,一程分作两程行。

以下唱词,语言平易,不事雕琢,而又时有文采,达到情景交融的境界,十分感人。

【前腔】〔小旦〕只见数点寒鸦,投林乱鸣,晚烟宿雾冥冥。迢迢古岸水澄澄,野渡无人舟自横〔2〕。不忍听,不美听,听得孤鸿天外两三声。〔合〕风力劲,天气冷,一程分作两程行。

【忆多娇犯】〔老旦〕前路梗,行步生,那更天将暝。忧心战兢兢,伤情泪盈盈。那些儿凄惨,那些个寂寞,清风明月最关情。无人来往冷清清,叫地不应,天怎闻?不忍听,不美听,听得疏钟山外两三声。〔合〕风力劲,天气冷,一程分作两程行。

【前腔】〔老旦〕忽地明,一盏灯,遥望茅檐近。不须意儿省,休得慢腾腾。休辞迢递[3],望明前去,远临此地叩柴扃。今宵村舍暂消停,卧却山城长短更。不忍听,不美听,听得寒砧[4]林外两三声。〔合〕风力劲,天气冷,一程分作两程行。

【尾】〔合〕得暂宁,天之幸,一夕安稳到天明,免使狼籍登路程。

前村灯火已黄昏,但愿中途遇好人。

曾经路苦方知苦,始信家贫未是贫[5]。

〔1〕萍梗:浮萍与断梗。以其随风飘荡水中,比喻行踪不定。

〔2〕野渡无人舟自横:唐韦应物《滁州西涧》诗句。谓郊野渡口连船夫也不在了,只见空空的渡船自在浮泊。

〔3〕迢递:遥远。

〔4〕寒砧(zhēn):捣衣石。此指寒冷天气传出的捣衣声。

〔5〕始信家贫未是贫:俗语有“家贫不是贫,路贫穷煞人”,意为居家虽贫,尚可想点办法;出门在外没有钱,就一点办法没有了。

第二十二出　招商谐偶

〔末〕【临江仙】调和曲蘖多加料,酿成上等香醪。篱边风旆似相招。三杯倾竹叶[1],两脸晕红桃。不饮旁人应笑你,百钱斗酒非高。莫言村店客难邀,神仙留玉珮,卿相解金貂[2]。且喜兵火已平,民安盗息。不免叫货卖出来,分付他仍旧开张铺面,迎接客商,多少是好。货卖那里?〔净上〕忙把店门开,安排待客来,不将辛苦艺,难近[3]世间财。家长老官儿有何分付?〔末〕货卖,如今且喜兵火已平,民安盗息,你可与我开张铺面,迎接客商。你在外面发卖,我在里面会钞记帐。〔净〕说得是。我在外面发卖,你在里面会钞记帐。我一卖还他一卖,两卖还他成双[4]。〔末〕说得是。奉饶加一二[5],自有客人来。〔下〕〔净〕好招商店,前临官道,后靠野溪。几株杨柳绿荫浓,一架蔷薇清影乱。古壁上绘刘伶[5]裸卧,小窗前画李白醉眠。知味停舟,果是开埕

这一出,是本剧的第二个重场戏。从“权说做夫妻”发展为正式夫妻的过程中,深入细致地揭示了王瑞兰这个千金小姐的内心世界。这是本剧最长的一出,篇幅超过全剧的十分之一,由于不仅主角的戏好看,其他如末、净、丑诸配角也各有好戏,因此观众不觉其长,不厌其烦也。

这段白文本色中见文采,在骈俪中用白描,配合锣鼓点,念来明白如话,又铿锵动听。

香十里；闻香驻马，真个隔壁醉三家。但有南北二京、福建、江西、湖广、襄阳、山东、山西、云南、贵州、广东、广西客商，都来买好酒吃。自古道："牙关不开，利市不来[7]。"不免把酒来尝一尝。好酒！一生吃不惯闷酒，得个朋友来同酌一杯才好。

前此【水红花】各曲，生、旦分唱，此处生、旦合唱【驻马听】上场，表现双方感情的渐次融合。

【驻马听】〔生、旦上〕一路里奔驰，多少艰辛，来到这里。且喜略时肃静，渐次平安，稍尔宁息。恨悠悠千里旅情悲，苦恹恹一片乡心碎。感叹咨嗟，伤情满眼关山泪。

【前腔】〔净〕草舍茅檐，门面不妆酒味美。真个杯浮绿蚁[8]，榨滴珍珠，瓮泼新醅。〔生〕酒旗斜挂小窗西，布帘儿招飐在疏篱际。和你共饮三杯，今朝有酒今朝醉。

〔生〕娘子，此间是广阳镇招商店，且沽一壶，少解旅况，再行何如？〔旦〕但凭秀才。〔生叫酒保。净〕官儿买酒吃的？〔生〕是买酒吃的。〔净〕请坐。〔生〕还有浑家在外面。〔净〕浑家请！〔生〕咄！你这酒保好野。〔净〕我小人不野。〔生〕夫妻才称得浑家，你怎么也叫浑家？〔净〕官儿，我曾闻："人之父母，就是我之父母。"官儿的浑家，也就是我的浑家。合该大家浑一浑。〔生〕胡说，称娘子才是。〔净〕便是娘子。请如何？〔叫科〕两杯茶来。〔生〕酒保，你家有甚么好酒？〔净〕有好酒。〔生〕有甚么好下饭？〔净〕有好下饭。〔生〕只把好的拿来，吃了算帐。〔净叫科〕那官儿脚上带黄泥，必定远来的。多着抛尸露，少着父娘皮。一卖当两卖，不要少他的。〔生〕酒保，你说“多着抛尸露，少着父娘皮”。“父娘皮”是甚么？〔净〕父娘皮是骨。〔生〕抛尸露是骨。〔净〕抛尸露是肉。〔生〕父娘皮是肉，你怎么哄我？〔净叫科〕这官儿是老江湖，不要哄他。抛尸露少放些，画眉青多放些。〔生〕酒保，画眉青是甚么？〔净〕画眉青是肉。〔生〕画眉青是菜。〔净叫科〕不要哄他了。一卖肉，一卖鸡，一卖烧鹅，一卖匾食。快着呵！〔生〕看酒过来！〔净〕好酒在此。〔生〕这是新笃，可有窨下[9]？〔净〕我这里来往人多，没有窨下，只是新笃。〔生〕也罢。酒保与我斟一斟。〔净〕不要说一针，八针[10]也会。〔生〕休闲说。娘子请酒！

【驻云飞】〔生〕村醖新笃，要解愁肠须是酒。壶内馨香透，盏内清光溜。〔旦作羞不饮科〕〔生〕嗏！何必恁多羞？〔旦〕非是奴家害羞，天性不会饮。〔生〕但略沾口，勉意休推，放开眉儿皱。一醉能消心上愁。

娘子不曾饮得一杯,为何脸就红了?

【前腔】〔旦〕盏落归台,却早两朵桃花上脸来。酒保将酒过来,待我也回那秀才一杯。〔净背云〕跷蹊,待我问他。官儿,方才娘子说:"酒保看酒过来,待我也回那秀才一杯。""那"者是怎么说?〔生〕这是我那里乡音,"那"者是好也。〔净背云〕待我也打腔儿哄他。〔叫科〕伙家看那酒来,那下饭来。〔生〕酒保,甚么"那酒""那下饭"?〔净〕官儿就不记得了,我这里也是"那"者,好也。〔生〕休取笑。〔旦把酒科〕多感君相带。〔生〕多谢心相爱。〔旦〕嗏!擎樽奉多才。〔生〕小生也不会饮。〔旦〕你量如沧海。〔生〕酒保减一减我吃。〔净〕甚么说话,吃一个满面杯。〔旦〕满饮一杯,暂把愁怀解,乐以忘忧须放怀。

〔生〕酒保,我与娘子一路来,因有几句言语,不肯吃酒,你若劝得娘子吃一杯酒,我就与你一钱银子。

〔净〕官儿,我劝娘子吃一杯酒,就是一钱银子,若吃十杯?〔生〕就是一两。〔净〕若吃了一百杯,就是十两。待我去奉娘子,请酒。〔作掩须科〕

【前腔】〔净〕潋滟流霞。〔生〕酒保,你怎么把脸儿遮了?〔净〕小人脸儿不那个,恐娘

从到广阳招商店吃酒开始,世隆由表面上的冷淡,变为执拗地热烈追求,要同瑞兰结成真正的夫妻;瑞兰虽然在患难之中早已爱上世隆,但由于礼法和荣誉所拘,却不敢贸然答应,由原来的热情主动,变为矜

子见了不肯吃酒。不比寻常卖酒家。娘子请一杯。〔旦〕我不会吃。〔净〕小人跪了。〔旦〕请起,我吃。〔净〕娘子,出路人不要吃单杯,吃一个双杯。〔把酒科〕村店多潇洒,坐起极幽雅。〔旦〕我再吃不得了。〔净〕没奈何,小人又跪下。〔旦〕也罢,起来,我再吃一杯。请问酒保,这杯酒值价多少?〔净〕嗏!何必论杯价,爱饮神仙、玉珮曾留下。〔旦〕有茶与我一杯。〔净〕今后逢人吃甚么茶?

持、回避。世隆的步步央求和进逼,使瑞兰的内心深处产生了理智与感情上的剧烈冲突。由此构成了一系列的喜剧性情节。

【前腔】〔旦〕闷可消除,只怕醉倒黄公旧酒垆[11]。〔旦〕秀才,天色晚了,去罢?〔生〕天晚催人去。〔净〕好热酒在此。〔生〕好酒留人住。嗏!香醪岂寻俗,味若醍醐。曾向江心,点滴在波深处,"慢橹摇船捉醉鱼"。

〔旦〕秀才,我猜着你了。〔生〕你猜着我甚么?〔旦〕你哄我吃醉了,要捉那醉鱼,只怕你"满船空载月明归[12]"。〔生〕娘子,这是唐明皇与杨贵妃在采石江边饮宴的故事[13]。〔净〕着了,正是那唐明皇与杨贵妃在采石江边饮宴的故事。我小人亲眼见的,也是我斟酒劝他。〔生〕酒保,你多少年纪?〔净〕我四十岁了。〔生〕唐明皇开元到今,有四百余年,你怎么说亲眼见?〔净〕自不曾说谎,略谎得一谎,就露出驴脚来

世隆的心事,瑞兰完全明白。妙在都不直接说明。而瑞兰的顾虑,世隆未必了解。

这样的科诨，既有助于人物思想性格的揭示，又增加了情节的生动性。

了。〔旦〕秀才，天色晚了，去罢？〔生〕酒保，天色晚了，会钞罢。〔净叫科〕官儿，娘子不吃酒了，会钞。〔生〕酒保，这里到宿客馆中，还有多少路？〔净〕还有三十里，你问他怎么？〔生〕我要去借宿。〔净〕这等去不到了！官儿。我这里广阳镇招商店，前面吃酒，后面宿客。这里不歇往那里歇？〔生〕娘子，方才酒保说，到旅馆中还有三十里路，去不到了，就在此安歇了罢。〔旦〕但凭秀才。〔生〕酒保，一发明日会钞罢。与我打扫一间房，铺下一张床。〔净叫科〕那官儿不去了，一发明日会钞。打扫一间房，铺下一张床，一个联二枕头，一个大马子。〔旦〕酒保，那秀才与你说甚么？〔净〕那官儿叫我打扫一间房，铺下一张床。〔旦〕不要依他，只依我。与我打扫两间房，铺下两张床。〔净叫科〕不依前头了。打扫两间房，铺下两张床。两个短枕头，一个小马子，一个小尿鳖。〔生〕酒保，娘子叫你怎么？〔净〕叫我打扫两间房，铺下两张床。〔生〕酒钱饭钱都是我还，你怎么不听我说？还只是打扫一间房，铺下一张床。〔净〕是。酒钱饭钱都是官儿还，只依官儿。〔叫科〕不依后头了，照旧依前。打扫一间房，铺下一张床，一个联二枕头，一个大马子。〔旦〕酒保，那秀才又与你说甚么？〔净〕那官儿还叫我打扫一间房，铺下一张床。〔旦〕你这酒保，只依我就罢了，有这许多更变！

〔净〕你两个只管咭力骨碌,骨碌咭力。也不象出路人。〔生〕酒保,你怎么恼将起来。〔净〕不是我恼。官儿又是打扫一间房,铺下一张床。娘子又是打扫两间房,铺下两张床。依了官儿,不依娘子,娘子也狗头狗起来。〔生〕甚么狗头狗?〔净〕恼!〔生〕只依我说罢了。〔净〕如今也不依官儿,也不依娘子,依我。〔生〕怎么依你?〔净〕依我便打扫一间房,依着官儿了,铺下两张床。〔生〕只铺一张床。〔净〕也依娘子一半,床却丁字铺了。〔生〕怎么丁字铺?〔净〕官儿的床铺在这里,娘子的床铺在这里,上了床,吹灭了灯,一个筋斗就过了。〔生〕休取笑,张灯来。〔净叫科〕看灯来,看洗脚水来。〔下〕〔生〕娘子,请睡了罢。〔旦〕你自请睡。〔生〕请睡了罢。〔旦〕秀才,你自睡,我自睡,只管问我怎么?

【绛都春】〔生〕担烦受恼,岂容易共伊得到今朝。有分忧愁,无缘恩爱,何时了?〔旦〕长吁短叹,我心自晓。〔生〕娘子,你晓得我甚么?〔旦〕有甚的真情深奥?〔生〕正要娘子晓得。〔旦〕礼法所制,人非土木,待说也难道。

妙在互不明言。

〔生〕寻踪访迹遇林中,〔旦〕受苦扶危出祸丛。〔生〕我和你有缘千里能相会,〔旦〕我只是无缘对面不相逢。〔生〕娘子,你怎么把言语都

两句现成话,衬上“我和你”和“我只是”,就显得特别贴切。

说远了,你敢是忘了?〔旦〕奴家不曾忘了甚么。〔生〕既不曾忘,可记得林榔[14]中的言语来?〔旦〕林榔中曾与秀才说兄妹同行。〔生〕这也有来,我说面貌不同,语言各别,娘子又怎么说?〔旦〕奴家再不曾说甚么。〔生〕正是贵人多忘事。娘子再想。〔旦〕奴家想起来了,说怕有人盘问,权说做夫妻。〔生〕却又来,别的便好权,做夫妻可是权得的?我也不问娘子别的,可晓得仁、义、礼、智、信?不要说仁、义、礼、智,只说一个"信"字。〔旦〕信字怎么说?〔生〕天若爽信,云雾不生,地若爽信,草木不长。为人可失得信么?〔旦〕奴家也不曾失信与秀才。〔生〕既不失信,如何不依林榔中的言语?〔旦〕秀才,你送我回去,多多将些金银谢你罢。〔生〕岂不闻书中自有黄金屋,要你那金银何用?〔旦〕也罢,你送我回去,我与爹爹说,与你个官儿做罢。〔生〕呀!官是朝廷的,是你家的?我一路来,倒不曾问得娘子,不知娘子是何等人家?〔旦〕秀才,你不问起也罢,若问我家中事情,不要说与你同行同坐,就是立站的去处,也没有你的。〔生〕韩景阳大来头,你却是何等人家?愿闻。〔旦〕奴家祖公是王和王,父亲见任兵部王镇尚书,母亲是王太国夫人,是何等人家?奴家是守节操的千金小姐。〔生〕既是千金小姐,怎么随着个穷秀才走?〔旦〕不知你妹子随着那个哩?〔生〕你自身

小姐不是爽信,也非无情,而是"礼法所制"。所谓以金帛、官位相酬,不过是托辞而已。以下诸多喜剧场面,盖从瑞兰曲意推托和世隆直截追求的矛盾中产生,充满抒情意味。

这样的口角,充满着喜剧色彩。

顾不得,那笑得别人?且住。不要与他硬,若硬,两下里就硬开了,还要放软些。娘子元来是宦家之女,我蒋世隆低眼觑画堂,尚然消受不起,到与娘子同行同坐,望娘子高抬贵手,饶恕蒋世隆之罪。〔跪科,旦亦跪科〕大恩人请起。〔生〕咳,你既知我是大恩人。

硬的怕闹翻,还是来软的,秀才到底不迂。

【降黄龙】〔生〕说甚么宦世门楣,寒士寻常,望若云霄。时移事迁,为地覆天翻,君去民逃。多娇,此时相遇,料应我和你姻缘非小。做夫妻相呼厮唤,怎生忘了?

【前腔】〔旦〕秀才,何劳奖誉过高,昔日荣华,眼前穷暴。身无所倚,幸然遇君家,危途相保。〔拜科〕英豪,念孤恤寡,再生之恩难报。久以后衔环结草[15],敢忘分毫?

【前腔】〔生〕听告:娘子,你身到行朝,与父母团圆,再同欢笑。那时节呵,你在深沉院宇,要见你除非是梦魂来到。〔旦〕我禀过父亲,那时与你成亲也未迟。〔生〕那时节你还要我?攀高,选择佳婿,卑人呵!命蹇乖实是难招。〔生〕我与娘子一路同行到此,便是三岁孩童也说一对好夫妻。这虚名人言自说，听着偏好。

【前腔】〔旦〕休焦，所许前词，侍枕之私，敢惜微眇[16]？〔生〕既如此，却又推三阻四怎么？〔旦〕怕仁人累德，娶而不告，朋友相嘲。〔生〕娘子，你晓得"瓜田不纳履，李下不整冠"么？〔旦〕"瓜田不纳履"怎么说？〔生〕假如人家一园瓜正熟，有人打从瓜园中经过，曲腰整其履，隔远人望见，只说偷其瓜。〔旦〕"李下不整冠"怎么说？〔生〕假如人家一园李子正熟，有人打从他李树下过，欲待伸手整其冠，人见只说盗其李。从教整冠李下，此嫌疑实亦难逃。〔旦〕秀才，你送我到行朝，与爹爹说知，教个媒人说合成亲，却不全了奴家的节操？〔生怒击桌科〕你前日在虎头寨上，若没有我蒋世隆呵，乱军中遭驱被虏，怎全节操？〔丑内叫〕老儿起来，盘儿碗儿都打碎了。〔末、丑上〕

【太平令】曲径非遥，深夜柴门带月敲。邮亭一宿姻缘好，又何故语叨叨？〔生、旦见科〕

【前腔】〔生〕旅邸萧条，回首乡关路转遥。寒灯照影伤怀抱，因此上话通宵。

〔末〕官人、娘子，我两口在隔壁听得许久，颇知一二，你也不要瞒我了。〔生〕既如此，瞒不

不是无情，而是顾虑礼法和荣誉。至此，才将内心隐秘说出。知书识礼的小姐，岂不知瓜田李下？明知故问，盖为观众着想耳。

李贽评："难得如此贞节女子，即患难亦不苟也。"其宣扬贞节可厌，其赞佩患难不苟甚中肯綮。"山重水复疑无路，柳暗花明又一村。"正在难解难分之际，店主黄公夫妇出场，解决矛盾，成人之美。

得公公、婆婆了。〔末〕秀才官人，他是宦族名流，深闺处子，自非桑间之约，濮上之期[17]，焉肯钻穴相窥，逾墙相从[18]。秀才官人，你是读书之人，岂不闻柳下惠[19]之事？〔生〕惶恐，惶恐。〔末〕秀才官人莫怪，请到前楼去坐一坐，老夫别有话说。〔生〕是如此。〔下〕〔末〕小姐在上，老夫有一言相告："男女授受不亲，礼也。嫂溺援之以手，权也[20]。"权者，反经合理[21]之谓，且如小姐处于深闺，衣不见里，言不及外，事之常也。今日奔驰道途，风餐水宿，事之变也。况急遽苟且之时，倾覆流离之际，失母从人二百余里，虽小姐冰清玉洁，惟天可表，清白谁人肯信？是非谁人与辨？正所谓昆冈失火，玉石俱焚[22]。今小姐坚执不从，那秀才被我道了几句言语，两下出门，各不相顾，倘遇不良之人，无赖之辈，强逼为婚，非惟玷污了身子，抑且所配非人。不若反经行权，成就了好事罢。〔旦〕望公公、婆婆收留奴家在此。倘或父母有相见之日，那时重重相谢，决不虚言。〔末〕呀！收留人家迷失子女，律有明条，况小店中来往人多，不当稳便。既然不从，小姐，请出去罢。〔旦悲科〕〔丑〕老儿，他只因无父母之命，又无媒妁之言，我两人年纪高大，权做主婚之人，安排一樽薄酒，权为合卺[23]之杯。所谓礼由义起，不为苟从。我两老口主张不差，小姐依顺了罢。〔旦〕我如今没奈何了，但凭公公、婆

"权""礼"之释，达于理而通乎情，足以释瑞兰"礼法所制"之虑。比那些死抱四书五经的老学究高明百倍。

黄公软硬兼施，实欲急于玉成其事，非故作刁难、要挟也。

婆婆亦善于揣摩瑞兰心理，"权做主婚之人"，这又解决了瑞兰"娶而不告"之虑。至此，瑞兰不好不同意了。

婆主张。〔丑〕老儿，小姐也是看上这秀才的，他也要拿些班儿[24]。〔末〕你去看酒来，待我请那秀才官人来。秀才官人有请。〔生上〕〔末〕被老夫劝从了。〔生揖科〕多谢公公，多谢公公。〔丑上〕老儿，酒在此了。〔末把酒科〕

【扑灯蛾】〔末、丑〕才郎殊美好，佳人正年少。相逢邂逅间，姻缘会合非小也。天然凑巧，把招商店权做个蓝桥。翠帷中风清月皎，算欢娱，千金难买是今宵。

【前腔】〔旦〕礼仪谨化源，关雎始风教[25]。一时见君子，匆匆遽成人道也[26]。〔生〕我是山鸡野鸟，配青鸾无福难消。仗冰人一言已定，此生此德，何以报琼瑶[27]。〔丑、末〕官人、娘子，请稳便罢。夜深了，明日再取一樽酒，与你暖房。姻缘本无意，天遣偶相逢。剩把银釭照，犹疑是梦中[28]。〔丑、末下〕

【衮遍】〔旦〕不肯负情薄[29]，不肯负情薄，随顺教人笑。空使我，意沉吟眉留目乱[30]羞难道。〔生〕看他喜时模样，愁时容貌，灯儿下、灯儿下越看着越俊俏。

【前腔】〔旦〕才郎意坚牢，才郎意坚牢，贱妾难推调。只恐容易间，把恩情心

这个婆婆，是个喜剧人物，善调侃，有风趣。“小姐也是看上这秀才的，他也要拿些班儿。”真是一语破的。

王瑞兰与蒋世隆正式结为夫妇，是他们在患难中建立的爱情发展的必然结果。虽然有黄公夫妇为之主婚，只不过是一种形式，实际上是自主成亲。这是对“父母之命，媒妁之言”的否定。这一结合标志着王瑞兰的思想性格又向前发展了。

最后一点心事，从“海誓山盟”中全部消除。

李贽总批：“如此女子，难得，难得！居常而失节者，不知何如?”自是宣扬封建贞操观念，但从瑞兰言行，

事都忘了。〔生〕蒋世隆若有此心，与你星前月下去罚下誓来。〔旦〕你自去罚。〔生〕蒋世隆若忘了小姐厚恩，永远前程不吉。海誓山盟，神天须表。办至诚，图久远，同偕老。

【尾声】〔旦〕恩情岂比闲花草？〔生〕往常恨更长寂寥，今夜只愁天易晓。

〔生〕野外芳葩并蒂开，〔旦〕村边连理共枝栽。

〔合〕百年夫妇途中合，一段姻缘天上来。

亦可见其对爱情的严肃态度。一对佳人才子在旷野奇逢，既非一见倾心，又无苟且行动，也不是迫于形势的"情知不是伴，事急且相随"。他们的结合，经过了同甘苦、共患难，有着共同的思想基础。

〔1〕竹叶：酒名。

〔2〕卿相解金貂：晋阮孚好饮酒，任职时曾以貂袍换酒吃，受到弹劾。

〔3〕难近：难赚。

〔4〕"一卖还他一卖，两卖还他成双"：意为清清楚楚，公公道道。一卖，一份买卖。

〔5〕奉饶加一二：额外奉赠一点。

〔6〕刘伶：晋沛国人，竹林七贤之一，纵酒放达，为历来嗜酒的典型。

〔7〕"牙关不开，利市不来"：俗语，指打开酒坛，如果不先尝一尝，就没有好买卖。利市，好运气。

〔8〕杯浮绿蚁：杯里盛着美酒。绿蚁，酒上浮着的泡沫。

〔9〕"这是新笃"二句：新笃，指新酒。窨下，指藏在地窖里的老酒，酒味香醇，最易醉人。蒋世隆要窨下的酒，是有了"慢橹摇船捉醉鱼"的想法。

〔10〕八针：鄙下语的谐音。

〔11〕黄公旧酒垆：据《世说新语》载，晋王戎、嵇康、阮籍等人常在黄公酒

垆旁边纵饮。

〔12〕满船空载月明归：据《冷斋夜话》载，此为华亭船子和尚诗句。上句为“夜静水寒鱼不饵”。意为我不上当，你将白费心机。

〔13〕唐明皇与杨贵妃在采石江边饮宴的故事：传说唐明皇与杨贵妃在采石江边饮宴游玩，杨贵妃醉了，呕吐出来的酒食，江里的鱼吃了也都醉了。

〔14〕林樾：丛林。

〔15〕衔环结草：报恩的意思。衔环：传说汉杨宝曾救过一只受伤黄雀。后梦见黄雀化为黄衣少年，拿着白玉环给他。结草：春秋时晋人魏颗，没有依从其父以妾殉葬的遗愿。后魏颗与秦国打仗，有个老人编结茅草，绊倒秦国战马，魏颗打了胜仗。晚上，老人托梦给魏颗，魏颗知是妾父向他报恩。

〔16〕微眇：指自己微薄的身躯。

〔17〕桑间之约，濮上之期：指男女自由结合。

〔18〕钻穴相窥，逾墙相从：男女之间，钻洞、扒门缝相窥望，爬过墙去私会。语出《孟子·滕文公》。

〔19〕柳下惠：春秋时鲁大夫展禽，因夜宿郭门，遇一失路女子，怕她受冻，用衣裹住，抱在怀里，坐了一夜，没有非礼行为，后传为坐怀不乱。

〔20〕“男女授受不亲”二句：语出《孟子·离娄》，意为男女不亲手递接，这是正常的礼制。嫂嫂掉在水里，用手去拉她，这是变通的办法。权，变通。

〔21〕反经合理：虽违反经卷规条，却符合常理。

〔22〕“昆冈失火，玉石俱焚”：语出《尚书·胤征》。昆冈，即昆仑山，传说产玉。

〔23〕合卺：古代婚礼饮交杯酒，将一个匏分为两个瓢叫卺，新夫妇各执一半盛酒饮之，称为合卺。

〔24〕拿些班儿：装模作样摆架子。

〔25〕“礼仪谨化源”二句：礼节仪式是有关风俗教化的，必须遵守。《诗经》首篇《关雎》是提倡风教的。

〔26〕匆匆遽成人道：仓猝地结了婚。

〔27〕报琼瑶：酬报的意思。琼瑶，美玉。

〔28〕“剩把银釭照”二句：宋晏几道《鹧鸪天》词中句。银釭：银灯。

〔29〕不肯负情薄：不肯有负于薄情郎。负，原作“赋”，据世德堂本改。情薄，薄情郎，这是对心爱者的反语。

〔30〕眉留目乱：即迷留没乱，形容心烦意乱。

第二十三出　和寇还朝

此出为剧情大转折作铺垫。

〔外扮王尚书、丑扮六儿引众上〕

【三棒鼓】〔外〕一鞭行色望南京，喜得两国通和也无战争。边疆罢征，边烽罢惊，不暂停。〔合〕如今海晏河清[1]也，重逢太平，重乐太平。

〔外〕六儿，这里到磁州孟津驿[2]，还有多少路？〔丑〕爹，不多远了。〔外〕分付人夫趱行，到孟津驿去安歇罢。〔丑〕人夫趱行，到孟津驿安歇。

【前腔】〔外〕远闻军马犯边城，争奈奉旨登途也离乡背井。这场战争，这场恐惊，谁惯经？〔合〕如今海晏河清也，重逢太平，重乐太平。

玉帛交欢四海清，家无王事国无征。

太平原是将军定，还许将军见太平。

〔1〕海晏河清：海不扬波，黄河水清。比喻太平时世。

〔2〕磁州孟津驿：磁州治所在滏阳（今河北磁县）。孟津驿在今河南孟津。

第二十四出　会赦更新

【称人心】〔小生上〕宵行昼伏，脱离虎口鲸牙。不得已截道打家，聚亡生，集舍死，山间林下。逆天无道，这荣华，成甚生涯？

【减字木兰花】陀满兴福，父母妻兄都杀戮。逃命潜奔，啃聚山林暂隐身，心阑意卸[1]。天幸遭逢颁大赦。改过从新，作个清平无事人。我陀满兴福受了无限苦楚，今日幸蒙恩赦，散却众喽罗，离了山寨。闻得行朝开科选士，招取文武全才。我如今一来上京应试，二来寻取哥哥消息，却不是好？天色将晚，不免趱行几步。

【五韵美】休戈甲，罢征戍，区宇宣王化[2]。惠及生灵，恩沾遐迩。如今日之际，海之涯，普天之下，再生重见太平，欢声四洽。

仰谢天恩放赦归，再生重睹太平时。

尽销军器为农器，不挂征旗挂酒旗。

〔1〕心阑意卸：意为情绪低落。阑：残，尽；卸：除下。

〔2〕区宇：疆土境域。全句意为天下统一，疆域之内均为王道所治。

第二十五出　抱恙离鸾

【三登乐】〔旦扶生上〕世乱人荒，幸脱离天罗地网。不堤防病染这场。事不宁，身未稳天降灾殃。淹留旅邸，望河南怎往？

〔旦〕官人，你今日病体如何？〔生〕十分沉重。〔旦〕待我央店主人去请个太医来看一看。店主人有请。〔末上〕贫无达士将金赠，病有良医说药方。小姐拜揖。〔旦〕店主人万福。〔末〕小姐，官人贵体若何？〔旦〕官人病体，十分沉重，烦你请个太医来看一看。〔末〕这个当得。不争三五步，咫尺是他家。翁太医在么？〔净内问〕是那个？〔末〕请你看病的。〔净〕有几个人在外面？〔末〕只我一个。〔净〕得两个拿扇板门来，抬我去方好。〔末〕为甚么？〔净〕生了一个濂疮，走不动。〔末〕你何不自医好了？〔净〕自古道：“卢医不自医。”〔末〕快些来去罢。〔净〕不

这出重场戏乃是全剧矛盾冲突的高潮。一对恩爱夫妻活活地被拆散，这不仅是蒋、王夫妻生活上的重大转折，也是王瑞兰性格发展上的一个重大转折。从此，原来感情深厚的父女在思想上一直处于激烈的冲突之中。
李贽评：“谑亦雅。”

要慌，待我分付了着。〔净半上，向内科〕分付丁香奴、刘季奴[1]，你每好生看着天门、麦门，我去探白头翁、蔓荆子，趁些郁金、水银总当归。倘有使君子来看大麦，小麦，可回他说是张将军、李国老家请去了。你苁蓉把破故纸包那没药与他去。前者，因为你每不细莘、防风，却被那伙木贼爬过天花粉墙，上了金线重楼，打开书箱，偷去珍珠、琥珀、金银花子、丹砂裰子、茯苓裙子、昆布袜子、青皮靴子；那一个豆蔻又起狼毒之心，走入莲房，搂定我的红娘子，扯下裤裆，直弄得川芎血结。咳！苦脑子！苦脑子！如今可牵海马到常山下吃些莽草，薄荷边饮些无根水。傍晚看天南星出，即挂上马兜铃，将红灯笼，点着白蜡烛，往人中白家来接我。你若懒薏苡来迟了，叫我黑牵牛、茴香，惹得我急性子起，将玄剖索吊你在甘松树上，四十蒺藜棍，打断你的狗脊骨，碎补屁孛孛出荜拨，饶你半夏分附子了王不留行。

李贽评："可厌，删。"又云："作者极苦，看者又不乐，今日文人多犯此病。"按指嵌药名的一段白，所见甚是。

【水底鱼】〔净上〕三世行医，四方人尽知。不论贵贱，请着的即便医。卢医扁鹊，料他直甚的？人人道我，道我是个催命鬼。

我做郎中真惯熟，下药且是不懒慢。热病与他柴胡汤[2]，冷病与他五灵散[3]。医得东边才出丧，医得西边已入殓；南边流水买棺材，北边打点又气断。祖宗三代做郎中，十个医死九个半。你

李贽评："学书纸废，学医人废。可怜，可怜！言之酸鼻。如此等处，其实有关于民命，非戏言也。若作戏看，却不枉了性命！"以下大段插科打诨，讽刺庸医，有引人发笑处，但太烦了便不好。

若有病请我医,想你也是该死汉。小子姓翁,祖居山东,药性医书看过,《难经》《脉诀》[4]未通。做土工是我姐夫,卖棺材的是我外公。我若一日不医死几个,叫我外婆、姐姐在家里喝风。你是那个?〔末〕是我。我店中有个秀才得了病,请你去医。〔净〕他是甚么病?〔末〕去看脉便知道,怎么问我?〔净〕你不晓得,明医暗卜,问得明白了去,方才看脉也对科[5],下药也对病。〔末〕也说得有理。我说便说,你不要对那秀才说。〔净〕你是好意,我怎么就说。〔末〕那秀才因离乱,不见了妹子,忧烦得病。〔净〕这等便是忧疑惊恐上来的。不打紧,一贴药就好。〔末〕先生略待,我进去说了来请你。小姐,太医到了。〔旦〕公公,他是病虚的人,叫他悄悄的进来,不要惊唬了他。〔末〕先生,那秀才是病虚的,你可悄悄进去。〔净〕我晓得,我晓得。〔净进看,击桌大叫,诨科〕〔生作惊科〕〔旦抱生科〕〔旦〕这太医好没分晓,病虚的人,为何这般大惊小怪。〔净〕这是我医人的入门诀。〔末〕怎么说?〔净〕惊一惊,惊出他一身冷汗,病好了也不见得。〔旦〕倘或惊坏了怎么了?〔净〕这是他禁不起,不干我太医事。〔末〕先生且看脉。〔净〕伸出脚来待我看。〔末〕还是手,怎么说脚?〔净〕你不晓得,病从跟脚起。〔净看脉科〕〔旦〕先生,用心看一看,是甚么症候?〔净〕这个病症,是乱军中不见了亲人,忧疑惊恐,七情所伤的症候。〔旦〕好太医,就如见的。〔净〕我实不曾见,是王公方才与我说的。〔末〕呀,我教你不要说。〔净〕我不说,不表你的好意思。〔旦〕烦太医再看分晓。

李贽评:"画出庸医模样。"

【奈子花】〔净〕他犯着产后惊风。〔旦〕不是。〔净〕莫不是月数[6]不通?〔旦〕这太医胡说。〔末〕他是男子汉,怎么倒说了女人的病症。〔净〕我手便拿着官人的,眼却看着这娘子,故此说到女科去了。待我再看。呀!不好了!

亦善谑。好笑!

李贽评:"虽是太烦,亦觉曲尽。"

【驻马听】〔净〕这脉息昏沉,两手如冰骇死人。叫几个尼姑和尚,做些功果,送出南门。鬼门关上去招魂。叫些木匠,𠃊𠃊𠃊𠃊[7]早把棺材钉。〔旦哭科〕〔净〕我的人儿,连哭两三声。呀!你不曾动。〔末〕不曾动。〔净〕这等不妨。是我差拿了手背,你慌则甚?〔旦〕如今怎么?〔净〕如今下针。〔旦〕怎么这等大针?〔净〕待我换。〔旦〕一发大了。〔净〕这等我有药在这里。〔末〕甚么药?〔净〕是飞龙夺命丹,拿去与秀才吃。〔生吃吐科〕〔旦〕怎么吃了就吐?〔净〕虚弱得紧,胃口倒了。老官儿,你也吃一服。〔末〕我没有甚么病。〔净〕你吃了发白再黑,牙落再生。〔末〕这等好,拿来我吃。〔作吐科〕〔净〕二三十两银子合的

李贽评:"到此则太烦,可删。"

药，都吐了。你们不会吃，待我吃与你看。〔作吐科〕〔末〕先生，这是甚么药？吃的都吐了。〔净作看科〕阿呀！连我也拿差了。这是医痔疮的药，怪道上下不对科了。〔末〕翁太医，你还要看症真仔细下药。〔净〕这等待我再望闻问切[8]。

【剔银灯】〔净〕他浑身上如汤似火烧？〔旦〕不热。〔净〕口儿里常常干燥？〔旦〕也不。〔净〕终朝饭食都不要？〔旦〕也还吃些儿。〔净〕耳闻得蝉鸣声噪？〔旦〕也不。〔净〕心焦？〔旦〕也不。〔净〕莫不是害劳[9]？〔旦〕这先生说的一些也不是。〔净〕都不是，不医便了。〔下〕

〔末〕这先生去了，小姐可劝官人且宁耐[10]，老夫去去再来看。正是药医不死病，果然佛度有缘人。〔下〕〔生〕娘子，太医说我病体如何？〔旦〕官人，太医说你没事，且自宁耐则个。

庸医的一场诨谑，反衬出瑞兰对世隆的关切体贴之情。

【山坡羊】〔生〕娘子，我病体难医难治，你这苦如何存济？〔旦〕愿流恩降福，降福灾星退。〔生〕势渐危，料应我不久矣！若还我死，你必选个高门配。我便死向黄泉，一心只念你。〔旦〕休提。不由人泪暗垂。伤悲，何时同归故里？

【三棒鼓】〔外、丑引众上〕〔外〕君臣迁

徙去如星，只怕土产凋零也，人不见影。〔众〕一程两程，长亭短亭，不住行。如今海晏河清也，重逢太平，重乐太平。

〔外〕六儿，这是那里了？〔丑〕是广阳镇了。〔外〕可有驻节的所在？〔丑〕这里没有。〔外〕我要写个报子[11]，打到孟津驿去，那里好暂歇。〔丑〕这里有个招商客店，倒洁净，好暂歇。〔外〕既如此，好洁净房儿看一间，我进去。〔丑〕叫几个皂隶随我进来。有甚么人在这里？〔末上〕是谁呀？牌子，买饭吃的？〔丑〕这个弟子孩儿，人也不识，买饭吃的！〔众〕这是兵部王爷家的六爷。〔末〕是六爷？小人不识得。〔丑〕且饶你，你去打扫一间好房。我每老爷要进来。快些！〔末〕小店中窄小，住不得。〔丑〕不在此住，只要写个报子就行。〔末〕请六爷去看，中意便请老爷进来。〔丑看科〕〔末〕这一间？〔丑〕不好。〔末〕那一间？〔丑〕不洁净。〔末〕只有里面一间，甚是洁净，只是有个秀才染病在里头。〔丑〕教他出去一会儿，待老爷写了报子再进去。〔旦〕呀，倒象我家六儿，待我叫他一声。六儿！〔丑〕谁叫六儿？〔旦〕六儿。〔丑〕呀！姐姐，爹爹；爹爹，姐姐。爹爹，姐姐在此！姐姐，爹爹在此。〔旦〕爹爹在那里？〔外〕女孩儿在那里？〔见科〕

【五供养】〔旦〕别来久矣，自离朝尊

喜剧每以仆人凑趣，中外皆然。此处切合剧中人性格，意尚可取。

白好，写出了久别重逢的光景。关目更好。先写王镇在店外，瑞兰在店内，两人都在台上却互不看见；后写瑞兰从店里出来，惊问爹爹在哪里，王镇从店外进来，惊问女儿在哪里。如此巧妙的舞台词度，真把亲人体无恙？骨肉重再睹，喜非常。〔外〕孩儿，屈指数月，折倒尽昔时模样。思故里，念家乡，多少鬓边霜。

〔旦〕【鹧鸪天】爹爹，目断魂消信息沉，沿途穷迹问踪寻。〔外〕孩儿，亲情再见诚无意，子父重逢岂有心！〔丑〕言往昔，话如今，店中权歇问家音。〔合〕正是：着意种花花不发，等闲插柳柳成荫。〔外〕孩儿，你怎么在这里？说个备细与我知道。

【园林好】〔旦〕才说起迁都汴梁，闹炒炒哀声四方。不忍诉凄凉情况；家所有，尽撇漾；家使奴，尽逃亡。

【嘉庆子】〔外〕你一双子母何所傍？〔旦〕更雨紧风寒势怎当？心急行程不上。人乱乱，世慌慌，愁戚戚，泪汪汪。

【尹令】那时又无倚仗，那时有亲难傍，那时有家难向。他东我西，地乱天慌，事怎防。

〔外〕你母亲如今在那里？

【品令】〔旦〕逃生士民，在官道驿程傍。天色渐晚，阴云黯穹苍。匆匆正往，喊声如雷响。各各奔走，都向树林中伉[12]。偷生苟免，瓦解星飞，子离了娘。

重逢时的神情，写活写尽，足见作者是熟谙戏曲舞台艺术的里手！

这里说出一个"秀"字便咽住，到父亲追问才脱口说出来，与前面说出一个"权"字便哽住，有异曲同工之妙。

【豆叶黄】〔外〕我儿，你一身见在谁行？〔旦〕我随着个秀……〔外〕甚么秀？〔旦〕我随着个秀才栖身。〔外〕呀，他是甚么人？你随着他。〔旦〕他是我的家长。〔外怒科〕谁为媒妁？甚人主张？〔旦〕爹爹，人在那乱、人在那乱离时节，怎选得高门厮对厮当？

〔外〕六儿，那秀才在那里？〔丑〕在这里，还不走过来？〔生见科〕

这一场的三人对答，既表现了戏剧冲突，又刻画了人物个性，曲、白和动作融为一体，是最好的舞台演出本。

【月上海棠】〔外〕你自想甚年发迹穷形状？〔生〕怎把凡人逆相，海水斗升量？〔旦〕非奖，陋巷十年黄卷苦[13]，那时禹门三月桃花浪，一跃龙门便把名扬，管取姓字标金榜。

〔外〕孩儿，随我回去罢。

【五韵美】〔旦〕意儿里想，眼儿里望，望求取东君[14]艳阳，与花柳增芳。〔生〕全没些可伤，身凛凛如雪上加霜。〔外〕孩儿，你快随我去。〔生、旦〕更没些和气一味莽，铁胆铜心，打开凤凰。

李贽批："每上句不完，下叠一句方完，的是传神。"

【二犯么令】[15]〔外〕你是娘生父养，为何逆亲言，心向情郎。〔生〕虽是你的女儿，我向地、我向地狱相救到这天堂，〔旦〕

怎下得将他撇在没人的店房。〔合〕若是两分张,管取拼残生命亡。

〔丑〕去罢,去罢。〔旦〕官人,和你同去哀告。

【玉交枝】〔生〕哀告慈悲岳丈,〔外〕哇,谁是你岳丈!〔生〕可怜我伏枕在床。〔外〕就死有谁来怜你?〔生〕我必定是死了!煎药煮粥无人管,等待我三五日时光。〔外〕去,去!一时也等不得。〔生〕全没些好言劈面抢,恶狠狠怒气三千丈。〔外〕六儿,扯上马去。〔生〕只倚着官高势强,只倚着官高势强。〔丑扯旦科〕

先是辩解,再是哀告,亦见衷曲,衬出尚书的专制悖情。

【江儿水】〔旦〕眼见得今朝去,直恁忙。相随百步,尚且情悒怏,何况我夫妻月余上,怎下得霎时间如天样?〔外、丑〕若要成双,休指望。〔生、旦〕一对鸳鸯,生被掀天风浪。

〔外〕六儿,快扯上马去。〔丑扯科〕

【川拨棹】〔生〕妻,你心相诳,更不将恩义想。〔旦〕夫,无奈何事、无奈何事有参商。父逼女,夫苦妻伤。〔合〕苦别离,愁断肠;两分离,愁断肠。

【前腔】〔旦〕夫,男儿赎药,把衣衫典

当偿。我不能够觑，我不能够觑得你身体康。〔生〕妻，我和你再、我和你再得成双，怕死后一灵儿到你行。〔合〕苦别离，愁断肠；两分离，愁断肠。

以下二曲，写尽了一对恩爱夫妻活活地被拆散时的伤心情态。然而瑞兰并未绝望，仍鼓励世隆上进。

【前腔】〔旦〕夫，你休为我相思损天常，紧攻书，临选场。〔生〕妻，我不道再、我不道再娶重婚，你焉肯终身守孀？〔合〕苦别离，愁断肠；两分离，愁断肠。

〔外〕六儿，快扯上马去。〔丑扯科〕

【哭相思】〔生、旦〕怎下得将人离别，愁万缕，肠千结。

关目好，尚书的顽固、狠毒，世隆的痛苦处境，瑞兰与世隆的难解难分，三人在舞台上的动作、表情，都提示了。

〔丑扯旦科〕〔生夺旦，外推倒生科〕〔外〕咄！早知今日事如此，何不当初莫用心。〔下〕〔生哭，作不能起科〕

【卜算子】〔生〕病弱身着地，〔末上扶生科〕〔生〕气咽魂离体，拆散鸳鸯两处飞。天那，多少衔冤气！店主人放手，我拼命去赶他转来。〔末劝科〕已去远了。

【金梧桐】〔生〕这厮忒倚官，忒挟势，便死待何如？欺侮俺是穷儒辈。俺这里病愈深，他那里愁无际，旅店邮亭，两下里人应憔悴。我那妻，怎教我忍得住恓惶泪？

〔末〕秀才官人，休要短见，且自安息，保重贵体。

〔生〕天涯海角有穷时,〔末〕人岂终无相见期?

〔合〕但愿病痊无个事,免教心下再忧疑。

李贽总批:"如此离别,想头最奇。"

〔1〕丁香奴、刘季奴:均中草药名。以下用许多药名集成科诨。

〔2〕柴胡汤:中药方剂名,有解表退热、疏肝解郁的功效。

〔3〕五灵散:中药方剂名,有清热利尿功效。

〔4〕《难经》《脉诀》:两种中医书名。《难经》,原名《黄帝八十一难经》,传为战国秦越人(扁鹊)撰。《脉诀》,指《脉经》,魏晋间王叔和撰。

〔5〕对科:医学上根据病症发生的部位或性质划分的治疗范围,叫作科。对科,诊断的发病部位不错。

〔6〕月数:月经。

〔7〕乒乒乓乓(pīng pīng pāng pāng):象声词。

〔8〕望闻问切:中医诊断的方法。望:观察病人的神态、脸色、舌苔;闻:嗅病人的有关气味;问:询问病史、病状;切:切脉。

〔9〕害劳:患了痨病。

〔10〕宁耐:忍耐。

〔11〕报子:文告之类。

〔12〕伉:躲藏。

〔13〕陋巷十年黄卷苦:在穷困的生活条件下勤苦攻读。陋巷:僻巷;黄卷:书籍。

〔14〕东君:太阳神。

〔15〕【二犯么令】、三支【川拨棹】曲和下场诗,通行本互有异文,今据世德堂本校补。

第二十六出 皇华[1]悲遇

【上马踢】〔老旦〕干戈动地来，车驾迁都汴。儿夫离帝京，路遥人又远。军马临城，无计将身免。这苦怎言！祸不单行，中都路儿不见。

【月儿高】〔小旦〕喊杀连天，骨肉怎相恋？自古常言道"人离乡贱"，得到今朝平安幸非浅。是则是我身狼狈，眼前受迍邅[2]。

【銮江令】或作【蛮江令】，写尽战乱中人民颠沛流离的苦况。而又明白如话，朴质自然。

【銮江令】〔合〕烦恼多历遍，忧愁怎消遣？眼儿哭得破，脚儿行得倦。五里复十里，一日如同过一年。但愿前途去，早早逢亲眷。

【狼草生】〔合〕劲风寒四合，暮烟昏惨惨。彤云筛，脱天变[3]，只愁那长空雪舞絮绵绵。去心如箭，旅舍全无，何处安歇停眠？

〔老旦〕孩儿，天色已晚，无处安歇。这里是馆驿门首，只得和你权宿一宵，明日早行罢。〔小旦〕远远望见一位官长来了。

【前腔】〔末〕孟津驿舍住，在黄河岸边，乘船坐马十分便。〔老旦、小旦〕子母忙向前，可怜穷面，暂借安身望周全。

〔末〕你这两个妇人，日晚天寒过客无，远临传舍[4]意如何？〔老旦、小旦〕此情不对英雄说，更有何人念旅途？〔末〕我且问你，你是何等样人家？何处人氏？为何到此？

【罗带儿】〔老旦〕妾身本宦族，京城久居。为侵边犯阙军奋武，君臣迁徙离中都也。〔小旦〕散乱人逃避奔程途，身无主，去无所，惨可可地千生受万辛苦。〔合〕今宵得借一宿，可怜见子母每天翻地覆。

词隐生曰："惨可可地、远涉涉地、静悄悄地、冻款款地及弯跧等，语皆本色可喜。"

【前腔】〔末〕兵戈起路程，人不惯经。早寻个旅邸休待等，怎容你行客寓邮亭[5]也。〔老旦〕心下贪行路望南京，不觉的暮云平。远涉涉地不知处，人又生。〔合〕今宵得少留停，可怜见子母每天寒地冷。

〔末〕非是我不肯留你，只是皇华驻节的所在，留你妇人不得。

【前腔】〔小旦〕不容奴在此间，千羞万惭。开口告人难上难，伤情无语泪偷弹也。〔末〕这般恓惶事，恁愁烦！〔末〕罢罢罢，自古道："与人方便，自己方便。"看你这两个妇人,也不是已下人家的。我这里不留你,前途恐遇不良之人;留你在此,怕有官员每来往,不当稳便。千万不可言语啼哭。〔老旦、小旦〕这个不敢。〔末〕不忍见你受摧残,静悄悄地留一夜来早散。〔老旦、小旦〕今宵得暂安眠,可怜见子母每天昏地暗。

〔末〕就在那回廊底下,暂歇了罢。

夫人在廊下栖身,尚书在驿中驻节,对比鲜明。

【前腔】〔老旦、小旦〕娘和女深感激,蒙恩受德。幸然遇好人。相爱惜,免风霜寒冷受劳役也。〔末〕随我来。向这回廊畔,正厅侧,借得些荐和席,冻款款地弯跧坐[6],觅些饮食。〔老旦、小旦〕多谢官长。今宵得略休息,可怜见子母每天宽地窄。〔坐地科〕〔末〕天上人间,方便第一。〔下〕

【灞陵桥】〔外上〕马儿行又急,转头间五里复十里。此去河南只隔这带水。孟津驿,今夜权停止。嗏,知他这碾车儿恁行迟!

【前腔】〔丑上〕马儿行较疾,碾车儿直恁的簪簪地[7]。正是心急步行迟。晚相催,天冷彤云密。嗏,待得到孟津驿且安息。

【前腔】〔旦〕这苦说向谁,这苦说向

谁,索性死别离各自也着边际。生把我鸳鸯分开两下里。一步一回头,教我伤情意。嗏,衫儿上泪珠儿任淹湿。

〔末上〕驿丞接老爷。〔外〕叫驿丞,我一路上鞍马辛苦,不免劳倦,毋许闲杂人打搅。〔末〕是。〔下〕〔外〕孩儿,我与六儿书房里安息,你往后堂睡罢。〔旦〕是如此。〔外、丑下〕

“毋许闲杂人打搅”,偏偏就有人打搅。好关目。

【新水令】〔老旦〕凄凉逆旅人千里,〔旦〕这萦牵怎生成寐?〔小旦〕万苦横心里。〔合〕睡不着,是愁都做枕边泪。

王瑞兰、王夫人、蒋瑞莲三人都愁不能寐,各怀心思,从一更唱至五更,瑞兰思念丈夫,夫人挂念女儿,瑞莲怀念哥哥。真是:“是愁都做枕边泪。”

〔老旦〕夫阻关山隔远邦,女因兵火散他乡。〔小旦〕自己不知凶与吉,亲兄未审在何方。〔旦〕千愁当日儿离母,万苦今朝凤拆凰。〔合〕枕边不敢高声哭,恐怕猿闻也断肠。〔老旦〕呀!又早是黄昏时候了,怎生睡得着呵!

【销金帐】〔老旦〕黄昏悄悄,助冷风儿起。想今朝,思向日,曾对这般时节,这般天气,羊羔美酒,美酒销金帐[8]里。兵乱人慌,远远离乡里。如今怎生,怎生街头上睡。

词隐生曰:“此曲诸阕佳处,人皆知之,然其神采,在十二个‘这般’上。”

【前腔】〔旦〕呀!樵楼上一更鼓了。初更鼓打,哽咽寒角吹。满怀愁分付与谁?遭逢这般磨折,这般别离。铁心肠打开,打开鸾孤凤只。我这里恓惶，他那里难存济。翻覆怎生，怎生独自个睡。

【前腔】〔小旦〕是二更鼓了。冬冬二鼓，败叶敲窗纸。响扑簌，聒闷耳。难禁这般萧索，这般岑寂。骨肉到此，到此你东我西。去又无门，住又无依倚。伤心怎生，怎生街头上睡。

〔旦〕夜阑人静月微明，恨杀孤眠睡不成。心上只因萦闷系，万愁千恨叹离人。天那！又是三更了。

【前腔】〔旦〕三更漏转，寒雁声嘹呖，半明灭灯火煤[9]。寻思这般沉疾，这般狼狈。相别到今，到今吉凶未知，冷落空房，药食谁调理？床儿上怎生，怎生独自个睡。

同唱一样的曲牌，曲辞却富于变化。李贽云：“不说早是四更五更了，妙，妙！若再说便俗极。”甚是。

【前腔】〔老旦〕楼头四鼓，风卷檐铃碎，略朦胧惊梦回。娘女这般相逢，这般重会，飒然觉来，觉来孩儿那里？多少伤悲，多少萦牵系。教人怎生，怎生街头上睡。

【前腔】〔小旦〕五更又催，野外疏钟急。算通宵几叹息。一似这般烦恼，这般孤恓。一身苟活，苟活成得甚的？〔旦〕俺这里愁烦,那壁厢长吁气。听得怎生,怎生独自个睡。

〔外上〕正做家乡梦,忽闻啼哭声。六儿那里?〔丑上〕爹,怎么?〔外〕你这狗才,一夜不睡,啼哭怎么?〔丑〕爹,六儿不曾,是驿丞啼哭。〔外〕驿丞为何啼哭?〔丑〕昨日爹到得晚了,驿丞不曾准备得铺陈,把自睡的铺卧拿出来了,他两口儿昨晚没有被盖,所以啼哭这一夜。〔外〕胡说,叫那驿丞过来。〔丑叫驿丞〕〔末上〕有。〔外〕我已曾分付你,我路上鞍马劳倦,欲得一觉好睡,不许闲杂人打搅。正睡之间,只听得这壁厢啼哭,那壁厢哀怨,却怎么说?〔末〕禀爷,昨晚爷未到的时节,有两个妇人来此借宿。小驿丞不知爷到,见他身上寒冷,留他在回廊底下权宿一宵。想必天寒冻哭之声,惊恐了爷。是小驿丞有罪了。

此处关目仿杨显之《潇湘雨》。

〔外〕这驿丞好打。这是皇华驻节的所在,敢容妇人在此歇宿。叫六儿,押了这驿丞去,唤那两个妇人过来!〔丑〕妇人在那里?〔末〕在这里。你这两个妇人,好不达时务,好意容你在此权宿一宵,教你不要啼哭,一夜五更只管啼啼哭哭,惊恐了尚书老爷。如今拿你,你自去回话。〔小旦〕母亲,如何是好?〔老旦〕呀!这是我家六儿。六儿!〔丑〕呀!是奶奶。爹爹,奶奶在这里。〔老旦〕相公在那里?〔外〕夫人在那里?〔见科〕〔旦〕母亲在那里?〔同拜哭科〕

既伤乱离,复受威吓,蓦见六儿:写出了由愁转悲,由悲转惧,由惧转惊,由惊转喜的思想感情的变化。好关目。

呀！娘。

【思园春】〔旦〕久阻尊颜想念勤。〔老旦〕孩儿，此逢将谓是梦和魂。〔外〕这女儿是谁？〔老旦〕是我途中厮认来的。〔小旦〕奴是不应亲者，今日强来亲。〔合〕子母夫妻苦分散，无心中完聚怎由人。

【好孩儿】〔老旦〕相公，匆匆地离皇朝，我心不稳；弃家私老小，去得安忍？〔外〕只知国难识大臣，不堤防万马千军犯京城。君去民逃，常言道龙斗鱼损。

【福马郎】〔旦〕那日里风寒雨又紧，正行里喊声如雷震。无处藏隐，急向林樾中躲，道途上奔。〔老旦〕其时节乱纷纷，身难保，命难存。

【红芍药】〔外〕兵扰攘，阻隔关津。思量着，役梦劳魂。〔丑〕眼见得家中受危困，望吾乡，有家难奔。〔老旦〕孩儿，历尽了苦共辛，娘逢人见人寻问，只愁你举目无亲，子父每何处厮认？

【红衫儿】〔旦〕我有一言说不尽。〔老旦〕有甚么说话？〔旦〕向日招商店蓦忽地撞着家尊。〔哭科〕〔老旦〕孩儿有甚事，说与我知道，不要啼哭。〔旦〕我寻思他眼盼盼人远天涯近。〔老旦〕为甚的来那壁千般恨?〔外怒科〕夫人,你休只管叨叨问。

【会河阳】〔老旦〕相公,有甚事争差,且息怒嗔;闲言语总休论。〔小旦〕贱妾不惧责罚,将片言语陈,难得见今朝分。〔旦〕甚时除得我心头闷,甚日除得我心头恨。

【缕缕金】〔外〕教准备展芳樽,得团圞都喜庆,尽欢欣。〔老旦〕馆驿中有杂人来往,其实不稳。到南京得见圣明君,那时节好会佳宾。〔外〕夫人言之有理。六儿,叫驿丞催趱船只,即日起程。〔丑叫科〕〔内应科〕

【越恁好】〔外〕办集船只,办集船只,指日达帝京。〔小旦〕渐行渐远,亲兄长不知死和存。〔旦〕愁人见说愁更新。〔小旦〕姐姐,你为甚啼哭?〔旦〕欲言又忍,心儿里痛切切如刀刎,眼儿里泪滴滴如珠揾。

【红绣鞋】〔丑〕画船已在河滨,河滨。不劳马足车轮,车轮。〔外〕六儿,就此起程去罢。〔众〕离孟津,望前进,风力顺,水程紧,咫尺是汴梁城。

【尾声】别离会合皆缘分,受过忧危心自忖。从今暮乐朝欢还再整。

〔外〕军马纷纷路不通,〔三旦〕娘儿兄

正想向母亲倾吐满腹委曲,话刚出口就被父亲截断,只得强咽下去,眼中却掉下了泪水……瑞兰人虽靠近父母,心却贴近世隆。这样的曲、白和表演,感人至深。难怪李贽连口称妙。

李贽总批:“此出关目妙极,全在不说出。”

妹各西东。

〔合〕今宵剩把银釭照,犹恐相逢是梦中。

〔1〕皇华:使者,此指王镇奉旨和番。

〔2〕迍邅(zhūnzhān):困顿不得志。

〔3〕彤云:阴云;筛:散布;脱天:整个天空。

〔4〕传舍:古代供来往行人休止住宿的场所。

〔5〕邮亭:驿馆,递送文书投止的处所。

〔6〕弯跧(quán)坐:躬着身子,踡着腿坐着。

〔7〕簪簪地:快快的。簪簪,即趱趱。

〔8〕销金帐:用金线装饰的帐子。

〔9〕灯火煤:灯花。

第二十七出　逆旅萧条

这是一出过场戏,但在剧情发展中,自有承前启后的妙用。

【步蟾宫】〔生〕龙潭虎穴[1]愁难数,更染病眈疾羁旅。分别夫妻两南北,谁念我无穷凄楚。

〔眼儿媚〕倾家荡业任飘零,受尽苦和辛。雁行中断,鸾俦生拆[2],无限伤情。穷途那更多灾病,囊底已无缗[3]。恁般正是,福无双至,祸不单行。我蒋世隆自从与娘子分别,忽已月余。这几日身子虽觉渐安，争奈举目无依，萧条旅馆，好生感伤人也。

【五样锦】姻缘将谓五百年眷属，十生九死成欢聚。经艰历险幸然无虞。又指望否极生泰，祸绝受福。未妥，尚有如是苦：急浪狂风，风吹折并根连枝树；浪惊散鸳鸯两处孤，更全然不想我这病体疾躯。那肯放容他些儿个叮咛嘱付，将他倒拽横拖奔去途。回头道不得声将息，几曾有这般慈父！跌得我气绝再复，死绝再苏，一回价上心来，一回价痛哭。

暮雨朝云去不还，强移栖息一枝安。

春蚕到老丝方尽，蜡烛成灰泪始干。

〔1〕龙潭虎穴：指艰难危险。

〔2〕“雁行中断”二句：指兄妹失散，夫妻拆离。

〔3〕无缗：无钱。缗：穿钱用的绳子，也指成串的钱。

第二十八出　兄弟弹冠[1]

本出与“文武同盟”“虎头遇旧”，都写出了异姓兄弟情谊。

【孤飞雁】〔小生上〕吾皇恩诏从天降，遍遐迩万民钦仰，宥极刑，身有重生望。散群辈与群党，回凶就吉，转祸为祥。前临帝辇绝亲祊[2]，回首家乡没了父娘。感伤，寻思着两泪千行。

【行香子】兴福举眼无亲，进退无门。闻知道结义恩人，广阳镇上旅馆安身。几番寻，几番觅，几番询。此间正是广阳镇招商店了。不免叫一声：店主人有么？〔末上云〕商贾纷纷，士庶群群，大门外马足车轮。主人招接，小二殷勤。俺这里客来多，客来便，客来频。〔小生〕店主人拜揖。〔末〕客官何来？

【惜黄花】〔小生〕中都路是本乡，车驾望南往，一程程来到广阳，特来相访。〔末〕小可敢覆尊丈，有何事厮问？当买货请商量，要安下却无妨。〔小生〕小生也非为买货，也不要安下，特来寻人。〔末〕若是问寻人，道如何模样？

随问随答，曲白相生，流畅自然。

【前腔】〔小生〕店名须号招商？〔末〕

是。这里是招商店。〔小生〕少浼劳尊长。〔末〕且说怎么样个人,姓甚么?〔小生〕有个秀才身姓蒋。〔末〕多少年纪了?〔小生〕三十余上。〔末〕有。住此两月将傍。〔小生〕在那里安下?〔末〕正东下转那厢。〔小生〕第几间房儿?〔末〕从外数第三房。〔小生〕他一向好么?〔末〕染病才无恙。〔小生〕他今在那里?〔末〕赎药便回来。〔小生〕药铺近远?〔末〕想只在前街后巷。〔小生〕既如此,我在这里等他。〔末〕里面请坐,想就来也。

【惜奴引】〔生〕祸不单行先自速,遭兵火,那堪更重重坎坷。〔末〕官人你回来了。〔生〕是,回来了。〔末〕有人到此相访。〔生〕在那里?〔末〕在里面。〔见科〕〔小生〕呀!哥哥,久阻尊颜,几曾忘却些儿个。〔生〕彼我,纵然有音书怎托!

〔鹧鸪天〕〔小生〕自别恩兄两月余,〔生〕重重坎坷更灾危。〔小生〕哥哥,你有何坎坷灾危事?〔生〕说起教人珠泪垂。〔末〕休嗟怨,慢悲哀,房中请坐且宽怀。〔生〕从前一一都分诉,万恨千愁扫不开。〔末〕二位官人请坐,看茶来吃。

【本序】〔生〕自与相别,风寒劳役,受

【本序】【虾蟆

序】两曲四阕，彼此问答，皆不须实白，而叙说情事，宛转详尽。李贽连赞“曲好，关目好”。

尽奔波。那更忧愁思虑，在旅邸顿染沉疴。〔小生〕违和[3]。天相吉人身痊可。却望节饮食，休劳碌。怎忘却，忘了问别来尊嫂贵体安乐？

【前腔】〔生〕提着心肠惨凄，不由人忍不住泪珠流颗。但有死别生离，那烦恼似天来大。〔小生〕缘何？莫非他弃旧怜新，从了别个？〔生〕不是。〔小生〕多应是疾病亡，遭非祸。〔生〕不是。你道为甚么？〔小生〕却为甚么？〔生〕倚势挟权，将夫妻苦苦拆破。

兴福这一惊一问，武将的须眉毕现。

【虾蟆序】〔生〕摧挫。艰共险，愁和闷，要躲怎躲，到如今尚有平地风波。〔小生〕惊愕。焰腾腾心上火，是谁人道与我。〔生〕你道如何？爱富嫌贫，岳丈倚强凌弱。

写兴福刚中有柔，粗中有细。

【前腔】〔小生〕斟酌。尊共卑，亲和戚，顺他受他，等些时宛转求人团搭[4]。〔生〕参差[5]，其中话更多，都只恨缘分薄！〔小生、末合〕事多磨，放心将息，休自损天和[6]。

〔小生〕哥哥，即日朝廷降敕，宣诏天下文武贤良，尽赴行朝应举，正是男儿得志之日。哥哥，休为夫妻恩爱,误却前程,可收拾行李,与兴福同往行朝。一来应举求官;二来亦可打听尊嫂消息。不知哥哥意下如何?〔生〕此言极是。只是少些房钱在此,未曾还得。〔小生〕兄弟带得尽有,不烦哥哥费心。店主人,请算一算奉还。〔末〕不多了,且请安息,明日算罢。

〔小生〕离合悲欢不自由,〔生〕心怀萦闷几时休。

〔末〕争似不来还不往,〔合〕也无欢喜也无愁。

李贽总批:“曲与关目之妙,全在不费力气,妙至此乎!”

〔1〕弹冠:原为掸去帽子上的尘土,准备做官。这里指世隆与兴福同赴行朝应举。

〔2〕绝亲祊(bēng):没有祭祀祖宗。祊:在宗庙门内祭祀。

〔3〕违和:因失于调护而患病。

〔4〕团掿(nuò):捏和。

〔5〕参差:长短不齐,引申指互相间存在的矛盾。

〔6〕天和:健康的身体。

第二十九出　太平家宴

【传言玉女】〔外〕得睹天颜,真为主忧臣辱。〔老旦〕皇恩深沐,享千钟重禄。

〔旦、小旦〕如今幸得再睹银屏金屋。〔合〕皇朝重见，太平重睹。

〔外〕尽日笙歌按玉楼，〔老旦〕忽朝军马犯皇州。〔旦、小旦〕但知会赏非常乐，〔合〕须是堤防不测忧。〔外〕夫人，今日幸喜骨肉团圆，夫妻再合，早已分付安排酒肴庆贺，不知完备未曾。院子那里？〔末上〕匈奴遥俯伏，汉相俨簪裾[1]。复老爷，有何分付？〔外〕分付你安排酒肴，可曾完备否？〔末〕完备多时了。〔老旦〕看酒过来。〔旦送酒科〕

【玉漏迟亭】〔旦〕得宠念辱，想其时驾迁民移前去。父母妻儿散离，值此天数，抵多少吃辛受苦，抵多少无家失所。〔合〕今幸得在画堂深处。

在太平家宴中，举家无不欢乐，惟独瑞兰唱出了不和谐的音调。这正是她此时此刻的感情。

【前腔】〔外〕驿程去速，奈何被士马拦截归路。国败家亡，怎知此日完聚！知几遍宵行昼伏，知几遍风餐露宿！〔合〕今幸得在画堂深处。

【前腔】〔旦〕轰雷战鼓，喊杀声散亡人尽奔逐。那时无他，可怜救我在危途，知何处作婢为奴，知何处遭驱被虏。〔合〕今幸得在画堂深处。

【前腔】〔小旦〕兄南妹北，乱兵中怎知

生死！须臾骨肉分别，此身去住无所。感谢得恤寡念孤，感谢得为亲做主。〔合〕今幸得在画堂深处。

【扑灯蛾】〔老旦〕到行朝汴梁，看山河壮帝居。四时有常开花木，论繁华不减中都也。〔外〕受恩深处便为家，自来俗语。〔合〕休思故里，对良辰美景，宴乐且欢娱。

【前腔】〔旦〕依旧珠围翠簇，依旧雕鞍绣毂。列侍妾丫鬟使女，送金杯听歌观舞也。〔小旦〕因灾致福，爱惜奴似亲生儿女。〔合〕休思故里，对良辰美景，宴乐且欢娱。

【尾声】从今休把光阴负，但畅饮高歌休阻，共醉乐神仙洞府。

〔外〕莫辞今日醉颜酡，〔老旦〕百岁光阴能几何？

〔合〕遇饮酒时须饮酒，得高歌处且高歌。

〔1〕俨簪裾：穿起整齐的官服。簪：头饰；裾：衣襟。

第三十出　对景含愁

【夜行船】〔旦上〕六曲栏杆和闷倚，不觉又媚景芳菲[1]。〔小旦〕微雨昨宵，新晴今日。〔合〕知道海棠开未？

一样的春光，不同的感受。

〔旦〕〔蝶恋花〕春来分外伤怀抱，燕燕莺莺，空自啼春巧。〔小旦〕三月春光无限好，娇花一夜都开了。〔丑扮梅香上〕忽听院宇笙歌绕，笑语欢声，花下金樽倒。二位小姐，你心中有甚闲烦恼？忍教辜负韶华老。〔旦〕我自有烦恼处，你那里知道。

【本序】〔旦〕春思恹恹[2]，此愁谁诉，此情谁知；心撩乱，慵睹妆台梳洗。〔小旦〕芳时不暖不寒，秋千院宇，堪游堪戏。〔旦〕空对莺花燕柳，悄忽地暗皱双眉。

形容憔悴，从瑞莲眼中看出。瑞莲虽不知姐姐"因谁牵惹芳心"，观众却明白是为思念世隆。

【前腔】〔小旦〕姐姐，因谁牵惹芳心，媚容香褪，嫩脸桃衰。看看恁宽尽金缕罗衣。〔旦〕休疑，只为伤春，知他怎生，年年如是。〔丑〕休对晴天暖日，轻可地过了寒食[3]。

二位小姐，这等好天气，同到后花园闲步一

回也好。

【风入松】〔旦〕甚心情闲步小园西。〔小旦〕姐姐为甚不去?〔旦背唱科〕推一个身倦神疲。〔丑〕趁春风桃李花开日,谁不待去寻芳拾翠。九十日光阴拈指,三分景二分归。

【前腔】〔小旦〕那春光也应笑咱伊。〔旦〕笑甚的来?〔小旦〕笑你恁瘦减香肌。〔旦〕东君不管人憔悴,恨见得绿密红稀。香闺掩,珠帘镇垂,不肯放燕双飞。

【尾声】〔小旦〕衷心先自不如意,纵然间肯同随喜,也做了兴尽空回。

〔旦〕伤心情绪倦追游,〔小旦〕好景如梭不肯留。

〔丑〕来朝更有新条[4]在,〔合〕恼乱春风卒未休。

〔1〕媚景芳菲:指春天里景色迷人,花草飘香。

〔2〕恹恹:精神不振的样子。

〔3〕寒食:节名,在清明前一天。古时从这一天起,三天不生火做饭,故称“寒食”。

〔4〕新条:新枝。

第三十一出　英雄应辟[1]

这出过场戏，在剧情发展上自不可少。

【望远行】〔生〕春风紫陌[2]，又是天涯行客。〔小生〕野草闲花，掩映水光山色。〔末、净〕杏花朵朵歆红，杨柳丝丝弄碧，沙岸远涟漪初溢。

〔生〕携书挟策赴天邦，〔小生〕那更风光直艳阳；〔末〕路上野花钻地出，〔净〕村中美酒透瓶香。〔见科〕〔净〕动问此位老兄上姓？〔生〕学生姓蒋。〔净〕贵表？〔生〕双名世隆。〔净〕此位？〔小生〕学生复姓陀满，双名兴福。〔净〕此位？〔末〕学生姓卞，双名登科。〔生〕老兄尊姓贵表？〔净〕学生姓成，双名何济。我每都是科举朋友，不期而逢，天色将晚，各请趱行几步。

用人物姓名调侃，是戏曲中惯用的科诨。

【望吾乡】〔生〕降诏颁敕，搜贤赴帝域，文武远投安邦策，星斗文章谁能及，下笔如神力。〔合〕一朝里身显迹，受赏加官职。

【前腔】〔小生〕万里鹏翼，功名唾手得；英雄果是千人敌，正是男儿峥嵘日，岂敢辞劳役。〔合〕一朝里身显迹，受赏加官职。

【感亭秋】〔末〕短亭长亭程程去，知几驿，逆旅中过寒食。见点点残红飞絮白，夕阳影里啼蜀魄[3]。〔合〕家乡远，心慢忆，回首云烟隔。

【前腔】〔净〕香醪待饮何处觅，牧童处，问端的。遥望前村疏篱侧，招飐酒旗林稍剌[4]。〔合〕家乡远，心慢忆，回首云烟隔。

【红绣鞋】〔合〕小径迢迢狭窄，狭窄；野水潺潺湍激，湍激。饮数杯解愁戚，那里堪观赏，可闲适，只愁他天晚逼。

【尾声】酒家眠，权休息，韫椟藏珠隐尘迹，万里前程在咫尺。

过却长亭又短亭，看看相近汴梁城；
路上有花并有酒，一程分作两程行。

〔1〕应辟(bì)：参加科举考试。辟：征召。

〔2〕紫陌：帝都郊野的道路。

〔3〕蜀魄：指战国时蜀王杜宇的魂魄所化的子规鸟。

〔4〕剌：剌剌，也作猎猎，象声词，风吹旌旗所发出的声音。

第三十二出　幽闺拜月

这是本剧最精彩的一出戏。它吸收了关剧第三折的重要情节，融化了原作优美的语言，而又有创造性的发展。它融合了喜剧和悲剧的双重因素，在着重抒写瑞兰的离愁与幽怨时，从侧面表现了她与王镇的思想冲突；在花园拜月中，通过姊妹调笑所展开的性格冲突，又带来了浓郁的喜剧气氛和抒情色彩。

【齐天乐】〔旦〕恹恹挨过残春也，又是困人时节。景色供愁，天气倦人，针指何曾拈刺。〔小旦〕闲庭静悄，琐窗[1]萧洒，小池澄澈。〔合〕叠青钱[2]，泛水圆小嫩荷叶。

〔浣溪沙〕〔小旦〕阶前萱草[3]簇深黄，槛外榴花叠绛囊[4]，清和天气日初长。〔旦〕懒去梳妆临宝镜，慵拈针指向纱窗，晚来移步出兰房[5]。〔小旦〕姐姐，当此良辰美景，正好快乐，你反眉头不展，面带忧容，为甚么来？

【青纳袄】〔旦〕我几时得烦恼绝，几时得离恨彻！本待散闷闲行到台榭，伤情对景肠寸结。〔小旦〕姐姐，撇下些罢。〔旦〕闷怀些儿，待撇下怎忍撇，待割舍难割舍。倚遍阑干，万感情切，都分付长叹嗟。

【红纳袄】〔小旦〕姐姐，你绣裙儿宽褪了褶，为伤春憔悴些。近日庞儿瘦成劳怯。莫不是又伤夏月？姊妹每休见撇，斟量着你非为别。〔旦〕你量着我甚么?〔小旦〕多应把姐夫来萦牵,别无些话说。

【青纳袄】〔旦怒科〕你把滥名儿将咱引惹,直恁的情性乖,心意劣。女孩儿家多口共饶舌,爹娘行快活,要他做甚的?要妆衣满箧,要食珍羞则盛设,和你宽打周折[6]。〔走科〕〔小旦〕姐姐到那里去?〔旦〕到父亲行先去说。〔小旦〕说些甚么?〔旦〕说你小鬼头春心动也。

【红纳袄】〔小旦〕我特地当要说。〔跪科〕姐姐,望高抬贵手饶过些,一句话儿伤了俺贤姐姐。〔旦〕起来,且饶你这次,今后再不可如此。〔小旦〕若再如此呵,瑞莲甘痛决[7],姐姐,你在此闲要歇,小的妹先去也。〔旦〕你那里去?〔小旦〕只管在此闲行,忘收了针线帖[8]。〔旦〕也罢,你先去。〔小旦〕推些缘故归家早,花阴深处遮藏了。热心闲管是非多,冷眼觑人烦恼少。〔下〕〔旦〕这丫头果然去了。天色已晚,只见半弯新月,斜挂柳梢,几队花阴,铺平锦砌。不免安排香案,对月祷告一番。〔卜算子〕款把桌儿抬,轻揭香炉盖,一炷心香诉怨怀,对月深深拜。〔拜科〕

【二郎神】〔旦〕拜新月,宝鼎中把明

姐姐饱经忧患,力图隐秘心事;妹妹天真无邪,偏要寻根究底,悲剧因素转为喜剧气氛。李贽云:“道是他说着了,怪他也奇。”须知瑞兰的装腔,是想继续隐秘自己的心事。姐妹的两样心情、两种性格挖得越深细,她们之间的微妙冲突发挥得就越加充分,喜剧性也就越强。这场戏从关目到语言,都吸收和融合了关汉卿原作第三折和《西厢》“闹简”之长,而又有所创造。

香满爇。〔小旦潜上,听科〕〔旦〕上苍,这一炷香呵!愿我抛闪下男儿疾较些,得再睹同欢同悦。〔小旦〕悄悄轻将衣袂拽。姐姐,却不道小鬼头春心动也。〔走科〕〔旦〕妹子到那里去?〔小旦〕我也到父亲行去说。〔旦扯科〕〔小旦〕放手,我这回定要去。〔旦跪科〕妹子,饶过了姐姐罢。〔小旦〕姐姐请起。那娇怯,无言俯首,红晕满腮颊。

对月祷告,真实地披露了瑞兰内心深处对夫婿的无限眷恋和关怀。瑞莲的唱辞和动作,神形毕现,具有强烈的喜剧性。

【莺集御林春】〔小旦〕恰才的乱掩胡遮,事到如今漏泄。姊妹每心肠休见别,夫妻每莫不是有些周折?〔旦〕教我难推怎阻,罢罢,妹子,我一星星对伊仔细从头说。〔小旦〕姐姐,他姓甚么?〔旦〕姓蒋。〔小旦〕他也姓蒋,叫甚么名字?〔旦〕世隆名。〔小旦〕呀!他家住在那里?〔旦〕中都路是家。〔小旦〕姐姐,你怎么认得他,他是甚么样人?〔旦〕是我男儿受儒业。

【前腔】〔小旦悲介〕听说罢姓名家乡,这情苦意切。闷海愁山,将我心上撇,不由人不泪珠流血。〔旦〕我恓惶是正理,只合此愁休对愁人说。妹子,你啼哭为何因,莫非是我男儿旧妻妾?

瑞莲听说是蒋世隆,立刻由喜转悲;瑞兰莫明其妙,以为瑞莲是她的“男儿旧妻妾”。小小误会,带来浓烈的喜剧气氛。

【前腔】〔小旦〕他须是瑞莲亲兄。

〔旦〕呀！原来是令兄，为何散失了？〔小旦〕为军马犯阙。〔旦〕在哪里分别？〔小旦〕散失忙寻相应者。〔旦〕人有个名字，怎么胡应不成？〔小旦〕姐姐，那时节你名瑞兰，我名瑞莲，那时节只争个莲、兰二字相差迭。〔旦〕好了，妹子，和你比先前又亲，自今越更着疼热。你休随着我跟脚，久已后是我男儿那枝叶[9]。

【前腔】〔小旦〕我须是你妹妹姑姑，你是我的嫂嫂又是姐姐。未审家兄和你因甚别？两分离是何时节？〔旦〕正遇寒冬冷月，恨爹爹把奴拆散在招商舍。〔小旦〕如今还思量着我哥哥么？〔旦〕思量起痛辛酸，那其间他染病耽疾。〔小旦〕那时怎割舍得他？〔旦〕是我男儿，教我怎割舍。

关系揭开以后，两颗心完全熨帖在一起了，怡悦之情，达于顶点。

【四犯黄莺儿】〔小旦〕他直恁太情切，你十分忒软怯，眼睁睁怎忍相抛撇。〔旦〕枉自怨嗟，无可计设，当不过他抢来推去望前扯。〔合〕意似虺蛇[10]，性似蝎螫，一言如何诉说！

她们共同怀念世隆，共同诅咒王镇。剧情从此又有了大的转折。

【前腔】〔小旦〕流水也似马和车，顷刻间途路赊。他在穷途逆旅应难舍。〔旦〕

这出戏，舞台上虽只两个人，但剧情的发展随步换形、波澜层迭，摇曳多姿；做到了既严肃又幽默，既轻松又庄重，深受观众的喜爱。李贽总评云："此出关目妙绝，曲亦妙。"

那时节呵，囊箧又竭，药饵又缺，他那里闷恹恹难挨过如年夜。〔合〕宝镜分破[11]，玉钗断折[12]，甚日重圆再接？

【尾声】自从别后音书绝，这些时魂惊梦怯，莫不是烦恼忧愁将人断送也。

〔旦〕往时烦恼一人悲，〔小旦〕从此凄凉两下知；

世上万般哀苦事，无过死别共生离。

〔1〕琐窗：雕刻有连环图案的窗棂。

〔2〕叠青钱：重重叠叠的小荷叶。春天荷叶初生，浮于水面，形如青钱。

〔3〕萱草：又名忘忧草、宜男、金针花。

〔4〕榴花叠绛囊：形容石榴花的丛簇花瓣。榴花色红，蒂大如囊状。

〔5〕兰房：女子的闺房。

〔6〕宽打周折：绕着圈子说话。

〔7〕甘痛决：甘受重罚。

〔8〕针线帖：针线和花样子。

〔9〕"你休随着我跟脚"二句：意为不要再做我的妹妹了，以后你就是我丈夫的亲属了。表示更加亲近了。跟脚，宗亲的意思。

〔10〕虺(huǐ)蛇：毒蛇。

〔11〕宝镜分破：南朝陈将亡，太子舍人徐德言把镜子分为两半，与妻子乐昌公主各执一半，约定为他日重会的凭证。陈亡，乐昌公主落杨素家。徐到市上见卖半镜者，便出半镜相合，夫妻得重合。

〔12〕玉钗断折：语出唐白居易《井底引银瓶》诗，比喻夫妻分离。

第三十三出　照例开科

（缺）

第三十四出　姊妹论思

【秋蕊香】〔旦〕半载萦牵方寸，何时不泪滴眉颦！〔小旦〕欲语难言信难问，即渐渐里恹恹瘦损。

〔玉楼春〕〔旦〕深沉院宇无人问，纵然有便难传信。〔小旦〕这边愁似那边愁，伊的恨如奴的恨。〔旦〕心下慢然思又忖，口中枉自评和论。〔合〕有时欲向梦中诉，梦又不成灯又烬。〔旦〕妹子，这些时天下文武贤良，都来赴选，不知你哥哥也曾来否？好闷人也！〔小旦〕哥哥料应在此，只怕他不得成名，就知道姐姐消息，也难来厮见。

【二犯孝顺歌】〔旦〕从别后，渡孟津，思君尽日欲见君。凤北鸾南，生生地镜剖

前人有云："施君美真笔终于此折，以下皆后人窜改者，故有谱中所载、断简所留者而传中反无。"沈德符亦云："《拜月亭》后小半，已为俗工删改，非复旧本矣。"此说亦未可全信。均录之以备考耳。
这是"幽闺拜月"一出的继续，在剧情发展上起过渡作用。

与钗分。镇千思万想，要见无门。〔合〕放不落，心上人；撇不下，心上人。

【前腔】〔小旦〕一回价，暗自忖，非亲怎知却是亲。你东咱西，荒荒地路途人乱奔。自一别半载，杳然无闻。〔合〕放不落，心上人；撇不下，心上人。

【前腔】〔旦〕恩和爱，苦和辛，衷肠告天天怎闻。妾后夫前，恹恹地几曾忘半分。有三言两语，寄也无因。〔合〕放不落，心上人；撇不下，心上人。

【前腔】〔小旦〕当时苦，值乱军，离乡背井兄妹分。做小服低，看看地[1]过冬还过春。挨十生九死，举目无亲。〔合〕放不落，心上人；撇不下，心上人。

〔旦〕天从人愿最为难，〔小旦〕再睹重逢岂等闲；

〔合〕从今许下千千拜，望月瞻星夜夜间。

〔1〕看看地：眼巴巴地。

第三十五出　诏赘仙郎

【高阳台】〔外〕蓂荚[1]更新，流光过隙，桑榆日近西山；有女无家，一心日夜忧烦。

使命传宣出建章[2]，微臣深愧沐恩光，可怜年老身无子，特锡巍科择婿郎。老夫亲生一女，小字瑞兰。向者兵戈扰攘之际，夫人途中带回一女，小字瑞莲，秀质贤能，就与我亲生女孩儿一般看待。如今俱已及笄，蒙圣旨着俺招赘文武状元为婿，不免请夫人、女孩儿出来，一同遣递丝鞭便了。院子那里？〔末上〕丹墀日月开金榜，市井骈阗择婿车。复老爷，有何钧旨？〔外〕后堂请老夫人与二位小姐出来。〔末〕老夫人、二位小姐有请。

【前腔】〔老旦上〕兰堂日永湘帘卷，画檐前燕鹊声喧。〔旦、小旦上〕喜椿萱[3]晚景安然，感谢苍天。

〔老旦〕老相公万福。〔外〕夫人拜揖。〔旦、小旦〕爹爹、母亲万福。〔外、老旦〕孩儿到来。〔外〕夫人，老夫年纪高迈，女孩儿俱已及笄。昨

女儿不是“无家”，而是老儿嫌贫爱富，不认穷女婿。

蒙圣恩怜俺无嗣，着俺招赘文武状元为婿。今日请夫人与两个孩儿出来，一同遣递丝鞭，不知夫人意下如何？〔老旦〕相公，男大须婚，女大须嫁，此是门庭美事，况兼圣旨，有何敢违！〔旦〕上告爹爹、母亲得知，孩儿已有丈夫，不敢从命。〔外怒科〕胡说，你丈夫在那里？〔旦〕爹爹，容奴禀复：向因兵戈扰乱，爹爹前往边庭，孩儿与母亲分散东西，逃生旷野；那时一身没靠，举目无亲，幸遇秀才蒋世隆，恻隐存心，救提作伴；又被强梁拿缚山寨，几至杀身，幸得寨主是他故人，情深义重，方得释免；若无他救，不知生死何地。后来与他同到招商店中，盟山誓海，共结鸾凰，及爹爹来至，将奴拆散。今蒙严命，再选夫婿，岂敢故违；但爹爹高居相位，显握朝纲，观通书史，止有守贞守节之道，那有重婚重嫁之理？况他乃读书才子，有日禹门三级浪，一举占鳌头[4]。孩儿宁甘守节操，断难从命。离乱兵戈喊杀频，娘儿惊散窜山林。危途不遇贤君子，相府那存贱妾身。莫把故人轻不顾，不应亲者岂相亲？世隆有日风云会，须待团圞到底贞。〔外〕这是朝廷恩命，谁敢有违。〔小旦〕爹爹，小女瑞莲亦有少禀。〔外〕你也有甚么话说？〔小旦〕自从向遭兵火，兄妹各奔逃生，失身旷野之中，藏形躲避，幸遇夫人唤声，与奴名厮类，奴忙应答向前，当蒙夫人提挈妾身为伴，脱离灾厄。后来爹爹缉探回朝，驿

敢于辞赘抗婚，不仅违抗父命，而且不把圣旨放在心上。王瑞兰对爱情的忠贞和对封建势力的反抗性格，反映了人民的意愿，焕发出夺目的光彩。以封建家长之道，还治封建家长之身。好！

妹妹的行动，也是对姐姐的支持。老儿越发孤立了。

中相遇，允留潭府，恩育同于嫡女，无可称报。前日因同姐姐烧香祈佑，各表诚心祷告，方知姐姐与妾兄蒋世隆偶结良缘，已成夫妇。今蒙爹爹严命，将奴姊妹招赘文武状元。但妾兄蒋世隆饱学多才，有日风云际会，亦未可量。瑞莲甘与姐姐一同守节，但得天从人愿，妾兄一举成名，那时夫贵妻荣，姻缘再合，妹承兄命，始配鸾凰，庶酬爹爹养育之恩。九烈三贞自古今，从新弃旧枉为人。如今纵有风流婿，休想幽人肯就亲。〔外〕这是朝廷恩命！休得多言。院子，快与我唤官媒婆过来。〔末〕理会得，官媒婆走动。

【普贤歌】〔丑〕媒婆终日脚奔波，成就人间好事多。这家也是我，那家也是我，也只为家贫没奈何。

呀！大叔是王老爷府中的，唤老身有何使用？〔末〕俺老爷奉朝廷恩命，将二位小姐招赘文武状元，唤你递送丝鞭。〔丑〕就去，烦大叔通报。〔末〕禀老爷，官媒婆到了。〔外〕着他进来。〔末〕老爷着你进去。〔丑〕老爷，老夫人，二位小姐，官媒婆叩头。〔外〕媒婆，我奉朝廷恩命，招赘文武状元为婿，你与我院子同去递送丝鞭，听我道：

【黄莺儿】〔外〕二女正青年，相门高，

当遴选。乘龙[5]未遂吾心愿。幸朝廷命宣配文武状元，郎才女貌真堪羡！〔老旦〕〔合〕媒婆，你去递丝鞭，一双两美，成就好姻缘。

在媒婆面前也宣称自己是有夫之妇，这对爱情是何等忠贞！

【前腔】〔旦〕口诵柏舟篇[6]，更何心，续断弦。〔丑〕小姐是深闺的处子，如何说起断弦来？〔旦〕我洞房曾会招商店。爹爹锦旋，途中偶见，霎时间拆散了鸳鸯伴。媒婆，休要递丝鞭，我甘心守节，誓不再移天。〔丑〕小姐，这是父命君恩，一定还要谐个佳偶。

【前腔】〔小旦〕媒婆，你也听我道：那日涉风烟，望关山，路八千。乱军中不见了哥哥面。幸夫人见怜，将奴身保全，胜似嫡亲相待恩非浅。今日递丝鞭，我红生羞脸，黄色上眉间。〔外〕媒婆，休要睬他，可疾忙递丝鞭去。

王镇爱的是新科状元，所以执意要招；王瑞兰爱的是蒋世隆，所以坚决不嫁。两种思想，壁垒分明。

【前腔】〔丑〕钧命敢迟延，这姻缘，非偶然。匪媒弗克成姻眷。调和两边，并无一言，人间第一要行方便。今日递丝鞭，仙郎肯受，多赠贯头钱[7]。〔外〕媒婆，还有一件，恐二位状元不知小姐嫱妍，将这真容与他看去。〔丑〕理会得。

〔外〕凭媒选日递丝鞭,〔老旦〕招赘新科两状元。

〔末〕时人莫讶登科早,〔丑〕只为嫦娥爱少年。

李贽总批:“如此等曲,都到现成田地,圣品圣品!”

〔1〕蓂荚:古代传说瑞草名。

〔2〕建章:汉宫名,后泛指都城宫殿。

〔3〕椿萱:父母的代称。椿,指父;萱,指母。

〔4〕占鳌头:科举时代称状元及第。

〔5〕乘龙:对别人女婿的美称。

〔6〕柏舟:《诗经·邶风》篇名,此诗有寡妇守志不嫁之说,这里借以表示誓不再嫁。

〔7〕贯头钱:一点偿钱。贯,一串。

第三十六出　推就红丝

【风入松】〔生〕同声相应气相求[1],同占鳌头。〔小生〕追思往事皆成谬,伤情处不堪回首!〔合〕幸喜声名贵显,相期黼黻皇猷[2]。

〔小生〕哥哥,且喜双桂联芳[3],已遂凌云之志;行看两葵并秀,同倾向日之诚。〔生〕兄弟,所喜者,志得意满,身显名扬;所悲者,家园荡废,琴瑟凄凉[4]。〔小生〕哥哥，这几件都不打紧，兄弟一门良贱三百余口，尽被聂贾列无辜杀戮，止逃得兄弟一身。幸得恩兄搭救，戴天之仇未报，再生之恩未酬。哥哥，这些小事，何足挂念。

【胜葫芦】〔末、丑〕圣主忧虞及大臣，因无子继家门。二女如花，未曾谐秦晋[5]。特来说合，两两仙郎共成亲。此间正是文武状元寓所，不免径入。二位老爷，官媒婆、院子叩头。〔生、小生〕你两个从何而来？有何说话？〔末、丑〕我两人是王尚书府中院子、官媒，一来奉天子洪恩，二来领尚书严命，特来递送丝鞭，请二位老爷同谐佳偶。〔小生收科〕〔末、丑〕二位小姐真容在此，状元请看。〔生看沉吟悲科〕〔小生〕哥哥，今日递送丝鞭，是个喜事，为何堕下泪来？〔生〕兄弟，你自受了丝鞭，我断然不受。〔小生〕请问哥哥，为何不受？

不受丝鞭，敢违圣旨，是个忠于誓盟的"志诚君子"！可爱！

【集贤宾】〔生〕那时挈家逃难走，正鬼哭神愁，喊杀声如雷轰马骤，乱荒荒过壑经丘。妹子瑞莲呵，相失在后，寻讨处不知所有。难措手。忽有人同声相应，同气相求。〔小生〕向日山寨中见的嫂嫂，想就是了。

兴福早已知道原委，观众更是一清二楚，再说就是多余。

【前腔】〔生〕途中见时虽厮守，犹觉满面娇羞。到得磁州广阳镇招商店中呵！直待媒妁之言成配偶。不意他父亲王尚书，缉探虎狼军,回到招商店中,遇见是他女儿,竟自夺回去了。〔小生〕哥哥,你那时怎割舍得他去!〔生〕病恹恹无计相留。〔小生〕若是小弟,一定与他厮闹一场。〔生〕他是尚书,我是穷儒。怎敢与他龙争虎斗。〔小生〕别后曾有音信么?〔生〕分别后知他安否!〔小生〕如今圣旨议亲,怎辞得去?〔生〕恩德厚,有何颜再配鸾俦。

【琥珀猫儿坠】〔小生〕听哥说罢,方识此根由。这是王尚书,招商店也是王尚书。事有可疑。哥哥,破镜重圆从古有,何须疑虑反生愁?〔生〕兄弟,断无此事,不可错疑了。〔小生〕不谬,重整备,乘龙花烛风流。〔末、丑背科〕好怪好怪,小姐又说招商店有了丈夫,不肯再嫁;状元又说招商店有了妻室,不肯重婚。

怎么见得"断无此事"?李贽云:"此处说明,后来赴宴处便少趣味。"甚是。

【前腔】〔末、丑〕正是义夫节妇,语意两相投。多应是有分姻缘当辏偶[6]。状元老爷,此情分付与东流。休休,把旧恨新愁,一笔都勾。〔生〕媒婆、院公,烦你多多拜上老爷,断然不敢奉命。

〔末〕事迹相同说不差,〔丑〕这般异事实堪夸;

〔小生〕落花有意随流水,〔生〕流水无情恋落花。

兴福已就同为"王尚书"事而起疑,世隆却武断如斯,文状元之智谋如此不堪?剧情累赘拖沓至此。

〔1〕同声相应气相求：语出《易经·乾·文言》。此处形容志趣相同而互相呼应。

〔2〕黼黻（fǔfú）皇猷：做大官，辅佐帝王以治国。黼黻：古代礼服上所绣的花纹；皇猷：帝王的谋划。

〔3〕双桂联芳：比喻兄弟双双高中。

〔4〕琴瑟凄凉：比喻夫妻分离之苦。

〔5〕谐秦晋：春秋时秦晋两国王族世为婚姻，后称夫妻成合为谐秦晋。

〔6〕辏偶：比喻夫妻团圆。辏，车轮之辐集于毂。

第三十七出　官媒回话

【似娘儿】〔外〕姻事未和谐，媒婆去不见回来。〔老旦〕教人望眼悬悬待。〔合〕玉音[1]已降，冰人[2]已遣，讦简何乖[3]。

〔外〕夫人，昨遣官媒婆、院子，到文武状元寓所递送丝鞭，为何不见回报？〔末、丑上〕指望将心托明月，谁知明月照沟渠。个中一段姻缘事，对面相逢总不知。老爷，老夫人，官媒婆、院子叩头。〔外〕媒婆、院子回来了，二位状元受了丝鞭否？〔末、丑〕奉天子洪恩，领老爷严命，去到状元寓所说亲。那武状元欣然领纳，并不推辞；只有文状元不肯应承，再三劝他，方把真情说出来。〔外〕他怎么说？

【啄木儿】〔末、丑〕他说遭离乱，值变迁，民庶逃生离故园；兄携妹远涉风烟，乱纷纷戈戟森然。喊杀中妹子忽不见，前村后陌都寻遍，声唤多娇蒋瑞莲。〔外〕那时寻见也未？

【前腔】〔末、丑〕兄寻妹，涕泪涟，忽听得悠悠声应远；只道是妹见哥哥，却原来错认陶潜[4]。那女子呵，他娘儿拆散中途畔[5]，叫声应声随呼唤。〔外〕那女子怎么应他？〔末、丑〕那女子叫名瑞兰，与瑞莲声音厮类。名韵相同事偶然。〔外〕那女子失散了母亲，在途路上单身不便了。

【三段子】〔末、丑〕欲随向前，男女辈同行未便；欲落后边，乱军中污辱未免。说只得做兄妹同行呵，相随同到招商店，主人翁作伐谐姻眷。那其间状元染病，正仗那娘子扶持，不意他岳丈相逢，拆散锦鸳。〔外〕夫人，有这等奇事！

【前腔】〔老旦〕孩儿瑞兰，与伊妻名儿一般；孩儿瑞莲，与伊妹名非两般。我中都路母子曾拆散，你招商店父子重相见。事迹相同岂偶然。〔老旦〕老相公，如今却怎李贽评："此时只合惊喜，着不得一些疑惑；若疑惑，便太痴了。"

生是好？

【滴溜子】〔外〕我有一个道理：明日里，明日里，小设酒筵；媒婆去，媒婆去，传语状元：既然他心中不愿，如何强逼他偕缱绻。〔老旦〕既如此，你请他来怎么？〔外〕请来饮酒之间呵，先教他妹子在堂前，隔帘认看。〔老旦〕此计甚好。

【尾声】〔外〕相逢到此缘非浅，真与假明朝便见。你二人传语状元，亲事不敢相扳，只请枉临一会，再无他意。望勿推辞，特请他来赴宴。

〔外〕明日宴佳宾，〔老旦〕须知假与真。

〔末〕殷勤借红叶，〔丑〕寄与有情人。

〔1〕玉音：帝王诏旨。

〔2〕冰人：媒人。

〔3〕汗简何乖：书信不通。

〔4〕错认陶潜：宋明时期常用典故，疑合用陶潜《桃花源记》与阮肇天台事。

〔5〕中途畔：半路分散。畔：通“叛”，背离，分离。

第三十八出　请谐伉俪

〔净上〕有福之人人伏事，无福之人伏事人。自家乃蒋状元府中使用的便是。蒙状元钧旨，着俺打扫画堂，整理琴书清玩。铺设已完，不免在此伺候。

这又是一出过场戏。李贽云："妙处在烦简。"意谓没有多余的话。

【玩仙灯】〔生〕有事挂心怀，好一似和钩吞线[1]。

忆自离家几变更，此身须在不堪惊。东边日出西边雨，道是无情却有情。昨为王尚书遣官媒婆、院子来此说亲，教我越加烦恼，不知甚日方得我娇妻音耗。唉！不免将琴书消遣一番则个。

【懒朝天】一自瑶琴操离鸾，眼底知音少，不与弹。今朝拂拭锦囊看，雪窗寒，伤心一曲倚阑干，续关雎调难。

此受《琵琶记》中《琴诉荷池》影响。

【懒画眉】〔末、丑〕空劳仙子下天台，何意刘郎事不谐。状元老爷，官媒婆、院子叩头。〔生〕一人因甚去还来？〔末、丑〕早成就了合欢带[2]，管取相逢笑口开。

〔生〕媒婆、院子，我昨日已烦你拜上老爷，这亲事断然不敢奉命。〔末、丑〕禀状元老爷知道，家老爷多多拜上，姻缘之事，不敢强扳；久仰状元老爷才高貌美，只请枉临一会，再无他意。〔生〕既如此，我少不得来参拜你老爷，你二人先去，我随后就来也。〔末、丑〕回去禀复老爷，扫门拱候。

〔生〕相府玳筵开[3]，〔丑〕珍羞百味排；
〔末〕扫门端拱立，专待状元来。

〔1〕和钩吞线：比喻牵肠挂肚。俗语有"好似和钩吞却线，牵人肚肠系人心"。

〔2〕合欢带：指结婚。

〔3〕玳筵：以玳瑁装饰坐具的宴席，指盛宴。玳瑁：似龟，甲片可做装饰品。

第三十九出　天凑姻缘

【卜算子】〔外〕一段好姻缘，说起难抛下；今朝开宴特相邀，试问真和假。

昨日已遣官媒婆、院子去请状元来此会宴，安排酒肴，不知完备未曾？院子那里？〔末上〕堂上呼双字，阶前应一声。复老爷，有何分付？〔外〕筵席完备了未？〔末〕完备多时了。〔外〕快去请张都督[1]老爷来陪宴。〔末〕小人已曾去请,说就来。〔净上〕闻呼即至,有请当来。通报。〔末〕禀老爷,张老爷到了。〔外〕张大人请。〔净〕老司马[2]请。〔外〕寒舍。〔净〕请了,老司马拜揖。〔外〕张大人拜揖。〔净〕老司马今日相招,不知有何见教?〔外〕老夫今日小设,非为别事,只因当初老夫缉探虎狼军,正值迁都世乱之时,老妻带领小女瑞兰,前往京师躲避,行至中途,被军马赶散,母子分离。已后老夫回到磁州广阳镇招商店中,遇见小女随着一个秀才为伴,老夫一时气忿,不曾问得详细,撇了那秀才,领了女儿回京。如今蒙圣恩将小女招赘今科状元为婿,昨遣官媒婆、院子去递丝鞭,那状元说有了妻室,不肯领受。官媒再三劝勉,始说出真情。这状元象是招商店中那秀才。〔净〕有这等奇事!〔外〕还有一件,当初老妻途中失了小女时节,叫名寻问,忽有一个女儿叫名瑞莲,与小女名韵相同,向前答应。老妻见他是好人家儿女,带回来,就认他做女儿。此女又是状元的妹子。〔净〕有这等事,一发奇了。〔外〕老夫疑信之间,未可就令小女与他厮见,今日聊设一个小筵,请状元到此,着他妹子隔帘觑认,故此特屈张大人相陪。〔净〕这个当得。〔外〕院子,状元来时,即便通报。〔末〕理会得。

【前腔】〔生〕仙子宴瑶池,青鸟书传送,道是无情却有情,既信犹疑梦。

冤家路窄，岂有对面不相识？

〔末〕禀老爷，状元到了。〔外〕快请。〔末〕有请。〔外〕状元请。〔生〕老先生请。〔净〕还是大人先请。〔生〕不敢，还是老先生请，学生焉敢。〔外〕僭了。〔生〕老先生拜揖。〔外〕状元拜揖。〔净〕状元大人拜揖。〔生〕老先生拜揖。〔外〕状元请坐。〔生〕学生侍坐。〔外〕岂有此礼！请。〔生〕告坐了。〔净〕状元大人，老司马小姐奉圣旨招阁下为婿，为何不肯应承？〔生〕二位老先生听禀：

【山坡羊】那日因遭兵燹[3]，兄妹移家迁汴。乱军中拆散雁行，两下里追寻不见。叫瑞莲，有个佳人应偶然。〔净〕那佳人怎么就肯答应？〔生〕那佳人叫名瑞兰，与瑞莲声音厮类，故应错了。〔净〕既如此，曾与他配合也不曾？〔生〕相随同到招商店，合叠曾凭媒妁言。交欢，谁知一病缠。学生正染病间，被他父亲，也是王尚书，偶然遇见，夺回去了。〔净〕咳！这个天杀的老忘八！〔生〕堪怜，分开凤与鸾。〔净〕那是一时的事，也抛撇得下了。今日相府议亲，状元大人如何再三不允？

王尚书既已交代原委，张都督当然不可能再骂“老忘八”，此处痛骂，纯为满足观众心理，逗引喜剧效果。蒋生爱的是王瑞兰，不是王尚书的小姐。地位虽变，而感情不变。志诚，志诚！

【前腔】〔生〕佩德衔恩非浅，别后心常怀念。〔外〕今日之事，非是老夫强逼，只是圣意如此，不敢有违。〔生〕纵有湖阳公主，那宋弘呵,怎做得亏心汉[4]。〔净〕状元大人,你如此说,终不然终身不娶不成?〔生〕石可转,吾心到底坚。〔净〕成了此亲,享荣华,受富贵,有何不可?〔生〕贪豪恋富,怎把人伦变?为学须当慕圣贤。〔净〕这是官里与你说亲,姻缘非浅!〔生〕姻缘,难把鸾胶续断弦[5]。〔净〕状元大人,请受了丝鞭罢。〔生〕丝鞭,辜负嫦娥爱少年。〔老旦、小旦上,看科〕〔老旦〕孩儿,这可是你哥哥?〔小旦〕呀!正是我的哥哥。〔见科〕

【哭相思】〔生、小旦〕兄妹当初两分散,谁知此地重相见。

〔净〕这个是谁?〔外〕这就是状元的妹子。〔净〕果有这等异事!老夫告回,即办尺头羊酒[6]来作贺老司马。〔下〕〔生〕妹子,你如何得到这里?

【香柳娘】〔小旦〕想当初难中,想当初难中,与哥哥分散,孤身途路谁相盼。幸夫人见怜,幸夫人见怜,相挈在身边,慈悲做方便。与亲生女儿,与亲生女儿,相看一般,喜今朝重见。

【前腔】〔生〕叹兄南妹北,叹兄南妹北,无由会面,你身有托吾无伴;绕山坡叫转，绕山坡叫转，蓦地遇婵娟，天教遂姻眷。奈时乖运蹇，奈时乖运蹇，一别数年，存亡未判。

〔小旦〕哥哥，嫂嫂也在这里。〔生〕如今在那里？

【五更转】〔小旦〕你望故人如天远，相逢在目前。〔生〕妹子，你为何认得嫂嫂？〔小旦〕闺中小姐曾会你在招商店，拜月亭前，说出心愿。〔生〕你莫非差了么？〔小旦〕乡贯同，名字真，非讹舛。爹爹、母亲望乞垂怜见，早使相逢，不索留恋。待我请嫂嫂来。姐姐有请！

【似娘儿】〔旦〕梦里流莺声尚在，出兰房风翻珮带。〔小旦〕姐姐，文状元正是我的哥哥。〔旦〕呀！在那里？〔见科〕

【哭相思】〔生〕一别招商已数年，今朝重续旧姻缘；贞心一片如明月，映入清波到底圆。

王尚书执意要招赘的状元，正是当日在招商店被他抛弃的穷书生，这是绝妙的讽刺！离乱失散的悲剧遭遇，经“招商谐偶”而向喜剧转

【五更转】〔旦〕你的病未痊，我却离身畔，心中常挂牵。〔生〕苍天保佑，保佑身康健。与那结义兄弟呵，武举文科，同登魁选。蒙圣恩，特议亲，岂吾愿。〔合〕相逢到此，到此真希罕。喜动离怀，笑生

愁脸。

〔外、老旦〕孩儿，贤婿，不必说了。孩儿回归香阁，重整新妆；状元且到书院，换了服色，即日武状元与瑞莲孩儿成亲便了。

〔生、旦〕天遣偶相逢，〔小旦〕浑疑是梦中。

〔外〕门阑多喜气，〔老旦〕女婿近乘龙。

化，但在“抱恙离鸾”中，又酿成悲剧性冲突，几经周折，至此终于得到喜剧性的收场。

李贽总批：“叙事不烦，填词洁净。”

〔1〕都督：明改元之枢密院为大都督府，又改为五军都督府，置左右都督。

〔2〕司马：古军事长官。王镇为兵部尚书，故称他司马。

〔3〕兵燹(xiǎn)：因战争所遭受的焚烧破坏。

〔4〕“纵有湖阳公主”三句：《后汉书·宋弘传》载，光武帝欲以湖阳公主嫁宋弘，要宋休掉原妻，宋拒绝说：“贫贱之知不可忘，糟糠之妻不下堂。”这里是蒋世隆表示得中状元，决不抛弃已成为自己妻子的王瑞兰。

〔5〕鸾胶：据旧题汉东方朔撰《十洲记》，传说海上有凤麟洲，多仙人，以凤喙麟角合煎作膏，能续弓弩断弦，名续弦胶，后又名鸾胶。这里表示夫妇团圆。

〔6〕尺头羊酒：花红、羊、酒。尺头：短布头，此指作定婚凭证的红绢。

第四十出　洛珠双合〔1〕

〔外、老旦吊场〕院子快去唤傧相〔2〕过来。〔末〕傧相走动。〔净〕全仗周孔礼乐，来成秦晋兴福与瑞莲的结合，没有感情基础，只是作为世隆和瑞兰这条线索的陪衬，没有多少戏看。但此二人在观众心目中均有良好印象，他们的结合合乎观众意愿，给戏增添了喜剧气氛。

欢娱。大叔通报。〔末〕老爷着你进去。〔净〕老爷、老夫人，傧相叩头。〔外〕起来，今日是黄道吉日[3]，我与二位小姐招赘文武状元，你与我赞礼成亲，多说些利市言语，重重赏你。〔净〕理会得。〔请科〕

【恋芳春】〔生、小生上〕宝马骄嘶，香车毕集，灯光如昼通明。〔旦、小旦上〕仿佛天台刘阮仙子相迎。〔合〕夙世姻缘已定，昔离别今成欢庆。相随，美满夫妻，强如鸾凤和鸣。

〔净赞礼，拜，撒帐[4]科〕〔生、小生同把酒科〕

【画眉序】〔生、小生〕文武掇巍科，丹桂高攀近嫦娥。喜莺迁乔木，凤止高柯；十年探孔孟心传[5]，一旦试孙吴家学[6]。〔合〕画堂花烛光摇处，一派乐声喧和。

【前腔】〔旦、小旦〕萍梗逐风波，岂料姻缘在卑末[7]。似瓜缠葛藟[8]，松附丝萝[9]。几年间破镜重圆，今日里断钗重合。〔合〕画堂花烛光摇处，一派乐声喧和。

【前腔】〔外、老旦〕两国罢干戈，民庶安生绝烽火。幸阳春忽布，网罗消磨[10]。

昨朝羡锦夺标头，今夜喜红丝牵幕。〔合〕画堂花烛光摇处，一派乐声喧和。

【滴溜子】〔末捧诏上〕一封的，一封的，传达圣聪；天颜喜，天颜喜，满门诏封。九重红云簇拥，龙章出凤墀[11]，蒙恩受宠。五拜山呼[12]，稽首鞠躬。

奉天承运[13]，皇帝诏曰：夫妇乃人伦所重，节义为世教所关。迩者世际阽危，失之者众矣。兹尔文科状元蒋世隆，讲婚礼于急遽之时，从容不苟；妻王瑞兰，待媒妁于流离之际，贞节自持。夫不重婚，尚宋弘之高谊；妇不再嫁，迈令女之清风。使乐昌之破镜重圆，致陶谷之断弦再续[14]。兵部尚书王镇，保邦致治，有拨乱反正之才，解组归闲[15]，无贪位慕禄之行。陀满兴福出自忠良，实非反叛。父遭排摈[16]，朕实悔伤；萌蘖[17]尚存，天意有在。今尔荣魁武榜，互结姻缘。蒋世隆授开封府尹，妻王氏封懿德夫人。陀满兴福世袭昭勇将军，妻蒋氏封顺德夫人。尚书王镇，岁支粟帛，与见任同。呜呼！彝伦攸序[18]，尔宜钦哉[19]！谢恩！〔众〕万岁，万岁，万万岁！

团圆而合"诏封"，乃是古剧俗套。诏书冠冕堂皇，自合皇家声口。

【望吾乡】〔众〕仰圣瞻天恩，光照绮筵，花枝掩映春风面。女貌郎才真堪羡，天遣为姻眷。双飞鸟，并蒂莲，今朝得遂平生愿。

【皂罗袍】向日銮舆迁汴，正土崩瓦解，士庶纷然。人于颠沛节难全，坚金百炼终无变。娘儿兄妹，流离播迁，断而还续，破而复圆，义夫节妇人间鲜。

徐复祚评：“《拜月记》宫调极明，平仄极叶，自始至终，无一板一折非当行本色语，此非深于是道者不能解也。”吕天成评云：“《拜月》：元人词手，制为南词，天然本色之句，往往见宝，遂开临川玉茗之派。”

【排歌】今日相逢，三生有缘，文兄武弟襟联[20]。乔公二女正芳年，孙策、周瑜德并贤[21]。夫荣耀，妻贵显，宫花如锦酒如泉。风流事，著简编，传奇留与后人传。

【前腔】〔外、老旦〕吾年老，雪满颠，无子承家业，晨昏每忧煎。且喜东床中选，雀屏中目[22]，一双白璧种蓝田[23]，百岁夫妻今美满。山中相，地上仙，人间诸事不萦牵。垆边醉，瓮底眠，从今不惜杖头钱[24]。

【金钱花】〔众〕翰林史笔如椽[25]，如椽；倒流三峡词源[26]，词源。撰成离合与悲欢。千百载，永流传；千百载，永流传。

【前腔】铁球漾在江边，江边；终须到底团圆，团圆。戏文自古出梨园。今夜里且欢散。明日里，再敷演；明日里，再敷演。

诗曰：

由来好事最多磨，天与人违奈若何。
拜月亭前愁不浅，招商店内恨偏多。
乐极悲生从古有，分开复合岂今讹？
风流事载风流传，太平人唱太平歌。

李贽总批：“《拜月》曲白都近自然，委疑天工，岂曰人造。”甚是。

〔1〕洛珠双合：据《后汉书·孟尝传》，孟尝为合浦太守，革除前任无节制地采珠，使已徙于邻境交阯的珠，又回到合浦来。后以“合浦还珠”比喻人去而复回。

〔2〕傧相：行婚礼时，伴新郎的男子和伴新娘的女子、赞礼者，都称傧相。

〔3〕黄道吉日：黄道，天文学名词。旧时迷信星命，以日值黄道为吉辰。

〔4〕撒帐：旧时婚俗。男女对拜后，就床坐，女撒掷金钱彩果，谓之撒帐。

〔5〕十年探孔孟心传：宋儒宣扬道统，谓《尚书·大禹谟》“人心惟危，道心惟微，惟精惟一，允执厥中”十六字为尧舜禹传授心法。后因称师弟相传为心传。这里说十年探究孔孟学说的心性精义。

〔6〕孙吴家学：孙武和吴起，在战国时都以善用兵而知名，后世孙吴并称。此指陀满兴福世为武将，以知兵传家。

〔7〕卑末：职位低微。

〔8〕瓜缠葛藟：两种蔓生的植物互相牵连攀结，比喻辗转牵联的亲戚关系。

〔9〕松附丝萝：丝萝，菟丝和女萝，都是蔓生植物，后来便以丝萝或丝萝蔓依附松树比喻婚姻。

〔10〕“幸阳春忽布”二句：比喻朝廷恩赦，取消了对逃犯的缉捕。

〔11〕龙章出凤墀：指皇帝使者出宫颁诏。龙章，龙形图纹，古帝王诸侯礼服。凤墀，雕饰凤凰花纹的宫殿台阶。

〔12〕山呼：传说汉武帝登高山，吏卒听到三次高呼万岁的声音，后来诗文中祝颂帝王高呼万岁，叫作“山呼”或“嵩呼”。

〔13〕奉天承运：承受天命。古代帝王自称受命于天，因此用作称颂帝王

的套语。

〔14〕陶谷之断弦再续:宋陶谷出使南唐,因守志不坚,中韩熙载美人计,并为美人秦蒻兰作《风光好》词。韩于宴中命蒻兰出歌之,陶谷大惭。歌词有"再把鸾胶续断弦"之句,此借指蒋世隆与王瑞兰曾于旅邸结缘,今果重合。

〔15〕解组归闲:辞官回乡。古代佩印用组,引申以组为官印或官职的代称。

〔16〕排摈:排斥,摈除。

〔17〕萌蘖:树木旁出的芽,也指木枝砍后新生的芽。

〔18〕彝伦攸序:天伦关系代代相传。彝伦:伦常,古代指人与人之间的道德关系。攸:长久。

〔19〕尔宜钦哉:诏书套语。意为皇帝的旨意就是这样。

〔20〕襟联:姊妹的丈夫互称联襟或连襟。

〔21〕"乔公二女正芳年"二句:三国时,吴国乔玄二女,一嫁孙策,一嫁周瑜。此借指王镇的女儿和义女,分别嫁蒋世隆和陀满兴福。

〔22〕雀屏中目:隋末窦毅为其女择婿,于屏上画二孔雀,请婚者各射两箭,暗约中目者许以女,射者数十,唯李渊各中一目,被选为婿。

〔23〕一双白璧种蓝田:蓝田为陕西县名,以产美玉著称。此比喻两对美满夫妻。

〔24〕杖头钱:买酒钱。

〔25〕史笔如椽:比喻修史书的大手笔。

〔26〕倒流三峡词源:比喻文才横溢。

后　记

《幽闺记》，又名《拜月亭记》，是元末明初南戏“四大本”中的一本。相传为元人施惠（君美）所作。沈德符《顾曲杂言》云：“北有《西厢》，南有《拜月》。杂剧变为戏文，以至《琵琶》，遂演为四十余折，几十倍杂剧。”“《拜月亭》系元施君美撰，何元朗以为胜《琵琶记》。”钟嗣成《录鬼簿》列施君美于第二期元曲作家中，则君美应与乔吉、郑光祖等同时。但《录鬼簿》只说施君美“居吴山城隍庙前，以坐贾为业。……诗酒之暇，唯以填词和曲为事”，而不曾提他写过《拜月亭记》。明初朱权作《太和正音谱》，在词品中品评元代作曲家，分为上中下三等，施惠名列下等。如果《拜月亭记》那样的鸿篇巨制为元人施惠所作，即使再没有眼力的人也不会把他名列第三流吧？因此，《拜月亭记》是否元人施惠所作，至今仍是一个疑问。据王国维考证，以为“此本第五出中，有‘双手擘开生死路’一句，此乃太祖微行时为阉豕者题春联语”，断定作者当是元末明初人。此说大致是可信的。

《幽闺记》是根据关汉卿《闺怨佳人拜月亭》杂剧改写的。作者吸收了原作的重要情节，融合了原作优美的语言，而又有极大的创造。剧本以“番兵”(当时在漠北崛起的蒙古族)攻入金国时所引起的战争混乱为背景，着重描写王瑞兰与蒋世隆悲欢离合的爱情故事。剧本在歌颂王瑞兰与蒋世隆对爱情坚贞不渝的同时，还鞭挞和讽刺了封建家长倚权挟势、嫌贫爱富的思想行为，比较深刻地表达了人民的愿望和反封建的思想倾向。剧本不是以才子佳人的儿女风情来取悦观众，而是把兵荒马乱的岁月，颠沛流离的生活，和剧中人物的命运紧密地结合起来。王瑞兰和蒋世隆在患难中互相扶助，逐渐建立起爱情，这在很大程度上打破了通常的才子佳人一见钟情的俗套，具有更为积极的思想意义。

构成贯串《幽闺记》全剧的戏剧冲突，是王瑞兰与其父王镇之间的思想性格矛盾。矛盾的基本内容，是王瑞兰热烈地追求爱情的自由，而王镇却顽固地维护封建门第观念。王瑞兰是兵部尚书的千金小姐，蒋世隆是一个普通的秀才。门第如此悬殊，按照当时的社会环境和封建观念，是不可能结合的。但是，由于战争引起的混乱把他们推出了各自的家门，使这对青年在乱离中偶然相遇。王瑞兰对爱情婚姻的态度是十分严肃的。她与蒋世隆的结合，既不是那种“情知不是伴，事急且相随”的权宜之计，也不是预见蒋世隆日后会中状元才暂时委曲求全；而是他们在流离颠沛的生活中，相互了解，彼此相爱，有了感情，才自主成亲的。这本身就是对“父母之命，媒妁之言”的否定。从而也可以看出王瑞兰思想性格的发展，即在挣脱封建的精神枷锁方面大大地向前跨越了一步。

“抱恙离鸾”一出，是剧情的一大转折，也是王瑞兰与王镇思想冲突的开始。在这意外地久别重逢的逆旅中，王瑞兰满以为一向宠爱她的父亲，也会像她一样热情地对待她的恩人和丈夫，为他们的爱情增添幸福，却不料这个倚权挟势、爱富嫌贫的封建家长，硬是不承认这个抱病的穷秀才为他的女婿。王瑞兰虽然经过激烈的争辩和苦苦的哀求，却始终打不动这个严酷的封建家长；一对恩爱夫妻，终于被王镇活活地拆散。可贵的是，王瑞兰虽然回到了"依旧珠围翠簇，依旧雕鞍绣毂"的豪华环境，但她思想上始终眷恋她的丈夫，对她的父亲不断发出怨恨和诅咒。她生活在父亲身边，感情却紧贴着自己的夫婿。

王瑞兰对爱情忠贞不渝、生死以之的精神，在"招赘仙郎"一出里表现得尤为突出。王镇讨了一道圣旨作为盾牌，执意要招新科状元为婿；王瑞兰坚决反对，并以封建家长标榜之道，还治封建家长之身，还一再宣称自己是有夫之妇，一心要等着自己的丈夫蒋世隆。这不仅是敢于违抗父母之命，而且居然敢于忤逆圣旨了。至此，王瑞兰的忠于爱情、敢于反抗封建婚姻观念的思想性格，放射出更加夺目的光彩。

这部剧作的一个突出的艺术特色，是把悲剧因素和喜剧因素结合起来，用喜剧的手法来处理悲剧冲突，从而以抒情喜剧作为全剧的基调。王瑞兰爱的是蒋世隆，王尚书爱的是状元郎，假如招来的状元不是蒋世隆，势必造成悲剧性的结局。可是王尚书执意招来的新状元正是他先前坚决抛弃的蒋世隆。剧本这样处理，不仅使这对有情人终成眷属，更有意义的是这一喜剧手法立刻把王镇置于狼狈不堪的境地，具有强烈的讽刺意味，同时大大地增强了喜剧效果。值得注意的是，各个剧本对蒋世隆的处理是不相同的。在关汉卿原作中和世德堂刊本"官媒送鞭"里，蒋世隆都接了丝鞭，理所当然地招致了王瑞兰在与蒋重聚时的埋怨;而容与堂刊本和《六十种曲》本在“推就红丝”中,蒋世隆则是坚决拒受丝鞭。到“天凑姻缘”一出中,蒋仍然表示“石可转,吾心到底坚”,表现了他为了忠于爱情,不违盟誓,敢于抗旨拒婚的志诚性格。这就把这个人物写得比较可爱,也使蒋、王最后结合不留阴影,完成了真正的喜剧结局。

悲、喜剧因素的融合,在“幽闺拜月”一出中,是相当突出的。这出戏着重描写王瑞兰的离愁和幽怨,从侧面表现了她与王镇的思想冲突,具有悲剧色彩,是十分感人的。然而,由于王瑞兰对爱情始终抱着希望,因此情调并不低沉。尤其是通过姊妹在花园拜月中的调笑所展开的性格冲突,带来了幽默风趣的喜剧气氛和浓厚的抒情色彩,使场面更加欢快,观众亦十分愉悦。

巧合手法的运用也非常成功。蒋世隆奇逢王瑞兰,王夫人巧遇蒋瑞莲,彼此错合,富于传奇色彩。然而由于瑞兰、瑞莲名字的音韵相同,又使人感到可信。“偷儿挡路”和“虎头遇旧”,写蒋、王在逃难途中遭到“匪劫”,“山大王”却是蒋的义弟陀满兴福,使一场惊恐化险为夷。在“抱恙离鸾”中王镇父女在招商店相逢,在“皇华悲遇”里,王镇父女与王夫人、蒋瑞莲相遇。这些巧合,既出人意料,却又在情理之中;在戏剧情节的发展上,大都起着悲喜交集的转折作用。

剧本的科诨也很有特色。如“绿林寄迹”中喽罗争戴金盔,“招商谐偶”中货卖的打趣,“抱恙离鸾”中庸医诊脉,等等,尽管有些与主题无涉,却增加了喜剧气氛。

本剧的曲词、宾白,前人向有好评,如李贽批云:“《拜月》

曲白都近自然,委疑天工,岂曰人造。”何良俊云:“《走雨》《错认》《上路》《馆驿中》《相逢》数折,彼此问答,皆不须宾白,而叙说情事,宛转详尽,全不费词,可谓妙绝。”(见《四友斋丛说》)朴质自然,而又稍带文采,是本剧的语言特色。

在结构上,剧本对蒋世隆、王瑞兰这条主线安排得相当完整紧凑。但对陀满兴福的遭遇铺排稍多,对主要矛盾的揭示较晚,使剧本开头有些松散。此外,作为辅线的陀满兴福和蒋瑞莲的结合,却没有写出特色。

《幽闺记》比较流行的版本有容与堂刊本、《六十种曲》本、世德堂刊本和《词林一枝》本。本书以容与堂本为底本,以《六十种曲》本为主要校本,个别地方还参校了世德堂本。校勘情况,不一一说明。

中山狼

〔明〕康　海
徐洪火　注释
黄秉泽　审订

正名 东郭先生误救中山狼
杖藜[1]老子智杀负心兽

陈眉公曰:"读此剧真救世仙丹,使无义男子见之,不觉毛骨颤战。"

第一折

〔孤扮赵简子引祗从上〕则俺晋国正卿赵鞅的是也。这一个是俺御车的王良,这一个是俺幸臣嬖奚。则今时遇秋天气候,俺带着虞人[2]们,牵了犬,臂了鹰,架乌号之弓[3],挟肃慎之矢[4],到中山地面打猎一回咱。〔狼上〕俺中山狼是也。有那赵卿打围到此,教俺何处躲者?则索舍着命走也!〔赵〕兀那前边有个狼来也。俺放箭咱!〔狼中箭走科〕〔赵〕呀!您看波,俺一发饮羽[5],那狼可叫的一声走了也。快赶上者!〔下〕〔末骑驴负囊上〕自家墨者[6]东郭先生的是也。俺墨者之道,度身而衣,量腹而食,生不歌,死无服,以薄为其道。却是无所不爱。便是摩顶放踵利天下也为之[7]。大都道俺是无父的[8],却不知俺物我混同[9],这才是个兼爱的道理。俺今

日人青木正儿曰:"四折均排场紧张,宾白无寸隙,曲辞语语本色,直摩元人之垒。"

开门见山地揭出东郭先生兼爱以利天下的人生哲学,作为全剧批判的目标。

日要往中山去进取功名，恰早收拾了书囊，便索走一遭去也。

> 沈泰曰："此剧独摅淡宕，一洗绮靡，直掩金元之长，而减关、郑之价矣。韵绝快绝。"未免评价过高，但在剧坛盛行绮丽之风的明中叶，它能继承金元杂剧的长处，下开冯惟敏、徐渭等杂剧作家的泼辣质直，有它的历史地位。

【仙吕·点绛唇】奔走天涯，脚跟消乏青驴跨。回首年华，打算来都虚话。

【混江龙】堪笑他谋王图霸，那些个飘零四海便为家。万言书随身衣食，三寸舌本分生涯。谁弱谁强排蚁阵[10]，争甜争苦闹蜂衙[11]。但逢着称孤道寡，尽教他弄鬼抟沙[12]。那里肯同群鸟兽[13]，说什么吾岂瓠瓜[14]。有几个东的就，西的凑，千欢万喜；有几个朝的奔，暮的走，短叹长呀。命穷时镇日价河头卖水，运来时一朝的锦上添花。您便是守寒酸枉饿杀断简走枯鱼[15]，俺只待向西风恰消受长途敲瘦马。些儿撑达，恁地波喳[16]！

> 写秋景凄切感人。

呀，兀的又是暮秋时候也！

【油葫芦】古道垂杨噪晚鸦。看夕阳恰西下，呀呀寒雁的落平沙。黄埃卷地悲风刮，阴云遍野荒烟抹。只见的连天衰草岸，那里有林外野人家？秋山一带堪描画。揾不住俺清泪洒袍花。

俺骑着这驴儿，独自行走，好不凄凉也！

【天下乐】策蹇冲寒到海涯。好教俺

嗟也么呀！两鬓华。常言的出外不如家。既没个侣伴们共温存，更少个僮仆儿相衬搭[17]。俺不觉的颤钦钦心头怕。

早来到中山地面也。呀！为甚的尘埃滚地，金鼓连天，敢是那里交兵厮战来？

【那吒令】只见那忽腾腾的进发，似风驰电刮；急嚷嚷的闹喳，似雷轰炮打；扑刺刺的喊杀，似天崩地塌。须不是斗昆仑触着天柱折[18]，那里是战蚩尤摆列着轩辕法[19]。却怎的走石飞沙？

用富有表现力的口语组成曲词，在听众心目中重现猎场的强烈气氛。

呀！你看纷纷车马，对对旌旗，飞鹰走狗，千群万队，敢是谁打围到此也？

【鹊踏枝】车和骑，闹喧哗；鹰和犬，猛擒拿。赶翻了窟兔山狐，惊起些野雉昏鸦。看一鞭儿追风骏马，敢踏碎几缕残霞。

赵简子打猎的威严气势与东郭先生的孤苦行状恰成对比。

俺且控住这驴儿，慢慢的走者。

【寄生草】明晃晃戈矛亚[20]，乱纷纷旌旆加。雄纠纠斜控龙媒[21]跨，滴溜溜谩挟金丸诧，厮琅琅齐把乌号架。他闹茸茸前合后偃射雕坡，俺怯生生停鞭立马长杨下。

〔狼上〕俺被赵卿所射，一发饮羽。只索带

着箭，负痛走也。天那，却教谁人救俺咱！〔末〕兀那里走的一个狼来也！哎哟，唬杀我也！

【幺】谁道俺的残生命，又撞着这狼夜叉。俺战兢兢遍体寒毛乍，呆邓邓两眼乌珠咤，漫悠悠一缕魂灵諕。来到这没爹娘的田地一身孤，多应是瘦伶仃的骸骨送在馋喉下。

〔狼〕恰好遇着先生也！有那赵卿打围到此，俺被他射着，带箭走了。先生可怜见，救俺一命咱！〔末〕您好不识闲忙也！俺待进取功名，急忙里要赶程途，怎管得您这闲事来！

【醉中天】俺心儿里多惊怕，口儿里闲嗑牙。俺待向落日疏林看晚霞，驴背上偏潇洒！着甚么紧横枝儿[22]救拔。俺只怕热肝肠翻成冷话，那里管野草闲花！

您快走，俺救不得您咱！〔狼〕先生，恁的把俺相厄呵！昔日有个隋侯救蛇[23]，后来衔珠为报。蛇尚如此，俺狼比着蛇更有灵性哩！今日事急了，愿早救俺残喘！先生的大恩，不敢有忘。俺做隋侯之珠，来报您先生咱！〔末〕噤声！俺若救您以犯赵卿，祸事不知怎的，那敢望您报来！

爱听甜言蜜语者请注意：蛇、狼都有“灵性”，会“报恩”的。

【金盏儿】谁和您吊闲牙！唬得俺早酥麻。他将军八面威风大，马前势剑染霜花。没来由怎当耍，干惹下祸根芽。您道是隋侯将珠报答,谁敢向太岁把土来爬?

〔狼〕先生可怜见!不争俺死不打紧,枉了您个"恻隐之心,人皆有之"。这不干赵卿的事。先生,是您不救咱!死于九泉之下,俺不怨赵卿,则怨着您!〔末〕俺待不救您来;可不道墨者之道,兼爱为本。这却是如何?罢罢,那里不是积福处,俺便当救活您。只索出俺图书,把个空囊,藏您在里面罢。〔狼〕先生恩德非浅!〔出书囊装科〕〔三次科〕

【一半儿】恰撞着胡缠厮进[24]这冤家。想着俺受怕担惊为甚咱?则这藏头露尾真没法!怎生把囊儿括,俺将他一半儿遮藏一半儿撒。

您看人马渐渐的近将来,似此怎生是好?〔狼〕先生,事急了,快些救俺则个!〔末〕您身儿多大,俺囊儿小,藏你不得!〔狼〕俺只索踡了四足,先生把绳子紧紧的缚住。曲了脊,掩了胡头儿[25],连着尾巴子缩做了些娘大的一块子儿,却把俺装在囊儿里。先生,你是必用心儿者!〔绳缚科〕〔装入囊科〕〔末〕

【后庭花】缩的头,踡的胯。曲着脊,闭着牙。说甚么前跋胡,后疐尾[26];恁般的腰似猬,背如虾。俺只怕惊鸳打鸭,恰闪煞俺战笃速力难加。

利诱要挟,软硬兼施。

对恶狼徒生恻隐,盖缘"兼爱"而起,此足为读者戒。藏之书囊,既合情境,又饶意趣。

如今却好了也！且缚了囊口肩上这驴背，把驴儿拴在路旁树上，待赵人过去。狼呵，救的您休欢喜，救不的您休烦恼者！

惟妙惟肖的心理描写。心慈胆怯，亦带喜剧意味。

【赚煞】心慌脚怎移，胆小魂先怕。这蹇驴儿把布囊搭胯。难道是狭路上相逢不下马，那其间吉凶难查。您休得哜喳，俺加些挣扎。只怕话不投机半句差。须索要言词对答。使不着虚脾奸猾。中山狼呵，则被您险些儿把俺管闲事的先生断送的眼巴巴。〔下〕

〔1〕杖藜：拄着藜木拐杖。

〔2〕虞人：古代主管山泽、苑囿、田猎的官。

〔3〕乌号之弓：古代良弓。

〔4〕肃慎之矢：肃慎，古部落名，所产利箭闻名于世。

〔5〕饮羽：形容箭射入极深，连箭尾的羽毛都扎了进去。饮，吞没的意思。

〔6〕墨者：信仰墨翟学说的人。

〔7〕"摩顶放踵"句：语出《孟子·尽心上》。意为即使摩秃头顶，走破脚跟，只要有利于天下，也在所不惜。

〔8〕无父的：《孟子·滕文公下》论墨家说："墨氏兼爱，是无父也。"

〔9〕物我混同：对自身和外物一视同仁，不分亲疏。

〔10〕排蚁阵：意为像蚂蚁摆开阵势互相争斗一样。

〔11〕闹蜂衙：意为像群蜂簇拥着蜂王嗡嗡乱叫。

〔12〕弄鬼抟沙：装神弄鬼，含沙射影。比喻要阴谋，弄手段，伤害别人。

〔13〕同群鸟兽：《论语·微子》："鸟兽不可与同群。"此指隐居。

〔14〕吾岂瓠瓜:我难道是匏瓜吗?匏瓜,即瓟瓜,苦不可食,意为中看不中用。语见《论语·阳货》。

〔15〕断简走枯鱼:钻书的蠹鱼。指埋头读书的人。

〔16〕波喳:犹磨折,谓艰辛。

〔17〕衬搭:陪伴。

〔18〕"斗昆仑"句:传说上古时,共工与颛顼争为帝,在昆仑山大战,共工不胜,怒触不周山,撞折撑天柱。此处形容惊天动地的金鼓声。

〔19〕"战蚩尤"句:传说黄帝时,蚩尤兴兵作乱,黄帝与之战于涿鹿。蚩尤兴大雾,黄帝造指南车破之。此指尘埃滚滚,如大雾迷漫。

〔20〕亚:压。

〔21〕龙媒:骏马。

〔22〕横枝儿:局外人,不相干者。

〔23〕隋侯救蛇:《淮南子·览冥训》载,隋侯治愈了一条受伤的大蛇,后来这条蛇从江中衔来一颗大珠报答他。

〔24〕胡缠厮迸:绷着脸无理纠缠。

〔25〕胡头儿:狼颔下的垂肉。

〔26〕"前跋胡"二句:前怕践压狼颔下的垂肉,后怕阻碍狼尾巴。疐(zhì):踬,践压的意思。

第二折

〔赵简子上〕俺赵卿的是也。那中山狼被俺一箭射着,走的来影也似没寻处。虞人们,快赶上者!兀那路旁树上拴着驴儿,有个傻屌立地。他敢晓得中山狼么?俺们向前去问他一遍咱。

〔下〕〔末上〕自家东郭先生的便是。本待往中山去进取功名,恰是俺命儿里颓气,撞着这中山狼,被赵卿射着,带箭走了,抵死的要俺搭救。想起俺墨者以兼爱为本,只得把书囊儿藏着,背上这驴儿。俺且在这枯杨之下歇息咱。他来若问俺时,索打点[1]的话儿对付他也。中山狼呵,则被您闪杀了人也!

【正宫·端正好】恰遇这暮秋天,来到的荒郊外。热心儿揽祸招灾。无端小鹿心头揣,一会家可便难宁耐。

【滚绣球】看疏疏柳叶飘,听嘹嘹雁影排。最凄凉暮云残霭,只见他万马儿滚地飞来。闹喳喳乱打歪[2],忽剌剌齐喝采。这威风天来多大,早则有几分儿骨软魂骇。则索是舒腰展脚迎头拜;乱掩胡遮步懒抬,怕的他快眼疑猜。

〔赵上〕兀那汉子!您在这树下歇息,可曾见那中山狼去来?〔末〕

【倘秀才】叹鲰生[3]孤身一介,骑瘦马空囊四海,可又早十谒朱门九不开。受过了十年窗下苦,只道是千里故人来。那管您狼奔鼠骇!

〔赵〕看您这厮,一谜里[4]胡言!俺打围到此,那中山狼当道,人立而啼,被俺开的弓,拈的箭，飕的一声，应弦饮羽，失声走了。您在路旁，怎生不见他去来？您看俺剑者！〔拔剑砍车辕科〕东西南北，兀谁的隐讳了狼的去向，把这车辕儿做个赛例[5]者！〔末〕

【叨叨令】只见他笑溶溶的脸儿都变做赤留血律[6]的色，提着那明晃晃的剑儿怕不是卒溜急剌[7]的快。把一个骨碌碌的车儿止不住匹丢扑答[8]的拍，却教俺战笃笃的魂儿早不觉滴羞跌屑[9]的骇。兀的不闪杀人也么哥！兀的不闪杀人也么哥！您便是古都都的嘴儿使不着乞留兀良[10]的赖。

孟称舜评："此等处极似元人。"

告君侯，暂罢雷霆之怒，听俺慢慢的说一遍咱！俺在灯窗下，读成满腹诗书；奔走四方，进取功名。来到这个三叉路口，不知那条路往中山去，因此就在这枯杨直下，歇息一回，等个来往的人问路。咱自己迷了路，尚然不知，怎生与您指迷引导来？

【倘秀才】俺走天涯磨穿铁鞋，哭穷途西风泪洒，讨的个一事无成两鬓衰。他乡何处是，迷路问谁来？那狼呵知他的浮萍大海？

俺闻的古人说：大道以多歧亡羊。想起来羊乃至驯之畜，一个小厮儿，便可制伏，尚且途路多歧,走的来没寻处。这狼怎比羊的驯扰[11]。况这中山的歧路恁多,那一处不走的狼去?却在这官塘大路里寻觅,这不似缘木求鱼,守株待兔么?

一个冬烘先生,却会如此撒谎、巧辩,岂不教人捧腹!

【滚绣球】叹歧路,可亡羊。这中山狼何在?您看波,满目的寒烟一带,都是些曲径巉崖。密丛丛深树林,白茫茫遍草莱,少什么山精木客[12],几多儿雾锁云埋。似恁的却缘林木求鱼至,自守枯株待兔来。倒只管奚落吾侪!

〔赵〕兀那汉子,您还不知:这狼将远逐食,必先把身儿倒立以卜所向何方。千禽万兽,自然蹲聚。似恁般,俺们出猎,最喜得的是这狼哩!〔末〕恁的说来,这田猎是虞人的职掌。如今不见了中山狼,怎的不去问他个根由,俺行路人何罪也?

【呆骨朵】田禽自有个皮冠[13]在,这根由也索明白。为甚么乱讲胡猜?却向咱村沙恶赖!俺待做红尘外逍遥客,却惹下白地里冤缠债。劝您个莽英雄莫苦求,枉把俺陌路人厮禁害。

情节紧张,千钧一发,扣人心弦。

〔赵按剑科〕您看俺这口剑,吹毛也似快的,您敢试着他么?那中山狼分明是您藏下,却恁的巧言令色,胡乱支吾。下次小的们,把那驴背上囊儿,打开看者!若搜出来呵,到底不饶了您哩!

〔末〕这是俺的书囊。那狼可是活的,囊儿里怎的不动一动?他是有头有尾有四足的,似这般小小的囊儿,甚法儿藏着?打开看也打甚么不紧,只可惜颠倒了俺的书,枉费了这手脚也!

【滚绣球】您道是三尺剑吹毛快,把俺这天灵盖险劈开。非是俺巧言令色,索与您数黑论白[14]。这囊呵,有图书数卷收,只青毡一片来。谁曾见这锦囊诗袋,却遮藏的虎党狐侪?只您这眉前眼后谁瞒过,道不的露尾藏头怎撒乖,没处安排。

写足救狼之险,益见狼性之狠,愈足为世人垂戒。

〔赵〕您恁般的花言巧语,兀谁信您者!却不道狼乃至猛之兽,您为甚的恁般与他隐讳来?〔末〕俺虽愚蠢,岂不知这狼的行径。他性极贪狠,助豺为虐。您若能除了这害,俺便当效微劳相助,怎的倒隐讳他踪迹也呵!

明知狼本性贪狠,却百般庇护,写出迂夫子颟顸行径。

【倘秀才】您休恁的大惊小怪,俺世不曾风魔九伯[15]。这狼呵,他露爪张牙惯助的豺。今日里亡猿殃及木[16],谁待肯养虎自贻灾。好教俺拔刀变色。

〔赵〕下次小的们!不消打开囊看了。那厮既不晓得中山狼,则便放他自去者。〔末〕多谢了您,俺索牵了驴儿走也。

【煞尾】休道他停车坐对枫林外,俺只索匹马萧条古道挨。拂面黄尘遍紫陌,胆颤心慌路越迈。动地惊天势儿大，七魄三魂陡的骇。只道贵人喜迎待，恰遇丧门命穷败。狭路相逢怎布摆，也是前生欠冤债。比似你风送长江走的快，把俺第一个程头早误了采。〔下〕

〔赵〕兀那傻屌去了。既没有中山狼，俺们索回去者。

〔1〕打点：准备、安排。

〔2〕乱打歪：形容马乱窜乱跑。

〔3〕鲰（zōu）生：本指卑小愚陋的人，此为东郭先生自谦之词。

〔4〕一谜里：一味地。

〔5〕赛例：样子、榜样。

〔6〕赤留血律：形容脸色变红的样子。

〔7〕卒溜急剌：形容刀剑锋利的样子。

〔8〕匹丢扑答：形容连续拍打的响声。

〔9〕滴羞跌屑：形容惊骇的样子。

〔10〕乞留兀良：形容忧愁、烦躁的样子。

〔11〕驯扰：驯服。

〔12〕山精木客：山林中的各种精怪。

〔13〕皮冠：古时田猎之冠。国君田猎，招虞人，以此为符信。见《左传·襄公十四年》。

〔14〕数黑论白：说长道短，辩论是非。

〔15〕风魔：发疯、颠狂；九伯：痴呆，傻气。

〔16〕亡猿殃及木：传说有人为捉一只逃跑的猿猴，而把大片森林砍光。此指东郭先生为救狼而祸及自身。

第三折

〔末上〕俺东郭先生，好惭愧也！把这书囊藏着中山狼，险些儿被赵卿看出破绽来。好惭愧也！俺不敢久停久住，鞭着驴儿快走者。您看这古怪的畜生么，偏是今日百般的鞭打不肯走。好慌杀俺也！驴儿，俺把你这鞴金鞍、嚼玉勒、披绣鞯、挂红缨的龙驹骏骑央及，您快些儿挪一步咱！

“急惊风偏遇着慢郎中”，又使人发笑。

【越调·斗鹌鹑】乱纷纷叶满空山，淡氲氲烟迷野渡；渺茫茫白草黄榆，静萧萧枯藤老树；昏惨惨远岫残霞，疏刺刺寒汀暮雨。骑着这骨棱棱瘦驽骀[1]，走着这远迢迢屈曲路。冷凄凄只影孤形，急穰穰千辛万苦。

叠字、排比、对仗等手法都用上了。

您看羽旄之影渐没，车马之音不闻。那赵卿敢去的远了。不知这中山狼在囊里是如何的，怎的不动一动？不是箭射伤死了？那多敢是囊儿里一时的闷杀来？怎的再不则声咱？〔看囊科〕〔狼〕先生留意者！想那赵卿去的远了。俺在囊中紧紧的缚得好不苦也！俺臂上的流矢，煞是痛哩。先生，快解开囊来放俺者！〔末〕

【紫花儿序】霎时间车尘儿隐隐，马足儿腾腾，旗影儿疏疏。依旧是清秋远树，旷野平芜。〔狼〕先生，快些儿放的俺出来罢！好不耐烦也。〔末〕徐徐！把似您划地的心慌，怎待这半日余。险些儿早狗烹锜釜[2]，做不得脱颖囊锥[3]，尚兀是曳尾泥涂[4]。俺打开囊儿，与您解了这缚，拔了这箭，您好不自在哩！〔开囊解缚拔箭科〕

真是兼爱为本，菩萨心肠。

【金蕉叶】只见他头和尾蛇盘猬缩，着箭处淋漓血污，止不住连声叫苦。俺和您疾忙救取。

〔狼出囊科〕惭愧也！险些儿俺的性命被赵卿断送了。先生，谢得您救俺也！只俺有句不知高下的话儿敢说么？〔末〕有甚话？说来！〔狼〕俺被赵卿赶来，走的路途遥远。这囊儿里又受了一日的苦。虽则是先生救活俺的性命，只是肚儿里饿的慌。倘然饿死在路上，却被乌鹊啄，蝼蚁攒呵，不如送与赵卿拿去，倒也死的干净。先生可怜见，权把您来充饥罢！〔狼扑科〕〔末躲驴后科〕呀呀呀！兀的不唬杀俺也。

竟有如许歪理。命厄时摇尾乞怜，装出一副可怜样；得救后反目成仇，露出吃人的本相。以下写怜惜恶狼反受其害，以寓讽刺之意。

【小桃红】唬的俺浑身冷汗湿模糊，把不定头梢竖，遍体皮肤似钩住。这命须臾，也是年该月值前生注。来到这山溪野路，只见些愁云惨雾，则谁是俺护身符？

俺把书囊救您，险被赵卿看破，把俺性命，几乎送在一剑之下。担惊受怕，救得您时，怎的倒要吃俺？天下有这般负心的么！

尚可“兼爱”乎？

【天净沙】俺为您拼了身躯，俺为您受了忧虞。刚把您残生救取，早把俺十分饱觑，这瘦形骸打点充铺[5]！

〔狼〕先生，您是墨者。俺闻得摩顶放踵，利天下为之。何惜您一身，却不救了俺的性命咱。〔末〕

【调笑令】您馋眼脑，天生毒，狠辣的心肠和那胆底儿虚。才得个皮毛抖擞，便把恩来负。也是俺两眼儿无珠，谁引得狼来屋里居。今日里懊悔何如！

孟称舜曰：“何止说狼！”

〔狼〕您缚俺在囊里，受的苦来不耐烦。您是甚好意？您向赵卿说俺恁的不好，要助他所算[6]了俺。怎的不该吃您么？〔末〕

遮掩救护，反被抓作把柄，对坏蛋讲仁慈者，可以清醒矣。

【秃厮儿】好教俺闷腾腾心头气蛊[7]，忿嗔嗔手拍胸脯。俺担惊受怕的撩虎须，救得您泼贱躯几乎！

〔狼〕不要闲讲，俺肚儿里饿得来慌了，快些儿与俺权作充饥者！〔狼扑科〕〔末躲科〕

【圣药王】您吻儿鼓，爪儿露，这是蛇衔径寸的报恩珠。俺怎对付，好凄楚，手忙脚乱紧支吾，不住的把天呼！

与前照应。窘急情状如画。

委诸客观原因，先生仍迂。

天那！是俺自己的不是也。

【麻郎儿】也是俺寻差道路，撞着恁饿虎妖狐。唬的来后褪前趋，紧靠着瘦驴儿遮护。

【幺】起初不如冷觑，索性做个陌路区区。似这般衔冤负屈，头直上青天鉴取。

〔狼扑科〕〔末躲科〕〔狼〕随您那里去，决然躲不过。俺不吃您，也决不干休。〔末〕您好负俺也！您好负俺也！这如何是好？怎得人来救俺也。罢罢罢！俺救了您，到要吃俺，世上有这奇事么？常言道："若要好，问三老。"俺与您去寻着三个老的问他，道是该吃俺也不该吃。他若道是该吃呵，俺便死也是甘心哩！〔狼〕恁的也说得是也。〔同行科〕〔狼〕您看俺的造物，头里走的来这多时，再没个人儿撞着者。俺肚里又饿得慌，口儿里馋涎，早汩都都的淋下也。呀！好了好了！您看那里不是一株老树，快问他来！〔末〕这是一株老树，僵立在路旁。俺想草木乃无知之物，怎生问他来？〔狼〕您不要管，只顾问他，他定然回答您者。〔末揖树科〕老树老树！兀那中山狼被赵卿一箭射着，追赶的有地皮没躲处，是俺把书囊救了他。如今出得囊来，倒要把俺吃，世上有这样负心的？老树呵！您道是可该

孟称舜评："数支使事，使用俱有影带。"意指

吃不该吃么?

【东原乐】这的是沟中断,爨下余[8],怎便做千年的灵椿[9]觑。哎,俺好痴也!把草木无知不住的呼。只索自暗忖[10]。老树老树,您若救得俺呵,再重生,真是花开铁树。〔树上〕俺老杏是也。想那老圃当时种下俺,不过费得他一个核儿。一年开花,二年结果,三年拱把,十年合抱。到今三十年来,老圃和那妻子儿女,走使奴仆,往来宾客,都是俺供养。他常时又摘俺的果儿,往街市里去觅些利息。似俺这般有恩与老圃的,如今见俺老来不能结实,老圃划地里[11]发怒,伐去俺条枚,芟落俺枝叶,又要卖俺与匠氏。是这般负心的,您却有甚恩到这狼来?该吃您!该吃您!〔下〕〔末〕

【绵搭絮】俺道您琼林玉树,却原是朽木枯株。只好做顽桩儿系马,短橛儿拴驴。您道是结子开花,枉做了木奴[12]。今日里断梗除根,只当是折蒲。哎,罢了罢了!都似这义负恩辜,俺索做钼麑,触槐根,一命殂[13]。

〔狼扑科〕〔末避科〕呀!性急怎的?方才不曾说来,要问三老。只问得一老,怎便就要吃俺。〔狼〕快走些儿。好了!有一个老牸[14]在那里曝日,您去问他!〔末〕俺被那万刀砍千斧斫的蠢

作者借题发挥。骂尽无知草木,带角禽兽。

老树老牛的登场,使剧本带有浓厚的浪漫主义色彩。它们对老圃老农的控诉反映了封建社会的残酷剥削与奴役;故事的形式是从老桑树与老龟对话、黄鼠狼向鸡拜年等民间寓言来的;在剧中的作用是组织了惊险场面,一再引起观众的悬念。

木顽柴，几乎丧了俺性命。这牛是披毛带角的禽兽，问他何用？〔狼〕您只管去问他。您再不问，俺便吃您了。〔末揖牛科〕老牸老牸！这中山狼，被赵卿所射，是俺救了他的一命，如今反要吃俺。您道可是该吃俺，不该吃俺么？

【络丝娘】您花阴处一犁绿雨，笛声中斜阳陇树，为甚崚嶒瘦骨西风暮。只见他垂头无语。

〔牛上〕俺乃老牸是也。俺做牛犊子时，筋力猛健，老农最是爱惜。老农出入是俺驾车，老农耕田是俺引犁，把俺做手足一般的相看。他穿的衣，吃的食，男女婚姻，公私赋税，那一件不在俺身上资助他。如今见俺老来力弱，赶逐俺在旷野荒郊。这般的风霜寒冷，瘦骨难熬，行走不动，皮毛枯瘁，您可道是不苦么？昨日听得那老农和他妻儿所算俺道："老牛身上都是有用的，肉割来做脯吃，皮剥来好做革，骨和角又好切磋成器用。"教他孩儿要磨刀宰俺。好不苦哩！俺与老农有许多功劳，尚然有谋害，您却有甚恩到这狼来？该吃您！该吃您！〔下〕〔末〕

【拙鲁速】您道是急巴巴的荷犁锄，只剩得影岩岩的瘦身躯。今日里受的酸风苦雨，倒在颓垣败堵，尚兀待掀皮剜肉费踌躇。哎，罢了罢了！俺好命穷也！这场儿的冤苦,向谁行来分诉?唬的俺似吴牛见月儿喘吁吁[15]!

天那!眼见得没人来救俺也。

【尾声】这里是条条一荡官塘路,怎没个人儿北来南去?眼见得一命儿掩泉途[16],死的来怎能勾着坟墓。

〔狼扑科〕〔末避科〕性急怎的!俺和您有言在先,且再问第三个老的。他道是该吃,只索由您罢了。〔狼〕饿得来不耐烦了,快走些儿!凭着俺一片好心,天也与俺半碗饭吃。〔下〕

这是元人杂剧中常见话头,表现豺狼的“好心”与“天理”。

〔1〕驽骀:劣马,此指驴。

〔2〕狗烹锜釜:狗煮在锅里。古谚有“狡兔死,走狗烹”。此指中山狼险些被搜出杀掉。锜釜:有脚的铁锅。

〔3〕脱颖囊锥:袋子里的锥子锋芒钻出袋外。此指中山狼如被搜出就不会从袋子里放出来。

〔4〕曳尾泥涂:语出《庄子·秋水》,原指乌龟在泥路上摇头摆尾地爬行。这里指中山狼在袋中蠕动要求出来的样子。

〔5〕充餔(bù):充饥的意思。

〔6〕所算:算计、谋害。

〔7〕气蛊:犹气鼓。

〔8〕“沟中断”二句:断弃沟中的朽木,灶下烧剩的柴草。

〔9〕灵椿:传说上古有大椿树,以八千岁为春,以八千岁为秋。

〔10〕暗付:忖度,思量。

〔11〕划地里:一味地,一股劲地。

〔12〕木奴:果树。

〔13〕“做钼麑”三句：春秋时晋灵公无道，使钼麑行刺赵盾。钼麑敬佩赵忠心为国，遂撞槐树自尽。

〔14〕老牸：老母牛。

〔15〕吴牛见月儿喘吁吁：江南水牛怕热，见月而喘，以为日出。

〔16〕泉途：黄泉路，死亡。

第 四 折

“二老”既过，又出现杖藜老子，通过惊险而又浪漫的故事陈述，表达出不能怜惜狼一样的恶人的古今哲理。

〔冲末拄杖上〕则俺杖藜老子的是也。俺逃名晦迹，在这深山里隐居，真个无是无非，每日间到那溪边林下，闲步逍遥。只今暮秋天气，景致煞是佳也。只索倚杖散步一回者。〔末同狼上〕天那！着谁人救俺东郭先生也。呀！远远望见的小桥流水，茅舍疏篱，敢是人家的村落？俺只索向前去者。

孟称舜评：“此支说村居景色似好，但不似忙里逃生语。”

【双调·新水令】看半林黄叶暮云低，碧澄澄小桥流水，柴门无犬吠，古树有乌啼，茅舍疏篱。这是个上八洞[1]闲天地。

呀！那林子里有个老儿，扶杖走来。求他救俺者。〔末拜科〕丈人，早些儿救俺咱！〔老〕兀那先生，为着甚来？〔末〕这中山狼，被赵卿所射，带箭走了。他赶的来上天无路，入地无门，向俺求救。想起俺墨者以兼爱为道，只得把书囊救

让东郭先生把“墨者”“兼爱”挂在口上，足可看出作者批判意向。

他一命。才出囊来,反要吃俺。苦苦求他,不肯相饶。俺和他说问个三老,可道是该吃不该吃。打头来遇着株老杏,那无知的朽木道是该吃俺。再来遇着个老牸,那个泼禽兽又道是该吃俺。险些断送了性命也!今来遇着丈人,这是俺命儿里该有救星。天幸得逢丈人,望赐一言,救俺则个!

【驻马听】枉煞心痴,向猛虎丛中来救你。无端负义,这鬼门关上诉凭谁?遇着顽禽蠢木总无知,道是屠牛伐树都差异。这搭儿难回避。丈人呵!俺不道救星儿恰撞你。

〔老举杖打狼科〕哎,世上有你这般负恩的!他好意儿救得你,便要吃他,那有你这没天理的畜生!你快走!迟呵,俺便杖杀你也!〔狼〕丈人不可听信他!这都是虚言。他见俺被箭射伤,把俺缚了足,踡曲在囊中,受了多少苦楚。他又支吾赵卿,说俺恁的贪狠,延挨了这一会。他假意儿救俺,却是要囊中谋害了,自己独受其利。这般欺心的,道是该吃那不该吃?〔老〕这般说来,先生你也有些不是处。〔末〕哎哟!丈人不知。俺只因救他,险被赵卿看出破绽来,几乎送了一命。这是俺的热心儿,图他甚么来?

热心救人的计谋反被当作阴谋害人的口实。这是浇在温情主义者头上的一盆冷水。

【雁儿落】俺为他冲寒忍肚饥,俺为他胆颤心惊碎。把他来无情认有情,博得个冷气淘热气[2]。

写杖藜老子见义勇为，足智多谋。剧情又为之一转。

〔狼〕丈人莫信他。俺被他缚在囊里，好不苦也！〔老〕你两个说来都难凭信。如今依旧缚在囊中，把那受苦的模样，使俺亲见一番。若是果然受苦呵，先生你也说不得，只索与老狼吃了者。〔狼〕恁的说得有理！俺肚里饿的慌了，快些缚起来，看可是苦也那不苦么。丈人，俺定是要吃那先生的，你莫哄俺来！〔末缚科〕〔置囊中科〕〔老〕先生，你可有佩刀么？〔末〕俺带得有佩刀也。〔出刀科〕〔老〕如今怎的还不下手么？〔末〕虽然是他负俺，俺却不忍杀了他也。

细节描写寓意深刻。

【得胜令】光灿灿匕首雪花吹，软哈哈力怯手难提。俺笑他今日里真狼狈，悔从前怎噬脐[3]？须知，跳不出丈人行牢笼计。还疑，也是俺先生的命运低。

丈人，这都是俺的晦气。那中山狼且放他去罢！〔老拍掌笑科〕这般负恩的禽兽，还不忍杀害他。虽然是你一念的仁心，却不做了个愚人么！〔末〕丈人，那世上负恩的尽多，何止这一个中山狼么！

一语中的。点出主题。

【沽美酒】休道是这贪狼反面皮，俺只怕尽世里把心亏。少什么短箭难防暗里随，把恩情翻成仇敌。只落得自伤悲。

〔老〕先生说的是。那世上负恩的好不多也！那负君的，受了朝廷大俸大禄，不干得一些儿事，使着他的奸邪贪佞，误国殃民，把铁桶般的江山，败坏不可收拾。那负亲的，受了爹娘抚养，不能报答，只道爹娘没些挣扎，便待拆骨还父[4]，割肉还母，才得亨通，又道爹娘亏他抬举，却不思身从何来。那负师的，大模大样，把个师傅做陌路人相看，不思做蒙童时节，教你读书识字，那师傅费他多少心来。那负朋友的，受他的周济，亏他的游扬，真是如胶似漆，刎颈之交，稍觉冷落，却便别处去趋炎赶热，把那穷交故友撇在脑后。那负亲戚的，傍他吃，靠他穿，贫穷与你资助，患难与你扶持。才竖得起脊梁，便颠翻面皮，转眼无情。却又自怕穷，忧人富，划地的妒忌，暗里所算他。你看世上那些负恩的却不个个是这中山狼么！〔末〕

孟称舜评："一篇主意，结局说出，此等曲与柳子厚郭橐驼、梓人等传同一机局也。"这篇言论，骂尽世上忘恩负义之徒，作者是有感而发的。这在世态炎凉的社会，自有其积极意义。当然，在我们看来，对"恩义"也得作具体分析；我们取法的，是不能怜惜有豺狼本性的坏人！

【太平令】怪不得那私恩小惠，却教人便叫唱扬疾[5]。若没有个天公算计，险些儿被幺麽[6]得意。俺只索含悲忍气。从今后见机，莫痴，呀，把这负心的中山狼做傍州例[7]。

"无所不爱"的东郭先生在事实教育下终于醒悟。"莫痴"二字，教训深刻。

〔杀狼科〕业畜，这回死了，你如今还想吃俺么！把他撇在路上罢。多幸遇着丈人救俺，索谢

了你去也!〔同下〕

〔1〕上八洞:上界神仙洞府。

〔2〕冷气淘热气:一片热心肠反而被一颗冷酷的心所烦恼。

〔3〕噬脐:自咬肚脐,比喻不可能办到。

〔4〕"拆骨还父"二句:传说哪吒拆肉还母、拆骨还父,而以荷菱为骨、莲藕为肉再生。

〔5〕叫唱扬疾:常作"唱叫扬疾",大吵大闹。

〔6〕幺麽:这里指小人,坏人。

〔7〕傍州例:榜样,例子。

后记

《中山狼》杂剧是一部以“忘恩兽”为题材而具有寓言特点和童话色彩的讽刺喜剧。

关于“忘恩兽”的传说，世界上许多民族都有。故事内容大同小异。郑振铎先生《中山狼故事之变异》(载《小说月报》第十七卷号外，亦见《中国文学研究》)一文考之甚详。

中山狼之故事，在我国民间广泛流传，来源颇为久远。明代以中山狼故事为题材的文学作品大量涌现。马中锡撰有文言短篇小说《中山狼传》，他的学生康海、王九思各自编写了《中山狼》杂剧。此外，祁彪佳《远山堂剧品》著录陈与郊的《中山狼》和汪廷讷的《中山救狼》杂剧，惜都不传。现存描写中山狼故事的剧本，当以康海的为最佳。

康海(1475—1540)，字德涵，号对山，别署沜东渔父，陕西武功人。明弘治十五年状元，官翰林院修撰，与李梦阳等人唱和，写过不少诗文，为“前七子”之一。正德初年，宦官刘瑾专权，以康海为同乡，慕其才，欲招致之，海不肯就。后值李梦阳因代人起草奏章弹劾刘瑾，被刘逮捕入狱，将处死。李向康呼救，康谒瑾为之说情，李因而得释。逾年，刘瑾势败，康海受牵连削职为民。这时李梦阳又被朝廷起用，没有为康海声辩。传说康海的《中山狼》杂剧就是为讥刺李梦阳的知恩不报而作的。康海被削职为民后，便放浪自恣，耽心词曲，以山水声伎自娱，常与王九思相聚浒东鄠杜间。康海工乐府，又善弹琵琶，著有《对山集》《浒东乐府》等。

康海的个人遭遇，固然可以引发他的创作欲望，但其他取中山狼为题材的作家，并不都有康海那样的遭遇，可见这个故事在当时有着更为广泛深刻的现实意义。它是明代党争激烈，不少人畏祸自保，不顾旧恩现象的反映。正如剧中所说："世上负恩的尽多，何止这一个中山狼么。"

《中山狼》的思想意义在于通过鲜明的艺术形象和尖锐的戏剧冲突，深刻地揭露了中山狼狡诈凶残的本性，说明了不管对狼怎样仁慈怜悯，它总是要吃人的；同时，辛辣地讽刺了东郭先生的迂腐懦弱，批判了他不辨善恶的温情和仁慈。这个故事今天仍然活在人民群众的口中和各种样式的文学作品里，给人以启迪、教育和美的享受。

剧本的冲突，是从东郭先生救狼开始的。赵简子大猎于中山，射狼一发饮羽，狼负箭而逃，向东郭先生求救，东郭奉行"无所不爱""物我混同"的处世哲学，把狼隐藏在书囊里。接着，写赵简子搜狼和东郭先生护狼的矛盾。剧本着意渲染赵简子的威风气势，在于突出东郭先生救狼所冒的风险；写东郭先生明知狼"性极贪狠、助豺为虐"，却偏要巧言遮掩，全力救护，说明他虽明善恶，但遇事寡断、迂腐行仁。这些，都是为喜剧的高潮作好铺垫。

中山狼一经脱险，即反脸无情，恩将仇报，显出了狼的本性。东郭先生无可奈何，提出了“事要好，问三老”，听命于他人，虽仍不免迂腐，却不失为一种“缓兵之计”。老杏、老牸各从自身遭遇出发，进一步说明社会上损人利己、反目为仇、恩将仇报，诸如吃了杏子砍树、耕完田杀牛的事多着呢，从而巧妙地加强了全剧的主题，也使剧情发生了出人意料的转折和波澜。杖藜老人的出现，既使剧情得到满意的结局，也表达了正义终将战胜邪恶的思想，表明了作者对社会不合理现象的鞭挞态度。

剧作善于摄取生活中自相矛盾的现象，组织充满喜剧性冲突的情节，如东郭的“兼爱”与善恶不分；被尊为“三老”的老杏、老牸，只讲个人恩怨，不顾客观是非，同它们的社会声望之间，都存在不同的矛盾，从而把看似简单的寓言故事，写得深入曲折，耐人寻味。

人物性格的丰富生动，性格之间的各种纠葛，是构成剧作喜剧性的基础。没有东郭之迂，便没有狼的得救，狼不得救，也暴露不了它的凶残本性。迂得可笑，狠得可憎。特别是狼的强盗逻辑，既荒谬可笑，又令人气愤。杏、牸的申诉，既令人同情、谅解，又令人为东郭的命运担忧。杖藜老人的智擒凶狼，使人舒心快意，又使全剧达到高潮。

剧本赋予了动、植物以人的性格特征，在舞台上，狼、杏、牸牛都操人语，并与人对话，这样的形象和演技，本身就极为新奇有趣，其演出的喜剧性效果是可以想见的。

《中山狼》现存版本有《盛明杂剧》本和《酹江集》本。本书以前者为底本，以后者为参校本。

玉簪记

〔明〕高　濂
宁希元　注释
蒋松源　审订

第一出　标目

【沁园春】〔末上〕陈女姱容[1]，潘生俊雅。姻亲指腹。奈兵戈惊散，子母天涯。女娘指引，寄迹烟霞[2]。张公借宿，词调空夸。王郎闹会惹嗟呀。潘生投观，天遣会娇娃。堪佳，美女才华，暗写情词怨出家。岂知才郎邂逅，词章入手；相思情逗[3]，到此难遮。凤鸾方就，姑意曾差，秋江逼试泪如麻。荣归处，夫妻子母，重喜会蒹葭[4]。

此剧的情节结构，亦是我国戏曲中常用的“悲欢离合”的形式；但其对戏剧冲突的处理，贯穿着喜剧的基调。

〔1〕姱(kuā)容：美好的容貌。

〔2〕寄迹烟霞：托身于山林之中。

〔3〕情逗：情意投合。

〔4〕蒹葭：借作“葭莩”，意指亲戚。《汉书·中山靖王传》：“非有葭莩之亲。”

第二出　命试

【一剪梅】〔外上〕白发萧萧今已老，归闲堪守林皋[1]。梦回青琐[2]恋王朝，欲报图劳，且教子勤劳。【鹧鸪天】解组[3]归来十有年，黄花白柳思萧然。灯前残卷堪遗训，花下新诗近满编。追往事，泪空悬，姻亲曾结射屏缘[4]。如今眼底天涯阔，安得鱼鸿远寄笺。老夫潘夙，昔举明经[5]，官叨府尹。荆妻吴氏，景入桑榆[6]。孩儿必正，时称瑚琏[7]。学业虽勤，尚愧升堂入室[8]。姻亲有约，应惭倚树攀萝[9]。今闻上国征贤[10]，不免请夫人商议，叫孩儿去赴试，有何不可？夫人有请。

挂怀孩儿功名，是严父声口。

【前腔】〔老旦上〕绣窗风雨促残年，莺花又遍春园。青衿[11]朝暮喜承欢，志在齑盐[12]，乐在斑斓[13]。三月莺花啅绮林，隔墙红杏得先春。玉钩未许惊飞燕，静院人闲白昼深。〔相见科，外〕夫人，孩儿功名之事，每挂于怀；家室之宜，常存念想。我自开封府与同僚陈老先生十分契合，指腹结姻。他女我男，曾以玉簪鸳坠为聘。今经一十六载，别来岁久，未得谐

不忍孩儿远离，是慈母声口。

安排指腹结姻，是为潘、陈最后结合张目。但也以此证明他们一段私情的合法，反映了剧

姻。一向杳无音问。不知亲家晚景如何？儿媳闺训如何？使我时常忧念。〔老旦〕老身每每在心，无如奈何。数年前陈旺曾来问候，我们一向无人遣答，深惭报称。〔外〕夫人，如今春选[14]征贤，且把婚姻之事，不要说起，只索打发孩儿赴京应试如何？〔老旦〕甚好，甚好。孩儿那里？

作者反对封建礼教的软弱性。

【菊花新】〔生上〕绛桃春暖鱼龙变[15]，向芸窗志绝韦编[16]。功名二字总由天，谁羡乘轩服冕[17]！春风桃李遍柴荆，花馆琴书不绝吟。家训喜存诗礼在，晨昏问学早趋庭[18]。〔相见科，外〕孩儿，你虽登鹗荐[19]，未跃龙门。即今春来会举，你可早向长安[20]，访学朋侪，因而入试。夺取功名，书香步武。那时替你迎娶家室，以遂于飞[21]，有何不可？〔生〕爹爹在上，若论功名之事，当遵台命。婚姻成否，何必挂怀。〔外〕既然如此，进安那里？〔丑进安上〕抱琴听月露，洗墨惹烟云。受得灯窗苦，方成馆阁[22]人。禀上老爷、奶奶，有何分付？〔外〕进安！你可急去收拾琴剑书箱，跟随大相公长安赴试，休得迟误。〔丑〕知道了。腰悬三尺剑，箱卷五车书。〔下。外〕孩儿，今日黄道良辰，可就此拜别前去。

【园林好】〔生〕念咫尺骄骢远游，奈萧瑟庭帏[23]景幽。此去云山迤逗，揾不住泪双流，按不下苦心头。

【江儿水】〔老旦〕习学时方就，功名志欲酬。我那儿，上林[24]试展攀花手，未行先问归时候。〔外〕休因离别重回首，快着丝鞭驰骤。豹尾螭头[25]，佩玉[26]争先左右。

【五供养】〔生〕胸中自剖，论所学孰先孰后。词倾三峡水，气吐五湖秋。我那亲行[27]、景入夕阳衰柳。关河空有梦，离恨倩谁收。肠断云霓，泪沾红袖。

【玉交枝】〔丑挑行李上〕行囊簇就。相公，门儿外兰棹[28]待舟。征帆早渡潮时候，休因离别绸缪。〔老旦〕进安！大相公呵，樟亭[29]风露不惯游，河桥车马当先后。〔生〕望白云频瞻故丘，〔外〕上青云名扬乡旧。

【川拨棹】〔老旦〕难消受，梦初回风雨稠。〔外〕但得你身占鳌头，但得你身占鳌头，继簪缨[30]，佐衮旒[31]。〔挽生科〕且登临，莫强留。〔老旦〕我那儿，把音书频寄修。

【尾】〔众〕泪痕别处迤红豆[32]，客路不堪回首。〔老旦〕我儿，莫把闲心在归处留。

离别相看泪两眸，飞花啼鸟恨悠悠。
出门几折风帆起，人在眼前天尽头。

〔1〕林皋：林下和水边。指故乡田园。

〔2〕青琐：汉代宫门上刻有连环图纹，涂以青色。借指朝廷。

〔3〕解组：不再执掌官印，即去官。组，系印的丝带。

〔4〕射屏缘：隋时窦毅为女选婿，画二孔雀于屏间。李渊至，连射二箭，各中一目，遂娶窦女。

〔5〕明经：明晓经义。科举取士有明经科。

〔6〕景入桑榆：傍晚太阳的余光反照于桑树和榆树上。这里借喻暮年。

〔7〕瑚琏：古代宗庙祭祀用的玉制祭器。因其名贵，后用以喻人材质非凡，可当重任。

〔8〕升堂入室：比喻钻研学业达到融会贯通的境界。

〔9〕倚树攀萝：魏明帝时，毛曾与夏侯太初共坐，时人谓"蒹葭倚玉树"，后人用为谦词，表示攀配不上。萝：女萝，草本蔓生，缠绕于草木之上，不易分开。借喻男女婚姻。

〔10〕征贤：征聘贤良。这里指开科考试。

〔11〕青衿：古代士子所穿青领衣服。这里指读书的儿子。

〔12〕齑(jī)盐：细切的腌菜叫齑。齑盐指素食。

〔13〕斑斓：据说老莱子年七十，服色彩斑斓的童装，作儿戏以使父母开心。

〔14〕春选：古代科举会试例在春天举行。

〔15〕鱼龙变：《辛氏三秦记》记载，春季桃花水暖，鱼集龙门，过者为龙。古人把士子通过考试做官，改变社会地位叫"鱼龙变化"。

〔16〕芸窗：指书斋。书房中放芸草以防蛀虫。韦编：书籍。古书写在竹简上，用皮条把竹简穿在一起，叫"韦编"。

〔17〕乘轩服冕：古代卿大夫以上的大官才可以乘轩车，服冕服。这里指

官位爵禄。

〔18〕趋庭:庭训,儿子接受父亲的教诲。趋,快步向前。

〔19〕鹗荐:推荐。后汉孔融上表荐祢衡说:“鸷鸟累百,不如一鹗。使衡立朝,必有可观。”

〔20〕长安:为汉、唐旧都,借指京师。

〔21〕于飞:比翼齐飞,喻夫妇和顺相爱。

〔22〕馆阁:指官府。

〔23〕庭帏:父母内室。

〔24〕上林:原指皇宫内的花园。此处指代京都。

〔25〕豹尾螭(chī)头:指做大官,追随天子左右。古代天子属车有豹尾车,上悬豹尾。螭,传说中无角的龙。天子殿前石阶上刻螭首为饰。

〔26〕佩玉:古代大官的朝服上需佩带玉饰。

〔27〕亲行(háng):父母行辈。

〔28〕兰棹:木兰树所做的船桨。

〔29〕樟亭:指馆驿、旅舍。

〔30〕继簪缨:继承世代做官的门第。簪缨,古代官吏的冠饰。

〔31〕佐衮旒:辅佐天子。天子礼服叫衮,帽子叫旒。

〔32〕红豆:相思子。王维《相思》诗:“红豆生南国,春来发几枝。劝君多采撷,此物最相思。”

第三出　南侵

【新水令】〔净兀术上〕一声长笑海天秋,拥旌旄龙争虎斗!凿门占旺相[1],据地阻咽喉。百万貔貅[2],看帝业归吾手。

【西江月】两眼星吞炯炯，一身虎贲[3]昂昂。杀声直欲暗天光，那管银河翻浪。直欲中原无主，更教四海惊慌。旌旗电闪下长江，那个争先拦挡？自家兀术四太子是也。自与宋家南北分途，志犹未满，直欲一统中原，方遂吾意。时下风高马壮，不免叫把都儿[4]们整顿弓马，掳掠南朝。得些金珠、子女、粮饷、货物，献与我主，有何不可。今日乃黄道吉日，众把都儿们！就此起程。

【北普天乐】〔净〕锦云联，繁华境。看花柳，开相映。莺啼处，莺啼处，画阁朱扃[5]。淡悠悠水远共山横。〔合〕呀！看旌旗掩映，刀枪耀日明。听马前哈喇[6]，千里、千里血染猩猩。

【北朝天子】〔众〕雁南飞入云，兔深藏茂林。听轰雷喊呐齐争胜。翻天倒浪，闹嚷嚷哈吽[7]！急睁睁如狼狠。吹筚篥[8]几声，打羯鼓[9]几声。好撒赢[10]撒赢撒撒赢！搂红妆晓来未醒，打辣酥[11]堪消闷。

【北普天乐】〔净〕夺山河为吾境。拼杀得天花[12]净。长江上，长江上万马争鸣，吓死人阵阵也金兵。〔合前〕

【北朝天子】〔众〕见山城几墩，见楼

此出写金兵“南侵”，虽可为陈家母女离散张本，有点明时代背景的作用，但和主要线索结合得不紧，是一出过场戏。如此连用五支曲子表达兀术及其部众“一统中原”的野心，似无必要；用语过于雅饬，与人物声口亦不合。

台几村，那尘埃滚滚人逃奔。天昏地黑，哭哀哀喊声，我这里笑哈哈[13]把弓刀整。摆霜蹄几程，列战舸几程。密密翸[14]密翸密密翸，鼓儿打冬冬的紧，怕甚么人不顺。〔净〕把都儿们！传下号令，天色已晚，就此安营。明早杀上前去！

衰草白连天，村村绝火烟。

从教南渡马，尽化作啼鹃。

〔1〕凿门：古代大将出征，凿北门而出，以示必死的决心，称之“凿凶门”。占旺相：占卜吉相。迷信以为出征占卜得吉相则诸事吉利。

〔2〕貔貅（píxiū）：古书上说的一种猛兽，以喻勇猛的军队。

〔3〕虎贲：如虎之奔驰，言其勇健。

〔4〕把都儿：蒙古语，勇士、好汉。

〔5〕朱扃（jiōng）：红色的门户。

〔6〕哈喇：蒙古语，杀头。

〔7〕哈吽：未详。万历本原注：“吽音忻。”按：“吽”，又通“吼”。则“哈吽”，疑为“闹嚷嚷”之拟声词。

〔8〕筚篥（lì）：古代一种竹管乐器，以芦苇为嘴，状似胡笳。

〔9〕羯鼓：由龟兹传入的一种鼓乐，形如漆桶，承以小牙床，用两根木棒敲打，急促高烈。

〔10〕撒赢：蒙古语，即“撒因”“撒银”，叫好的意思。

〔11〕打辣酥：蒙古语，酒。

〔12〕天花：雪花。

〔13〕咍咍：咳咳，嬉笑声。

〔14〕翸（péng）：拟声词，指鼓声。

第四出　遇难

【念奴娇】〔净陈夫人，旦娇莲上〕〔净〕繁华过眼，似梦中唤醒，世隔当今。休说朱门排棨戟[1]，如今庭树萧森。人逐仙游[2]，家遭岁歉，积苦盈方寸[3]。〔旦〕眉愁黛锁，有恨向谁评论。〔满江红〕〔净〕我儿，你看：春去闲阶，风乍软、花飞无力。一望处，田园荒废，门庭萧瑟。堤拥当年车马隘[4]，如今谁问闲消息？想吾生、富贵等浮云，今方识。〔旦〕鹦鹉洲，凤凰阙。烟波外，愁恨叠。看高处双丸[5]，催残朝夕。才了些兴亡骄魏晋，又早见争战仇吴越。到如今，万事属何人，空悲切！〔净〕老身钱氏，嫁自陈门。夫君曾拜开封府丞，黄泉早逝。老身虽封淑品[6]，白首甘贫。夫君在日，曾与同僚府尹潘公，十分交好。彼此指腹结亲，玉簪为聘。如今天涯分散。我想男女俱各长成，杳无人至，必定这一节事已付东流去了，教我做娘的每每怀挂。〔旦〕母亲，自古道："一富一贫，乃见交情；一贵一贱，交情乃见。"于今父丧家寒，况经年远，此事不必提起，只索苦守便了。

本出情节与《拜月亭》剧写王瑞兰母女在兵乱中失散相似，但不论曲辞、关目，都不及关汉卿、施君美之作。因为关、施身经乱离，故写来逼真；高濂生处承平，故不免文饰。

【花落寒窗】〔净〕盼庭柯[7]几度忧煎，走萧萧败叶翩翩。你看含香春信，望断陇头人远[8]。想寥落白头增叹。此言，梦惹魂牵，使人肠断心剜。

【前腔】〔旦〕叹人生万事由天，又何须苦苦埋怨。此身飘泊，一似湛露浮烟。那些个翠遮红掩。赧言[9]泪渍愁添，只忧春老庭萱[10]。

娇莲不同于那种完全不懂世事的“香闺弱质”；她是一个不肯轻易表露情感，而又保持着青春活力的少女。

【不是路】〔末院公上〕急报堂前，骤拥貔貅万骑烟。你看连天暗，轰雷杀气怎遮拦？〔净、旦悲科〕泪潸潸，难中霜雪重重见，教我母子孤单去向难。〔末〕休嗟叹，眼前生死须臾险。急忙逃窜，急忙逃窜。〔众作走科〕

【皂角儿】〔净〕我儿，我年已老了，拼一命先归九泉。只愁你孤身谁看。行不动去国[11]艰难。你娇怯怯几曾经惯。〔内喊鼓科。末〕你看，你看！听奔雷，惊飞电。马和旗，枪和剑。浪滚风翻，孤身遭变。便死又难，念娘儿怎生割舍，地北天南。〔众上惊散科〕

【清江荷叶】你看那人慌鼠奔如波走，谁敢来争斗。弓刀齐摆开，枪剑分先

后。把都儿们！你看锦绣江山咱统守！海海滴溜溜，姐姐哈喇喇。锦绣江山咱统守！〔下〕

【皂角儿】〔净、末〕哭啼啼泪眼枯干，叫娇儿在何方追赶。〔净叫科〕娇莲！娇莲！叫不应愁恨冲天，死和生教我怎生打探。娇莲！娇莲！莫不是生投人、死投鬼，逃得过今朝难。野树深山，孤身遭变，便死又难。念娘儿怎生割舍，地北天南。〔内作喊声科，下〕

【前腔】〔旦〕乱纷纷地滚天翻，软怯怯孤身羞面。雁声孤月露江烟，莺啼怯风愁雨怨。〔叫娘科〕到如今谁投奔？水程长，山程远，地冷云寒。儿遭分散，娘归那边。绣鞋儿不禁娇颤，塞北江南。〔内作锣鼓、喊声，旦悲科〕母亲既叫不应，生长闺门，那知途路。如今天色已晚，不免向深林中躲过今宵，再作区处。

深林暂躲虎狼侵，香阁那知困此身。
自古怕逢离乱世，天教魔杀不平人。

此出写逃难场面，场上有院公连连报惊（报子），母女声声哭诉（对唱），众人纷纷奔走（跑龙套），加上幕后渲染紧张气氛的音响效果，就把骨肉失散的情景，表现得相当动人。

〔1〕棨（qǐ）戟：油漆的木戟。唐制，官吏三品以上，可以门列棨戟。

〔2〕仙游：去世。死的婉称。

〔3〕方寸：指心。

〔4〕“堤拥”句:谓当年宾客纷纷,车马盈门,道路为之拥挤。堤:沙堤,铺沙于路。

〔5〕双丸:日月。

〔6〕淑品:即淑人,封建王朝给妇人的封号。宋时文官三品者,母、妻各封淑人。

〔7〕庭柯:庭院。柯,树枝。

〔8〕“你看”二句:“含香春信”,指梅花。南朝宋人陆凯,自江南寄梅花一枝给友人范晔,并附诗曰:“折梅逢驿使,寄与陇头人。江南无所有,聊赠一枝春。”后遂以梅花喻信使。

〔9〕赧(nǎn)言:忧虑而又不好直说。

〔10〕庭萱:即“萱堂”,母亲之代称。

〔11〕去国:离开故乡。

第五出　投庵

【缕缕金】〔丑扮邻女上〕夫和子、两分开。大家逃难走,命难挨。偷生并就死,不尴不尬。天那!长途草滑湿弓鞋,越将我耽待。〔作跌倒叫痛科〕

【前腔】〔旦上〕行不上,路途艰。前村无去所,况孤单。没奈何,路上老娘带我一带!〔作跌科,丑〕方才我起得来,你又跌了。罢,罢。起来,起来,我与你同走一程。你往何

丑、旦、贴轮番边唱边上场,配合快走、跌倒等

方去？休教落难。〔内鸣锣科，丑〕快走！快走！身遭离乱死生间，反为你牵绊。呸！自古人生面不熟，你是何人我是谁。〔下，旦跌倒哭科〕

舞台动作与后台锣声，充分表现出兵慌马乱中情景。

【宜春令】遭兵火，值乱离。似絮随风，身无所归。路途未惯，脚跟儿先遭狼狈。乌衣巷[1]燕落香泥，红亭路[2]莺愁花雨。悲啼，遇难如今有谁堪寄。

【前腔】〔贴上〕听哀怨，声惨凄。前面是好一位女娘，为何在此啼哭？不免上前问他则个。女娘家在何方住居？〔旦悲科，贴〕看他愁绪，有万千忧在眉间住。女娘果从何来？〔旦〕奴家是宦家之女，因遭兵火，子母分散。自幼不出闺门，那知途路。前后无投，在此欲寻个自尽。〔贴〕却原来是家破无依，那些个人来投主。女娘，奴家欲留你在家安置，因有儿夫，内外不便。今见女娘如此苦楚，况且干戈未息，也难前进。不免在此村中，有一女贞观，皆是女姑出家。我引你进庵暂住，意下如何？〔旦〕若得如此，就是重生父母，再养爹娘。敢问大娘高姓排行？〔贴〕奴家就是观邻张氏二娘。寻思，你且向空门[3]暂时投寄。〔旦〕女贞观在何处？〔贴〕就在前面。转过小溪流水外，朱门低掩绿杨西。此间就是，有人在么？

【前腔】〔老旦观主上〕香三炷，理六时[4]。听人声又早堂前报知。张二娘稽首[5]。此位娘子何来？〔贴〕他是宦家子女，因遭兵火，子母拆散，迷失路途。奴家偶然相见，特引投师挂褡[6]。〔旦〕奴家愿拜为弟子。〔老旦〕做我弟子不打紧，只是一件：空门滋味，挨黄齑[7]苦守着闲时序。〔旦〕师父在上，奴家情愿皈依。身畔还有金凤钗一双，鸾坠一对，奉上老师，聊作薪水[8]之费。〔老旦〕女娘，说那里话。但愿你受着五戒三皈[9]，说什么琛缡金翠[10]。须知，这都是千里有缘能会。〔贴〕既然如此，老师父请上，待他参拜。〔老旦〕先拜了三宝，然后拜我。我且问你：家住那里？姓甚名谁？〔旦〕奴家姓陈，小字娇莲，潭州[11]人氏。年方一十六岁，未曾适人。〔老旦〕既然如此，我替你取个法名，叫做妙常。你可跪下，先拜了佛。〔旦拜跪科〕

【金字经】〔旦〕皈依佛，愿洗着清净心，九品莲台[12]度化身。身也么身，慈航共法云[13]，亲见祇园佛世尊[14]。〔老旦〕你可皈依了法。

【前腔】〔旦〕皈依法，愿悟着顽空与色空[15]，净住迦维[16]教阐弘。弘也么弘，心生万法中，愿心灭无生法亦空。〔老旦〕

你皈依了僧。

【前腔】〔旦〕皈依僧，普度着三千及大千[17]，了义三乘共四禅[18]。禅也么禅，淳修建法筵[19]，愿拜着三世[20]能修大圣贤。〔贴〕妙常拜了师父。〔旦〕师父，请受弟子一拜。

【猫儿坠】〔老旦〕看他仪容修洁，举止大人家，粉褪红销两泪麻。从今休恋旧繁华。〔旦〕嗟呀！我倒好了，我母亲不知他生死天涯。张二娘，你可请上，奴家从此愿拜为姐妹。

【前腔】〔旦〕重生骨肉，恩德竟无涯，奔走髡钳[21]幸有家。〔贴〕妙常，黄台休怨抱无瓜[22]。潇洒，且向空门中暂度年华。

惟其是“向空门中暂度年华”，才生出后文许多波澜。

〔旦〕梗迹萍踪赖有依，〔贴〕愿君从此证菩提[23]。

〔老〕不是三年曾有约，谁教今日会莲池。

〔1〕乌衣巷：在今南京市东南。东晋时，王谢望族都住在这里。

〔2〕红亭路：红亭，路边修筑的供行人休息的小亭子。红亭路指陆路。

〔3〕空门：佛教认为外在色相世界都是虚幻的，以空为入道之门，故称空门。

〔4〕理六时：佛家分一昼夜为六时，即晨、日中、日没、初夜、中夜、后夜。

“理六时”，即作一天的功课。

〔5〕稽(qǐ)首：磕头。出家人见面行礼所说的客套话。

〔6〕挂褡：指游僧投宿寺院。

〔7〕黄齑：指素食。

〔8〕薪水：指日常生活费用。

〔9〕五戒：佛家的五条戒律，即不杀生、不偷盗、不邪淫、不妄语、不饮酒食肉。三皈：皈依于佛、法、僧三宝。

〔10〕琛缡金翠：泛指贵重的物品。

〔11〕潭州：今湖南长沙。

〔12〕“九品莲台”句：佛教认为修行的人死后，得生净土莲台之上。莲台分上、中、下三品，每品又分三等，所以叫“九品莲台”。又说佛的本身为法身，是一般人肉眼所看不到的。为了普度众生，随时现化人、天、龙、鬼诸形，说法度人。

〔13〕慈航：佛以慈悲之心度人，使出苦海，有如航船之济众。法云：佛法如云，覆盖一切。

〔14〕祇园：在印度舍卫城南，相传为释迦佛的住地。世尊：佛的尊号。

〔15〕顽空：佛教谓世人顽贪不化，到头来总是空空。色空：佛教认为世间一切色相(物质)，都不是实有的。

〔16〕迦维：古天竺国名，佛祖释迦出生之地。

〔17〕三千及大千：即“三千大千世界”，指广大无边的外在世界。

〔18〕“了义”句：谓知晓佛家种种教义。“三乘”：谓声闻乘、缘觉乘、菩萨乘。“四禅”：指四禅天。

〔19〕法筵：讲说佛法的坐席。

〔20〕三世：佛教以过去、现在、未来为三世。

〔21〕髡(kūn)钳：本来是一种剃去头发而以铁圈束颈的刑罚。这里指削发出家。

〔22〕“黄台”句：唐章怀太子李贤惧为武则天所害，作《黄台瓜词》：“种瓜黄台下，瓜熟子离离。一摘使瓜好，再摘令瓜稀。三摘犹尚可，四摘抱蔓

归。”终被放逐而死。

〔23〕证菩提:精修悟道。菩提:梵语正觉。

第六出　假宿

勾画出一幅动乱的社会画面后,剧情主要集中在女真观里进行;作者的笔触也愈来愈浓烈地带上喜剧色彩,构成一种情趣盎然的艺术意境。

〔末上〕雨歇云头点,蝉多枝上声。江关逢溽暑[1],无地避炎蒸。自家乃张知府院子王安是也。俺老爷因赴任金陵[2],恐城中炎热,着我先在城外寻个僧房道院,洗澡乘凉。叫我不要说出官府,假说是个相公[3]。行到此间,前面有个寺院,上写敕建女真观,且是清幽,不免径入。有人在此么?〔净香公上〕地远红尘飞不到,松关鹤唳有人来。客官,稽首。〔末〕老人家,拜揖。〔净〕何处到此?〔末〕有位河南相公,到此游学。欲借上方,乘凉洗澡,安歇数宵,少避炎蒸,自当酬谢。〔净〕既是远来相公,待我通报观主。〔末〕你去请来。

【金珑璁】〔老旦上〕洪炉谁大冶,煮乾坤烈火难遮。松影下避炎热,对南熏[4]方打叠。且高卧南柯蚁穴[5]。谁到此又传接。〔长相思〕昼垂帘,夜垂帘,三炷清香佛座烟,心闲身亦闲。昼幽然,夜幽然,竹下清风琴上弦,龙团[6]身自煎。何人到此?〔净〕有事禀上。

剧中借有关张于湖的一段传说,作为情节发展的一条线索,在戏剧冲突中对主线起陪衬作用。

轻薄形状,跃然纸上。

河南一位相公,欲借闲房,安宿数宵。房金重谢,不知容否?〔老旦〕我们出家的当以慈悲为念,方便为门,有何不容?来时通报。〔净〕知道了。

【清平乐】〔外于湖上〕炎辉飞鞚[7],汗湿征衣重。静院风回松影动,星槎互入仙宫[8]。花径阴阴长绿苔,朱扉隐隐竹间开。仙家亭馆无人到,应问渔郎何处来。〔末〕此处就是。〔外〕快通报。〔老旦〕相公,稽首。〔外〕观主,拜揖。〔外背云〕王安,这观主半老佳人,琼姿玉立,好一似雨过樱桃,隔年老酒,意味自佳。快到寓取香绢来送观主。〔末〕理会得。香焚金篆火,绢剪白霞绡。〔下〕〔老旦〕女童,办茶来供佳客。〔小旦上〕竹密茶烟湿,松多客座清。茶在此间。〔奉茶科。老旦〕敢问相公,仙乡何处?尊姓大名?

【锁南枝】〔外〕河南郡,是故园,王通姓名曾选元[9]。〔老旦〕失敬,失敬,原来是位秋元[10]。〔外〕游学泛吴船,寻闲到禅院。蒙下榻,信有缘。更欲借莲池濯凡念。敢问观主,出家几年,经历春秋多少?

【前腔】〔老旦〕离家舍,今有年,五旬虚度尘世间。〔外〕高姓、祖居?〔老旦〕法成家姓潘,和州历阳县[11]。〔外〕这观是何年盖造的?〔老旦〕唐高祖创善缘[12]。久崩颓,是我重建。

【前腔】〔旦上〕穿萝径，进鹤轩。我把秋波偷转屏后边。何处客临轩，敛衽[13]且相见。相公，稽首。〔外〕仙姑，拜揖。〔旦〕师父，稽首。此位相公何来？〔老旦〕此位是河南秋元王相公。他放棹入桃源[14]，投栖过庭院。〔旦〕相公，请坐。〔外〕好一位仙姑，也在此出家？〔旦〕念蒲柳[15]甘弃捐。愧荒凉，何因款刘阮[16]。〔净上〕陈师父，悟真庵王师兄送贴佛金来，立候相见，特来通报。〔旦〕相公，小房有客，不得奉陪。才逐飞花来别院，又随芳草下闲庭。〔下。外〕适见姑姑，敢是一个神仙？

【前腔】〔老旦〕他是人间种，休猜做天上仙。〔外〕敢问他高姓法名？青春多少？〔老旦〕妙常姓陈方幼年。〔外〕敢是高徒？〔旦〕是我愚徒。他潇洒出尘凡，〔外〕敢是同房？〔老旦〕禅居在别院。他是金茎露[17]、玉井莲[18]，不是照凌波[19]、梦中见。天色已晚，请过清芬轩，少献晚斋。〔净〕汤已烧下，请相公洗澡。〔外〕避暑到仙家，香烹丹灶茶。〔老旦〕坐阴松树下，日影已西斜。香公[20]，小心伏侍相公。〔下。外〕多谢，多谢。〔外吊场[21]〕香公，

“秋波偷转”，画出年青少女的含羞神态。

喜剧中的吊场，

多是在主要场次之间，穿插一段科诨表演，意在活跃场上气氛。

你多少年纪了？〔净作聋科，外〕多少年纪？〔净〕我八十三岁。〔外〕在此几年？〔净〕在此三十余年。〔外〕身上衣服谁管？〔净〕但得茶饭不缺足矣，那计衣服。〔外〕王安那里？〔末〕小人伺候。〔外〕快取两匹布来，送香公做衣服穿。〔末〕知道了。布在此。〔外〕香公收下。王安回避。〔净〕多谢相公。〔外〕我问你，适才小道姑，他出家几年了？〔净〕多承布施[22]。如今说起话长，你定要问出子眼[23]？不要管他，请去洗澡。〔外〕你说与我知道，还有好处。〔净〕这等千个好处，倒不如一个见领笑留。这道姑叫做陈妙常，年方一十七岁。他父在日，官拜开封府丞。靖康[24]兵乱，母子逃难分离，以此投庵出家。〔外〕他房在那里？〔净〕直在西首尽头，白云堂下就是。请相公洗澡安宿。

〔外〕溪溜合松声，残霞弄晚晴。

〔净〕要知今日话，难尽此时情。

〔1〕溽（rù）暑：盛夏湿热的气候。

〔2〕金陵：今南京。

〔3〕相公：这里指读书的士子。

〔4〕南熏：南风。

〔5〕南柯蚁穴：指梦境。唐人小说《南柯记》，叙淳于棼入梦槐安国为驸马，做南柯太守，极尽人间富贵。梦醒后追寻遗迹，发现所谓槐安国者，不过大槐树下一个小蚁穴而已。

〔6〕龙团:茶名,宋时福建向皇帝进贡的一种名茶。

〔7〕炎辉飞鞚:在烈日下面骑马。鞚:马勒。

〔8〕“星槎(chá)”句:因出行而得入幽雅的道院。据说汉代张骞乘木筏追寻河源,至天河,遇牵牛织女。回来后问严君平,严说:某年某月有客星犯牵牛。后人因用“星槎”作奉使、远行的典故。

〔9〕选元:考试得中头名。

〔10〕秋元:解元。科举时代乡试例在秋天举行。

〔11〕和州历阳县:今安徽和县。

〔12〕善缘:修建庙观,向寺院布施,都叫“结善缘”。

〔13〕敛衽:妇女行礼时提起衣襟表示敬意。

〔14〕放棹(zhào)入桃源:用陶潜《桃花源记》故事。晋武陵渔夫误入桃花源,居民与世隔绝,怡然自乐。后人多用之比喻乐土。棹代指船。

〔15〕蒲柳:蒲草和柳树,落叶均早,借以形容体质衰弱。这里是妙常自指。

〔16〕刘阮:语出汉朝刘晨、阮肇入天台山采药,遇仙女成亲的故事。这里借指宾客。

〔17〕金茎露:仙露。汉宫中有承露盘,下以铜柱承之。金茎即铜柱。

〔18〕玉井莲:华山莲花峰有玉井池,传说井内有千叶白莲,人吃了千叶白莲可以成仙。

〔19〕凌波:唐明皇在东都,梦一女子,自称是凌波池中龙女,明皇为奏《凌波曲》。见《开元天宝遗事》。

〔20〕香公:道院里管理香火的杂工。

〔21〕吊场:戏曲演出中,多数人已下场,个别人留下作某种交代的表演形式。

〔22〕布施:施舍。

〔23〕子眼:根底。

〔24〕靖康:宋钦宗年号。靖康元年,金兵攻占汴京,宋徽宗、钦宗被掳。

第七出　依亲

【定风波】〔外上〕日染娇红云染绿，温泉晚试新妆束[1]。〔老旦上〕朵朵谁教香剪玉。轻盈潇洒，怕逐风飘泊。〔外〕夫人，你看孩儿方去，时序易迁。闲亭池上，荷花又早开成云锦。可喜，可爱。〔老旦〕妾身夜来分付丫环办酒，与相公赏花，未知完否。〔外〕既有酒，将过来。〔老旦〕丫嬛那里？〔丑上〕来了。亭覆琅玕绿[2]，杯倾菡萏红[3]。酒在此间。〔外〕夫人，你看！红蕖紫萼[4]生芳浦。醉扶落日，娇颤杨家女[5]。额点胭脂心带苦，西风岂是怜香主。〔老旦〕怕听夜半池塘雨，飘泊红妆知几许。晓看风送木兰舟，愁断柔肠惜游子。

【园林好】〔外〕看天机[6]锦云暗香，喜玉宇风摇艳妆。照水轻盈娇样，似越女[7]出潇湘，似神女赴高唐[8]。

【江儿水】〔老旦〕月坠胭脂冷，风摇翡翠狂。人归何处菱歌唱，银塘暮雨空凝望，儿郎貌比花相象[9]。隔绝白云青嶂，把酒樽前，不觉玉泪临风惆怅。

【步步娇】〔净、末上〕离人去国愁孤往,长途倦足行不上。〔净〕陈旺,潘亲家家中,到也未曾?蒹葭倚傍在何方?〔末〕前村就是他门巷。〔净〕拭泪整残妆,不知他们肯认我穷形状。老身陈母是也。因遭兵火,与女孩儿拆散,无处栖身,只得同院子远奔潘亲家家中相依。院子,他家在何处?〔末〕迤逦行来,想是在这个村坊。男女[10]数年不来,一时忘了。待我问一声:村上大哥,潘老爹家在何处?〔内应科〕前面大门楼就是。〔末〕多谢了。

【不是路】〔净〕你试问行藏[11],先进他家要酌量。你去和他讲,孤穷姻戚来相傍。〔末〕知道了。到华堂,殷勤顿首来投上。〔外〕起来,你是谁人到此?〔末〕欲说交颐泪两行。小人是陈家陈旺。〔老旦〕正是陈亲家的旺官。亲母安否何如?〔末〕言之不尽,他们亲自到门墙。〔老旦〕为何到此?莫非说谎?〔末〕敢为虚诳?敢为虚诳!

【前腔】〔外、老旦〕急走趋跄,迎候尊亲入草堂。深深拜,匆匆相接愧怆惶。〔净〕泪汪汪,故园兵火遭蜂嚷。膝下娇儿失雁行[12]。孤身无倚,远投玉树怜飘荡。敢叨恩养,敢叨恩养。〔老旦〕亲母请坐,且自定息，细说一番。

【剔银灯】〔净〕骤然起兵戈扰攘，卷尘飞东奔西撞。娇儿拆散知何往，待寻取那知去向。〔合〕思量，孤身女娘，平白地分开虎狼。

陈母思女念婿，潘母思儿念媳，两老声口毕肖。

【前腔】〔外、老旦作悲科〕我媳妇孤身在那方？痛杀我梦劳魂想。变中幸得亲无恙。权且住柴门村巷。〔合前。净〕令郎公子为何不见？

〔老旦〕堂前游子赴春闱[13]，两月音书未见归。

〔外〕今夜灯前添旧恨，〔净〕思儿念女泪双垂。

〔1〕“日染”二句：以美人浴后新妆喻荷花之娇美。

〔2〕琅玕绿：绿竹，竹色翠如美玉。

〔3〕菡萏红：酒色红如荷花。

〔4〕红蕖紫萼：指荷花。芙蕖，荷花别名。萼：环列于花朵外部的叶状薄片。

〔5〕“醉扶”二句：以唐玄宗时贵妃杨玉环娇懒动人的情态写荷花。

〔6〕天机：星名，即斗宿。

〔7〕越女：指古越美女西施。

〔8〕神女赴高唐：宋玉《高唐赋》叙楚怀王游高唐观，梦与巫山神女相遇的故事。

〔9〕“儿郎”句：唐张昌宗姿容很美，见幸于武则天，宫中称为六郎。杨再

思每说:"人言六郎似莲花,非也,正谓莲花似六郎耳。"这里用来比喻孩儿的美俊。

〔10〕男女:仆人对主人的自称。

〔11〕行藏:行止。

〔12〕雁行:如雁群飞行,行列整齐。失雁行是说遭乱离散,不复成群。

〔13〕春闱:春试。闱:考场。

第八出　谈经

【临江仙】〔旦上〕松风惊枕簟[1],琴窗人坐壶天[2]。〔净、丑、小旦扮道姑上〕昼长日赤苦烦煎,看荷来水殿,追燕入湘帘。〔旦〕钟磬草堂深,解箨[3]森森笋作林。〔净、丑、小旦〕燕子双飞来复去,难禁,满腔心事对谁云。〔众〕陈姑稽首。〔旦〕众师兄到来,请坐。〔丑〕陈姑,昼长人静,重门难守。钱财竟没来方,酒食何曾入口。夜间翻来复去思量,我也管不得出乖露丑。〔旦〕师兄,你说那里话!我与你苦守清规,谨遵教旨,终成正果。今日无事,群集在此。不免请师父出来,谈经说法,洗濯尘心,有何不可。〔小旦〕正是,正是,去请。〔净阻科〕不要去请,我没工夫听经。适才报恩寺桂公约我施主人家看经,回来床上一话。我自要去了事。〔旦〕

此出正面描写冷漠淡泊的庵观生活,为妙常遇到潘生后热烈追求爱情生活作反衬。

休得闲说，快请师父来。〔小旦〕众徒弟请师父出来讲经则个。〔老旦〕来了。

【好事近】〔老旦〕花影上帘栊，毕竟非色非空。闭关[4]方自坐园中，又请谈经说颂。〔众〕师父稽首。〔老旦〕徒弟们道来，今日请老身出来，要讲何经？〔旦〕众徒弟闲暇，欲听法华旨要[5]，以此洗心焚香伺候。〔老旦〕善哉，善哉。此经非同别典，乃我西方祖师，洪开方便[6]，普度含灵[7]。分品二十八门，解救百千万劫[8]。真个是字字慈航，行行彼岸[9]。故云："假饶造孽如山重，不消妙法两三行。"你们听我讲说：

【梁州序】禅机玄妙，法流净土[10]，一似莲开朵朵。天空云净，真如月印秋波。二十八门妙品，普度群迷，五蕴三支苦[11]。行行开孽镜[12]，你须把孽根磨，早办慈航出爱河[13]。〔合，众合掌科〕蒙指点，当参悟。免沉沦万劫千回堕。齐合掌，念弥陀[14]。

陡接背唱，一吐深情苦语，方显出芳心不甘冰洁，谈经说法终磨不断情种"孽根"。以后钟情于潘生，方事出

【前腔】〔旦〕芳心冰洁，翠钿尘锁。怪胭脂把人耽误。蜂喧蝶嚷，春愁不上眉窝。〔作背科〕暗想分中恩爱，月下姻缘[15]，不知曾了相思债。身如黄叶舞，逐

流波。老去流年竟若何。〔合前〕

有因。

【前腔】〔净、丑〕叹浮生尽着尘疴，逐飞丸[16]朝朝暮暮。看镜中消息，素改婆娑[17]。我把芳年虚度，老大蹉跎，衣食浑无措。空门来托钵[18]，做尼姑，也只是当年没奈何。〔合前〕

【前腔】〔小旦〕笑狂生直恁奔波，这妙法眼前因果。悟无明[19]无着，梦想全无。你偏恋那火宅[20]煎熬，幻海[21]沦胥，忘却来生路。是非钟磬外，白云孤，一卷经销香一炉。〔合前。老旦〕众徒弟们，在此把这讲过经卷，细玩佛意，不可虚度。我去打坐[22]片时。〔众〕请师父自便。〔老旦〕坐深人境寂，钟鼓又黄昏。香公，烧佛前晚香，琉璃[23]内添上些油，不可忘了。〔内应科〕晓得。〔下。旦〕列位师兄，听了半日，身体疲倦。我们松棚下闲玩一番，多少是好。〔众〕使得，使得。〔旦〕你看一轮明月，斜挂松梢。万籁无声，花阴满砌，可爱人也。〔净〕真个可爱。只少四个丈夫，同赏新篁池阁。〔众〕休得取笑。〔净〕尼姑，尼姑，原有丈夫：只要趁些钱财，来戴这顶毗卢[24]。

老观主一本正经，众尼姑调笑嘲谑，两相对照，是喜剧好关目。
此处关目，蹈袭《西厢》。

【节节高】〔旦〕冰轮映碧萝，晚凉多。一声钟磬禅堂暮。松阴坐，展素罗，藤床卧。天街[25]几点流萤度。〔净、小旦〕久闻陈姑弹得好琴,求听一曲。女童,取琴过来。〔旦理琴科〕试操玉露[26],污耳,污耳。欲听瑶琴月下弹,彩云暗逐飞琼[27]度。〔外〕玉鉴银光[28]散不收,红亭花老似含羞。风来借得些儿便,一曲琴声何处幽。小生步月闲吟,忽听琴声清婉,俨若白鹤冲霄、青鸾逸驾之韵。不免上前再听一番。呀,此处角门半开,挨身进去。〔做看科〕原来松棚之下,陈姑与众姑弹琴,可爱,可爱!〔众〕方才弹得绝妙,再弹一曲如何?〔旦〕使得。

【前腔】〔众〕天风荡玉珂[29],泻银河,凉生玉指声凄楚。哀如诉,惹恨多,牵愁大。玉盘[30]倒影穿帘幕。〔外作听科,旦〕为何琴弦急绝,敢是有人盗听?〔众〕这里那得人来。〔旦〕空门虽是隔红尘,怕花阴深处人藏躲。〔净、丑、小旦〕夜深了,我等告回罢。〔旦〕如此多慢了。〔净、小旦〕避暑过南轩,人归月满天。〔旦〕莫教春树鸟,惊起日高眠。〔下。外〕美哉,乐哉!天下有此绝色,岂不是仙人掌上飞来,玉真宫[31]中谪下。可惜投入空门,不免乘月题诗粉墙上,聊寄离情。仙姑明日经过,必然看见。王安那里?〔末〕才做故乡梦,又听主人声。有何分付?〔外〕快取文房四宝过来。〔末〕

知道了。〔取科。外写科〕"一曲霓裳[32]香雾薄，夜深偷向月中看。分明人坐天香窟[33]，何事空门虚合欢。"〔放笔科〕

【尾】新诗怎得人酬和，天大样相思害我。诗、诗，千万做一个媒儿勾引他。

闲亭吟罢露华浓，相见浑如一梦中。

玉漏[34]敲残花外月，金徽[35]听彻柳边风。

〔1〕簟(diàn)：竹席。

〔2〕壶天：壶中天。道家传说，云台治官张申，常悬一壶如五升器大，里面别有天地日月，夜宿其中，称为"壶天"。这里仅指庭院之狭小。

〔3〕箨(tuò)：笋壳。春天竹子抽笋时，外壳脱落，长成新笋，叫"解箨"。

〔4〕闭关：闭门。

〔5〕法华旨要：《妙法莲华经》的要旨。

〔6〕方便：佛教语，谓因人施教，使其领悟经义。

〔7〕含灵：指人类。

〔8〕百千万劫：百千万世。佛经以世界的一成一灭为一劫。

〔9〕彼岸：佛教徒理想中超越生死的涅槃境界，与烦恼苦闷的人世生活(此岸)相对。

〔10〕净土：佛家所说的庄严清净的极乐世界。

〔11〕五蕴三支苦：佛教认为人世的一切，都是痛苦的根源。五蕴，为色(形相)、受(情欲)、想(意念)、行(行为)、识(心灵)。三支，指贪、嗔、痴。

〔12〕孽镜：业镜。据说地狱里有一面能反映众生善恶的镜子。

〔13〕爱河：佛教以情欲为害，如河水之可以溺人，因称爱河。

〔14〕弥陀：佛号，阿弥陀佛的简称。

〔15〕月下姻缘:月老系绳定婚姻。

〔16〕飞丸:日月,因其在天空不断运转。

〔17〕素改婆娑:白色的服饰取代了少女的倩装。婆娑:分散、纷披的样子。

〔18〕托钵:拿着饭钵化缘、乞求布施。

〔19〕无明:佛经语,指愚暗、没有智慧。

〔20〕火宅:佛家比喻烦恼的人世。

〔21〕幻海:虚幻的尘世。

〔22〕打坐:盘腿闭目静坐。

〔23〕琉璃:这里指佛案前的油灯。

〔24〕毗(pí)卢:佛名,这里指僧帽。

〔25〕天街:星名,这里指天空。

〔26〕玉露:琴音圆润如露珠。

〔27〕飞琼:许飞琼,仙女名。西王母命董双成吹云和之笙,许飞琼鼓震灵之簧。典出《汉武帝内传》。

〔28〕玉鉴银光:月光。

〔29〕玉珂:以贝壳装饰的马勒,色如白玉,振动有声。

〔30〕玉盘:月亮。

〔31〕玉真宫:西王母所住的宫殿。以上两词皆说仙境。

〔32〕霓裳:指《霓裳羽衣曲》。据说唐明皇游月宫,闻仙乐,归而记之,即为此曲。

〔33〕天香窟:指牡丹花丛。古代诗词多以"国色天香"咏牡丹。

〔34〕玉漏:玉制的漏壶,古代名贵计时器。

〔35〕金徽:古琴名,唐代四川名匠雷氏所作。

第九出　会友

【满庭芳】〔生上〕身倚寒窗，时逢春暮，满目残红初褪。桃花浪里，飞鲸又困风云[1]。回首云泥[2]江树，那堪魂断清明。且扶持、脩脩病翮[3]，应自惜连城[4]。东风故拍游人面，柳丝似绾离人惯。歌管春回处处声，凤凰山[5]隐黄金殿。人望故园天渐远，欲寄音书无个便。寻春且唱踏莎行[6]，蜗名[7]休挂些儿念。小生潘楷，向因会试开科，辞亲赴选。两场已进，颇自得意。不想病染离亭，难终策问[8]。正是"钟鼎山林[9]俱合命，人间宠辱不须惊"。幸得身安，不免到西湖上游玩一回，多少是好。

于湖听琴后，写潘必正赴选会友，是让主线和副线交错进行，也是有意不让于湖和妙常的纠葛直线发展，在延宕中进一步增强观众的悬念。

【一剪梅】〔外、末上〕捐驹几度建康城[10]，堪厌风尘，还逐风尘。〔净上〕飞花点点怯残春，羞对游人，还逐游人。〔外〕帝城宫阙五云间，万国冠裳集禁班[11]。〔净〕春暖千门喧鼓吹，天开十里好湖山。〔相见科，外、末〕我等在此会试，未得揭晓，好难排遣。特作小东，敢请二兄同往湖上一游如何？〔外〕使得，使得。前面那人,好似吾辈朋友,不免上前相见。〔生〕三位高姓大名?〔外〕小子姓孙,名桂。〔末〕小子姓胡,名士元。〔净〕小子姓元,名伯通。俱领乡荐[12],今来会试。先生高姓大名?〔生〕潘必正,和州人也。在此赴试。〔净〕既是同袍[13],况对此佳景,同游乐一回如何?〔生〕多谢。

如此出数曲,已见剧作者“着意填词”,务求工雅,祁彪佳曰:“摘其字句,可以唾玉生香。”

【甘州歌】〔净〕图画天然,看郁葱佳气,凤舞龙蟠。丹崖翠壁,掩映浪花云片。千寻[14]金碧山间寺,几曲笙歌水上船。香尘滚,紫陌[15]连,避秦人住在桃源。穿花外,出柳边,六桥红雨衬金鞯[16]。

【前腔】〔外〕松涛路径旋,看云深雾锁、上方[17]宫殿。争驰车马,香风暗送红衫。僧房云惹茶烟起,村店风摇酒旆悬。花争笑,人竞喧,绣幢珠珞恍疑仙。山如旧,景自妍,春风吹鬓入流年。

【前腔】〔生〕山深路渺漫。更扳萝扪壁,直上层峦。云霞镜净,乘空便欲骖鸾[18]。湖烟乍起风色冷,山树凉生日影偏。烟光外,树杪间,栖鸦时带夕阳还。花村渡,柳岸船,一蓑风月老渔竿。

【前腔】〔末〕天开玉镜[19]宽,又何嫌风雨,雪月花残。四时堪赏,有多少古今伤感。游魂暗掷芳尘去,好梦还留花鸟边。休回首,忆故园,汴州谁肯复留连。山含暝,灯火悬,天涯聚散各依然。〔生〕天色已晚,明日竭诚拜谢。〔净〕明日就是学生东道[20],敢请众兄,仍续旧游。

〔生〕湖上山光半有无,〔外〕水云高下影模糊。

〔末〕到城灯火家家夜,〔净〕明月还将醉客扶。

〔1〕“桃花浪”二句:大意为考试不利。桃花浪,指春天上涨的河水。飞鲸,喻跳跃龙门的鲤鱼。参见第二出注〔15〕。

〔2〕云泥:云在天,泥在地,喻人地位悬殊。

〔3〕翛(xiāo)翛病翮(hé):凋敝的羽毛。

〔4〕连城:价值连城的美玉。喻贵重的身体。

〔5〕凤凰山:在今杭州市。宋时建行宫,围山入禁中,风景很美。

〔6〕踏莎行:词调名。

〔7〕蜗名:即蜗角微名,微不足道的细小名声。意出《庄子》。

〔8〕策问:科举考试的一种形式,多以政事命题,让考生回答,也叫对策。

〔9〕钟鼎山林:古代贵族之家,列鼎而食,击钟为乐。这里用钟鼎和居于山林的平民相比,说明两种不同的社会地位。

〔10〕捐驹:晋王逊做上洛太守,所带马产驹,离任时将马驹留交官中。后因用此指做官廉洁。建康城:今南京市。

〔11〕禁班:宫廷中朝拜天子的官员行列。

〔12〕领乡荐:乡试中举。

〔13〕同袍:本指兄弟。这里泛指朋友。

〔14〕寻:古代以八尺为一寻。

〔15〕紫陌:帝都郊野的道路。

〔16〕“六桥”句:大意为西湖六桥一带,游人骑马行走在落花缤纷的道路上。红雨:指落花。鞯:衬托马鞍的坐垫。

〔17〕上方:佛家所说的天上仙界。

〔18〕骖(cān)鸾:登仙。古代仙人多骑鸾而升天。

〔19〕玉镜:形容西湖明亮如一面玉镜。

〔20〕东道:招待宾客的主人。

第十出　手谈[1]

吴梅论云:“张于湖先见妙常,正为日后判决王尼张本,却不该围棋挑思,先作轻薄语,况于湖为外色乎?”

【番卜算】〔外上〕鹧鸪[2]方托枝,驵骏[3]嘶归路。咫尺巫山路转迷,应愧题红句[4]。松关风动炎光薄,人坐清闲、清闲,肠断花间与梦间。昨宵拾得人间恨,空自熬煎、熬煎,拴锁离情上下弦。下官张于湖[5]是也。因赴任建康,船到钟山[6]地方,天道炎热,借宿僧房。恐人知我是地方官长,故假说姓王,在此暂住。昨夜乘月闲吟,忽听仙姑弹琴,令人整整想了一夜。闻得他住西房,不免探望一回,多少是好。苔深令路滑,花密碍人行。白云深锁处,鸡犬杳无声。有人在此么?

【前腔】〔旦上〕花影转疏棂，鸟语惊幽梦。忽闻窗外有人声，还自惭迎送。相公稽首。〔外〕仙姑少礼。〔旦〕有失迎候，罪过万千。〔外〕轻谒禅堂，无任惭惧。〔旦〕不敢，请坐告茶。〔外〕仙姑，你昨夜瑶琴一曲邀残月，松梢露滴声悲切。归去洞房更漏水，巫山有梦和谁说？〔旦〕相公，我意絮沾泥[7]心炼铁，从来不爱闲风月。莫把杨枝作柳枝，多情还向章台[8]折。〔外〕小生戏谈，无烦介意。〔看科〕桌间棋枰[9]甚精，敢是仙姑能棋？〔旦〕略知一二。〔外〕请教一局。〔旦〕香公那里？〔净上〕才烧佛座香，却扫堂前地。忽闻花外呼，慌忙又来至。师父有何分付？〔旦〕看棋枰过来，我与王相公下棋。一面看茶来吃。〔净〕是。〔掇桌笑科〕你两个不要不分皂白。〔旦〕咄！快去看茶！相公请先。〔外〕学生僭了。

一挫于湖。

【黄莺儿】〔外〕花院手闲敲[10]，战楸枰两下交，争先[11]布摆装圈套。双关[12]那着，〔旦〕我输了这一子了。〔外〕单敲这着。〔外作思科。旦〕相公用心。〔外〕声迟思入风云巧。笑山樵，从他烂柯[13]，不识我根苗。〔旦〕相公输了。〔外〕果然输了，还饶一着。

【前腔】〔旦〕换局更难饶，你热心机，我冷眼瞧。其间有路应难到。〔外〕待我点

借弈棋层层生发，极写于湖的心机、妙常的灵慧。二挫于湖。

眼[14]。〔旦〕我推开那着,点破你这着,双关那怕你能单吊[15]。笑鸣蜩[16],纵横羽甲,千局总徒劳。〔外〕又是学生输了。〔旦〕相公故意相让。〔净〕江心烹玉液,山顶采云衣[17]。茶在此间。请问相公,输赢若何?〔外〕仙姑连胜二局。〔净〕出奇,我说你敌他不过。〔外〕香公回避。〔净〕且贪闲处睡,不管是和非。〔下。外〕仙姑手中佳扇,为何无人题写?〔旦〕欲求足下濡染[18],未敢轻渎。〔外写科〕"碧玉簪冠金缕衣,玉如肌。从今休去说西施,怎如伊。香腻桃腮不傅粉,最偏宜。好对眉儿共眼儿,觑人痴。"〔旦接看科〕词章虽妙,只是言语太狂。我这里,清净堂中不卷帘,景幽然。闲花野草漫连天,莫狂言。〔外〕独坐洞房谁是伴?〔旦〕一炉烟,闲来窗下理琴弦,小神仙。相公:

三挫于湖。

【猫儿坠】〔旦〕新词艳逸,望报始投桃[19]。争奈禅心爱寂寥,鸾台久已弃残膏[20]。相告,休错认莲池,比做蓝桥。

【前腔】〔外〕芳心玉洁,羽服[21]剪霞绡。可惜婷容空自老,〔外背科〕蜂媒羞订凤鸾交。〔外揖科〕轻造,望恕却风流少年才调。

【尾】〔外〕是非偶尔空谈笑。〔旦〕好收拾作家[22]腔调。这等没担儿相思你去

至此方作大决撒,有理有节。

别处挑。〔外〕小生就此告辞了。〔旦〕冒犯,恕罪,恕罪。

〔旦〕金焦落日映纱窗,一局棋消夏日长。

〔外〕明日骄骢卜归路,梦魂犹自惜余香。〔旦下〕

〔外〕王安那里?〔末应科〕王安,我在此不便,可作速打牌[23]到建康,报说二十三日到任。快去。〔末〕知道了。〔外下。末云〕我老爹在此数日,想是与那道姑无缘,只得去了。正是:巫山隔渺茫,空作襄王梦。〔下〕

"好收拾"两句,把妙常通身神理写活写尽。

〔1〕手谈:下围棋。

〔2〕鷦鷯(jiāoliáo):俗名黄脰鸟。《庄子·逍遥游》:"鷦鷯巢于深林,不过一枝。"这里代指借宿的人。

〔3〕驵(zǎng)骏:骏马。

〔4〕"题红"句:唐僖宗时儒生于祐,于御沟流水中得红叶一片,上有宫怨诗句。于感其情,亦题诗二句于红叶上,置上流水中,漂入宫内,为宫女韩氏拾去。后韩氏出宫,与于相遇,结为夫妇。见刘斧《青琐高议》。

〔5〕张于湖:张孝祥,字安国,历阳乌江人,宋孝宗时,做过建康留守。

〔6〕钟山:南京城外的紫金山。

〔7〕意絮沾泥:柳絮沾泥不再飘荡,比喻心情沉寂不再波动。

〔8〕章台:即章台柳,指妓女。

〔9〕棋枰(píng):棋盘。

〔10〕花院手闲敲:指下围棋,因落子时要不断地斟酌、推敲。

〔11〕争先:争得先手,即取得主动。

〔12〕双关:连接的意思,指对方无法切断的着法。

〔13〕烂柯:山名,在浙江衢州城南二十里。传说晋时樵夫王质在这里观看两个仙人下棋,一局看完,斧柯(柄)已烂尽。见任昉《述异记》。

〔14〕点眼:破坏对方棋眼的着法。眼:几个棋子连环在一起,围住一个交叉点,是做活一块棋的必要条件。

〔15〕单吊:围棋术语。

〔16〕鸣蜩(tiáo):秋蝉。

〔17〕云衣:指名茶。《茶谱》说雅州蒙顶茶,其生最晚,春夏之交,每有云雾护其上。

〔18〕濡染:此指题诗或作画。

〔19〕投桃:《诗经·卫风·木瓜》:"投我以木桃,报之以琼瑶。"这里是说对方为自己题诗是有企图的。

〔20〕鸾台:这里指梳妆台。胷:胭脂。全句意为久未打扮。

〔21〕羽服:道家人士所穿的衣服。

〔22〕作家:名家、作手。

〔23〕打牌:通告的意思。牌,做官的牌印。

第十一出　闹会

明人传奇大多不受演出时间的限制,情节冗长,过场戏或隔场戏穿插过多。《玉簪记》也不免此病。剧中描写王公子倾慕耿衙小姐的

【新水令】〔老旦上〕风扬幡影似龙飞,焚宝篆瑞烟初起。敲钟惊幻梦,说偈[1]警沉迷。三宝皈依,三宝皈依,请大众齐临会。殿隐黄金相[2],云开宝月容[3]。分经来白马[4],洗钵起黄龙[5]。志心三宝在,回首万缘空。

场次，多与主要线索无关，如此出完全可以删去。

接引菩提[6]路，龙华起梵宫[7]。自家观主是也。为因今日九天雷神降生，不免唤出众徒弟们做些功课，仰答十方。倘有施主们来烧香酬愿，也好迎接。徒弟们那里？〔净、丑扮道姑上〕才离蒲团座，忙趋竹径来。鸟啼春去也，花落满苍苔。老师父稽首。〔老旦〕众徒弟到来。今日是九天降辰，唤你们出来做些功课。倘有施主们来烧香酬愿，也好迎接。〔众〕知道了。香公，一边敲钟，一边击鼓，大启佛会。〔小旦耿小姐、末门公、小丑梅香上〕

【探春令】〔小旦〕日映朱门松影里，香雾霭瑶池[8]。镜台初月画娥眉，羞步怯，软腰围。

松几株，柳几株，红白莲花香满池，离巢燕学飞。这边低，那边低，花刺茸茸扯住衣，向前还自迟。进兴通报。〔末〕知道了。老师父拜揖。耿衙小姐来还香愿。〔老旦〕快请，快请！小姐请坐。〔小旦〕为因上年曾许花幡、灯烛，特备白银十两。伏乞领纳回向[9]，以了心愿。〔老旦〕小姐请坐，待我写疏正名。〔大净王公子引众家人上〕

【缕缕金】乘骏马，走花街。好寻闲处哄，闹中来。此是女贞观，车阗马隘。人人簇拥拜莲台[10]，且停骖，看佛会。小使！这观内许多人拥，想是做什么道场。你通报，溧阳县[11]中第一有名撒漫使钱的王公子来看佛会。〔相见科。老旦〕公子失迎，多罪，多罪。请在鹤轩少坐，待耿小姐还了愿心，请过烧香。〔净〕不妨，你自去了你家的事，不要管我。〔下。老旦〕疏已写完，请小姐烧香。

【步步娇】〔小旦〕鼎爇沉檀[12]，深深拜，瞻礼昙花盖[13]。〔老旦挂幡科〕好幡，好幡。幡幢五色裁，丝丝绣出真堪爱。〔小旦〕合掌叩如来，愿增福寿如山海。〔老旦〕请过清芬轩告茶。〔下。净引众家人上〕

【折桂令】〔净〕好一似玉天仙何处飞来，髻绾螭簪，鬓辫[14]鸾钗。爱杀俺蝶引蜂猜。花枝般娇颤，燕子的形骸。好一似紫鸾箫吹出凤台[15]，却便似白羽扇飞下瑶阶[16]。打动我的情怀，牵惹我的情怀。如醉如呆。紫游缰误入、误入天台。〔下。老旦〕佛殿上无人，同小姐去看今日陈设道场一回。〔小旦〕这是观音佛。

【江儿水】〔老旦〕紫竹观音坐，白鹦哥时往来。〔小旦〕这是什么佛像？〔老旦〕这是释迦极乐西方界。〔小旦〕这壁厢是什么神像？〔老旦〕这是十八尊罗汉归南海。〔小旦〕这壁厢是什么菩萨?〔老旦〕这是五十三参[17]形容改。〔小旦〕这些景像,好怕人来。为何也有披枷带锁在地下受苦的?为何也有幢幡宝盖、迎过桥的?〔老旦〕那幢幡宝盖迎送的,却是在世为善的;那披枷带锁受苦的,却是在世为恶的。这是地狱天堂刑械。早发慈悲,免受轮回孽债。〔小旦〕那壁厢又有人来了。〔老旦〕请过白云楼下看荷花,就吃些素斋。〔小旦〕使得。〔下。净引众上〕

【雁儿落带得胜令】〔净〕我为他动春心难摆划,我为他赊下了相思债。你看他笑盈盈花外来,哄得我闹嚷嚷魂不在。赤紧的害张生[18]消瘦些,这一会病相如渴不解[19]。恨只恨隔几重离恨天,苦只苦扯不拢的合欢带。疑猜,莫不是凌波袜[20]在巫山外。若得个和也么谐,小使,我把他做活观音常跪拜。他又在那壁厢去了,我们再赶过去。〔下。老旦〕鹤轩花开茂盛,去看一回。

两组角色,交替上场、下场和走圆场,生动地展示了耿衙小姐游殿的情景,刻画出了王公子猎艳的丑态;这种表演方法,发挥了中国戏曲的特长。

【侥侥令】〔老旦〕看鹤轩花满台。〔小旦〕那花外有人来,忙把轻罗[21]遮羞态。怕人瞧,头懒抬。倒不如归去来。〔下〕

【收江南】〔净引众上〕呀!彩云飞,肠

断呵、害杀我好难挨！我为他魂灵儿飞上楚阳台，那姮娥全然不采。他待要去来，我怎留他转来。没情趣的冤家心忒歹！〔下。老旦、小旦上〕搅扰多时，就此告别。

【园林好】〔老旦〕喜今日轩车远来。〔小旦〕蒙款曲[22]清香宝斋。〔小旦〕厚德不胜感戴，重稽首拜如来，重回首别莲台。〔净引众上。小旦〕多谢了。〔老旦〕多简慢了。待老身远送。〔小旦〕殿上有客。〔老旦〕不妨。〔回头别公子科〕相公暂别，不得奉陪了。〔下。净〕罢了，罢了。

【沽美酒】〔净〕那冤家归去来，俏多情今还在。只见些花落东风点绿苔，珮环声，归仙宅。单相思今空害。丢下了一天丰采，并没有半分恩爱。我呵，拾得个美哉快哉。〔众〕爹又添些苦哉。〔净〕小使们，怎么苦哉？〔众〕小的们替爹割舍不得。〔净〕割舍不得什么？〔众〕呀，空撇下这许多风流摇摆！〔净〕咄！这相思定害杀我也！〔下〕

〔1〕偈(jì)：佛经中的颂语。

〔2〕黄金相：佛身涂金，即金身。

〔3〕宝月容：佛面如满月。

〔4〕白马：汉明帝时，派人往天竺取佛经四十二章，用白马驮回，于洛阳

建白马寺。

〔5〕黄龙:佛教禅宗临济宗的一个流派,为宋代江西隆兴府黄龙山普觉禅师慧南所立。

〔6〕菩提:梵语"正觉",即明辨善恶、领悟真理。

〔7〕龙华:树名。传说弥勒佛坐此树下得道。梵宫:佛殿。

〔8〕瑶池:传说西王母所住的地方,借指佛殿。

〔9〕回向:佛家语。是说回转自己所布施的功德,趋向自己所希望的那一面去。这里指拜佛还愿。

〔10〕莲台:佛座。

〔11〕溧(lì)阳县:今属江苏。

〔12〕沉檀:沉香和檀香。

〔13〕昙花盖:指佛座上方绣有昙花的伞盖。

〔14〕亸(duǒ):下垂。

〔15〕紫鸾箫吹出凤台:秦穆公时,萧史善吹箫,穆公以女妻之,居凤台。后数十年,吹箫作凤鸣,凤凰来,夫妇乘之而去。

〔16〕白羽扇飞下瑶阶:瑶阶,天界、仙宫。本事不详。

〔17〕五十三参:《华严经》说,善才童子参拜了五十三位善知识,才成正果。

〔18〕张生:指《西厢记》中张珙。

〔19〕病相如渴不解:汉司马相如身患消渴病,又和卓文君有一段曲折的恋爱故事。所以"相如病渴"一语,在小说戏曲中,就成为相思病的代词。

〔20〕凌波袜:曹植《洛神赋》叙神女脚步飘逸:"凌波微步,罗袜生尘。"这里借指美人。

〔21〕轻罗:罗扇。

〔22〕款曲:殷勤招待。

第十二出　下第

演至此出，戏剧冲突才见端倪。

【菊花新】〔生上〕两度长安空泪洒，无栖燕[1]傍谁家。梦魂化蝶入桐花[2]，飘蓬人在天涯。

蒙羞下第，寄迹尼庵，宛转凑合，了无斧凿痕迹。

毗陵[3]城下水悠悠，不洗古今愁。这里蓬窗人静，谁家玉笛横秋。意如中酒，情如伤剑，叶落谁收。欲傍夜归未得，更于何处藏羞[4]。必正偶因下第，羞惭满面，难以回家。久居武林[5]，不是长策。我有姑娘，幼年出家金陵女贞观。如今迢递到此相投，寄迹半年，那时节再作区处。迤逦行来，此处正是女贞观，不免径入则个。有人在此么？

【太平令】〔老旦上〕山径幽栖，谁过松关惊犬吠。经堂掩卷忙来至。呀！是必正侄儿，乍一见忽惊疑。我儿为何到此？

【前腔】〔生〕有话难题，骨肉相看两泪垂。困龙失水难归去，因此上远投栖。〔老旦〕我儿坐下。〔丑〕进安磕头。

【前腔】〔旦上〕心上猜疑，为甚堂前人语沸。忙来庭下探消息，为甚事动悲啼。

〔相见科。旦〕这一位相公何来?〔老旦〕是我的侄儿,因下第羞归,远投观中。骨肉相看,不胜凄惨。侄儿,你把下第的事情,一一与姑娘说知。〔生〕姑娘请坐,听侄儿拜禀:

【桂枝香】沧溟飞电,鱼龙惊变[6]。马头芳草长驱,浪里风云争战。两场已进,谁想第三场忽然一病,似枯鱼病鹤[7]、似枯鱼病鹤,空怀霄汉。挨着寒鸡茅店,到禅关,借树栖凡鸟,分灯习蠹编[8]。

【前腔】〔老旦〕一自风尘分面,常对云山增叹。汝父母虽隔,今日见我侄儿来啊,喜天涯瓜葛相逢,俨千里连枝重见。〔生哭科。老旦〕不须泪涟,不须泪涟,有日眉扬额点[9]。且自雕虫刻篆[10]。我这里尽清闲,有竹堪留客,无鱼可当餐。

【前腔】〔旦〕相公,看你眸含星电,气吞霜剑。逐骄阳汗湿征衫,且依圣水[11]洗干尘面。听池中雨声、听池中雨声,有日云泓雾卷,龙蟠虎变[12]。且停骖,尽醉三更月,休瞻万里天。

【前腔】〔丑〕松庭竹院,银塘玉槛。绿依依柳色轻柔,红拂拂荷香娇软。看清幽满檐、看清幽满檐。湘云遮簟,熏风吹

较之诗文家,词曲家更喜用博喻。此曲中譬喻重复联贯,一气直下,自有一种韵趣。

力拒于湖,是鄙其轻薄,潘生下第羞归,却引起她无比关切。妙常心地果然高洁。

面。这炎天，寄榻权消暑，行囊暂息肩。〔老旦〕我儿且在此住下，攻习诗书；待下科再去赴选。〔生〕多谢姑娘盛心。〔老旦〕香公那里？〔净上〕闲念一声佛，不堕众恶门。观主，有何分付？〔老旦〕这相公是我侄儿，因下第到此，暂借云房，攻习诗书，以待下科上京赴选。你可收拾东首碧云楼上，与相公安息。

姑娘到底是细心人，安排侄儿住东首碧云楼，是为远离妙常。

鹤轩西畔转清幽，万竹凉生月满楼。
且看好山消旅况，莫教花落惹新愁。

〔1〕无栖燕：喻落第士子。

〔2〕“梦魂”句：大意为在梦乡中暗暗消逝了春光。《庄子·齐物论》里载庄周梦见自己化为蝴蝶，在花丛中自在地飞舞。桐花，开于春末，此处借以点明春天即将过去。

〔3〕毗陵：今江苏武进一带。

〔4〕“欲傍”二句：用杜羔故事。杜羔落第将归，其妻刘氏寄诗曰：“良人的的有奇才，何事年年被放回。如今妾面羞君面，君若来时近夜来。”见《南部新书》。

〔5〕武林：今杭州一带。

〔6〕“沧溟”二句：传说鱼跳龙门，必雷电烧其尾，乃化为龙。见《闻见录》。

〔7〕枯鱼病鹤：比喻处境窘迫，亟待别人援助。

〔8〕蠹(dù)编：书籍。

〔9〕额点：即点头。唐时科举中选者，主考于其姓氏上用红笔作点为记。

〔10〕雕虫刻篆：指练习写作。虫、篆，指虫鸟篆文。因其纤巧难工，所以用来比喻写作中雕章琢句的细致工夫。

〔11〕圣水：佛经说佛界须弥山下大海中，有八功德水。这里借指佛门。

〔12〕"听池中雨声"四句：《三国志》中周瑜说刘备"终非池中物"，一旦得云雨，将像蛟龙腾空而起。

第十三出　求配

【梨花儿】〔净上〕风流子弟身飘荡，飘荡身裁风流样。自从见了那红妆，嗏！上床直想到大天亮。夜夜春风醉碧桃[1]，梦魂长恋紫鸾箫[2]。朝来又备金鞍马，骑傍银筝看阿娇[3]。自家王公子是也。自从见了女贞观那烧香小姐，每夜思量，终朝作念。想与他乘鸾跨凤，羞杀我径路无媒；要思量窃玉偷香，恨杀那侯门似海。不免叫小使出来，与他商议一番，多少是好。小使们那里？〔丑、末小使上〕听得爹爹叫，万事、无成到。万事、无成见爹。〔净〕呸！罢了，罢了。我待要你干事，你倒说万事无成。我一事也成不得了，讨板子过来。〔丑、末〕爹听我说：小的姓草头万，名事；小的姓口天吴，名成。岂敢讥诮爹爹。〔净〕既是你的姓名，也罢了。〔内作叫骂科〕是谁在外边高声大嚷？〔净作慌，满场跪科〕不好了，娘来了，娘来了。是我分付小使们去庄上讨租，不敢胡嚷。〔丑、末〕娘进去许

通出用净、丑、末三角调笑打诨，可看作是一场闹剧。

多时了。爹,起来罢,你也忒怕得紧。〔净〕我何尝怕着谁,我是天不怕来地不怕,溧阳县中惟我大。上山打虎如打牛,入水骑龙如骑马。官司队里我为尊,跌打场中有声价。〔丑、末〕娘又来了。〔净作跪、怕科〕若还听得说娘来了,惊得浑身骨头榨[4]。〔丑、末〕好个不怕的。〔净〕咄,我只怕这些儿。此处娘要来,不好说话。我有一事,与你商议。你跟随我到后花园假山上去。且寻芳草路,细说落花风。我儿,前日女贞观见了那一个烧香小姐,好不想杀了我。你两个怎生得一个计策,成就得此事,我重重赏你。〔丑〕爹,这不打紧。些须小事,何劳费心。小的今晚就成得。〔净〕好儿,好儿,你怎么这等会干。〔丑〕爹爹干得我快活,我也要干得爹爹快活。〔净〕你且说来。〔丑〕我们叫上一二十人,明火执仗,爹爹装做大王,赶到耿家,拿住小姐,爹爹与他成事。小的们抢掳些家财,可不是一举两得?〔净〕啐!做出事来……〔丑〕爹爹自去顶缸[5]。〔末〕爹不要费心,那个小姐嫁了王尚书家去了。倒是那女贞观中,有一个年幼道姑,其实标致,天下无比。〔净〕如何那日我不见他?〔末〕他有病,懒出见客。小的们知道他久了。爹,你听我道:那道姑呵,芙蓉印额,菡萏笼腮;两眉儿簇簇春山,一脸儿溶溶夜月;樱桃半颗摘得下,对人未语朱唇;瓠子[6]初开摆得齐,欲笑含羞象齿。凝

随入恶趣。

补写妙常姿容,是一篇美女赋。然用词过于俗

艳,似不合小使声口。

脂十指,春纤经雨笋抽芽;娇颤双尖[7],香迹印泥莲落瓣;穿一领白罗鹤氅[8],俨似那云驾来月殿姮娥;戴一顶碧玉霞冠,真个像水托出湘波仙子。若教他待月西厢,活描出个崔莺莺影身;假使他和亲北塞,认不出王昭君姊妹。秋波一转,铁世尊也要留情;笑口半开,木罗汉从教惹病。妖妖娆娆,天生成风和杨柳舞千条;袅袅婷婷,人世上春暖桃花开万朵。齐齐整整,要装做个色相烟霞[9];轻轻盈盈,自脱不得风尘脂粉。有人勾引动春心,不数他那误入天台;若个好逑成凤侣,真胜似那当年金谷[10]。果然标致,不是虚传。〔净作跌倒科。丑〕爹!为何跌倒了?〔净〕说得我酥了。你两个就替我去叫他来。〔丑、末〕说不得这个自在话,成不得。爹要成此事,可寻凝春庵王师姑,他与他相好。爹爹央他去做媒,事方可谐。〔净〕既然如此,我们就到凝春庵去。

【水底鱼儿】芳草萋萋,凝春庵在那里?行行不见,转教云树迷。

【前腔】〔丑、末〕转过长堤,临溪又过西。白云堆里,红日掩朱扉。此处就是了。〔净〕你快去通报。〔丑、末〕有人在此么?

【字字双】〔小净尼姑上〕自家生来最袅娜。〔丑〕真个?〔小净〕终朝吃素念弥陀。〔丑〕难过!〔小净〕和尚道人都要我。〔丑〕

好货!〔小净〕门前那个又来拖?〔丑〕是我!〔小净〕原来是一位相公。相公何来?〔净〕我是溧阳王公子,特地到此,一事相烦,休得推阻。女贞观道姑陈妙常,十分美貌。我欲求他为婚,特浼姑姑作伐[11]。〔小净〕阿弥陀佛!他是出家人,怎么说得这一句落地狱的话。我不管这闲事。〔欲下,净作扯科〕你来,你来。你若成得此事,白银五十两,拿在此间谢你。〔小净〕拿来我看,不要哄我。〔净〕你既不肯,我去作成别人。〔净欲下,小净作扯科〕休得取笑。你有何分付?我明日就去说。

【四边静】〔净〕人间牛女天河隔,望君寄消息。即欲驾星桥,鸾台早妆饰。〔合〕黄金白璧,芳姿艳质。成就好姻缘,何须论相值。

【前腔】〔小净〕武陵有路云遮隔,乘鸾事难必。抱布[12]结盟言,凤卜[13]在朝夕。〔合前。丑〕婚姻事岂是偶然。〔净〕须要用心说来。〔末〕媒妁口必定会言。〔小净〕下聘礼只要五百,谢媒钱倒要一千。〔丑〕怎要得这许多?〔净〕也不少,准准还你一千。

〔1〕碧桃:唐高蟾《下第后上永崇高侍郎》:"天上碧桃和露种,日边红杏倚云栽。"这里借指美人之高不可攀。

〔2〕紫鸾箫:萧史、弄玉因吹箫而跨凤的故事。

〔3〕阿娇:汉武帝做太子时,长公主想把女儿阿娇嫁给他,武帝回答说:“若得阿娇作妇,当作金屋贮之。”见《汉武故事》。

〔4〕榨:同“乍”,竖起。

〔5〕顶缸:代人受过。

〔6〕瓠(hù)子:瓠瓜子。以其洁白整齐,常用以比喻美人牙齿。

〔7〕双尖:小脚。

〔8〕鹤氅:用鸟羽所制的羽裘。这里指道家衣服。

〔9〕色相烟霞:这里是山林美人的意思。

〔10〕金谷:晋石崇有金谷园,在今河南洛阳西北。崇豪奢淫逸,经常在此款待宾客,姬妾满园。

〔11〕作伐:作媒。

〔12〕抱布:《诗经·卫风·氓》叙说一个男子,拿布换丝,向一个女子求婚的事情。后遂以“抱布”一词代指求婚。

〔13〕凤卜:指婚事必成。《左传·庄公二十二年》:“懿氏卜妻敬仲,其妻占之曰吉,是谓凤凰于飞,和鸣锵锵。”

第十四出　幽情

【菊花新】〔生上〕白云红树隔乡关,雁字南飞枕簟寒。好梦又惊还,剪西风败叶姗姗[1]。梦里修书话别离,故园应自望归期,天涯尘染旧征衣。衰柳几株遮恨少,白云一片带愁飞。才见蔷薇又紫薇[2]。小生潘必正,下第羞

前出闹中取乐,此出雅中得趣,都有一定的喜剧效果。在抒情喜剧的情节结构中,后一类关目往往能创造出诗的意境,为喜剧场面带

来浓厚的抒情色彩。

归，暂投女贞观中安息。偶见仙姑，修容光彩，艳丽夺人。此心羁绊，不忍轻去。乡土之思，每怀缕缕。正是：迷花原为看花至，恋却彩云忘白云。〔净上〕才出白云堂，又到清幽处。不见读书声，只听长吁气。潘相公稽首。〔生〕香公到来，有何话说？〔净〕陈姑煮茗焚香，特请相公清话片时，望乞不拒。〔生〕我就此同行。

【出队子】方添离恨，方添离恨，忽听花前传好音。缓寻芳径过闲庭，又听金铃犬吠迎。一阵香来，窗前桂阴。〔净〕陈师父，潘相公请到了。

【前腔】〔旦上〕急趋迎进，出帘迎进，草率相扳辱过存[3]。相公稽首。〔生〕仙姑少礼，何劳过招。〔旦〕竹间禅舍草檐深，惟有清香共苦茗，白鹤双双，松下自鸣。自从相公到小庵，未及从容奉款。兹具一茶，伏乞矜许。〔生〕多谢。〔旦〕徒弟道宁、道成那里？〔丑道姑上〕天生眼瞎，又兼折脚。不会念经，只好捧盒。〔小旦道姑捧茶上〕才烹蟹眼[4]，又煮云头[5]。琥珀浮香，清风数瓯。茶在此间。相公请茶。〔丑〕相公，前日有一位相公，比你略老些儿，也来与我师父讲话。想是调戏我的师父，乞我师父夹脸嘿[6]了八百八十八口啐气，抹干十七八碗残唾去了。你休得又蹈前辙。你若惹我，我倒不打

照应前日“弈棋挑逗”，有意与今日“茶叙芳心”对比。

紧,随即奉承。〔旦〕休得胡说,快进去!〔丑〕我真个肯,不是取笑。若说谎,生疔疮。〔下。生〕好一个所在,敢是仙姑建造的?〔旦〕不敢。

【二郎神】〔旦〕我这里芳院静,满地松阴绝点尘。惟聒露的蝉声叶底频。湘帘花影,一树紫薇红晕。竹坞烟消阳羡春[7],分磁钵、可消烦紊。〔生〕仙姑还是自幼出家的、长大出家的?〔旦〕别家园,自幼年寄入空门。

洁净中有叶底蝉噪、紫薇红晕,活画出寂寂空门锁不住少女芳心的情景。

【集贤宾】〔生〕博山云袅鸡舌焚[8],听深树啼莺。独守长门枕自温,那消息有谁曾问!你看红新绿嫩,可惜老娇香腻粉。蜂衙蝶阵[9],闹嚷嚷也都只为着伤春。

【黄莺儿】〔旦〕芳草掩重门,住仙山欲避秦,门前怕有渔郎问。清闲此身,林泉片云,琐窗不管春愁恨。相公,你莫怪我说。免劳魂,巫山路远,空费梦中心。

欲吐还抑,"免劳魂"一语凄其无限。

【猫儿坠】〔生〕水云聚散,帘外倚斜曛[10],无限相思隔暮云。〔背唱〕从教病害客边人,衾枕,尽今宵泪渍啼痕。

【尾】〔净上〕青鸾远报阳台信,相公,那壁厢传言立请。观主着我来请相公,立等立等。〔生〕回首桃源云雾深。家姑呼唤,就此告别,多扰了。〔旦〕多简慢了。

〔旦〕一炷清香一盏茶，尘心原不染仙家。

〔生〕可怜今夜凄凉月，偏向离人窗外斜。

〔1〕姗姗：这里形容落叶飘飘。

〔2〕才见蔷薇又紫薇：蔷薇开于春末夏初。紫薇则自六月作花，开谢相续，可至九月。这里以二花暗喻时序的迁转。

〔3〕过存：问候。

〔4〕蟹眼：唐宋人流行煎煮茶，重视火候，未熟或过熟都不好，茶汤如蟹眼时才恰好。

〔5〕云头：茶名。

〔6〕噀(xùn)：喷。

〔7〕阳羡春：阳羡，今江苏宜兴，所产春茶有名于世。

〔8〕博山：香炉名。鸡舌：香名，即丁香。

〔9〕蜂衙蝶阵：是说蜂蝶纷纷攘攘，好像在排衙、列阵。

〔10〕斜曛：斜阳。

第十五出　破虏

【点绛唇】〔外上〕星挂旄头[1]，将衰天运谁能救。为国耽忧，须早办亲争斗。裂土分茅[2]一郡间，君恩民命两相关。从来为国心如血,早把吴钩[3]日下安。自家建康太守张于湖是也。近闻兀术这厮,分兵南扰紧要地方。倘一时兵到,难以抵敌。昨已分付各所官兵,约定今日下操,不知可曾完备否。左右那里?〔末、小生扮二所官上〕腰下雪喷剑,马前云绕旗。百年承祖荫,敢不报明时[4]。所官见。〔外〕近闻兀术南迁,侵袭地方。昨日分付整顿兵革,今日演操,可曾完备否?〔末云〕俱已完备,请老爷下操。〔众军士上见科,外〕汝等听我分付:

【解三醒】〔外〕操时节人人要精炼,斗时节个个要争先。国家重难军休怨,也只为保疆原。腾腾火发心上炎,赤眼吞胡星斗寒!〔合〕亲征战,亲征战,不吞胡誓不生还!

【前腔】〔所官〕论吾侪世隆爵显,又岂敢自爱余年。旌旗滚滚云电闪,看剑戟雪霜寒。假饶他犯境来胡马,我这里仗剑争先雪大冤。〔合前。扮探子上〕报、报!〔外〕报甚事的?〔探子〕报达虏南侵事。〔外〕你说上来。

【番鼓儿】〔探子〕喧金鼓、喧金鼓,烈火满空烧。胡虏南来,势倾不小。〔外〕有多少人马?〔探子〕万马奔雷,那分多少!〔外〕众将官,就此起营,整顿弓刀,安排牙爪。

奋勇当先，把腥膻[5]迅扫！〔外、众下。净引众上〕

【前腔】轰雷阵、轰雷阵，旗鼓震山岳。浪滚长江，血淹芳草。前面是什么地方？〔众〕老鹳河[6]了。老鹳河边，金陵将到。整顿弓刀，安排牙爪。〔外领众上〕奋勇当先，把腥膻迅扫！

〔末〕来将何人？〔净〕我是兀术四太子，亲自领兵。你是何人？敢来对敌！〔末〕建康太守张爷亲自领兵。〔作对阵科，净众败下〕

这场武打，是照传奇演出的套子安排的，似是为了满足一部分观众爱看武戏的需要；但与剧情发展并无大的关联。

【清江引】〔外〕胡奴万马齐奔走，兵卒休追后。我疆并我原，四境还吾守。喜孜孜凯唱肤功[7]奏！

胡马犯天阙，闻风心胆寒。
一鞭争胜处，飞捷报平安。

〔1〕旄（máo）头：竿首用旄牛尾为饰的旌旗。

〔2〕裂土分茅：古代分封诸侯，用白茅裹着泥土给受封者，表示授与土地和权力。这里指统治一个地区。

〔3〕吴钩：兵器名，似剑而曲。春秋时吴国所作钩最负盛名。后常以“吴钩”比喻利剑宝刀。

〔4〕明时：政治清明的时代。

〔5〕腥膻（shān）：腥秽的气味，指金兵。

〔6〕老鹳河：在南京黄天荡南。宋韩世忠在黄天荡大败金兵，兀术凿老鹳河故道而逃。

〔7〕肤功:大功。

第十六出　寄弄

【懒画眉】〔生上〕月明云淡露华浓,欹枕愁听四壁蛩[1],伤秋宋玉赋西风[2]。落叶惊残梦,闲步芳尘数落红。小生看此溶溶夜月,悄悄闲庭。背井离乡,孤衾独枕,好生烦闷,只得在此闲玩片时。不免到白云楼下,散步一番,多少是好。〔下〕

【前腔】〔旦上〕粉墙花影自重重,帘卷残荷水殿风,抱琴弹向月明中。香袅金猊[3]动,人在蓬莱第几宫。妙常连日冗冗俗事,未曾整备琴弦。今夜月明风静,水殿凉生,不免弹《潇湘水云》一曲,少寄幽情,有何不可。〔作弹科。生上听琴科〕

【前腔】步虚声度许飞琼[4],乍听还疑别院风,凄凄楚楚那声中。谁家夜月琴三弄,细数离情曲未终。此是陈姑弹琴,不免到他堂中,细听一番,多少是好。

【前腔】〔旦〕朱弦声杳恨溶溶,长叹空随几阵风。〔生〕仙姑弹得好琴。〔旦惊科〕

这出戏,今天演出通称“琴挑”,是有名的唱工戏。从这一出起,剧情发展渐入高潮。连续八场戏,用无数曲折、无数顿跌,把两个主角的内心冲突和爱情纠葛,铺写得委婉有致,引人入胜。

先借琴曲,各诉心曲。妙常深沉含蓄,必正热情洒脱,这种由于社会处境不同造成的性格差异,在一对情种身上构成了饶有风趣的喜剧冲突。

仙郎何处入帘栊，早是人惊恐。〔生〕小生得罪了。〔旦〕莫不是为听云水声寒一曲中。〔生〕小生孤枕无眠，闲吟步月，忽听花下琴声嘹呖，清响绝伦，不觉步入到此。〔旦〕小道亦见月明如洗，夜色新凉，故尔操弄丝桐[5]，少寄岑寂。欲乘此兴，请教一曲如何？〔生〕小生略记一二。弄斧班门，休笑，休笑。〔生作弹、吟曰〕"雉朝雊[6]兮清霜，惨孤飞兮无双，念寡阴兮少阳，怨鳏居兮彷徨。"〔旦〕此曲乃《雉朝飞[7]》也。君方盛年，何故弹此无妻之曲？〔生〕小生实未曾有妻。〔旦〕也不干我事。〔生〕敢求仙姑，面教一曲如何？〔旦〕既听佳音，已清俗耳。何必初学，又乱芳声。〔生〕休得太谦。〔旦〕污耳，污耳。〔作弹、吟曰〕"烟淡淡兮轻云，香霭霭兮桂阴，喜长宵兮孤冷，抱玉兔兮自温。"〔生〕此《广寒游[8]》也，正是仙姑所弹。争奈终朝孤冷，难消遣些儿。〔旦〕相公，你听我道：

【朝元歌】长清短清[9]，那管人离恨。云心水心[10]，有甚闲愁闷。一度春来，一番花褪，怎生上我眉痕。云掩柴门，钟儿磬儿枕上听；柏子[11]坐中焚，梅花帐[12]绝尘。果然是冰清玉润。长长短短，有谁评论？怕谁评论！

【前腔】〔生〕更深漏深，独坐谁相问？

琴声怨声，两下无凭准。翡翠衾闲，芙蓉月印[13]，三星照人[14]如有心。露冷霜凝，衾儿枕儿谁共温？〔旦作怒科〕先生出言太狂，屡屡讥讪。莫非春心飘荡，尘念顿起。我就对你姑娘说来，看你如何分解！〔作背立科。生〕小生信口相嘲，言出颠倒，伏乞海涵。〔作跪，旦扶起科。生〕巫峡恨云深，桃源羞自寻[15]。你是慈悲方寸，望恕却少年心性、少年心性。小生就此告辞。肯把心肠铁样坚，〔旦作背语科〕岂无春意恋尘凡。〔生〕今朝两下轻离别，一夜相思枕上看。〔生作下科。旦〕潘相公，花阴深处，仔细行走。〔生回科〕借一灯行如何？〔旦急关门科。生〕陈姑十分有情，不免躲在此间，听他里面说些什么，便知分晓。〔旦〕潘郎，潘郎！

【前腔】你是个天生后生，曾占风流性。无情有情，只看你笑脸儿来相问。我也心里聪明，脸儿假狠，口儿里装做硬。待要应承，这羞惭、怎应他那一声。我见了他假惺惺，别了他常挂心。我看这些花阴月影，凄凄冷冷，照他孤另，照奴孤另。

夜深人静，不免抱琴进去安宿则个。此情空满怀，未许人知道。明月照孤帏，泪落知多少。〔下。生〕小生在此听了半晌，虽是不甚明白，

万历本原评："挑逗芳心在此数语，妙！妙！"

必正同情的设想、热烈的挑逗，字字刺入了妙常的心坎；但她一时难以摆脱出家人的拘束，不能不假作发怒。这种看似反常的情态，恰恰是她无法压抑自己情涛的生描实写。

妙常发怒背立，在必正向她跪谢时又扶他起来，在他下阶时又嘱他仔细行走，到他回身借灯时又赶紧关门。这些关目十分细致地表现了妙常内心的波澜起伏，是前此传奇中少见的。

剧作者虽然着意模仿《西厢》，但他描写潘、陈的内心矛盾和追求爱情的过程，与张生莺莺是不同的，他们有不同的个性，从不同的侧面对封建礼教作了挑战。

【前腔】我想他一声两声，句句含愁恨；我看他人情道情，多是尘凡性。妙常，你一曲琴声，凄清风韵，怎教你断送青春？那更玉软香温，情儿，意儿那些儿不动人。他独自理瑶琴，我独立得苍苔冷，分明是西厢形境。老天，老天！〔作揖科〕早成就少年秦晋、少年秦晋〔16〕！

闲庭看明月，有话和谁说？
榴花解相思，瓣瓣飞红血。

〔1〕蛩（qióng）：蟋蟀。

〔2〕“伤秋”句：战国时辞赋家宋玉，在《九辩》里叹嗟：“悲哉！秋之为气也。萧瑟兮草木摇落而变衰。”表现了浓厚的悲秋情绪。

〔3〕金猊（ní）：狮形的香炉。

〔4〕“步虚”句：大意为琴声悠雅，像仙女许飞琼在歌唱《步虚词》。《步虚词》，道家歌曲，备言众仙缥缈轻举之美。度：度曲，按曲谱演唱。许飞琼：传说中仙女名，善音乐。

〔5〕丝桐：琴多用桐木制成，上安丝弦，故称。

〔6〕雊（gòu）：雉鸡叫。《诗经·小雅·小弁》：“雉之朝雊，尚求其雌。”

〔7〕《雉朝飞》：乐府琴曲名。据《古今注》载：齐宣王时，犊牧子五十无妻，于野外见雉鸡雌雄并飞，意动心悲，因撰此曲。

〔8〕《广寒游》：琴曲名。传说月宫名广寒宫，为嫦娥所住，有桂树和玉兔。

〔9〕长清短清：琴曲名，见《琴历》。

〔10〕云心水心：言其心如行云流水，居止任其自然。

〔11〕柏子：香名。

〔12〕梅花帐:用梅花纸做的帐子。

〔13〕芙蓉月印:意为芙蓉帐里只有月影来相印。

〔14〕三星照人:《诗经·唐风·绸缪》有“三星在天”句,前人认为是“婚姻不得其时”之作。

〔15〕“巫峡”二句:是说对方在爱情上态度暧昧,自己不敢冒昧行事。“巫峡”意出宋玉《高唐赋》。桃源意出陶潜《桃花源记》。

〔16〕秦晋:春秋时秦晋两国宗室世为婚姻,后世因用作联姻之典故。

第十七出　耽思

潘、陈探明了相互的心事后,内心就为爱情的烈火所煎熬,再也不能平静。《耽思》《叱谢》两出,便用喜剧手法,分别刻画了他们为不能自由表达爱情所产生的苦恼。

【谒金门】〔生病,丑扶上〕愁滋味,风雨暮秋天气。一枕相思头彻尾,如何消遣些。钟磬惊回枕上眠,客乡风雨恨人天,许多心事共谁言。〔丑〕病里偏教人易老,秋来转觉恨常添。只因些个事相牵。〔生〕进安,自从别了家乡至此,旅馆萧条,染成这病,怎生是好?〔丑〕官人,且耐心将息。我昨日到街市上起课来,说你这病是那阴人[1]身上起的。不要呆了,且自消遣则个。门外有人言语,待我去看来,是那一个。

【一剪梅】〔老旦同旦上〕病中孤馆自嗟呀,才说离家,便恨离家。〔旦〕闲庭开遍紫薇花,人在天涯,病害天涯。〔老旦〕我侄儿染病书斋，要去看他。徒弟，我与你同走一遭。〔旦〕师父先请，徒弟随后。〔老旦〕转过荷香径，又来丹桂阴。〔生叹科，老旦〕忽闻长叹语，使我便关心。必正儿，连日病症如何？〔生〕越加沉重。〔老旦〕我儿，句容[2]有一个方先生，在此课命，倒有些意思，不免请他来课算禳解[3]。〔生〕使得。进安，你替我请句容方先生来。〔丑〕那个方先生？〔老旦〕就是大中桥边的。〔丑〕我知道，便去请来。眼底便教分祸福，暗里谁云无鬼神。方先生在家么？〔净上〕那个？

【水底鱼儿】算命通神，书符最有灵。人家来问我，开口要禳星。什么人在此？〔丑〕小人是女贞观中来的，请先生课命。〔净〕就去，就去。才过溪桥，此间便是。〔丑〕方先生到了。〔相见科，老旦〕舍侄潘楷，偶因下第，寄住在此，忽染病症。特请先生课算禳解。〔净〕曾买下三牲[4]么？〔旦〕先生未曾课算，怎么先要三牲？〔净〕小子法术最高，四海闻名，那得一时闲空。今日有一二千人坐在我店中算命，闻得观公呼唤，只得到此。〔丑〕我来接你时，并无一人。〔净〕忘了，忘了。是昨日，是昨日。这等样，你把潘相公八字[5]说来。〔生〕甲子年、乙亥月、甲子日、乙亥时。〔净〕好八字，好八字！两干不杂[6]，地局和同[7]。凡观人命，先看提纲。身旺坐强，必登廊庙。身衰坐弱，终处贫穷。推

必正染病书斋，很容易构成一个悲剧性的关目。但剧作者凭空拉出一个“算命通神”的方先生，用他的胡搅蛮缠，改变了场上的气氛，形成一个喜剧性的片断。

此八字，木生冬令[8]，虽未及时，谓之将来者进。兼得亥子水源[9]培植，此乃大富大贵之造也。争奈目下红鸾天喜星[10]照命，又兼日犯岁君[11]，灾殃必重，须得禳解方好。〔老旦〕我请个法师禳解如何？〔净〕你差了。我算命之外，又会行法。张天师门下第一个高徒是我。快办纸马香烛过来，我替你禳解。〔丑办香案科，净念〕上香上香，奉请家堂[12]。山神土地，司命灶王。今日祝献，伏为潘郎。病不脱体，着枕郎当[13]。身上发冷发热，口里要茶要汤。自从今日禳解，叫他早脱灾殃。神道，你若肯依我说，家家主荐，杀猪杀羊。你若不听我说，我叫你庙中无烛无香。只看今朝以后，若强便强。算来不得就好，也须打点些棺裳。一时魂不附体，大家哭得恓惶。〔丑〕呸！先生着了鬼了！〔净〕不是先生着鬼，我倒老实与你商量。你若要他这个病好，先请遣开傍边催命大王。〔老旦〕休得胡说！些须薄礼奉酬。请回罢。〔净〕多谢，多谢。全凭一张嘴，赚尽四方财。〔下。老旦〕我儿，你把病症从头说与我做姑娘的知道。

【山坡羊】〔生〕呀，这病儿何曾经害，这病儿好难耽待；这病儿好似风前败叶，这病儿好似雨后花羞态。我难摆开，心头去复来。黄昏梦断，梦断天涯外。心事难提泪满腮。伤怀,〔老旦〕这病敢是风寒上来的?〔生〕不为风寒眼倦开;堪哀,〔老旦〕莫不是忧愁上来的?〔生〕不为忧愁头懒抬。

王粲登楼、屈原行吟江潭、扬雄投阁,均与剧中人物毫不相干,更不宜出于老道姑之口。

【前腔】〔老旦〕莫不是害了些王仲宣[14]登楼的无奈?莫不是染了些楚三闾[15]江潭流派?莫不是渴中山[16]病儿转深?莫不是赋高唐愁孽债?心暗猜,莫不是扬子云阁上灾[17],非关病酒、也只为耽诗害。人在他乡须把愁肠解。堪哀,待思乡怎生归去来。伤怀,为瓜葛、空教我泪满腮。

【前腔】〔旦〕你想是念故园梦魂常在,你想是恨旅馆风尘难挨。你本是养骊珠[18]时潜在渊,你本是爱栖梧[19]暂托荆榛外。〔生〕我好恨。〔旦〕休恨来,愁肠须摆划。月圆月缺、月也有盈亏害,岂可人无一日灾。襟怀,你把那段心儿且放开。书斋,好听春雷天上来。〔老旦〕本当在此看你,殿上有人,我略去再来。〔旦〕相公,你可请医调治,我明日再来看你。〔生〕心病还须心上医。〔老旦〕休将闲口惹闲非。〔老同下,生作睡科,丑背云〕啐!只因闲口生心病,但愿你冤家早脱离。我东人做出这等模样,如何是好?

【前腔】〔丑〕我东人不尴不尬，到此处多愁多害。只为那三四更花晨月夕，惹下了十二时的孤眠独挨。官人吃药。〔生〕我不要药吃。〔丑〕心暗猜，病从根上来。思量到此，也只为欠了冤家债。怎能够成全双凤钗。痴呆，抄手无言难打孩[20]。哀哉！书剑飘零甚日回。东人睡了，待我哄他一哄。东人，那仙姑在亭子上，接你说话。〔生〕我就来了。〔作病起科，丑〕我来扶你。〔生〕进安，你只在此间，不可来。〔生作行不动科。丑〕还是我扶你。〔生〕不要来。〔生作跌科。丑〕没有人叫，还是我来扶你进去罢。〔下〕

吴梅评曰："记中'寄弄''耽思'诸折，文采固自可观，而律以韵律，则不可为训。"

〔1〕阴人：妇女。

〔2〕句容：地名，属江苏省。

〔3〕禳(ráng)解：祭神解除灾殃。下文"禳星"指解脱灾星。

〔4〕三牲：祭品，指牛、猪、羊。

〔5〕八字：算命先生以人出生的年、月、日、时为四柱，配合干支，合成八字，推算吉凶和命运的好坏。

〔6〕两干不杂：是说潘生出生时天干四字，为"甲乙、甲乙"。甲乙，五行属木。今得双木为林，所以"不杂"。

〔7〕地局和同：是说潘生八字中地支所占四字，为"亥子、亥子"，也很谐调和顺。

〔8〕木生冬令：农历十月建亥，十一月建子，正为冬季。

〔9〕亥子水源：《淮南子·天文训》："壬、癸、亥、子，水也。"

〔10〕红鸾天喜星：星命家所说的吉星，主有喜事。

〔11〕岁君：即岁星，又名木星。

〔12〕家堂：家神，即祖先。

〔13〕郎当：衰惫不振。

〔14〕王仲宣：汉末王粲，因避乱至荆州，作《登楼赋》。这里指思乡。

〔15〕楚三闾：楚国三闾大夫屈原，被怀王放逐于江潭，后沉江而死。

〔16〕渴中山：病酒。传说中山地方有“千日酒”，性烈，能使人一醉千日。

〔17〕扬子云阁上灾：西汉扬雄，王莽时为大夫，校书于天禄阁，以事被株连，投阁自杀，几死。

〔18〕骊珠：传说隐藏于骊龙颔下的宝珠。《庄子·列御寇》：“夫千金之珠，必在九重之渊，而骊龙颔下。”

〔19〕栖梧：据说凤凰鸟非梧桐不栖，非竹实不食。

〔20〕打孩：语助词，无义。

第十八出　叱谢

此出写妙常思春，能抓住其忧然于衷、静中求动的特点，刻画淋漓尽致，为下出“词媾”作过渡。

【卜算子】〔旦上〕朝来闻鸟啼，啼处惊人睡。展转不成眠，反侧啼红泪。春来秋去几经过，不似今秋愁奈何。心事暗流银烛泪，恨随漂泊叶声多。妙常苦守清规，已经数载。无奈尘心未尽，俗念顿生。对景添愁，强制不定，可恨人也！

【桂枝香】奴似风掀黄叶，云遮残月。猛可的如醉如痴，独自个谁温谁热。把床儿打叠,把床儿打叠。方才梦枕儿上蝶,又惊回窗儿外铁[1]。好难说,愁如雁字天边阵,泪似鹃花枝上血。

【前腔】云堂松舍,清灯长夜。听钟儿敲断黄昏,拥被儿卧看明月。心中自思,心中自思,猛可的身如火热,直恁的睡不宁贴。好难说,咽不下心头火,转添些长叹嗟。

笔墨在此,不免将我心事描写一词,聊寄幽情,消遣则个。〔词曰〕"松舍清灯闪闪,云堂钟鼓沉沉。黄昏独自展孤衾,欲睡先愁不稳。一念静中思动,遍身欲火难禁。强将津唾咽凡心,争奈凡心转盛。"〔净王尼姑上〕

【不是路】〔净〕径绕长蛇,要见的人儿何处也。把帘遮,落花满地空台榭,未许红尘略近些。开门,开门!〔旦〕是谁的吠犬迎来花外客?〔作藏词科〕我把冷眼儿窗前偷看者。〔净〕休躲撇,为因闲暇来松舍。〔旦〕向前迎接,向前迎接。远辱到此,有何话说?〔净〕久失相亲,特来听讲。〔旦〕你平日不好经典,如何要听讲?〔净〕我近日比前不同。前日月下,我亲见观音菩萨说道:你平日念佛,功德将满,只少得一百多声,祥云就来接你

"遍身欲火难禁"句过于直露,似与妙常不切。作者强调人欲,意在揭露庵观生活对"凡心"的摧残、压抑。这在理学猖盛的时代,自有其进步意义。

上天去。〔旦〕你何不做一会儿功夫，念完了，上天去。〔净〕人头上有些私债，未曾讨得；养下些狗羊鸡犬，未曾卖得；有几个相识和尚，舍他不得。因此上故意不念完了。〔旦〕你休得取笑，有何话说？〔净〕溧阳县中，有个王公子，人物标致，泼天富贵。他慕你仪容，欲求婚配，未知你意下若何？〔旦〕阿弥陀佛！我与你是出家人，怎么说这等落地狱的话？〔净〕夫妻之情，谁人不爱。享荣华富贵，强似在此清贫苦楚。〔旦〕休得多言，听我道：

【长拍】门外游蜂，门外游蜂，花间浪蝶，隔芳尘帘箔长遮。云寒月冷，这是自甘孤洁。〔净〕你好硬心肠。〔旦〕心胆硬如铁，又何劳嚷嚷，强来饶舌。清闲分同松柏老，岂肯做凡花墙外折。〔净〕他家十分豪富。〔旦〕从教富贵更豪奢，怎如我清贫守道，自有决烈[2]。

【短拍】〔净〕鬓弹轻云，鬓弹轻云，眉弯新月，更可人海棠双颊。休把性儿撇，看鸳鸯帐暖，那春生凤凰衾热。他指望连枝比翼，那知急煎煎镜破簪折。

【尾】〔旦〕从今断绝休来说。你上复那王公子呵，不须用这般锹掘[3]。月殿花枝你休想去折。〔下。净〕他送也不送我，就进去了。敢是怪我也。

云雾锁天台，媒红空自来。
心难常皎洁，有日惹尘埃。

〔1〕铁：铁马，悬挂于房檐下的小铁片，风吹叮당作响。

〔2〕决烈：决断、贞烈。

〔3〕锹掘：锹是掘土挖洞的工具。这里指不正当的手段。

第十九出　词媾

【清平乐】〔旦上〕西风别院，黄菊都开遍。鸂鶒[1]不知人意懒，对对飞来池畔。云淡水痕收，人傍凄凉立暮秋。蛩吟无断头，心事泪中流。懒把黄花插满头，见人还自羞。自与潘郎见后，不觉心神恍惚，情思飘荡。对此困人天气，好生伤感也！

曲白皆妙，俱是景中情语。

【绣带儿】难提起，把十二个时辰付惨凄，沉沉病染相思。恨无眠残月窗西，更难听孤雁嘹呖。堆积、几番长叹，空自悲。怕春去，留不住少年颜色。奴家身体困倦，不免稳睡半晌则个。〔睡介〕

【宜春令】〔生上〕云房静，竹径斜。小

逗人无笄，是好喜剧关目。

生病起无聊，好生烦闷。不免往白云楼下，闲步一回，多少是好。欲求仙恨着天台路迷。问津何处？傍青松掩着花千树。悄地行来，乃是陈姑卧房。正值他独睡在此。〔作翻书介〕这是他看诵的经典，里面为何有字一幅？却是陈姑诗稿。词云："松舍清灯闪闪，云堂钟鼓沉沉。黄昏独自展孤衾，欲睡先愁不稳。一念静中思动，遍身欲火难禁。强将津唾咽凡心，争奈凡心转盛。"细观此词，陈姑芳心尽露。敢是天就我的姻缘，把此词做个公案[2]。伴残经香渺金猊，题红句情含绿绮[3]。心知，此词入手呵，天付姻缘，送来佳会。待我揭帐戏他，看他如何回我。陈姑，陈姑。〔旦作惊起介〕

【降黄龙】惊疑，闪得我魄散魂飞。倦体轻盈，倩谁扶起。〔生〕小生在此相扶。〔作抱旦。旦怒介〕你是书生班辈，好个书生班辈。错认仙姑，比做神女。〔生〕差不多儿。文君幸见相如，两下情同鱼水。〔旦〕休题，文君佳趣。这其间、相如料难是你。〔生〕多分是小生无疑。〔旦〕潘郎好生无礼，我对你姑娘说来。〔生〕说我何事？〔旦〕秀才们偷香窃玉，意乱心迷。

【醉太平】〔生〕非痴，我青灯愁绪，听

黄昏钟磬,夜半寒鸡。孤衾独抱,未曾睡,先愁不寐。相思,静中一念有谁知,欲火炎遍身难制。把凡心自咽,只少个萧郎同并,彩凤同骑。

必正高兴中带着得意,妙常情急中带着羞怯,两相映照,场上的喜剧气氛更加浓郁。

【浣溪沙】〔旦〕你脸儿涎,情儿媚。话跷蹊[4],心自猜疑。〔生〕不必猜疑。〔旦寻词介。生〕小生拾得在此。〔旦〕好好还我的词来。若不还我,把你做贼论。〔生〕偷书不为贼。〔旦〕这场冤债诉凭谁,当初出口应难悔。罢、罢,一点灵犀托付伊。〔背介〕几番羞解罗襦。〔生拜介〕

从故作气愤到暗自猜疑,从自感难悔到托付终身,写妙常内心转变的过程,合情合理,处处入妙。

【滴溜子】合拜跪,此情有谁堪比。谩追思,此德何年报取。谁承望今宵牛女,银河咫尺间,巧一似穿针会[5]。两下里青春、浓桃艳李。

【鲍老催】〔旦〕输情输意,鸳鸯已入牢笼计,恩情怕逐杨花起。一首词,两下缘,三生谜。相看又恐相抛弃。等闲忘却情容易,也不管人憔悴。〔生〕妙常,你道小生忘了此情。〔跪介〕老天在上,必正若忘了妙常今日之情,天诛地灭!

【猫儿坠】皇天在上,照证两心知,誓海盟山永不移。〔旦〕从今孽债染缁衣[6]。

李渔论曰:"如《玉簪记》之陈

妙常，道姑也，非尼僧也，其白云‘姑娘在禅堂打坐’，其曲云‘从今孽债染缁衣’，禅堂、缁衣，皆尼僧字面，而用入道家，有是理乎？”（《闲情偶寄》）

欢娱，看双双一似凤求鸾配。

【尾】天长地久君须记，此日里恩情不暂离。从此后情词莫再题。今夜灯前见，还疑梦里来。〔下。丑上〕我东人在此，吟风弄月，夜去明来，终久着他刮上了。

【清江引】堪爱堪爱真堪爱，鸾凤情深如海。携手上阳台，了却相思债。他怎知有个人在窗儿外。

【皂角儿】〔生、旦同上〕两情浓同下蓝桥，战兢兢欢娱较少。成就了凤友鸾交，休忘却天长地老。为你病恹恹、只自耽，瘦怯怯、难自保。为着今朝，相偎相抱，力怯体娇；你休把私情漏泄，两下里供状难招。

【前腔】〔旦〕奴本是柔枝嫩条，休比做墙花路草。顾不得鸾雏燕娇，你恣意儿鸾颠凤倒。须记得或是忙、或是闲，或是迟、或是早。夜夜朝朝，何曾知道，这些关窍。春风一度，教我力怯魂消。

【尾】从今淡把蛾眉扫，妆一个内家腔调〔7〕，把往日相思一担儿抛。〔丑〕不好了，不好了。观主知道，去叫地方拿你们两个送官，怎么是好？〔旦〕如何是好！〔丑〕不妨，我哄你两个,适才我替你遮瞒过了。我只要捉个头儿。〔生〕我在此,你休得这等胡说!〔丑〕既然相公在此,你只叫我一声。〔旦〕教我叫你什么?〔丑〕随你。〔旦〕进安哥!〔丑〕不好。除下哥字,添上相公二字。〔旦〕难道是进安相公?〔丑〕正是,正是。〔旦作难介。丑〕我就叫将起来。〔旦〕也罢。我便叫他一声,进安相公!〔丑笑介〕出庵奶奶!〔生〕怎么叫做出庵奶奶?〔丑〕没有我进安相公,安能奶奶出庵!〔生叱下〕

此种噱头,情趣恶劣,是剧中败笔。

〔1〕鸂鶒(xīchì):水鸟,形似鸳鸯而大,常偶游水上,又名紫鸳鸯。

〔2〕公案:本指官府判案,这里作入手的因由。

〔3〕绿绮:古琴名。

〔4〕跷蹊:奇怪、可疑。

〔5〕巧一似穿针会:牛郎、织女七夕相会,民间有乞巧、穿针的风俗。

〔6〕缁(zī)衣:僧衣。缁,浅黑色。

〔7〕内家腔调:封建社会称皇宫、宫女为内家。这里是指正经人家的样子。

第二十出　诡媒

【普贤歌】〔小净上〕终朝奔走在街坊,布施亏咱口舌强。化些斋与粮,讨些烛与

潘、陈的结合,是爱情的喜剧;王、尼的勾搭、

是诡媒的丑剧，两相对照，是对封建礼教的有力鞭挞。

香。夜夜偷闲搂和尚。自家凝春庵王师姑是也。前日王公子托我到女贞观，说陈妙常亲事。不想他千不肯、万推辞，花言巧语，马扁[1]他不动，如何是好？不免回复公子，教他别寻人去说。迤逦行来，此间便是。有人在此么？〔丑上〕闲庭落叶阶前复，静坐何人门外来。我公子亲事如何？〔小净〕不谐。〔丑〕罢了，我公子急等着你完事。今早又着我来叫你，你倒说出这句话。〔小净〕如今怎么处？〔丑〕我教你一个法儿，哄他一哄。你只说陈妙常已请到在门外。我说你十分标致，他心动就来。你出去接他，不可抬头。待他进了书房中，又作区处。〔小净〕使得，使得。你去通报。〔丑〕公子有请。〔大净上〕

【前腔】朝朝夜夜醉红妆，睡起曈曈[2]日上窗。桂花开得香，菊花开得黄。可惜金樽少个人儿赏。何人在此？〔丑〕王师姑请得陈妙常来见爷，在外等候。〔净〕好，好！〔丑〕还有事禀上爷。王师姑说爷十分标致，说得他心动，就来到此。教爷可低头迎接他，不可抬头。进了书房，凭爷处置。〔净〕好，好！会干事！会干事！〔两下作低头见介。净〕呸！我是开口等酒，那知你将没作有。教我心上花开，如何接着你这老狗！〔小净〕怕你脸上带羞，使你不要抬头。亲事十分不肯，特来回复你这老

一味打诨，使场上气氛格外活跃，为后面三出铺写一对情人离别的痛苦作反衬。

牛！〔净〕他怎么不肯，只是你不会做媒。〔小净〕我再三去说，他再四不肯。只是哄他不动。你听我道来：

【大迓鼓】他真心爱出家。自甘守淡，不恋繁华，不容人说闲非话。空费我嘴喳喳，多谢蜂媒，及早回衙。

【前腔】〔大净〕惓惓[3]望着他。鸳帏合查，花烛笼纱。今朝不见来堂下，空教我眼巴巴。多是蜂媒，不会开衙。事既如此，怎么处置他才好？〔小净〕我有一计策，特来与你商量。〔净〕有何计策？〔小净〕你着个能言的盛使到观中去。不可说出姓王，只说耿衙差人请师父到家，欲拜为师，讲经说法。先叫下轿夫，等他上轿，抬到家中，凭你处置，有何不可。〔净〕此计甚妙！

伏后"设计"出。

由他人伶俐，难脱这条计。
若还哄不来，教我空淘气。

〔1〕马扁：拆白道字，隐"骗"。

〔2〕瞳（tóng）瞳：太阳升起后的光亮。

〔3〕惓惓：眼巴巴的。

第二十一出　姑阻

【月云高】〔旦上〕松梢月上，又早钟儿响。人约黄昏后，春暖梅花帐。倚定阑干，悄悄的将他望。猛可的花影动，我便觉心儿痒。呸！元来又不是他。那声音儿是风戛帘钩声韵长。那影子儿是鹤步空庭立那厢。等了这一会，还不见他来。我且回房中，再作区处。倦立庭前看月色，且回鸳帐坐香消。〔下〕

【前腔】〔生上〕梦回罗帐，睡起魂飘荡。才见云窗月，心到阳台上。静掩书斋，月上门偷傍。三春花信曾有约，七夕渡河人又来。〔下。老上〕欲觅闲消息，须教悄地来，夜深人不见，书馆把门开。不知我侄儿那里去了？不免叫他一声。必正侄儿那里？〔生上〕忽听得花间语，把小鹿儿在心头撞。姑娘拜揖。〔老〕书倒不读，却往那里行走？〔生〕在亭子上乘凉，为爱闲亭风露凉。〔老〕为何这等慌张？〔生〕失候尊前心意忙。〔老〕我儿，你听我道来：

写老观主略有察觉，先轻点一笔，为后“促试”张本。

【前腔】书当勤讲，奋志青云上。坐待春雷动，一跃桃花浪。姓字争先，不堕前人望。夜半花间月，休去闲飘荡。好把流萤手自囊[1]，当惜春风又过墙。也罢！你随我到经堂上去。一边我打坐，一边你读书。待我出定[2]时，方去寝息，不可不依。从来佛教通儒教，要识儒修即佛修。〔扯生并下〕

【石榴花】〔旦上〕听残玉漏，展转动人愁。思量起，竟含羞。我把玉钗敲断凤凰头，傍孤灯暗数更筹。出乖露丑，这事儿落了他人后。想昨宵雨约云期，到今朝凤泣鸾愁。

潘、陈的爱情生活，突遭阻滞，此为秋江哭别作铺垫。

【前腔】〔生上〕忙来月下，恨杀那人留。〔对旦揖介。旦背介。生〕小生来了。为甚事，泪双流？武陵人抱闷悠悠，夜深沉不饵鱼钩，心中暗愁。〔旦〕愁什么？把人丢下就是。〔生〕这话儿好教我参不透。只指望楚雨巫云，怎翻做绿惨红愁！

【泣颜回】〔旦〕休说那风流，一霎时忘却绸缪，教我黄昏独自，等得月转西楼。将人便丢，那些个见你情儿厚。〔生〕小生不是故意来迟，几乎做将出来。正到半路，乞我那狠心的姑娘,走将来叫我。幸而听得,只得回转。不想他带我到禅堂去。他一边打坐,教我一边看书。他出定方放我回寝,以此来迟。〔跪介〕望恕小生之罪。〔旦〕看他愁模样堪爱堪怜,定不是将没作有。

【前腔】〔生〕一日隔三秋,鸳鸯结牢锁心头。猩红一瓣,魂灵儿都为他钩。何曾下口,更难忘灯下鞋尖儿瘦。我若做浪蝶游蜂,老天呵,须教是裾马襟牛[3]。

情意缠绵不尽,留下抒情喜剧的情致和韵味。

【尾】从今念却神前咒,今夜情难罢手,怎能够闰一个更儿相聚久。

花间泪落三更月,佛座人留两下情。

话向枕边说不尽,隔林鸡唱又天明。

〔1〕流萤手自囊:晋人车胤,幼时家贫好学,曾夏日捉萤火虫于布袋,借萤光夜读。

〔2〕出定:僧尼打坐敛心,排除杂念,叫"入定"。打坐完毕,叫"出定"。

〔3〕裾马襟牛:衣冠禽兽的意思。

第二十二出　促试

【珠落索】〔老旦上〕凤只与鸾孤,两下

悲离旷。星前暗许抱衾裯[1]，好教我难遮当。本是鸾凰宿有缘，空门一见两留连。若教露出当场事，败我从前学坐禅。我想陈妙常与我侄儿，两下青春佳丽，意气相投。每每月下星前，事事东遮西掩。看他鼠窃，使我狐疑。倘若事露人知，败坏山门，有玷清白，如何是好？早晚间事情，那里防得他许多。不免叫侄儿出来，逼他赴选，绝了眼前往来，有何不可。侄儿那里？

【浣溪沙】〔生上〕梦里鸳鸯惊拆散，醒来泪眼未曾干。窗前又听得频呼唤。姑娘拜揖。〔老〕侄儿，我想你父亲生你一人，指望功成名就。虽是你身上青云，未登金殿，还是你身上一件不了的事情。如今春期将至，正好收拾书囊，前往临安赴试，休得留恋于此。〔生〕试期尚早，待明春去犹未迟。只是在此多扰姑娘。〔老怒介〕我岂为你在此搅扰，要你去赴试。我与你父亲连枝瓜葛，看你飘蓬，有何面目见你二亲？汝强留恋，自甘人下，又何面目见你二亲乎？你二亲日后也要埋怨我。好痛杀人也！〔作悲介。生亦悲介〕谨依姑娘严命。只待作谢各房姑姑就去。〔老〕不消！待我叫他们出来送你便了。香公那里？请各房姑姑出来。〔内应〕知道了。〔进安同众姑姑上〕

【卜算子】荒径叶声干，闲庭人语沸。

“败坏山门，有玷清白”是不容潘、陈相爱的根源，八字冷酷阴森。

一出口竟又变成了对至亲前途的无比关切。老道姑圆滑如见。

〔旦〕不知何事苦相牵，心下常萦系。〔老〕今日我侄儿起程赴试，特唤你们相送则个。〔旦〕为何平地有此说话？〔作含泪介。老〕进安，你可快收拾行李。〔丑〕平地起风波，暗里分鸾凤。〔下。老〕侄儿，你听我道：

【催拍】趁西风快着祖鞭[2]，当及时看花上苑[3]。休得留连，休得留连！你是瑚琏虹霓[4]，怎做狐守鸿盘[5]。休恋燕友莺俦，月下花前。〔合〕从此去献纳[6]争先，亲玉陛[7]，谒金銮[8]。

【前腔】〔生〕叹骥足盐车[9]久淹，托萍梗风尘自转。〔背介〕有恨难言，有恨难言。扯断红丝[10]，生剖青鸾[11]。人逐孤鸿，泪染啼鹃。〔合前〕

【前腔】〔旦〕夕阳外千山万山，衰草路风寒水寒。〔背介〕把泪偷弹，把泪偷弹。千种离情，两下难言。意惹情牵，肠断心剜。〔合前〕

【前腔】〔众姑〕你本是鸿才俊英，偶暂住衡门考槃[12]。几摺征帆，几摺征帆。眼底天涯，利锁名牵。一曲离歌，三叠阳关[13]。〔合前〕

【前腔】〔丑挑行李上〕打叠起行囊一

“催拍”以下四曲，由老旦、生、旦、众姑分唱上八句，表示各自不同的心情，合唱末三句表示他们对必正功名得意的共同愿望。【一撮棹】以下改为在场各个角色的接唱，以促拍哀音表现别离在即、无可挽回的痛苦心情。这就充分调动传奇戏音乐唱腔上的特长，既使观众为剧中人的离情别绪所感动，又在乐曲欣赏上得到满足。

肩。〔生拜介〕忙拜谢尊姑膝前。〔老〕进安,你上来。着意相看,着意相看。野店寒鸡,水宿风餐。〔旦〕进安哥,雨雪长途,休教他食缺衣单。〔合前〕

【一撮棹】〔生〕马前路,恨杀人山外山。〔旦〕灯前梦,要见他难上难。〔生〕睁睁眼,两下里恨冲天。〔旦〕又怕人瞧破;待留他,怎上前?〔老〕休嗟叹。及早夺锦衣还。〔众姑〕春风里早把好音传。

【尾】〔生〕尊前拜别空留恋。〔旦背介〕我这里新愁千万,〔生作别旦、众姑介〕止不住泪潸潸,血染征衫。〔老旦〕徒弟们各自归房,我送侄儿到江口下船,明日方回。

好把芙蓉匣剑安,只愁风雪阻江关。
可怜不是轻离别,两下相看难上难。

〔1〕衾裯(chóu):被子和床帐。《诗经·召南·小星》:“肃肃宵征,抱衾与裯。”这里指情人夜间幽会。

〔2〕祖鞭:晋祖逖与刘琨为友,俱有大志,琨在给亲友信中曾说:“吾枕戈待旦,志枭逆虏,常恐祖生先吾著鞭。”后常用此表示勉励人努力进取的意思。

〔3〕看花上苑:是说应试中了进士,就有机会到皇帝的上林苑里去赏花。

〔4〕瑚琏虹霓:喻人材质非凡。瑚琏,古代宗庙玉制祭器。虹霓即彩虹。

〔5〕狐守鸿盘:喻人无远志,像狐兔那样死守自己的洞窟,像鸟儿那样盘

旋于自己的窝穴。

〔6〕献纳:向皇帝献策进言以供采纳。

〔7〕玉陛:皇宫殿廷上的台阶。

〔8〕金銮:殿名,皇帝接见群臣的所在。

〔9〕骥足盐车:用千里马去拉盐车,指作践人才。骥:良马,一日千里。

〔10〕红丝:指姻缘。唐宰相张嘉贞有五女,欲纳郭元振为婿,使五女各持一丝立幔后,令元振自择。元振欣然从命,遂牵一红丝线,得第三女,最有姿色。事见《开元天宝遗事》。

〔11〕生剖青鸾:指夫妇分离。青鸾,镜名。相传南朝陈将亡,乐昌公主与其丈夫徐德言破一镜,各持其半,相约别离后每逢上元日卖于都市,终得相会。见孟棨《本事诗》。

〔12〕衡门:横木为门,简陋的屋舍。考槃:《诗经》篇名,赞美贤人隐居穷处。

〔13〕三叠阳关:古送别曲,根据王维《渭城曲》谱成。

第二十三出　追别

这一出,今天在舞台上演出通称"秋江"。它以鲜明的抒情喜剧风格,和戏曲虚拟的表演手法,赢得了国内外观众的喜爱。

【水红花】〔老旦、生、丑上〕天空云淡蓼[1]风寒,透衣单。江声凄惨,晚潮时带夕阳还。泪珠弹,离愁千万。〔生背〕欲待将言遮掩,怎禁他恶狠狠话儿劖[2],只得赴江关也罗[3]。〔老〕落木静秋色,残晖浮暮云。〔生〕不知人别后,多少事关心。〔丑〕已到关口,梢水[4]看船。〔净梢水上〕船在此。〔丑〕

我相公上京赴试,叫你船到临安。赏你一两银子作船钱。〔净〕就去,就去。〔老〕就此开船,休得转来。我在阅江楼施主人家看你,明日才回。〔生〕谨依姑娘严命。叶落眼中泪,风催江上船。〔老〕明年春得意,早报锦云笺[5]。〔生、丑下。老立高处望介〕

【前腔】〔旦上〕霎时间云雨暗巫山,闷无言,不茶不饭。满口儿何处诉愁烦。隔江关,怕他心淡,顾不得脚儿勤赶。〔作惊介〕呀!前面楼上,好似我观主模样。又早是我先看见他,若还撞见好羞惭,且躲在人家竹院也罗。〔下。老〕侄儿已去远,不免回观去罢。从今割断藕丝长,免系鹍鹏[6]飞不去。〔下。旦上,哭介〕潘郎,潘郎!君去也,我来迟。两下相思只自知,心呆意似痴。行不动,瘦腰肢。且将心事托舟师,见他强似寄封书。梢水那里?〔小净上〕听得谁人叫,梢水就来到。到那里去的?〔旦〕我要买你一只小船,赶着前面会试的相公,寄封家书到临安去,船钱重谢。〔小净〕风大去不得。〔旦〕不要推辞,趁早开船赶上,宁可多送你些船钱。〔小净〕这等,下船下船!〔吴歌〕风打船头雨欲来,满天雪浪,那行教我把船开。白云阵阵催黄叶,惟有江上芙蓉独自开。

【红衲袄】〔旦〕奴好似江上芙蓉独自

自《西厢记·长亭送别》以来,写儿女离情,渐成陈套。此出移之江上,插入艄公,排场既换,顿令观众耳目一新。

这是一个饶有风趣的艄公形象,他的并无恶意的调侃,在云淡风寒、离愁万千的场景中,刹那间创造出了喜剧的情境。

人物内心活动

的尽情抒发，环境气氛的巧妙烘托，充分发挥了中国戏曲写意性的特长，使观众能从剧中人的唱词、对白和动作中，感受到千里秋江上双桨如飞的情景，和两颗紧联在一起的炽热的心。

开，只落得冷凄凄飘泊轻盈态。恨当初与他曾结鸳鸯带，到如今怎生分开鸾凤钗。别时节羞答答，怕人瞧，头怎抬。到如今闷昏昏，独自个耽着害。爱杀我、一对对鸳鸯波上也；羞杀我、哭啼啼今宵独自挨。〔同下。生、净、丑上。净吴歌〕满天风舞叶声干，远浦林疏日影寒。个些[7]江声是南来北往流不尽的相思泪，只为那别时容易见时难。

【前腔】〔生〕我只为别时容易见时难。你看那碧澄澄断送行人江上晚。昨宵呵、醉醺醺欢会知多少，今日里、情脉脉离愁有万千。莫不是锦堂欢，缘分浅，莫不是蓝桥倒[8]，时运悭。伤心怕向篷窗见也，堆积相思两岸山。

【侥侥令】〔旦、小净上〕忙追赶，去人船，见风里正开帆。〔小净〕会试的潘相公！会试的潘相公！〔生〕忽听得人呼声声近，住兰桡，定眼看。是何人，且上前。〔旦〕是奴家。〔对哭介〕

【哭相思】〔生、旦〕半日里将伊不见，泪珠儿湿染红衫。〔旦〕事无端，恨无端，平白地风波拆锦鸳，羞将泪眼对人前。〔生〕那其间，到其间，我那姑娘呵，恶话儿将人紧紧拦，狠心直送我到江关。〔旦〕早晨叫我们送你上京。听得一声，好不惊死人也。不知何人走漏消息？敢是你的口儿不谨？以致如此。〔生〕小生肯对着何人说来？平地风波，痛肠难尽。〔旦〕别时节，众人面前，有话难提，有情难尽。因此上赶来送你。只是我心中千言万语，一时难尽。〔生〕多谢厚情，感铭肺腑。早晨众姑姑在前，不得一言相别，方抱痛伤。今得见你，如获珍宝。我与你同行一程如何？〔旦〕甚好。

【小桃红】秋江一望泪潸潸，怕向那孤篷看也。这别离中生出一种苦难言，自拆散在霎时间。心儿上，眼儿边，血儿流，把我的香肌减也。恨杀那野水平川，生隔断银河水[9]，断送我春老啼鹃。

【下山虎】〔生〕黄昏月下，意惹情牵。才照得双鸾镜，又早买别离船。哭得我两岸枫林都做了相思泪斑，打叠凄凉今夜眠。喜见我的多情面，花谢重开月再圆。又怕你难留恋，好一似梦里相逢，教我愁怎言。

【醉迟归】〔旦〕意儿中无别见，忙来不为贪欢恋。只怕你新旧相看心变，追欢别院，怕不想旧有姻缘。那其间拼个死口

“小桃红”以下各曲表现了南曲作家的特殊成就。从内容说是通过实情实景的直叙、回忆、对比，眼中景、心中情的彼此交融，曲曲传达一对热恋人物被逼分离时的痛苦心情，这在《西厢记》长亭送别，《倩女离魂》魂追王生等场里都有类似描写。但在词句上，以及衬贴字、语气词的灵活运用，充分表达此时此际人物的内心活动，为表演艺术提供声情并茂的曲词，那是前

此杂剧作家所未到的境界。

含冤,到鬼灵庙诉出[10],灯前和你双双发愿。〔生〕想着你初相见,心甜意甜;想着你乍别时,山前水前。我怎敢转眼负盟言,我怎敢忘却些儿灯边枕边。只愁你形单影单,只愁你衾寒枕寒;哭得我哽咽喉干,一似秋风断猿。〔旦〕奴别君家,自当离却空门,洗心待君,君家休得忘了。奴有碧玉鸾簪一枝,原是奴家簪冠之物。送君为加冠[11]之兆,伏乞笑纳,聊表别情。〔生〕多谢,多谢。我有白玉鸳鸯扇坠一枚,原是我家君[12]所赐,今日赠君,期为双鸳之兆。

【忆多娇】两意坚,月正圆。执手叮咛苦挂牵。我与你同上临安如何?〔旦〕我岂不欲!恐人嚷开是非,反害后边大事。欲共你同行难上难。早寄鸾笺,早寄鸾笺,免得我心肠挂牵。也罢,就此拜别。

【哭相思】夕阳古道催行晚,听江声泪染心寒。要知郎眼赤,只在望中看。〔生拜别介,下。旦〕重伫望,更盘桓,千愁万恨别离间。只教我青灯夜冷香消鸭[13],暮雨西风泣断猿。〔下〕

〔1〕蓼:水草名,秋季开出淡红或白色的小花。

〔2〕劖(chán):插断。中途打断别人说话,不许分辩。

〔3〕也罗:带有拖腔的语气词,是【水红花】末句的定格。

〔4〕梢水:船夫。

〔5〕锦云笺:彩笺,这里指喜讯。

〔6〕鹍鹏:传说中的大鸟,见《庄子·逍遥游》,这里比喻有远大前程的人。

〔7〕个些:吴语,这些。

〔8〕蓝桥倒:意谓婚事不谐。

〔9〕生隔断银河水:活生生隔断在银河两岸。传说天河两岸的牛郎和织女,每年七月七日相会一次。

〔10〕"那其间"二句:用敫桂英死后到鬼灵神庙控诉王魁负心的故事,表示她对爱情的纯洁和对负心郎的极度仇恨。"鬼灵",《群音类选》卷六所录曲文作"癸灵"。

〔11〕加冠:谐"加官"。

〔12〕家君:父亲。

〔13〕香消鸭:香料在鸭炉里慢慢销尽。鸭:指鸭形的香炉。

第二十四出　占儿

【太常引】〔净陈母、老旦同上〕长空秋影淡无痕,离恨起寒砧[1]。〔净〕望眼泪盈盈,故园肠断黄昏。〔相见介,老〕亲在桑榆愁日暮,儿游霄汉[2]几时归。秋容对镜惭消减,肠断空怜日九回。〔净〕吹败叶、满空飞,痛骨酸心

戏剧冲突发展至此,高潮已过;剧情便向着大团圆的结局徐徐推进。

渍满衣。逐水随风何处去，几番长望立斜晖。〔老〕亲母，我孩儿一去，杳无音信。多为春场不第，以此羞归，不知寄托何处。今番又是春场到了。〔净〕亲母，不必愁烦。令郎公子，他是聪明伶俐之人，好歹定有相见之日。只是我女儿流落，不知音信，好不痛杀我也！

铺写两母思儿念女之痛，进一步渲染秋江哭别造成的凄伤气氛，为后合庆大喜作反衬。

【字字锦】〔老旦〕青霜[3]入鬓鲜，落日流光短。离情解误人，惹下西风怨。恨当年，为着两字功名，闪得我儿愁母怨。天，天，山遥水远。我那儿，可不念着故园。思量故园、故园何日返。〔合〕恨跌绽[4]了绣鞋尖，恨跌绽了绣鞋尖。望长安天远。我心儿里苦切，我心儿里苦切，守着个更更点点，凄凄冷冷；隔着个朝朝暮暮，思思念念。肠断了愁眉泪眼。

【前腔】〔净〕娘儿各一天，踪迹如蓬转。愁闻雨后蝉，怕见天边雁。恨从前，只为狼虎纷争，闪得我娘孤儿蹇。天，天！娇鸾打开，天若有心见怜，再得两下重相见。

〔合前。老旦〕亲母，且自宽解。近闻得邻近有个刘先生，号曰刘如见。此人起课通神，不免去请他来问卜儿女消息，少解愁烦，意下如何?〔净〕甚好。〔老旦〕当直的[5]那里?〔末上见介。老旦〕你去请刘如见先生来,我要问课。〔末〕知道了。刘先生有请。〔丑上〕海内人传旧有名,都将课命问先生。若来请我须钱到,自古无钱卦不灵。〔末〕先生,潘老爷家夫人相请起课,就要同去。〔丑〕小子就行。〔末〕夫人,刘先生到了。〔相见介。老旦〕特请先生问卜。〔丑〕既然如此,拿课筒去与老夫人祷告。〔老旦祷告介〕

【不是路】祷告苍天,我为儿取功名去不还;〔净祷告介〕我为儿拆散,未知生死会何年。〔丑〕夫人请坐,待我排卦。卦排圆。若论此卦,问男儿的:他禹门三跃鱼龙变;问女儿的:鹊驾重逢牛女欢。只在目下,就有应验。〔老旦〕先生休得差了。〔丑〕我怎么会差?这是上好之课,只要老夫人重重谢我。〔老旦〕愁怀顿解,谢天天早与人方便,喜从心愿。当直的,谢了先生。〔末〕先生,课钱在此,请收下。〔丑〕多谢,多谢!能知《周易》理[6],会赚邓通钱[7]。〔下〕

在悲剧性的片断中,穿插喜剧性的关目,可以调节场上的气氛,保持全剧的喜剧基调。

【雪狮子】〔老旦〕频频去卜金钱,金钱,似掷我珠泪悬。天边雁过声嘹呖,孤村外、孤村外,流水儿声喧。梦断夜如年。〔合〕你看秋风起也天,春风起也天。春去秋来,秋去春来,形孤影寡,想杀我膝下斑斓[8]。

【前腔】〔净〕魂和梦,思和想,都做了泣风哀猿。那离巢乳燕谁收管。愁肠断,愁肠断,何时再得重相见,似破镜得团圆。〔合〕秋风起也天,春风起也天。春去秋来,秋去春来,形孤影寡,想杀我掌上文鸳[9]。

【尾】〔净〕今生只恐难相见,百折柔肠寸寸剜。〔老旦〕自古道人生离别难。

庭前红泪洒飞花,愁倚湘帘日影斜。
高树莫教啼野鸟,梦魂惊不到天涯。

〔1〕寒砧(zhēn):寒秋的捣衣声。砧:捣衣石。

〔2〕霄汉:天空最高处,喻京都。

〔3〕青霜:喻花白头发。

〔4〕绽:脱线。

〔5〕当直的:仆人。

〔6〕《周易》理:古代星命占卜之说,都由《周易》一书附会引申而出。

〔7〕邓通钱:西汉邓通,得到文帝的宠爱,可以随便铸钱。

〔8〕斑斓:五彩童衣,指代孝子。

〔9〕文鸳:鸳鸯,指爱女。

第二十五出　奏策

【点绛唇】〔末扮黄门[1]上〕光霭庭燎[2]，鸾铃[3]声集鸡鸣早。簪笏[4]盈朝，听静里乐奏钧天调[5]。

霜满衣，露满衣，霜露凄凄鬓已丝，闲处人眠那得知。星影微，月影微，颠倒裳衣[6]恨起迟，忙处人愁办事时。下官宋朝一个小黄门是也。出入彤庭[7]，往来紫禁[8]。今日早朝，正当官里临轩策问[9]之日。忙来到此，天色尚早，朝门未开。你看那午门外办事的，跻跻跄跄，纷纷杂杂，滚将来一派苍蝇声，唤起处三度天鸡[10]唱。明明灭灭，千灯隐隐似虹流；往往来来，万骑粼粼如雨集。冠金珮玉，那分得上下高低；噤口衔枚[11]，认不出燕、韩、赵、魏。凤阙云开曙光浮，灿灿绯袍分映日。龙楼烟散霞影动，荧荧金弁[12]转如星。鼓打三通，坎坎阗阗[13]，落残星、催晓日、满空中浪卷蛟龙潮欲起；钟敲百下，湟湟滂滂[14]，肃班寮、开禁掖、才听处关冲虎豹雨初来。那壁厢卤簿[15]人齐，森森严严，飞飞拂拂，旌旗闪映霞须动；这壁厢金吾[16]会集，层层密密，晃晃铄铄，刀剑光凝雪眼开。象队初分，水晶帘、云母

此类宣扬宫禁威仪的关目是传奇中熟套，但用在这里可活络场面，渲染气氛，绝非赘笔。

扇，掩掩映映，朱旗画戟，玉斧宝刀，奉着个现化身中天王帝坐红云[17]；龙驹驻跸[18]，鸡舌香、凤膏烛，荧荧灿灿，翠盖珠屏，豹干虎节[19]，真见那再来世满月金仙临宝刹。春暖龙门，千千万万，纷纷奕奕，拥将来献策书生；风翻鹗翮，堂堂楚楚、颙颙印印[20]，都是那怀琛[21]国士。一簇簇、一丛丛，齐齐整整，专听那金阙晓钟开万户；一队队、一班班，雍雍肃肃，都是那玉阶仙仗拥千官。你看那：深深沉沉，峨峨翼翼，望着的胆战心寒，九重开玉钥；巍巍凛凛，赫赫皇皇，对着的魂飞魄散，六驾[22]拥金轮。忽听得半空中天乐齐鸣，又早见满殿里鸳班[23]毕集。道犹未了，圣驾早到。〔众扮金吾、内官、昭容[24]上，生、净、外随上〕

【出队子】〔众〕銮舆登殿，銮舆登殿，三下鸣鞭[25]集万官。扇分日月列仙班，龙衮[26]云霞天上看。丹凤衔书[27]，日下听宣。〔末〕会举生员，俯伏候试。〔昭容〕圣驾临轩，策问诸士。尔士子其恪恭尽对。黄门官，颁题分策！

【驻云飞】〔末〕问尔诸贤：尧舜君民何者先？何者匡时乱？何者回天变？嗏，恢复旧中原，何为长便[28]？尔士谟谋、悉对彤庭献。圣主方求忠直言，万姓方求解倒悬[29]。

【前腔】〔生、外、净〕臣对愚言:尧舜临民仁政先。殿陛除谗谄,畿甸[30]轻科敛。嗏,选将任兵权,坚车致远。重赏崇恩,士卒同欢愿。恢复中原反掌间,汤武兵威一怒间[31]。

剧作者政治理想,于此可见。

〔内官收卷介,昭容〕诸士子卷完,俱出午门外候旨。众臣退班。〔众〕即看万舞群臣散,常侍千年圣主欢。〔众下。生、外、净吊场相见介。生〕列位老兄得意否?〔净〕小弟极得意,小弟卷子内直写云:"杀了秦桧,天下就平,中原就复。"〔生、外〕语句忒硬了些。〔净〕我下笔时,也思量不要惹他。后边写时节,改了一改。〔生、外〕改做怎么样的?〔净〕朝政悉委大臣秦老爷掌管,天下就平。〔生、外〕忒软了。〔净〕硬又不好,软又不好,教我也难弄。〔生〕老兄就是金陵元伯通先生?〔净〕正是。〔生笑〕向年湖上同游,今日得做同年,可喜,可喜。〔净〕不敢。

寓讽刺于嘻笑之中,见出作者愤世之情。

聚散本无期,相逢似有私。
明朝花发处,谁折最高枝。

〔1〕黄门:宦官,内侍。

〔2〕庭燎:庭内照明的火炬。

〔3〕鸾铃:车马上的铃铛。这里指百官上朝。

〔4〕簪笏:笏是手板,用以记事。古代臣僚上朝奏事,簪笔于冠,以便随时记录。簪:插、戴。

〔5〕钧天调:天上的乐调,指宫乐。钧天,天帝住所。

〔6〕颠倒裳衣:《诗经·齐风·东方未明》:“东方未明,颠倒衣裳。颠之倒之,自公召之。”是说天还没亮,因为赶赴国君召唤,把衣裳都穿颠倒了。衣:上衣。裳:下裙。

〔7〕彤庭:汉代皇宫中庭涂红漆,后世泛指宫廷。彤:红色。

〔8〕紫禁:封建社会用天上的“紫微垣”比喻帝居,所以把皇宫叫做“紫禁”。

〔9〕临轩策问:举人会试最后一场为“策问”,例由天子临轩亲试。轩:殿堂的前沿,外有栏杆。

〔10〕天鸡:神话中天上的鸡,栖身于桃都山大树上,日出照树,天鸡即鸣,天下的鸡也就跟着叫明。见《述异记》。

〔11〕衔枚:古代行军,为保持肃静,让兵士口里衔一根小棍,叫“枚”。

〔12〕金弁:金冠。

〔13〕坎坎阗阗:鼓声。

〔14〕湟湟涉(huì)涉:即“喤喤哕哕”,形容钟鼓的和声响亮而又悦耳。

〔15〕卤簿:仪仗。

〔16〕金吾:即执金吾,官名,掌管京师治安的官员。

〔17〕现化身:佛祖的化身。中天王帝:盛世明君。古史称尧舜时为中天之世。

〔18〕驻跸(bì):皇帝出行途中休息的意思。

〔19〕豹干虎节:画着豹形的盾牌和绘有虎形的符节。

〔20〕颙(yóng)颙卬(áng)卬:神态严肃,形象高大。颙颙:严肃的样子。卬卬:同“昂昂”,高大。

〔21〕怀琛:怀才。

〔22〕六驾:天子乘车驾马六匹。

〔23〕鸳班:即鹓班。鹓鸟飞行有序,以喻朝官班行。

〔24〕昭容:宫中女官。

〔25〕鸣鞭:即静鞭。朝会时鸣鞭,使百官肃静。

〔26〕龙衮:天子朝服。

〔27〕丹凤衔书:皇帝诏书,即凤诏。《邺中记》载:石虎于观上为诏书,著木凤口中,侍人放数百丈绯绳,辘轳回转,凤凰飞下,出此。

〔28〕长便:长治久安之计。

〔29〕倒悬:喻指人民处境的痛苦。

〔30〕畿甸:京都附近千里以内地区。

〔31〕“汤武”句:相传商汤王和周武王吊民伐罪,“一怒而安天下之民”。

第二十六出　相宽

写思妇心曲,如蚕吐丝,抽之不竭。

【东坡引】〔旦上〕君如水上萍,妾似风中烛。盈盈泪落悠悠路,愁眉空自戚,愁肠空自续。一双青眼,望着长安天样远。鹊噪灯花[1],暗卜何时得到家。长吁短叹,过去几时曾未惯。锦字[2]新裁,望断关河雁不来。奴家自别潘郎,经今数月。暮想朝思,恹恹成害。对此凄凉时序,怎生消遣我这凄凉情况也呵!

【香罗带】你看,寒灯挑短檠[3],熏笼[4]自温。孤鸿怕听窗外声。提起我那心头病也,空自睡不稳,梦还惊。凄凉怎生挨着枕。数尽那更筹也,短叹长吁千万声。〔旦作隐几介。贴旦上〕

【卜算子】意结两情浓，自喜心相信。悄地转松阴。〔作窥窗介〕他近日里呵，为甚常愁闷。奴家观邻张二娘，曾与妙常结拜姊妹。他与我两下心事，胜似同胞。我连日穷冗，未曾来看他，不知他近日为何常是病害。你看今日又睡在此间，不免躲闪在此，看他醒来说些甚么。〔旦作惊介〕方才着枕，又梦见门外有书报说潘郎中了。我惊醒将来，又是南柯一梦。可怪，可怪。

万历本原注："小情人，有孕也。"由此加重了妙常的精神负担，也更引起观众对她命运的关注。

【香罗带】萧郎无信音，恹恹愁闷，多应怀抱一个小情人，〔作呕吐介〕因此上呕病几曾停也。又见裙带短，好心惊。羞惭空自揾啼痕。怕有人知也，教我乱掩胡遮不出门。

【醉扶归】〔贴旦〕悄悄将伊从头问。〔旦作惊介〕失迎了，几时到此？〔贴旦〕方才到此。你在此说些甚么？〔旦〕并不曾开口。〔贴旦〕何须苦苦假吞声。我知道你只为征车寂寞豫章城，因此上相思冷落临川郡[5]。你不要瞒我，一句句我都听得了。你只为吹箫声断凤凰音[6]，同衾早协熊罴梦[7]。〔旦〕未曾说出心头闷，早先恨着意中人。无端月色与花阴，为那焦桐[8]勾引我谐秦晋。

实不瞒你,我与那潘郎,方好数宵。不意就被观主逼他赴试,一向杳无音信。身面上又做出这些事来,因此上写个人边言字[9]杳无音,只教我目边点水[10]流难尽。〔贴旦〕你与潘郎别时,曾与你说甚么来?〔旦〕他许我夫妻之情,断不相忘。

【香柳娘】〔贴旦〕不须用泪零,不须用泪零。他是书生志诚,一言为定。且宽心自稳,且宽心自稳。他与你无情做有情,你何必旧恨添新恨。我有一句话和你说,你只要好看承此身,好看承此身。他与你儿女事关心,料他不把情儿冷。〔旦〕想他无定准,想他无定准。怕他富贵厌奴贫,怕他花柳人勾引。到三更四更,到三更四更,怕听孤雁两三声,残月半窗冷。渐恹恹瘦损,渐恹恹瘦损。我心儿里怕人嗔,口儿里怕人问。此事只好你知我知,千万不可说出与外人知道。

【尾声】再三嘱付相遮隐,此话牢拴方寸,〔贴旦〕我与你是何人,何须分付。你好把愁肠安顿。

〔旦〕两语相投坐转深,梅花分影动黄昏。

此出写妙常香阁相思,从凄苦的现实进入美好的梦境,从甜蜜的回忆产生煎心的期待。关目穿插变幻几臻神境。

〔贴〕鱼书不负春来信，象榻何惭昼掩门。

〔1〕鹊噪灯花：喜鹊叫，灯花爆，都是喜事的预兆。

〔2〕锦字：妻子写给丈夫的书信。前秦窦滔妻子苏惠，因思念丈夫，在锦上织回文诗寄滔。

〔3〕短檠（qíng）：灯架。

〔4〕熏笼：熏香或取暖的器物。

〔5〕"只为征车"二句：宋元间流传着双渐赶苏卿的故事，是说书生双渐与豫章城妓女苏小卿相爱，双渐去应试，中进士后，授临川县令，访知苏小卿为茶商骗上贩茶船，追赶至金山，见小卿留在寺中的书信，便赶到临安，夺回小卿，结为夫妇。豫章：今江西南昌市。临川：古郡名，今江西抚州市临川区。

〔6〕吹箫声断凤凰音：萧史吹箫引凤与弄玉成亲故事。见前第十一出"凤台"注。

〔7〕熊罴（pí）梦：古时认为女子怀孕，梦见熊罴，是生男之兆。

〔8〕焦桐：琴。

〔9〕人边言字："信"的拆白。

〔10〕目边点水："泪"的拆白。

第二十七出　擢第

此后数出，关目多有因袭《西厢记》处。

【挂真儿】〔生冠带上〕满目新红惊树杪，莺啼处梦断魂消。野店寒鸡，草桥残月，暗把游人催老。记得离人哭渭城[1]，如今新柳暗、短长亭，杜鹃啼出别离声。最苦是，千里此时情。未语泪先零。随他春梦去，两三程。漏声不歇枕边听，惊醒处，衾枕拥愁兵。下官潘楷是也。叨蒙圣恩，幸中二甲进士[2]。观政刑部[3]，未卜归期。不免修书二封，着进安先回报喜，免得父母与陈姑挂念。进安那里？〔丑上〕京都夸得意，故国恨无聊。禀老爷，有何分付？〔生〕看笔砚过来。〔生作写书介〕

【五更转】自昔年离膝下，今经三载余。白云回首、回首应无际。扇枕温衾[4]，番做个倚门倚闾[5]。不孝儿，逆天罪，难饶恕。幸得天池奋迹[6]、奋迹，雁塔题名字[7]。欲慰亲堂，聊把别书寄。进安，你把这一封书，往河南太老爹奶奶处投下，说我明春就回了。〔又写介〕

【前腔】生别离秋江上，今经半载余。彩云梦断、梦断客窗泪。剩雨残云，番作孤灯长夜。我志冲霄，气吐霓，夸得意。当年有约、有约姻缘誓。指日南来，要把玉簪重会。进安过来，这一封书呵，

【好姐姐】你先去女贞观递书，说道我皇都得意。若问我归期呵，桃花将尽，是刘郎来会期。河南去，慈帏书报天涯字，

应征入仕，是封建知识分子理想的归宿。所以，古代戏曲中凡写书生才子，多由赴试出场，以登第告结。喜剧剧目中更是如此。

早晚承恩衣锦归。

【前腔】〔丑〕拜别疾忙前去，回首隔、江云春树[8]。泥金远报，教他两处知。他心喜，一边收拾相思泪，一边免寄天涯游子衣。

书去心同去，魂飞梦亦飞。

故乡今夜泪，血染杜鹃枝。

〔1〕渭城：唐人王维诗《送元二使安西》，一作《渭城曲》。此诗谱入乐府，作为送别歌曲。后人因以“渭城”指离别。

〔2〕二甲进士：明清科举，殿试一甲三名，赐进士及第，二甲赐进士出身，三甲赐同进士出身，通称进士。

〔3〕观政刑部：在刑部做官。

〔4〕扇枕温衾：汉温香、晋王延奉养父母，都有夏季扇枕，冬季温衾（席）故事，后世用为孝养双亲的典故。

〔5〕倚门倚闾：父母盼望子女归来。《战国策·齐策》：“（王孙贾）母曰：女朝出而晚来，则吾依门而望；女暮出而不还，则吾依闾而望。”闾：里门。

〔6〕天池奋迹：《庄子·逍遥游》说：鲲鹏自北海迁于南海，即天池，“水击三千里，抟扶摇而上者九万里”。这里指中举做官。

〔7〕雁塔题名字：雁塔在长安慈恩寺，唐代新科进士多在此题名留念。后世引为金榜题名。

〔8〕江云春树：杜甫《春日忆李白》：“渭北春天树，江东日暮云。”后人因以“江云春树”为怀念远人之辞。

第二十八出　设计

【风入松】〔净上〕终朝独自坐沉吟，只为此劳魂。那人何日谐秦晋？空辜负年少青春。亲到桃花渡口，他见我、定留情。买笑追欢尽费心，千金无处买媒人。今朝亲到袄神庙，烈火休教梦里焚[1]。自家王公子是也。只为陈妙常冤家，日日挂心，无计可处。昨日那王师姑设计甚妙，不免叫小使备马，亲到观中去，临机应变，哄得上轿，可不今夜就成全了此事。不免对老天许下天大愿心，保佑一说就来。〔作跪介〕老天！今日去请陈妙常得来，乌猪、白羊拜谢。〔丑暗上，云〕我帮一只鸭。〔净〕啐！你这小使，专会掉嘴。〔丑〕若得爹爹讨了陈道姑，省得终朝插我。〔净〕你休得胡说！快跟我到女贞观去。

【六幺令】溪桥才转，见琳宫[2]隐约松间。那人深卧白云闲。低声问，立门边，渔郎要入桃花院。此间就是他房。小使，你先进去。〔丑〕有人在此么？

【前腔】〔旦上〕柴扃[3]昼掩，是何人

喜剧的结尾，最忌笔势直塌下来，意趣顿失。这里波澜重起，再置悬念，就是要造成一个富有戏剧效果的收场。

来到松关？莫非青鸟寄云笺。亲自去，听他言。行藏又恐人瞧见。何人到此？〔丑〕小人是耿衙奶奶差来，欲拜足下为师，请到衙中谈经说法，已备轿相迎。〔旦背云〕我知道了。这是那王公子使他来计赚我的，待我哄他一哄。你家奶奶叫你同相公来接我，为何不见你相公进来？〔丑背云〕贼道，贼道，他就知道了。待我去请他来。〔相公作诨介。旦〕相公，你听我道：

【蛮牌令】〔旦〕君家听相告，身已许蓬茅[4]。为贪钟磬外，自结水云交。伴青松身闲意闲，共明月散诞逍遥。〔净〕久闻清雅，今见绝色，果不虚传。若是苦守清规，可不辜负了你的青春？〔旦〕念蒲质[5]自甘弃捐，又何须雅念勤劳。

【前腔】〔净〕粉质似琼瑶，青鬓剪云绡。料应天上种，暂且谪尘嚣。念佛人何曾上天，住尘世且结鸾交。你若还苦守清规，可不负了蓝桥。

【忆多娇】〔旦〕看他村样乔，心暗焦。人隔星河路转遥，月印江心空自捞[6]。收拾风骚，收拾风骚。今世里姻缘且歇这遭。多承枉顾，不及奉陪。好看青鸟入云去，笑杀山鸡空自飞。〔下。净低头作揖介。丑〕进去了，你吃他骂了。〔净〕他骂我什么来？〔丑〕他比你做山鸡野鸟。〔净〕这等可恶！

【前腔】他把我嘲，劈面撨[7]，望断巫山云雾高。关出刘郎门外敲。此恨难消，此恨难消！管教他平白地风掀浪高！小使，临别关门似有情。〔丑〕爹，未见得。〔净〕羞花玉貌实轻盈。〔丑〕看来只是别寻好。〔净〕此事多应弄不成。我定要告他！定要告他！〔下〕

〔1〕"今朝"二句：《渊鉴类函》引《蜀志》记蜀国公主与陈氏子约会于祆庙不谐，陈氏子火烧祆庙事。元明戏曲中，常以"火烧祆（xiān）庙"一语，作为婚事不谐的代言。祆神庙，即火神庙，拜火教者所奉，该教于唐时由波斯传入。

〔2〕琳宫：庙观。

〔3〕柴扃：柴门。

〔4〕蓬茅：蓬门茅舍，比喻寒素的生活。

〔5〕蒲质：蒲柳弱质。自谦之词。

〔6〕"月印"句：万历本原注："月在天上，影落江心，空自捞摸，喻人干事无成，虚费心力也。"

〔7〕撨（xiāo）：揭短、揭底。

第二十九出　诳告

此出用喜剧笔墨，为于湖作结。

【七娘子】〔外上〕守官清似水，寇平万境同欢。郡守三年久，官居以作家。公庭民讼少，无事早收衙。左右的，与我拿出放告牌去！

【园林好】〔净上〕你骗我钱财赖婚。〔小净上〕你强逼我空门议亲。甘守清规本分，怎教我苦追寻！〔净〕拿你去诉公庭。王仁告状！〔外〕告什么状？〔净〕老爷，这一个王尼姑，口称有一年幼道姑，自愿还俗。骗小的财礼银十两，毁赖婚姻，特告爷台，望乞垂听。〔外〕如何你当初轻听他？

【玉胞肚】〔净〕当时轻信，只指望婚姻事成。谁知他计赚刘郎，空教我费尽钱神[1]。如今教我无瓜抱蔓，蜂愁蝶恨怯残春。谁谓有鼠无牙[2]怨未平。〔外〕尼姑怎么说？〔小净〕老爷，都是虚情。

【前腔】村家行径，强尼姑向空门结姻。只指望报李投桃[3]，那顾他礼佛看经。他云堂松舍清闲，别有一番春。怎教我抱布街头强逼人？〔外〕你告那道姑、莫非是那女贞观的？〔净〕正是，正是。

【前腔】〔外〕他是冰清玉润，怎便肯随波逐尘。〔外背介〕记当年邂逅禅房，他爱清幽、独理瑶琴。他既是道姑，王仁，你也不该强逼他为婚，你那王尼姑，也不该替人主婚作媒。谁知莲台人抱水云心，空学箫吹鸾凤音。左右，各打二十！〔打介〕你二人本该问罪，且饶你。赶出去罢！

〔外〕息讼愧分茅，齐民政独劳。

〔净〕总教输廿板，〔小净〕赢得一身骚。

〔1〕钱神：指金钱。因钱可通神，晋人鲁褒有《钱神论》。

〔2〕有鼠无牙：《诗经·召南·行露》："谁谓鼠无牙，何以穿我墉。"后因用"鼠牙"比喻争讼。

〔3〕报李投桃：《诗经·大雅·抑》："投我以桃，报之以李。"这里借指两情相好。

第三十出　情见

【夜游宫】〔老旦、旦上〕人去天涯几许，凝望处泪眼愁眉。〔旦〕睡不熟，枕儿移过又移。没奈何，一番念、一番悲。〔老旦〕风吹云片片，飞尽桃花瓣。人归不似堂前燕，燕来

私情败露，本来是矛盾激化的焦点。但剧作者有意把败露的时间推迟到"擢第"以后，从

而使整个事件成为高潮的余波，很快平息下来。由于这样的构思，一定程度上限制了此剧所能达到的反封建的思想高度。

肠欲断。〔旦〕夜深低嘱告，人在琐窗西伴。听玉笛惊春怨，此际愁肠千万段，朱颜消一半。师父稽首。〔老旦〕徒弟到来。我那侄儿一去，又见春残。天涯人远，悄无音信。奈何，奈何！〔旦〕不知他功名若何？好歹定有信音来也。请自消遣则个。

【六犯清音】〔老旦〕天涯人别，春风花信，眼前几度惊心。衡阳雁杳[1]，不知他曾上青云。别馆花惊发，离亭柳色新。〔旦背介〕凄凄雨，欲断魂。梦中芳草、是我意中人。〔老旦〕望断我云堂[2]，何日开封字[3]？〔旦背〕望断我锦帐，通宵喜合簪。〔老旦〕莫不是萧条旅馆？莫不是留恋帝京？〔旦背〕好教我常添萦挂，好教我偷将泪零。花飞又早红成阵。〔老旦〕事关心，把金钱暗卜，又恐涉游魂。

【不是路】〔丑上〕回首江渍[4]，又见门前柳色阴，忙投奔。太奶奶，小奶奶，叩头。天边青鸟寄佳音。〔老旦〕怎么是这等称呼？敢是相公中了？〔丑〕中了！有书寄上。〔老旦〕意方伸，望中喜得龙门信，不枉我西风促去程。〔旦〕自沉吟，为何不问我旧时人？〔丑〕这一封书，单为着小奶奶亲事的。教我报君闻，刘郎到日桃花尽，他意在重封蜡一痕[5]。〔旦作羞介〕休得胡说！〔丑〕休遮隐，两家供状今番定。你且看他书信。你们看书，小人就要往河南家去。才到石头城[6]，又上汉阳[7]路。〔老旦〕再住两日。〔丑〕不得久羁迟，东人曾嘱付。〔下。旦作开书介〕

【一封书】〔老旦〕尊姑听楷宣：花向长安马上看[8]。今一事赧言，陈女曾同枕席欢。两下姻缘簪已定，早卜归期合锦鸳。乞垂怜，望周全，夫妇恩深感百年。〔老旦〕好，好！出家人原来如此！罢，罢！今日之事，也是五百年前宿缘，天涯相会。不知你两人将何物作证，以成此事？〔旦〕潘官人以鸳坠为赠，奴以玉簪答之。〔老旦〕可喜，可喜！

【罗帐里坐】鸳鸯玉坠，碧霞玉簪。两物相赠，天教合欢。红丝翠幕，事非偶然。只是一件，虽是你两下夫妻前定，若是在我这里成亲，恐坏我的山门。你可到张二娘家住下。就托二娘为媒，待我侄儿回来，完娶便了。〔合〕空门恐怕外人嫌，及早去寻个别院。

“玉簪”至此点题。

【前腔】〔旦〕春红满面，含羞怎言；俗缘未断，把清规相玷。其间就里，是我三生旧缘[9]。〔合前〕

收拾行囊过别船，从今好去了尘缘。
玉簪重会天涯外，始信红丝万里牵。

〔1〕衡阳雁杳：音信阻隔的意思。相传衡阳有回雁峰，大雁至此不再南飞。

〔2〕云堂：禅堂，僧尼坐禅之所。

〔3〕封字：书信。

〔4〕江渍(fén)：江边。渍：水边高地。

〔5〕蜡一痕：封在蜡丸中的书信。

〔6〕石头城：指南京城。

〔7〕汉阳：古汉阳郡，今属湖北武汉市。

〔8〕花向长安马上看：指进士及第。唐孟郊《登科后》诗："春风得意马蹄疾，一日看尽长安花。"

〔9〕三生旧缘：指前世已定的姻缘。

第三十一出　回观

全剧结束三出层层着色，使喜庆气氛愈染愈浓。此出写姑侄重逢之喜。

【霜天晓角】〔生上〕来时江上，霜树添惆怅。此日人归春涨，满目花飞扰攘。去年逐雁来，雁字排愁阵。霜月照孤帏，离寂成多恨。今年逐燕来，燕逐飞花尽。着意向前飞，王谢堂应近。必正叨蒙圣恩，除授成都路永康军恤刑[1]。路出金陵，不免先去就亲，往河南然后赴任，多少是好。左右的，奉敕[2]就此起程！〔众

上〕

【望吾乡】〔生〕花映宫袍,春风荡柳条,娇红吹落知多少!杜鹃声唤人归早,似为多情叫。〔合〕归心急,去路遥,石头城望楚天高。松阴下,曲径遥,朱扉掩映隔云霄。〔生〕已到女贞观了,快进通报!〔众〕有人在此么?〔老旦上〕

【卜算子】听得门前人语沸,马头簇映朱旗。〔生〕姑娘请上,待侄儿参拜。

【刮鼓令】当日寄上方,幸得衣沾佛座香。月下姻缘曾有约,得见云英在异乡,暗许配裴航。〔生作寻觅介〕今日为何不见他声音影响,又添愁闷泪沾裳。莫不是鹊驾隔参商[3]?

边唱边寻觅,用性格化的动作表现他对妙常爱恋之深,也增强了曲词的艺术效果。

【前腔】〔老旦〕我儿,书中意已详,秦晋相逢在一方。月夕花阴同蝶梦,鸳坠鸾簪合雁行。此女当初入观,也非偶然。夫妇事非常,陈姑少年遭兵靖康。母子分散,亏了观邻张二娘引领,来观焚修。因此上收入在云房。今日呵,那知道为你结鸾凰。你两人虽是夫妇前定,若在此成亲,恐怕玷坏我的山门。他原与二娘结拜姊妹,我先打发到他家住下。你可到彼处迎婚就是了。

瀛水[4]喜登仙，红丝续旧缘。
要知双璧合，曾共种蓝田[5]。

〔1〕成都路永康军：今四川省都江堰市。恤刑：明初曾设恤刑官，分遣御史审理各道囚犯。成化以后，遂成定制。

〔2〕奉敕：奉领敕书。敕：圣旨。

〔3〕鹊驾：传说每年七月七日夜牛郎、织女相会，群鹊衔接为桥，以便织女渡河。参商：商星在东，参星在西，二星永无见期。全句意为相会无望。

〔4〕瀛水：相传东海中的神山，即瀛洲。

〔5〕种蓝田：陕西蓝田出美玉。据《搜神记》载：杨公伯，住无终山，常于山头施舍义浆。三年，有人与石子一斗，使种玉，且说："汝后当得好妇。"后果得白璧五双，聘徐氏女为妻。

第三十二出　重效

此出写情人团聚，是喜上加喜。

【番卜算】〔旦上〕重整旧脂膏，为结新鸳侣。〔贴上〕妆台又学画蛾眉，人与花争媚。〔旦〕多少相思泪，换来人月圆。梦中今夜话，犹恐说当年。〔贴〕休更说从前，新欢续旧欢。可怜今夜别，相见是何年！妹妹，今日潘老爹迎娶你成婚，你可及早整妆则个。

【园林好】〔旦〕几曾去调朱傅铅？几

曾爱鸾钗凤钿？对镜羞惭娇面，今日里别仙班，今日里谪尘凡！

【出队子】〔众执灯烛、鼓乐上介〕灯辉月朗，灯辉月朗，鹊度星桥会七襄[1]。鸾笙凤管吹悠扬，金榜人归乐洞房。天上人间，占断无双。〔净念诗赋请旦穿衣服介〕

【江儿水】〔贴〕忽听得人传接，门前鼓吹喧！绣襦罗袜新裁剪，云梳月掠重遮掩，鸾衾凤枕春无限。收拾空门经卷，且向鸾台，慢学齐眉举案。〔旦悲介。贴旦〕妹妹！如此喜事，为何堕下泪来？

此时堕泪，更见妙常心地善良，也更能引起人们对她幸福的关注。

【玉胞肚】〔旦〕我为别离难见。姐姐，感谢你看承数年，我想指引入观那时，这恩深结草[2]难酬。况今朝弃撇尊颜，相看青眼泪空悬，要见多应是梦间。〔贴〕妹妹，请上舆罢！从教分手处，有梦托南柯。〔下。众〕禀夫人起轿。

【出队子】〔众〕瑶天环珮，瑶天环珮。云驾香车月下归。花明酒艳会瑶池，银烛辉煌满道遮。锦帐春宵，玉漏慢催。〔净扮掌礼上〕高折桂枝香，新婚昼锦堂。请出红娘子，相见贺新郎[3]。老爷有请！

【西地锦】〔生上〕听得箫声催跨凤，似

扶我两翼天风。〔掌礼念介〕郎才女貌实堪夸,玉蕊金枝护锦霞。只看今夜成亲后,明年养出十七八个小呱呱。啰嗹哩嗹,哩嗹啰嗹,啰嗹哩啰啰哩嗹! 参天地,两拜,转身会礼。

【排歌】〔众〕仙犬休惊,桃源洞房,天生一对鸾凰。翠裙摇玉响琳琅,月度花风绮阁香。烧银烛,醉玉觞,新郎原是旧渔郎。芙蓉褥,玳瑁床,日高春暖睡鸳鸯。

【前腔】国士潘安[4],贤门孟光[5],芳姿玉立珪璋。当年若不寄云房,流落如今在那厢? 脂粉态,锦绣肠,恩情地久与天长。人生事,信渺茫,萍踪明日又他乡。〔生〕左右的! 快讨夫马,前往河南家去。夫人,我与你明早作别姑娘,就行罢了。〔旦〕正是如此。

合镜相看意颇浓,佳期重见婿乘龙。

当年不到毗陵驿,辜负好花空自红。

〔1〕七襄:织女,喻美女。《诗经·小雅·大东》:"跂彼织女,终日七襄。"是说织女星每天自卯时至酉时,在天空移动七次。襄:驾,移动的意思。

〔2〕结草:春秋时晋国大夫魏武子临死,命其子魏颗以妾殉葬,颗未从命而嫁妾。后与秦国作战,见一老人结草绊倒敌人,遂胜。颗夜梦老人说:“余,而所嫁妇人之父也。”后因以“结草”为报恩的典故。

〔3〕“高折桂枝香”四句:桂枝香、昼锦堂、红娘子、贺新郎,皆曲名。

〔4〕潘安:指西晋诗人潘岳,字安仁,是古代有名的美男子。

〔5〕孟光:梁鸿妻,字德耀,是古代有名的贤妇。

第三十三出　合庆

【忆秦娥】〔外、老旦上〕时光暮,又早见春到梅花。〔净上〕片片飞来蝴蝶耍。泪痕滚滚随他。〔外、老旦〕枝头花信暗生香[1],雪剪梅枝压粉墙。〔合〕春去秋来容易过,思儿念女泪沾裳。〔净〕亲家大人在上,老身搅扰多时,不见女儿消息,在此自觉惶愧。只索拜辞,以还故里。〔外、老旦〕亲母,说那里话!瓜葛之亲,宵旦相依。但莫责我清贫简亵,在此垂老何妨。〔净〕多谢!〔老旦〕今日如此大雪,已曾分付安排酒肴,赏雪观梅,同亲母少坐如何?〔净〕多谢!

此出写合家重会,皆大欢喜。

【二犯朝天子】〔外〕一团轻絮一团花,碎剪云绡薄,照月华。看他飞来飞去乱如麻,炫银花。绣屏锦帐繁华,有

万历本原评:“咏雪极佳。”

几多爱他。梁园[2]词赋堪夸,况竹炉[3]味佳。

【前腔】〔净〕一阵风来一阵斜。万里彤云布,似落花。看他颠狂无主寄天涯,似飞沙。飘零逐马随车,有几多恨他。安门[4]空自嗟呀,况孤踪似咱。

【菊花新】〔生、旦上。生〕数载椿萱[5]隔面,如今喜到家园。〔旦〕娘儿生死各一天,要见何年得见。〔生〕夫人,且喜寒家已到,和你径入拜见。〔悲介〕

【哭相思】〔众〕长恨关河隔远,如今梦里团圆。〔外〕我儿,田园荒废,父母孤单。为何久留都下?〔生〕儿因功名羁绊,有违甘旨[6],万死何堪!〔老旦〕媳妇娇容俊雅,矩度从容,真乃吾家蘋蘩[7]之妇。〔旦〕天涯归晚,有失承欢,深惭燕尔[8]。〔老旦〕我儿,这是你旧日岳母,你可上前拜见。〔净〕贤婿,老身自遭兵火,拆散女孩儿,寄住潭府[9]。深蒙尊君尊堂款留,心实惶愧!今日见你夫妇,想起我的女儿,好生痛杀我也!〔生〕岳母在上,不必愁烦。令爱虽未知存亡,小婿在此,亦可承欢暮年。〔旦背介〕我的母亲旧时模样,与此位老夫人相象。若还在此,可不雪鬓霜垂,也是这般老了。如今一见,好生想杀我也!

母女别时女已成年,今对面不相认,纯为演戏耳!

【皂罗袍】〔净〕子母经年分散，喜芸窗脱迹，服冕乘轩。〔生〕岳母，为何双泪涌流泉？夫人，为何两下频频看？〔旦〕你的岳母似我萱堂一般。〔净〕你的尊阃[10]似我孩儿一般。教人两下重留恋。

【江儿水】〔老旦〕我儿，你把夫和妇姻亲对我言，如何聚首为家眷？〔生〕我在姑娘观中时相见，玉簪鸳坠红丝绾。月下姻缘天遣，幸得身荣合卺，归来庭院。

【五供养】〔净〕事非偶然。贤婿，你把鸳坠借我一看。〔作看介〕这鸳坠分明是我家传。小夫人，何方来得取，说与我免愁烦。〔旦〕是我那娘亲自幼教奴佩绾，提起分离事，教我好埋怨。〔净〕小夫人高姓、何方人氏？〔旦〕陈姓娇莲，与母在潭州分散。〔净〕既然如此，你就是我的女儿！〔旦〕我的母亲！〔跪哭介，外〕这玉簪也是我家聘物，可喜，可喜。

【玉交枝】〔外〕天涯重见，喜蒹葭姻缘两全。〔老旦〕儿荣妇见真堪羡，相看老景椿萱。〔生〕夫妻簿上真有缘，娘儿在地

明人传奇自《荆钗记》后，爱情剧多以一实物维系姻缘，在剧情发展中起穿针引线的作用。此剧虽然不脱此熟套，但在关目安排上能精心构思，把玉簪鸳坠，或是作为矛盾冲突喜剧性转折的契机，或是作为构成喜剧性情节的线索，从而丰富了全剧的喜剧色彩。

下重逢面。恨当初鸾只凤单，喜今日夫荣妻显。

【川拨棹】〔众〕重重怨，顿教人开笑颜。幸吾盟得遂从前、幸吾盟得遂从前。办明香答谢天，效于飞共百年。

【余文】收场大梦如蓬转，堪笑才情雅念，慢把新词作话传。

京兆[11]府当年指腹，女贞观重会玉簪。

慢写出风情月思，画堂前侑酒承欢。

〔1〕暗生香：写梅花。宋林逋《山园小梅》："疏影横斜水清浅，暗香浮动月黄昏。"

〔2〕梁园：在开封东南，汉梁孝王所建，为游赏之所。当时名士司马相如、枚乘等皆为座上客。

〔3〕竹炉：疑当作"竹庐"，即竹屋。晋张鹿家有苦竹数十顷，在竹中筑屋而居，人称"竹中高士"。

〔4〕安门：疑当作"寒门"。万历本谓用"袁安事"，词曲中无此用法。

〔5〕椿萱：指父母。《庄子·逍遥游》："上古有大椿者，以八千岁为春，八千岁为秋。"后因用以喻父。萱：即萱草，一名忘忧草，古时多种于北堂前。北堂，为母亲住所，后因以"萱堂"喻母。

〔6〕甘旨：美味，指奉养父母。

〔7〕蘋蘩：蘋，水草；蘩，白蒿。古时嫁女用二草于婚仪。

〔8〕燕尔：《诗经·邶风·谷风》："宴尔新昏，如兄如弟。"宴：安乐。后

世用“燕尔”形容新婚的欢乐。

〔9〕潭府:大宅深院。对别人住宅的美称。

〔10〕尊阃:尊夫人。阃,门限,古时妇女多不出闺门。

〔11〕京兆:京师。这里指开封。

后　记

高濂的《玉簪记》，是明代中叶以后脍炙人口的一部喜剧。

高濂，字深甫，号瑞南道人，又号湖上桃花渔，浙江钱塘（今杭州）人。生卒年不详，他的活动年代约在明万历（1573—1619）年间，曾任鸿胪寺官，"才誉腾于仕籍"（见吕天成《曲品》）。他工于填词，有《芳芷楼词》二卷；所作传奇除了《玉簪记》，还有《节孝记》（均收入《古本戏曲丛刊》）。他的散曲有部分见于明清人的散曲选集。他还写了一本《遵生八笺》，分八个子目，用杂纂的形式，从藏书、医药、花木、赏鉴以及饮食、养生等方面，作了内容充实的论述。可以看出他知识渊博，并在文学艺术领域有多方面的成就。

《玉簪记》中写的书生潘必正和道姑陈妙常的恋爱故事，在民间早有流传。据《古今女史》记载："宋女贞观尼陈妙常，年二十余，姿色出群，诗文俊雅，工音律。张于湖授临江令，宿女贞观，见妙常，以词调之，妙常亦以词拒。……后与于湖故人潘法成私通情洽。潘密告于湖，以计断为夫妇。"（转引自《词林纪事》卷十九）元代以后，这个故事被编成小说戏曲，现存的有杂剧《张于湖误宿女贞观》（见《孤本元明杂剧》）、小说《张于湖传》(见《国色天香》卷十)等。这些作品大体上都把张于湖这个历史人物作为贯穿全剧的线索,情节描写亦较原来的故事丰富生动,但立意不高,只是把潘必正和陈妙常的结合作为一件文人才女的风流韵事来描写。

高濂的《玉簪记》基本情节沿自小说《张于湖传》,某些场面的处理也受杂剧《张于湖误宿女贞观》的影响,但它以陈、潘的爱情故事为主要线索,突出表现陈妙常青春的觉醒,着重描绘她为追求“份中恩爱,月下姻缘”,敢于冲破封建礼教和宗教清规戒律的越轨行动,使这个形象脱离了色情描绘的庸俗趣味,蕴涵着争取个性解放的新义,带动了作品主题的升华。

以爱情生活为题材的作品,在我国古典戏曲中占压倒性优势,而《玉簪记》在脍炙人口的《西厢记》《牡丹亭》之后,仍然在数百年间博得观众的喝彩,是同题材选择的别开生面有关。陈妙常以道姑的身份出现在舞台上,她的装扮、言辞就有别于崔莺莺和杜丽娘,而故事情节在一所尼庵中逐渐展开,又与人们司空见惯的相府后花园或小姐的香闺、文士的书斋迥异。典型人物和典型环境的这种变化,使得戏剧冲突、细节安排都能推陈出新,独具一格。陈妙常作为女贞观的小师父,有联络十方施主的义务,她可以名正言顺地同男子交往,因而就有了《手谈》《幽情》《寄弄》等场次,表现她对张于湖的委婉拒绝,对潘必正的热烈追求。宗教的戒律、寺观的声誉固然成了她表白爱情的障碍,但也因此而摆脱了闺阁佳人以丫环递简传情的俗套,编演出《耽思》《叱谢》《词媾》等格局新颖的恋爱情节。尤其值得称道的是《姑阻》《促试》《追别》几场,处理爱情波折的手法较为高明。虽有压力而不显沉重,虽有眼泪而夹杂欢笑。

场景变幻莫测，节奏轻快活泼，自始至终洋溢着悦人心目的喜剧气氛，真可谓妙趣横生，一枝独秀。

《玉簪记》的编演正值明王朝加强思想文化控制之时，朝廷颁布的《大明律》特地制订有“禁止搬演杂剧律令”，一方面禁止在舞台上扮演历代帝王后妃等人物，以保持这些封建偶像的尊严，另一方面鼓励“神仙道扮及义夫节妇、孝子顺孙”的戏文，以宣传因果迷信和封建伦理道德。《玉簪记》写的虽然是神仙道扮，却并不宣传因果迷信，反而通过插科打诨，把道姑的空门托迹、道士的皈依三清，归结为没奈何混饭吃，趁机缘觅钱财的勾当。而且公然选择一所敕建的道观作为浪子寻花问柳的去处，情人追逐幽会的场所。这不能不说是对当朝法律的公开嘲弄、对统治阶级文化政策的有力反击。

《玉簪记》的创作和演出，正在昆剧迅猛发展的时期。它能够成为昆剧极盛时代的名剧之一，不仅在于它特有的思想价值，还在于剧作者注意吸收了戏曲表演上一些好的传统，使剧本充分发挥了舞台表演的长处。比如，一些揭示陈妙常内心活动的场面，采用了“打背供”的手法，把角色和外在表现完全相反的内心秘密，直接诉诸观众，突出了人物思想性格的喜剧色彩。有些带有悲剧气氛的场面，或者在场中插入丑角的打诨，或者在场次的前后安排一场净丑的小戏，使戏剧冲突始终不脱离喜剧的基调，轻松愉快地发展。特别是一些重点场次，显然考虑到表演上以虚衬实、虚实结合这种随着人物动作展示场景的舞台艺术手法的运用。如《追别》一出，不仅用清丽工雅的唱词，把山光水色描绘得情景如画，而且把人物的活动，安排在大江上彼此追逐的两叶扁舟之中，这就为演员展现其优美的舞姿和身段留下了广阔的空间。所以，纵观《玉簪记》全剧，结构并不见精彩，也不曾脱离“悲欢离合”的俗套，但其中的一些重点场次，如《幽情》《寄弄》《耽思》《词媾》《姑阻》《促试》《追别》等，都因为有着上述这种或那种艺术特色，在昆曲中盛演不衰，成为著名的折子戏，也被许多地方剧种移植改编，如川剧、扬剧、莆仙戏等。

《玉簪记》流传的版本较多。据徐调孚《六十种曲叙录》记载：“有文林阁刊本、广庆堂刻本、继志斋刊本、陈眉公评本、一笠庵评宁致堂刊本。万历间白绵纸印本，名《三会贞文庵玉簪记》，疑为原刊本。”傅惜华《明人传奇全目》又增录数种，有长春堂刻本、世德堂刻本、李卓吾评本、汲古阁刻本、清康熙间内府钞本和乾隆十年钞本等。这些本子中，汲古阁刻本是一个经过细密校订、比较完善的本子；继志斋刻本是较早的、近于原本的一个本子。我们这次校订，就用汲古阁刻《六十种曲》作底本，用《古本戏曲丛刊》影印的继志斋刻本作校本。少数有明显讹误或脱漏的地方，则根据上下文加以订正。

绿牡丹

〔明〕吴　炳
蒋松源　注释
黄秉泽　审订

第一出　奇略[1]

【临江仙】利责名逋尔自忙，阿侬[2]无暇相偿。年来辜负好年光，风尘添面甲，车马促头霜。前浦歌声犹未歇，人间岂少周郎[3]！春风一唱一回香，不须看局态，便拟上球场[4]。

【满庭芳】谢子西宾[5]，为主人借韵，吟诗遂作空群[6]，车家小妹，悄地代兄文。赝鼎[7]连名高列，痛名流反逊前军。殊骄蹇，忘其固陋，妄觊缔良姻。佳人能鉴别，垂帘复试，笑语喧闻。翰苑[8]重修旧社，防范加勤。曳白[9]难遮丑窘，两英才许赘侯门。正花烛、泥金[10]报至，乐事喜相寻。

“赝鼎连名高列”，是明末科场的真实写照。作者借佳人“垂帘复试”揭示科场弊病，可谓妙想天开。

老翰林误认门生，假秀才弊呈试卷。

看文章香阁怜奇，掇科名金屏中选[11]。

老翰林被假秀才骗过，香闺中却有人怜惜真才，这见解是迥出流俗的。

〔1〕奇略:意即传奇大略,如用“家门”“标目”“提纲”,在剧本开头说明剧作家的创作缘起和剧情梗概。

〔2〕阿侬:江浙一带方言中自称用语,同“我”。

〔3〕周郎:三国名将周瑜,也精通音律,时人谣称:“曲有误,周郎顾。”这里借指知音者。

〔4〕球场:蹴球的场地。蹴球是古代的一种体育游戏,球工分为左右两队,向对方球门踢球以决胜负。这里以“球场”借指演剧的场地。

〔5〕西宾:即西席,古时指幕友式家庭教师;这里指剧中人柳五柳的家庭教师谢英。

〔6〕空群:原是赞扬伯乐善于相马的话,常喻指选拔人才。见韩愈《送温处士赴河阳军序》。这里是说谢英堪称“空群之选”,才能最为突出。

〔7〕赝鼎:作伪者,这里指剧中在考试时靠代笔得高中的柳五柳和车尚公。

〔8〕翰苑:翰林院的别称。这里指剧中原任翰林学士请告归家的沈重。

〔9〕曳白:考试交白卷。

〔10〕泥金:用金粉装饰的字画或器物,这里代指中举的喜报。

〔11〕金屏中选:即雀屏中选。典出隋末窦毅选女婿事。指被选中作女婿。

第二出　强吟

文会一事,如写联吟,极易平淡,作者凭空逗巧,以“强吟”出之,大增奇趣。

【仙吕引子·鹊桥仙】〔生上〕箫闲琴冷,少年如许,自顾灯儿影语。愁肠应共笔花〔1〕枯,何处觅春来佳句?

【减字木兰花】凄凉谁问，咽在心头空作闷。烧尽炉烟，袅袅看从断处联。贫来自笑，头上年年风雪帽。倚遍层楼，青到垂杨正未休。小生谢英，字瑶草。本贯汴京[2]。先世从高宗皇帝南渡，占籍吴兴[3]。虽然赋值千金[4]，只是田无二顷。羞言馆谷[5]，空戴儒冠。开口向人，可信张郎有舌[6]；肉食者鄙[7]，宁怜冯子无鱼[8]。今岁有同学朋友柳五柳，请同笔砚。馆舍就在他城外别墅，倒也清幽。但柳兄习余纨绔，性厌诗书，开馆月余，足迹尚未一至。今日又当文会日期，已着看馆苍头[9]相请，怎还不来？〔末扮老苍头上〕无缘称大叔，到老做书僮。〔生〕相公可来？〔末〕俺家相公同车相公出外闲耍，没处寻觅，多应不来了！〔生〕这等待我自做，你且出去。〔末〕也等我打个盹看。似你搜肠刮肚便做出千张锦，可换得闭眼安心我这一觉眠？〔下〕〔净上〕牙签[10]空万轴，生小未相亲。劣友苦无趣，邀人诵读频。学生柳希潜，字五柳。累世仕宦，遗下家资颇厚。终日与我那好朋友车尚公，走街穿巷，饮酒赌钱，那有工夫看甚么书。今年约谢瑶草同窗，不过了个故事。这痴子却认起真来，日日叫苍头请我到书房中去。我想书是我的书，与别人何干？好不扯淡！只自从吃了开学酒，还不曾见面，又道是我奚落他，不免去走一遭。〔作连叫谢兄介〕〔生作文用心，做不知介〕〔净笑，潜

牡丹花史原评：“描写书生浪子形影，口角俱绝。”以张仪、冯骥自况，可见其志不凡。

选城外别墅作馆舍，为后来“访俊”“觊姻”二场留地步。

作者着力塑造“净”“丑”两角，每于重要场面中出现，加强喜剧效果。长篇动作提示，尽是喜剧关目，但仍切合谢、柳二人性格。

"六五六"(柳五柳)正好对"尺上工"(车尚公)。以戏曲工尺谱中的谐音,用作人名,寓有调谑之意。

至生后,系衣在桌,忽向生耳大叫介〕〔生惊起,见衣系介〕〔净大笑介〕谢兄好用心!〔生〕连日奉邀作文,为何不至?〔净〕家下有些贱冗[11]。〔生〕今日恰好是文会日期,就请在此试笔。〔净〕一向荒了,怕做不出,改日请教罢!〔生〕自古道:"君子以文会友,以友辅仁[12]。"大家鼓兴才是。桌子、笔砚都摆设停当,请兄坐了。〔生闭门介〕〔净作强坐愁苦介〕〔丑上〕文字行中无夙分,风流队里有时名。自家车本高,字尚公。闻得柳大在庄内,不免径入。为何反锁了门?〔作叩介〕柳大!〔净〕这是车大的声音,快开,他进来。〔生〕作文之日,不可应酬,只说不在家罢!〔净背介〕我在此受苦,这顽皮不要放走了,也等他略尝些滋味。〔向生介〕这车朋友,平昔极肯做文字的,进来无妨。〔作开门介〕〔丑〕此位?〔净〕舍下西席谢瑶草兄。〔丑〕就是旧岁宗师领案[13]?久慕。〔生〕方才柳兄说车兄极喜作文,就要请教。〔丑〕柳大,又来嚼舌了。〔生〕一定请教。〔丑欲行,生留介〕〔丑〕不曾带笔砚来。〔生〕桌上尽有。〔丑作苦介〕〔生〕小弟新纠文会,二兄既在此作文,就是会友了。会规在此,请看。〔净、丑〕兄就说一说罢。

严订会规,防止作弊,是作者改革科场的设想,也是剧情发展变化的契机。但

【过曲·皂罗袍】〔生〕罚例从头严数:一、文期定于三、六、九,届期早集,风雨不移,无故不赴者罚。不许佯忙诈病,推托支吾。

〔净摇头介〕凶！〔生〕一、作文决不给烛[14]，不完者罚。一、作文须沉思静想，闲谈乱步者罚。但文夸刻烛[15]便为输，那往来莫傍林擒树[16]。〔丑吐舌介〕一发凶！〔生〕这都是旧规，还有要紧新例。〔净、丑〕新例何如？〔生〕一、窃抄旧文者罚。一、传递者罚。怪来鱼目，私和宝珠，防他雁足，偷传锦书。〔净、丑〕这等凶得极！可好略松些儿？〔生〕相期受益休言恕。

是，一纸会规，几场严试，是根治不了科场考试的弊端的。新例严禁传递，已寓喜剧关目。

〔净〕会友还有何人？〔生〕顾文玉，已知会过了，下次入会。〔丑〕每次题目那个出？〔生〕大家轮流掌会，便出题目。今日小弟叨占起了，已出，有题目在此。〔净看念介〕杜再贼。〔丑〕差了，是壮舟贼。〔生笑介〕是牡丹赋。〔净〕正是牡丹赋，一时眼花了。〔丑〕我原识的，故意骗他取笑。〔生〕各请静坐作文。〔净、丑作强坐介〕〔净顿头吟哦介〕

绿牡丹是全剧的贯串线，故于此先露端倪。

【前腔】假作伊吾辛苦，〔丑蘸笔、磨墨介〕借挥毫泼墨，掩饰功夫。〔生疾书介〕二兄好誊真了。〔净〕小弟方起草稿。〔假写介〕张颠草圣任鸦涂[17]。〔丑低笑介〕他有甚么草稿起得？我只学十年阁笔方成赋[18]。〔净捶腰介〕从不曾坐这半日，倦得紧了，腰肢欲折，好索红裙倩扶。

劣子声口毕肖。

〔丑搔喉介〕口渴得紧，只思想酒吃。咽喉如炙，谁把琼浆早沽？〔净、丑起身介〕再耐不过了，罚也由他罚了罢！性命要紧，便三槐九棘[19]也要身躯做。

〔生〕小弟已做完了，二兄请自注罚。〔净〕罚多少？〔生〕每位一两。〔丑〕赖了不出，怎样处我？〔生〕已后不许与会。〔净、丑〕倒也落得清净快活。〔作看生文混赞介〕

【引子·卜算子】〔小生上〕意气相期许，鄙吝都忘去。问字重过扬子[20]居，剥啄[21]应嫌絮。

小生顾粲，字文玉，与谢瑶草为莫逆之交。今日文期，不免步去看他新作。〔叩门介〕〔丑〕趁此开门走了罢！〔开介〕〔生〕原来是文玉兄。〔小生〕柳兄、车兄俱在此，文会好兴也！〔净〕顾兄因何不来？〔小生〕告过掌会，偶有小事。〔净〕无故推托，该罚了！〔丑〕少不得也是一两头。〔小生〕请教诸兄尊作。〔净〕小弟今日文思不来，已认罚过了。〔丑〕容明日补送。〔生〕俚语恐污大目。〔小生〕岂敢。〔看生文介〕是一首牡丹赋，妙、妙！芳芬灿烂，允称名花，宙合大社中当以此作为冠。即付梓人[22]便了！〔作袖去介〕〔生〕惶恐。〔净〕甚么宙合大社？〔小生〕小弟遍访天下名士，征其文章，汇选大社，以公同好。

【过曲·皂袍罩黄莺】【皂罗袍】社檄捷驰吴楚，〔丑〕这等去得远，可征到了？〔小生〕幸我辈中人，不加鄙弃，似江梅驿寄[23]，溢箧盈车。〔丑〕就是顾兄评选了？〔小生〕略仇鱼豕[24]冀成书，敢言藻鉴[25]凭删取？〔净〕这等，但是朋友家文字，都好附入了？〔小生〕【黄莺儿】且再商诸先生，往矣，不听滥吹竽[26]。

〔净〕小弟有几篇胡说，一定求刻上去。〔丑〕小弟也求附一两篇。〔小生〕这却使不得，目录已刻定了。〔净〕方才谢兄的，怎又袖去？〔生〕拙作原不通，千万莫刻。〔丑〕多送些刻费来便是。〔小生笑介〕那个为此？〔净笑介〕小顾，你也忒气傲了！

【前腔】岂是斯文宗主？动骄称我辈，冒附名儒。〔小生〕怎么便骂起来？〔丑〕请了，学生也不求尊刻，项斯今不借韩嘘[27]。〔净〕低选手选的文章，那个作准？怕洛阳纸价[28]今非故。〔生〕二兄不必性急，待续集出来，收些人情文字便了。〔净、丑〕再也不劳。〔作别介〕〔净〕小顾这等放肆！待后日那里考试偏要考在他前列，方消此恨！〔丑〕正是。〔合〕你还要自谦虚，无常考法，知道竟何如？

既然牡丹赋三字都不识，如何知道项斯及洛阳纸价。这些地方只讲究了文词的典雅，却不知与人物性格大相径庭。

两个酒囊饭袋，胸无点墨，后日怎能考在前列？只有冒名顶替一技，遂为后来“赝售”“友谑”两场留下了伏线。

〔诨下〕〔小生〕一场喧闹，那里说起？〔生〕文玉兄，不要理他。

【尾声】才华自古能招妒，笑区区何堪比数！〔小生〕我也好没来由，终日选文，惹这烦恼，枉困书丛作蠹鱼。

借谢英之口，引出沈老先生，过渡到下一出，贴切自然。

〔生〕大刻将成，何人作序？〔小生〕欲烦长兄。〔生〕小弟岂敢僭越？邑中沈省庵老先生，世推尊宿，若得数语弁首，大足生色。〔小生〕是敝通家[29]，明日就去奉央。小弟告别了罢。〔生〕再谈一谈。

彼此素心人，乐与数晨夕。
奇文共欣赏，疑义相与析[30]。

〔1〕笔花：唐李白少时梦见所用笔头生花，从此天才赡逸，文思卓绝。后人遂以之喻文人才思。

〔2〕汴京：汴梁，今河南开封。

〔3〕吴兴：今浙江湖州。

〔4〕赋值千金：汉武帝时，陈皇后失宠，以黄金百斤请司马相如作《长门赋》，倾诉悲愁。

〔5〕馆谷：寄食于他人处，这里指做塾师谋生。

〔6〕张郎有舌：战国时张仪游说诸侯，在楚国被诬偷盗而受鞭打，妻子笑他自取此辱，他却说：“舌在，则足矣。”见《史记·张仪列传》。

〔7〕肉食者鄙：原是《左传》中曹刿的话，意谓高官厚禄的人没有远谋。

〔8〕冯子无鱼：战国时孟尝君的食客冯骥，曾因不被重用，弹剑而歌：“长铗归来乎，食无鱼！”见《史记·孟尝君列传》。

〔9〕苍头：家仆。

〔10〕牙签：牙制的签牌，旧时藏书者常系于书函上，作为查阅的标志。

〔11〕贱冗：谦词，意谓自己有事。

〔12〕“君子”二句：见《论语·颜渊》。大意是：君子通过学问来结交朋友，同时在交友中提高品德修养。

〔13〕宗师：秀才对考官的称呼。领案：头名秀才，又称案首。

〔14〕“作文”句：宋时规定，进士参加廷试不能拖延到点烛的时候，最后纳卷者要降黜。见《宋史·选举志》。

〔15〕刻烛：南朝竟陵王萧子良曾夜集学士，刻烛为诗，凡四韵者刻一寸。见《南史·王僧孺传》。

〔16〕林擒树：俗名“花红”。唐高宗时，曾将一棵进贡的林擒树赐名“文林郎”（掌管文学的文官名）。后遂以之喻文学之士。

〔17〕张颠草圣：唐人张旭工书，相传他嗜酒，往往大醉后呼喊狂走，然后落笔，被时人称为“张颠”；他的草书尤为知名，故又被称为“草圣”。鸦涂：形容字写得像乌鸦一样难看。

〔18〕十年阁笔方成赋：西晋文学家左思构思十年，方写成《三都赋》。

〔19〕三槐九棘：相传周朝时宫廷外种三棵槐树，朝见天子时，三公面向三槐而立；又左右各种九棵棘树，为孤、卿、大夫等站立的地方。见《周礼·秋官·朝士》。后人因以“三槐九棘”代指高官。

〔20〕扬子：西汉扬雄，熟悉古文奇字，时人多登门向他问字。

〔21〕剥啄：敲门声。

〔22〕梓人：木工，这里指刻字工。

〔23〕江梅驿寄：南朝人陆凯从江南寄一枝梅给长安的好友范晔，并赠诗道：“折花逢驿使，寄与陇头人。江南无所有，聊赠一枝春。”见盛弘之《荆州记》。

〔24〕鱼豕：篆文“鲁”和“鱼”、“亥”和“豕”的字形相似，古人常有写错或读错者。后来就以“鱼豕”指传写或刊印的文字错误。

〔25〕藻鉴：品评和鉴别人才。

〔26〕滥吹竽：南郭先生不会吹竽，竟混进齐宣王的乐队中充数；后来宣

王之子登位，要每个乐师单独吹奏，南郭先生只好逃走了。见《韩非子·内储》。

〔27〕项斯：唐诗人，因受到杨敬之竭力推举，文名大振，中了进士。韩嘘：唐荆州刺史韩朝宗喜欢提拔人才。全句说：我的文章自有人赏识，不用借重你的推举。

〔28〕洛阳纸价：左思写成《三都赋》，豪贵之家竞相传抄，洛阳纸价顿时昂贵起来。

〔29〕通家：世交。

〔30〕“彼此素心人”四句：用陶渊明《移居》诗。

第三出　谢咏〔1〕

【双调引子·金瑰珑】〔外上〕长安〔2〕非日远，梦里朝天。深感荷、赐余年，精神欣尚健。所求不在田园，千载事，付遗编。

“所求不在田园”三句，也是作者一生心事！

【鹧鸪天】家住苍茫落照间，丝毫尘事不相关。斟残玉瀣行穿竹，卷罢黄庭卧看山〔3〕。贪笑傲，任衰残，不妨随处一开颜。浮名尚被时人扰，碌碌琴书未得闲。老夫沈重，字子肩，别号省庵。世居吴兴。原任翰林学士，请告归家；宦情已断，诗癖弥深。每恨今人不及古人，但喜先辈能援后辈。暮年无子，止一女婉娥，姿容端丽，格性温和，既擅女工，兼耽文藻。粗娱膝下，聊慰目前。今日闲暇，不免唤他出来消遣则个。小凤，请小

要求先辈能提拔后辈，此心殷殷，甚是可取。

姐出来。

【海棠春】〔小旦上,小丑扮梅香随上〕东风吹落闲花片,甚已事切生凄怨。〔小丑〕瘦入带围轻,恨滞眉痕浅。

〔见外介〕〔外〕我儿,春光明媚,庭下牡丹烂漫,和你赏玩一回。〔小旦〕孩儿备有蔬酒在此。〔外〕生受你了。〔小旦把盏介〕

【过曲·玉山供】【玉胞肚】春深庭院,贺长日真如小年。比香山[4]咏兴还豪,比东山[5]望眼疑穿。【五供养】似我这金钗翠钿,总比不得刘家豚犬[6];一样擎卮酒,祝花前,难道闺房弱息便不堪怜?

【前腔】〔外〕我儿,我玉堂[7]寒俭,况如今投闲在田。送穷文[8]自忏时乖,你买花钱莫怪囊悭。〔小旦〕爹爹,再饮几杯。〔外〕你看他春风笑靥,抵死把霞觞催劝。小燕低飞去,掠衣还,故向钩帘旋舞弄翩跹。

酒已够了,且同我下阶看花。〔小旦行介〕牡丹千本,娇艳非常,正如西子[9]新妆,倚风欲笑。〔小丑〕小姐,这是赭红、鞓红、飞来红、袁家红、杨家红、醉妃红、云红、天外红、先春红、平头紫、魏紫、紫绣球、锦被堆,小姐还有颤风娇哩!〔小旦〕红紫不足为奇,喜有黄白相间。小凤,你再数一数看。〔小丑〕这是姚黄、禁苑黄、御衣

是玉茗堂“袅晴丝吹来闲庭院,摇漾春如线”一路笔墨,是好词,但未免太文了。

闺房弱息应堪怜,直是作者心声!此出可说是一曲香闺才女的赞歌。

吴炳剧中关目,类于玉茗堂处不少。但能刻意经营,另出新意。此处写老父伴女看花,较之杜丽娘背父游园,别是一种趣向。

黄、一拂黄、软条黄、延安黄、建安黄、甘草黄、一尺黄,白的只有玉楼子、欧家碧。〔小旦〕还有一种呢?〔小丑〕小凤不晓得。〔小旦〕爹爹,此种何名?〔外〕此绿牡丹也。旧谱不载。唐时有花师宋仲孺[10],以幻术变易花色,流传此种,一本价值百金。〔小旦〕海燕解怜,胡蜂未识。池名兴庆,虚传太白之词[11],苑号宣华,枉费延琼之价[12]。真好花也!〔外〕你既爱他,何不拈就小诗,以作谢庭胜事[13]?

前面许多陪衬,只为郑重提出绿牡丹,有烘云托月之妙!

【玉胞肚】〔小旦〕尘生笔砚,好些时慵拈锦笺。〔背介〕怕长吟恰值春初,逗闲肠又到愁边。今日里名花倾国,难道两无言?也只得勉强啼春学杜鹃。

未免文绉绉可厌。
情文相生,是玉茗堂一派。

〔外〕诗可完了?〔小旦吟介〕小饮花前好句催,匆匆愧乏谢家才。春衫不共花争艳,翠袖今从别样裁。

〔外〕花有别态,诗有别肠,非此诗不称此花,非此花不闻此诗。好畅快!小凤,再斟酒来。〔外作浇酒花上介〕我儿,你也自饮一杯。〔小旦〕爹爹,再请进酒。

非此诗不称此人,非此人不咏此诗。诗助人兴,人兴出诗。名花、好诗共美酒,点缀出一派愉悦气氛。

【前腔】〔外〕只愿好花常见,到明春还思旧年。我儿,看你佳什,不觉我老人家也技痒起来,斗茶枪[14]耳后生风[15],遇曲车[16]口角流涎。〔小旦〕请爹爹也吟一首,待女孩儿捧诵。

〔外笑介〕也罢了！只怕江花[17]不似十年前，唱得骊珠[18]总可捐。

〔杂持书上〕花径无人扫，蓬门为客开。老爷，顾相公有书在此。〔外看介〕原来是顾粲侄儿，新选社刻，求我作序。〔小旦〕孩儿且告退了。〔外〕小凤，剪一枝绿牡丹，与小姐房中供养。〔小丑〕晓得。〔小旦〕且应将药驻[19]。〔小丑〕岂忍着酥煎[20]！〔同下〕〔外〕女儿如此才质，岂配庸流？外面朋友家都有文会，老夫如今也创立小社，一来挈引后生，二来访求快婿。顾生原系通家，不消说了；还有柳希潜、车本高，皆旧家子弟，不免邀来同社。院子，明日候领名帖，请顾相公和那柳、车二相公，同来赴会。〔杂应下〕

照应好！

至此露出求婿真意，方知绿牡丹还有维系姻缘之妙用。

偶然开雅社，不为集耆英[21]。
漫自夸前辈，还须让后生。

〔1〕谢咏：晋朝女诗人谢道韫，聪识有才辩，一次参加谢家内集，对雪而咏道："未若柳絮因风起。"此句颇受其叔谢安称赞。这里借指沈婉娥咏绿牡丹诗。

〔2〕长安：原是汉、唐的京城，这里借指南宋京城临安。

〔3〕"家住苍茫落照间"四句：用陆游《鹧鸪天·送叶梦锡》（其四）词。玉瀣（xiè）：酒名。黄庭：道经名。

〔4〕香山：唐诗人白居易，自号香山居士。

〔5〕东山:东晋名士谢安曾隐居在东山(今浙江上虞境内)。

〔6〕刘家豚犬:三国时,曹操曾感叹说:“生子当如孙仲谋,刘景升儿子,若豚(小猪)犬耳。”见《三国志·孙权传》。

〔7〕玉堂:宋以后为翰林官署的专称。这里是沈重自称。

〔8〕送穷文:韩愈所作文章名。

〔9〕西子:西施,春秋时越国美女。

〔10〕花师宋仲孺:《龙城录·宋单父种牡丹》:“洛人宋单父,字仲孺,善吟诗,亦能种艺术,凡牡丹变易千种……内人皆呼为花师。”

〔11〕“池名”二句:唐明皇和杨贵妃曾在内苑兴庆池东的沉香亭上赏牡丹,命李白作《清平乐词》三篇。见乐史《杨太真外传》。

〔12〕“苑号”二句:胡元质《牡丹谱》:“伪蜀王氏号其苑曰‘宣华’。权相勋臣竞起第宅,上下穷极奢丽,皆无牡丹。惟徐延琼闻秦州董成村僧院有牡丹一株,遂厚以金帛,历三千里取至蜀,植于新宅。至孟氏于宣华苑广加栽植,名之曰‘牡丹苑’。”

〔13〕谢庭胜事:指谢道韫咏雪事。

〔14〕斗茶枪:即斗茶,品茶的高下。茶枪,茶树的嫩芽。

〔15〕耳后生风:喻指见到好诗时的快乐心情。

〔16〕曲车:载酒的车。

〔17〕江花:相传南朝江淹年轻时梦见郭璞送他五色彩笔,以后文藻日新。晚年时,又梦见郭璞来索笔,他还笔后,诗文就没有好句了。见《南史·江淹传》。

〔18〕骊珠:珍贵的宝珠。这里喻指沈婉娥的诗作。

〔19〕药驻:指用药物使牡丹花保持鲜艳。据传牡丹花宜蜜养,才能长开不败。

〔20〕酥煎:《苕溪渔隐丛话》引《复斋漫录》:“孟蜀时,兵部尚书李昊,每将牡丹花数枝分遗朋友,以牛酥同赠,且曰:‘俟花凋谢,即以酥煎食之,无弃秾艳。’”

〔21〕耆英:年老德高的人。

第四出　倩笔

【踏莎行】〔老旦上〕可怪春光，今年偏早，闺中冷落如何好？楚梅酸蹙翠尖[1]纤，愁时独自吟芳草。雨打梨花，重门清悄，其间况味侬知道。低回恐触少年心，破颜强作迷藏笑。老身钱氏，年近六旬，夫男早丧，在车宅做个保母。他家老爷奶奶，都已亡过，止有一位大官人，和我乳领的静芳小姐。那大官人游荡猖狂，甚不成器。偏我小姐争气，不要说他仪容绝世，那百家诸史，无不淹通；诗词歌赋，援笔立成。不是老身夸口，端的饱学秀才，考他不过。晓妆已毕，想又有一番清课也！

车家情况由保母介绍，并着重介绍了车静芳，改变了主角自报家门的陈套。只是“踏莎行”语意不类。

【正宫引子·七娘子】〔旦上〕今春不似前春惯，压檐花几曾敢看？抛掷钗梳，荒疏茶饭，对人推说我新来懒。

极想看花，却说“几曾敢看”，着一“敢”字，把深闺少女的神态写活了！

〔老旦〕小姐，你又不戴儒巾，镇日埋头书本，敢待开女科，要夺取状元不成？〔旦〕保母，你教我不看书还做甚么？

【过曲·玉芙蓉】韶光忒易阑，长日偏难晚。〔老旦〕小姐，烧些香儿，绣朵花儿么？

原评：“毋怪时曲满口闺情，女儿家如何说出。

此曲只一两字点逗，所以为妙。”

〔旦〕便待把香炉拨尽，绣线挑残，只怕眉尖不肯随潮散，心上终应似疟还。〔叹介〕〔老旦〕小姐，你休长叹看金松玉腕[2]，怪朝来镜痕消瘦，一发不宜看。

原评：“‘潮’‘疟’二字新。”从“镇日埋头书本”，写出深闺少女春情难缱、心潮难散，倒也别具一格。

〔旦〕保母，我这消瘦，也是惯的了。你且坐在桌旁，做些生活，等我研朱弄墨，不要负了净几明窗。〔老旦〕使得。〔做生活介〕

【普天乐】〔旦〕小妆台，倩作乔书案。喜绿影，蕉窗散。信手取一卷来看，原来是《汉书》。若不是班大家[3]补证词坛，怎得汉全书价重名山！再取几帙看，这是《文君传》[4]《莺莺传》[5]……〔作掩过不看介〕觑风流等闲，笑前人一霎，恁地相关！

仍不免有点头巾气。

〔老旦〕小姐看书辛苦，老身破衣也补一领了。〔旦〕还要仿几个字儿。〔举笔介〕

【中吕过曲·渔家灯】展霜毫湘点烟寒，〔拂纸介〕劈云笺薛井[6]花翻。〔看帖介〕是卫夫人[7]法帖，果然书家三昧[8]，怪不得皋坐[9]蛾眉，生受了右军羔雁[10]。〔仿帖介〕〔老旦看介〕老身虽不识字，看来写得标致。〔旦〕几日不写，又手生了，赧颜只好印摹花瓣。〔作堕钗介〕〔老旦拾介〕小姐，落了金钗了。〔旦笑介〕岂颠笔狂来帻岸[11]？〔作整妆失袖染墨介〕〔老旦〕啊呀，袖底被墨污了！脱下来与小姐湔[12]去。〔旦〕不消斓斑，由他袖间，衬猩红正要这墨花轻粲。

〔丑急走上〕平时不烧香，临死抱佛脚。妹子在那里？妹子在那里？〔旦〕哥哥为何这等慌张？〔丑〕不要说起，沈翰林家里立会，竟邀我去作文！〔旦〕这是他的好意，哥哥去就是了！〔丑〕你晓得我是做不出文字的。〔旦〕既然如此，不去也好。〔丑〕大老先生下帖相请，若不去时，必然招怪；且又惹朋友们嘲笑。妹子，可有甚么计较？〔旦〕没甚计较。〔丑看旦，作愧笑介〕妹子，我千思百想，想得一计在此：这文字要出在你身上。〔老旦笑介〕怎么倒出在小姐身上？难道小姐替你去考！〔丑〕会考替不得，文字是好替得的。没法了，只得奉央贤妹，代倩这遭。〔旦〕哥哥，你做秀才的，临文尚有难色；我女儿家，谁请先生教诲来？

原评："墨染红绡，闺中韵事。"盖娴习琴棋诗画是封建时代贵族妇女高雅的标志。

乞妹代做会文，出尽丑态，与后来"友谑"对照，更见其卑劣。

【古轮台】闭花关，鸳鸯绣谱背人看。〔丑〕妹子自小聪明，比不得拙兄愚蠢。〔旦〕便从小识得几字，止不过盲词[13]窃听街头板，难通诗翰。〔老旦〕小姐过谦了，文章倒是在行的。只见大官人平昔不用功，故来难你。〔丑〕拙兄不才，自家知愧，但看同胞面上，救我一救！〔旦〕那里会考的，必是知名之士，就要雇倩，也

既夸了小姐，暗中又帮大官人讲情，好一个乖巧的老保母！

须另觅文人。你妹子呵,便赋就乌阑[14],不出粉评脂赞。胜集兰亭[15],风流世罕,怕衣冠未肯让钗鬟。〔丑〕也不见说有知名之士,只求胡乱塞白。况你做出来的,自然绝妙!〔作跪求介〕〔旦〕依哥哥便了,只是何人传递?〔丑〕我也想到了,若用书房小厮,恐人猜疑,倒反不妙。〔揖老旦介〕就央钱妈妈。〔老旦笑介〕怎央起老身来?倘然走了风声,被管会的一把拿住,关防严惮,自不惯送暖偷寒。〔丑〕好一个老俏!管会的拿你何干?〔旦〕保母还不打紧,倘蝇头[16]半纸被人轻篡,询求仓卒,语句没遮拦,那时节羞无限,瑶天咳唾[17]怎许落人间!

前面多少为难,到跪求才答允,这才有戏好看。

想得周到,可见是行骗惯家。

〔丑〕恐怕搜出来,外人知道,不稳便么?〔旦〕正是。〔丑〕外人怎认得你笔迹?会长也不是监场御史,定要拷问怀挟的;自然藏匿得好,不烦妹子费心。文章虽然不会做,难道抄也不会抄?〔老旦笑介〕若写得带草了些,大官人怕也不十分认得!〔丑〕这婆子倒是个老传递!妹子,你有心代做,一发写真楷些。〔旦〕倘考低了,不要埋怨我。〔丑〕自然不低。

是轻薄浪子口吻。

作者用笔,随人而异:写小姐,文雅庄重;写保母,老练世故;写车大,则粗俗浮滑,活画出纨绔子弟的情态。

【尾声】〔旦〕怕应未入时人眼,知是男儿第几班?后日会卷传来,须送与我看。〔丑〕自然。〔旦〕你看我摹揣英豪指顾间。

为"闺赏"出伏笔。

〔丑〕自笑空疏腹底贫,〔旦〕香闺反有读书人。

〔老旦〕文章自古无凭据,〔丑〕刺股悬梁[18]枉认真。

〔1〕翠尖:指眉。

〔2〕金松玉腕:因为消瘦,手腕上的金镯松了。这是形容伤春情状。

〔3〕班大家(gū):东汉班昭,继哥哥班固之后续修《汉书》。大家是对女子的尊称。

〔4〕《文君传》:今不传。当是写卓文君与司马相如恋情的传奇。现存汤式《风月瑞仙亭》话本小说,即写此事。

〔5〕《莺莺传》:又称《会真记》,唐人元稹所作,写崔莺莺和张生的恋爱故事。

〔6〕薛井:唐女诗人薛涛,曾从家旁之井汲水杂合其他材料制成深红小笺写诗,时人称为"薛涛笺"。见费著《蜀笺谱》。

〔7〕卫夫人:东晋汝阴太守李矩的夫人卫铄,工书法;王羲之少时,曾从她学书。

〔8〕三昧:原为佛语,有止息杂虑,心神专一之意。后常借指事物的精义和要诀。

〔9〕皋坐:典出"坐拥皋比"。皋比,虎皮。宋朝理学家张载坐在虎皮上讲学,后遂以之代指教师授课。

〔10〕右军:指王羲之,他官至右军将军。羔雁:羔,卿的贽礼;雁,大夫的贽礼。后人以之泛称礼物。

〔11〕帻岸:即岸帻,指不戴好头巾(帻),露出了前额,这在古代是一种狂放的举动。

〔12〕湔(jiān):洗。

〔13〕盲词:一种曲艺形式,由盲人边敲竹板边说唱故事。

〔14〕乌阑:即乌丝栏,一种有黑格线的绢素或纸笺,作书写用。

〔15〕兰亭:亭名,在今浙江绍兴西南。王羲之曾与好友会集亭上,饮酒赋诗,并写下《兰亭集序》记此盛会。这里借指文会。

〔16〕蝇头:指像蝇头一样的小字。

〔17〕瑶天咳唾:这里指闺中之作。

〔18〕刺股:战国人苏秦早年发愤读书,"读书欲睡,引锥自刺其股,血流至足"。见《战国策·秦策》。悬梁:汉人孙敬,曾闭门读书,"不堪其睡,乃以绳系头髻悬于梁上"。见《艺文类聚》。

第五出　社集

此出标目"社集",但切勿看成是一次文社的笔墨之争,作者用笔,处处映带科场考试,寄慨颇多。柳大惯摆主子架势,较车大更会做作。

【越调过曲·水底鱼儿】〔末持拜匣[1]随净上〕早赴文盟,堂堂非白丁[2]。暗中央倩,许咱包首名。

我柳五柳请小谢坐馆,一向惹厌,谁知也有用处。沈翰林家会考,难道真要我搜索枯肠?已分付他代做,现年在我家吃饭,怎敢不依?苍头,不要跟我,你把这拜匣且拿回家去。〔末〕笔砚在里面。〔净〕蠢才,等我先到会所,出过题目,你方送笔砚来。那时我便付题目与你带回,教谢相公快些做完,趁送午饭来,就好传递。你须小心在意,不可泄漏。〔末〕小人理会得。一任防闲密,无如计较多。〔下〕

原评:"要传递者,请以此为则。"这亦是对科场舞弊的讽刺性揭露。

【前腔】〔丑上〕压得心惊,难忘家妹情。做来干净,不教疑惑生。

〔净、丑诨介〕〔小生上〕友欲寻三益[3],诗期赋八叉[4]。〔净〕顾兄,社刻可选完了?〔小生〕日来得罪,不必记怀。〔丑〕此来贵干?〔小生〕往沈家作文。〔丑〕这等,我二人不去罢!〔小生〕为何?〔丑〕名士只该与名士结社,小弟们怎敢逐队随行?〔小生〕车兄又来见罪了!会友已齐,请同赴会所去。〔净、丑〕见了主人,如何称呼?〔小生〕他既有心作养,便拜了门生,称作老师便了。〔净、丑〕毕竟名士惯拜门生,我们且依你这一遭儿。〔外上〕十年铁砚未磨穿,尽道青青万选钱[5]。今日风檐抽秘思[6],不知藜火[7]向谁燃?〔杂上〕禀上老爷,三位相公都请到了。〔小生〕荷蒙呼唤,趋领教言,所祈不弃焦余[8],惟望同收门下。〔外〕何敢当此!〔小生、净、丑同拜介〕〔外〕老夫名泯没世,诸兄畏起后生,望吐绣肠,冀舒衰眼。〔小生〕小刻序文,慨付大笔,多谢了!〔外〕刻完时,见惠一部。〔小生〕正要请政。〔外〕今日会考,原以取益,坐必依号,动必执签;各宜恪守会规,毋得私谈聚立。至于夹带传递等弊……〔净、丑惊介〕〔外〕自非贤者所为。老夫也不必防闲了。〔净、丑〕做这样事的猪狗不值!〔外〕老夫还有一句话,先告过了:僭笔披阅,惟秉至公,一日短长,原非定论;居殿

由喜剧人物自我嘲谑或互相调诨,增强舞台上的喜剧气氛,是我国喜剧的传统手法。这类科诨,舞台表演时有一定的熟套,剧本中往往省略。

是对烂名士的雅谑。

老翰林失之于轻信,是由于他不能识人,故后来有辨真之论。

用自己的手打自己的嘴巴,此种笔墨真是一鞭一条痕,一痕一条血。

又是绿牡丹，见穿针引线之妙。

者不得妄生议论，前列者亦不可故作矜张。谊始无伤，盟期可久。〔小生、净、丑〕门生辈谨依台教。〔各照号坐，净坐天字、丑坐地字、小生坐玄字介〕〔净〕领题。〔外付题介〕各赋绿牡丹绝句一首。〔净〕笔砚怎不送来？〔末持拜匣上〕此间是谢老爷门首。大叔，我家相公里面会考，可出过题目了？〔杂〕出过了。〔末〕我有笔砚要送进去。〔作递拜匣与净介〕〔净暗付题目介〕午饭要早些！〔末应下〕〔小生〕堪悲大雅[9]不作，窃幸斯文在兹。望赐春风之片言，希沐化雨于俄顷。〔净〕好、好！他独自上去讲题目，问主意了，大家去听。〔外〕凡作诗者，不在装砌故事，剿袭靡词，当须题外看题，笔先着笔。

【南吕过曲·梁州新郎】【梁州序】描愁莺泣，题娇花醒，自有骚人情性。青天搔首，携来好句堪惊[10]。记得春生池草[11]，冷落江枫[12]，绝代风流称。三人非见少，真是拔其英，看振起西园旧日声[13]。〔小生〕多谢指教。【贺新郎】〔合〕句必选，思无剩，看人人自把先鞭竞。欣胜会，鼓佳兴。

〔丑〕告领出恭签。〔外〕老夫在坐，恐诸兄拘束不畅，倒先告退了。课锐看朝气，征衰试午眠。〔下〕〔杂随下〕〔老旦上〕受人之托，必当终人之事。在此等候题目。大官人怎不见出来?〔丑见介〕钱妈妈题目在此。小姐做完了,即便送来;约在午后,莫迟时刻。〔老旦〕晓得了!〔下〕〔丑缴签介〕〔小生〕绿牡丹从不曾见,想是异种哩!〔净、丑〕正是,题目忒也出得烦难。

【前腔】〔小生〕都无花色,难分叶影,想象幽奇行径。沉香亭畔,空留一捻[14]娇名。量他情怜芳草,溜点清波,风骨天然冷。映人袍袖也小衫青,柳汁轻浇眼倍明[15]。〔合前〕

此曲借花咏人,暗合沈老求婿之意。

照应前场。

〔净〕前日书房中题目,也是牡丹,可惜不曾做得。〔丑〕都是你不做,连我也丢了。〔净〕苍头怎还不送饭来?日头已直了,肚里也饿了。

【前腔】〔换头〕午墙边又报鸡声,春庭下空延鹤颈。〔低介〕难道他还做不完?尽闲敲夜半落来灯影。〔末持盒上,张介〕沈老爷不在上面,正好!相公用饭。〔暗递文与净介〕〔净〕这时候才送饭来,可不急坏了人!〔私看介〕〔小生起身介〕〔末咳嗽介〕〔净急藏介〕顾兄敢疑小弟夹带么?饭盒在此,大家来搜一搜。〔小生〕偶然起身,那个有心看你?〔净〕只有这黄齑[16]余沉,青蔓[17]残羹,此外无赃证。〔小生笑介〕你不夹带便罢了,何须如此撇清?〔净〕苍头快回去,不许再来,省得人眼光落在我

此用“有约不来过夜半,闲敲棋子落灯花”诗意,和柳五柳性格不类。

写做贼自心虚光景,饶有喜剧意味。

净、丑两角在此剧中戏路相近,但他们的个性

各具特点。柳大刁滑，车大昏聩，常是柳大先出花点，车大随即附和。

身上。〔末下〕〔净私抄介〕千钧抬笔也霎时轻，偷得葫芦照样誊。〔合前〕

〔丑低介〕方才柳大象有些缘故了；我的安心丸尚未到手，不免再领出恭签，到门外去候钱妈妈。〔净〕怎么又要出恭了？〔丑〕连日大便不谨。顾兄也在此，若疑小弟出去，有些弊病，可随着小弟，到茅厕上同走一遭，看可有家中男仆相近？〔小生〕又是一个撇清的！〔丑出望介〕钱妈妈怎还不来？

有意重复喜剧性的细节，可以在观众中不断扩散笑声。

【前腔】我耐羞颜费尽叮咛，难道他弄虚脾佯来答应？妹子平日极是性慢的，短风檐使不着向午晓妆心性[18]。好了，望见他来了。〔老旦上〕原来大官人在此！〔付文与丑介〕〔丑〕多谢妹子费心，果然写得端楷。恨不得移来雀瓦[19]，写就鹅群[20]，彩笔兼求倩。〔老旦〕大官人好生抄写，老身去了。正是天上人间，方便第一。〔丑缴签私抄介〕谁想词场佳话也出娉婷？掩卷犹疑香晕生。〔合前〕

〔各作完卷介〕〔杂上〕老爷请各位相公当面弥封[21]了。〔作弥封介〕

【节节高】〔合〕图书压纸轻，号重登，更无关节通私请。〔丑〕柳大可得意么？〔净〕我心欢庆。车大你也象得意？〔丑〕我志满盈。〔净背介〕你看小顾气色不佳，偏是他容萧冷。〔丑〕我庸流托庇皆扎挣,〔净〕只怕你名流未必能侥幸。〔合〕今朝何幸共登龙[22],门前桃李花相映。

〔杂〕老爷还备有酒肴在此。〔小生〕怎好取扰?〔净、丑〕主人美意,只索祗领便了。〔共饮介〕

又现一副馋相。

【前腔】相知旧友生,缔新盟,襟期洒落金兰[23]胜。〔小生背介〕他两个写些甚么在卷上?多应是请客[24]了。好笑他不思省,谩诧矜,空驰骋。堪羞绛灌非吾等[25],便凯旋也难唱南风竞[26]。〔合前〕〔小生〕我等回去罢!〔净、丑〕旧规明日谢考。〔小生〕怕也不消了,多谢了你老爷。〔杂〕简慢相公了。〔先下〕

【尾声】〔合〕玉堂鉴识偏高迥,不似窗下朋侪哄和声,当信文章有定评。

〔净〕从来酒兴助文兴,〔丑〕仅见先生请学生。

对老翰林"鉴识"先扬一笔,反挑后文,好!

〔合〕今日莫论高共下,明朝拆号自分明。

〔1〕拜匣:放柬贴、笔砚的小箧。

〔2〕白丁:原指没有功名的人;这里指没有才学的纨绔之徒。

〔3〕三益:指真诚正直的朋友。《论语·季氏》:"孔子曰:'益者三

友……友直,友谅,友多闻,益矣。’”

〔4〕八叉:两手相拱为叉。晚唐诗人温庭筠才思艳丽,考试作赋,叉手构思,叉八次就赋成八韵。时人称之“温八叉”。见孙光宪《北梦琐言》。后人常以之喻才思敏捷。

〔5〕青青万选钱:唐张鷟博学多才,“凡应八举,皆登甲科”;有人称赞他的文辞犹如青铜钱,“万选万中”。见《新唐书·张荐传》。后人遂用以比喻文辞出众。

〔6〕抽秘思:意谓精心作文。

〔7〕藜火:西汉刘向校书天禄阁,夜有老人策藜杖登阁,吹燃杖端授向五行《洪范》之文。见王嘉《拾遗记》。这里借指选收门生。

〔8〕焦余:古琴名。《后汉书·蔡邕传》:“吴人有烧桐以爨者,邕闻火烈之声,知其良木,因请而裁为琴,果有美音,而其尾犹焦,故时人名曰焦尾琴焉。”这里以自谦指可栽培的人才。

〔9〕大雅:高雅的诗作。

〔10〕“青天”二句:冯贽《云仙杂记》:“李白登华山落雁峰曰:‘恨不携谢朓惊人诗来,搔首问青天耳。’”

〔11〕春生池草:谢灵运有名句“池塘生春草”。见《登池上楼》诗。

〔12〕冷落江枫:唐人崔信明有名句“枫落吴江冷”。全诗已佚。

〔13〕西园旧日声:宋代名诗人苏轼、黄庭坚、秦观等曾在西园集会赋诗。见杨士奇《西园雅集图记》。

〔14〕一捻:一捻红,一种名贵的牡丹花。相传此花花瓣上有深红一点,是杨贵妃匀面时,口脂偶印于花上所留。见《青琐高议》。

〔15〕“映人袍袖”二句:冯贽《云仙杂记》:“李固言未第前,行古柳下,闻有弹指声,固言问之,应曰:‘吾柳神九烈君,已取柳汁染子衣矣,科第无疑。果得兰袍,当以枣糕祀吾。’固言许之,未几,状元及第。”这里明写绿牡丹花色鲜艳,暗寓文场夺魁之心。

〔16〕黄齑(jī):切碎的腌菜。

〔17〕青蔓:蔓菁,一种蔬菜。

〔18〕“短风檐”句：短风檐，指房屋简陋的穷人家。旧时富家女子中午才起床梳洗，而穷人家女子要早起操劳，所以“使不着向午晓妆心性”。这里喻指性慢的人不能体谅性急的人的心性。

〔19〕雀瓦：铜雀瓦，一种名贵的瓦砚，相传是用三国时曹操建的铜雀台的砖瓦做的。

〔20〕鹅群：王羲之性爱鹅，曾为一道士写《道德经》，以精美的书法换得了鹅群。见《晋书·王羲之传》。

〔21〕弥封：科举考试中，为防考官作弊，考生交卷后，先由弥封官将卷面折迭藏去姓名，重新登号，再用朱笔另行抄写，付考官评阅。原卷则盖印封号，到开榜时才拆封。见《宋史·选举志》。

〔22〕登龙：登龙门。相传黄河上游龙门处，每年有鲤鱼争跃，登上此门即化为龙。这里喻指有名人延誉，作文得占鳌头。

〔23〕金兰：谓友情契合，交谊深厚。

〔24〕请客：江浙一带的方言，指作文时借题外的话来敷衍。

〔25〕“堪羞绛灌”句：绛，绛侯周勃；灌，灌婴，都是西汉名将。韩信被贬为淮阴侯后，内心极为不满，羞与周勃、灌婴同列。见《史记·淮阴侯列传》。

〔26〕南风竞：《左传·襄公十八年》：“晋人闻有楚师，师旷曰：‘不害，吾骤歌北风，又歌南风，南风不竞，多死声，楚必无功。’”南风，指南方音乐。不竞，指乐声低沉。后因以“南风竞”比喻竞赛胜利。

第六出　私评

【南吕过曲·懒画眉】〔小旦上〕吟花倒反被花羞，这也是好雨催诗信口头。只好较撒盐劣句[1]夺前筹，怕拈髭终让词人手;尽着他月露风云恣冥搜。

奴家沈婉娥是也。前日偶赏绿牡丹,爹爹命赋小诗,率尔成吟,殊愧劣弱,不期爹爹谬加称奖。闻得昨日会考秀才,也出此题,爹爹较阅将完,不免请来一看。〔行介〕呀!爹爹又出外去了。卷子现在案头,〔看介〕原来只有三卷。〔取净卷咏介〕"纷纷姚魏[2]敢争开,空向慈恩寺[3]里回。雨后卷帘看霁色,却疑苔影上花来。"此真天下绝调,怪道爹爹取作首卷。〔又看丑卷咏介〕"不是彭门[4]贵种分,肯随红紫斗芳芬。胆瓶过雨遥天色,一朵偏宜剪绿云。"风致不减前篇,取作次卷,也罢了!〔又看小生卷咏介〕"碧于轻浪翠于烟,如此花容自解怜。仿佛姓名犹可忆,风流错唤李青莲[5]。"此卷思力悉敌,在文章家可称当行;置之第三,亏他些了。

趁爹爹外出私评,变换了"谢咏"出格局,使观场者耳目一新。

【前腔】楼前沈宋[6]总名流,一字三缣[7]未足酬。政同鲁卫[8]竟谁优,好似两贤相厄羞回首[9],毕竟难安头上头。

今日私评,便代抱不平,后日倾心爱慕,关节方称自然。

且把我前日小诗,闲加比拟,譬如也在会中,爹爹应置何等?

【宜春乐】【宜春令】私评騭,暗忖筹:那"苔影上花"之句,天然秀逸,我怎及得他来?劝娘行甘输一流。我诗中说"翠袖今从别样裁",是女儿家本色;这第二卷,也道"一朵偏宜

曲白都写得好,见出沈婉娥眼力在老翰林之上。

剪绿云”,也有些脂粉气哩!彼非闺秀,怎幽情也向闲中逗?算初吟“翠袖新裁”,恰巧对“绿云微皱”。〔笑介〕【大胜乐】书生即溜[10],把香奁逸句,俏地先偷。

我想第三卷的才誉,也不是肯落人后的。

【学士解醒】【三学士】错落明珠劈面投,应知接应难周。前二卷呵,偶然伯乐[11]邀先顾,你也未是孙山[12]作尾收。【解三醒】知屈就,倒为这无端高下,一晌低留。

牡丹香共色,疑向卷中开。

自分应羞涩,人间有俊才。

暗夸第三卷的才誉,为后日合卺作铺排。

赞扬“人间有俊才”,正是这出喜剧始终充满欢快气氛的底因。

〔1〕撒盐劣句:指拙劣的诗句。谢道韫咏雪时,其族兄谢朗咏道:“撒盐空中差可拟。”

〔2〕姚魏:第三出中丫环小凤数的姚黄、魏紫两种名贵的牡丹花。

〔3〕慈恩寺:唐高宗李治为母亲长孙氏建的一所寺院,在长安东南,寺内植有牡丹多种。

〔4〕彭门:彭门山,又称天彭山,在今四川彭山以东,也是牡丹的著名产地。

〔5〕李青莲:李白号青莲居士。

〔6〕沈宋:指唐朝诗人沈佺期、宋之问。

〔7〕一字三缣:缣,一种微黄色的细绢,常用来作书画。唐裴度修福先寺,请皇甫湜写碑文,皇甫湜提出每字以三缣为酬,裴度就按照他的要求酬谢了他。见《新唐书·皇甫湜传》。

〔8〕政同鲁卫:孔子曾说,鲁卫两国的政治,如同兄弟一样相似。见《论

语·子路》。这里借喻三人的诗才不相上下。

〔9〕“两贤相厄”句:汉高祖刘邦在一次战斗中被楚将丁公追逐,他回头对丁公说:“两贤岂相厄哉!”于是丁公退兵了。见《史记·季布栾布列传》。这里借指两人文才相等却又互比高低。

〔10〕即溜:伶俐、乖巧的意思。

〔11〕伯乐:古代善相马的人;后借指善于发现、举荐人才的人。这里指沈重。

〔12〕孙山:吴人孙山,赴郡应举,开榜时是榜上最后一名。见范公偁《过庭录》。这里即指顾粲屈居末名。

第七出　赝售

【商调引子·绕池游】〔外持卷上〕时英辈好,后浪将前扫;老婆娑[1]不堪重道。朝来阅卷已完,勉强次第,其实俱负俊才,无甚高下。女儿前咏,只说是我做的,出示他们,看可认得出?【西江月】〔净上〕今早欣闻鹊噪,〔丑上〕连宵喜灿灯花。〔净〕正逢考试必然佳,〔丑〕自有安心不怕。〔小生上〕试看文生绮縠[2],任教纸卷云霞。何来聒耳井中蛙[3],值得较量高下?〔各见介〕沈老师看卷,想已完了!大家进去伺候发落。〔入见外介〕〔外〕诸兄佳咏,老夫已妄肆批评,但恐颠倒未安,切勿见罪。〔众〕老师鉴别,自然不差。〔外折号介〕第一卷天字号。〔净喜介〕这是门生柳希潜卷子。〔外〕好！若形容绿牡丹颜色，如何娇倩，便落第二义了；你"苔影上花"四字，妙不烦言。〔净〕不欺老师说，门生做的时节也觉有些意思。

绝妙，是外行人冒充内行声口。

【过曲·金落索】【金梧桐】〔外〕花看笔上娇，画在诗中笑。柳兄，你这样好文字，何处得来？

〔净惊介〕其实是门生亲自做的。〔外〕想别有神功、倩作天然巧？〔净局蹙介〕门生并无倩作之弊，凭老师细访！〔外又折号介〕第二卷地字号。〔丑喜介〕门生车本高在。〔外〕好！过雨遥天，瓶花一色，幽怀异想，不愧风人[4]。〔丑〕门生昨日着实用心，做得完时血也吐了几口。〔外〕此与前卷不相上下，本该也是第一。文情天际飞，【东瓯令】太飘萧，年少缘何句带嘲？我且问你：一朵绿云，是女人家事，你怎晓得？〔丑惊介〕没有甚么女人。〔外〕这玉台[5]近咏真佳艳，【针线箱】倒好似香阁当年自写描！〔丑〕老师不要这等疑心。〔外又折号介〕〔净、丑〕不消得拆，此卷自然是顾门生了。〔外〕好！青莲错唤，风流宛然，虽屈在第三，却是第一的文字。〔小生〕不敢。〔净、丑暗笑介〕【解三醒】〔外〕无先后，【懒画眉】看东风次第总则是春朝。〔笑介〕老夫有个譬如在此，【寄

原评："描其心虚，妙矣，又妙在解不出赞语。"此用漫画手法，写来入妙。

敷衍得好，是老翰林声口。

生子】似将来杏苑[6]同标，怕俏名儿还说是探花[7]好。

〔合〕多谢老师奖借。〔外〕老夫也有俚词一首，请教诸兄。〔小生〕亟愿借观，以为矜式[8]。〔外出小旦诗介〕〔净、丑看赞介〕老师尊作，真是程文[9]，门生辈万不及一。〔小生作沉吟介〕不象自家做的……

原评："逗出妙甚。"无意中自露马脚，写尽假名士行骗行径。喜剧就要从笑声中见出人物性格，才不是无谓的噱头。

【黄莺带一封】【黄莺儿】好句费推敲，捉刀人敢不姓曹[10]？衣冠优孟[11]难虚冒。

〔外〕顾兄怎么说？〔小生〕依门生看起来，不是老师手笔。〔净、丑〕难道老师做不出，要人代倩么？〔外〕你且说此诗如何？〔小生〕爱他恁娇，我也嫌他作娇，风华倒想像他人年少。〔外笑介〕果然不是老夫所作。〔小生〕出自何人？〔外〕这也不必管他了。〔小生背介〕诗中怎说愧乏谢家才？分明是道韫故事。【一封书】语蹊跷，俏根苗，书记应疑有薛涛。

着一"疑"字，流露出顾生无限情思。

〔净〕门生告退了。〔丑〕会卷待门生领去。〔外〕大家传看便了。与人一席话，〔小生〕胜读十年书。〔外、小生各下〕〔净笑介〕你看小顾没趣，竟自去了！〔丑作唤介〕小顾，难道你一世再不见面？〔净〕我有计较在此：以请同社朋友为名，骗他到家，羞辱一场，有何不可？〔丑〕就是，

伏后"友谑"一场。

小弟作东便了。

【琥珀猫儿坠】〔合〕岩岩气概,劝你从此好收交。怕要洗尽江头八月潮,金陵王气黯然消[12]。待明日呵,相邀、出丑当场,大家嘲笑。

〔各摇摆介〕好兴头！好燥脾[13]！

凡人不可貌相,海水不可斗量。
你看今朝嫫母[14],公然胜似毛嫱[15]。

〔1〕老婆娑:犹言"老拙",沈重自称。

〔2〕绮縠:绮,细绫;縠,绉纱。这里用以形容文章的精工。

〔3〕井中蛙:喻指见识短浅而妄自夸大的庸人。

〔4〕风人:六朝乐府民歌如《子夜》《读曲》等,多用双关语,唐人称之"风人体"。

〔5〕玉台:南朝徐陵所编《玉台新咏》,集中多收描写闺情的浓艳纤细之作。

〔6〕杏苑:唐朝新进士游宴的地方,因园中多杏花而得名。这里代指进士及第。

〔7〕探花:原指进士中年少英俊者,南宋以后为科举考试殿试第三名专称。

〔8〕矜式:学习的范本。

〔9〕程文:科举考试时由试官写的,作为应试文字程式的文章。

〔10〕"捉刀人"句:《世说新语·容止》:"魏武(曹操)将见匈奴使,自以形陋,不足雄远国,使崔季珪代,帝自捉刀立床头。"

〔11〕优孟:春秋时楚国名优。他曾穿着楚相孙叔敖的衣冠,仿其神情举止,去给楚庄王祝寿,庄王几乎信以为真。见《史记·滑稽列传》。这里借指

沈重把他人之作假冒为己作。

〔12〕“金陵王气”句:用刘禹锡《西塞山怀古》诗:“王濬楼船下益州,金陵王气黯然收。”这句是嘲讽顾粲收起了傲气。

〔13〕燥脾:中医认为脾燥则身体健爽。这里指精神爽快。

〔14〕嫫母:远古黄帝时的丑女。

〔15〕毛嫱:古代美女;一说是越王的美姬。

第八出　闺赏

此出可与“私评”对照看,婉娥评中见才,静芳赏中带情。

【双调过曲·步步娇】〔旦上〕想昨日倚马征书[1]吟不稳,点窜无加润,匆忙便示人;到如今棘后[2]回思,恐断泥金信。得失寸心扪,倒不如我哥哥做旁人倚徙看棋阵。

原评:“曲逼西厢。”亦大有韵度丰神。

好笑我车静芳,受人雇倩,代作会文,好不担着干系!只恐怕考得低了,不象体面。闻得哥哥去听发落,怎还不见回来?〔丑袖卷上〕济人须济急,为人须为彻。〔连揖介〕妹子多谢!〔旦〕考在那里?〔丑〕侥幸第二。〔旦〕也不见得高,有何可谢?〔丑〕妹子说那里话!若照你哥哥本领,莫说第二,就是六等也还没得考哩!方才发落的时节,何等光彩!

本剧写两个才情卓绝的女子,各以自己的学识勇冠于纨绔子弟之上,并赢得了爱情的胜利。这在妇女地位卑下的封建时代确属难能可贵。而在人物塑造上,作

【江儿水】虹吐胸中气,花生面上春。〔笑介〕妹子,你诗里做出甚么“一朵绿云”,那沈

翰林古怪，就说倒象女人口气，几乎露出马脚来！那主司[3]贼眼连忙问，〔旦惊介〕哥哥怎么回答？〔丑〕我只一口咬定自家做的，我门生老脸朦胧认，总亏你佳人假手殷勤衬。妹子，我们考在前面的，也只如常，那考末的光景一发看不得羞涩有言难尽，不敢同群，一径望家先奔。

〔内云〕大官人，柳相公差苍头相请。〔丑〕就来了！原是旧知交，更添新气色。呀！会卷在袖里，你看完了，等我传与各家。〔作付卷与旦，先下〕〔旦看介〕第一名柳五柳，

【尹令】怪他占咱第品。第二名车尚公，笑他借咱资本。第三名顾文玉，谢他衬咱身分。沈翰林，你收了一个女门生了！书生绣裙，可也好点缀春风桃李门。

看第三卷，倒也不弱，自是名流手笔。后面的尚然如此，那第一卷，不知怎么样妙哩！〔咏生诗介〕天下竟有此才子乎！

【品令】苔花影接，正无处觅檀痕[4]，文心缕索，不怕鬼神嗔。奴家平昔吟咏之暇，想古人风流才俊，不可复得。千秋格韵，今日疑消尽。闺房不揣，也妄学弄朱拈粉[5]。君是何人？振雅嘘风[6]只得拜后尘。

者又赋予她们以不同的鲜明个性：车静芳要强好胜，自与沈婉娥娇羞怯弱不同。

支开车尚公，留下场面给车静芳，细致表现其内心活动，此之谓横云断岭法。

曲白相生，一气舒卷，处处表现车静芳要强好胜性格。

由品文而感叹“虚负姿容，枉夸文藻”，惹起情思，生发自然。

我想车静芳，虚负姿容，枉夸文藻，年已及笄，未知所适。哥哥既不以为念，奴家又不好自言，只恐骏马驼痴，被人耻笑。唉！若得才具如此生者，以托终身，奴愿毕矣！〔泪介〕

【五供养】潸然自忖：不分今生，便付沉沦。若奴家是个男子呵，结成连袂，好朝夕细论文。才名伯仲[7]，也不道十分衰褪。他看我的诗，只说果然是哥哥做的了！冷落金钗友，不相闻，空余肠断到黄昏。

由慕才而至相恋，也是传奇俗套，而佳人才子受人雇倩，背后较量，却是独出心裁，别开生面。

〔老旦上〕夜雨空阶急，春灯小盏明。小姐闻得大官人考在第二，难道外人才学，再有强似你的？〔旦〕保母说那里话！

保母来得及时，考场传递，情场帮衬，都少不了这个“引线牵针”的老手。

【玉交枝】他是千人英俊，漫思量寻常等伦。聪明只许骄闺阃，难道占雄风反压倒头巾[8]？〔老旦〕小姐，你三人呵，似曹刘割据方鼎分[9]，锦标怎不让我烟花阵？〔合〕料时名词场噪闻，料时名词场噪闻。

〔老旦〕小姐，你且说他姓名与老身知道。〔旦〕柳五柳。〔老旦〕耳朵里常常听得有个柳五柳……是了，他与大官人不时往来。

【前腔】家居邻近，论交情称为狎宾。〔旦〕怎样一个人儿？〔老旦〕老身不曾关心看他，只晓得旧时王谢[10]好家门。〔旦〕原来是旧家，他家的事体，你可也知道些？〔老旦〕但诸凡未及相询。〔笑介〕小姐,要知道他也不难,待老身去访一访就是。〔旦〕保母不要造次!怕东家未必真宋邻[11],溪桥枉探梅花信[12]。〔老旦〕老身居址,就在他城外庄房左边,过去看看也不妨事。〔合〕想其人当如此文,想其人当如此文。

〔旦〕这等,保母明日去访问一遭儿。卷已阅完,送还大官人便了。好书快眼愁将尽,媚句钩肠懒再吟。〔下〕〔老旦〕小姐,小姐,你倒看上那人了!你父母俱无,婚姻未遂,我做乳母的日夜在心。只愿早招个俊俏姐夫,和你一般文学。不免早往柳家打听便了。

尽量把戏集中在几个人身上,而每个上场人物,又加以充分调度;这样,人物虽然不多,剧情仍丰富生动。

【尾声】佳人才子真风韵,也要得因缘帮衬。可知我引线牵针原是个里人!

〔1〕倚马征书:东晋桓温北征,要参军袁虎倚马前作露布文,袁手不辍笔,顿时写就。见《世说新语·文学》。后遂以“倚马”形容作文敏捷。

〔2〕棘后:考试之后。科举考场的围墙上插棘以严密关防,所以用棘代指考试。

〔3〕主司:主考官。

〔4〕檀痕:唱曲时用檀板打节拍留下的痕迹。这里喻指诗作中人工雕琢的痕迹。

〔5〕弄朱拈粉:指批改文章。朱:红色颜料,用于写批语。粉:雌黄色,用于改错字。

〔6〕振雅嘘风:振起诗风。雅、风,原指《诗经》中的“大雅”“小雅”和“国

风”,这里代指诗。

〔7〕才名伯仲:文才相差无几。古人称兄弟次序,长为伯,次为仲。

〔8〕“难道占雄风”句:雄风,此指男性的文采风流。头巾:古代男子头上戴巾,此代指男子。全句说妹代兄赋诗是占有男性的文采风流,而女子的文才难道能胜过真正的男子?

〔9〕“似曹刘”句:曹操、刘备、孙权所主三政权鼎立,这里借喻三人的文才难分高低。

〔10〕王谢:王姓、谢姓是晋朝的大姓,后常代指豪门大族。

〔11〕“怕东家”句:战国楚宋玉说,他家东邻有个美女,登墙偷看他三年。见宋玉《登徒子好色赋》。全句意为保母的邻家未必真是柳生的居处。

〔12〕梅花信:春信,这里暗指爱情的信息。

第九出　访俊

原评:“曲白关目极巧处,越极天然。”反面人物在台上自我嘲弄,似不合情理,但这种夸张手法,反映出人物的真实面貌,容易为观众接受,所以常在喜剧中使用。

〔净上〕妆虎象虎,妆龙象龙,摇摇摆摆,批首[1]相公。前日借小谢歪诗,考居第一。人人传说我是沈翰林得意门生,我也居之不疑,逢人卖弄,竟挨入名士队中,论长数短。这两日来,连我自家也忘记文章不是我做的。如今见那小谢,不要谢他,也妆个大模样摆进去便是。〔作唤介〕〔生上〕叩户声何急,披衣应稍迟。原来柳兄到来。绿牡丹诗,小弟奉命草上,不知可用了?〔净〕平日小弟笔下极熟落的,不想那日偶然肚痛起来,勉强暂借兄作。〔生〕只恐不通,有累柳兄了！〔净〕看来也好。〔生背介〕话头冷淡，想是考低了。〔转介〕可曾发案？〔净〕有了。〔生〕兄在第几？〔净〕小弟从来第一，幸托兄庇，这次也只照常。〔生背笑介〕有这样人！〔末持卷上介〕亏我传来妙，夸人考得高。大官人，车家传会卷在此。〔生〕待小弟留来一看。〔末〕有人家请相公赴席。〔净〕这等，且告别了。正是酒债偿难满，〔末〕书声听较清。〔同下〕〔生〕好笑柳五柳，在我跟前，还是这般妆做，外面不知如何大哩！

原评："前后数出，出出为名场中人说法。"尽情讽刺功名场中人物的种种弊端丑态，是此剧最可贵处。

【仙吕过曲·醉扶归】似你假惺惺面孔将人诧，敢怕有实丕丕筋节[2]被人拿？亏杀你见咱时兀自向咱夸，倒好象我倩他来只得由他大。沈老先生，你取一个白丁作首，恐怕差了些！不是闹冬烘[3]真笑你眼儿花，只欠关防，可认得出人儿假！

此种白丁，如混迹官场，更不知如何作威作福哩！

原来车尚公第二，文玉兄倒是第三。想是看卷的受了嘱托，难道这个花脸[4]会做文字？〔作咏旦诗介〕妙哉！清新俊逸，庾、鲍[5]一流人也！他怎做得出？恐怕也是传递的。

写谢英警觉，似又胜顾粲一筹。

【前腔】贼牢笼知他好手无高下，黑胡同教人何处觅瑜瑕？只一件，他家并没朋友，那个代笔？不似我苦栖迟现坐主人家，少不得替周旋，不放先生假。我辈中也不见有这等俊才,敢藏着私主顾任街头卖遍洛阳花,怕怀中自有波斯价[6]?

【不是路】〔老旦上〕许得儿家,强作蜂媒赴柳衙。老身才到柳家,他门上人说大官人在庄里读书,一径走来,呀!真幽雅,一池春水漾晴沙。无人在此,不免径到书房里。〔见生叫介〕柳相公!〔生惊介〕想应差?〔老旦〕不差。〔生〕从不认得妈妈。垂杨未系门前马,何事闲行向碧纱[7]?〔老旦〕老身的家,就在相公贵庄邻近。华檐下,寒芦半幅依门挂。特来闲话,特来闲话。

原评:"两人问答挑逗处,齿颊如生。"

〔生〕妈妈有话尽说。〔老旦〕老身姓钱,是车大官人家保母。〔生〕那个车大官人?〔老旦〕就和相公时常往来的。〔生〕就是车尚公了。〔老旦〕正是。相公家世,老身尽知,但不知相公贵宅还有何人?可曾娶过夫人了?〔生背介〕这口气象是访亲的。我将错就错,且权认做柳大,看他说些甚么?〔转介〕小生呵,

【解三醒】伴佳客止留陈榻[8],叹孤身似在天涯。书生合守寒窗寡,空放浪,度年华。〔老旦〕相公贵庚了?〔生〕十九岁。〔老旦〕为何还未娶?〔生〕说的人家也有,只是小生略要拣一拣儿。〔老旦〕怎样才中相公的心?〔生〕又要有色,又要有才,怎得个文君[9]眉上

从《拜月亭》以来,喜剧关目中每借误认来生发,此处写谢英十分警觉,不待见到真人,就敢冒认柳大,将错就错,在关目安排上仍有独到处。

还留黛,苏蕙[10]机中再吐花?〔老旦〕难道还不曾聘?〔生〕蓝桥下无缘解渴,枉费闲茶[11]。

〔老旦〕原来如此!〔生〕小生也问妈妈,方才妈妈说是保母,敢是乳养大官人的?〔老旦笑介〕倒不是。

【前腔】没福分,谁怜孤寡?耐心肠守出娇娃。〔生〕原来领着小姐哩,多少年纪了?〔老旦〕盈盈十五春无价。〔生〕受聘过了么?〔老旦〕还未。〔生〕为何?〔老旦〕俺小姐也似相公这样说,拣着才貌兼全的,方肯嫁他。〔生笑介〕拣貌也罢了!女人家不通文墨,知道那个是才?〔老旦笑介〕难道只是做秀才的,才通文墨?休自把秀才夸,你可知谢娘代叔清谈苦[12],苏妹嘲兄笑语佳[13]?〔生〕妈妈不要骗我,只看你家大官人这样本领,便晓得小姐了!〔老旦〕难虚架,笑天钟秀气、偏付娘家!

〔生〕还有一事问你,大官人会考的诗,不象自家制作,可是那里央倩来的?〔老旦笑介〕我家大官人虽然不济,难道诗也写不出几句?〔生笑介〕只是这次的诗忒好了些。

【前腔】倘应付原非佳话,我也道他自支撑将就涂鸦。风神不合能潇洒?知背地有根芽。〔老旦笑介〕倒说他不该做得忒好。

转问妈妈,主动进攻,非书呆子可比。

连连反跌,逼出保母真话。

老身且问相公:这诗怎么样好?〔生〕小生也说不出他的好处,莺声风外如相问,只恨那花影阶前不可拿。妈妈,你实对我说,是那个做的?待我看书暇,欣图把臂[14]诉尽嗟呀!

〔老旦笑介〕有倒有一个人,只是不好说得。〔生〕这也何妨?

故意卖关子,见出保母心机。

【前腔】〔老旦〕待说与,不禁羞亚。〔生〕妈妈快说些儿!〔老旦〕待瞒来,怎锁闲牙?〔生〕妈妈甚么样人?〔老旦〕从今漏泄风流话,休莽向外人哗。〔生惊介〕老妈妈这般说,难道是你小姐做的?〔老旦〕若不信老身的话,卷子在此,请相公仔细认来,你不见光凝妆次零星粉,须索要香嗅搔头[15]旖旎花。〔生作嗅卷介〕果然香。小生的诗,想小姐已看过了,不知如何评品?〔老旦〕他也似相公这般欢喜,展玩终日,不忍释手,纤纤把,挑灯快读,老身但窃听称佳。

关目好,诨亦雅;虽带狂态,仍见书生情真。

〔生背介〕原来小姐也赏鉴我!本该说出真姓名来,又恐妈妈嫌我贫寒,不肯成就;只含糊认了,且等他回复小姐,再有好意到来,方可剖明就里。〔老旦〕相公,老身告别了!〔生〕小姐既喜看小生的诗,待有新篇,再来请教便了!〔老旦〕相公切莫对人说。〔生〕自然。

补足"权认"一节,文情一丝不漏。

〔老旦〕花叶两边对,心心只自知。

〔生〕殷勤谢蛱蝶，来往说相思。

〔1〕批首：秀才岁考名列第一。

〔2〕筋节：关节。

〔3〕冬烘：懵懂浅陋、糊涂迂腐。

〔4〕花脸：戏曲角色名，因用粉墨涂面而得名。后常指代油滑丑陋之人。

〔5〕庾、鲍：指南北朝诗人庾信、鲍照。杜甫《春日忆李白》诗中有论："清新庾开府，俊逸鲍参军。"

〔6〕波斯价：波斯，古西方国名，相传是盛产珠宝的地方。这里用"波斯价"代指非凡的才学。

〔7〕碧纱：碧纱橱，一种用碧色纱制成的避蚊蝇的帏帐。

〔8〕陈榻：汉乐安太守陈蕃特意悬置一榻，优待来访的名士。见《后汉书·陈蕃传》。

〔9〕文君：卓文君，汉临邛富人卓王孙寡女，司马相如以琴挑之，遂夜奔相从。

〔10〕苏蕙：前秦秦州刺史窦滔的妻子因思念丈夫，将所作回文诗编成织锦花纹，反复回环可读。见《晋书·窦滔妻苏氏传》。

〔11〕"蓝桥"二句：裴铏《传奇·裴航》载，秀才裴航下第，经过蓝桥驿，口渴，因向路旁老妪讨水喝，时有女云英奉以玉液。后裴与云英结为夫妇，成仙而去。

〔12〕"谢娘"句：谢娘，指谢道韫，她曾隐身在青绫步障后，帮助小叔王献之与来客辩论。见《晋书·王凝之妻谢氏传》。清谈，魏晋时期士人中盛行的崇尚虚无、专谈玄理的风气。

〔13〕"苏妹"句：苏妹，指文人笔记中写及的苏轼的妹妹苏小妹。传说她文才超群，苏轼曾嘲讽她额广又凸："莲步未离香阁下，梅妆先露画屏前"；"去年一点相思泪，至今流不到腮边。"她应声反讥其兄一嘴胡子："口角几回无觅处，忽闻毛里有声传。"

〔14〕把臂：握人手臂，以示亲密。

〔15〕搔头：玉簪的别名。

第十出　扼腕

此出写会试后顾生的思想活动，表现他的才识和对婉娥的倾慕，可补"社集"一出不足。这里用的是两对爱情线交互展开法。

【正宫引子·缑山月】〔小生上〕世事竟何常，颠倒到文章。任旁人拍手笑郎当[1]，看当年季子、貂裘敝也[2]，舌在何妨！

可笑沈家会考，不请别人，只把柳五柳、车尚公两个白丁，和我作伴，更可笑两个白丁，偏考在我前面。老师门生，好不认得热闹！高下何足介意，但文章定价，不应错乱至此。

【过曲·锦缠道】少年场，十年来雄称夜郎[3]。不信小儿行，借天风霎时便赋就滕王[4]。我晓得了，毕竟是传递来的！掷金梭莺窥隔墙，咂瓶花蜂透前窗[5]。他老人家那管这些闲事，又不是棘锁[6]要提防，尽弄得偷营伎俩。你看他两个好生得意，蹄踏杏花忙，一般的乔妆模样，倒好象杯水漾坳堂[7]。

"掷金梭"二句作为案头读物来欣赏是好的，拿来场上演唱就未免太雅了。这是玉茗一派通病。

〔末持卷上〕主人多喜悦，僮仆也光辉。顾

相公会卷在此，内有知单一幅，是车相公做头，公请同社朋友。明日相公早些过去便是。〔小生〕晓得了。〔末〕论文皆契友，把酒尽平生。〔下〕〔小生〕我也不要自负，那看文的定然不差，且虚心翻阅一遍。〔作看卷介〕呀！这两首诗，公然好似我的。

【朱奴剔银灯】【朱奴儿】莫道是无凭雁行[8]，方信是公道文章。便传递的文字，不过也是朋友家做的，我便不如他了！便鼠辈无堪较短长，也总则让人高唱。〔笑介〕既然考定，那个论你平昔来？【剔银灯】低昂，且由他主张。柳五柳、车尚公，也怪不得你轻狂诮让。

文情至此一转，显出小顾胸怀磊落。

“既然考定，那个论你平昔”，语虽平淡，却表现科场怀才不第者的悲愤。

我又想起沈老先生，拿出这首诗，分明来试我们。既说不是自家做的，又不肯说做诗之人，其中必有缘故，看来是个女人手笔！〔想介〕向闻他有令媛善于吟咏，想就是他新制了！

看来小顾早有倾慕之心。

【雁过声】【换头】佳章，居然倜傥，何期在深闺绣房？那时再三展诵，则怕纸中溜出金钗响！花笔海，绣文江，若把他也放在次第里面，谁敢不拜玉降香？少不得娘行推社长。沈老先生，你既不说明，为甚拿将出来？好似插天影现巫山嶂[9]，教我望断雨云空费想。

句奇警，情极挚。

猜猜想想，一片痴情。

我又想起来，女儿诗赋，父亲岂可遍示外人？恐怕未必是。〔又想介〕是了，闻他尚未字人[10]，想是故在人前，夸其才调，以示择配之意。只一件，若依名次先后，我第三的自然没分了，难道就招个白丁女婿？

决心以真才夺取胜利，剧情略一顿挫即向“复试”方向发展，染上了光明、乐观的气氛。

【小桃红】沟洫里，桃花[11]涨；篱窟下，鸣珂巷[12]，兰亭假本[13]难心赏。小生只得要请复试了，渑池[14]再战方心降。沈老先生，想也必不草率，少不得彩楼面审[15]才心放，不道得粉庞边错过何郎[16]！

再迟几日，另誊窗课，同选刻送去请教。看他情意何如？

曾见佳人窈窕篇[17]，吟花便欲似花妍。

莫言洛下[18]无名俊，贱嫁轻狂假少年。

〔1〕郎当：败事，不成器。

〔2〕“看当年”二句：季子，战国时人苏秦的字。他游说秦王，十次上书均不为采纳，把黑貂裘穿破，黄金百斤用尽，才离开秦国。见《战国策·秦策》。

〔3〕雄称夜郎：意出“夜郎自大”。

〔4〕“借天风”句：传说唐诗人王勃，停船在马当（江西彭泽东北）江面上，有神用顺风吹帆，送他一夜行了七百里，赶上了洪州（今江西南昌）牧阎伯屿在滕王阁举行的宴会，即席写下著名的《滕王阁序》和诗。见王定保《唐摭言·王勃》。

〔5〕“掷金梭”二句:周邦彦《蝶恋花》词:“莺掷金梭,飞不透小榭危楼。”汤显祖《牡丹亭·闺塾》:“蚁上案头沿砚水,蜂穿窗眼咂瓶花。”这二句均喻指文场传递作弊。

〔6〕棘锁:古时科举试院的代称。因科举开场后即需锁院,且试院的围墙上插有棘枝,以防传递。

〔7〕杯水漾坳堂:坳堂,堂上的低洼处。《庄子·逍遥游》:“覆杯水于坳堂上,则芥为之舟。”这里喻指小人妄自尊大的作态。

〔8〕雁行:雁飞行时排列有序。无凭雁行,就是前后排列不当,这是指沈重评诗的名次欠妥。

〔9〕“好似插天影现”二句:传说楚怀王在高唐梦见巫山神女与他欢会,临别时神女说她“旦为朝云,暮为行雨”。见宋玉《高唐赋》。后人因以“巫山云雨”代指男女欢会。这里借指对沈婉娥的爱恋之心。

〔10〕字人:女子许嫁。

〔11〕桃花:桃花水,即春汛。

〔12〕鸣珂巷:在长安,为唐丞相张嘉贞居处。张每出行,系珂于马勒,叮当作响,故名。这里借指沈婉娥家世高贵。

〔13〕兰亭假本:唐以后不少人认为传世的王羲之《兰亭集序》是假本。这里指假冒的诗作。

〔14〕渑(miǎn)池:古城名,在今河南渑池西。战国时赵国蔺相如曾在渑池宴会上,以大智大勇挫败了秦王凌辱赵国的阴谋。见《史记·廉颇蔺相如列传》。这里是顾生借以表示要再次赴试显示文才。

〔15〕彩楼面审:古时富贵人家招婿,搭起彩楼,由女子站在楼上,向选中的男子抛绣球。

〔16〕何郎:何晏,三国时著名的美男子。

〔17〕窈窕篇:《诗经》中《关雎》篇。这里借指沈婉娥的咏绿牡丹诗。

〔18〕洛下:洛阳。这里代指吴兴城。

第十一出　报闺

描摹少女情怀，能如此趣不伤雅，采不掩质，是喜剧的好笔墨。

【引子·西河柳】〔旦上〕诗中字，字字心头刺，槛外琅玕[1]，刻来都是。

【渔家傲】悄为春愁春不管，几时瘦损梨花面？知道花前人姓阮[2]。无由见，新诗传诵人间遍。缕缕云松蛾晕浅，湘裙折底湘钩软。罢绣鸳鸯拈彩线，个侬[3]无赖抛金剪。奴家为牡丹首唱，日夜萦怀，柳生，柳生，你毕竟是何许人物？保母已去打听，想就来也！

一个香闺女，敢派保母打听自己属意的人，可见在封建礼教压抑下，并没有丧失进取精神。唯其如此，才从人物性格中引发出一系列喜剧性情节。

【过曲·六犯清音】【梁州序】病余情景，梦残心事，总入贺囊佳思[4]。我想他这诗，怎样做出来的？蒲团初定，想炉烟细袅心丝。【桂枝香】箫度迷离曲，莺偷缥缈词。【排歌】今日呵，停妆钿，减匣脂，柳边欲折断肠枝[5]。保母怎还不见来？在此等候许久了！〔八声甘州〕立残苔藓莲[6]应倦，〔作倦介〕怎一时困怠起来？〔作手托腮介〕倚遍阑干玉不支。〔作微睡介〕〔老旦上〕书舍人清洒，香闺女寂寥。呀，小姐好睡哩！〔旦作睡中赞好诗介〕〔老旦笑介〕【皂罗袍】你看他提心在口，念

关目好，写闺中情态如见，盖从《牡丹亭》“惊梦”中脱胎。

兹在兹，分明说出相思字。〔旦作醒介〕啐，怎睡着了？【黄莺儿】梦何之？依然庭院，好是夕阳时。

〔老旦作低叫介〕〔旦惊介〕保母你来了！〔老旦〕小姐，我来了好一会。事也凑巧，老身去时，恰好柳相公坐在书房里。老身宛宛转转，将他家里的事，问了一遍。他说年方十九，尚未婚聘。〔笑介〕好笑得紧！恰好会卷传在那边，他说我家大官人，不会做这好诗，定要问传递下落。老身只得把小姐代倩的事情，直对他说了。〔旦〕怎生就直说出来！他道我的诗如何？〔老旦〕他只道代倩的，是个朋友；见说是小姐，一发狂喜了不得！

连说带笑，字字挑动小姐心弦，声声自夸办事周到，真是老保母声口。

【前腔】他愁肠如碎，痴情欲死，敢梦断梅花[7]一纸！他道同盟何幸？几番欲拜闺师。〔旦〕我的诗，有何好处？就这般赞赏起来！〔老旦〕小姐，好一位官人哩！何必容加粉，真如玉作姿。〔背介〕这是因缘簿，撮合司[8]，何须颠倒费寻思？〔旦〕他可认得女人家的诗，略有些不同处么？〔老旦〕正是。他也说来，道笔尖可画浑疑黛。小姐，你看他的诗，也认得出是少年才子么？他吟际空拈未有髭。〔旦〕保母，书生善诳，还须向旁人细咨，少甚么大家对面原非是。〔老旦笑介〕老身这

先写痴情，再描姿容，后夸才识，这样刻镂出的少年才子形象，有一定的立体感。

观众明知误会，等着大看笑话。

访问，是极真的了！明日大官人请会考朋友，少不得柳相公也来。小姐亲自一看，便知分晓。敢参差，你望风承影，敢也道是男儿！

〔旦〕这也有理，只在帘内一望便了。〔老旦〕阿呀！忘了，明日是浴佛日期[9]，寺里姑姑请老身赴斋，许多道友们同去念佛，多应不得陪伴，待老身回来时，细问小姐便了。

让保母跑开，为"疑貌"出留地步，想见文心之细，针线之密。

〔旦〕系人肠处断人肠，月魄花魂底事忙。

〔老旦〕既得联吟皆社友，何妨青琐一窥郎[10]。

〔1〕琅玕：原指似玉的美石，此指竹。

〔2〕知道花前人姓阮：阮，指东汉人阮肇。相传他和刘晨到天台山采药，路遇二位仙女，结为夫妇。半年后他们归家，子孙已过七代。见刘义庆《幽明录》。

〔3〕个侬：如说这个人或那个人。

〔4〕贺囊佳思：唐诗人李贺时常出游，"从小奚奴，骑距驉，背一古破锦囊，遇有所得，即书投囊中"。见李商隐《李长吉小传》。

〔5〕断肠枝：指柳枝。因古人多以柳枝赠别，故离人目及柳枝便有断肠之感。车静芳设以思慕者为柳生，与柳枝之柳相关，故见柳枝更添怀人伤感。

〔6〕莲：指女子的小足。

〔7〕梦断梅花：传说隋人赵师雄路过罗浮山，夜遇一女子，芳香袭人，于是相邀到酒家欢饮。赵大醉而寝，早晨醒来发现自己躺在梅树下。见柳宗元《龙城录》。后即以"梦梅"喻指对爱情的梦想。

〔8〕撮合司:传说中冥司主管人世间婚配的官署。

〔9〕浴佛日期:农历四月初八。传说这一天弥勒下生,各寺设会,香汤浴佛,以示纪念。见宗懔《荆楚岁时记》。

〔10〕青琐一窥郎:青琐,雕镂有连琐文的涂青门窗。古时青年女子多为礼法阻隔,不能与男子直接交往,只能在琐窗内相窥。

第十二出　友谑

【双调过曲·普贤歌】〔丑上〕乔才[1]可恶窃虚声,考较原来是末名。在下便白丁,只怕老兄也欠青[2],传与文场作笑柄。

前日和柳大商议,只说公请社友,骗那小顾到来,大家耻笑一场,以雪不肯刻文之恨。他只道好意吃酒,欣然诺之。这时节柳大怎还不到?

【字字双】〔净〕案首新衔满街称,侥幸!身无三两骨头轻,真兴!别人担粪替他馨,怎领?闭口何如好作声?光景!

〔见诨介〕〔净〕小顾可来?〔丑〕他说就来。〔净〕小弟恐他不来,又叫苍头去请了。〔丑〕妙!〔末上〕暂偷看馆暇,又替别人忙。顾相公请到了!〔小生上〕长日抛书卷,闲情付酒杯。车家相邀,本要辞他;又道我考低了,怕来赴席,只得勉走一遭。〔见介〕〔丑〕小弟薄酌,单请同社朋

本出和"帘试"出是全剧中最成功的两场喜剧。从全剧情节看,这场戏尤为热闹,把柳、车的趾高气扬真写到十二分;"帘试"后他们的步步出丑,才更为大快人心。

"恐他不来"妙。

友，便谢兄与柳兄同馆，也不曾邀。

〔净〕小弟下次作主。〔小生〕尚未奉扳，怎好先扰？〔净〕会卷可传到了？〔小生〕二兄佳作，已捧诵过了。〔净〕小弟文字，一发看不得；顾兄真是名士，开口自然不同。〔丑〕尊作可惜不曾抄得，想选刻中自然刻出来的那时熟读便了。〔小生〕又来取笑。〔净〕沈老师看文，真是法眼。〔丑〕一毫也不差的。〔小生〕果然不差！〔净〕顾兄忒有心了！小弟们都是直肠快口，同社兄弟，须要忘怀便好。〔丑〕请坐席罢！〔净〕顾兄请。〔小生〕怎敢。〔丑〕若依年齿，该是柳兄；若论名士，还该是顾兄。〔小生笑介〕毕竟依了会考名次才是。〔净〕小弟占了。〔各坐介〕〔净〕小弟下次不赴会了。〔丑〕为何？

两个白丁对顾生的恶谑，起初语带讥刺，还装得一本正经，渐渐忘形，用上闹剧的逗打，终于大出洋相。这样的关目安排，喜剧色彩愈演愈浓，反面人物的丑态也愈演愈明。

【好姐姐】〔净〕偶然、朝来患病，告会长临期休订。〔丑〕兄有何病？〔净〕恐只管夺了顾兄案首，不好意思。〔丑〕小弟也怎么占定第二，难辞贱冗，由他罚例明。〔净〕一个说病，一个说忙，单单是顾兄去，怕案首不是兄的？〔小生笑介〕由小弟自家考末，不劳二兄如此费心。甘灰冷，任呼牛马皆能应，蜗角何心更较争[3]？

〔净〕小弟有个计较在此：顾兄文字原好，只因人少，偶然借重，做这件东西；不如与沈老师讲过,多拉些不通朋友来,那时的第三,就是绝高的了!就替一替这件东西,也是妙的。

【前腔】广拉新来后劲,也好衬老成高等。〔丑〕小弟为顾兄念头,一发真切!我们都是好朋友,反多了这番高低,觉得体面上有些不象。以后只是序齿[4],何等蕴藉!就是批得不好些也罢了!泯然形迹,其时责系轻。〔小生〕二兄又这等费心,忒劳了。批评定,漫言贫也原非病[5];多谢你削面秋风慰劳情[6]。

〔丑〕原叫一班梨园[7]奉酒,今早来回说,小生、丑、净不在下处。〔末〕闻得还少一脚末。〔净笑介〕末倒有,在这里。〔小生〕酒多了,告别罢!〔净、丑固留介〕〔净〕我等无以为乐,大家唱只曲子。〔丑〕也平常。〔净〕竟上场串串,何如?〔丑〕绝妙,只是串那一出?〔净想介〕有了,做《千金记》上一出"韩信胯下[8]"。你我做淮阴少年;顾兄,你便做韩信。〔小生〕小弟从不曾串戏。〔净〕又来道学了,大家都在戏场中逢场作戏,这也何妨?〔强小生立介〕你便不唱,只立在场上,当个韩信便了。苍头,你就打打鼓板。〔末应介〕〔净、丑换小帽介〕〔窣地锦裆〕淮阴年少总驯良,叵耐[9]韩生忒性刚。今朝必定到街坊,要使旁人笑一场。〔净〕自家淮阴少年是也。我是王一,兄弟便是王二,淮阴市上有名的好汉。近

说出了当时一些文社中滥拉社友的真相。

拿角色打趣,是喜剧手法,吴江派传奇中屡见。吴炳作剧,在舞台表演上间有吸取吴江派之处,即此便是一例。

原评:"妙在柳、车不以淮阴少年为羞。"这样场上串戏,也是古为今用,但与诗文中的用典不同,它要考虑到舞台演出的效果,需要有鲜明的动作性和强烈的喜剧性。

日出了甚么韩信，镇日背着一口宝剑，在市上摇摆，不显得我们好汉，可恶得紧！不免寻他耻辱一场。〔丑〕前面来的就是了。〔净〕韩信，你这样一个人，只在河边钓钓鱼也罢了，偏要大模大样自称好汉，可及得我们的屁来？〔丑〕我闻得好汉杀人不斩眼[10]，你若真是好汉，可把剑刺杀了我兄弟二人，才见手段。若不敢刺，好好低了头，在我们胯下扒过去。【剔银灯】你平生夸能武艺，到如今敢和咱相比！贪生怕死成何济？休想我今番饶你！韩信把头低，但说出胯底，空惹得旁人笑耻。〔旦上，潜看即下介〕〔净、丑起足要小生钻介，各跌倒介〕〔小生大笑介〕〔净〕只管耍乐，忘了一件正经事，沈老师这样得意，难道不去谢他了？〔丑〕少不得要些贽仪。〔净〕正是，你可办了？〔各算裱礼诨介〕〔小生旁笑介〕

稍现即隐，深合香闺少女身份。

如此关目，真是绝倒，想见演出时必满场哄堂。

【川拨棹】真蛙井，乍窥天[11]，忘本等。这可似魍魉峥嵘，这可似魍魉峥嵘，听不得嗥嗥吠声！〔丑〕贽仪[12]已算停当了，再饮杯酒。〔合〕但衔杯，称好朋，共论心，订久盟。

〔小生〕不如意事常八九，可与人言无二三。〔作潜下〕〔丑〕小顾被我们抢白不过，竟逃席了！〔净〕名士也有这一日。〔丑〕且不要骂。我们趁这兴头时节，刻些文章出去，也做名士。〔净〕

奚落尽假名士。

更妙！

【前腔换头】一日声名满洛城[13]，〔丑〕算名流，让我称。〔净〕那文章批语只拣好的抄上，假说是某老亲评，假说是某老亲评，〔丑〕发书坊教他杀青。〔合前〕

〔净〕小弟也别了。〔丑〕再讲讲。〔净〕醉了。我们酒落欢肠，〔丑〕只怕小顾吃在背脊。〔净〕这不是好意请人，〔丑〕分明是吕太后筵席[14]。〔净同末下〕〔丑作醉介〕〔旦上〕事不关心，关心者乱。哥哥醉了！〔丑〕我不醉。〔旦〕方才做得好戏！〔丑笑介〕又让你瞧见了。〔旦〕听见锣鼓声响，只道真个唱戏，出来一看，原来就是你们！哥哥，那做韩信的是那一个？〔丑〕前日考末的顾文玉。〔旦〕做淮阴少年的呢？〔丑〕考案首的柳五柳。〔旦笑介〕哥哥不要哄我，这不是他！〔丑〕怎么不是？〔旦惊介〕真个是？〔丑〕时常在我家中，那个不认得？他假说醉了，我的酒兴正未，不免赶上捉住他转来再吃。〔作跑下介〕〔旦〕你看他浪子行踪，市儿谈吐，面上大有蠢气，意中绝少酸情[15]。岂是俊才？知为赝鼎。昨日保母恁般夸奖，不知他看着甚么来。

这出戏不在友谑结束时闭幕，而让车小姐上场，对两个白丁的好戏大加挞伐，就进一层开拓了喜剧冲突的思想深度。顿起疑窦，不如此不是静芳。

【尾声】风流想像几无剩，只道相看定可憎。这没揣的[16]情肠教我向何处冷？且等保母归家，再问详细。

原评："不曰何处热而曰何处冷，妙，妙！"一团情肠，偏遇意外，自应冷漠，却不知向何处冷。正话反说，把一个少女对爱情的热烈期待，表现得十分真切。

有才自应有貌，所见不逮所闻。
意内偏生意外，信己何必信人？

〔1〕乔才：虚伪狡诈之徒。

〔2〕欠青：古时在青竹简上写字后需用火炙，以防虫蛀；后因称文章写定为杀青，文章欠妥、文才不高为欠青。

〔3〕“蜗角”句：《庄子·则阳》：“有国于蜗之左角者，曰触氏；有国于蜗之右角者，曰蛮氏。时相与争地而战，伏尸数万，逐北，旬有五日而后反。”后即以“蜗角之争”比喻所争者甚小。

〔4〕序齿：以年纪大小为序。

〔5〕贫也原非病：孔子的弟子子贡做了官，另一弟子原宪却穷得衣不蔽体。子贡问原宪：“夫子岂病乎？”原宪答道：“吾闻之，无财者谓之贫，学道而不能行者谓之病。若宪，贫也，非病也。”后即以原宪此语表示自甘贫穷而保持高洁的情操。

〔6〕削面秋风慰劳情：面孔冷峻却做出安慰人的样子。这是顾生指斥车、柳二人虚情假意。

〔7〕梨园：指戏班艺人。

〔8〕“做《千金记》”句：《千金记》，明传奇名，沈采著，写刘邦用韩信打败项羽的故事。剧中有《韩信胯下》一出，演韩信不得志时受淮阴少年侮辱事。

〔9〕叵耐：可恨。

〔10〕斩眼：眨眼。

〔11〕“真蛙井”二句：“坐井观天”之意。《庄子·秋水》：“井蛙不可语于海者，拘于虚也。”韩愈《原道》：“坐井而观天，曰天小者，非天小也。”这里借以嘲讽车、柳二人妄自尊大。

〔12〕贽仪：此处指送给梨园的酬金。

〔13〕声名满洛城：左思成《三都赋》，洛阳豪贵之家竞相传抄，声名日盛。

〔14〕吕太后筵席：吕太后，指汉高祖皇后吕雉，她曾诡称叛将陈豨已除，令群臣入宫祝贺，召韩信至未央宫赴宴，趁机杀了他。后因以“吕太后筵席”指不怀好意的请人宴席。

〔15〕酸情：指书生的风度意气。

〔16〕没揣的：没有想到的。

第十三出　疑貌

【南吕过曲·香柳娘】〔老旦行上〕想帘前细窥，想帘前细窥，定然留意。少不得琴心[1]也倩风儿递，老身去赴佛会，忆着小姐，忙忙回来，不觉又晚了。听钟声早催，听钟声早催，原来会考相公们，酒席都散了。堂上已灯稀，阑珊客归矣！你看小姐还不曾睡，倚薰笼[2]半欹，倚薰笼半欹，月影初低，夜香烧未？

外貌的美丑和才情的高低，本无必然关系。但在戏曲舞台上，习惯以扮相的美丑表现人物的好坏；所以，明清传奇中，“有才自应有貌”和“丑人多作怪”，几乎成了描摹人物的法则。

小姐，老身回来了！

【前腔】〔旦上〕正嗔伊盼伊。正嗔伊盼伊。问伊详细，昨宵絮语浑如戏。〔老旦〕老身极老实的。今日小姐可亲自看见了？不敢欺。经我这双眼睛看过，再无差错。〔旦笑

先从保母口中，备写小姐又嗔又盼的情态。

介〕还要卖弄，只怕眼乜斜见岐，眼乜斜见岐，错认阮郎归，桃源竟非是！〔老旦〕怎说老身错了。敢不合小姐的看法么？这滴溜溜的措大[3]，又没有象简绯袍[4]，莫把眼儿忒放高了。笑黄齑未离，笑黄齑未离，小姐你也须把球彩佯低，恕他酸气。

原评："光景口气都象。"敏锐聪慧的小姐已疑看错了人，保母偏又那么粗疏自信，反责小姐眼界太高，引起新的纠葛，真是可笑煞人。

〔旦〕不是这等说。你前日可曾到柳家去？〔老旦〕去的。〔旦〕可曾见那人来？〔老旦〕老身不见，难道说谎？

【前腔】我亲瞻紫眉[5]，我亲瞻紫眉，讲的好一会话，坐移阶晷[6]。他茶风炉影今犹记。小姐见的，想也一般？〔旦〕见丰容果奇，见丰容果奇。〔老旦〕老身原说生得绝妙。〔旦〕肉意或欣肥，〔老旦惊介〕难道是个肥大的？〔旦〕铜馨想当味。〔老旦〕小姐这般说起来，一发不是那人了！或者柳相公原不曾来，小姐错认了别个？〔旦〕问明了哥哥，果然是他。这样人那会做诗？只怕也是传递，料胸中可知，料胸中可知，想也作蹊蹊，做个代僵桃李[7]。

何等聪明！何等机锋！

〔老旦〕明明有个柳相公坐在庄里，若有代倩一定是他了。小姐，

【前腔】你无烦载疑，你无烦载疑，待

老身过去,再看风致。少不得到头猜破诗中谜。〔旦〕我只爱这诗,也不管他姓柳不姓柳,便家世寒薄些,也不妨!保母,须问明白了,莫含糊便回,莫含糊便回。还有一说:你就要那人再做绿牡丹诗一首来,方才信他。原是旧时题,重拈有新意。〔老旦〕老身都晓得了,决不再蜂痴蝶迷,再蜂痴蝶迷。莫笑支离[8],还伊清理。〔旦〕你去了就来。

爱才不爱财,正是车小姐可爱处。料定代倩者家世寒薄,预为叮嘱,又是其智识过人处。

绿牡丹妙用,更进了一层;再做一首,不仅为"帘试"伏笔,也是通本关钮。

〔旦〕但认真诗不认人,诗真便许是人真。

〔老旦〕桃源只在花深处,前度渔郎又问津[9]。

〔1〕琴心:西汉司马相如用弹琴传达心意,向卓文君求爱。后即以"琴心"泛指爱情的表达。

〔2〕薰笼:一种扣在炭盆上的笼罩器具,闺房中常作薰香用。

〔3〕措大:古时对读书人的蔑称。

〔4〕象简:高官上朝时手拿的象牙笏。绯袍:红色的官袍。

〔5〕紫眉:唐元德秀,字紫芝,善文辞,曾作《蹇士赋》自况。房琯见到他,叹息说:"见紫芝眉宇,使人名利之心都尽。"见《新唐书·元德秀传》。后遂以紫眉赞誉才貌出众的人。

〔6〕坐移阶晷(guǐ):在台阶上的日影移动了,意指时间过了许久。

〔7〕代僵桃李:《汉乐府·鸡鸣》:"桃生露井上,李树生桃旁。虫来啮桃根,李树代桃僵。"这里指柳五柳的诗是别人代作的。

〔8〕支离:指头绪杂乱,纠缠不清。

〔9〕“桃源”二句:陶潜《桃花源记》载,武陵有个渔夫来到一处两岸盛开桃花的水源,发现了一处与世隔绝、人人安居乐业的地方。他归家后再访桃源,却找不到原处了。这里借指保母决定再访谢英。

第十四出　觊姻

〔净上〕年纪二十外,红鸾[1]运未交。胡须已满颊,人笑老风骚。我柳五柳赌钱吃酒,闲耍过了日子,倒把婚姻大事丢在脑后。便结识得几个表子,也觉没甚意思。一向闻得车大的妹子,非但标致,兼且聪明,诗词歌赋,无所不通。怪道车大前日考了第二,想他的令妹,就如我的小谢一般,娶为老婆,做个代笔,有何不可?昨日在他家会席,帘内影来影去,象有一个女人,想就是车小姐了!车大与我最好,说来无有不依;只是也要小姐自家情愿,先央的当人暗通一通才好。但不知三姑六婆[2]之类,那个在他家走动?

〔老旦上〕为欲寻佳配,重来访俊才。〔向内问介〕大叔,柳相公可在书房里?〔末内问云〕你是那个?〔老旦〕我是车大官人家保母,要寻相公讲一句话。〔末内应云〕相公在里面。钱妈妈,你自进去。〔净听喜介〕来得正好。〔老旦作叫介〕柳相公……〔净迎介〕妈妈拜揖。〔老旦看

一幅假名士的漫画像。

又多一重喜剧纠葛。

明清剧目中,三姑六婆之类大多奔走豪门,涉足香闺,充当淫棍浪子的帮凶,而钱妈妈志诚正派,一心为小姐寻访俊才,给人面目一新的印象。

介〕这不是柳相公?〔净〕只在下便是。还有那个?〔老旦背介〕这人嘴脸,好生难看;想小姐见的,就是他了。〔转介〕昨日相公敢在我家赴席来?〔净〕正是。请问妈妈到来,有何贵干?

【双调过曲·锁南枝】〔老旦〕闲行踏,到偶然,邻家借绿窥董园[3]。〔净〕小园也没有甚好看。妈妈有话,请就讲了罢!〔老旦〕不瞒相公说,老身来寻一位官人。〔净〕是那个?〔老旦〕前日坐在书房里的,敢是相公的同窗么?他也说是柳相公。〔净背介〕小谢这等可恶,就私下冒我姓名。〔转介〕妈妈,我这里并没同窗。〔老旦背介〕明明有一个人,这次来偏遇不着,空到武陵源,不见桃花面。〔净〕此间往来人多,不知是那个朋友?〔老旦沉吟介〕怎么不见他?〔净〕妈妈若有说话,不若对我说了。左右在此走动的朋友,自然想得出来,待我转致便了。〔老旦背介〕知何语,好浪传?事多磨,可叹没方便。

原评:"姓名尚不可冒,文章反可冒乎?"

〔净〕学生一向要请妈妈过来。今日幸然到此,直说了罢!

【前腔】怜孤孑,未觅缘,灯花冷落愁夜眠。〔老旦笑介〕我又不是媒婆,对我说这话怎的?〔净〕妈妈,你家有女正芳年,欲求作姻眷。〔老旦背介〕怎么思想我小姐起来?〔转介〕这婚姻事体，自有正经人主持；老身只是保母，那里管得。〔净〕大官人处，我自家去说，自然允的；小姐跟前，只求妈妈撺掇，闺阁里，闻好言，系红丝[4]。少不得你这暗针线。〔老旦〕这是那里说起？俺小姐呵，

【前腔】巫阳女，洛浦仙[5]，姻缘结来须是五百年。〔净〕学生正是五百年结来的了！〔老旦笑介〕只问你金屋[6]在谁边？我这里金屏暂收卷。〔净〕妈妈不要如此取笑。〔老旦〕谁与你取笑来？〔背介〕尽着你舒饧眼[7]，流鼎涎，只唱得一声[8]告乡官，可怜见。

现成语，用衬贴字略加变化，便饶谐趣。

〔净〕敢疑我是个穷秀才么？

【前腔】论家世，祖父贤，从容手头颇有钱。〔老旦笑介〕相公家世富贵，老身那有不知？只俺小姐许人，也要略看人材的。〔净摆介〕人材似俺柳相公也够了。公子信翩翩，你只看风光袖梢剪。〔老旦笑介〕不是老身冲撞相公说，若再央倩好些的，到彩楼前相一相，自然中选了。〔净〕难道柳相公专靠央倩的？闻你小姐善于诗赋，何不把前日会考卷子一看？头一名便是学生！〔老旦〕那首诗可是相公亲制？〔净〕怎么不是亲制？实实在我肚肠底下挖出来的。小姐倘若看了，必然欢喜。新诗句，竟满篇，

倚财仗势是封建时代劣子恶少的本性。

着一“挖”字，就写得柳大通身出神。

想佳人,定留盼。

〔老旦〕俺小姐也不晓得甚么诗。没来由在此胡缠,告去了。〔净〕妈妈千万撮合,打点谢媒便了。

这段风流实可夸,花红羊酒敢言赊!

〔老旦〕落花有意随流水,只怕流水无情恋落花。

这里着力写钱妈妈的坚拒,下出再写谢英的艰遇,观众就会感到这个人物所处的逆境是暂时的、不稳定的,冲突很快会发生喜剧性的变化。这就在他一时流露感伤情绪之后,潜滋着幸福的果实。

〔1〕红鸾:星相家所指的吉星,主婚娶等喜事。

〔2〕三姑六婆:旧时指尼姑、道姑、卦姑和牙婆(人贩子)、媒婆、师婆(巫婆)、虔婆(鸨母)、药婆、稳婆(接生婆)。

〔3〕董园:汉代名儒董仲舒教授弟子,放下帷幕讲诵,三年不窥园。见《汉书·董仲舒传》。后以董园指读书人的园子。

〔4〕系红丝:指做媒。传说幽冥中有掌人间婚事的老翁,身有一囊,中存赤绳;如以此绳系男女之足,婚姻即不可改变。见李复言《续玄怪录·定婚店》。

〔5〕洛浦仙:指洛水女神宓妃,相传为宓羲之女。曹植有《洛神赋》述其与宓妃相会事。

〔6〕金屋:汉武帝刘彻数岁时,曾说若得阿娇作妇,定另建金屋让她居住。见《汉武故事》。

〔7〕饧(xíng)眼:眼睛似蜜糖般粘涩,一种色眯眯的眼神。

〔8〕“只唱得一声”二句:“乡官可怜见”,原是南戏《琵琶记》中赵五娘乞求里正的话;这里借指柳生乞求钱妈妈撮合姻缘。

第十五出　艰遇

【双调过曲·玉枝带六幺】〔生急行上〕【玉交枝】小窗私语，听喁喁知应是渠[1]。方才与柳大说话的，好象钱妈妈。赶将出来，又不见了。〔向内唤介〕苍头，方才可是车家的钱妈妈到来？〔内云〕正是，已去了。〔生〕他来寻我，怎不报知？〔内云〕他自寻我相公说话。〔生〕想还去不远。【六么令】急忙倒屣[2]出庭除。〔作呼介〕钱妈妈，快转来！连招手，望风呼。说明就里休教去，说明就里休教去。

〔作望不见介〕原来去远了。小姐，小姐，你教保母到来，一定有极要紧的话说，岂知不遇！我谢瑶草这几日想得好苦也！

【金风曲】【四块金】愁欤，病欤！茶饭无心绪。嗟夫，已夫！鱼雁[3]无凭据。床上残书，阶前荒雨。日日望钱妈妈，只不见来。【一江风】履声虚，庭草春深，不见人行处。及至你来，我又不晓得，止有一个柳大接着，他一定惊诧了。前番君子儒[4]，前番君子儒，怎变做高阳一酒徒，笑他错眼知

照今天的舞台处理，本出与前出可以合并。但从剧作者的经历看，他入仕前可能有过类似的境遇，所以借题发挥，在剧中自成一出。如同他在《情邮记》中，因有感于“人间佞多贤偏少”，故在“廷对”一出中，特意把“古今贤奸治乱之故”痛切发挥一番。

何据。

我记得他说家就住在近边，何不出去寻他！〔行介〕

【玉枝带六幺】他道东家邻妪，靠庄门有寒庐附居。〔向内介〕借问一声，此间有个钱妈妈，家在那里？〔内云〕这家就是。〔生〕呀，为何荒敝至此？你看苍苔深锁壁垣虚。〔内云〕他一向不住在此。〔生〕空访问，好踌躕，想还只伴娇娃住，想还只伴娇娃住。

他做车家保母，自然住在车家。竟往他门首去寻便了！我想那日若说明我谢瑶草真姓名，他也好来寻访；如今混混沌沌，只道我果是柳五柳怎处？这是我自家差了！

【江头金桂】【五马江儿水】书生出处，全凭名姓俱。谁着你对他卓女，隐过相如，偏要假含糊赋子虚[5]。【柳摇金】今日里教他暗里私摸，闲中空絮[6]。只道我言词奸诈，故作差殊。只怕柳大竟说诗是他做的，把文章剿袭无剩余。〔叹介〕唉！俗人眼力，若要择婿，定道我不如他了。【桂枝香】豪华贵倨，怎数得着我风魔酸腐？〔笑介〕只一件也要查访，诗儿实是谁做的？问何如，所事皆堪倩，东床[7]倩得无？

不平则鸣，出自肺腑，可为寒士壮志！

四句曲文用了四个典故，都是不相干的话。临川派的剧作中多有这种掉书袋的毛病。

我又想小姐所重才貌，决不单论家世。

【姐姐插海棠】【好姐姐】既然心心自许，早难道称量寒儒。【月上海棠】止不过青毡[8]本等，弹铗歌鱼，怕穷秀才卖酒成都[9]，还尽强似将军腹负[10]！那钱妈妈也是知趣的，一定在小姐面前赞成此事，鸳鸯谱，稳倩冰人[11]，莫加涂注。

此噱头用得趣极妥极，能逗得观众哄堂，亦画出了车大的丑态。

已到车家，门上没人，竟进去会车大便了。有人么？〔丑上〕忽闻堂上客，且向壁间窥。〔作窥介〕原来是小谢！想又来约做文章了，不要惹他。〔生〕大官人可在家？〔丑捏鼻应介〕不在家。〔生〕你家有个钱妈妈，请出来，我有要紧话与他说。〔丑〕没有甚么钱妈妈。〔生〕是你家保母。〔丑〕外边念佛，好几日不来了。〔生〕本要在此等他，天又晚了，只得回去。〔向内云〕钱妈妈来时，可对他说，前日相会过的这一位相公，来寻他说话就是。〔丑〕晓得了。好了，黄鹤一去不复返，白云千载空悠悠。〔作跳笑下〕〔生〕怎么钱妈妈又不在车家？

【江儿拨棹】【江儿水】我到空回步，他来枉返车，好似天边鸿燕难相遇，知道门头凤字[12]谁题去？只央的堂前鹦鹉能传语。不觉凄凉日暮，【川拨棹】且归来，别作图。待朝来，再访渠。

〔作到馆介〕到得馆中，又早雨下了。

【尾声】洒窗阵阵黄昏雨，可打得破万千愁绪？直教你数尽更筹自叹吁！

来往不相值，幽情何处知？
风灯乍明灭，是客断肠时。

〔1〕渠：第三人称，如说他或她。

〔2〕倒屣：倒穿鞋子，本意喻匆忙迎客，此处借意匆忙。

〔3〕鱼雁：指书信。

〔4〕君子儒：指才德不凡的儒生。

〔5〕赋子虚：司马相如曾作《子虚赋》，假托为子虚、乌有先生、亡是公三人为辞，讽谏天子诸侯戒淫奢。这里借指谢生假托柳生之名。

〔6〕空絮：白白议论一番。

〔7〕东床：指女婿。

〔8〕青毡：《晋书·王羲之传》："（王献之）夜卧斋中，而有偷人入其室，盗物都尽。献之徐曰：'偷儿，青毡我家旧物，可特置之。'群偷惊走。"这里借指家产微薄。

〔9〕卖酒成都：卓文君私奔司马相如，一起来到成都。后因相如家贫，又一起到文君家乡临邛，开酒店卖酒，由文君当垆。

〔10〕将军腹负：《通鉴长编》："党太尉进食饱，扪腹叹曰：'我不负汝。'左右曰：'将军不负此腹，此腹负将军，未曾少出智虑也。'"

〔11〕冰人：媒人。

〔12〕门头凤字：《世说新语·简傲》："嵇康与吕安善，每一相思，千里命驾。安后来，值康不在，喜（康兄）出户延之，不入，题门上作'凤'字而去。喜不觉，犹以为欣。故作'凤'字，凡鸟也。"这里借指寻人不遇。

第十六出　群谒

以下三出，为这本传奇的血脉接会处。剧作者的笔墨灵动异常，关目穿插，情节变幻，无不表现出“荡动为主，以轻心出之”的艺术特色。

〔净上〕但要姻亲稳，何妨道路多！这两日与车大说，要聘他妹子；他说父母不在，须妹子自家情愿。归去商议，竟无回音。我又打听得沈老师有一令爱，现在择婿；倘因考案首的诗得意了，便看上了我也不见得。若聘得他的，可不又强似车家！早间小谢桌上觅得诗稿一本，只说是我平日制作，袖将去送与老师，乘便讲起亲事，有何不可？远远望见车大来了，且躲在一边。〔丑上〕状元放在荷包里，只恐京城剪绺[1]多。闻得沈老师女儿择婿，若柳大得知，定然去求。我这第二，不被第一压了？悄悄的独自一个来，还有妙处：把妹子的诗稿抄了几篇，假作自己窗课，故意请教，以为入门开谈之资。这桩亲事算有九分九了。〔净笑见介〕车大到那里去？〔丑〕前面去访一位朋友，不得奉陪了。柳大你到那里去？〔净〕我也访一位朋友，请了。〔各别介〕〔假转一回仍撞介〕〔各笑介〕〔净〕大家不要相瞒了，我来看沈老师，送文章。〔丑〕我也是送文章的。

两个花脸，一副驴肠，各转一圈，原地相见，是喜剧的好关目。

【黄钟引子·传言玉女前】〔外上〕底事萦怀，止欠向平[2]余债。

〔见介〕〔净、丑〕多蒙老师不弃,收录门下。备有贽仪,望老师笑留。〔各出礼帖介〕〔外〕多谢盛情,领帖罢!〔各出稿介〕拙稿请教,求老师面加批直。〔外〕佳作待老夫从容翻阅,改日奉还。〔净〕门生一来奉候起居,〔丑〕二来请教拙作;〔净〕还有一事启上:门生呵,

【过曲·啄木儿】年空长,姻未谐。〔外〕这等大才,久该有人择配了。〔净〕落拓飘零因不才。〔丑背介〕怎么他也为这件事?〔转介〕门生适才正要启齿,不期柳门生先说了。〔外〕世家子弟,怎都还未有亲?〔丑〕老师,叹人情昨日朱门,盼良缘天上金钗。〔外〕二兄这般说,敢有甚么人家,要老夫作伐么?〔净〕车兄先让小弟说。〔丑〕这个让不得,待门生先讲罢。〔外〕二位同讲就是。〔净、丑合〕闻知阃阁留娇爱,幸门墙[3]不作闲人待,愿上温家玉镜台[4]。

〔外笑介〕正是"一家女儿百家求"!二位同是知己,同在此说亲,教老夫也不好回答。〔净〕自然先尽门生,是老师新取的案首。〔丑〕老师原说门生的诗也该第一。〔外〕二兄不须争执,老夫另有酌量。〔净、丑各争诨介〕〔小生上〕理义有同好,文章自作缘。老师在堂,不免径入。〔净〕顾兄,你来便来,那老师的女婿,已许定是

委婉推脱,入情入理,是老于世故的声口。

映带"社集"出。

我了。〔丑争介〕是我！〔作争诨介〕〔小生〕门生此来，送窗课与老师看，并带拙选宙合大社一册在此，求老师删正；谁与你们争女婿来？门生这窗课呵，

【前腔】萤光趁，雪影挨，小子成章无所裁。这社刻呵，敢翘然品第群伦，谨公诸印证吾侪。至如老师择婿，自然要面试文字，细访人才，高下竟其生平，妍媸酌于舆论，空教眼热楼头彩，问鲰生可有福堪消在？一任屏雀从公自拣来。

原评："语语有骨。"意指说话中带刺，见出少年才子才高气盛。

〔外〕人家来求亲的尽多，老夫概未轻允。

【三段子】萧条可哀，伴桑榆[5]只有这娉婷小钗。因缘尚乖，结丝萝[6]止等个风流快才。三兄才学俱优，老夫一发不知所择，满前珠玉皆堪爱，想书中自有花星带，且待登科，来询纳采[7]。

登科后议亲，是封建主义的理想婚姻。但这里兼含"辨真"之意，老翰林和《西厢》中的老夫人自有不同。

〔净、丑各背介〕若等登科，这事就不稳了。〔小生〕老师门墙岂有白衣女婿？待登科后议亲，极见教得是！门生再启老师，会考几时再举？〔净〕老师已评品过了，再考也是一样的。〔丑〕旧规想该歇夏。〔外〕正要另择日期请教。

【前腔】〔小生〕防他伪才，笑秦楼[8]何须早开？收他骏才，盼金台[9]还求再开。

平平常常四句话，画出四副肚肠，这才是"白重千斤"。

禀过老师，下次会考，规矩再要严些方好！

〔净、丑〕难道前次有甚么弊窦?〔小生〕严些好做文字,文心静约方无懈。〔外〕极是!〔小生〕就是弊窦,也该防闲,便闱墙置棘非为怪。〔净、丑笑介〕顾兄这样有兴,极是妙的;只怕又占前列,不要见罪便好!〔小生〕你看我这请复王良[10]偏不自揣。

〔外〕诸兄,既大家鼓兴,待秋爽些定期何如?〔小生〕领命。〔外〕笑谈欣胜友,〔小生〕衡鉴识真儒。〔外、小生先下〕〔净背介〕老沈口气,不象许亲;且骗车小姐到手,不要两头脱空。〔丑〕柳大,你也不是人了!一面求我的妹子,怎么一面又求别家?〔净〕你没有回头,只得另寻主顾,休怪,休怪!〔丑〕不是我不来回复你,争奈舍妹心下不肯。〔净〕又来混话,几曾见女子嫁人,自家作主?令尊令堂不在,允帖少不得凭长兄发的。〔丑〕你倒乖,你的亲事,骗我成就;不知我的亲事,替那个讨哩!〔净〕沈老师心上,自然要许你我。只因小顾在坐,不好说得。若论案首,终久你要让我。〔丑又争介〕〔净〕若把令妹竟许了,便让沈家的亲与你。〔丑喜介〕也说得是。〔净〕既然许定,大家认了亲罢!〔叫介〕车大舅!车大舅!〔丑〕难道就要我叫你妹夫,〔净〕便叫一声何妨?

【归朝欢】〔丑〕妹夫的、妹夫的,今朝

秋爽以后再举会考,便可在“严试”以后紧接入京应举,使剧情发展顺理成章。

台上一本正经,台下哄堂大笑,一笔幕后的丑恶交易,把两个白丁的卑劣灵魂,写得入木三分。

乐哉！稳做了寒家布袋[11]。〔净〕嫡亲舅、嫡亲舅，今朝乐哉，再无人抢伊买卖。〔丑〕正是一边筑墙两边快，〔净〕却不道东家还了西家债。〔合〕小顾那晓得这等妙事，笑杀那即世孤单小贱才！

〔丑〕还有一说：我前日对着舍妹，怎生替你夸扬，沈翰林簇新案首！好笑舍妹古怪，说你一字不通，连案首文字，也是传递来的。〔净背介〕活神仙！〔转介〕怎么叫做传递？小弟自来不识这事，大舅着实替我辨明心迹。〔丑〕我也辨来，舍妹只是不信，说要隔帘面考一首诗。〔净〕这个容易，明日就来求考了。〔丑〕须要用心！〔净〕自然！

这种画龙点睛式的旁白，和对白交相穿插，更增添了喜剧色彩。

新诗着意裁，红叶作良媒[12]。

〔丑〕本是前生定，蟠桃会[13]里来。

〔1〕剪绺：剪断他人身上挂系佩饰物的丝线，引申指扒手。

〔2〕向平：东汉人，他料理完儿女的婚事，离家出游，不知所终。见《后汉书·逸民传》。向平余债即指儿女婚事。

〔3〕门墙：指师门。

〔4〕温家玉镜台：晋代温峤为从姑刘氏的女儿觅婚，假称女婿的门第官位和自己差不多，用玉镜台为聘礼。后行婚礼时，女婿原来就是温峤本人。见《世说新语·假谲》。这里借指登门求婚。

〔5〕桑榆：原指太阳落在西边桑树榆树间，形容日暮，后常比喻人的晚年。

〔6〕结丝萝:古诗《冉冉孤生竹》:“与君为新婚,菟丝附女萝。”菟丝和女萝都是柔弱的蔓生植物,相互依附,后因以结丝萝代指择配成姻。

〔7〕纳采:古代婚礼“六礼”之一。男家请媒人向女家提亲,女家答应议婚后,男家备礼前去求婚。

〔8〕秦楼:传说秦穆公的女儿弄玉,爱上了善吹箫的萧史,二人结为夫妇;萧史日教弄玉作凤鸣,引来了凤凰,穆公为筑凤台。后来萧史乘龙、弄玉乘凤成仙飞去。见刘向《列仙传》。后即以开秦楼喻择婿。

〔9〕金台:黄金台。《上谷郡图经》:“黄金台,易水东南十八里,燕昭王置千金于台上,以延天下之士。”这里借指沈重主持的旨在鉴识人才的会试。

〔10〕请复王良:王良,春秋战国时善驾车的人。赵简子曾派王良给他的宠幸人奚驾车打猎,第一天没有收获,奚就回报说,王良的驾车技术很差。王良说:“请复之。”第二天一早上就猎得十只禽鸟。见《孟子·滕文公》。这里借指顾生要求第二次会试。

〔11〕布袋:借谐补代,指赘婿。

〔12〕“红叶”句:唐宣宗时,舍人卢渥偶从御沟中拾一红叶,上有绝句一首,他便把它藏在箱里。后宣宗发放宫人,卢渥择配者正是当年题诗的人。见范摅《云溪友议》。这里代指用绿牡丹诗作媒介。

〔13〕蟠桃会:古代神话传说中西王母设席宴请各界神仙的大会。

第十七出　戏草

【商调过曲·山坡羊】〔生上〕接桐阴,槐阴堪倚,斗榆钱[1],荷钱[2]堪戏。到荼蘼花缘已疏,盼葵榴花统难中替。睡迷

抒情、写景和心理刻画巧妙结合,勾出了一幅传神的才子相思图。

痴，朝来不觉饥。这风风雨雨，可是做作黄梅[3]意？我的车小姐，怎不教你保母再来走一遭儿？难道你笔砚朋情一朝捐弃[4]？算来还只是我差了，不该自隐姓名，致他无处访问，应疑，敢笑我这假行踪也太奇！钱妈妈，几时再得你到此？无期，好怪你这悄行踪也太稀。

小生连往车家数次，并不得见钱妈妈；又恐怕他来寻我，反不相遇，只得日日坐在书馆等他，这也不在话下。好笑柳大不知往那家会考，又来央我作文，此时怎还没有题目来？〔末急上〕前日骗案首，今番骗老婆，再充转运使[5]，无奈主人何！相公，题目有了，请快些做。〔生〕我且问你：相公在那家会考？〔末不语介〕〔生又问介〕怎么不说？〔末〕俺相公分付了，不敢说。〔生〕你若不说，我就不做了。〔末急介〕不做，还了得？〔生〕不过考末罢了！〔末〕考末何妨！俺相公这番十分要紧，不是要笑的。〔生背介〕看这苍头好生急落，必有缘故。〔转介〕我管你要紧不要紧，你若不说，我真个不做了。〔末〕这等，只得直说罢！今日不是会考，是有人家要面试相公。〔生〕一定是县公了，

一边越急，一边越慢，"急惊风偏遇慢郎中"才有戏看。同时表现谢英的机警，步步进逼，终于讨出真情。

【前腔】可是献琴堂[6]，要骗着乌纱得意？〔末〕不是。〔生〕多应是学里先生敢则试芹宫[7]，假向那青衿[8]争气？〔末〕不是。

一连四问，反诘语气逐步加深，充分表达了谢英对柳大的扼腕之情。

〔生〕莫不是你家族长课儿曹，有宗祠旧规？〔末摇头介〕〔生〕这番猜着了，想就是沈翰林要复试，较门墙，只怕太史亲质对？〔末摇手介〕都不是。〔笑介〕考俺相公的倒是一位女客哩！〔生〕那有这事？问朱衣[9]，可曾见红妆坐礼闱[10]？我且问你：那女人如何面对相公？〔末〕只在帘内，不当面的。〔生笑介〕一般的帘分内外，怕也难为弊。〔末〕作弊是惯的了，小人积祖传递，好不在行。〔生〕我且问你：相公为何就要那女人考起来？〔末〕相公去求亲事，那位女客恐是白丁，要考一考。〔生〕女人家通甚文理，你相公自己将就涂涂罢了！〔末〕闻得女客肚里甚是有货，倒与相公差不多哩！〔生惊背介〕莫不就是他？绝世姿才，何能比比？〔转介〕是那一家？〔末〕就是车大官人妹子。〔生〕这个那里使得？受人代倩，假骗姻亲，连我也有伤阴骘了！你休题，为姻亲，怎替伊？〔末〕若没有文字去，小人就该死了！〔作恳求介〕〔生背介〕忽然想起来，倒不如做一首极歪的诗，等小姐看了大发一笑，绝他求亲的念头。随机，为姻亲，正替伊。

〔转介〕你老人家这等恳求，仍旧代做罢了！〔末〕多谢相公。小人门外等候，正是与人方便，自己方便。〔下〕〔生〕柳五柳你自思量，是何等

在封建礼教的禁锢下，“红妆坐礼闱”当然是不可能的。

剧作者有此奇想，多少反映了他在妇女问题上受到民主思想的影响，因而能在所塑造的女主人公身上添上一点浪漫主义的色彩。

以歪诗暗寓讽刺以绝其机缘的做法，既是才子的灵思妙想，又切合戏的喜剧性要求，虽然手段刁钻了一点，但对假骗姻亲的奸徒，正好用得着。

样一个人品？便妄想我车小姐来！

原评："此曲之妙，真所谓笔力曲折无不如意。"曲中连珠式的借喻，用得尤为工妙！

【金络索】【金梧桐】鹪鹩[11]自有栖，鼷鼠[12]何多技！劝学兵家，知彼还知己。天边费想来，【东瓯令】笑痴狸，只问可有鸡群傍凤飞，亏杀你无羊少雁[13]般般缺。【针线箱】止靠着我扮彩妆红件件依。若央我骗别人也罢了，就央我骗我的小姐，【解三酲】真新异！

【懒画眉】几曾见借人聘物，反要夺人妻？就是文字央了，容貌怕也不中！【寄生子】再商量，坦腹、威仪，敢也要咱家替？

〔作看题介〕原来题目就是绿牡丹。〔做念介〕牡丹花色甚奇特，非红非紫非黄白。绿毛乌龟爬上花，只恐娘行看不出。〔笑介〕诗内把乌龟骂他，他那里晓得？自然一径直抄了。

原评："更胜前作。"这首谑诗歪打正着，为剧情发展平添了不少喜剧色彩。如在这里虚写一笔，到下出"帘试"时露馅，喜剧效果可能更强些。

【黄莺穿皂袍】【黄莺儿】伸纸便欣题；料狂奴，眼色迷，端详那解其中意？只道波翻绣漪，光腾紫霓，少不得人前啧啧夸新制。【皂罗袍】免教曳白，还他满挥；又非请客，还他切题。柳五柳，你该谢我了，这不是泛常押韵称而已。

不免叫苍头送去。〔唤介〕〔末上〕见说文成后，应知饭熟时。相公，文章完了？〔生付文介〕

完了。

【簇御林】你收藏好，莫泄机。〔末〕晓得。〔生〕他那里等抄誊，不待迟。〔末〕就去了。〔生〕你悄地对相公说，我这首诗着实用心做的，不比前番草草无加意。〔末〕只照前番，也够考案首了。〔生〕只一件，恐怕文字忒好了，反惹考试官疑心。〔末〕这便怎处？〔生〕若他盘问真假，你相公再不可说是央人做的，须要咬定口，无回计。〔末〕相公也自然如此。〔生〕管香闺，相看笑眼，绝倒不禁持。

极写谢英对柳的作弄，分明是故作正经，请君入瓮。香闺未开笑眼，观众已先绝倒。

〔末〕一心忙似箭，两脚走如梭。〔下〕

【尾声】〔生〕谑词一首忙传递，回报了你风流佳婿。柳大不要见怪，这作弊姻亲只得来作弄你。

人倩不如天倩巧，合婚偏得破婚诗。
可知只待张京兆，更有何人敢画眉。

〔1〕榆钱：榆荚，因形状似钱而小，色白成串，故俗称榆钱。

〔2〕荷钱：指初生的小荷叶。

〔3〕黄梅：长江中、下游地区春末夏初多阴雨，时值梅子成熟季节，故俗称“黄梅天”。

〔4〕恝（jiá）弃：漠然抛弃。

〔5〕转运使：官名，唐时管理粮米运输事务，宋以后兼理边防、狱讼、钱谷等事，成为府州以上的行政长官。这里代指来往传递消息的人。

〔6〕琴堂：古时对县官衙门的美称。

〔7〕芹宫:指学宫。

〔8〕青衿:原指读书人穿的青色衣服,后引申指读书人。

〔9〕朱衣:相传宋人欧阳修批阅考卷时,觉座后有一朱衣人,这人点头的文章就入格,但回头看,却不见其人。后因称"考官"为朱衣使者。

〔10〕礼闱:本指礼部试,由礼部在京城举行的会试。此处取引申义。

〔11〕鷦鷯:一种栖于低矮、阴湿的灌木丛中的小鸟。

〔12〕鼷鼠:一种极细小的老鼠,一食人及牛马皮肤就生疮。传说鼫鼠有五技,鼷鼠只有一技,所以说"何多技"。

〔13〕无羊少雁:古时求婚要用羊、雁作聘礼,如无或不足,就不具备结婚的条件。

第十八出　帘试

原评:"此出关目为从来剧本创见,真好看。"吴梅激赏此出为破天荒之作。

原评:"好笑一女子把秀才百般拘束。嗟乎!今日考秀才者有认真秉公如此女子者乎?甘心受其拘束耳?"

〔场上先摆试桌〕〔净上〕不是一番寒彻骨,怎得梅花扑鼻香?我柳五柳为小姐亲事,只得早来听考。出的题目原是绿牡丹,已付苍头叫小谢做去了。只恐小姐利害,一双娇滴滴的秋波,端端只射着帘外,不比前次会长老人家凭我朦胧;若再叫苍头传送,可不自露破绽?不免就叫车大做这件事,小姐定不疑心。好计,好计!〔叫介〕车大。〔丑应上〕若要娶妻皆面考,今生情愿再无妻。你做文字罢了,叫唤怎的?〔净〕有事奉央,少停苍头拿一绺纸来,烦你悄悄送来与我。〔丑笑介〕这是传递了。〔净〕不要作声,恐令妹听见。〔丑〕还不曾出来。〔净〕没奈何，只得央你，成就此事，沈家的亲准准让与你了。〔丑笑介〕也罢，将就帮衬你一遭儿。〔净望介〕帘内影动，想是令妹来了。〔丑闪下〕

剧中写闺阁少女主考，确是寄寓着对科举制度的某些不满；所以，有关考试程序、考场规则，多借用科场的格局。

【双调·北新水令】〔旦同老旦上〕今日个绛帷高揭，新创的女开科[1]。颤金钗至公堂[2]坐，主司推姐姐，少不得巡绰[3]就是你老婆婆。这帘影低挪，可便似贡举院[4]花阴锁。

【南步步娇】〔净〕只见他珠翠香风，都在我身旁裹。坐起真无那[5]，〔窥介〕偷凭扇底睃。〔起介〕待我走个俏步儿，扭捏身躯，也做得风魔[6]过。〔老旦出帘高叫介〕兀那生员不归号房，出外闲走，不怕瞭高的拿犯规么？〔净急坐介〕生员在，规矩敢言苛？告宗师，初犯从轻可！

奚落尽当时科场中主考、巡绰等人物，曲子也淋漓酣畅。

〔老旦〕相公用心做。〔净〕晓得。〔老旦入介〕〔净大声吟哦介〕

【北折桂令】〔旦〕学蚊声聚夜成讹。〔笑介〕保母，你看他日里影儿，笑映日虬髯，弄影婆娑。〔老旦笑介〕真是好笑，倒好象羊子吃草。〔净揉眼、捶腰、磨腹、作倦态介〕〔旦〕为甚的把深眼频摩，围腰虚簸，伟腹轻那？

〔老旦〕这等光景，象是要睡了。〔旦〕再休想东床稳卧，一凭你梦到南柯。〔净睡，作鼾声介〕〔旦〕你听鼻息如何？试问江郎彩笔，可送到他呵？〔老旦出帘拍案介〕〔净惊介〕苍头，谢相公文字可完了？〔老旦高叫介〕柳相公不要睡，起来作文。〔净〕学生原不曾睡，正在此静想提神。

柳大一味做作，车小姐偏会讥嘲，老保母惯于打趣，把三人情性描写无余。真"如道子写生，须眉毕现"（《新传奇品》）。

【南江儿水】隐凡穷非想，那里是弯肱惹睡魔？妈妈，不是我文心一霎能灰堕，则我这春心一点难安妥，怎能够把琴心一谜都猜破？〔老旦〕快做完了罢？〔净〕少不得还你今朝功课，掌号筛锣[7]，免费催场烦琐。

〔末上〕文章已就催誊录，关节难通怕内帘[8]。谢相公的诗，催完在此，不免传将进去。〔老旦〕分付门上，闲人不许放入。〔作入帘介〕〔末〕怎么处？〔丑上，手招末介〕这里来，相公与我说过了，传递的东西，待我转送。〔末〕如此甚好！做文章的说，叫俺相公凭他盘问，只要认定自家做的。〔作付文与丑介〕眼望捷旌旗，耳听好消息。〔下〕〔丑进净桌边介〕柳兄可得意么？〔净〕也想在肚里了，尚未写出。〔各丢眼色，做照会介〕

【北雁儿落带得胜令】〔旦〕为甚的眉梢故打睃？〔净、丑耳语介〕〔旦〕为甚的耳畔频相撮？〔丑近净作私付文介〕〔旦〕为甚的殷勤直靠他？〔净一面收文，一面望帘内介〕〔旦〕为甚的忙遽来瞧我？〔丑仍立开，作看草稿介〕这草稿头一个字就妙起了。〔净假谦介〕〔旦〕保母，他两个唧唧哝哝象是传递了。〔老旦作褰帘[9]大叫介〕小姐说有人传递！〔丑急下介〕〔净〕那个传递？方才就是你家大官人在此看文。〔老旦〕小姐，难道大官人倒替他传递？〔旦〕不提备自家哥，怕反打入他家火[10]！保母，你出去搜他一搜，莫怪我简点用心多，看不的机关当面做摩娑，休指望针眼里轻偷过。〔老旦〕怎好去搜他？〔旦〕保母，你也好啰呵，则怕你懒巡拦，自犯科，懒巡拦，自犯科。

曲子、对白、动作，密相配合，舞台形象逼真、和谐、富有动作性，这才是可供演唱的好脚本。

〔老旦出帘介〕柳相公，方才真个象有弊病。〔净〕若疑有弊，请搜。〔作伸袖、解衣与老旦看介〕〔老旦〕不见有些甚么？〔高报介〕搜简无弊。〔入介〕〔旦〕明明是有弊的，既搜不出，且看他诗，就是果佳还要再考。〔净私抄，低唱介〕

【南侥侥令】任你清官能挣扎，怎当得猾吏巧腾挪！无赃只恐难悬坐[11]，你看我扫千军[12]快写波，扫千军快写波。

〔作写完大叫介〕生员交卷！〔丑上〕尊作完了？〔看赞介〕〔净作得意介〕小弟自家也觉得这

关目绝佳，极力在两个白丁身上发掘喜剧因素。

次文字不十分出丑，只怕难入令妹尊目。〔丑〕待小弟袖进去看。〔净〕小弟拱听发落。〔丑入送旦看介〕〔旦大笑介〕

【北收江南】呀！看来是这般精妙呵，可知道破工夫值得费延俄。〔丑〕是用心做的了。〔旦〕也亏他善抄誊，一字不差讹。〔丑〕果然誊得清。〔旦〕比前番佳制好还多！〔丑〕前番已考案首，这次该超等了。〔旦〕好便好，只怕不是他自己做的。〔丑〕妹子，你亲自监场，见谁与他传递来？〔旦〕你且把真情问他，把真情问他：是何人代做这首打油歌？

原评：“作者捧腹，看者哄场。”这样的喜剧性场面才能够使人从内心发出笑声来，而不是叫人皮笑肉不笑。

〔丑出介〕舍妹见了尊作，只管哈哈的笑。〔净〕想是欢喜了，可说道好？〔丑〕一头笑，一头说，比前番的更好！〔净〕这等着实中意了。〔丑〕只是疑心你央人做的。〔净〕小弟这样才学，人不来央也够了，反去央人？〔旦笑介〕他只道真正称赏，抵死承认。保母，你出去问来！〔老旦出介〕柳相公，若不是亲做的，也要直说。〔净〕你们三个人，六只眼看的，搜又搜过了，难道文章会平空里飞进来？〔丑〕你若没有弊病，赌一咒何如？〔净〕我就赌咒。〔作罚誓介〕我晓得了，

韩愈诗云：“将军欲以巧伏人，盘马弯弓故不发。”这出戏用

【南园林好】假言词无端诮诃，可是要赖婚姻生端撒科[13]？妈妈，我实对你说，亲

事是赖不成的!〔老旦〕柳相公,不要这等焦躁。〔净〕不是我要来考,是你家小姐约我来的,文章不好也罢了,既拙作蒙加许可,为甚的重勒措起风波,重勒措起风波?

〔丑〕待我进去,替你恳求。〔丑、老旦入帘介〕〔老旦〕你可听见他发作么?〔旦笑介〕

【北沽美酒带太平令】他只道真个值千金七字吪[14],便恁般弄斤两轻颠簸!只怕不辨璋獐[15]笔底讹,惹胡卢[16]满坐。详诗意,果如何?〔丑〕这等说起来,不当好了。妹子,你实说怎么样的?〔旦笑介〕他被代笔的人骗了,跳猴狲随人牵磨,演傀儡借机挑拨。受骗的忒糊涂,没些裁夺,那骗人的,太聪明也难辞罪过。〔老旦〕小姐只说好笑,怕他不服。明把好笑的缘故,说与大官人知道,也好回复他去。〔旦笑念介〕"牡丹花色甚奇特",〔丑〕也明白。〔旦〕"非红非紫非黄白",〔丑〕不是红紫又不是黄白,准准是绿的了。切题,切题!〔旦〕后面二句好笑得紧,说"绿毛乌龟爬上花,恐怕娘行看不出",分明自骂是乌龟了!〔丑、老旦俱笑介〕〔旦〕呵,呵,真么假么,但由他认么,细思量,还认作倩人犹可!

〔同老旦下〕〔丑出介〕〔净〕令妹想没得说了。〔丑笑介〕我且问你:这首诗怎么样解?

的就是这种"蓄势待发"的手法。柳大一再否认,保母一再规劝,小姐一再反讥,从而把喜剧气氛渲染得十分浓烈,人物性格也呼之欲出。

早已一眼看穿,至此方才实说,想见车静芳机灵、调皮,是一种严肃中不失幽默,活泼中保持着庄重的喜剧性格。

以净丑开场,以净丑收场:两个花脸私下调侃,余韵悠然。

〔净〕总是极妙的了,何消解得!〔丑〕舍妹说你被人哄了,诗中把乌龟骂你。〔净〕那有此话?〔丑〕方才听舍妹念了一遍,还略有些影响,大家念一念看。〔作共念介〕〔丑笑介〕以后只叫你柳乌龟便了。这卷子是你自家供状,待我收好在那里。〔净作夺破介〕〔丑〕这头亲事,替你费多少心机,在中说合,今日又相帮传递,大段是成的了。谁着你抄这样诗,自打破鬼!不要说你没面,连我也没面了。请了,正是任教挽尽西江水,难洗今朝满面羞。〔下〕〔净〕小谢这个畜生,吃了我的饭,得了我的束脩[17],倒来捉弄我,立时就赶他出门了!早晨来赴考时,何等兴头,如今冷冷淡淡,教我怎生回去?不免唱只曲儿消遣则个。

【北清江引】俏娘行强占了文昌座[18],举子才一个,夸扬识鉴精,做作威风大。只怕不中得我这俊门生也是错!

〔1〕女开科:古代开科取士都由男的主持,这次由车静芳主持,故称女开科。

〔2〕至公堂:即至公楼,古时科举试院的大堂。

〔3〕巡绰:巡视监考的人。

〔4〕贡举院:科举考试的场所。

〔5〕坐起真无那:意为坐着站着都不知如何是好。无那,无奈。

〔6〕风魔:这里指风流潇洒的样子。

〔7〕掌号筛锣：科举考场中催交试卷的号锣。

〔8〕内帘：古代乡试、会试时，指主司以下阅卷诸官。

〔9〕褰(qiān)帘：揭帘。

〔10〕反打入他家火：反而帮助外人。火，同“伙”。

〔11〕难悬坐：难以凭空定罪。坐，定罪。

〔12〕扫千军：杜甫《醉歌行》诗：“词源倒流三峡水，笔阵横扫千人军。”极喻行文酣畅。

〔13〕生端撒科：制造事端，卖弄手段。

〔14〕值千金七字吪(huò)：七字，指七言诗。吪，助词，无义。

〔15〕不辨璋獐：唐人李林甫寡薄，贺人生子应写“弄璋”，他错写成“知有弄獐之庆”。见钱易《南部新书》。这里借指柳生未弄清诗意就冒称乱吹。

〔16〕胡卢：笑的样子。

〔17〕束脩：十条干肉，古时指学生送给老师的报酬。

〔18〕文昌座：传说文昌帝君专掌人间士子登科之事。

第十九出　逐馆

【中吕过曲·缕缕金】〔末上〕亏传递，好文章，照样抄誊去，笔儿忙。再四叮咛说，莫教推让。巧机关做就有谁防？西宾果停当，西宾果停当！

是得意洋洋，夸耀西宾的声口。

俺相公到车家面考，好不胆怯！我苍头也替他捏两把汗。全仗谢相公帮衬，代做好诗；车小姐看来，自然中意，这头亲事稳稳骗到手了！等相公回来，与他讨赏。

是咬牙切齿，痛恨西宾的声口。

【前腔】〔净行上〕亏传递，好文章，照样抄誊去，笔儿忙。再四叮咛说，莫教推让。巧机关做就有谁防！西宾果停当，西宾果停当？

〔末〕小人讨赏。〔净〕赏一顿拳头！〔末〕谢相公说着实用心做的。〔净打介〕还说用心，快叫他出来。〔末〕谢相公有请。〔净〕甚么谢相公！〔作打末下介〕

是庆幸计成，自夸自诩的声口。重复，是喜剧中常用的一种手法。而用字句相同的三支曲子，通过不同的三个人物，唱出三种声口，这还是喜剧关目中的新创造。

【前腔】〔生笑上〕亏传递，好文章，照样抄誊去，笔儿忙。再四叮咛说，莫教推让。巧机关做就有谁防？西宾果停当，西宾果停当！

〔净〕停当，停当，正要和你算帐。〔生〕算甚么帐？〔净〕每日费我猪肉二两、糙米五合、豆腐一块、粗酒半斤，这样好供给与你吃了，要你何干？〔生〕请同看书。〔净〕那个同你看书来？〔生〕你自不看，也与我无干。〔净〕清明端阳，两季束脩，不消说起，连重阳节也预支去了。白白填你穷坑，不思报效。便替做一首诗，有甚么劳动了你？〔生〕不曾违命，立付苍头去了。〔净〕多谢，多谢！

【粉孩儿】忙额手[1]，荷君情无限量。果才高七步，世间无两。〔生〕这也不敢当。

但用心赋就，或者也还看得？〔净〕还要卖嘴，难道见人不要留面光，甚冤仇把晃子来装？〔生〕敢嫌拙作欠好？〔净〕明欺我急忙时苍素难分，才题起发指千丈！

〔生〕你且说那一句不好？〔净〕学生眼睛，也还认得几字。你诗内明明把乌龟来骂我！〔生笑介〕乌龟从来上诗的。《诗经》上说："我龟既厌[2]。"古人诗也有"龟浮见绿池[3]""文如龟负出[4]""金钱愿赎龟[5]""山中今见鹿憎龟[6]"，如此之类甚多，怎见便是骂你？〔净〕不要赖了！

从书袋挖出笑料，"牡丹诗"的喜剧性更进一层。

【红芍药】〔生〕谁假手淡抹浓妆？翻饶舌说短论长。早知我轻微不压望，问何难自家涂上！〔净〕你看又来抢白了。〔生〕就是自家不做，朋友家还有强似我的，时髦岂少共颉颃[7]，你怎不先时拜求供养？〔净〕做得好诗，被人口也笑破了！〔生〕那知他笑不是好意？想应他喜惬非常，对名篇击节称赏！

调侃得好，若直驳便乏味了。

〔净〕放你娘的臭屁！

【扑灯蛾】心头自忖量，心头自忖量，口里还胡强[8]。一段好姻缘，被你顿生魔障也；空留绛帐[9]，反折尽体面风光。请请请，我也不要你这样先生，别处利市去，自翻泼瓶油瓮酱，且归家，挨酸忍淡受凄凉。

同在受辱之下，谢英气概自与顾文玉不同，对照"友谑"出看，见出作者擅长写出同类人物的不同性格。

〔生〕你要我去，我就去。大丈夫处世，何所不可？岂恋此升斗粟耶！

【前腔】飘零未可伤，飘零未可伤，骄蹇真无状！检点旧盟书[10]，不怕少咱前帐也。〔净〕还想冬季束脩，好不痴！〔生〕你就赖了，我谢瑶草未便饿杀。沟渠器量，也润不得我四海空囊。〔笑介〕〔净〕你笑甚么？〔生〕笑伊家胡思乱想也，赚佳人，掀眉抚掌笑平章[11]。

〔净〕还不出去？叫苍头锁了书房门，再不要放这狗贼进来！〔生〕大笑出门去，何能学棘栖[12]？〔下〕

〔净〕你看他有如丧家狗，好象落汤鸡。

〔1〕额手：把手举在额上表示感谢。

〔2〕"我龟既厌"：此句出自《诗经·小雅·小旻》。

〔3〕"龟浮见绿池"：此句出自李峤《咏荷》诗。

〔4〕"文如龟负出"：此句出自李峤《奉和拜洛应制》诗。

〔5〕"金钱愿赎龟"：此句出自钱珝《江行无题一百首》其六。

〔6〕"山中今见鹿憎龟"：此句出自司空图《漫书五首》诗。

〔7〕颉颃：不相上下。

〔8〕胡偲：强词夺理。

〔9〕绛帐：古时称师长或老师设讲席授徒之处。

〔10〕旧盟书：指柳五柳聘谢英为家庭教师的文书。

〔11〕平章：品评。

〔12〕棘栖：李白《古风》诗其三十九："梧桐巢燕雀，枳棘栖鹓鸾。"鹓、鸾均为凤的种类，本该栖于梧桐树，却栖于低矮的枳棘，比喻有才能的人却屈居于小人篱下。

第二十出　辨赝

【南吕引子·临江梅】〔小旦上，小丑随上〕疏竹筛风帘影碎，惊来午梦迟迟，日长闲杀小香闺。〔小丑合〕绣谱慵披，香篆[1]随灰。

【钗头凤】〔小旦〕春归久，还来否？哀蝉吟遍庭前柳。罗衣薄，愁难着，晓妆随意，懒成梳掠。弱、弱、弱！〔小丑〕眉儿皱，浑消瘦，茶餐事事皆嫌谬。檐花落，垂帘幕，指头针线，些时疏略。阁、阁、阁！〔小旦〕闻得前日有门生来见爹爹，呈送窗稿，爹爹因天气炎热，未曾展阅，奴家从案头取来，原来就是会考三生。〔小丑〕小姐，那三人可是一个姓柳、一个姓车、一个姓顾？〔小旦〕你怎晓得？〔小丑〕小凤曾瞧见来！那姓顾的，人物清秀，真好一位相公！〔小旦〕那两个呢？〔小丑笑介〕那两个人，都叫他做"六五六""尺上工"，分明一只笛曲儿，想是他的绰号，人物又丑陋得紧。〔小旦〕只要才学罢了，那在人

从丫环口中说出，不失婉娥小姐身份。

此丫头倒是有心人，沈小姐辨赝多亏她提示。

物？〔小丑〕小姐，人物是极要紧的。自古宋玉窥墙，潘安掷果，那见有才的没有貌来？〔小旦〕丫头多嘴，且添些香儿在博山炉[2]内，待我把他诗稿细看一番。〔小丑〕晓得。正是香添知日永，暑减觉阴浓。〔下〕〔小旦看净稿介〕门生柳希潜。这就是前日案首了。你看他满纸穷愁，如泣如诉，

原评："传递不露破绽，倒在窗稿上露出，妙！"

【过曲·红衲袄】恰好象困新丰[3]无所栖，想着他托荆州[4]非得已。这般口气是个馆谷秀才。我闻柳家素称宦族，不应有此苦吟。又不是穷途窘作归装计，久客难将渴病医[5]，为甚的对春风泣数奇[6]，仰屋梁嘘冷气？〔又看介〕这题目是"赴柳宅新馆"，一发差了！他自家姓柳，怎反说柳馆？可见这稿不是他做的，莫不叔世[7]英雄，专要假语欺人也？做个借他人鞍马骑。

"叔世英雄，专要假语欺人"，微见作者刺世嫉邪旨意。

再看车生的何如？〔看介〕怎么都是闺词？

【前腔】你便有赋长门[8]手段奇，怎如得赋长杨[9]声价起？难道香毫只许描珠翠，腻管偏宜抹粉脂？不说坐灯花刀剪迟，便道照菱花妆裹未！后面一首，是与保母问答之言，定是女人所作，任你仿尽香奁，毕竟是个文人也，总不如他自临摹，娇小痴！

看此二人，皆属赝笔；前番试作，未必果出本

领?〔看小生选刻介〕这宙合大社,就是爹爹做的序文,顾生既有选刻,必系知名之士。〔看稿介〕其窗稿与试作相类,足见名下无虚。前日考的第三,果然屈了!

【琐窗寒】漫商量若个高低,月旦[10]从今有定题。堪羞赝鼎,枉辱相知;荆山抱璞[11],几悲沦弃。幸遭逢绣帷高睇。拔奇,不从旧案问评批,何须恚恨知希?好笑柳、车二生把别人的诗稿,抄来送人;又不知检点,想来是个白丁。爹爹,你的赏鉴好差了也!

【大胜乐】不堤防文是人非,这老监临[12]也欠主持。只怕榜头张爽人惊异,哗臾白,有差池。方才小凤这丫头,倒说得有理,那见有才的没有貌来?爹爹,你只知但凭貌取难搜诈,可晓得单靠言收也售欺。微窥爹爹意中,似欲借此为择配张本,还须着意,险些把琼葩玉蕊,浪葬污泥。

〔外上〕归田暂作偷闲计,闭户新夸却暑方。我儿,你在此看甚么书?〔小旦〕是三个门生呈送爹爹的窗稿。〔外〕向倒不曾看得,可好么?〔小旦笑介〕好则都是好的,只怕有弊。〔外〕何以见得?〔小旦〕那一卷姓柳的稿内,有一题说"新赴柳馆",〔外〕就不象他自己口气了!〔小旦〕这姓车的,竟抄一本闺女的诗来!〔外笑介〕

一闺阁少女,却能"绣帷高睇"。岂不骂杀天下懵懂宗师和无眼考主。此剧刻画人物,多作对照。两名士、两白丁、一双兄妹和这对父女,在才情、见识、性格上都作了美丑、善恶和高低的对比,表现了作者带有民主性的思想倾向。

映带前文，让老翰林给自己装点门面。一笑。

为后来以“辨真论”命题张本。

有这等事！〔小旦〕只有姓顾的窗稿，与试作不殊。〔外〕我前日也疑心来，他三人见谒之时，把你原诗付看，试其眼力。柳、车二人，混加赞赏；那顾生就认得不是我做的。〔小旦〕这也就亏他了。依女孩儿所见，何不再举前社，以别真才？〔外〕不日也就要会考了。〔小旦〕爹爹，这次须把规矩放严些儿！〔外〕是了，前日出过题目，便进来了，不曾坐在会所，以致弊窦丛生。

此曲结句有千钧之力，是对馆阁诸公的狠命一击！

【节节高】情将老悆欺，少防维，道我妆聋做哑同儿戏。多应是抄时艺[13]，倩友为，偷传递！这次少不得着实稽查了，我精神打起还容易，只怕你心机使尽空烦费。馆阁[14]休夸有鉴裁，不如闺阁闲评第。

剧作者看到了文场奸弊，但又寄予了录取真才的希望，所以不可能对科场考试的内容作出带有根本性的批评。

【尾声】〔合〕文场自古多奸弊，把复试文移[15]飞递，自有真才副厚期。

〔外〕水落石自出，晛见雪先消[16]。

〔小旦〕不试凌霜节，何从识后凋！

〔1〕香篆：香名，形似篆文。洪刍《香谱》卷下：“香篆，镂木以为之，以范香尘，为篆文，燃于饮席或佛象前，往往有至二三尺径者。”

〔2〕博山炉：香炉名，形状似山，上有雕镂的各种珍禽怪兽。

〔3〕困新丰：唐人马周贫困时，在新丰住宿，旅店主人都不理睬他；后来得到唐太宗的赏识，官至中书令、吏部尚书。见《新唐书·马周传》。

〔4〕托荆州：三国魏人王粲，建安七子之一，十七岁时，因西京扰乱，赴荆州依附刘表。见《三国志·魏书·王粲传》。

〔5〕“久客”句:司马相如曾长期客居,并患有消渴病(糖尿病)。见《西京杂记》。这里借指穷书生的窘困处境。

〔6〕数奇(jī):古时认为人的运数有奇有偶,数奇就是运数不好,命运将多艰。

〔7〕叔世:末世。

〔8〕赋长门:司马相如作《长门赋》,全篇写陈皇后失宠后的心理,委婉动人。这里代指闺阁之作。

〔9〕赋长杨:汉扬雄作有《长杨赋》,全篇铺叙君主狩猎玩乐场面,内含讽谏。这里代指男性之作。

〔10〕月旦:评定人物。

〔11〕荆山抱璞:相传楚人和氏在荆山得到一块璞玉(未加工过的玉石),先后献给楚厉王、楚武王,他们都认作石,以为和氏来行骗,砍去了他的左右脚。后来楚文王即位,派人将璞玉加工,得到宝玉,名为“和氏之璧”。见《韩非子·和氏》。后常以比喻人才遭埋没。

〔12〕监临:官名。乡试时掌管试院内外的监察事务。

〔13〕时艺:应试文章,常刻印成集,供考生仿作。

〔14〕馆阁:此指翰林院。

〔15〕文移:公文。

〔16〕“晛(xiàn)见”句:《诗经·小雅·角弓》:“雨雪瀌瀌,见晛曰消。”晛:太阳出现。

第二十一出　谈心

【正宫引子·齐天乐半】〔小生上〕井梧一夜先堪扫,躧落赋秋诗料[1]。爽入生

此剧后十出结构有点松弛,喜剧性也不如前二十出强烈,似

衣[2],凉侵冰簟[3],自觉情怀懊恼。

小生前送窗课到沈家去,不期柳、车二人正在彼求亲,幸得不曾许允。唉,沈小姐,沈小姐,你不要错认了对头也!

【过曲·白练序】桃花片好,浪掷溪头任泊飘;须详探阿刘消耗[4]。待我把小姐的诗,题在壁上。〔题介〕佳章可续骚[5],但朗诵还将渴吻消。我想小姐聪俊,决不似你令尊,凭人愚弄。可容我出首科场弊病来,我待向娘行告,告奸徒诈伪,试官颠倒。

〔生上〕竖子[6]何足道,良朋肯再过。此是顾兄书馆,不免径入。〔小生作看小旦诗不知介〕〔生唤介〕文玉兄。〔小生〕不知瑶草兄到来,失迎了。〔生看介〕此诗何人所作?倒也清逸。〔小生笑介〕是一个女郎。〔生〕那个?〔小生〕沈省庵令爱。〔生〕我只道闺阃钟奇有一无二,耳目之间何多佳胜也!〔小生〕兄敢又见那个来?〔生〕兄已见过了,只是不知。〔小生〕愿闻。〔生〕前日会考的第二便是。〔小生〕这是车大。〔生〕车大那会做诗?是他令妹代笔。〔小生〕兄何以知之?〔生〕不欺顾兄说,柳大案首的诗,也是小弟代笔。〔小生〕原来就是尊作,怪道这般超卓。至如女人代考,实出创闻,千万求兄一说。〔生〕说起来,好笑得紧。那车小姐看小弟的诗,

有凑够整数之嫌;如此出即可省去。

前出中,婉娥已辨明赝鼎,顾生再生顾虑,就不能在观众中造成悬念,戏味大减。

此语有关全剧宗旨。

只道是柳五柳。

【醉太平换头】多娇，颇怜才调。但暗中摸索，那知姓氏虚器？〔小生〕他自然不知是兄作了。〔生〕小弟看小姐的诗，虽然不信是车尚公，却想他家无人代倩。〔小生〕后来怎得明白？〔生〕小弟正在疑惑之际，只见车小姐的保母走来，他说春风隔院，有佳人代掌诗瓢[7]。〔小生〕保母怎到馆中？想是来相女婿了！〔生〕看他也是个访亲的口气，但叫我做柳相公，我若说不是，恐他一径去了，只得权时认做柳大。〔小生〕那有这等一个标致柳大。〔生〕堪嘲，沈郎[8]空自说丰标，总认作别家年少。〔小生〕若保母再来，就该说个明白了。〔生〕他后次来时，小弟又遇不着，琐窗深杳，叹连宵盼断，双鲤迢遥。

此后数曲所述，前面早已演过，来免啰嗦。

〔小生〕小弟被你们倩递，考在白丁后面，他两个好不摇摆！

【白练序换头】儿曹，次第高，丢人眼梢，乔妆做许多般内家[9]腔调。〔生〕这些小人情状，自然看不得了。沈老先生的令嫒，如今已有所属么？顾兄何不去求亲？〔小生〕第一第二，两个先自抢夺，小弟何处说起？吹箫向碧桃[10]，怕铜雀无缘锁二乔[11]。〔生〕本领真假，瞒不得人，若严加复试，他们伎俩立穷了。

〔小生〕还要央谢兄来,〔生〕央小弟甚么?〔小生笑介〕央兄莫再与他倩递;那时节少不得拿到会长处,问出你虚圈套。〔生笑介〕问我何罪?〔小生〕倩人及代倩者,彼此俱坐。只看科场禁约便知分晓。

〔生〕休得取笑,小弟正为代倩一事,受了多少恶气!〔小生〕为何?〔生〕那柳大不揣,竟往车家议亲。幸小姐有些见识,要他隔帘面试,他又央我代做。〔小生〕兄就不该代做了。

【醉太平换头】〔生〕越庖[12],何妨属草?笑登高刘子[13],杜撰题糕。〔小生〕想是故做不通的骗他了。〔生〕盲人不解,便欣然落纸挥毫。〔小生〕那车小姐看出,姻事自然不成了。〔生〕空劳,河滨未许趁春潮,止博得倾城一笑。因此上惹他厮闹,竟分颜割席[14],不念绨袍[15]。

〔小生〕怎么说?〔生〕竟把小弟赶出馆来!〔小生〕这等可恶,真是白丁所为!就在敝馆暂寓何如?〔生〕只怕不好搅扰。〔小生〕好说!

〔合〕黄金看意气,白雪见文章。

我辈共扶植,忍令交道亡?

〔1〕赋秋诗料:意指触发伤秋的诗兴。

〔2〕生衣:绢制的夏衣。

〔3〕冰簟(diàn):冰凉的竹席。

〔4〕“桃花”三句:合用阮肇和刘晨到天台山采药遇仙女以及武陵渔夫发现桃花源的故事,大意是希望沈婉娥详加考察,辨明赝鼎。消耗:消息。

〔5〕续骚:屈原名篇《离骚》的续作。

〔6〕竖子:对人的蔑称,犹“小子”。

〔7〕代掌诗瓢:代写诗。据《唐诗纪事》载,隐士唐球做好诗后,藏于瓢中,临死前,将瓢投入江中,后为识者所得。

〔8〕沈郎:沈约,南朝梁文学家。

〔9〕内家:内人家,唐时对梨园弟子的别称。

〔10〕“吹箫”句:指求婚。元曲中,多以碧桃花隐喻男女恋情。

〔11〕铜雀:铜雀台,三国时曹操所建。二乔:三国时东吴二美女,即孙策的妻子大乔、周瑜的妻子小乔。杜牧《赤壁》诗:“东风不与周郎便,铜雀春深锁二乔。”这里反其意用之。

〔12〕越庖:越俎代庖,原指超越自己的职责去代人做事,见《庄子·逍遥游》。这里指代笔。

〔13〕“笑登高”二句:唐人刘禹锡九月九日登高咏诗,本想用“糕”字写重阳节食糕的风俗,后认为五经中无此字,太俗,不敢用。见邵博《河南邵氏闻见后录》。这里指谢英代柳五柳写的诗中用了“绿毛乌龟”俗语。

〔14〕割席:三国时管宁曾与华歆同席读书,后见他热衷利禄,便割席分坐,表示绝交。见《世说新语·德行》。这里只取“绝交”意。

〔15〕不念绨袍:不念故人之情。据《史记·范雎蔡泽列传》载,战国时魏人范雎,曾遭魏中大夫诬陷而被毒打。后范雎化名张禄逃到秦国,做了秦相,准备出兵伐魏。魏派须贾出使秦国,范雎装扮成仆人去试探须贾,须见他衣着破旧,取一绨袍(用丝线、棉线交织而成的衣袍)相赠。范雎因以须尚有故人之情,免其一死。

第二十二出　邀馆

〔丑上〕自昔孟尝[1]门下，朝朝食客三千；如今收养一个，也当延揽英贤。闻得柳大与小谢宾主不睦，竟将他逐赶出来。此人惹厌，也该这等处他。只是柳大少了代笔，后面恐要懊悔。我想第二毕竟不如案首，前日被柳大占了，也觉肚里不服。若请小谢到家，贴他半年修金，他自然感激；倘有差使，当得效劳，案首不怕再有人抢去。且我妹子性格，清奇古怪，前次赔了多少小心，方肯代倩。近日又为柳大胡缠，说合亲事，面考出丑，老大有些不象意在那边，也无面再去央他。不若另寻主顾，反觉直捷。已送关书[2]相请，想必就到。〔老旦上〕堂前客至，厨下人忙。大官人，今日请甚么人？酒席可要丰盛？〔丑〕开学酒，将就些罢！〔老旦笑介〕如今方来开学，先生多时在那里？〔丑〕别家逐赶出馆，我怜见他，收留回来。〔老旦〕这样先生一定不济的了！〔丑〕他一向在柳大家代笔，考了案首，极是有才学的。〔老旦〕既是代笔，前日面试，怎代出好笑的诗来？〔丑〕一定不是他做的。不知为甚相争，就不得终馆。〔老旦背介〕这人多分是头一次相会

这段喜剧性的独白，是对车大绝妙的心理描写。

就请谢生到车家，从结构上，解决了前面“疑貌”“艰遇”二出中留下的问题，又为后面“疑释”出作过渡，人物、头绪都减省了。

这样安排，在车大是为倩代，在谢英是为接近车静芳，情事密合，确如穿针斗笋。

的了！〔丑〕我记起来：妈妈，你也认得这个先生。〔老旦〕老身那里认得？〔丑〕他曾寻问你来，道有要紧说话，被我回他去了。〔老旦〕老身家里，近在柳家庄上，见他在那边走动，以此相认，并没甚要紧说话。待我去整理嗄饭[3]来。〔下〕

照应"艰遇"出。

【仙吕过曲·不是路】〔生上〕书笈重携，帐去扶风客馆移[4]。车尚公相邀，虽非好主，却好通小姐消息。因此急来就馆，不免径入。〔丑迎介〕〔生〕惭裘敝，谬叨餐素[5]恐非宜。〔丑〕屈鸡栖，敢言窃比他山砺[6]，随踵杨门愿问奇！〔生〕太谦了！〔丑〕请问柳大为何与谢兄不睦？〔生〕慫嬉戏，不辞苦口循交谊。〔丑〕劝他看书，是极好的朋友了。〔生〕反遭嗔詈，反遭嗔詈。

〔丑〕柳大一发不是人了。请到书房小酌。〔生〕怎就取扰？正是倾盖[7]逢知己，〔丑〕开尊对故人。〔共下〕

【桂枝香】〔老旦上〕依然风致，不殊畴昔，休再叹室迩人遐，恰可喜天随人意。方才书房背后，仔细一窥，正是那位柳相公！酒席散了，就在此等他。〔生上〕正秋风客邸，正秋风客邸，蛩声相递，鸿音谁寄？到他家里，怎不见钱妈妈？〔老旦见介〕柳相公！〔生喜揖介〕久相违，匆遽频叉手，从容再整衣。

〔老旦〕老身又到柳家庄上，来寻相公；不期遇着那一位柳相公，说他馆中再无第二个人。〔生〕这是柳大诳言，小生现与他同窗哩！〔老旦〕这等，怎又解馆？〔生〕实对妈妈说，小生原不姓柳，正等妈妈再相访时，诉出衷曲，不期又被柳大回去。小生也连望妈妈几次。〔老旦〕竟不晓得，想是门上人回了。〔生〕小生谢英，贱字瑶草。〔老旦〕原来是谢相公！

不论门第，但论文才，这是一种进步的婚姻观。

【前腔】〔生〕我寒微家世，萧条行李。〔老旦〕那个与相公论门第来？只“尚未婚聘”这话可是真的？〔生〕小生岂敢欺诳？不是我自误丝萝，有若个垂怜葑菲[8]。动问妈妈，那柳大来此问事，小姐可曾许他？〔老旦〕笑儿行鲜耻，笑儿行鲜耻！我小姐也不回他，道这般粗蠢，自然不是文人。只要隔墙吟咏一首诗，婚姻徐议，且把文章先比。〔生〕这个处法绝妙，看可有得做出来？〔老旦笑介〕诗倒写了一首，只是折便宜，自谑三交睡，浑如六眼龟[9]。

〔生笑介〕诗里怎把乌龟自骂？〔老旦〕一定是代笔的骗他，他不识字，竟自写上。小姐看了，笑之不已。相公既与同窗，必知其中端的。〔生〕不瞒妈妈说，他考案首的诗，原是小生做的，私下传递。

【长拍】只说与他乔扮春风，乔扮春风，轻遮羞面，不意大加称美。骗沈翰林也罢了，又来骗你家小姐，姻亲何事，好借鸾书使诈行欺？〔老旦〕正是这等说。〔生〕小姐面考，他又来央我代做，我本待不做，等他曳白，恐他又生计较，推病而归。欲辨是和非，不如把金针虚度[10]，故相嘲戏。〔老旦〕骂作乌龟，想就是相公作弄他了！〔生〕他要我传递，我反借他家为便羽[11]，传递与玉人知。〔老旦〕更可笑他抵死承认，凭你怎样盘问，再不肯说是央倩来的。〔生笑介〕这一发妙了！〔老旦笑介〕妙便妙，相公只怕忒毒了些。如此尽情安置，俺小姐也道来：怕聪明太过，罪过些儿！

〔生〕只为这些罪过，把我逐出馆来了。〔老旦背介〕前日小姐说不要管姓柳不姓柳，但见做诗之人，要他再赋绿牡丹以为证据。〔转介〕俺小姐喜看相公佳作，何不再吟一诗，待老身转达？〔生〕只是没有题目。〔老旦〕小姐面考那人的题目，是甚么绿牡丹，相公就做一做罢！〔生吟介〕“叶色花容殊不辨，但闻香气袭庭阑。朦胧月下宜详认，莫作刘家黑牡丹[12]”。〔老旦〕老身那里记得？桌上现有笺纸，请相公写去。〔生〕更好。〔写介〕

全剧以绿牡丹维系姻缘，至此才归正题。

【后拍】笺短情长，笺短情长，词通面隔。妈妈，须仗你作诗筒[13]，两处传知。草草寄新题，恕不及斗妍搜丽，但不似他人空腹，尽着你帘试订前期。

〔老旦〕相公这般高才，还说甚么帘试！

男女相求，情趣易写。如一味倾诉眷恋之情，也未免叫人倒胃。这里只写谢英再三叮嘱钱妈妈莫把姓名讹记，"情"字即在其中。

【尾声】从来疑惑今朝释。〔生〕妈妈，须记明了，我是谢瑶草，不是柳五柳，莫待把姓名讹记。〔老旦〕老身知道，谢相公，只怕这西席凄凉不可栖。

〔生〕风流信有缘，假馆岂徒然！

〔老旦〕倩得鳞鸿[14]便，殷勤寄短篇。

〔1〕孟尝：战国时齐贵族田文，号称"孟尝君"，曾被齐湣王任为相国，门下有食客三千人。见《史记·孟尝君列传》。

〔2〕关书：此指聘请家庭教师的聘书。

〔3〕嗄饭：下饭菜。

〔4〕"帐去"句：扶风，汉代马融为扶风人，他常坐绛纱帐里授徒。见《后汉书·马融传》。这里说"帐去"与"客馆移"同意，指塾师迁移教馆。

〔5〕餐素：白吃饭。

〔6〕他山砺：砺，磨刀石。《诗经·小雅·鹤鸣》："他山之石，可以为错（砺石）。""他山之石，可以攻玉。"原指借他山之石可以做琢磨玉器的砺石，这里借喻能帮助自己的朋友。

〔7〕倾盖：古时车上有盖，如并车交谈，车盖即相倾，形容情意极密切。

〔8〕葑菲：葑即蔓菁，菲即芜青，都是野菜，叶子根茎均可食。《诗经·邶风·谷风》："采葑采菲，无以下体。"因以比喻夫妇结合要重德行，不应该只

重颜色而抛弃衰老者。

〔9〕“自诮”二句:传说苏东坡曾嘲讽昼寝的友人,引后唐庄宗时伶人镜新磨六目龟口号:“六只眼儿睡一觉,抵别人三觉。”见张世南《游宦见闻》。“三交”即“三觉”的讹字。这里借指柳生受谢英戏弄,自骂是乌龟。

〔10〕金针虚度:传说有个叫采娘的女子,在七夕向织女乞巧,织女送她一枚金针,叫她三天不要说话,以后就会很灵巧。可是她两天就开了口,结果金针不见了。见冯翊《桂苑丛谈·采娘》。后以金针度人喻授人以秘要。虚度:白度。

〔11〕便羽:指乘便替人传递书信的人,即便邮。

〔12〕“朦胧”二句:唐末京师有个富人,在春游观赏牡丹时,系水牛数百头在花前,对客人说:“此刘家黑牡丹也。”见《古今事类全书》。这里的寓意是把柳生比作笨牛,要车静芳不要认错人。

〔13〕诗筒:白居易任杭州刺史时,与元稹等人“日以诗酒寄兴”,“每以竹筒盛诗往来”。见王谠《唐语林》。这里引申指传递诗筒、沟通消息的人。

〔14〕鳞鸿:此指信使。

第二十三出　疑释

【仙吕引子·番卜算】〔旦上〕人与句争差,已识从前谬。意中夸羡尚难平,难道不是人间有?

前日面试白丁,落得一场讪笑!会考佳篇,一定是央倩的了。只就是央倩,也少不得有个人。保母说所遇书生,谈吐风姿,俱堪绝世;多应

此出不过是前出的余波,剧情比较平淡。虽然曲词写得很工雅,对白也生动,但整出戏还是有点“瘟”,对观众缺乏吸引力。

是他代笔，争奈无处寻访！

【过曲·二犯傍妆台】【傍妆台头】到穷秋，见斗春丹叶，反要起人愁。草树迷游骑，烟水障行舟。只晓得他也姓柳，【八声甘州】空传灞桥堪折柳[1]，难向玄都再问刘[2]。【皂罗袍】谁家吹笛，催人倚楼？【傍妆台尾】落霞孤鹜[3]思悠悠。

〔老旦上〕早知灯似火，饭熟已多时。小姐在那里？〔作见笑介〕〔旦〕保母为甚这般欢喜？〔老旦〕大官人请一个先生到家，老身方才看见了。〔旦〕见了先生，有何欢喜？〔老旦〕就是前日柳家庄内相会的这位相公，他原来不姓柳。〔旦〕你可曾问明了真姓名？〔老旦〕他说谢英，表字瑶草。〔旦〕谢瑶草，一向诗刻中见他姓名来，象是个知名之士。〔老旦〕他原在柳家坐馆，考案首的诗，就是他代做的了。〔旦〕我说这个花脸做不出。

【前腔】似这等抢头筹[4]，倒不如居殿，反觉减颜羞。谢生藏在他名下，那里知道似雪白梅痕隐，山翠柳光收！〔老旦笑介〕小姐，那帘外面试的诗，也是谢相公代做的。〔旦笑介〕这是故意弄他，使我晓得。怕明珠暗中难自剖，因此上揉碎桃花寄乱流[5]。〔老旦〕柳家因为作弄了他，赶逐出馆，大官人便请了回来。

保母是因谢英的智谋而笑，小姐是因谢英的情意而笑。

〔旦〕相如多病，文园暂留[6]，好听月明高咏庾楼头[7]。

〔老旦〕小姐，今番可信老身的说话了？那谢相公濯濯[8]正如春柳，轩轩[9]有若朝霞。但学潘游，必载满车之果；若留荀坐，定闻三日之香[10]。小姐倘有疑心，在那处再窥一窥就是。〔旦〕这也不消了，只他家中事体，可都根问明白？〔老旦〕老身细细问来，

保母哪会念四六文章！满口文绉绉，可厌。

【甘州解酲】【八声甘州】凉生四壁秋，又没临邛贤令[11]，借饰风流，因此上蹉跎好事，果堪怜客馆穷愁。小姐，你前日说要他再吟绿牡丹诗一首。〔旦〕可曾吟来？〔老旦〕真好高才，不经思索，怕老身忘了，写在一幅笺上。【解三酲】坐间鹦鹉随言就[12]。〔出笺介〕这封上鸳鸯也是信笔勾。〔旦〕只怕外人手笔，我女儿家不好启看。〔老旦〕小姐，这比不得淫词垢；不过是先时社卷，把旧唱重酬。

词虽工雅，其如人物不称何？至此还作推脱，是“假意儿”了。

〔旦念赞介〕〔老旦〕小姐，绿牡丹已奇了，那有黑的？〔旦〕这也是嘲那白丁的。黑牡丹是牛，叫我不要认错了，是这等说。〔老旦笑介〕前日骂作乌龟，如今又骂作牛，谢相公倒会取笑哩！

如车小姐再做一首诗回答，就落俗套了。这里荡开一笔，表现车小姐对谢英前来就馆的复杂感情，更有意趣些。

【前腔】〔旦〕词源倒峡流，任偶然嬉

骂,总足千秋。〔老旦〕小姐也好再做一首回答他。〔旦〕应知才尽,肯余将剩巧重搜?谢生,谢生,谁着你嘲笑狂徒,致遭驱逐;勉强就我家这馆呵,正是鹪鹩不敢嫌枝陋,乌鹊无端望树投。〔合〕黄花瘦[13],算空闺旅馆,一样凄幽。

旧诗一读一回新,何况新诗寄转亲。
莫又贷诗添错误,衬人名誉假欺人。

〔1〕"空传"句:灞桥,又称霸桥。《三辅黄图》:"霸桥,在长安东,跨水作桥。汉人送客至此桥,折柳赠别。"全句意为只听说他姓柳。

〔2〕"难向"句:刘禹锡《再游玄都观》诗:"种桃道士归何处?前度刘郎今又来。"全句意为担心再访柳家难探真情。

〔3〕落霞孤鹜:王勃《滕王阁序》:"落霞与孤鹜齐飞,秋水共长天一色。"鹜,野鸭。

〔4〕头筹:竞技中第一名的签牌。

〔5〕揉碎桃花寄乱流:陶渊明《桃花源记》载,武陵渔夫见桃花而顺流进入桃花源。这里借指谢英有意在诗中透露消息,使车静芳明白真相。

〔6〕"相如多病"二句:司马相如患有消渴病,曾做过孝文园令(管理汉文帝陵园的小官)。

〔7〕月明高咏庾楼头:庾楼,指武昌南楼。《世说新语·容止》:"庾太尉(亮)在武昌,秋夜气佳景清,使吏殷浩、王胡之之徒登南楼理咏,音调始遒,闻函道中有屐声甚厉,定是庾公。俄而率左右十许人步来,诸贤欲起避之。公徐云:'诸君少住,老子于此处兴复不浅。'因便据胡床,与诸人咏谑,竟坐甚得任乐。"这里借指壮志得遂、扬眉吐气之时。

〔8〕濯濯:风采夺目的样子。

〔9〕轩轩：气度不凡的样子。

〔10〕“若留荀坐”二句：三国时曹操谋士荀彧（yù），任尚书令，人称“荀令君”。荀相貌美，喜熏香，时有“荀令君至人家，坐处三日香”之说。见习凿齿《襄阳记》（冯浩《玉溪生诗集笺注》卷一引）。

〔11〕临邛贤令：指临邛令王吉。司马相如与吉相善，因吉引荐始与卓王孙相识，得以琴心挑卓女文君，偕其夜奔。

〔12〕“坐间”句：东汉祢衡文思敏捷，曾见人献鹦鹉，揽笔即作《鹦鹉赋》，文不加点，一挥而成。见《后汉书·祢衡传》。

〔13〕黄花瘦：李清照《醉花阴》词：“莫道不消魂，帘卷西风，人比黄花瘦。”

第二十四出　叨倩

〔小丑扮老儒上〕青云志业已蹉跎，贫老兼催奈若何？怕染愁须惟镊尽，任人笑我变成婆。学生范虚，因先父号摩诃，故贱号取作思诃，这些人就顺口儿叫做“凡四合”。在学里做秀才，准准六十年。如今年老，村学也无人请了。新近买得一本秘书，是诗学大成，看了便好做诗。又在人家抄得四六启[1]一两套，就在门上写个招牌，说“代做诗文书启”，果然也有人来央。凡是乡耆寿文、村民婚启，都是学生包揽，倒也好过日子。今日看有甚人来？〔净上〕为人莫见短，凡事要思长。前日一时性发，把小谢赶去；如今沈

为了减省人物头绪，此出完全可删。只在柳大逐谢英时交代清楚就是。

原评：“与六五六、尺上工面目相似。”

家又兴会考,没人传递,如何是好?不要说考案首,便将就成篇,免得白卷也勾了!闻得此间有个范思诃,惯会代笔,不免走一遭。〔叫介〕〔小丑迎介〕原来是柳大官人,特到寒舍,有何见教?

【双调过曲·风入松】〔净〕明朝逢九是文期,有先生把单帖传知。〔小丑〕令师那位?〔净〕沈翰林立社伊家里。〔小丑〕不分等第么?〔净〕分高下非同嬉戏,特奉恳诗文倩递,〔出银介〕看谢礼不轻微。

〔小丑〕大官人见托,自然效劳,岂敢冒领尊赐!〔净〕不要推托,考后还补送一对盒礼就是。〔小丑〕多谢了。〔净〕你却不要误事。

“从来代倩不差池”句,写出明代科场代倩成风。

【前腔】〔小丑〕我从来代倩不差池。〔净〕快些才好。〔小丑〕看滔滔下笔如飞。〔净〕你可曾替人做得惯?〔小丑〕村中童生,年年来求我的,便方才县考曾央替。〔净〕替几个?〔小丑〕包三卷一时同递。〔净〕可取出名字来?〔小丑〕喜榜上名标首第,还分外有程仪[2]。

〔净〕你来是来得的,只怕不入时了!

【前腔】衣冠旧样不相宜,况时文变态新奇。〔小丑〕你不要管,凭他时文再不如我古文。〔净〕不是这等说,我是前番案首望巍巍,无人敢争镳并辔[3]。倘落后殊非事体,须细想可优为。

〔小丑〕我做不下,难道好应承你?你且说那边会友何人?〔净〕有个顾文玉,一向自负名士。〔小丑摇头介〕不济不济!

【前腔】后生小辈莫夸题,负时名浪把人欺。你前次央着那个?〔净〕是宗师旧领案谢瑶草。〔小丑〕虽然替你考了案首,也不济。〔净〕人都不济,请说你的济处。〔小丑〕我针丝法脉不挪移[4],留先辈文章风味。笑俗尚趋驰冗细,叹此道日沦夷。

〔净〕明日叫小价[5]送题目来。〔小丑〕学生也到沈翰林门首打听便了。〔净〕只不知题目难易何如?〔小丑〕不要管他,要赋就赋,要诗就诗。〔净〕正是人有所愿,天必从之。

范虚是个没有多少戏的过场人物,但剧作者淡淡几笔,就把这个被封建科举制度抛进社会底层的畸形儿勾画出来了。他滔滔不绝的大话,暴露了内心的空虚;委委琐琐的功作,反映他受人雇倩的屈辱地位。

〔1〕四六启:以四六文写的启事、信札。四六文,骈文的一种,全篇多以四字六字相间为句。

〔2〕程仪:赠给上路人的礼品。这里指谢礼。

〔3〕镳:马嚼子。辔:马缰绳。“争镳并辔”,意即争先后,并驾齐驱。

〔4〕针丝法脉不挪移:以针系丝线切脉之法不改变,这里借指不改变行文的老方法。

〔5〕小价:小厮,僮仆。

第二十五出　严试

"帘试"以后，戏剧冲突至此始出现新的波澜。车小姐辨赝恃其才情，老翰林辨赝全靠严试，相形之下，老翰林的形象还是较为逊色。

剧作者对会考弊端的认识，仅此而已。严试，就是他开出的疗治科场舞弊的灵丹妙药。这种认识，显然限制了这部传奇可能达到的思想高度。

辨真斥伪，是全剧旨意所在。

【引子·西河柳】〔外上〕惩前懒，仓卒欺衰眼；莫讶今朝，痛加防范。

前番会考，规矩过宽，以致真伪无别，高下不伦。我想起来，弊端只在传递。不许家中送饭，不许门外出恭，做会长的，刻刻坐在上面，察其动静，不要说文字没有得传进来，便题目也传不出去，其弊自然革了。且等会友齐时，再加申饬[1]。〔丑上〕吃一看两，快活如何？人恨才少，我恨才多。今朝沈家会考，小谢代做，是该的了。妹子也情愿代做，只怕没手写得。我想如今还有做重卷的，好歹两首都写上去，显得才思优长。〔净上〕又寻新主顾，不用旧先生。我昨日央了范思诃代倩，心中已安。早些赴会去。〔小生上〕努力雪前耻，随缘赴旧盟。〔各见诨介〕〔进见外介〕〔外出小生稿介〕顾兄窗课，僭笔过了。名言如屑[2]，羡服，羡服！〔小生〕不敢。〔净、丑〕门生的拙稿，想老师也批直了，并望赐教。〔外〕二兄尊稿，还未曾看。诸兄在此，前日次第，只怕外论不服。〔净、丑〕极服的。〔小生〕老师凭文置第，洵秉至公。〔外〕今日老夫也不进去，只在此坐观,诸兄须要用心。分付门上人进来。〔杂上〕堂上一呼,阶下百诺。老爷有何分付?〔外〕历位相公供给,本宅自备,各家不必送来。若有人在门首往来窥探者,即系传递,一概不许放入。如违重责三十板!〔杂应介〕〔净、丑作失色介〕光景不妙!〔各坐介〕〔外付题介〕题目是《辨真论》。〔净〕笔砚怎不拿来?〔向外呼介〕〔外〕笔砚这里尽有。〔作付笔砚介〕〔净苦介〕〔末持拜匣上,欲入介〕〔杂拦介〕〔末〕俺相公有笔砚在内。〔杂作不理,打下介〕〔丑〕门生告领出恭签。〔欲往外介〕〔外〕廊下自有净桶,不必出门。〔丑苦介〕〔老旦上窥介〕大官人怎不出来?〔杂赶介〕妇人也在此走动!〔作赶下介〕

吴炳在《情邮记·陷忠》出中所集唐人诗"坑堑由来似官途"和"任人曾不问贤愚",可作这篇《辨真论》的注脚。

【南吕过曲·三学士】〔净〕会长端然全注眼,时时背地偷看。〔外〕快些用心做!〔净〕你出来题目还该易,也不管做就文章着实难。〔出位介〕门生请问老师:何如叫做辨真论?这首诗还要四句,要八句?〔丑亦出位听介〕〔外〕这不是诗,是个论题。天下有真有伪,真者为伪所抑,就是真伪混淆,须要辨明才好。〔丑〕老师,这题目出在那一本书上?《大学》《中庸》《论语》《孟子》,说明了,门生好做。〔净〕自然是《论语》上的!〔外〕何以见得?〔净〕《辨真论》这个"论"字,就是《论语》的"论"字了。〔外笑介〕果然不差,下去做就是了。〔各就位介〕

在嬉笑怒骂中表现严肃主题。

〔净、丑合〕幸得尊前相问难，询题旨，略心安。

单演考试场面，剧情容易板滞。不时穿插些配角的上下场活动，就活跃了场上气氛。

〔小丑上，探介〕此是沈翰林门首，怎不见送题目出来？〔杂赶介〕那里一个算命先生？也直撞进来！〔小丑〕哇，我是秀才相公。〔杂〕好个相公！〔作推下介〕

【前腔】〔丑〕船到江心才悔晚，此来有甚相干？〔外催介〕〔丑〕构思正觉多艰涩，催卷偏生恁絮烦。〔净、丑合〕如坐樊笼羁狴犴[3]。〔泪介〕偷弹指，泪潸潸。

〔末送饭上介〕我是柳家送饭的，放我进去。〔杂〕俺老爷自备供给，分付各家不要送来。〔赶下介〕〔净、丑作头痛、腹痛、呕吐各丑态介〕

出尽假名士、假才子丑态。

【前腔】〔小生〕写就史书愁脱腕[4]，难遮笔底澜翻。〔净、丑各移桌近小生，欲窃抄介〕〔小生远介〕〔净低叫介〕顾兄好人，借破题与我抄抄罢！〔丑〕略讲一讲，出去就请东道。〔小生笑介〕抄也该抄，讲也该讲，只是前日忒大了些。我只道掀开两翼常作衣皮虎[5]，谁知使尽长风已是到岸帆！〔净、丑仍作病态介〕〔小生〕相对楚囚[6]空浩叹，妆病态，好胡颜。

〔净出位告病介〕门生夜来冒了风，一时头疼眼花起来；文字已思量完了，只是写不得，待下次多做几篇罢！〔外微笑介〕既有尊恙，不好勉强，就请回。〔丑作伏桌大叫腹痛介〕〔外〕为何大叫?〔丑〕搅肠痧旧病发作。〔外〕快扶出去!〔净、丑出,各说病好介〕〔杂笑介〕二位相公怎么装做假病?〔净、丑〕起初真病,方才好的。〔杂〕既好了,再请进去,做完文字何如?〔净、丑〕这等病又发了。〔仍作病态下〕〔小生交卷介〕〔外看赞介〕此论宏远奥博,学识俱优,我说是个真才。前次屈了!〔小生〕不敢。〔外〕那两个形容气质,不象好人,我已觑破了七八分。送来窗稿,又露破绽,故特出《辨真论》以寓微意。何期一字都无,诈言疾病,其为白丁无疑矣!〔小生〕疾病人所时有,老师怎见得诈言?〔外〕真病假病,自然有辨。老夫实对贤契说:只为小女未字。

在同样的情景下,人物的言行迅速变化反复,就能产生强烈的喜剧效果。

【浣溪刘月莲】【浣溪沙】借铅椠[7]间,要把门楣[8]拣。看来无如贤契,况通家旧谊非寒。〔小生〕菲才[9]无当,老师还要三思。〔外〕只怕嫌我萧萧霜鬓已衰残,告老如今又放闲。〔小生〕老师太言重了。〔外〕幸得前日不曾许那两个。【刘泼帽】天河一任张骞泛,抱石还,遇不着星桥盼[10]。你说前日老夫袖出这首诗,是那个做的?〔小生〕门生正不晓得!〔外笑介〕【秋夜月】他闺房也有看书案,浑未揣杜撰。〔小生〕原来就是令爱佳作。〔外〕【金莲子】可笑那一些些小鬟,妄使作没先生,任情儿挥就欠吟安。

剧中写了两对青年男女的姻缘,对车、谢的爱慕多作正面表现,而对沈、顾用笔比较含蓄,这里即由沈老出面提婚,一笔带过。

交代过细，未免赘笔。

〔小生〕老师家教自然不同。〔外〕那两个前次的诗，必系传递。贤契可知他来历么？〔小生〕门生也略知一二。〔外〕怎不捉破他？〔小生〕此须老师作主，同社朋友，不好认真。

【前腔】空捉奸，怕也难成案。〔外〕在那处传递？〔小生〕出恭送饭，都好作弊，料皆因散步传餐。〔外〕你且说柳生卷子，是那个代做的？〔小生〕主人虽自掩书关，窗火仍留照夜阑。〔外〕是个同窗了，怪道他窗稿都是馆师口气！此人才具不凡，急欲闻其姓氏。〔小生〕是门生契友谢英。虽然不曾赴社，文章幸已邀清盼[11]。〔外〕有这等好朋友，就该邀他同来了。〔小生〕他也愿识韩[12]，只是恐造次，遭阍[13]讪。〔外〕车生代笔，又是何人？〔小生〕说起来更可笑！这头巾不单靠我男儿办，输绮阁秀粲。〔外惊介〕也是女人？〔小生〕是车生令妹。〔外〕有这等事！可知车生窗稿都是闺词。〔小生〕是词场中易安[14]，正好与俏香闺斗才华，玉笄[15]作同班。

〔外〕烦贤契致意谢兄，明日过来一晤。〔小生〕领命！

〔外〕俗耳如聋总不闻，谁知孤鹤寄鸡群。

〔小生〕水源穷到流花处，不许青山隔暮云。

〔1〕申饬：当面训诫。

〔2〕名言如屑：称誉之词，意为口吐妙语，如锯木屑霏霏不绝。

〔3〕狴犴(bìàn)：传说中一种野兽名，形似虎，古代常把它的形象画在牢狱的门上，因以代指牢狱。

〔4〕“写就”句：《新唐书·苏颋传》：“玄宗平内难，书诏填委，独颋在太极后阁，口所占授，功状百绪，轻重无所差。书史白曰：‘丐(乞求)公徐之，不然，手腕脱矣。’”

〔5〕衣皮虎：指用皮革缝制内充气的假虎，常以之比喻貌似庞大，其实无用之物。

〔6〕楚囚：原指囚徒，这里比喻处境困窘的人。

〔7〕铅椠：铅，铅粉笔；椠，木板，都是古代用以书写的文具，引申指文章。

〔8〕门楣：指女婿。

〔9〕菲才：才能平庸的人，是谦词。

〔10〕“天河”三句：传说汉人张骞，奉汉武帝之命寻找河源，乘木筏抵天河，见到织女，织女给了他一块支机石，他才归家。见《博物志》。星桥，即鹊桥，代指织女。三句意为张骞到了银河，只得到织女的一块石头，却没有得到她的青睐。这里借指柳、车二白丁费尽心机，仍得不到车女、沈女的爱慕。

〔11〕清盼：尊称别人的顾盼。

〔12〕识韩：认识爱才的人。韩，指唐荆州刺史韩朝宗。

〔13〕阍：守门人。

〔14〕易安：易安居士，宋女词人李清照之号。

〔15〕玉笋：指人才济济，如笋并立，更显出风华秀美。

第二十六出　晤贤

沈老为谢英作伐,下出沈婉娥已向车静芳交代清楚。省去此出,于“严试”后径接“闺晤”,如冰霜才过,顿见春光明媚,花柳交妍,戏就更好。

【南吕过曲·懒画眉】〔生行上〕相知原不在寒喧,片字轻投已见怜。我只道祢生小刺[1]只在袖中还,那长锥又向囊中见[2]。今日个裾曳侯门[3]笑士前。

顾兄传说,沈省庵老先生爱我前诗,约去相会,只得拜谒一番。此间已是,门上有人么?〔杂照常通报介〕〔外上〕正欲清言逢客至,偶思小饮报花开。〔迎介〕〔生〕老先生望高山斗,见拟凤麟,私淑[4]有年,亲瞻何幸!〔外〕先生奇窥二酉[5],力富三余[6],已识雄篇,欣逢玉宇[7]。〔逊生上坐介〕〔生〕既蒙奖许,就该在弟子之列。〔外〕过谦了!顾兄说柳生社作,先生代草,果有之乎?〔生〕惶恐!

“上阳春色”二句不合沈老声口。

【前腔】〔外〕好似上阳[8]春色借莺传,险教我错上江楼认别船。〔笑介〕外边人不晓得,见取出白丁案首来,只道我眼花落井水中眠,谁知暗中不识青钱选?喜得不曾品作人间第二泉[9]。

【前腔】〔生〕邻家应乞[10]暂从权。这不过一时塞白，怎敢妄向王卢较后前[11]？老先生如此错爱，何期痂癖[12]久还坚？碑头谬欲题黄绢[13]，许望龙门岂偶然！

〔外〕尊馆还在柳家么？〔生〕近日车兄改招了。〔外〕闻得车生令妹，亦善吟咏。〔生〕微闻车兄社作，果系令妹代草。

【前腔】〔外〕娇痴只好斗花钿，怎知俊气还流纸上烟？莫欺儿女亚君贤，看他挥毫也不让文人健。这也不是会考，分明是才子佳人唱和篇。

此想大有道理。

先生想已有亲了，车小姐自然也有了人家。若是两未婚配，老夫少不得从中作伐了。〔生〕晚生尚未有亲，

【大迓鼓】茕茕[14]竟寡缘，琴书萧冷，若个生怜？便车小姐呵，也未试金屏选。〔外〕这等绝妙！〔生〕老先生，难道他绣帏便许嫁寒毡[15]？自然广择豪门，姻盟缔联。

谢英分明喜出望外，却面露忧色，对沈老又是激将又是道谢，这个喜剧人物的思想性格真写活了。

〔外〕择婿岂论门第！老夫只是赞合了。〔生〕还有一说，那柳兄呵，

【前腔】先人已着鞭，况车兄与他最好，殷勤杯酒，日夕周旋。〔外〕难道就许他了？〔生〕小姐直意不允，薄命成悲怨。只怕阿兄

萁豆自相煎，错配痴愚，旁人笑传。

〔外大叫介〕岂有此理！岂有此理！红颜薄命，自古兴嗟，绝代风流，何堪浪掷。缙绅之后，总是通家。老夫便硬做主婚，也不怕车生不依。小女亦通史书，正要请车小姐到来，说知就里，自然乐从。〔生〕这等就是岳丈大人了，改日执贽门下。

【尾声】名花灼灼何堪剪，倩得金铃护小园〔16〕。〔外〕我忍见沦濡〔17〕不手援？

〔外〕手绾红丝强作媒，可知月老也怜才！

〔生〕自应借得东风力〔18〕，吹出箫声上凤台〔19〕。

〔1〕祢生小刺：《后汉书·祢衡传》："建安初，（祢）来游许下。始达颍川，乃阴怀一刺（名帖），既而无所之适，至于刺字漫灭。"

〔2〕"那长锥"句：战国时平原君门客毛遂，曾自比长锥，说如果将他"处囊中，乃颖脱而出"。见《史记·平原君虞卿列传》。这里指有了表露才华的机会。

〔3〕裾曳侯门：原意为奔走于权贵之门，这里指登门拜谒沈重。

〔4〕私淑：指未能直接受教，但敬仰这个前辈。

〔5〕奇窥二酉：指学识渊博。二酉，湖南沅陵有大酉山和小酉山，传说山上的石洞里，藏有秦朝人隐居而留下的一千卷书。见《荆州记》（《太平御览》引）。

〔6〕力富三余：三国时魏人董遇对弟子说，为学当充分利用三余：冬者岁

之余,夜者日之余,阴雨者时之余。见《三国志·魏书·王肃传》注。后因以指精力旺盛、正当学习的盛年。

〔7〕玉宇:指气宇美好的人。

〔8〕上阳:唐高宗所建宫名,故址在洛阳。

〔9〕人间第二泉:唐人曾对各处的泉水加以品评,无锡惠山寺泉评为第二泉。全句意指不曾将谢英代笔的诗评为第二。

〔10〕邻家应乞:鲁人微生高,有人问他要醋,他没有,就到邻家讨了醋来给这人。见《论语·公冶长》。

〔11〕妄向王卢较后前:王、卢,指唐初诗人王勃、卢照邻。《旧唐书·杨炯传》:"炯与王勃、卢照邻、骆宾王以文词齐名,海内称王、杨、卢、骆,亦号为四杰。炯闻之,谓人曰:'吾愧在卢前,耻居王后。'"

〔12〕痂癖:嗜痂成癖。此指癖好、嗜好,暗寓自感浅陋之意。

〔13〕"碑头"句:东汉蔡邕在邯郸淳作诔辞的曹娥碑后题"黄绢幼妇外孙齑臼"八字。每两字合成一字,联成"绝妙好辞"四字。见《世说新语·捷悟》。

〔14〕茕(qióng)茕:孤独无依的样子。

〔15〕寒毡:指穷书生。

〔16〕金铃护小园:王仁裕《开元天宝遗事》:"天宝初,宁王……至春时,于后园中纫红丝为绳,密缀金铃,系于花梢之上,每有鸟鹊翔集,则令园吏掣铃索以惊之,盖惜花之故也。"

〔17〕沦濡:沉没于水。喻处境不利。

〔18〕"自应"句:反用杜牧《赤壁》诗"东风不与周郎便,铜雀春深锁二乔"意。

〔19〕"吹出"句:意指被招为婿。

第二十七出　闺晤

【商调引子·风马儿】〔小丑随小旦上〕女伴闻知有俊声，真同韵，我怜卿。管今朝有分听新咏，金钗订社，一样喜嘤鸣[1]。

昨日爹爹会考，严加防范，那两个白丁，果然露出本色。又闻车生前卷，就是他妹子静芳小姐做的；奴家羡慕其才，欲求一见。爹爹说通家姊妹，有何不可？已着女使相请，不知可来？〔小丑〕早间车家保母来说，他的小姐正要来看小姐哩。

【前引】〔老旦同旦上〕迢递香风到户庭，频回顾，小妆明。瘦罗衫，偏耐秋来冷；风头窄绣[2]，聊当踏春行。〔见介〕〔小旦〕久慕芳姿，私钦艳藻。肯移玉步，暂就蓬居。〔旦〕谊忝通家，好期联袂。莫嫌轻造，敢后尊呼。〔小旦〕请问姐姐绣阁闲居，何以消遣？

【过曲·二郎神】〔旦〕房栊静，伴窗纱有栏花瘦影。〔小旦〕可做些生活？〔旦〕便线帙朝来慵去整。〔小丑〕刺绣一定好的，请个样儿看看？〔旦〕无心斗巧，拈来十指偏生。

“闺晤”是两个少女已知终身有托后进行的，剧作者如能着力描写她们听到喜讯后微妙的心理活动，是可以产生浓郁的诗意和强烈的喜剧气氛的。但剧中偏重于描述闺中生活，追叙代倩的经过，太板太实，未免使人乏味。

深得玉茗堂风致。

一幅闺中才女读书图。

〔老旦〕俺家小姐只喜看书的。〔旦〕也未必缥缃[3]真解领，但看书便觉脂融粉净。〔小旦〕还有甚么功课？〔旦〕倘遇着心情胜，试轻笺，偷摹一榻黄庭[4]。

〔小丑〕看书仿帖，都与俺小姐一般般的。〔旦〕姐姐清课，也好略闻一二。

【前腔】〔换头〕〔小旦〕趋庭，闻诗学礼[5]爹行印证。也偶向花间催小咏。〔旦〕要请教了！〔小旦〕只是无人唱和，疏风快月，多时负却才情。只道闺阁无从觅友生，谁知你唱白雪才高楚郢[6]！怜同病，话从容，特来慰我孤清。

〔小丑〕小姐可有新做的诗？好与俺小姐一看。〔旦〕奴家不会做诗。〔小旦笑介〕姐姐不要瞒我，佳篇已从会卷上捧诵过了。与令兄代笔的，可是姐姐？〔旦〕保母，这件事怎么人都晓得？〔小丑〕女人替考，真是新闻，一哄就传开了！

这时再啰嗦这些作什么？难道还怕读者不知车静芳会临帖、沈婉娥会作诗吗？

【集贤宾】〔旦〕无言自忖羞晕生，悔当日应承。传笑人间应齿冷，料无端惹却讥评。〔小旦〕这个何妨？古来名媛多有诗词行世。〔旦〕若是象样些也罢了，临时促倩，便捉笔匆匆题赠。〔小旦〕家父着实赞赏，原要取作案首哩！〔旦〕难再省，可不道偶然侥幸。

〔小旦〕过谦了！〔旦〕方才姐姐说花间催咏，愿借一观。〔小旦〕只怕不好请教。〔旦〕好说。〔小旦出诗介〕〔旦〕原来也是绿牡丹。〔念介〕不假写摹，自然巧合。蕉花柳叶，信拜下风。〔小旦〕呈丑了！〔旦〕绿牡丹出自何所？诗中说“小饮花前”，姐姐想曾见来？〔小旦〕前堂现有此种。

【前腔】园林万绿空翠凝，恍烟晕初澄。家父玩赏之际，分付口占，不过要快听村歌添酒境，笑临风信口哦成。不期就将此题会考，斯文绝胜，羡弟子有红裙偷领。〔旦〕佳篇若置第中，自当作首。〔小旦〕难比并，〔笑介〕还要请谢娘帮倩。

〔老旦〕小姐也是这等取笑。〔小旦〕姐姐佳篇，不消说了。你说首名三名，毕竟谁胜？〔旦〕若论文字，无其低昂；但闻柳生亦出央倩。

【黄莺儿】文誉骤虚腾，信风闻，也有倩递情。〔小旦〕这等，也与令兄一般了。〔旦〕只有顾生是个真才，遥知洛下才名称。昨日复考呵，关防最明，衡评自清，从前月旦今番定。〔小丑〕俺老爷也说顾相公果有才学，闻得要将小姐招他。〔旦〕恭喜了！〔合〕贺娉婷，花间唱和，何必学吹笙[7]！

至此才归正题，却淡淡带过。

〔小旦〕姐姐，柳生会卷，你可晓得代替的人儿么？〔旦〕不晓得。〔小旦〕我爹爹说是姓谢的——

【前腔】楚楚一书生，压儒流，果俊英。为飘零未得谐婚聘，我爹爹就要替他作伐。〔老旦〕那一家？〔小旦〕就是你家小姐！道你两人呵，才华并称，少不得风华凑成；这诗盟已早把姻盟订。〔老旦〕可有这个话说？〔小旦〕我爹爹主意已定，说要硬做主婚。姐姐恭喜了！〔合前〕〔老旦〕既然老爷有此好意，俺小姐拜为义父，与小姐姊妹相依便了。〔小旦〕既忝通家，俺爹爹原是父执，若不嫌弃，就此同居。〔旦〕恐太搅扰。〔小旦〕贵庚？〔旦〕十七。〔小旦〕长奴一岁，已后只叫妹子便是。〔旦〕痴长了！〔各叫姊妹介〕

相并盈盈出画堂，闲情亦解咏诗章。
今宵便拟连床话，剪尽灯花诉夜长。

〔1〕嘤鸣：鸟鸣。《诗经·小雅·伐木》："嘤其鸣矣，求其友声。"后常以喻指朋友同气相求。

〔2〕凤头窄绣：指车静芳穿的凤头绣花鞋。

〔3〕缥缃：缥，淡青色的帛；缃，淡黄色的帛。古时常用以作书囊或书衣。这里引申指书卷。

〔4〕黄庭：指王羲之所书《黄庭经帖》。

〔5〕"趋庭"二句：《论语·季氏》："（孔子）尝独立，鲤趋而过庭，曰：'学

诗乎?'对曰:'未也。''不学诗,无以言。'鲤退而学诗。他日,又独立,鲤趋而过庭,曰:'学礼乎?'对曰:'未也。''不学礼,无以立。'鲤退而学礼。"后即以"趋庭"代指接受父亲的教诲。

〔6〕唱白雪才高楚郢:宋玉《对楚王问》:"客有歌于郢中者,其始曰《下里》《巴人》,国中属而和者数千人;……其为《阳春》《白雪》,国中属而和者不过数十人。"后因以"阳春白雪"指代高雅的文艺作品。郢:春秋战国时楚国的都城,故址在今湖北江陵西北。

〔7〕吹笙:这里义同"吹箫",用弄玉秦楼事。全句意为通过唱和咏绿牡丹诗,沈婉娥和顾粲已勾通心曲,不必再像弄玉那样向萧史学吹箫了。

第二十八出　争婚

经过严试,柳大、车大的假象已彻底揭露,全剧本可由沈老作主,为沈、车二女与顾、谢完婚,即告终场。但剧作者重振笔势,在"捷姻"之前紧相安排了"争婚""假报"两个热闹场面,使戏剧冲突在高潮过后又掀起一层大浪才告结束。这就是文章家称道的"龙王掉尾法"。

〔丑上〕好笑!好笑!出乎意料。妹子去嫁人,亲兄不知道。天下人不通,再没有似老沈的了。会考严防,使我出丑,这也罢了。一个妹子,好好请到家里,就认作干爷,公然主婚,许与穷不了的小谢,竟不通我一声。你道奇不奇?〔净上〕脾胃燥时偏要钝[1],因缘缺处几时完?车大有何气恼?〔丑〕不要说起。好笑老沈擅自作主,把舍妹许了小谢。〔净〕他又不是叔伯尊长,怎好这等乱做?我有一说在此。〔丑〕有何说话?〔净〕若他肯把自家女儿许你,你方才由他把令妹许人。〔丑〕我也是这等想,他又把女儿许与小顾了。〔净〕别姓主婚,世无此事。这是明欺你了,你就该上门去骂。〔丑〕骂了不睬,如何?〔净〕告诉亲友。〔丑〕也不睬,如何?〔净〕出说帖[2]。〔丑〕又不睬呢?〔净〕告状。〔丑〕欠妙欠妙,与纱帽打官司,输多赢少,再寻一个计较才是。〔净想介〕我想令妹原该许我,沈小姐原该许你,前日我们商议一毫不差。你我可再去争执,老沈无话回得,毕竟说待发榜。〔丑〕他前日原如此说。〔净〕我们先买了报录人[3],待未揭榜时,先报你我中了,当夜就要成亲,一成了亲,便知道假报,只索罢了!〔丑〕好计,好计!

【正宫过曲 · 四边静】〔净〕题名[4]早买来先报,家中假欢噪。〔丑〕要做得象。〔净〕一径折花红[5],还须赏衣帽。〔丑〕没有条子怎好?〔净〕不难,刻张纸条。〔丑〕报录银也要假称一称。〔净〕弹些现梢[6],骗得老婆归,我依然秀才了。

关目虽巧,但切合两个花脸的性格。这大段对白,声色并作,具有强烈的动作性;一个无可奈何、气恼万分的车大,一个不甘认输、刁滑诡谲的柳大,都活脱脱地站到了观众面前。

【福马郎】〔丑〕只说揭榜今年偏较早,忙忙走向他家告。相吵闹,正好趁金榜下把洞房邀;到手便支销,虽反悔已成交。

〔净〕此计如何?〔丑〕果然亏你。〔净〕这叫做"愚者千虑,必有一得"。〔丑〕只怕诈骗婚姻,有犯条律……

正在柳大自鸣得意的时候,车大却掩饰不住内心的恐惧,顿使文情跌宕,饶有余味。

〔1〕钝：不快，指不顺心的事。

〔2〕说帖：一种公布某事始末的启事。

〔3〕报录人：科举考试后向人报告录取消息以获取赏钱的人。

〔4〕题名：题名录，记录同场科举及第人姓名、年龄、籍贯等的册子。

〔5〕花红：旧时遇有喜事赏给下人的酬金。这里指给报录人的赏钱。

〔6〕现梢：眼前利益。

第二十九出　假报

〔外上〕琼林宴[1]上赋新诗，尚忆当年意气时。寄语郎君休乞相，阿婆涂抹也曾施[2]。今年大比，谢生、顾生入京赴举，此去临安甚近，仍旧归家听榜。三场试卷，老夫都已看过，决他必然登第，就在榜下毕姻便了！〔生、小生上〕龙门今日为谁开？遴选应知有俊才。〔净、丑上〕买得报人施计巧，因缘成就不须媒。〔齐见外介〕〔生、小生〕闱中试牍，又承老师过奖。〔外〕这样卷子，定占魁元，老夫披读再三，喜而不寐。〔净、丑〕门生拙卷，偶然忘了，不曾送阅。〔外〕一定也是好的。〔净、丑〕闻知令爱小姐择配，已有人么？

到临安会试，是作为南宋的故事来写的。

【中吕过曲·驻马听】〔外〕新选东床，〔净〕那个？〔外〕就是顾兄。〔丑〕何人为媒？〔外〕我亲付红丝自主张。〔净〕顾门生有何

曲词和对白相互引发，逼真地展示了人物之间的性格冲突。

好处?老师就许与他。〔外〕我爱他文章磊落,学问深闳。〔净〕文学,那个没有?〔外〕格韵飘扬。〔丑〕人物也只如此!〔净〕车兄,你的令妹,闻得已许人了!〔丑〕没有这话。妹子许人,难道我做亲兄的倒不晓得?〔外怒介〕他父母不在,做亲兄的该用心体访,寻个好人家。〔净〕也不曾见许差了。〔外〕仓皇漫赋凤求凰[3],较量才貌须停当。〔净〕才貌停当,是那一个?〔外〕就是谢兄。〔丑〕我不曾许,难道妹子自家许的?〔外〕老夫与令先尊同辈,忝在父执之列,这婚姻好事,便代主何妨!自古道"成人之美",我也无谦让。

〔净指生,丑指小生介〕明明夺我亲事,怎肯与你干休?

【前腔】〔小生〕阀阅门墙,冒昧成亲果也欠审详。只求老师广询才誉,别结姻盟,免受雌黄[4]。〔外〕老夫已许定了。〔生〕虽钦尊命尚彷徨,怕亲兄未允终嫌强。不是韩香[5],谨辞齐耦[6],岂敢邀非望?

小顾、小谢这时再退让,就太懦弱了;而小谢提出辞婚,更与情理不合。

〔外〕谢兄也不必固辞,有老夫作主,怕待怎的?〔净〕老师许与他两人,不过说他好才学。〔外〕正是。〔净〕好才学,不过要中。〔外〕可知道。〔净〕焉知我们不会中?〔丑〕当初老师原说:中榜之后,方才议亲。〔外〕曾有此话。〔丑〕

老师不可爽信，若是门生侥幸中了，便称门婿，也不辱没老师。〔净〕若门生也得侥幸，只求车兄令妹，也要预先讲过。〔外〕怎见得二兄会中，那谢兄、顾兄便不会中？〔净、丑〕若他中了，有甚么说？天下事不可知，多少巧的倒被拙的笑！倘或谢兄顾兄，偶然屈了，小弟们时运凑着，也照前日会考取在前列，那时莫怪小弟罗唣，亲事免不得要让了。〔外笑介〕中与不中，发榜便见，何必预计？〔生、小生〕想已只在二三日内了！〔净〕闻得今年揭榜最早。〔丑〕接录人打听说，不出今日。〔杂扮报人喊上〕报报报，柳相公、车相公中了！〔作拥净、丑，要写报银介〕〔生、小生问介〕〔杂作不理介〕〔生、小生作急下介〕

此处演成闹剧，光景更好看。

【前腔】〔杂〕杏苑传芳，千里驱驰未夕阳。〔净〕来得快！〔杂〕可欣同邑，既作同年[7]，又是同房[8]！〔丑〕一发是同房，妙，妙！〔外〕这报可是真的？〔杂出录条介〕请看条子，是京里分出来的，姓名早向榜头扬，录条现刻非虚谎。〔净、丑〕只怕还是假的？〔杂〕这等真报，还说假的？快将录银出来，喜出非常，花红衣帽还要求先赏。

【前腔】〔净、丑〕信有文章，策对[9]天人果擅场。〔杂催赏介〕分付家下，忙排香案，再叫梨园，快宰猪羊。老师，这亲事是门生的了！新郎头上帽光光，门楣今日应教像。老师，你好便促新妆，趁泥金报喜初开榜。

〔报人拥净、丑下〕〔外沉吟介〕我吴兴往昔还中得多，难道好的不中，单中这两个白丁？别家怎不见报？我也还有些疑心。〔杂上〕禀上老爷：车家柳家又差人在外，说今夜就来迎亲。〔外〕这两个滥列齐竽，有识笑其颠倒。那两生暂悲荆璞，逢年必不沉埋。我沈省庵眼力，不道大差。今日黄道大吉，竟招赘谢生、顾生，省得他们絮聒。我如今且不要说破。院子，分付掌礼人伺候。〔杂应下〕〔外〕小凤，请二位小姐梳妆。〔内应介〕〔外〕正是任他风浪起，只是不开船。〔下〕〔小丑上〕传将堂上命，报与阁中知。小姐有请。〔旦、小旦上〕骤闻人语沸，想有好音传。小凤，外边为何喧嚷？〔小丑〕是报录的。〔旦、小旦〕中了那个？〔小丑〕说道车相公、柳相公中了！〔旦、小旦〕还有呢？〔小丑〕小凤不曾听见。老爷分付两位小姐梳妆，今晚便要行礼了。〔旦、小旦各叹介〕

柳大、车大诈婚的关目中，穿插上沈老为谢生、顾生争婚，互相干扰，就使喜剧冲突更加激化，造成极为热闹的喜剧场面。

原评："世亦有惊名怜才者，总是势利心肠耳。一番凉燠顿变倨恭，如沈老者难！如二女子尤难！"

【泣颜回】〔旦〕伧父[10]掌书堂，可叹刘蕡遭放。春风无赖，桃花[11]浪影空香。小凤，这报可是真的？〔小丑〕报那有个不真？〔旦〕人情共诧，蕊珠宫[12]错写今科榜。〔小丑〕小姐快些妆裹。〔旦〕妹子你自梳妆。〔掷镜介〕我却不梳了!〔小旦〕奴家也不梳。〔合〕背菱花悄地无言,止不住泪痕偷漾。

【前腔】〔换头〕〔小旦〕爹行,倚婿得为郎,也不必果然心赏。〔小丑〕小姐不消着恼,戴了纱帽自然好看。〔小旦〕乌纱[13]虽好,堪羞暂饰猴妆。〔小丑〕既然中得来,一定也是真才了!〔小旦〕只怕喧腾士论,郁轮袍[14]未免从来谤。〔小丑〕恭喜小姐,就是夫人了!〔小旦〕姐姐,你自去做夫人,怕妹子没有此福。〔旦〕我也是个没福的。〔合〕拟今生自许荆钗[15],更不作七香奢想。

语中带刺,骂尽世情。

〔老旦急上〕灯花开并蒂,鹊语报双声。小姐,恭喜!恭喜!〔旦、小旦不应介〕〔老旦问小丑介〕小姐为何不喜?〔小丑〕象不情愿嫁柳、车二家。〔老旦笑介〕原来为此。老身也心下着忙,出去打听,闻得老爷已请谢相公、顾相公去了。花烛已备,怎还不梳妆?〔旦、小旦喜介〕〔老旦帮梳介〕

【越恁好】玉梳难把,玉梳难把,滑撒撒鬓影光。〔缴面[16]介〕对羞眉暗剪,对羞眉暗剪,欣画笔有张敞。〔小丑〕小姐,戴了

先忧后喜,化泪为笑,写出了两少女不爱乌纱爱俊才的美好心灵。

冠儿,一发标致了!颤巍巍宝妆,颤巍巍宝妆。〔旦、小旦换裙介〕〔小丑〕更一声声,珰丁冬风响珮珰。〔老旦〕小姐,莫怪他酸溜溜秀才,看他年羽翮丰,天上奋翔。谁轻许好绣球一谜由人抢?劝还添喜惬,莫待惆怅。

【意不尽】〔合〕催妆定有新诗唱,这捏雨拈云不等常。少不得花烛双双拜你个老社长!

〔1〕琼林宴:皇帝赐新进士的宴会。

〔2〕"寄语"二句:乞相,即贫相。涂抹,对自己作品的谦称。王定保《唐摭言》:"薛监(逢)晚年厄于宦途,尝策羸赴朝,值新进士榜下,缀行而出。……前导曰:'回避新郎君!'逢輾然,即遣一介语之曰:'报道莫贫相!阿婆三五少年时,也曾东涂西抹来。'"

〔3〕凤求凰:古曲名,相传是司马相如所作;他曾弹这支曲向卓文君表达爱恋之意。

〔4〕雌黄:指议论短长,随意讥评。

〔5〕韩香:典出"韩寿偷香"。晋人韩寿在贾充的手下做属官。贾充的女儿暗中与他相爱,偷了父亲的御赐奇香给他。有人闻见韩寿身上的奇香味,向贾充告发,充即以女嫁寿。见《世说新语·惑溺》。这里指佳婿。

〔6〕齐耦:耦,配偶。《左传·桓公六年》载,郑太子忽不接受齐侯的求婚,说:"人各有耦,齐大,非吾耦也。"后因以指门第不相称的婚姻。

〔7〕同年:同榜中举的人互称。

〔8〕同房:同一房师。

〔9〕策对:对策,应荐举、科举的人对答皇帝有关政治、经义的策问。

〔10〕伧父：鄙贱的庸人。

〔11〕桃花：这里指春水。

〔12〕蕊珠宫：宋真宗所建宫名，内放进士榜。

〔13〕乌纱：乌纱帽，古代一种官帽。明以后，常作为官的代称。

〔14〕郁轮袍：曲名。相传王维将应举，求岐王庇借。王引至公主第，使为伶人，令独奏《郁轮袍》曲，声调哀切。主大奇之，即召试官主第，谕以维作解头登第。见薛用弱《集异记》。这里借指柳生、车生的中举用了不正当的手段。

〔15〕荆钗：荆条做的头钗，为贫妇所戴，代指贫妇的生活。

〔16〕缴面：绞面，妇女出嫁时，用线绞去脸上的汗毛。

第三十出 捷姻

【仙吕引子·小蓬莱】〔外上〕谁识风尘苏季[1]笑？世情空判云泥。凭咱只眼，收他合璧喜溢门楣。

有此主张，“捷姻”出才稍有新意。

老夫较才择婿，原不看榜招婚。已请谢、顾二生齐赴花烛，想就来也！〔照常分付掌礼介〕

【天下乐】〔生、小生儒服上〕未脱青衫愧可知，匆匆何暇问佳期？鹊桥促驾非心拟，勉按羞颜怕烛辉。

〔见介〕门生不才下第，大负期许高情。老师不加督责，反遣完婚。闻命趋承，殊深局蹐[2]。

〔外〕二兄既有轶群之才，老夫岂作拘俗之见！前程自远，暂屈何妨？况报人真伪未分，亦恐先后参差不一，依老夫看起来，一定还是中的。〔掌礼照常请介〕

【过曲·不是路】〔净、丑急上〕巧计成痴，反把他人好事催。〔见介〕老师说过中榜成婚，再赖不得的，言难悔，怕寒酸萝茑[3]被人讥。〔外〕已在此行礼，不必再讲。〔净、丑扯生、小生嚷介〕成不得！成不得！吵吵闹闹，拼个大家不成便了！〔杂扮报人急上〕走如飞，华堂直入无回避。〔作打入介〕〔外〕你是何人？〔杂〕那个是谢相公、顾相公？我把榜上科名特报知。〔外〕心欢喜，风流果是吾家婿。适当婚际，适当婚际！

〔杂出录条看介〕第一名谢英，第二名顾粲。中得高，赏钱一发要加厚了！〔净、丑〕条子还不足凭据。〔杂出全录介〕现有全录在此——

【前腔】这是金榜全题，五百英雄没剩遗。〔外〕怎不见柳、车二兄姓氏在上？〔生、小生〕二兄既有真报，只怕此报倒是假的？〔杂〕报录只有我们，无同异，棍徒假冒总成非。〔杂又扮后报人上〕报报报！〔前报〕这是夺录的来了！〔混打介〕〔净、丑〕不要打，想是报我们的。

吴炳虽在关目上刻意点染，但这个结尾仍不能尽脱“洞房花烛夜，金榜挂名时”俗套。

滚雪球地推出一连串喜剧性事件，顿使场上

的喜庆气氛升到顶点。

〔后报〕小的不报进士录，是报升迁的。〔递报介〕恭喜老爷钦点内阁[4]！启黄扉[5]，圣恩特自田间起，伫望星驰入帝畿。〔外〕原来如此！两班报人俱前厅酒饭，另有赏赐。〔二报人俱下〕〔净、丑欲下介，外留介〕且不要去。车兄如今可肯许令妹了？〔丑〕原肯许的。〔生揖介〕多谢大舅。〔丑〕恭喜妹夫。〔外〕这两头亲事，老夫虽则主婚，尚少媒妁，可好奉央柳兄？〔净〕当得效劳。〔外〕二兄既未有亲，都在老夫身上。门庭对，别寻佳丽酬知己。休嫌抛弃，休嫌抛弃。

顺手牵羊，净、丑也有戏做了。随着情势的急剧转变，车、柳也一变故态，一个叫妹夫，一个愿效劳，收到了很好的喜剧效果。

车兄倒代老夫，相陪柳兄，前边少坐。待吉礼完时，奉邀薄酌。〔净、丑〕正是因缘因缘，事非偶然；谋事在人，成事在天。〔先下〕〔生、小生换冠带介〕〔掌礼仍请介〕

【天下乐】〔老旦扶旦，小丑扶小旦上〕才子何须定锦衣，吟窗仍分伴书帷。泥金骤报登高第，把襕服[6]重穿也是奇！

〔行礼照常介〕

【解酲歌】【解三酲】〔外〕虽可喜秀才风致，怕还输纱帽威仪。宫花[7]摆落齑黄气，向花烛下换朝衣。大街走马人如玉，相府乘龙锦作堆。【排歌】〔合〕金屏暖，玉漏迟，香风细细袭庭帏。连枝树，合卺杯，案前[8]高手唱齐眉。

【前腔】〔生〕受倩托当年如戏，细思量往事真痴。方知[9]枉信微生直，全不认乞邻醯。今日春官[10]擢第叨先等，还似社长评文许首推。〔生、旦合〕承嘘美，感主持，不随流水逐东西。真佳话，称韵题，联盟伯仲是夫妻。

原评："数曲诙谐婉转，韵趣收拾殆尽。"

【前腔】〔小生〕笑往日浮名空系，被庸流白眼全欺。揶揄不减贫家鬼[11]，谁肯信捷春闱。飞扬敢说遮前耻，黾勉[12]聊将报旧知。〔小生、小旦合〕怜雌伏，终奋飞，香飘十里杏花堤。笑你真和假，欲骗谁？场收线索偶[13]难提。

【前腔】〔旦〕假社友无从搜弊，女门生遥拜堪奇。才名不信输夫婿，浑未服一名低。〔小旦〕但夸试卷皆新唱，莫忘了我初草程文有旧题。〔老旦、丑合〕笙歌沸，绮绣飞，合欢枝上月初低。携花诰，拜凤墀[14]，福齐益信是文齐。

原评："风流，洗去相逢俗套，韵绝词坛。"

〔杂〕禀上老爷，阶下绿牡丹一时开放。〔外〕二月末旬，牡丹岂能骤放？我晓得了，今朝姻好，皆此花为媒，故意先期发蕊，以告吉祥。取酒过来！〔浇花介〕

绿牡丹先期发蕊，是佳丽得酬知己、俊才终能奋飞的象征，也是剧作者人生理想的结晶。

【尾声】对名花，添欢喜，花迎喜气岂无知？只愿你煽出才情常作花下媒！

牡丹岁岁向春开，泪尽胭脂枉买来。

我欲倩君葱蒨笔，青青只似点莓苔〔15〕。

〔1〕苏季：战国时人苏秦字季子。

〔2〕局蹐：畏缩不安的样子。

〔3〕萝茑：女萝和茑两种寄生植物。常用以比喻亲戚关系，这里指女婿。

〔4〕钦点内阁：皇帝指定入阁。内阁，明朝最高行政机关，常以翰林院官入阁参预机务，兼大学士，相当于以前的宰相。

〔5〕黄扉：黄阁，宰相工作的地方。

〔6〕襐服：盛装。襐：首饰，服饰。

〔7〕宫花：皇帝赐新进士所戴。

〔8〕"案前"句：《后汉书·梁鸿传》："（鸿）为人赁舂，每归，妻为具食，不敢于鸿前仰视，举案（托盘）齐眉。"后常以之指夫妇互相敬爱。

〔9〕"方知"二句：《论语·公冶长》："子曰：'孰谓微生高直？或乞醯（醋）焉，乞诸其邻而与之。'"这里借指谢生过去代笔事。

〔10〕春官：唐以后礼部的别称。

〔11〕"揶揄"句：《晋阳秋》："以家贫乞禄，（桓）温虽以才许而不用。后同府人有得郡者，温为席起别，友至尤晚，问之，友答曰：'……出门于中路逢一鬼，大见揶揄，云我只见汝送人作郡，何以不见人送汝作郡？'"（《世说新语》注引）揶揄：耍笑、嘲弄。

〔12〕黾（mǐn）勉：勉力，尽力。

〔13〕偶：提线木偶。

〔14〕凤墀：原指宫廷阶砌上的台阶，因刻有凤的图案，故称"凤墀"。这

里指正厅前的台阶。

〔15〕点莓苔:国画中,用笔尖轻轻点染的画法,称“点苔”;常用于画石上的莓苔。全句意为本剧着意在绿牡丹上用色,以其贯串剧情,有添丝补锦之妙。

后　记

《绿牡丹》是明末著名戏曲作家吴炳的代表作。

吴炳(1595—1648)，字石渠，号粲花主人，常州宜兴(今江苏宜兴)人。明万历四十七年(1619)考中进士；崇祯时，官至江西提学副使。清兵入关后，流寓广东，曾任南明桂王的兵部侍郎兼东阁大学士。永历元年(1647)八月，在武冈为清兵所俘，后押送衡州，在第二年正月绝食而死。清乾隆时，赐谥"节愍"。

吴炳"十二三岁时便能填词。《一种情》传奇，乃其幼年作也，恐为父呵责，托名粲花。粲花者，其司书小隶也"(焦循《剧说》卷五)。他一生创作的传奇，现在传世的有《粲花别墅五种》。其中《画中人》是他早年的作品，此后写了《西园记》《绿牡丹》《疗妒羹》，《情邮记》则是他最晚的作品，写成于崇祯二年。

吴炳的剧作，大都描写青年男女的爱情和婚姻故事。由于他亲身经历了明朝末年的社会动乱，"睹势危难"，虽"沉静不露，而中耿介"(《南疆逸史》列传十九)，因而在描写爱情的故事中，尚能涉及一些现实生活中的丑恶现象，并在不同程度上给予了抨击。但因他出身高门,对民间疾苦不甚了解,只能在封建士大夫的生活圈子里撷取题材,所以,他的剧作反映的社会面比较狭窄。

在明末的戏曲作家中,吴炳所取得的艺术成就是比较突出的。郑振铎先生曾推崇他和孟称舜、范文若"同为临川派的最伟大的剧作家"(《插图本中国文学史》第六十四章)。虽然吴炳的思想情趣和汤显祖有很大的差距,但吴炳在作品的结构、情节和文辞上,曾企图追步汤显祖,有时还能自出新意。他写得较好的作品,都有人物性格鲜明、关目细密、曲词文雅、对白生动等优点。他在文笔上追摹汤显祖的同时,也注意学习吴江派作家在戏曲音乐和舞台艺术方面的经验,能"以临川之笔协吴江之律"(吴梅《中国戏曲概论》),使自己的作品适合于舞台演出。有的论者说他的传奇"可列之明曲第一流中"(青木正儿《中国近世戏曲史》),如仅从艺术表现着眼,不能说是过誉之词。

《绿牡丹》是吴炳最成功的一部喜剧作品。剧中生动地描写了两对富有才学的男女青年克服了两个假名士的重重阻挠,终于美满结合的爱情生活,比较真实地反映了明朝后期知识分子的精神面貌,对当时科场考试中存在的各种弊端进行了辛辣的讽刺。

《绿牡丹·帘试》出有一条托名"牡丹花史"的评:"嗟乎!今日考秀才者有认真秉公如此女子者乎?甘心受其拘束耳?"从作者这里发泄的个人愤懑中,可以推断这部传奇当是他科场失意时写成的。这时明王朝虽然没有崩溃,但它的专制统治已经摇摇欲坠,作为封建上层建筑的科举制度,也已弊端百出。

吴炳在剧中，虽然没有对科举制度本身进行正面的抨击，但他着力鞭挞那些文会中的假名士招摇撞骗、利用考试舞弊的现象，已经透露出当时的科举考试并不能秉公选拔真才的信息了。作者在《严试》一出，借沈重的口，提出“天下有真有伪，真者为伪所抑，就是真伪混淆，须要辨明才是”的主张，应该看作是他对明朝后期科场上是非颠倒、真伪不分的一种指责。这种指责自然是微弱的，但在当时还是有一定的现实意义。

吴炳是一个熟谙喜剧艺术的剧作家。他的《绿牡丹》几乎场场戏都有令人捧腹的喜剧纠葛，能把观众引入充满欢乐气氛的艺术境地。作者沿用了巧合、误会、双关等常用的喜剧手法，并注重从人物的不同处境和性格特征出发，不断地发掘人物之间可能产生的喜剧性冲突，使全剧始终在轻松愉快的喜剧气氛中明快流畅地发展，组成一幅幅千姿百态的喜剧画面。对于剧中两个正面人物，谢英和车静芳，分别赋予他们以机警、诙谐、风趣、聪慧等性格特点，演出种种妙趣横生的喜剧场子。对于剧中的两个反面人物柳五柳、车尚公，则采用讽刺喜剧手法，使他们在一些重要场面上丑态百出，处处引逗笑料，尽情鞭挞嘲弄，收到了别开生面的喜剧效果。

有的论者给了《绿牡丹》这类喜剧一个特有的名称，叫作“文雅的滑稽剧”（青木正儿《中国近世戏曲史》）。如果说，这是指这部喜剧具备着如下的特点：场面不大，矛盾冲突也不十分激烈；剧情的发展带有浓郁的抒情色彩；几个正面人物的身上都赋予了乐观的气质；对反面人物的讽刺也掌握了恰当的分寸，很少流露出那种闹剧的恶趣；那么，说《绿牡丹》是一部轻喜剧，可能要更恰切一些吧！

现存的《绿牡丹》刻本，都是根据明崇祯间金陵两衡堂刻本刊印的。我们这次校订，是用《古本戏曲丛刊》第三集的本子作底本，并用1928年吴梅辑校的《奢摩他室曲丛》本加以校订。这两个本子共有的一些错讹或脱漏的地方，我们则根据上下文意加以校正。

风筝误

〔清〕李　渔
蒋松源　注释
孙世文　注释
蒋松源　审订

第一出　巅末[1]

【蝶恋花】〔末上〕好事从来由错误，刘、阮非差，怎入天台路[2]？若要认真才下步，反因稳极成颠仆。更是婚姻拿不住，欲得娇娃，偏娶媸颜妇。横竖总来由定数，迷人何用求全悟。

【汉宫春】才士韩生，偶向风筝题句，线断飘零。巧被佳人拾着，彤管相赓[3]；重题再放，落墙东，别惹风情。私会处，忽逢奇丑，抽身跳出淫坑。赴试高登榜首，统王师靖蜀[4]，一战功成。闻说前姻缔就，悔恨难胜。良宵独宿，弃新人，坐守长更。相劝处：银灯高照，方才喜得娉婷。[5]

放风筝，放出一本簇新的奇传，
相佳人，相着一副绝精的花面，
赘快婿，赘着一个使性的冤家，
照丑妻，照出一位倾城的娇艳。

此剧开篇用【蝶恋花】【汉宫春】两曲，交代出全剧思想内容。全剧以风筝为线索，情节从一个“误”字中引出，寥寥数语，耐人寻味。

〔1〕巅末：概述全剧情节大要；犹言始末、本末。

〔2〕"刘、阮非差"两句：刘阮，指刘晨和阮肇。相传他们入天台山采药，走错了路，才得遇仙女，被留住了半年。

〔3〕彤管相赓（gēng）：指与女子文墨相和的事。彤管，红色的笔管。相赓，相续。

〔4〕靖蜀：平定四川。

〔5〕娉婷：美好的样子，这里引申指美女。

第二出　贺岁

笠翁写戏讲"立主脑"。他曾说："一本戏中，有无数人名，究竟俱属陪宾；原其初心，止为一人而设。即此一人之身，自始至终。"本剧一人为"韩琦仲"，开场先交代主要人物的身世，使主脑明确。

【鹊桥仙】〔生巾服上〕乾坤寂寞，藐怀[1]焉寄？自负情钟我辈。良缘未许便相遭，知造物定非无意。

乌帽鹑衣犊鼻裈[2]，风流犹自傲王孙。三都赋后才名重，百尺楼头气岸尊[3]。手不太真休捧砚[4]，眉非虢国敢承恩[5]？佳人端的书中有，老大梁鸿且莫婚[6]。小生韩世勋，字琦仲，茂陵[7]人也。囊饥学饱，体瘦才肥。人推今世安仁[8]，自拟当年张绪[9]。虽然好色，心还耻作登徒[10]，亦自多情，缘独悭于宋玉[11]。不幸二亲早背，家道凌夷，四壁萧然，未图婚媾。赖有乡达戚补臣，系先君同盟好友，自幼抚养成人，与他令郎戚友先同窗肄业。今乃元旦之日，须要整肃衣冠，候他出来贺岁。

【小蓬莱】〔小生三髯[12]、冠带，末随上〕最喜门清似水，谱东山[13]几局闲棋。〔副净巾服上〕家声尽旧，桥名朱雀，巷是乌衣[14]。

〔见介〕〔生〕老伯请台坐，容小侄拜贺新正！〔小生〕贤侄是客，老夫是主，怎敢受礼？同拜就是。〔同拜介〕〔生〕改岁之余，愿老伯蒲征[15]早就，霖雨苍生。〔小生〕交春以后，望贤侄联掇科名，早谐花烛！〔生、副净揖毕，同坐介〕〔生〕老伯，小侄异姓孤儿，蒙老伯扶持、教诲，胜似天伦，感激之私，一言难尽！

【宜春令】蒙垂念，辱俯携，恨不得挽青云，扶人上梯。近世的交情，生前尚且翻云覆雨，何况朋友死后，还肯念及子孙？叹人亡交废，路逢羊舌[16]谁弹泪？老伯真古人也。此德此恩，不知何年可报！愧无能报德衔环[17]，只有个感恩流涕。莫说老伯，就是世兄与小侄呵，一样的埙篪奏雅[18]，与同胞何异？

〔小生〕老夫与令先尊，有车笠之盟，又受妻孥之托，怎敢以生死变交？

【前腔】承交子，受托妻，顾黄泉，常

愁负伊。你只管用心读书，莫说纸笔之资，灯火之费，老夫不惜，就是婚姻一事，少不得也在老夫身上。你休忧聘礼，难道我向平只为婚男计？令先尊易箦[19]之时，以此事谆谆见托，老夫也曾力任不辞。防备他死者重生，须使我前言无愧。〔副净〕老世兄，自古道："四海之内皆兄弟也。"何况我和你两世通家，说甚么同胞异姓，都是一般昆季[20]。

〔末持帖上〕禀老爷：方才詹老爷来拜年，说新正事冗，不敢请见，留下帖子去了。〔小生看帖介〕原来是詹烈侯，是老夫极相好的同年。他既来了，老夫就要去答拜。分付打轿，暂别了。人情重来往，友谊愧先施。〔末随下〕〔副净〕老世兄，我和你终日闭在书馆，成年不见妇人，这些时睡卧不安，未免有些亢阳之意。如今解馆过年，正好及时寻乐，和你到姊妹人家[21]去走走何如？〔生〕闻得近来名妓甚少，只怕也不消去得。〔末上〕禀相公：外面有许多妓女上门来拜年。〔副净大笑介〕"我欲仁，斯仁至矣。"妙！妙！妙！快唤进来！〔末唤介〕〔老旦、小旦、净、丑扮妓上〕居邻桃叶渡[22]，颦效苎萝村[23]，莺语同招客，梅花伴倚门。二位相公在上，贱妾们拜年！〔副净〕不消，来到就是了。〔生背面远立介〕〔众〕那一位是戚大爷？〔副净〕小子。〔众〕那边一位呢?〔副净〕是敝友韩琦仲。〔众〕好两位风流相公!

【玉抱莺】【玉胞肚】堪称双美,乍相逢、教人目迷。〔指生介〕那壁厢,器宇春容。〔指副净介〕这壁厢,裘马轻肥。二位相公不弃,几时到敝寓来,光顾一光顾,何如?〔副净〕明日就来相访。【黄莺儿】〔众〕望栽培,倘文车见枉[24],便不宿也增辉!

今日各位老爷家,都要走一走,不得久陪,告别了!〔副净〕怎么忍得就去?〔拉住诨介〕〔众〕已登七宝府,再过五侯家。〔齐下〕〔副净〕老世兄,你为何这等道学?那些女客们来,也和他说说笑笑,才象个风流子弟。为何手也不动,口也不开,反背面立着,却象怕羞的一般?你也忒煞老实了。〔生〕小弟平日也不十分老实,只是见了这些丑妇,不由你不老实起来。〔副净〕怎么?方才这几个,妖妖娆娆,也尽看得过了?〔生微笑介〕

【解三醒】嗅着他脂腥粉气,怎教人翠倚红偎。〔副净〕毕竟怎么样的,方才中得你的意?〔生〕但凡妇人家,天姿与风韵两件都少不得:有天姿没风韵,却象个泥塑美人;有风韵没天姿,又象个花面女旦。须是天姿风韵都相配,才值得稍低徊。就是天姿、风韵都有了,也只

韩琦仲要寻一个有才有貌的美女做妻子,戚友先只要及时行乐。两人的思想、个性初见端倪。

算得半个，那半个还要看他的内才。倘若是蓬心[25]不称如花貌，也教我金屋难藏没字碑[26]。〔副净笑介〕你也忒煞迂阔，世上那有这样妇人？方才家父说，要替你定亲，这等看起来，你的头巾，是极难浆洗的了。〔生〕若要议亲，须待小弟亲自试过他的才，相过他的貌，才可下聘。不然，宁可迟些，决不肯草草定配。甘淹滞，怎肯把山精野怪，引入房帏？

〔副净〕一发说得好笑，只有扬州人家养的瘦马，肯与人相[27]；那有宦家儿女，容易使人见面的？

【前腔】何曾见侯门娇丽，肯容人较瘦量肥？就作外貌见了，那内才怎么知道？难道好出个题目，考他不成？就是朝廷也不开女科第，几曾见穷措大考娥眉？老世兄，我劝你将就些也罢了，须知道河清难俟韶光迅，只怕你觅得娇娃日已西。休拘泥，只要门当户对，早效于飞！

〔末上〕老爷回来了！年酒摆在中堂，请相公上席。

【尾声】〔合〕我和你意空驰，神虚费，婚姻自有个暗中媒，倒不如现在的屠苏[28]且去饮数杯！

瑞霭环凝绿野堂[29]，
岁朝风景异寻常。
尊前有酒春方好，
眉上无愁日自长。

〔1〕藐怀：高远的情怀。

〔2〕鹑衣犊鼻裈（kūn）：指穿着破旧。鹑衣，像鹑鸟秃尾一样补绽百结的衣服。犊鼻裈，一种形状像牛犊鼻子的围裙式的短裤衩。

〔3〕"百尺"句：三国时，王粲曾登湖北当阳城头，叹时世之变乱，悲仕宦之坎坷，写下了《登楼赋》。这里韩世勋借以表示自己气度不凡。气岸，犹言气度、气概。

〔4〕"手不"句：太真，指杨贵妃杨玉环。传说唐玄宗曾宣李白作诗，李白醉，因命杨贵妃为他捧砚。

〔5〕"眉非"句：虢（guó）国，指虢国夫人，即杨贵妃的姐姐。据说她以美貌自许，不加打扮就去朝见唐明皇。

〔6〕"老大"句：梁鸿，东汉人。他的妻子孟光又黑又丑，但很敬重他，每次吃饭，都把盛食物的托盘高举齐眉。这里是反用其意，韩世勋表白自己不想娶个丑妻。

〔7〕茂陵：在今陕西兴平东北。

〔8〕安仁：潘岳，晋朝美男子。

〔9〕张绪：字思曼，南朝齐美男子。

〔10〕登徒：登徒子。战国时楚国辞赋家宋玉作有《登徒子好色赋》，讥刺登徒子是好色之徒。

〔11〕"亦自多情"二句：宋玉曾说，东邻有一美女，三年来常常登墙窥视他。这里韩世勋自叹不如宋玉，一直没有遇上钟情于己的美女。

〔12〕小生三髯：指小生化妆戴的髯口为三绺胡须；多用于扮演年岁较大的文人、官吏、帝王等角色。

〔13〕东山：指晋朝谢安辞官归隐后下棋饮宴的地方。

〔14〕“桥名朱雀”二句：朱雀桥、乌衣巷，都在南京，是晋时王、谢两大望族聚居的地方。后常以代指豪门世家。

〔15〕蒲征：征召做官。古代招聘贤士，需派出用蒲草裹轮的车子迎接，以示敬重。

〔16〕羊舌：指羊舌赤，春秋时贤士。全句意为今人缺乏古人交友的高尚品质。

〔17〕报德衔环：传说东汉时，杨宝救了一只黄雀，后来黄雀化为一个穿黄衣的童子给了他四枚白环，说此物可以使他的子孙显贵。

〔18〕埙篪奏雅：埙、篪，古乐器名。雅，雅乐。这里比喻韩世勋与戚友先之间关系融洽。

〔19〕易箦(zé)：箦，竹席。传说曾子临死时，让人把他所睡的竹席换掉。这里即指病人病危。

〔20〕昆季：弟兄。

〔21〕姊妹人家：这里指妓院。

〔22〕桃叶渡：渡口名，在今南京秦淮河与青溪合流处，相传是晋朝王献之与他的爱妾桃叶分别的地方。

〔23〕颦效苎萝村：苎萝村，美女西施的家乡。句意为效仿西施皱眉的美姿。

〔24〕文车见枉：大驾光临的意思。文车，文人学士的车驾。

〔25〕蓬心：蓬草的心，短而不通，喻人资质愚笨。

〔26〕金屋难藏没字碑：金屋，用“金屋藏娇”的典故。没字碑，喻指虚有仪表不通文墨的人。

〔27〕“只有扬州人家”二句：明清时，扬州人把卖身给人做妾的妇女称为“瘦马”，她们站在买主前，任由观看挑选。

〔28〕屠苏：酒名。古代风俗，正月初一要饮屠苏酒。

〔29〕绿野堂：唐代裴度的别墅名。这里借指富贵人家的厅堂。

第三出　闺哄

【海棠春】〔外苍髯[1]、冠带，末随上〕林居偏系苍生望，丝鬓老，丹心犹壮。术只愧齐家，阃内[2]多强项。

雄心勃勃鬓萧萧，功在边陲望在朝，尚有倒悬民未解，难将生计学渔樵。下官詹武承，字烈侯，进士出身，官拜西川招讨使[3]。只因朝中宦寺[4]专权，怪下官不肯依附，唆人弹劾，罢职家居。近日闻得川、广之间，蛮兵作乱，势甚披猖，朝议纷纷，要起下官复还原职，未知确否？这倒不在话下。只是下官之命，易在功名，难在子息；下官之才，长于治国，短于齐家。正夫人早丧，子嗣杳然，只留二妾，各生一女。他们一岁之内，倒有三百个日子相争。下官一日之中，吃得八九个时辰和事。亏了一双顽皮的耳朵，炼出一副忍耐的心胸，习得吵闹为常，反觉平安可诧。二夫人梅氏，生女爱娟；三夫人柳氏，生女淑娟。爱娟居长，淑娟居次，年俱二八，未定朱陈[5]。昨日是元旦之期，下官在梅夫人房里度岁。今日轮该柳夫人当夕了，且喜应酬已毕，不免早些过去，同他吃几杯岁酒，不要去迟了，又道我冷落他。〔叹介〕

笠翁写戏十分注意"密针线"，此出关目的安排有承上启下的作用。各种人物的交代，都是为展开全剧戏剧冲突做好铺垫。

戏中的人物要有个性。人物的言谈举止将随情节而流露出来，才能成为“这一个”。柳氏与梅氏一出场性格就带进戏中。

这叫做：阴气费和阳易燮[6]，盐梅好剂醋难调。〔暂下〕

【前腔】〔小旦扮夫人上〕衾裯同抱甘谁让？宠盛处，后来居上。〔旦扮小姐，副净扮梅香随上〕二母费调停，敢为慈亲党。

〔小旦〕妾身柳氏，招讨公第三房夫人。女儿淑娟，招讨公第二位小姐。二娘梅氏，嫉妒成风，咆哮作性。妾身初来，也曾让他几次，怎奈越高越上，势不相容，如今只得与他旗鼓相当，才能够画疆自守。〔对旦介〕我儿，你爹爹昨日在那边过年，今日这样时候，还不见过来，想是又被那老妖精缠住了。〔旦〕新正为一岁之首，决不使我母子向隅，想必也就来了。〔外便服上〕老梅虽占春光早，嫩柳还承雨露多。〔见介〕夫人，下官昨日拘于次序，只得勉强住在那边。你母子二人度岁，未免冷静了。〔小旦〕也不十分热闹。〔旦〕孩儿备有春酒，替爹爹母亲介眉[7]。〔外〕如此甚好。〔旦送酒介〕

【惜奴娇】〔合〕琥珀浮光，喜红颜华发，共映霞觞。一样的辛盘[8]菜果，今夜倍觉生香。徜徉，对景开怀增欢畅，案齐眉，珠擎掌。〔合〕祝寿康，但愿年年今日，共醉千场。

〔老旦扮夫人，丑扮小姐上〕女子心肠曲，男儿宠爱偏，只愁情意假，空占昨宵先。妾身梅氏，詹家署事的正夫人是也。老爷在柳氏房中饮酒，不免同着女儿，潜步走去，听他说些甚么。〔行介〕正是：但听私下语，便识枕边言。〔丑〕来此已是三娘门首了。母亲，我和你躲在一边，好听他们说话。〔老旦〕正是。〔共躲听介〕〔外〕夫人，我年逼桑榆，只生二女，你生的这一个，聪慧端庄，还替下官争气。只是二娘生的那一个，貌既不扬，性又顽劣，我终日替他担忧，怎么样到人家去做媳妇。〔小旦〕有那样的娘，自有那样的女儿。莫怪女儿不成器，只怪那老东西的教法不好。〔旦〕爹爹、母亲，且自饮酒，不要多话。万一下人听见，传与二娘知道，又是一番嫌隙了。〔外〕我儿说得是。

【前腔】〔合〕须防耳属于墙，休向新年佳节，又起争场。且把金樽倾倒，休负眼底春光。芬芳，几树梅花相依傍，暗香来，神增爽。〔合前〕

〔老旦、丑闯入介〕〔老旦〕小妖精，你同家主公吃酒，把我娘儿两个当小菜，怎见得我的教法，不如你的教法？怎见得你的女儿，强似我的女儿？〔指小旦介〕

【锦衣香】骂你那淫妇腔，妖精样，逞自强，将人谤。不分个后到先来，恁般无状。

〔小旦〕我倒不是小妖精，你是个老妖精。为甚么别人在房里吃酒，要你沿墙摸壁来听？〔指老旦介〕笑你那狐狸越老越猖狂，迷人技痒，到处寻郎。〔老旦〕好骂！好骂！〔欲打介〕〔小旦〕你来！你来！〔外各劝介〕劝娘行息忿，甚冤仇，动辄相伤？〔对老旦介〕夫人，你比他年长，怎与他一般较量？〔老旦〕是他的年纪小，我的年纪老，你到年纪小的身边去！〔推外介〕〔外对小旦介〕夫人，若论于归次第，你也略该相让。

写二妾争风吃醋，难解难分，活灵活现，令人笑不可忍。

〔小旦〕是他比我先来，我比他后到，你到先来的身边去！〔推外介〕〔外笑介〕他又推来，你又推去，我只当在这里打秋千。〔丑对小旦介〕三娘，我的母亲教法不好，你的教法好，以后劳你教教罢了。〔对旦介〕妹子，你聪明似我；我丑陋似你，你明日做了夫人、皇后，带挈我些就是了。

【浆水令】你这俏仪容，是夫人娇样，好规模，是皇后尊腔。我呵，只好做农家媳妇、贩家娘。全仗你提携带挈，做个贵戚椒房。〔旦背对老旦介〕二娘，是我母亲不是了，看孩儿面上，不要气罢。劝你千金体莫气伤，且看儿面恢宏量。〔对丑介〕姐姐，你与妹子原是和气的，不要为这几句闲话，就成了嫌疑。好姊妹，好姊妹，影形相傍。休因这小嫌隙，小嫌隙，中道参商。

〔老旦指小旦介〕若不看你女儿面上，今日和你不得开交！我儿去罢！不意顽嚚辈，翻生贤慧儿。〔丑同下〕〔外指内介〕老泼妇，老无耻！新年新岁，就来寻是非！〔小旦〕起先为甚么不骂？如今见他去了，弄这假威风与那个看？〔外〕当面不骂，是替你省气；背后骂他，是替你出气，总是爱惜你的意思。〔笑介〕〔净扮报人上〕三边传檄至，九阙赐环[9]来。报！报！报！〔末传介〕〔小旦、旦避下〕〔外〕唤他进来！〔净见介〕恭喜老爷！起复原官。圣旨已下，道地方多事，就要催老爷上任。〔外〕知道了，外面领赏。〔净下〕〔外〕既然起官，就要上任，那干戈扰攘的地方，不好带得家小。我如今在家，他们还终日吵闹，明日出去之后，没有个和事老人，他两下的冤家，做到何年是了？〔想介〕我有道理。叫院子！〔末应介〕趁我在家，叫几个泥水匠来，将这宅子中间，筑起一座高墙，把一宅分为两院。梅夫人住在东边，柳夫人住在西边，他两个成年不见，自然没气淘了。〔末〕老爷说得是。

【尾声】〔外〕把长城筑起三千丈，省得干戈扰攘。〔叹介〕我还怕他攻倒堤防。

詹烈侯起官上任，想筑高墙，把一宅分为两院，以免除梅氏与柳氏的争吵，自然是在情理之中。从剧情发展看，无高墙隔宅，怎能有风筝放错的情节呢？足见笠翁作剧的针线细密。

不会齐家会做官，只因情法有严宽。
劝君莫笑乌纱弱，十个公卿九这般。

〔1〕苍髯：指外所戴的髯口为灰白的长胡须，即“黪髯”。

〔2〕阃内：原指妇女居住的内室，这里代指妻妾。

〔3〕招讨使：掌管招降、讨叛等事宜，多以大臣、将帅或地方军政长官兼任。

〔4〕宦寺：古代宦官又称“寺人”，故称。

〔5〕朱陈：古时徐州古丰县，有朱陈村，“一村唯两姓，世世为婚姻”（白居易《朱陈村》诗）。后因以代指婚姻。

〔6〕阴气费和阳易燮：古时以男子为阳、女子为阴。句意为女子之间的关系难以和谐，而男子之间的关系容易协调。

〔7〕介眉：祝寿。

〔8〕辛盘：五辛盘。盘中盛葱、蒜、韭、蓼蒿、芥，在元旦、立春杂和食之，取迎新之意。

〔9〕九阙赐环：九阙，指皇宫。赐环，赦免并召还被放逐的官吏。环，与“还”谐音，古时因以作“还”的象征物。

第四出　郊饯

【菊花新】〔小生带末上〕衰年情愈笃嘤鸣[1]，闻道良朋赋远征。恰遇柳条青，好折取一枝相赠。

下官戚天衮，字补臣，与詹烈侯是同榜弟兄，最相契厚。闻得他有赐环之诏，今日起身，因此备下祖饯[2]的筵席，来在邮亭相等，想此时已出门了。叫家僮拿了帖子，立在道旁伺候。〔末应介〕

【望吾乡】〔外冠带，引众上〕衔命长征，风霜久惯经。残躯一向离鞭镫，不生髀肉[3]真天幸，余力犹堪骋。君恩重，家室轻，成败由天命。

〔末跪迎介〕戚老爷有酒，摆在驿亭，候老爷饯别。〔投帖介〕〔外〕快住轿！〔进见介〕钦限甚严，匆匆就道，小弟未曾拜别，反辱年翁郊祖。〔小生〕鲁酒一卮[4]，不敢称饯，为年翁壮行色耳。看酒来！〔送酒介〕

【倾杯玉芙蓉】〔合〕载酒携觞祖驿亭，暂息旌旗影。俺两人意气相投，科第同登，休戚相关，车笠同盟。风云泉石非殊命，只为朝市山林各有情[5]。杯须罄，休教唱渭城，怕唱来时曲，声凄楚，不堪听。

〔外〕老年翁，小弟正有一事奉托，今日若不相遇，竟自忘了。小弟衰年乏嗣，只得两个小女，如今都已长成。小弟此行，归期未卜，求老年翁念同谱之情，替小弟择两个佳婿。若路远期促，不及相闻，就便宜行事也罢了。〔小生〕领命。

为后来戚补臣给韩生主婚伏笔。

【玉芙蓉】〔外〕辞家老向平，婚嫁将

谁倩？幸良朋可代，然诺无轻。只要择婿得人，聘礼分毫不受，订盟不受千金聘，择吉何须百两迎。〔小生〕承台命，我中心敬领，定搜寻一双润玉配清冰[6]。

〔外〕告别了！〔起介〕〔外〕束发投交鬓已丝，那堪踪迹又参差。〔小生〕若逢驿使南来便，好寄梅花第一枝。〔带末先下〕〔外〕分付各役，及早趱行。〔众应，行介〕

【朱奴儿犯】一来为生灵待拯，二来为天语[7]催征，因此上沐雨梳风晓夜行，原不为利名争竞。既许为苍生干城，早到疮痍早住疼，因此上任不得宽闲性。此时呵，有多少难民屈指算来程。

【尾声】三军共诧鞭梢影，为甚的平白地指挥号令？谁知俺是操演胸中的旧甲兵。

〔1〕嘤鸣：鸟叫的声音。《诗经·小雅·伐木》："嘤其鸣矣，求其友声。"后因以喻指朋友间意气相投。

〔2〕祖饯：设宴饯行。

〔3〕不生髀肉：髀肉，大腿肉。古时征战，马不离鞍，髀肉便消；如久处安逸，髀肉就长出来了。这里即可有作为的意思。

〔4〕鲁酒一卮（zhī）：古代鲁国产一种低度的酒，后用为向人敬酒时的谦称。

〔5〕“风云泉石”二句：风云、朝市，指在朝做官；泉石、山林，指休官家居。二句意为两人际遇不同，但彼此心意仍然相通。

〔6〕润玉配清冰：旧时敬称翁婿为“冰玉”。这里以润玉指择得的佳婿，清冰指詹武承。

〔7〕天语：皇帝的旨意。

第五出　习战

【北粉蝶儿】〔净蛮装，引众上〕七尺昂藏[1]，不枉了七尺昂藏。盖乾坤，气雄心壮。天铸就，铁胆铜肠。眼重瞳，眉八彩[2]，帝王奇相。割中原，几处强梁，都随咱一声雄唱。

据地称雄积有年，那堪久戴洞中天？时人莫笑蛮靴弱，一踢能教万国穿。自家洞蛮雄长，掀天大王的便是。咱们各踞洞天，自成部落，就是朝廷有道，不过暂受羁縻；若还国势陵夷[3]，岂肯自为囚虏？孤家生来相貌雄奇，性格骁勇，素有席卷中原之志。只因海宇承平，难于窃发。如今闻得朝中群小肆奸，各处贪官布虐，人民嗟怨，国势倾危。若不乘此兴兵，可不自贻后悔！只是一件，我闻得官兵所用的器械，件件犀利，俺这里刀枪虽快，弓弩虽多，只可为应敌之资，不可为制胜

第五出以前为全剧的开端部分，主要是交代人物、引出事件，为戏剧冲突展开做好铺垫。此出在情节发展中是不可少的。詹烈侯去边关赴任及后来韩琦仲协同征剿，都与掀天大王侵袭中原有关。全剧有两条情节线：一是写风筝引起的爱情纠葛，一是写詹烈侯剿平蛮寇。两条情节线交错发展，戏剧冲突不断展开，才使人物的思想性格得到充分体现。

之具。我想中国所少的，只有一个象战。孤家已曾蓄有猛象数百，铁骑三千。象阵前驱，骑兵继进，以此制敌，何愁不坐取中原。已曾着人训练多时，只不曾亲自检阅。今日天气晴明，不免登坛演习一番。〔登坛介〕传谕人、象两营，各自披坚执锐，听候操演！〔众〕禀问大王，还是先演象战，先演人战？〔净〕先人，后象。〔众应，传令介〕〔众持军器，各舞一回下〕

【石榴花】〔净〕一件件绕身随手现锋铓，俺只见电色闪毫光。可喜的是弓弯夜月，剑倚秋霜；枪能贯甲，箭拟穿杨。又只见那猛骎骎[4]，又只见那猛骎骎，马蹄儿踏破了桃花浪。一道红尘，人间天上，气昂昂的猛貔貅，气昂昂的猛貔貅，好似天神样。舞罢了，各返彩云乡。

〔扮象上，舞一回下〕

【扑灯蛾犯】〔净〕蠢生生，如犀增跳踉[5]；威凛凛，如虎增肥胖。脊巍巍，如山复如堵[6]；鼻层层，如风卷浪。雄纠纠，千夫失勇；木蚩蚩[7]，万弩不能伤。泼凶凶，长驱直拥；伏贴贴，敌骑百万一齐僵。

分付人、象合战一回。〔众应，传令介〕〔人、象同上，合战毕，摆齐，听令介〕〔净〕人有人威，象有象勇。好战法，好战法！

【上小楼犯】凭着你烈轰轰人马强，矫腾腾牙爪张，扶佐俺掠了金珠，踞了城池，做了君王。那时节封你做食禄千钟、封侯万户的功人功象，须记咱纶言[8]非诳！

摆队回营！〔众应，行介〕

【叠字儿犯】对对旌旗明亮，个个戎装鲜朗；更有那煌煌的司命幡[9]，离离的护纛幢[10]，五彩飘扬，助的军容壮。喜孜孜归来帐房，笑吟吟自捧霞觞；歌舞徜徉，洞中蛮都增欢畅。伫看把锦江山打叠实空囊[11]。

分付大小蛮军，点齐人马，就是明日起兵。〔众应介〕

【尾声】取中原，如反掌；看长驱，谁能拦挡？一任那不知命的螳螂将臂攘。

计就何难拉朽枯，狰狞一兽抵千夫。

荡平拟建功臣阁，不画麒麟画象图[12]。

〔1〕昂藏：仪表雄健、气宇轩昂的样子。

〔2〕“眼重瞳”二句：传说帝舜每个眼里有两个瞳子，帝尧的眉毛有八种彩色。这里洞蛮雄长借指自己长相奇特。

〔3〕陵夷：衰微。

〔4〕猛骎(qīn)骎：形容马快速奔跑的样子。

〔5〕跳踉：跳梁，腾跳的意思。

〔6〕堵:指墙壁。

〔7〕木蚩蚩:呆头呆脑行动笨重的样子。

〔8〕纶言:皇帝的诏令。

〔9〕司命幡:军中用于发布命令的指挥旗。

〔10〕离离的护纛(dào)幢:意为作仪仗使用的旗帜甚多。离离:这里是繁多的意思。纛:古代军中或仪仗队的大旗。幢:古时作为仪仗用的一种旗帜。

〔11〕"伫看"句:意为占据中原,包举宇内。打叠,收拾。实,充实。

〔12〕"荡平"二句:汉宣帝时,曾将霍光、苏武等十一人的像画在未央宫麒麟阁上,以表彰他们的功绩。后人遂用"画麒麟"象征功勋卓著的功臣。

第六出　糊鹞

笠翁极重宾白。戚友先上场后的大段叙述,以浅显而简洁的语言,表白纨绔子弟的恶习,真正做到了"欲代此一人立言,先宜代此一人立心"。

围绕着风筝引出的爱情喜剧从此出开始。

【吴小四】〔副净带末上〕跨金鞍,佩玉环,豪华第一班。掷色[1]斗牌赢不惯,每日输钱常论万,当家后、一总还。

小子名唤戚施,家君原在藩司[2],做官不清不浊,挣个本等家私,只养区区一个,并无同气连枝。没挝煞[3]受人妻子之托,甚来由养个赵氏孤儿[4],与我同眠同坐,称他半友半师,谁知是个四方鸭蛋[5],老大有些不合时宜。有趣的事,不见他做;没兴的事,偏强人为。良民犯何罪孽?动不动要捉我会文做诗;清客[6]有何受用?是不是便教人烧香着棋。好衣袖被香炉擦破,破物事当古董收回;好髭须被吟诗拈断,断纸筋当秘笈携归。更有一般可笑,命中该受孤凄。说起女色,也自垂涎咽唾;见了妇人,偏要做势装威。学生连日去嫖姊妹,把他做个俊友相携,又不要他花钱费钞,他偏会得拣精择肥。难道为你那没口福的要持斋把素,教我这有食禄的也忍饿熬饥?我从今誓不与他同游妓馆,犯戒的是个万世乌龟。自家戚公子,字友先的便是。一向坐在书房,被老韩磨灭不过。连日同几个帮闲,在外面赌钱、嫖妓、打双陆[7]、蹴气球[8],何等快乐!如今清明近了,那些富家子弟,个个在城上放风筝,使我看了,一发技痒不过。叫家僮也去糊一个风筝来,我就要上城去放!〔末应下〕〔副净〕我想古来制作的圣人,最是有趣,到一个时节,就制一件东西,与人顽耍。不象文、周、孔、孟[9]那一班道学先生,做这几部经书下来,把人活活的磨死。

【大迓鼓】聪明让鲁班[10],随时逐节把巧制新翻;不象那诗书庸腐文章板,平铺直叙没波澜。照我看来,那十分之中,竟有九分该删。

借题发挥,骂尽腐儒行径、八股文章。

〔末持风筝上〕大爷,风筝有了!〔副净看介〕糊便糊得好,只是忒素净些。〔末〕大爷自己画一画就是了。〔副净〕那个耐烦画他。也罢,我先到郊外去,等你拿到书房里,央韩相公画一画了来。

杨柳风高春已分，纸鸢头上乱纷纷。
赛人全仗丹青力，放作天边五色云。

〔1〕掷色（shǎi）：掷骰子，一种赌博游戏。

〔2〕藩司：明、清时布政司使的简称，主管一省的财政人事。

〔3〕没挞煞：亦作“没傝僿（tàsà）”，吴地方言，不谨慎的意思。

〔4〕赵氏孤儿：春秋时晋国大臣赵盾被权奸屠岸贾构陷，全家被诛，唯有孤儿赵武被赵家门客程婴救出，成人后报了冤仇。这里戚友先借指韩世勋。

〔5〕四方鸭蛋：喻指性情古板、不知圆通的人。

〔6〕清客：旧时在富贵人家帮闲凑趣的门客。

〔7〕双陆：一种赌博方式。

〔8〕蹴（cù）气球：蹴鞠，古人一种踢球游戏。

〔9〕文、周、孔、孟：指周文王、周公、孔丘、孟轲。

〔10〕鲁班：公输般（班），春秋时鲁国的巧匠，被后世木工尊为祖师。传说风筝是他创制的。

第七出　题鹞

【翠华引】〔生上〕拾翠佳人遍野，王孙尽束雕鞍；只为倾城色少，潘车懒出柴关[1]。小生韩琦仲，与戚友先同学攻书。怎奈他是个膏粱子弟，只喜斗鸡走狗、蹴鞠呼卢[2]，不但文章一道绝不留心，就是那焚香挥麈[3]、种竹栽花之事，也非其所好。可惜他令尊造下这座园亭,何等幽雅,他也不会领略。你看花瘦草肥、蛛多蝶少,也不叫园丁葺理葺理。今日闲暇无事,不免叫抱琴出来,替他收拾一会,有何不可。抱琴那里?〔丑上〕已落地花犹慢扫,未经霜草莫教锄。相公叫抱琴何用?〔生〕替他把园中花竹,葺理一番!〔丑应,葺理介〕

【太师引】〔生〕洗药栏,将蓬蒿刬,饲红鱼开笼放鹇[4]。把蛛网卷,虑妨蝴蝶;雀罗收,好听绵蛮[5]。你看,略修葺修葺,眼前就清楚了许多。如今添些香在炉里,再去烹一壶茶来。〔丑应,取到介〕〔生〕清香一炷,茶一盏,代地主享用清闲。且待我抽几种书来看一看。〔翻书介〕凭书案,把牙签[6]细翻。〔叹介〕这样异书,贫士们不得见面,如今却堆在这边饱蠹鱼[7],岂不可惜!堪叹息,人饥蠹饱书遭难。

闲语中有感慨,为贫士鸣不平。

我这几日,同戚公子在郊外闲游,也看过许多仕女,并不见有一个佳人。又不知是我的眼睛忒高?又不知是世上的绝色原少?

【前腔】似这等国色难,天香罕,难道教我渴相如把情思遽删?我也晓得那倾国佳人,原不易得,只是要个将就看得的也没有,如之奈何?我只要个不妆点的真姿本色,无脂粉的绿鬓红颜。就是那胸中的才思,也不必太高,又不要他文章应举诗刻板,只求他免贻笑与那郑氏丫鬟[8]。天那!若是我命里有这等一个,就婚姻迟几年也不妨。只要有红丝绊,我甘心守鳏,终不然竟使我终身做了孤汉。

独坐无聊,忽生愁闷,不免信手拈个韵来,做首诗儿遣兴便了。〔拈韵介〕原来是"一先"韵。〔研墨做介〕漫道风流拟谪仙,伤心徒赋四愁篇[9]。未经春色过眉际,但觉秋声到耳边。好梦阿谁堪入梦,欲眠竟夕又忘眠。〔末持风筝,冲上〕未到中秋休咏月,正逢寒食且吟风。韩相公,大爷有个风筝,求你画一画。〔生怒介〕别人好好在这边做诗,被你打断了我的吟兴!

【三学士】好一似雄唱忽然逢截板[10],顿教字咽喉间。就是要画也没有颜料,难道好用黑墨涂写不成?我尚没个朱研露水点周易,那得个钱买胭脂画牡丹!你去对大爷说,裱风筝既有裱匠,画风筝自有画师;我韩相公画不惯,就是会画也须存气岸,怎肯将如椽笔[11]做了绕指环。

〔末〕韩相公,屈你画一画罢!大爷在城上等,若去迟了,又要难为小人。他不曾买得颜料,教你也没奈何,就是黑墨涂几笔也罢了。只求快些,小人去吃碗饭了来取。〔下〕〔生〕这也是活磨了,谁耐烦去画他?也罢,就将方才的诗续上两句,写在上面,与他拿去便了。〔写介〕人间无复埋忧地,题向风筝寄与天。

【前腔】幸有风筝为折柬[12],寄愁天上何难,但看我忧贫虑贱的心如捣;试问你造物生才的意可安?便道是大器从来成就晚,难道婚姻事也教人须鬓斑!

〔末上〕相公风筝画完了?〔看介〕原来是首诗,一字千金。更好!更好!

〔生〕书成莫怪景萧条,摩诘[13]诗中画自饶。

〔末〕一字千金知太重,只愁放不上青霄。

韩琦仲诗即景生情,已露出情思,欲寄愁天上,只有借风筝矣。此后全剧关目即围绕着"题鹞""和鹞"而展开。

〔1〕潘车懒出柴关:潘车,潘岳的车子。据说潘岳乘车出门,常有妇女往他车上投掷果子,向他表示爱慕之意。柴关即柴门,用柴条编成的门,这里指家门。句意为韩世勋感叹世上美女太少,所以他不愿像潘岳那样乘车出门。

〔2〕呼卢:掷骰赌博。因骰子上刻有卢和雉两种彩色,所以也称赌博为"呼卢喝雉"。

〔3〕挥麈(zhǔ):魏晋士人清谈时喜欢在手中挥动一把用麈尾制的拂子,后人因称清谈为"挥麈"。

〔4〕鹇:白鹇,一种观赏鸟。

〔5〕绵蛮:象声词,鸟叫声。

〔6〕牙签:牙制签牌,旧时挂在书籍上以便读书翻检,这里引申指书籍。

〔7〕蠹鱼:衣鱼,一种蛀蚀衣服、书籍的小虫。

〔8〕郑氏丫鬟：据说汉代经学家郑玄的奴婢都读诗书，言谈中常能引经据典。

〔9〕四愁篇：指东汉张衡作的《四愁诗》。

〔10〕截板：中止演唱的板式。板，歌唱时伴奏打拍子用的器具。

〔11〕如椽笔：犹说大手笔，喻指笔力雄健。

〔12〕折柬：信。

〔13〕摩诘：王维，唐代著名诗人和画家。苏轼曾称赞他诗中有画、画中有诗。

第八出　和鹞

【青哥儿】〔副净上〕清明近，游人闹，好风光，大家欢笑。风筝糊就到春郊，高高放去，又有一场脾燥[1]。

我戚友先，到郊外游春，教家人拿风筝去画，此时还不见来。你看放风筝的好不多！万一来迟，天上放满了，挨挤不上，却怎么处？〔末持风筝上〕催急既愁尊客恼，来迟又怕主人嗔。大爷！风筝来了。〔副净看见，怒介〕我教你拿去画的，为甚么教他写起字来？〔末〕小人央韩相公画，他说没有颜料，故此题了一首诗。〔副净〕他做出来的事，就是惹厌的。横也是一首诗，竖也是一首诗；他就打死了人，少不得也把诗来偿命！

没奈何,只得将就放放罢了。〔放介〕妙!妙!妙!你看,一放就放上去了。如今着实放线,比别人家的,分外高些才妙。〔倒行放线介〕

【剔银灯】纸鸢儿、又轻又巧,才放手,上天去了!只怕臭诗熏得天公恼,遣天兵,把诗人尽剿。我将那代笔的名儿直报,念区区生平不作孽,望乞恕饶。

借题发挥,骂尽臭诗熏天的烂名士。

〔末随下〕

【一剪梅】〔小旦上〕最是春光易得消,才过元宵,又过花朝[2]。〔旦上〕芳菲时至不相饶,才放山桃,又放庭蕉。

〔小旦〕妾身自从老爷去后,与二娘分作两院而居,虽然眼界略窄了些,倒喜得耳根清净。〔对旦介〕我想春天日子最易得过,记得新年和你爹爹饮酒,被那老东西闯来,厮闹一场,如今又不觉清明到了。你不可虚负时光,勤勤做些针指,就是笔砚也不可荒疏。如今春光明媚,你可随意做首诗来我看。〔旦〕这等求母亲命一个题,限一个韵。〔小旦想介〕〔内扯风筝,落下介〕〔小旦、旦惊介〕呀!什么东西,从天上掉下来?

【啄木儿】〔合〕如星陨,似雪飘,百尺游丝旋又绕。〔拾看介〕却原来是半空中,线断风筝,为甚的数行皂墨染云涛?莫不是玉楼坠下修文的草[3],莫不是楚歌吹散军人

风筝自然要落地,然而不左不右,不前不后,正好落到柳氏院内,就是一种巧安排。"无巧不成戏",巧更是组织喜剧关目的一个诀窍。

的稿[4],为甚的郢曲[5]传来万丈高?

〔共读前诗介〕〔小旦〕我儿,这是才人忧愤之词,偶然题在风筝上的。你方才问我索题、索韵,不如就将这拾得的风筝为题,和他一首,写在后面与我看。〔旦〕别人家的诗,和他做什么?〔小旦〕会做诗的,随眼看见都是题,随手拈来便是韵,你不见常有和"壁间韵""扇头韵"[6]的?不过是借他题目,写我襟怀,又不与那做诗的人看见,这有何妨?只是如今人和诗,板板的依那几个字,没有一毫生趣。我如今另创一种和法,要从尾韵和起,和到首韵止,倒将转来,叫做"回文韵",你就照式和来。〔旦背手闲步,寻诗介〕

【前腔】睛斜盼,手背抄,绕径寻诗莲步[7]小。只因这拾风筝题目偏新,好教我和阳春[8]想路难超。不知母亲为甚么缘故,见了风筝上的诗句,就生出这种和法来。他不过龙蛇几笔真连草,又不是"鸳鸯"两字颠还倒,为甚的把织锦回文[9]和法教?

〔净冲上〕南阮无心邀北阮[10],东施[11]有意拉西施。二小姐,大小姐说:"多时不相见,请你过去谈一谈。"〔旦〕这等你立一立,待我做完了诗,就同你去。〔捏笔写介〕〔净向小旦介〕这是那里来的风筝?写他做什么?〔小旦〕不知是那家的,放断了线,落将下来。上面有一首诗,我教他和韵。〔净〕原来如此。〔旦写完,付小旦介〕诗已和完,求母亲改削,孩儿去一去就来。才和飞来句,旋为拉去人。〔同净下〕〔小旦念诗介〕"何处金声掷自天?投阶作意醒幽眠。纸鸢只合飞云外,彩线何缘断日边?未必有心传雁字[12],可能无尾续貂篇。愁多莫向穹窿诉,只为愁多谪却仙。"好诗!好诗!我想人家女子,有才的,未必有貌;有貌的,未必有才,就当才貌都有了,那举止未必端庄,德性未必贞静。我的女儿件件俱全,真个难得。

淑娟和诗又是"巧"安排。诗中可见举止端庄、德性贞静的女性的心境。更为重要的是由"和鹞"而生出种种引人入胜的"戏"来。笠翁对戏中情节的安排,要求如"藕于未切之时,先长暗丝以待",于此可见匠心。

【三段子】他情娇态娇,笔姿儿比容更娇;识高智高,德性儿比才更高。老成不觉年轻小,端庄增却容颜好。不枉了人唤"千金",我掌擎珠宝!

〔末冲上〕纸鸢不是衔泥燕,何事飞来王谢家。门上有人么?〔丑上〕是那个?〔末〕我是戚衙的管家。方才我家公子放风筝,偶然断了线,落在你府上,烦你寻一寻。〔丑〕千家万家,知他落在谁家?怎么偏到我家来取!〔末〕城上有人看见,说落在西角高墙里面。西角只有你家的墙高,故此来问。〔丑〕这等待我进去查来。〔行介〕不知在梅夫人墙里,柳夫人墙里?我且从二房问起。〔问内介〕你们可曾收着一个风筝?〔内〕我这边没有。柳夫人家倒拾着一个。〔丑〕这等一定是了!〔见小旦介〕禀夫人,戚老爷的公子,有一个风筝落在我家,着人来取。〔小旦〕既是戚老爷家的,把他拿去。〔丑取出,付末介〕〔末〕多承了!完全归赵璧,功不愧相如[13]。〔下〕〔小旦〕原来戚公子有这样高才,不愧是将门之子!〔旦急上〕拂衣归去疾,因有事关心。母亲,方才的风筝,可曾与他取去?〔小旦〕是戚年伯家的,怎好不付还他。〔旦〕孩儿有诗在上面,闺中的笔迹,怎好付与外人?〔小旦惊介〕呀!倒是我失检点了。叫家僮!〔丑应介〕〔小旦〕方才的风筝,若去不远,快替我赶转来!〔丑〕不知走到那一方去了,怎么赶得着?〔小旦〕我儿,有心赶去取讨,反觉得着迹,由他拿去罢了!

【前腔】〔旦〕母亲,你年高识高,为甚的偶遗忘,差池这遭?非是我撒痴撒娇,做孩儿敢把慈亲絮叨。一来呵,荒疏恐被男儿笑;二来呵,短长怕有旁人道,做不得个内外森严不通飞鸟。

〔小旦〕又不是淫词邪句,外人见了也不妨。

【归朝欢】又非是,又非是琴挑句挑,怕甚么旁人耻笑!〔旦〕非真有,非真有旁人见嘲,这都是孩儿逆料。〔小旦〕我儿,我和你在此闲谈,你爹爹此时不知可曾到任?风霜刺骨,烽火惊心,老人家怎么经受得起?〔合〕征

笠翁作剧有主脑明确、头绪简化的优点。全剧止此“一人”为韩琦仲,“一事”为“题鹞”“和鹞”,已交代清楚。此一人一事贯穿全剧,使全剧无旁见侧出之情。这一创作经验足为写戏者借鉴。

鼙[14]聒耳乡音杳，疮痍满目亲人少。不似我和你母子相依伴寂寥。

和诗非显内家才，寄与旁人莫浪猜。
线断风筝寻复去，藁亡诗句忆还来。

〔1〕脾燥：燥脾，爽快、过瘾的意思。

〔2〕花朝：花朝节，每年阴历二月十五日。

〔3〕玉楼：指天上神仙的居处。句意为称赞韩诗好似天上神仙写的文章草稿。

〔4〕楚歌吹散军人的稿：据说刘邦把项羽包围于垓下，命人晚上在四周唱起楚歌。项羽的部下多为楚人，听了以为楚人都归附了刘邦，便无心作战，溃散而去。这里借指韩诗有感人的魅力。

〔5〕郢曲：郢为战国时楚国的都城，那里的人善于歌唱，后遂以"郢曲"指代优美的乐曲。

〔6〕壁间韵、扇头韵：指墙壁上、扇面上题诗的韵脚。

〔7〕莲步：旧时称女子缠过的小脚为"金莲"，因称她们的脚步为"莲步"。

〔8〕阳春：古乐曲名，是一种高雅的乐曲。

〔9〕织锦回文：典出晋代苏蕙在锦上织回文诗，寄给流放中的丈夫。

〔10〕"南阮"句：晋代诗人阮籍和他的侄儿阮咸，住在道南，称为南阮；其他姓阮的族人住在道北，称为北阮。这里以阮谐院音，南阮即指淑娟，北阮指爱娟。

〔11〕东施：西施同乡的丑女。

〔12〕雁字：指书信。

〔13〕"完全归赵璧"二句：典出战国时赵国大臣蔺相如"完璧归赵"的故事。这里借指完好地归还风筝。

〔14〕征鼙(pí)：军中的战鼓。

第九出　嘱鹞

【步蟾宫】〔生带丑上〕日长似岁休闲过，劝好友、将勤补惰。〔副净上〕春郊游客乱如梭，这屋里针毡怎坐？

〔生〕老世兄，你今日去放风筝，为何这等回来得早？〔副净〕来得早，来得早！都是你一首歪诗将兴扫！不曾放得几多高，线断风筝吹去了。〔生〕原来如此。〔副净〕城上有人看见，说落在詹年伯家，我教人去寻了。〔生〕这也不必。老世兄，你连日在外面闲游，不曾亲近笔砚，万一老伯来查功课，只说小弟不效切磋，如今屈在这边陪小弟看几篇文字，再不要出去了。〔扯副净同坐，看书介〕

【黄莺儿】〔生〕开卷益偏多，古和今，任搜罗，消磨岁月惟书可。〔副净睡着介〕〔生〕你看，才开得卷，就睡着了。抱琴，摇他醒来！〔丑摇介〕戚相公，戚相公！一任你横推竖挪，轻呼重聒，怎奈他睡乡城垒坚难破。不要怪戚相公一个，近来的人都有这桩毛病，见了书本，就要睡觉。只怕书里的蠹鱼，就是瞌睡虫变的，也不可知。〔生笑介〕书既做了睡虫窠，难道先贤古圣、也做了睡中魔？

〔末持风筝上〕苎线无筋联复断，风筝有脚去还来。呀，大爷睡着了。韩相公，这风筝替大爷收着。小人要去服事老爷。〔下〕〔生看介〕呀！是那个续一首在后面？〔念旦诗介〕好诗！好诗！居然强似我的。〔想介〕那詹老先生又不在家，这诗是何人所作？〔丑〕外面人说，他家有个二小姐，诗才最高，只怕是他做的。〔生又看介〕是。口气也象女人口气，笔迹也象女人笔迹，不消说是他做的了。既然如此，不可与戚大爷看见，趁他睡着，揭将下来，另把一张白纸补上，待他醒来好看。〔丑〕也说得是。〔揭，补介〕〔副净醒介〕〔生〕老世兄，醒了。〔副净〕妙！妙！妙！这一觉，倒睡得安稳。

【前腔】昼寝乐偏多，孔先师[1]教法苛，宰予[2]得趣真知我。〔生〕老世兄，可曾听见小弟说些甚么？〔副净〕你低吟似歌，狂吟似呵，不过是“诗云”“子曰”声烦琐。〔生背介〕还喜得不曾听见。〔转介〕老世兄，你的风筝取回来了。〔副净喜介〕风筝既取回来，小弟就不得奉陪了。如今天色尚早，还有半日好放，且去尽尽余兴了来。莫蹉跎，寸阴尚在，

游子肯闲过。且离苦海，适彼乐郊。〔持风筝下〕〔生〕如今待我取出诗来，细细的玩味一番。〔出诗看介〕

【簇御林】焚香看，漱齿哦！这是佛名经，出普陀[3]，能开一切眉间锁。他诗中只赞我才高，不露一些情意，但将他细味起来，那“未必有心，可能无尾”这八个虚字眼呵，有无限情包裹。就是这韵也和得异样，又不从头和起，倒从后面和将转来，或者寓个“颠鸾倒凤”的意想在里面也不可知。分明是有意掷情梭，好像把“鸳鸯”两字，颠倒示谐和。

〔丑〕人又说，他不但才高，容貌也十分标致。〔生〕这样的诗，料想不是丑妇做得出的。

【前腔】我把他容思想，貌揣摩，毕竟少铅华，本色多。〔丑〕这等说，是个不喜装扮的了。相公不曾看见，怎么知道？〔生〕但看他毫端不受纤尘呵，怎肯把脂共粉将容污。我若得与他结丝萝，便朝同枕簟，夕死待如何！

前日那首诗，是无心做的，并没有挑情的意思。如今怎么再做一首，竟说婚姻之事，央人寄去，看他怎生发付我？只是没有这样一个人。〔丑〕相公，抱琴倒有个计较。〔生〕你有甚么计较?〔丑〕他家侯门似海[4],飞鸟不通,料想没有人寄得诗去。只除非也学戚大爷,去放风筝。〔生〕那风筝怎么放得进去?〔丑〕他家的宅子,极是宽大,又靠在城边。你如今做一首诗,写在风筝上。我和你到城上去放,不要太放高了,只要放进他的墙头,就把线一丢,你说不落在他家,落在那里?〔生大喜介〕妙!妙!妙!妙得极!只是那回音怎得出来?〔丑〕这个一发不难,待我依旧去讨,讨得风筝出来,回音一定在上面了。只是一件,切不可说出你的名字,只说是戚大爷做的,直待事成之后,才可露出真情。〔生〕怎么?我做了诗,倒假他的名字?〔丑〕一来如今的人情,只喜势利,不重孤寒。说戚大爷的名字,还掀动得他;说是相公,他若访问你的家私,连诗的成色都要看低了。二来风筝放进去,万一惹出事来,他还碍着戚老爷的体面,不敢放肆。若晓得是你,行起乡宦势来,就要吃他的亏了。〔生〕有理!有理!不但聪明,又且周匝[5]。这等我做诗,你去糊风筝,预备停当了,明日绝早去放!〔丑应下〕〔生〕我想这一首诗,比前日那一首更有关系,不是草草下笔的。

找回的风筝偏又落到韩琦仲手中,又是一"巧"。韩琦仲见诗心动,思才女之情甚切,才想出在风筝上题诗一计来。安排得自然、合理。韩琦仲寄居戚家,冒名戚友先,与《绿牡丹》中谢英在柳家坐馆,冒称柳五柳,同一杼轴。

家穷了,诗的成色也被看低了。讽刺势利眼,入木三分。妙在随手点染,毫不费力。

【琥珀猫儿坠】我凝神静想,逐字苦吟哦。这一次是有意班门弄斧柯[6],不比那弹琴偶遇子期[7]过。敲磨,休教他绽破樱桃[8],笑我才少情多。

〔丑持风筝上〕不贪醉饱为顽仆，愿效昆仑作侠奴[9]。相公，风筝有了！〔生题介〕"飞去残诗不值钱，索来锦句太垂怜；若非彩线风前落，那得红丝月下牵。"〔搁笔介〕诗做完了，待我叮嘱他一番。风筝，风筝！我这桩好事，全仗你扶持；若得成交，你就是我的月老了！

【前腔】我把风神絮祷，却便似合掌念弥陀[10]。休教那妒雨愁云把我字句磨，好待他清清楚楚入秋波。休讹，须认取我那嫡嫡亲亲、和韵的娇娥[11]。

【尾声】你从前既把媒人做，还仗你把姻亲订妥，切莫要有始无终把我的好事磨。

新诗为我逗琴心，更仗新诗索好音。

无意栽花犹发蕊，难道有心插柳倒不成阴？

〔1〕孔先师：孔子。

〔2〕宰予：孔子的弟子。他白天睡觉，孔子骂他是朽木不可雕。句意为戚友先认为宰予这样的人才是知己。

〔3〕普陀：佛教名山，在今浙江省舟山市普陀区。

〔4〕侯门似海：喻指显贵之家门第森严，难通消息。

〔5〕周匝：周到，周密。

〔6〕斧柯：斧柄，这里指斧头。全句意为有意在鲁班门前舞弄斧头，比喻在行家面前显露本领。

〔7〕子期:钟子期。传说古代俞伯牙善弹琴,钟子期善听琴,他被伯牙视为知音。

〔8〕绽破樱桃:形容女子开口笑。樱桃,喻指女子的小嘴。

〔9〕愿效昆仑作侠奴:唐裴铏撰有传奇《昆仑奴》,记述大历中崔生家的昆仑奴磨勒克服种种险难,帮助崔生和红绡获得美满爱情。

〔10〕弥陀:《阿弥陀经》,为佛教主要经典之一。

〔11〕娇娥:美女。这里指淑娟。

第十出　请兵

此出承“习战”而来,使情节发展血脉相连,前呼后应,为后面写韩琦仲的才智做好铺垫。

【夜行船引】〔外冠带,小生扮中军[1],各役引上〕昔日甘棠[2]今在否?再来人惭愧并州[3]。皂盖[4]犹新,乌纱尚好,只有白发数茎异旧。

五彩前旌八座车[5],重来犹佩旧金鱼[6]。爱棠父老衰同我,骑竹[7]儿童大似初。下官受命以来,兼程到任,闻得蛮兵甚是猖獗,已曾差人侦探去了,还不曾回报。今日先把将士检阅一番,好待临时调发。分付中军官,传谕各营将领,听候过堂!〔小生传介〕〔末、丑、净、老旦扮衰老将官上〕戏箱盔甲偏场戈,取笑行头奈战何?力少按鞍难顾盼,只因饭不善廉颇[8]。〔进见介〕各营将官参见!〔小生唱名,外执笔点介〕水营总兵钱有用。〔末应,过堂介〕〔小生〕陆营总兵武不消。〔老旦过堂介〕〔小生〕左营副将闻风怕。〔丑过堂介〕〔小生〕右营副将俞敌跑。〔副净过堂介〕〔外〕你们这些将官,都不是我的旧人了。〔众〕将官们都是京营小校,因为助饷[9]有功,不次[10]升来的。〔外〕你们这样衰老,又且都是病躯,将来怎么样去杀贼?〔众〕不敢瞒老爷,将官们原是不曾杀过贼的。闻得人说,这边地方承平,武官好做,故此在兵部乞恩,补了这边的缺,原只说来坐镇雅俗[11]的,不想一到地方,就多事起来。年纪原大了几岁,近来为忧国忧民,不觉愈加老迈了。如今求老爷题疏,请朝廷另选精壮的来代职,将官们情愿降级调用。〔外怒介〕你们既受朝廷爵禄,就该不辞衰老,捐躯报国才是,怎么说这等委靡的话?速速去料理器械,抖擞精神,伺候征剿!若误事机,军法未便!〔众应介〕只知钱有用,都言武不消,今日闻风怕,明朝俞敌跑。〔下〕〔外叹介〕你说这样的武备,这样的将材,怎么教洞蛮不思作反!

明明是见风怕,遇敌跑,靠钱有用买个武官来做的,偏说是忧国忧民,讽刺刻骨。

【驻马听】军气休囚[12],武备多年偃不修。怎禁那祸生仓卒,变起萧墙[13],利失遐陬[14]。似这般人人告老把生偷,教我单骑遇敌凭谁救?〔叹介〕拚一个马革尸收,还只怕乱军中,狐死难丘首[15]。

再传谕各营兵士，听候唱名！〔小生传介〕〔生、小旦、净、丑，扮老弱兵丁破衣旧帽上〕三餐冷粥菜全无，庚癸于今倦不呼[16]。年少金疮老来发，不堪秋气入肌肤。〔小生唱名介〕赵龙。〔生应介〕〔小生〕钱虎。〔小旦应介〕〔小生〕孙彪。〔净应介〕〔小生〕李豹。〔丑应介〕〔外〕叫那些兵丁上来！〔众上，跪介〕〔外〕你们这些兵丁，我老爷都还认得，只是为何这等黄瘦了？〔众〕当初老爷在这边，号令严明，纪纲整肃，军粮按时给发，将领不敢扣除。自从老爷去后，纪律不严，钱粮缺少，卯年支不着寅年的粮，一钱受不得五分的惠，个个都饥饿坏了么，老爷！〔哭介〕〔外〕你们放心，我老爷一到，决不使你们再受饥寒，快去调养精神，听候征剿，不可有误军机！〔众应下〕〔外叹介〕

【前腔】一样貔貅，今日鸡皮[17]昔虎头。可怜他金风[18]刺骨，全没个玉粒充肠，只有些珠泪凝眸。〔叹介〕地方的事，被前人坏到这个地步，教我怎么补救得来？他人决海我防沟，将来淹没谁之咎？蒿目[19]空忧。只好烧一炷志诚香，袖手祈天祐。

【不是路】〔丑扮探子上〕侦探回头，蠢

动情形一望收。〔见介〕〔外〕贼情虚实何如?〔丑〕禀老爷,他是真蛮寇,不比寻常蜂虿小罗喽。〔外〕有多少人马?〔丑〕人马虽多,还不足虑,只怕他一件,最堪忧。他冲锋不用人如蚁,挡众全凭象似彪。〔外〕原来用的象战,这等他攻城用甚么器械?可曾破了几处城池?〔丑〕他用的是云梯、大炮与掘地的器械。那沿山一带城池都已失守了。只为无兵救,沿山几处城如斗,尽行失守,尽行失守。

〔外〕知道了!你再去打探。〔丑应下〕〔外叹介〕贼强我弱,战守两难,如何是好?

【解三醒】雨下处,正当屋漏;半江中,怎把船修?俺待要战呵,残兵羸将谁堪斗?分明是驱众莩[20]赴长沟。俺待要守呵,这饥民不火难增灶[21],赤地无沙怎唱筹[22]?说便是这等说,难道就束手待毙不成?休僝僽[23],少不得要运筹借箸[24],勉护神州。

叫中军官,一面写下出师牌面,一面刻下招安榜文,候我相机遣用。这不过是虚示军威,使贼难料我的虚实,若要灭贼,须是请兵会剿。我连夜修下告急的表章,差你星驰进京,求朝廷速发大兵，遣重臣监督前来，不可羁误时刻。〔小生〕得令！

羽书飞上九重天，伫望旌旗自日边[25]。

扫荡蛮氛靖蛮穴，不留蛮种肆遗膻！

〔1〕中军：副将。

〔2〕甘棠：传说西周时，召伯出行南方，宣扬周文王的德政，曾在甘棠树下休息。召伯死后，老百姓对甘棠用心爱护，不肯砍伐。后因以“甘棠”称颂有政绩的官吏。

〔3〕并州：古地名，在今山西太原一带。唐朝人作《渡桑干》诗感慨长期客居的并州反倒成了自己的“故乡”。后因以“并州”代指长期客居之地。

〔4〕皂盖：指古代官吏坐车上的黑色篷盖。

〔5〕五彩前旌：指车前作仪仗的五色旗子。八座车：高官的坐车。后汉时，以六曹尚书和令、仆射合称“八座”，后因以八座代指高官。

〔6〕金鱼：这里指鱼袋，即古代官吏所佩戴的鱼形装饰物，有金制、银制两种，用以显示身份高低之别。

〔7〕竹：竹马。

〔8〕饭不善廉颇：意为饭量不如廉颇。廉颇，战国时赵国名将，晚年被人谗毁，去了魏国。后来秦兵攻赵，赵王想再用廉颇，怕他已衰老，派使者去探看。廉颇在使者面前“一饭斗米，肉十斤”，以示不老。

〔9〕助饷：捐纳军饷。

〔10〕不次：不按编制。

〔11〕雅俗：指不同阶层的百姓。

〔12〕休囚：疑即“咻啾”，萎靡不振的声息。

〔13〕萧墙：门屏。又以“萧墙”喻指内部。

〔14〕遐陬：僻远的角落，这里指边疆。

〔15〕狐死难丘首：传说狐狸临死前，头必定朝着出生的山丘的方向。句意为担心回不了家乡。

〔16〕庚癸于今倦不呼：庚癸，原指军粮；古代军中忌讳说“粮”字，因以“庚癸”代称。后遂称向人乞贷为“庚癸之呼”或“呼庚”。这一句是如今懒得向人借贷的意思。

〔17〕鸡皮：指身上起鸡皮疙瘩，畏缩的样子。

〔18〕金风：秋风。

〔19〕蒿目：忧虑时事的意思。

〔20〕莩（piǎo）：殍，饿死的人。

〔21〕增灶：东汉时，虞诩做武都太守，羌兵来犯，虞诩便命士兵每人做两个灶，并逐日增加，迷惑了羌兵，终于取得胜利。

〔22〕赤地无沙怎唱筹：赤地，不毛之地。筹，计数用的器具。南朝檀道济率宋军与北魏作战，见军中缺粮，士兵不振，便生一计。晚间用沙代替米，一边称量，一边唱数计筹，北魏军队误以为宋军存粮充足，就不敢追击了。

〔23〕僝僽（chánzhòu）：烦恼。

〔24〕运筹借箸：楚汉相争，郦食其曾劝刘邦攻楚。张良以为不可，立刻请见，正值刘邦在吃饭。张良对刘邦说：“臣请借前箸为大王筹之。”箸，筷子。后因以“借箸”指代人筹划。

〔25〕日边：这里比喻在皇帝身边。

第十一出　鹞误

【出队滴溜子】【出队子】〔生带丑，携风筝上〕风筝偷放，也学顽皮戚大郎，从今不敢笑伊行。【滴溜子】还虑他将言呵让[1]，虽然别有情，都是一般呆况；他为游痴，我为色狂。

来此已是城头了。抱琴，那里是他家的宅子？〔丑指介〕从这座高墙起，直到那座高墙止，方围一二里都是他家院落。〔生〕这等是丢得进的。趁没人在此，快些放上去！〔放介〕〔副净内云〕城上有人放风筝，我们也到城上去放。〔生望内，惊介〕呀！那是戚大爷。他也上来了，怎么处？〔丑〕相公，你在这里放线，我飞跑下城，引他到郊外去。〔急下〕〔生〕有这等凑巧的事，他若毕竟要来，怎么了得？〔望内喜介〕好了！出城去了！如今宽心放线。〔放线介〕

【降黄龙】休短休长，酌量高低，莫差寻[2]丈。线呵，你是条牵情血缕，系足红丝，不但把风筝收放、过墙，待我新诗落地，你先做游丝萦绕纱窗。好待他举纤指轻收慢曳，抽出我的情肠。

如今放到宅子中间了，丢了线罢！〔丢介〕原来今日是西风，吹落在东首了！

【前腔】东墙鸟语花香，你看那屏掩帘垂，分明是深闺模样。我想那风筝此时呵，虽未经他秋波凝注，纤指轻拈，也早与温柔相傍。就是他丫鬟、保母拾到了，少不得要送与小姐看的,只怕被管家拾着,拿去送与夫人,就有些不妥了。堤防,不怕他通文保母,与那识字梅香[3],怕只怕捕巡狠仆,献与高堂[4]!

我如今也愁不得许多,且回到书房静听消息。魂逐风飘今日下,线牵情去几时来?〔下〕〔丑带净上〕才起牙床宝髻偏,恼人春色困人天。梧桐不落春间叶,何为秋声[5]到枕边?奶娘,方才窗子外面,是甚么东西响了一下?〔净〕待我看来。〔寻看风筝,看介〕呀!原来也是一个风筝,也有一首诗在上面。〔丑〕风筝便是风筝,诗便是诗,为何加上两个"也"字?你莫非学二小姐通文么?〔净〕不是。我前日过去请二小姐,他正拾到一个风筝,上面有诗,他和了一首。今日我们又拾到一个,又有一首诗,故此下两个"也"字。〔丑〕原来如此。这等他的风筝还在么?〔净〕闻得是戚公子的,当日就讨去了。〔丑〕他那一个是七公子的,我这一个自然是八公子的了。〔净〕不是那个"七"字,是老爷的同年戚布政的公子。〔丑〕这等说起来,那公子又会做诗,又喜放风筝,一定是个妙人了!

韩琦仲放风筝正遇西风,风筝被吹落到东首梅氏院内,恰又被爱娟拾到,这又是"巧"安排。自此"风筝误"中的误会才真正产生。喜剧离不开"误会"手法,有了这误会性的安排,才引出种种喜剧效果来。

【黄龙衮】风流知趣郎,风流知趣郎,诗逐风筝放。可惜落在他那里,他不过回你一首吃不得用不得的歪诗，若还落在我这边，定要陪几件东西答你，少不得把玉扣金簪，酬你多情况。〔看风筝介〕这个放风筝的人儿也不差，我虽然不识字，不晓得诗的好歹，只是写得这几行字出的，也不是个村夫俗子了。怎能够出张招榜，教他亲投认状，你若要寻诗句，赎风筝，先还了我房租帐。

〔净〕小姐，你这等说起来，心上想着男子了。〔丑〕奶娘，怎么瞒得你？自古道："男大当婚，女大当嫁。"我今年齐头十八岁了。你不见东边的张小姐，小我一岁，前日做了亲；西边的李小姐，与我同年，昨日生了子。如今老爷才去上任，不知那一年才得回来。等得他回来许人家，我的脸皮熬得金黄色了。如今莫说见了书生的面孔，听了男子的声音，心上难过，就是闻见些方巾[6]香、护领气，这浑身也象虼蚤叮的一般……〔净笑介〕小姐，你也忒煞性急了！我如今和你商议，二小姐收着的，既有人来讨去，难道我们收着的，就没有人来讨？待他来讨的时节，我替你做个媒人何如？

【前腔】见了那寻诗觅句郎，寻诗觅句郎，我把他引到蓝桥上。你两个先效于飞，后把朱陈讲。只是你怎么样谢媒？先要与我断过媒钱几两，媒红几丈，这叫做后君子，先小人,也须明讲。

爱娟思"风流知趣郎",见风筝上的题诗而心动,因此才与奶娘想出冒名顶替之计来,这不但合乎情理,同时又是情节发展的需要。

〔丑〕奶娘,你若有这样的盛情,我一见面就是两套衣服、一对金簪谢你。〔净〕我想今日这个风筝,不是没缘故的。前日一个落在那边,今日一个落在这边,恰好都有诗在上面,难道天下事有这等巧合的?这一定就是戚公子见了二小姐的诗,只说有心到他,故此又放这一个进来讨回话的。我如今立在门首去等,他若来讨,我只说二小姐为他害了相思,约他来会,不要说出你来。〔丑〕怎么不要说我?〔净〕一来二小姐的诗名,人人晓得,若说大小姐,他就不信了;二来恐怕事做不成,露出些风声,内外的人,只谈论二小姐,再不谈论你。直待有了瓜葛,然后说出真情,教他央人来说亲,成了百年夫妇,岂不是万全之计!〔丑喜介〕有理!这等你快些去等,不要又被二小姐兜了过去。

【尾声】就是麻姑[7]也挠不着我心头痒,全仗你一手招来魂荡!〔净〕我自有海上传来的救急方。

小姐你如今还是花间蕊,只怕顷刻翻为叶底花;

〔丑〕蜂蝶莫教过墙去,又疑春色在邻家。

〔1〕呵让:讥笑,责备。

〔2〕寻:古代长度单位,八尺为寻。

〔3〕梅香:旧时戏曲、小说中对婢女的通称。

〔4〕高堂:对父母的尊称。

〔5〕秋声:原为秋风吹在树上发出的声音,这里喻指风筝落下的声音。

〔6〕方巾:明代读书人所戴的一种头巾。

〔7〕麻姑:传说中的仙女,她的手像鸟爪一样细长。东汉时蔡经见到她,心想有这样一双手给自己搔痒才好哩!

第十二出　冒美

〔末上〕祖父当年不积德,投靠宦家充使役,只因一代做功臣,子子孙孙成世袭。自家詹府管家的便是。自从老爷出门,将我派做司阍[1]人役,不论有事无事,要在门前伺候。今日等了许久,不见有甚么差使出来,且在懒凳上睡他一觉,再做道理。〔睡介〕〔净上〕良媒不怕姻缘少,私语还防耳目多。自家只为奉承小姐,出来等那讨风筝的情郎。只是门上有管家,不好说话,须要生个法子,打发他开去才好。原来睡在这里,不免摇他醒来。〔摇介〕〔末惊醒介〕原来是老阿妈,出来做甚么?〔净〕大小姐有事差你。〔末〕差我做甚么?〔净〕叫你去买一袋京香、两柄宫扇、三朵珠花、四枝翠燕[2]、五两绵绳、六钱丝线、

此出写奶娘牵线、约会,虽是过场戏,却写得精炼紧凑,科诨自然。

七寸花绫、八寸光绢、九幅裙拖[3]、十尺鞋面，样样要拣十全，不可少了一件！去到管帐手里支银，都在买办簿上消算。〔末〕这许多东西，一日也买不完！这门上叫那个看守？〔净〕你自去买，我替你看门就是。〔末〕这等难为你了。苍头[4]充办吏，老妇代司阍。〔净笑介〕好了，被我遣去了。远远望见一个小厮走来，或者就是讨风筝的，也不可知！〔丑上〕不怕侯门深似海，能令消息快如风。门上有人么？〔净〕你是那家的大叔？到这里做甚么？〔丑〕我是戚衙的管家，奉公子之命，特来拜领风筝。〔净〕前日来取风筝，今日又来取风筝，难道我家是个风箱，凭你扯进扯出的么？〔丑〕不知为甚么，那风筝就象有脚的一般，偏要钻在你家来。〔净〕我且问你，你家公子见了小姐的诗，可说好么？〔丑〕不要说起，我家公子呵——

【四边静】他朝咀暮嚼多滋味，焚香日相对。废寝又忘餐，如痴复如醉。我笑他忧煎没济，精神枉费，只怕才子害相思，才女少情意。

你家小姐见了公子的诗，可也略有些意思么？〔净〕我家小姐的相思，比你家公子还害得凶哩！〔丑〕怎见得？

【前腔】〔净〕他停针罢线长吁气，梳头

忘珠翠，口里念新诗，眼中吊珠泪。他两个的才思呵，分开两位，合来一对。恨只恨彼此隔人天，咫尺阻佳会。

〔丑〕原来你家小姐，也想着我家相公！既然如此，何不把后来的诗，再和一首，露些情意在上面？待我家公子央人来说亲就是了！〔净〕诗倒和了。我家小姐要亲手交付与他，还有许多心腹话要讲，故此叫我出来相等。〔丑〕这等极好。只是你家屋宇深沉，我家公子的胆小，怎么走得进来？〔净〕不妨，教他今晚一更之后大胆走来，我在这里等他就是。〔丑〕这等我就去讲，只是要做得好，不可弄出事来。高才成好事，捷足报佳音。〔先下〕〔净〕约便约停当了，只是门上有人守宿，怎么处？〔想介〕我有道理。他如今去买办了，少刻待他买来，好的只嫌不好，说小姐立等要用，叫他连夜去换；怕他不去！正是：

风流别有钻心计，不在陈平六出[5]中！

〔1〕司阍（hūn）：守门人。

〔2〕翠燕：金属或玉制的簪饰。

〔3〕裙拖：裙子的下摆。

〔4〕苍头：古时对奴仆的通称。

〔5〕陈平六出：陈平，汉高祖刘邦的丞相。他曾六出奇计，为刘邦统一天下做出很大贡献。

第十三出　惊丑

此出写得极好，为全剧戏剧冲突发展的第一个小高潮。

喜剧要运用科诨，才能产生喜剧效果。末、净上场后的宾白，嬉笑诙谐之处比比皆是。朴斋主人批云："信口说来，自成至理，自合声韵，令观者、听者无不解颐，宾白中第一手也。"甚是。

〔末持香扇等物上〕满手持来满袖装，清晨买到日昏黄；手中只少播鼗鼓[1]，竟是街头卖货郎！自家奉小姐之命，去买办东西，整整走了一日。且喜得件件俱全，样样都好，不免叫奶娘交付进去。〔向内唤介〕老阿妈！〔净上〕阿妈、阿妈，计较堪夸，簸弄老子，只当娃娃。东西买来了，待我交进去。〔持各物，向鬼门立介〕〔末〕小姐看见这些东西买得好，或者赏我一壶酒吃也不可知！且在此间候一候。〔净转身唤介〕门公在那里？小姐说："这香珠不清，扇骨不密，珠不圆，翠不碧，纱又粗，线又啬，绫上起毛，绢上有迹，裙拖不时兴，鞋面无足尺，空费细丝银[2]，一件用不得。快去换将来，省得讨棒吃！"〔丢还介〕〔末〕怎么？这样东西还嫌不好？就是要换，也吃得明日了。今晚要守宿，烦你回复一声。〔净内云〕小姐说："心上似油煎，下身熬出汁；若等到明朝，爬床搔破席。门上不须愁，奶娘代承值，只要换得好，来迟些也不妨得。"〔末〕有这样淘气的事！没奈何，只得连夜去换。〔叹介〕养成娇小姐，磨杀老苍头！〔下〕〔内发擂[3]介〕

【渔家傲】〔生潜步上〕俯首潜将鹤步移，心上蹊跷，常愁路低。小生蒙詹家二小姐，多情眷恋，约我一更之后，潜入香闺，面订百年之约。如今谯楼上已发过擂了，只得俏步行来，躲在他门首伺候。我藏形不惜身如鬼，端的是邪人多畏。为甚的保母还不出来？万一巡更的走过，把我当做犯夜的拿住，怎么了得？他若问夤夜何为？把甚么言词答对？我若认做贼盗，还只累得自己；若还认做奸情，可不玷了小姐的名节。小姐，小姐！我宁可认做穿窬[4]也不累伊。

朴斋主人批云："只鹤步二字，画出一幅偷香小像。其余绘相摹神，使风流活现，又不待言矣。神手妙笔。"甚是。笠翁写戏要求"语言肖似"，此处人物出场，语言切合发自内心的"一人之情"，表现了人物独特的心境。

〔净上〕月当七夕偏迟上，牛女[5]多从暗里逢。如今已是一更之后，戚公子必定来了，不免到门外引他进来。〔做出门望介〕偏是今夜又没有月色，黑魆魆的不知他立在那里？不免待我咳嗽一声。〔嗽介〕〔生惊倒退介〕不好了！有人来了。〔躲介〕〔净〕难道还不曾来？不免低低叫他几声："戚公子！戚相公！"〔生喜介〕那边分明叫我，不免摸将前去。〔一面摸，一面行，与净撞头，各叫"阿呀！"介〕〔净〕你可是戚公子？〔生〕正是。〔净〕这等随我进去。〔牵生手下〕

【剔银灯】〔丑上〕慌慌的，梳头画眉；早早的，铺床叠被。只有天公不体人心意，系红轮，不教西坠。恼既恼那斜曦，当疾不疾；怕又怕这忙更漏，当迟不迟。

奴家约定戚公子，在此时相会。奶娘到门首接他去了，又没人点个灯来，独自一个坐在房中，好不怕鬼。〔净牵生手上〕〔生〕身随月老空中度。〔净〕手作红丝暗里牵。小姐，放风筝的人来了！〔丑〕在那里？〔净〕在这里。〔将生手付丑介〕你两个在这里坐着，待我去点灯来。反将娇婿纤纤手，付与村姬[6]捏捏看。〔下〕〔丑扯生同坐介〕戚郎，戚郎！这两日几乎想杀我也！〔搂生介〕〔生〕小姐，小生一介书生，得近千金之体，喜出望外。只是我两人原以文字缔交，不从色欲起见，望小姐略从容些，恐伤雅道。〔丑〕宁可以后从容些，这一次倒从容不得。〔生〕小姐，小生后来一首拙作，可曾赐和么？〔丑〕你那首拙作，我已赐和过了。〔生惊介〕这等小姐的佳篇，请念一念。〔丑〕我的佳篇一时忘了。〔生又惊介〕自己做的诗，只隔得半日，怎么就忘了？还求记一记。〔丑〕一心想着你，把诗都忘了。待我想来……〔想介〕记着了！〔生〕请教。〔丑〕"云淡风轻近午天，傍花随柳过前川。时人不识予心乐，将谓偷闲学少年。"[7]〔生大惊介〕这是一首《千家诗》[8]，怎么说是小姐做的？〔丑慌介〕这、这、这果然是《千家诗》。我故意念来试你学问的，你毕竟记得。这等是个真才子了！〔生〕小姐的真本，毕竟要领教。〔丑〕这是一刻

一个是道学先生，一个是急色女子，虽同时赴约，但心境各异。

笑料来自喜剧中的喜剧人物的性格。笠翁曾说，喜剧创作，"妙在水到渠成，天机自露。我本无心说笑话，谁知笑话逼人来，斯为科诨之妙境耳"。爱娟这一连串惹人发笑的话正是她《冒美》一折中性格的自然流露。

千金的时节，那有工夫念诗？我和你且把正经事做完了，再念也未迟。〔扯生上床，生立住不走介〕〔净持灯上〕只恐夜深花睡去，故烧高烛照红妆[9]。〔丑放生手介〕〔净〕灯来了，你们大家脱略些，不要装模作样，耽搁工夫。我到门前去立一立，就来接你。闭门不管窗前月，分付梅花自主张。〔下〕〔生看丑大惊，背介〕呀！怎么是这样一个丑妇！难道我见了鬼怪不成？方才那些说话一毫文理不通，前日的诗，那里是他做的？

【摊破锦地花】惊疑，多应是丑魑魅，将咱魇迷。凭何计，赚出重围？〔丑背，指生介〕觑着他俊脸娇容，顿使我兴儿加倍！不知他为甚么缘故，再不肯近身？……是了，他从来不曾见过妇人，故此这般腼腆。头一次见蛾眉，难怪他忒腼腆，把头低。

〔生〕小姐，小生闻命而来，忘了舍下一桩大事。方才忽然想起，如坐针毡。今晚且告别，改日再来领教。

【麻婆子】劝娘行且放，且放刘郎去，重来尚有期。〔丑〕来不来由你，放不放由我。除了这一桩，还有甚么大事？我笑你未识，未识琼浆味。若还尝着呵，愁伊不肯归！〔扯生介〕夜深了，请安置罢。〔生变色介〕小姐，婚姻

爱娟做出种种丑态，自然引出许多笑料，但不免流露出作者的庸俗情趣。

乃人道之始，若无父母之命，媒妁之言，就是苟合了，这个怎么使得？主婚作伐[10]两凭谁？如何擅把凤鸾缔？〔丑〕我今晚难道请你来讲道学么？你既是个道学先生，就不该到这个所在来了！你说要父母之命，媒妁之言，如今都有了。〔生〕在那里？〔丑〕人有三父八母，那乳母难道不是八母里算的？如今有乳母主婚，就是父母之命了。〔生〕这等媒人呢？〔丑取出风筝介〕这不是个媒人？若不是他，我和你怎得见面？我自有乳母司婚礼，风筝当老媒。

韩琦仲既然为风流而来，却又讲起道学来，这是作者鼓吹的"风流加道学"是文人学士的最高境界，在人物形象中的具体反映。

如今没得说了，请睡。〔扯生介〕〔净冲上〕千金一刻春将半，九转三回乐未央。如今已是三更时分，料想他们的事一定做完了。早些打发他去，不可弄出事来。〔生望见净，故作慌介〕不好了！夫人来了！〔丑放生介〕〔生急走，撞着净介〕〔净〕你们的事，做完了么？〔生〕做完了。〔净〕这等待我送你出去。〔复牵生手行介〕公子，我家小姐，是个救苦救难的观音菩萨。〔生〕你这保母，是个急急如律令的太上老君[11]！〔急下〕〔净〕如今进去讨他的谢礼。小姐，如今好谢媒人了么？〔丑怒介〕呸！你不是媒人，是个冤魂！〔净〕怎么倒骂起我来？〔丑〕刚刚有些意思，还不曾上床，被你走来，他只说是夫人，洒脱袖子，跑出去了。〔净惊介〕这等你们在这里半夜，做些甚么？〔丑〕不要说起！外貌却像风流，

韩琦仲认得爱娟"庐山真面目"后，苦于不能逃脱，此时巧逢保母来，才得解脱。戏中凡人物上场下场，都需作者精心安排，出现在情节发展的关键时刻。保母上场使情节发展从逆转到顺转，真是"山重水复疑无路，柳暗花明又一村"。

肚里一发老实不过。说了一更天的诗,讲了一更天的道学。不但风流事不会做,连风情话也说不出一句来。如今倒弄得我上不上,下不下,看你怎么处?〔净〕不妨,我另有个救急之法,权且睐[12]过一宵,再做道理。

做媒须带本钱行,莫待无聊听怨声。
佳婿脱逃谁代职?床头别有一先生。

〔1〕播鼗(táo)鼓:拨浪鼓,旧时小贩常做叫卖用的一种摇鼓。

〔2〕细丝银:纹银,成色优良的银子。

〔3〕发擂:起更,更鼓初动。

〔4〕穿窬(yú):穿壁逾墙,指盗窃勾当。

〔5〕牛女:牛郎、织女。

〔6〕村姬:粗俗的妇女。

〔7〕"云淡风轻近午天"四句:为宋代程颢的《春日偶成》诗。

〔8〕《千家诗》:古代作为儿童启蒙读物的一本诗集。开卷第一首就是《春日偶成》诗。

〔9〕"只恐夜深花睡去"二句:出自苏轼《海棠》诗。这里借指点灯,有调侃的语意。

〔10〕作伐:为人作媒。

〔11〕太上老君:是道教对老子的尊称。

〔12〕睐(niāng):原意为眼睛看不清,这里引申有凑合、对付的意思。

第十四出　遣试

【忆秦娥】〔小生便服上〕槐黄了，纷纷举子忙时到[1]。忙时到，祖生休息，着鞭须早[2]！

下官替韩盟兄抚养孤子成人，且喜得他天姿英迈，品格离奇，定不是个池中之物。今当大比之年，要打发他上京取应。衣囊资斧[3]俱已齐备，不免亲到书房，送他去来。老年最忌名心热，壮岁还愁宦念疏。〔下〕

【前腔】〔换头〕〔生带丑上〕一朝被鬼迷心窍，神情三日犹昏眊[4]。犹昏眊，合睛便见，夜叉奇貌！

小生为詹家女子，误起情肠。听了外面人的讹传，只说有其名者，必有其实；看了风筝上的赝笔，又道有斯貌者，方有斯才。谁知耳内千闻，不如眼中一见。被他乳母作祟，黑夜引入房中，全无半点娇羞，备极千般丑态。佳篇误称拙作，通文处满口胡柴[5]；旧句冒作新篇，识破时通身马脚。小生方在惊疑之际，彼妇正在饥渴之时。千亏万亏，亏那一盏银灯，做了照妖神镜；难逢难遇，遇着一尊保母，做了辟鬼钟馗[6]。方才得脱网罗，庶免一宵缠缚。不然，竟似苏合遇了蜣螂[7]，虽使濯魄冰壶，洗不尽通身秽气；又如荀令嫖了俗妓，纵不留情枕席，也辜负三日余香[8]。〔笑介〕这样诧异的事，教我也解说不来，只好付之一笑而已！

【金梧桐】且把相思孽帐销，悔极翻成笑。我想他那样的丑貌，那样的蠢才，也勾得紧了，那里再经得那样一副厚脸，凑成三绝。也亏他才貌风情，件件都奇到。毕竟是伊家地气灵，产出惊人宝。我想那个乳母，竟是我的恩人，若不是他引我进去相见呵，万一谬采虚声聘定了，把鸾凰效，兀的不是神仙魑魅同偕老。

我吃过这一次虚惊，以后的婚姻，切记要仔细：一不可听风闻的言语，二不可信流传的笔札，三不可拘泥要娶阀阅[9]名门。从来绝代佳人，都出在荒村小户，总之要以目击为主。古人三十而娶，不是故意要迟，想来也是不肯草草的缘故。

此出是全剧转折。韩琦仲在一场虚惊之后，对婚姻事才得出此三条原则。他决定进京赴试，自在情理之中。从情节发展看，只有韩生赴试，才有后来登科、团圆的结局。剧情首尾相接、环环紧扣。

【浣溪沙】经这遭才知觉，休信那毛延寿画里的妖娆，苎萝不掩西施貌，阀阅难增嫫姆[10]娇。休草草，便等到鬓婆娑，遇佳人，也做个有福温峤。

今乃大比之年，戚仁伯催我入京赴试，此去

若得侥幸，大小登科[11]都在一处，也不可知。等他出来，拜别前行便了。

【东瓯令】〔小生、副净带末，携酒上〕烧尾宴，祖儿曹[12]，催送蛟龙上碧霄。〔见介〕贤侄，你春风得意须乘早，我专听取泥金报。〔副净〕老世兄，你身荣须念旧同袍，休得要富贵把人骄。

〔小生送银介〕朱提[13]百两，备舟车薪水之资，贤侄请收了！〔生收介〕〔小生〕看酒过来！立饮三杯，然后上马。〔立饮介〕

【金莲子】〔小生〕我自斟醪，须恕我杖履不出郊。〔净〕小弟也奉一杯！〔斟介〕三杯少，还有一杯奉饶。〔合〕风霜须爱护，冷暖自均调。

〔生〕老伯之恩，天高地厚，就是衔环结草[14]，也难效区区，就此拜别！〔同拜介〕

【尾声】〔小生〕你也莫衔环，休结草，那有个饭韩漂母[15]望酬劳。只求你勉慰黄泉，不使我愧久要[16]。

玉光剑气久沉埋，好把文星[17]耀上台。

老耳十年无世事，龙钟洗却待春雷。

〔1〕“槐黄了”二句：槐花黄，为农历七月，正是举子们准备科举考试的时候，所以旧有“槐花黄，举子忙”之说。

〔2〕“祖生休怠”二句：祖生，指晋代人祖逖。祖逖被晋元帝起用时，他的好友刘琨写信给亲友说：“吾枕戈待旦，志枭逆虏，常恐祖生先吾着鞭。”

〔3〕资斧：旅费。

〔4〕昏眊：昏头昏脑，神智不清。

〔5〕胡柴：胡言乱语。

〔6〕钟馗：古代传说中专门打鬼的神。

〔7〕苏合遇了蜣（qiāng）螂：苏合，苏合香，一种香精。蜣螂，俗称屎壳郎，一种专吃粪尿的昆虫。这是喻指韩世勋为詹爱娟所缠，染了一身臭气。

〔8〕“荀令嫖了俗妓”三句：荀令，汉代人荀彧，曾任尚书令。相传他身有异香，所到之处能留下三日余香。

〔9〕阀阅：指仕宦人家。

〔10〕嫫姆：亦作“嫫母”，相传是黄帝的妻子，相貌极丑。

〔11〕大小登科：旧称金榜题名为大登科，洞房花烛为小登科。

〔12〕“烧尾宴”二句：唐代士子登第或升迁的庆贺宴席，称作“烧尾宴”。祖，祖饯。儿曹，这里指子侄辈。二句意为给侄辈韩世勋饯行，摆的是烧尾宴。

〔13〕朱提：朱提山，在今云南昭通境内，古时以产银多而美著称。后因以“朱提”为高质银的代称。

〔14〕衔环结草：衔环，见第二出注。结草，春秋时，晋大夫魏武子临死前嘱咐儿子魏颗用妾来殉葬。魏武子死后，魏颗没有这样做，他把父妾改嫁了。后来魏颗与杜回作战，败退时有一老人结草绊倒了杜回，救了魏颗的性命。晚上魏颗梦见这个老人对他说，老人是魏颗所救妾的父亲。后世遂用“结草”为报恩之词。

〔15〕饭韩漂母：汉代韩信早年贫困，有一漂母不忍见他挨饿，就把饭给他吃。后来韩信当上了楚王，就赏赐给她很多金子。漂母，漂洗衣服的

老妇。

〔16〕久要：旧约。指韩世勋的父亲临死前对戚补臣的托付。

〔17〕文星：文曲星，古代传说中主持文运的星宿。

第十五出　坚垒

此出承“习战”“请兵”情节线发展，主要是写边关战事之急，詹烈侯智退蛮军。在情节发展上为韩琦仲最后协同詹烈侯胜蛮军做铺垫。场面气氛渲染得好，但安排上较为拖沓。

【北醉太平】〔净骑象，引众上〕刀锋剑铓，盔甲煌煌，浑如秋水接天光。笑官兵战几场，马如齑粉人如酱，使俺象蹄血溅桃花浪。且先凭一箭定西方，取中原似探囊！

自家掀天大王是也。自从起兵出洞以来，攻州州破，过县县残。虽有几个官兵，莫说不够俺斧砍刀劅，还经不得象鼻一卷。如今已到西川地方，闻得新来的招讨，就是当初詹烈侯。这厮年纪虽老，倒还有些智略，不可轻觑了他。分付大小蛮军，须要用心攻打！将我新制的云梯、大炮，与那掘地道的家伙，都载在军前，听候取用。〔众应介〕〔同唱“先凭一箭”二句下〕〔外戎装，末扮中军，引众上〕掘鼠罗禽作糗粮，张巡今日守睢阳，只愁无妾堪充饷，难结军中死士肠[1]。下官詹武承，到任未几，时事多艰。前日上疏请兵，今日贼临城下，急病难仗缓医，远水不浇近火。如今只得坚城固垒，以老贼军，待天兵到日，好议征剿。叫中军官！〔末应介〕贼兵破竹而来，机锋正锐，我军不可轻战，只可固守，不可斗力，只可用谋。你与我到营中，选三个壮士，一个画了红脸，扮做关圣帝君[2]；一个披了火焰，扮做火德星君[3]；一个凑了三头六臂，扮做太岁星君[4]，前来听用！〔末〕禀问老爷：那一处用着他？〔外〕你不要管，装扮完了，听我调度。〔末应下〕

【前腔】〔外〕说甚么晁生智囊[5]，陈平计良，耿恭神箭不穿杨，射胡人起异疮[6]。且看俺师心别把阴符[7]创，管教那五行列宿[8]天神将，不须符水绍阴阳[9]，一齐来，助守疆！

〔副净扮关圣、丑扮太岁、小生扮火德，随末上〕装就奇形怪状，且看妙算神机。禀老爷，装扮齐备了。

〔外对副净介〕我闻得贼兵惯用云梯，窥视城中虚实。我这东角近山，易于登眺，料他必先窥视东门。我今日东门城上，不用一人防守。只差你一个藏在城垛之下，贼见没人守城，毕竟用软梯爬上，你伺候先上来的一个，拿住他砍了首级，提在手中，直在城上，现一现形，就来领赏。〔副净应介〕〔外对丑介〕我闻得贼兵惯掘地道，我这西门地虚，他毕竟从西门掘进。你到西门城里先掘一个地洞，伏在洞中，等他掘穿的时节，你将前面一个砍了首级，提在手中，走出洞外，现一现形，就来领赏。〔丑应下〕〔外对小生介〕贼攻东西不利，毕竟从南北二门，用炮攻打，北门近水，难用火攻，他必定只攻南门。我城唯南角最坚，料打不破。你先到南门，支下一个小炮等他。他炮不响，我炮莫动，待他用炮之时，一齐点火，铅弹打去，他不疑我用炮，只说自家弹子激转去打着自家，你立在城上，现一现形，就来领赏。〔小生应下〕

〔外〕旗鼓司[10]！传谕守城兵士，俱要寂然无声，如有说话一句，咳嗽一声者，立刻枭首！〔末应介〕

〔众同唱"不须符水"二句下〕〔净、众唱"先凭一箭"二句上〕叫蛮军，这东门近山，好看虚实，你与我搭起云梯，待我亲自看来！〔众搭云梯，净登望介〕

【南普天乐】〔净〕驾云梯，高千丈。炯双眸，遥瞻望。虚和实，虚和实，何计遮藏？管靴尖踢倒金汤[11]！〔下介〕〔众〕大王，城中虚实何如？〔净大笑介〕城上半个人也没有！这等看起来，不消攻打，只须搭了软梯，爬将上去就是。〔众搭软梯，一人先爬入介〕〔副净提人头立城上，众见惊倒介〕不好了！不好了！关爷显圣了！〔净〕大家跪了磕头！〔同拜介〕

呀！把尊神拜仰，威灵庇远方，恕蛮人愚蠢，免降灾殃。

〔副净下〕〔净〕这一门有关爷把守，不要惹他，到西门去罢！东门攻不进，且去打西门。〔同下〕〔外、众唱"不须符水"二句上〕〔副净提人头上，见介〕禀老爷，献首级。〔外〕赏银牌一面！〔副净谢介〕

【北朝天子】〔众〕笑痴蛮蠢羌，羡灵心巧肠，寿亭侯[12]那里从天降？都只为神威镇远，赫名儿久扬。因此上不问假和真，魂都丧。貌虽然假装，神多应真降。渺茫、渺茫、渺渺茫，附人身非同影响，非同影响。备牲醪，酬天将，备牲醪，酬天将。

〔俱下〕〔净、众唱"先凭一箭"二句上〕〔净〕叫蛮军！这西门地虚，好掘地道，快与我掘进去！〔众〕禀大王，不知今日可动得土？〔净〕胡说，那有攻城掘地，拣日子动土的？〔众掘介〕

【南普天乐】〔净〕荷锹锄，开虚壤，阔如沟，深如港；兵鱼贯，兵鱼贯，直抵中央，看他们何计支当。〔一人先掘进城介〕〔丑提人头，出洞现形介〕〔众〕不好了！撞着太岁了。我说今日动不得土！〔净〕大家再跪了磕头！〔同拜介〕呀！把尊神拜仰，威灵庇远方，恕蛮人愚蠢，免降灾殃。

〔俱下〕〔净〕这西门太岁星利害，不要惹他，且到北门去用炮！〔众〕禀大王，北门近水，不好用炮！〔净〕这等往南门去罢！西门攻不进，又去打南门。〔俱下〕〔外、众唱“不须符水”二句上〕〔丑提人头上，见介〕禀老爷，献首级。〔外〕赏银牌一面！〔丑谢介〕

【北朝天子】〔众〕笑痴蛮蠢羌，羡灵心巧肠。太岁星那里真相撞，想不曾选期动土，自疑心有妨。因此上不问假和真，魂都丧。这是圣朝的土疆，皇家的寸壤，彼苍[13]、彼苍、彼彼苍，隐相扶，谁能据攘，谁能据攘？守疆臣，还依仗，守疆臣，还依仗。

〔俱下〕〔净、众唱“先凭一箭”二句上〕叫蛮军！快支起大炮来打！〔众支炮介〕

【南普天乐】〔净〕“大将军”，威名壮，佛郎机[14]，功难量；全凭你，全凭你辟土开疆，待功成衅[15]汝牛羊。〔众放炮介〕〔城上放炮，众打倒介〕〔小生立城上介〕〔众〕不好了！火德星君又出现了！〔净〕快些磕头！快些磕头！〔众乱磕头介〕呀！把尊神拜仰，威灵庇远方，恕蛮人愚蠢，免降灾殃。

〔净〕罢，罢，罢！有这许多神兵助他，料想攻他不破，收兵去攻别处地方。只道象兵无敌，谁知又有神兵！若遇文殊菩萨[16]，连象也要吃惊。〔俱下〕〔外、众唱“不须符水”二句上〕〔小生上〕禀老爷，贼兵放炮攻城，城攻不破，反被我炮打死许多，如今撤营走了。〔外〕赏银牌一面！〔小生谢介〕〔外对末介〕你如今领一队人马，沿路鸣金擂鼓，赶将前去，假作追兵，只可吓他走，不可与他战，约去三十里，即便收兵。〔末应下〕

【北朝天子】〔众〕笑痴蛮蠢羌，羡灵心巧肠。火德星那里从空降？都只为兵多载少，自焚来可伤。因此上受虚惊，魂增丧。俺这木牛儿有光，火牛儿无像[17]，怎当、怎当、怎怎当？休杀那蠢堆堆[18]无功战象，无功战象。请回家，休痴想，请回家，休痴想。

戏场不比战场真，耳目何妨暂一新。
自古奇兵难再试，虑将险法误他人。

〔1〕“掘鼠罗禽作糗粮”四句：糗，炒米粉。张巡，唐代将领。安史之乱时，他率军坚守睢阳（今河南商丘南），誓死不降。城中粮绝，他就和士兵挖老鼠、捕鸟雀充饥，最后又把自己的爱妾杀了给士兵吃。

〔2〕关圣帝君：三国时蜀汉大将关羽，因“面如重枣”，被称作红脸关公；明万历时被褒封为三界伏魔大帝神威远镇天尊关圣帝君。

〔3〕火德星君：古代信奉的火神。

〔4〕太岁星君：古代道家所信奉的值岁的神。

〔5〕晁生智囊：晁生，汉代人晁错，他足智多谋，时人誉之为“智囊”。

〔6〕“耿恭神箭不穿杨”二句：耿恭，汉代将领。他和匈奴作战时，把毒药涂在箭上，声称是汉家神箭；匈奴兵中箭后，伤口溃烂似生毒疮。穿杨，传说楚国的神箭手养由基，能在百步之外射中一片杨叶，后人便以“百步穿杨”形容箭法高明。二句意为箭法虽不高明，但自有妙计，也能立下奇功。

〔7〕阴符：指传说中的兵书《阴符经》。

〔8〕五行：指金、木、水、火、土五种元素。古人认为每一个朝代都要受“五行”中一种“德”的支配和支持；每一种“德”有盛衰，朝代也相应发生变化。列宿：指天上的二十八个星宿。

〔9〕阴阳：这里指阴间和阳间。“绍阴阳”，就是沟通阴阳，人神合力抗敌的意思。

〔10〕旗鼓司：军中掌管发号施令的人。

〔11〕金汤：城墙似金属铸成，护城河似滚烫的水，形容阵地坚固。

〔12〕寿亭侯：关羽的封号。

〔13〕彼苍：指天。

〔14〕佛郎机：明代人对西班牙、葡萄牙的称谓。这里指仿制的佛郎机炮，上句中“大将军”亦指此。

〔15〕衅：古代制成新器物，要杀牛羊等牲畜祭祀；把牲畜的血涂在器物的缝隙里，称作“衅”。

〔16〕文殊菩萨：佛教所尊奉的神。其神像是骑狮子，手持剑，所以连象也害怕。

〔17〕“木牛儿有光”二句：木牛，相传为诸葛亮所制的运输工具。火牛，战国时燕齐两国交战，齐国大将田单想出一计，在牛尾上捆干草，然后点燃，牛受惊猛冲敌阵，齐兵随后冲杀，大败燕兵。

〔18〕蠢堆堆：蠢呆呆。

第十六出　梦骇

【香柳娘】〔生衣巾，末持笔砚随上〕对天人[1]策来，对天人策来，十年摩揣，今朝呕出心头块[2]。小生来京赴试，叨捷礼闱[3]，今日圣主临轩策士，出的题目是问洞蛮犯顺，该抚该剿的机宜。小生痛述养痈之患，备陈靖乱之方，议论倒有些实际。但不知皇上注意在那一边，且回到寓中，静听消息便了。任苍天措排，任苍天措排，只怕命好不须才，数奇[4]志空大。〔末〕来此已是寓所了。相公还是要用酒，要用饭？待长班[5]去取来。〔生〕酒、饭都不用。我身子倦了，快收拾床铺，待我睡罢。〔末〕床铺是收拾好的。这等相公请安置，长班也去歇息了。〔下〕〔生叹介〕想我韩琦仲一生，莫说眼睛不曾看见佳人，就是梦也不曾梦见一个，难道于"女色"二字，就这等无缘？叹红鸾[6]命乖，叹红鸾命乖，老天，老天！你便舍我个梦里阳台[7]，也暂把相如渴解。

〔睡介〕〔内发擂介〕

【前腔】〔丑扮詹小姐，净扮乳母随上〕看

此出的作用有二：一是为韩琦仲督师埋下伏线；二是渲染气氛，重复加深丑妇印象。从情节发展上看，只起过渡、交代的作用；但组织的喜剧场面，能让人看后捧腹大笑，显示了作者善于设计喜剧关目和精于刻画人物的喜剧性格的才能。

书生去来，看书生去来，这是他家门外，为甚的闭关不把人相待？奴家詹小姐。前日戚公子到我家来，被奶娘冲散，不曾成就姻缘；今晚夜深人静，同着奶娘来看他。此间已是他书房了，快敲门。〔净敲门介〕〔生起介〕是谁人扣斋？是谁人扣斋？欲待把门开，夜深虑逢歹。〔净〕相公，快开门！你心上的人来了。〔生想介〕我心上没有甚么人，且把门开了，看是那一个。〔开门见丑，惊背介〕呀！这是詹家丑妇。他为甚么到这里来？〔对丑介〕请问小姐，到此何干？〔丑〕你那一晚吃了虚惊，不曾成得好事，我今夜特来就你。〔净〕戚相公！今日这就口馒头，也吃得过了。你心中快哉，你心中快哉！肆意和谐，不担惊骇。

〔生〕这等说起来，前日是苟合，今日又是私奔了！怎么使得？〔净〕戚相公，请老实些，上门的生意，不要错过！〔生〕我姓韩，不姓戚！戚相公在那边房里，你自去寻他！〔净〕我们与开典铺的一样，是认票不认人的。前日风筝上是你的笔迹，我只来寻你，不管你姓戚姓韩。〔生背介〕前日还有奶娘救我，今日连他也助纣为虐了，这怎么好？〔丑〕前日我一个人，扯你不过；今日有了帮手，就抬也抬你上床！〔丑、净同扯，生喊介〕妇人强奸男子，千古奇变。地方邻里，大家来

此段梦境将非直观世界中的活动，化为直观的舞台视觉形象，是戏曲中展示人物内心世界的极有表现力的手法。

救一救！〔副净、小生扮更夫，巡更唱歌上〕里面有人叫喊，我们进去看来。〔进见介〕你们夜半三更，在这里做得好事！〔生〕妇人强奸男子！〔丑〕男子强奸妇人！〔副净，小生〕只有男子奸妇人，那有妇人奸男子？锁去见老爷！〔对锁、带出，生一路叫冤枉介〕〔副净〕来此已是衙门了，待我击鼓。〔击鼓介〕〔内敲云板[8]，开门介〕

【前腔】〔末冠带，引众上〕甚生涯[9]到来？甚生涯到来？忙加冠带，金收暮夜无妨碍[10]。甚么人击鼓？〔副净、小生带见介〕巡夜的更夫，捉到一起奸情，请老爷发落！〔末〕是强奸，是和奸？〔丑〕是强奸，老爷。〔末〕他怎么样奸你？照直讲来！〔丑〕把裈裆扯开，把裈裆扯开，我奇创苦难挨，喊声似雷大！〔生〕好冤枉的事！是他淫奔到书馆中来，强奸生员，怎么反说生员奸他？夜奔来敝斋，夜奔来敝斋，硬坐中怀，破我鲁男[11]淫戒。

〔末〕世上那有这样歹事？既是他来奸你，可有甚么人见证么？〔生〕黑夜之中，那有见证。〔末〕这等何所凭据？

【前腔】有谁人见来？有谁人见来？你无凭难赖，倒推逆说多尴尬。〔对丑介〕你黑夜到他书房，还是自己去私奔他的？还是他引诱你去的？〔丑〕是他引诱小妇人去的。〔末〕

此种噱头流于猥亵，作者的庸俗情趣反映了市民阶层思想的落后面。

有甚么凭据？〔丑〕有风筝为证。上面的诗句是他亲笔写的。〔取出风筝，末看，对生介〕你如今还有甚么赖得？好风流秀才，好风流秀才！是你引妇入中怀，还说鲁男破淫戒！叫左右，扯下去打！把裈裆扯开，把裈裆扯开！〔生叫冤枉介〕〔末〕也教你奇创难挨，不怕你喊声雷大。

〔众扯生欲打，外、老旦扮报人，敲锣冲上〕报！报！报！〔末、丑、净、众俱下；生仍睡介〕〔外、老旦喧闹，敲门介〕〔末急上〕夜深闻剥啄[12]，知是好音来。〔开门介〕〔外、老旦〕韩相公中了！特来报喜！〔末〕中在第几甲？〔外、老旦〕第一甲，第一名！〔末〕这等是状元了！待我唤他醒来。相公，相公！〔生朦胧，叫冤枉介〕〔末摇生介〕相公，快醒来！你中了状元了！〔生拭目介〕〔外、老旦〕报老爷！高中状元！〔生〕只怕还是做梦。〔外、老旦〕是真的，不是做梦，快请老爷去赴御宴！

跟《牡丹亭》"硬拷"出类似，正在柳梦梅被吊起来拷打时，报他中了状元了。总之是为了避免"泥金报捷"的熟套。

【尾声】〔生〕无端恶梦将人骇，亏得捷音惊败，这又是第二个乳母无心巧撞来。

详梦[13]从来贵反详，梦凶得吉理之常。

奇冤既得闻奇捷，丑妇还应得丽娘。

〔1〕天人:此指皇帝。

〔2〕心头块:喻指经年积蓄的学识。

〔3〕叨捷礼闱:意为会试得中。叨,即“忝”,谦词,有愧于的意思。礼闱,因会试由礼部主持,故称。

〔4〕数奇:指命运不好。

〔5〕长班:随身使唤的仆人,也叫“长随”。

〔6〕红鸾:传说是主管男女婚姻的吉星。

〔7〕梦里阳台:原为楚襄王梦会巫山神女的地方,后代指男女欢会之所。

〔8〕云板:古代一种外形像云的打击乐器。旧时官衙都以敲云板作为报事集众的信号。

〔9〕生涯:生计。这里指有人告状为搜刮钱财的机会。

〔10〕金收暮夜无妨碍:《后汉书·杨震传》载,杨震为东莱太守时,有人暮夜送给他黄金十斤。杨不纳,并告诉来人,不要以为暮夜行贿无人知,因为尚有天知、神知、你知、我知。这里反用其意。

〔11〕鲁男:指不好女色的人。传说春秋时鲁国有一男子独居,一天晚上下暴雨,邻居一家寡妇的房子坏了,要来他家避雨,而他闭门不纳。

〔12〕剥啄:象声词,状敲门声。

〔13〕详梦:对梦境作解释。

第十七出　媒争

【字字双】〔净扮媒婆上〕要做媒婆莫说真,欺隐。说真十处九关门,难进。东施形丑冒西村,骗允。若要亲眼相佳人,搽粉。

笠翁云:“传奇不比文章,文章做与读书人看,故不怪其深;戏文做与读书人与不读书人同看,又与不读书人之妇人、小儿同看，故贵浅，不贵深。”“贵浅显”的原则，剧中处处可见。媒婆“张铁脚”与“李钻天”上场后的曲文、宾白写得通俗易懂、诙谐风趣，收到了喜剧效果。

自家京师第一个出名的媒婆，绰号“张铁脚”的便是。新科状元不曾娶亲。今早有人来呼唤，要我做媒，特地走来伺候。门上有人么？〔内〕是那一个？〔净〕当值的媒婆，蒙老爷呼唤，特来服事的。〔内〕门外候着！

【前腔】〔老旦扮媒婆，持书上〕个个媒婆卖脚跟，空奔。也难单靠嘴皮唇，谁信。做媒须学做山人，书引[1]。大胆来说状元亲，把稳。

自家京师第一个会钻刺的媒婆，绰号“李钻天”的便是。闻得新科状元不曾娶亲，一定要用着我们的。只是同行的多，恐怕轮我不着，故此到他座师[2]处，讨了一封荐书。如今放心去做，难道还怕那个抢去不成？来此已是，门上有人么？〔净见惊介〕〔内〕甚么人？〔老旦〕在下是官媒[3]，一向服事老爷座师的。今早叫我去分付，说老爷不曾娶夫人，教我来服事。有封书在这里，烦大叔传一传。〔末上，接书下〕〔净〕李钻天，你好没意思！状元老爷闻我的名，亲自差人请我来做媒，谁要你东钻西刺来抢人的生意？〔老旦〕张铁脚，你好没廉耻！状元的座师，平日见我老实，特地写书送我来做媒，谁要你捕风捉影，夺人的主顾？〔净〕老骚货！不知搭着那一个管家，骗个没图书的名帖，在这里吓鬼。你前日替王翰林的夫人兑金，七成当了十成；替朱锦衣[4]的奶奶兑珍珠，十换算了十五换。他如今查问出来，正要和你讲话，还亏你自家说个老实，惶恐，惶恐！

【扑灯蛾】你骗财真绝伦，有胸没方寸，只图第一遭，不顾后来对问也。言而寡信，还亏你夜郎动辄自称尊[5]，面皮不厚才三寸，只怕你名轻难说状元亲。

〔老旦〕老娼根！你不知同那个孤老吃了几杯脓血，在这里发骚风！你前日替吴总兵娶小，把寡妇当了女儿，被他叫兵丁挦去了两边的鬓发；又替孙百户[6]续弦，把梅香当了小姐，被他叫军牢[7]拔去了下面的胡须。那一个不知？那一处不晓？还说状元老爷闻你的名，羞死，羞死！

【前腔】你把贱奴充作尊，破礶冒为整。惯做脱空媒，更有一遭奇诧也。新人带孕，到如今二毛拔去两头髡[8]。还亏你自称名下无谦逊，只怕你力绵难说状元亲。〔互嚷介〕〔末上〕两口不须闲聒絮，一心自有妙安排。老爷说，你们两个，不消在此争争闹闹。我家老爷的媒，不是容易做的，要亲眼相过，十分中意，才肯下聘。你们说的亲事，若肯容相的，便来讲；不肯容相的，竟不消说得。〔净、老旦〕都是千金小姐，怎么肯把人相？〔各想介〕有了，不妨，可以相得。老爷明日游街[9]，我们与小姐立在一处观看。大叔，你如今认得我们了，只看见与我们同立的，就是小姐。若老爷中意，你把头点一点；不中意，你把手摇一摇，待我们又好赶到别家去看。〔末〕也说得是，待我去禀老爷。

〔末〕力大名高总不收，主司法眼[10]异时流。

〔老旦、净〕我文章自有趋时法，不怕你朱衣不点头[11]。

〔1〕书引：荐书。

〔2〕座师：古时参加科举的举人、进士对本科主考官的称呼，也叫"座主"。

〔3〕官媒：指在衙门里登记过的专以说媒为职业的妇女。

〔4〕锦衣：明代设有锦衣卫，是掌管皇宫护卫和皇帝出入的仪仗的官署。这里指在锦衣卫做官的人。

〔5〕夜郎动辄自称尊：如说"夜郎自大"，这里是喻指李钻天妄自尊大。

〔6〕百户：明代军制，驻守各地者设有百户所，百户为一所的长官。

〔7〕军牢：兵丁。

〔8〕髡（kūn）：光秃的意思。

〔9〕游街：殿试后，考中状元、榜眼、探花者，要"执丝鞭，骑马游街"，以示恩荣。

〔10〕主司：主考官，这里代指韩世勋。法眼：佛教认为法眼仅次于佛眼，能够洞见真相。后因以"法眼"喻指卓越锐利的眼力。句意为韩世勋挑选妻子有不同于时俗的标准。

〔11〕不怕你朱衣不点头：传说宋朝欧阳修做主考官时，每当阅卷，就觉

得座位后面有一个穿朱衣的人,阅到好文章,朱衣人就点头;而回头看,又不见其人。这里暗指韩世勋。

第十八出　艰配

【北新水令】〔生簪花[1]、冠带,末执鞭,众鼓吹引上〕天街徐着看花[2]鞭,马蹄儿休教逐电。婵娟争觑我,我也觑婵娟;把帝里名媛,赶一日批评遍。

【南步步娇】〔副净扮丑女,净扮媒婆随上〕铅精[3]铸就芙蓉面,血点脂唇艳。金盆捣凤仙[4],染成这玉甲如花,好持纨扇。行到镜台边,几回自讶观音现。

四女上场各不相同,场面清新悦目,收到了喜剧效果。

〔净〕小姐!状元好来了。我和你先到楼上去等。〔同上楼介〕〔净〕小姐!我替你烧些香在炉里,待状元来闻见,就知道你是喜清趣的了!〔烧香介〕

【北折桂令】〔生、众上〕才离了凤阙龙轩,早来到燕子楼[5]头,朱雀桥边。〔末〕是那里这等香?〔生〕可惜了香气氤氲,篆烟缥缈,只多些膏沐腥膻。〔末指楼上介〕老爷,那楼上与张媒婆同立的,想必是小姐了。〔生看介〕试看那假西施，卖弄他香温玉软；尽有那蠢登徒，为着他意惹情牵。怎当俺冰镜双悬，能别媸妍。多谢你转秋波临别多情，休怪俺懒回头似弩箭离弦。

〔末向净摇手，随生、众下〕〔净〕这等是不中意了。东家相不中，快去赶西家！〔同副净下〕

【南江儿水】〔老旦扮老女上〕鼓吹声难近，旌旗眼望穿。为甚的绿衣郎[6]不许红裙见？紫金鞍骑到谁家院？画栏杆倚得纤腰倦。想象仙郎不远，更上层楼，把十里杏花瞻遍。

〔内鼓吹介〕〔净急上〕小姐，状元来了，快些上楼去看。〔同上楼介〕

此用南北合套。生唱【北双调新水令】套，声情激越；旦唱【南仙吕步步娇】【江儿水】等曲，声调悠扬，配搭得很好。

【北雁儿落带得胜令】〔生、众上〕〔末指楼上介〕老爷，这位小姐生得好！〔生看介〕觑看他瘦腰肢，似可怜；好容貌，如堪羡。为甚的两桃腮，褪却鲜，双柳黛，堆着怨？多管是待庶士[7]把韶光变，咏摽梅[8]的期久愆。休怪俺轻薄子无情面，辜负你老嫦娥爱少年。传言，贤孟光休得要嗟偃蹇[9]；你且归也么眠，少不得有个老梁鸿来缔好缘。

〔末向净摇手，随生、众下〕〔净〕这等说起来，又不中意了。扫兴，扫兴！〔老旦〕落花空有

意，流水太无情。〔同净下〕

【南侥侥令】〔丑扮丑女，泡头[10]阔鬓上〕旋卖街头髭，妆成额上鬟；时兴宝髻人人羡，预梳个凤冠头，好嫁状元。

〔老旦上〕媒妁赶来身似箭，状元骑出马如飞。小姐梳妆完了。这是近来新兴的牡丹头，好看，好看！一定相得中了，快上楼去等。〔同上楼介〕

【北收江南】〔生、众上〕〔末指楼上介〕老爷，这个小姐，面貌虽然有限，头却梳得时兴。〔生〕呀！都似这般样的时兴宝髻呵，倒不如那鬅鬅头短发如毡！似这等愈奇愈出不如前，哪些个食蔗后来鲜？好教人呕涎。马蹄儿怎前？只得把绒缰带急狠加鞭。

〔加鞭，急下〕〔末向老旦摇手，同众下〕〔老旦〕北家相不中，快去赶南家！〔同丑急下〕

【南园林好】〔小旦扮小姐上〕满皇都娥眉几千，少甚么胡然帝天[11]，空教人卖些腼腆，怎乞得那人怜？

〔内鼓吹介〕〔老旦急上〕小姐，状元来了，快些上楼！〔同上楼介〕

【北沽美酒带太平令】〔生、众上〕〔末指楼上介〕老爷，这一位小姐，果然标致，再没得嫌了。〔生〕相了一日，只有这个还上得眼。这是俺解忧愁的草似萱[12],醒瞌睡的艳异编[13],地少朱砂赤土先。〔末〕老爷!既然中意,待小人点头许了他罢?〔生摇手介〕他只好抱衾裯备妾员,怎好正阃位[14],把中宫[15]权擅?七分妆三分颜面;四分真六分强勉。覆霓裳银红虽浅,衬罗衫榴裙太艳。小姐,你望得俺心穿眼穿,休得要怨天恨天。你若是三生少缘,怎受得俺猛停骖一回缱绻?

〔末向老旦摇手下〕〔老旦〕怎么这样的佳人,还相不中?小姐,你也无缘做他的眷属,我也没福趁他的媒钱,回去罢。〔小旦〕承恩不在貌,教妾若为容[16]?〔同老旦下〕〔生〕叫左右,带马回去!

【北清江引】上林[17]春色看将遍,仍似河阳县[18]。天香并未闻,国色何曾见?或者那御沟[19]内的人儿,还有几个上得选。

看花自古说长安,谁料花多不耐看。
金榜已登金屋缺,色难更不比才难。

〔1〕簪花:插宫花。古时应试考中进士的举子,赴御宴时要在鬓旁插花。

〔2〕看花:唐代进士及第的人,有在长安城内看花的习俗。这里兼指韩世勋选看美女。

〔3〕铅精:铅粉,旧时妇女搽脸用;如搽得太厚,像铅铸一样,反而现丑。

〔4〕凤仙:凤仙花,花瓣红色;旧时妇女捣碎后用来涂指甲。

〔5〕燕子楼:相传为唐代张愔为其爱妾关盼盼所建,故址在今江苏徐州。后诗文中多用为起兴和对仗的意象,多含有感慨意。

〔6〕绿衣郎:指及第的举子。科举时代,举子及第前多穿白衣,及第后就可换上绿衣,所以有“脱白换绿”的说法。

〔7〕庶士:未婚男子的泛称。

〔8〕摽梅:原指成熟落下的梅子。《诗经·召南·摽有梅》:“摽有梅,其实七兮;求我庶士,迨其吉兮。”意为梅子落下了,女子到了出嫁的年龄了。后人便以摽梅之期喻指女子当嫁。

〔9〕偃蹇:困顿。

〔10〕泡头:一种头发蓬松成泡状的发型。

〔11〕胡然帝天:语出《诗经·鄘风·君子偕老》:“胡然而天也,胡然而帝也。”意为“怎么像天神一样呵!怎么像天帝一样呵!”这里借以指美貌的人。

〔12〕萱:萱草,古人以为可以使人忘忧的一种草。

〔13〕艳异编:一种专门辑录男女艳情和神仙灵怪的书。

〔14〕正阃(kǔn)位:居于内室正中位置,即做正房夫人。

〔15〕中宫:原为皇后居住的地方,这里借指主妇。

〔16〕“承恩”二句:原是唐代杜荀鹤《春宫怨》中的诗句,意为指望获得宠爱不在于相貌,教妾怎样打扮呢?

〔17〕上林:上林苑,原为汉代皇帝打猎的地方,后多用来指皇帝的御花园;这里指京城。

〔18〕河阳县:今河南孟州。晋代潘岳当河阳令时,曾在县中遍种桃李。

〔19〕御沟:皇宫外的护城河。

第十九出　议婚

此出写戚补臣为儿子及韩琦仲择妻，在情节发展上与"郊饯"相照应，同时引起剧情的进一步发展，为最后的大团圆结局做铺垫。

【玉女步瑞云】【传言玉女】〔小生带末上〕底事[1]萦怀？未了向平婚债。【瑞云浓】怎禁不肖子，胡行乱踹。

下官戚补臣。夫人早丧，只生一子。当初只因后嗣艰难，未免失之骄纵。怎奈他不思上进，只习下流，不但不能承绍箕裘[2]，将来还恐玷辱门户。当初还有韩家侄儿，同窗砥砺，虽然心如野马，也还身似羁猿。自从韩生赴试之后，日间在赌博场上输钱；夜间在妓妇人家输髓。输钱还是家产之累；输髓将有性命之忧。我如今没奈何，只得娶房媳妇与他。他纵然不怕堂上的威严，或者还受些枕边的教训。向日詹年兄上任之时，曾将两个女儿托我择婿，不如将一个聘与自家儿子，一个聘与韩家侄儿，何等不妙。只有一件，我闻得他大令爱是个寻常女子，第二个令爱才貌俱全。若把别个，一定将好的尽了自己，剩下的才与别人，下官一来有些克己的功夫，二来也知儿子的分量。如今定下主意，将大的配与儿子，小的配与韩生。本待一齐下聘，只因他在京中赴试，万一得中，受了别人家的丝鞭[3]，恐怕两

相耽误。我如今先说就了儿子的亲事,那一个待他回来下聘未迟。叫院子,唤媒婆伺候!〔末应下〕

【赏宫花】〔小生〕婚姻要谐,须凭貌与才。强把姿容慕,反是厉之阶[4]。此日先偕鸂鶒侣[5],他时另配凤鸾侪。

〔丑扮媒婆,随末上〕朱、陈有约还须我,孔、李[6]成亲也要媒。戚老爷,唤媒婆来,有何分付?〔小生〕当初詹老爷上任之时,托我替他小姐择婿。我一向留心体访,再没有个门当户对的人家。我家大爷与他大小姐,年齿相当,要你去说亲,故此差人唤你。〔丑〕这等说起来,是顺风吹火,下水行船,极省力的事了!媒婆就去讲来。现成媒易做,安乐福难当。〔下〕

【不是路】〔净扮报人上〕千里驰来,渡却黄河又渡淮。〔向内介〕借问一声,这边有个韩世勋相公,家住那里?〔内〕他是没有家的,一向住在戚布政衙里。〔净〕真奇怪!芝兰玉树,反生在别人阶。〔敲锣,进介〕报!报!报!韩相公中了状元。他步天垓[7],状头身占人间福,榜首名魁天下才。〔小生〕只怕是假的。〔净〕休疑怪,逼真喜信无尴尬,纸条[8]现在,纸条现在。

〔付纸条,小生看介〕先取花红[9]送他,改日再来领赏!〔净谢下〕〔小生〕谢天谢地!

【大胜乐】苍天不负奇才,拔英雄,自草莱。我当初受朋友托孤之命,到如今这个日子,也将就可以塞责了。亡朋责备求宽贷,难道你九泉下眼还开?我自幼抚养他,原为故友交情,不图后来报效。他如今富贵了,我的儿子虽然不才,他难道日后不把一双眼睛看顾我儿子不成?希图结章酬难必,不望衔环报自来。可见人生在世,好事也该做几桩。这"仁义"二字呵,原非有害,为甚的认做了非常厌物,举世相戒?

〔丑上〕无福千谋不遂,有缘一说便成。戚老爷,詹夫人见说老爷求亲,不胜之喜,满口应承。只有一件,他说詹老爷不在家,不曾办得嫁妆,先在他府上成亲,直待詹老爷回来,备下妆奁,然后遣嫁。〔小生〕这等更妙,待我拣选吉日,一面下聘,一面送去成亲便了。

〔净〕年家正好结姻家,门户相当自不差。

〔小生〕先把荆钗定阿姊,且迟妹聘待宫花。

〔1〕底事:何事。

〔2〕箕裘:箕,簸箕。裘,皮衣。《礼记·学记》:"良冶之子,必学为裘;良

弓之子,必学为箕。”后遂以“箕裘”喻指继承祖先的事业。

〔3〕丝鞭:旧时风俗,招亲时以丝鞭为信物。受了别人家丝鞭,即意味着被招聘为婿。

〔4〕厉之阶:即厉阶,祸端意。

〔5〕鸂鶒(xīchì)侣:鸂鶒,一种普通水鸟;此以“鸂鶒侣”比喻寻常夫妇。

〔6〕孔、李:指孔丘和李耳(老子);他俩的姓连读与“恐你”谐音。

〔7〕天垓:原指皇帝住处,这里泛指朝廷。

〔8〕纸条:指登科喜报。

〔9〕花红:插金花披红绸,旧时用以表示喜庆;后兼指喜庆时赏给仆役的钱物。

第二十出　蛮征

【卜算子】〔生冠带,引众上〕俗煞上林春,欲闭看花眼。如玉人儿毕竟难,谁道书中产〔1〕?

下官来京赴试,只道洞房与金榜相邻。昨日钦赐游街,曾将选艳与看花并举。谁知令人掩鼻而过的,十中倒有八九;经得下官垂青〔2〕一盼的,百里还无二三。我闻得人说,扬州是出琼花的地土,女色颇佳。正要告假还乡,到扬州择配,不料蜀中告急,大座师荐我督师征剿,好立边功,以为不次登庸〔3〕之地。〔叹介〕虽然早我十年宰相,却又迟我一岁婚姻,如何是好?

此出是过场戏,写得简练紧凑,无多余之笔。

【八声甘州】功名早晚，这都是身外事，于我有甚相干？不似婚姻迟暮，便愁苍却朱颜。新郎怎教豪兴删，宰相何妨鬓削斑？等得我师还，便是未雕零也春意阑珊。

〔末冠带捧诏，引众上〕口衔天宪出，身带御香来。〔生跪接介〕〔末〕圣旨下，跪听宣读！诏曰："请缨系虏，昔年曾有终军[4]；投笔封侯，今日讵无定远[5]。纬武即经文之验，出将乃入相之基。兹者蜀警频闻，朕心赫怒，用修天讨，爰整王师。惟长子[6]之得人，斯肤功之克奏。今据阁臣所荐，翰林院修撰韩世勋，韬钤[7]素谙，才略兼优，是用委尔督师，星驰会剿。尚方[8]有赐，误阃令[9]者，不妨先斩后闻；军政所关，利国家者，任尔便宜行事。捷音一至，显级三加，速展奇猷，以需大召[10]。"谢恩！〔生呼嵩[11]毕，与末相见介〕〔末〕老先生既膺天简，荣发定在几时？〔生〕蜀报既急，钦限又严，小弟即日就道。〔末〕这等不及奉送，告别了！情恕免歌三叠曲，诏宣归覆九重天。〔下〕〔生〕分付大小三军，摆齐队伍就此起行！〔众应行介〕

【大环着】〔合〕把盘根寇铲，把盘根寇铲。念国步艰难，当宁殷忧，生灵涂炭，鞍马辛勤敢惮？虽然是初出茅庐，这残事与军机,似曾经惯。想夙世军中韩范[12],重现出前生公案。鼙声肃,剑气寒,是四国金汤,万邦屏翰[13]。

【尾声】旌旗动处龙蛇幻,剑戟光电辉星灿。见了我这赫濯濯的军容也魂魄散(上声)!

三春花柳拂旌旗,万里风烟待鼓鼙。

临去谩夸新皂盖,重来不踏旧沙堤[14]。

〔1〕"如玉人儿"二句:旧时有"书中自有颜如玉"的说法。韩世勋游街选艳却不曾见有国色天香,因以表示怀疑。

〔2〕垂青:以青眼相看,有看重别人的意思。

〔3〕登庸:意同"登用",选拔重用的意思。

〔4〕"请缨系虏"二句:缨,绳子。"请缨"指志愿报国立功。终军,汉朝济南人,曾主动向汉武帝请缨出使南越。

〔5〕"投笔封侯"二句:定远,指班超,东汉名将,因出使西域有功,被封为定远侯。

〔6〕长子:这里指主将。

〔7〕韬钤(qián):指《六韬》和《玉钤》,古代的两部兵书。后常以之指用兵的谋略。

〔8〕尚方:皇帝所用宝剑的专称。

〔9〕阃令:阃外之令。阃,外城城门的门槛。古时将军受命出征,京城外的军事行动由其节制,所以军令亦称阃令。

〔10〕大召:指皇帝的诏书。

〔11〕呼嵩:嵩呼,指古时臣下祝颂皇帝,高呼万岁。

〔12〕韩范：指宋代的韩琦、范仲淹。他们长于治军，所以韩世勋借以自比。

〔13〕屏翰：屏，屏障；翰，辅翼。这里用以比喻卫国重臣。

〔14〕沙堤：唐代官员拜相时，车骑经过处均以沙铺路，即称为“沙堤”。

第二十一出　婚闹

此出是戏剧发展的第二个小高潮，写得波澜起伏，引人入胜。

此出在单独上演时，称为“前亲”，和后来韩琦仲与詹淑娟结婚时在洞房中引起种种误会的“后亲”，都是惯演的喜剧场子，艺术上成就很高。但戚友先可以任意嫖妓娶妾，詹爱娟只错认了戚友先作韩琦仲，就被糟踏不堪。作家对这两个人物的嘲谑中，适足反映出他自身思想上的庸俗面。

【女冠子前】〔老旦上〕一官匏系〔1〕人难到，儿未嫁，婿先招。

老身梅氏。自从老爷上任，已经一载，烽烟阻隔，音信杳然。女儿年已十八，正当婚嫁之时。前日戚家来议婚，老身已经许诺，今乃成亲吉日，花烛酒筵俱已齐备，戚家女婿也该到门了。

【临江仙尾】〔副净带末上〕嫖经收拾赋“桃夭”〔2〕，且尝新淡菜，莫厌旧蛏〔3〕条。

〔净扮掌礼请介〕〔丑纱巾罩面上，行礼照常介〕

【山花子】〔合〕双双拜罢笙歌闹，满堂贺客如螬〔4〕。两亲翁金榜共标，戴乌纱旧日同僚。女和男青春并韶，衡才絜貌差不遥。苍天配就鸡鹑交〔5〕，八两半斤，不错分毫。

〔老旦〕你们移灯送入洞房,早些回避。养儿方识为娘苦,嫁女翻增阿母羞。〔先下〕

【大和佛】〔合〕撒帐[6]繁言休絮叨,听鼓谯,移灯送鹊入鸠巢。好良宵,闰年闰月更[7]难闰,饶云饶雨漏难饶。你每人人尽识新婚好,当初也曾年少。不听见夫人语,他也曾做过新人,因此上厌烦嚣。

【隔尾】行行不觉珠围[8]到,绕室多将宝炬烧。〔进房介〕〔副净〕你们都回避,好待我揭去纱笼看阿娇。

〔众〕双双入室调新瑟,各各归家理旧弦。〔下〕〔副净揭纱巾看丑,惊背介〕呀!我只道詹家小姐,不知怎么样一位佳人,原来是这样一个丑货!

【粉孩儿】相逢处,顿将人佳兴扫。甚新婚燕尔,恼人怀抱。怎教我翩翩公子裘马豪,配伊行野鬼山魈!我戚友先一向嫖妇人,美恶兼收,精粗不择,丑的也曾看见几个,不曾象他丑得这样绝顶。你看那鼻凸睛凹,说不尽他颜面的奇巧。

〔闷坐介〕〔丑〕戚郎,我只得一年不见你,你怎么就这等老苍了?〔副净惊介〕

【福马郎】〔丑〕为甚的一载分离人便

老，全不似旧日的莲花貌？莫不是担愁闷，害相思，因此上把容焦？那一夜呵，我们好好的说话，被奶娘撞将来，你只说是夫人，跑了出去。我自那一夜直想到如今，好不苦也！〔副净大惊介〕〔丑〕我终日把伊瞧，流尽了千行泪，才等得到今朝。

〔副净拍案，大怒介〕咗！丑淫妇！你难道瞎了眼，人也不认得！我何曾到你家来？我何曾见你的面？我何曾撞着甚么奶娘？你不知被那个奸夫淫欲了去，如今天网不漏，在我面前败露出来！

【红芍药】听说罢，怒气冲霄；斩伊头，恨无佩刀！我只道玄霜未经捣[9]，又谁知被他人掘开情窍！到如今，错认新郎作旧交，刚抬头，便把玉郎频叫。这供词是你贼口亲招，难道说我玷清名，把奇谤私造？

【耍孩儿】〔老旦持灯上〕为甚洞房频厮闹？莫不是儿女娇羞甚，激起那卤莽儿曹？女儿女婿成亲，为甚么争闹起来？我想没有别事，一定是为女儿装模作样，不肯解带宽衣。做公子的粗豪心性，不会温存，故此撒起性来。如今教我做娘的，又不好去劝得，怎么处？推敲，怎教我羞答答阿母把温柔教？〔副净〕叫家人，快些打轿，我要回去。〔老旦〕呀！为甚的学杜宇[10]声声叫，便是要定省[11]也天还早。

〔进见介〕贤婿，为何这等焦躁？〔副净〕我不是你女婿，你的女婿，去年就有人做去了！〔老旦惊背介〕这话说得奇怪，难道我女儿有了破绽不成？〔想介〕就是有甚么破绽，也到上床睡了才验得出，如今怎么晓得？待我问来。〔对副净介〕女婿，方才的话，老身不懂，还求明白赐教。〔副净〕赐教，赐教，还是不说的妙！若还要我说来，只愁你要上吊！都是你治家不严，黑夜里开门揖盗，预先被别人梳栊了宅上的粉头[12]，如今教我来承受这乌龟的名号！〔老旦大惊介〕怎么？我家门禁森严，三尺之童不得擅入，那有这等的事？请问贤婿，这话是那个讲的？焉知那说话的人，不是诽谤小女的么？〔副净〕请问：别人诽谤令爱，令爱可肯自家诽谤自家么？〔老旦〕他怎么肯诽谤自家？〔副净〕这等不消辩了。

【会河阳】供状分明，不须驳招。〔指丑介〕是这从奸妇女亲来告。道是去年某夜三更，有人赴招，被乳母亲撞着，分鸳好。那人曾把我尊名冒，那人更比我尊容好。

朴斋主人评云："此曲末二句最难讨好，乃以口头妙语出之，填词第一手也。"甚是。

〔老旦大惊，对丑介〕怎么？你既做了不肖的事，为甚么又对他讲？好，好，从直说来，省得我做娘的发恼！被隔壁娘儿两个听见，笑也被他笑死！〔丑〕去年清明时节，有个戚公子的风筝，落在我家。他黑夜进来取讨，我与他说了几句闲话，其实不曾有甚么相干。我那一晚在灯下，不曾看得明白，如今只道是他，说起去年的旧话来，那晓得不是那个戚公子。〔老旦捶胸，气介〕生出你这样东西，坏爹娘的体面，如今怎么好？

【缕缕金】真冤孽，怎开交，难怪新郎怒发咆哮！教我有口难相劝，理穷词拗。丑名儿终被外人嘲，先愁隔墙笑，先愁隔墙笑。

〔对副净介〕贤婿，是我女儿不争气，怪不得你发恼。只是你今晚若不成亲，走了回去，寒家的体面固然坏了，就是府上的名声也有些不雅。待老身替小女陪罪，求贤婿包涵，暂为夫妇。小女若不中意，三妻四妾，任凭你娶就是了。

【越恁好】我劝你暂时欢好，暂时欢好，再觅凤鸾交。我小女呵，只图个中宫[13]假号，那专房宠，任你去别涂椒。我只要这名儿不向金榜标，便是你封妻的荫诰。不瞒贤婿说，你丈人第三个小，与老身最不相投，就在隔墙居住，若还与他知道，老身这一世，怎么被他批评得了？外人笑，还在那背后把便宜讨；内人笑，怎经他对面的讥弹巧？

〔副净〕这等与他说过，我成亲之后，就要娶小的。世上的妇人，偏是丑而且淫的，分外会吃醋。不要等我娶小的时节，他又放肆起来。〔老旦〕有老身在这里，贤婿不要多虑。女儿过来！〔扯丑近副净介〕〔副净〕说便是这等说，我只好饶你个初犯，以后若再如此，我要连前件一齐发落的！

【红绣鞋】〔合〕蒙眬且暂成交，成交，休教辜负良宵，良宵。看月影上花梢，谯鼓歇，鸟声嘈，急乘鸾，休待明朝，明朝。

〔老旦〕老身去了。你两个好好的成亲，再不要多话。养女不争气，累娘陪小心。〔先下〕

【尾声】〔丑〕戚郎！戚郎！我原封不动还伊好。你不信只验取葳蕤锁匙牢。〔副净〕便做道危城尚保，你这召寇的官评，也难书上考[14]。

〔丑〕前度刘郎不再来，教人错对阮郎猜。

〔副净〕我已知误入天台路，且看你玉洞桃花开未开。

〔1〕匏(páo)系：牵系。

〔2〕桃夭：《诗经·周南·桃夭》："桃之夭夭，灼灼其华。之子于归，宜其室家。"后因以桃夭代称婚嫁。

〔3〕蛏(chēng)：一种可食用的介类动物，常穴居在沿海泥沙中。

〔4〕螬:蛴螬,金龟子的幼虫。

〔5〕鸡鹅交:喻指平庸的夫妇。

〔6〕撒帐:《东京梦华录》载:“男女各争先后对拜毕,就床;女向左、男向右坐,妇女以金钱彩果散掷,谓之撒帐。”

〔7〕更:更漏。晚上更鼓不能多敲,所以说“更难闰”。

〔8〕珠围:充溢珠光宝气的洞房。

〔9〕玄霜未经捣:未婚的意思。语出樊夫人赠裴航诗“玄霜捣尽见云英”。

〔10〕杜宇:杜鹃鸟,其叫声似“不如归去”。

〔11〕定省:意出“昏定晨省”,指子女早晚向父母问安。

〔12〕梳栊了宅上的粉头:指詹爱娟已失身。梳栊,旧时指妓女第一次接客伴宿。粉头,指妓女。

〔13〕中宫:皇后的代称。这里借指正妻。

〔14〕“你这召寇的官评”二句:意指詹爱娟勾引人的行为,也难得到好评。官评,原为封建时代,朝廷定时考查官吏的功过,写出评语,作为职务升迁的依据。

第二十二出　运筹

此出的作用在过渡交代。主要是写韩琦仲运筹在握,才气横生。较之传统爱情戏中的男主角,韩生不只风流俊雅,且又干练英迈。

【风入松慢】〔外冠带,引众上〕孤城虽得保无虞,属境丘墟[1]。妖氛未靖劳宸虑[2],一年守土功虚。

下官受事之日,已曾上疏请兵,至今一载,王师未下。前日蛮寇薄城,亏我用奇兵退去;如今蒙圣上调京营铁骑，命新科状元监督前来，与下官协同征剿。我闻得韩状元是个弱冠书生，他那里谙练兵事。且待他来拜谒之时，试他经济若何，再作道理。叫左右，状元到门，即便通报！〔众应介〕

【前腔】〔生冠带，引众上〕休将民命试军谟[3]，肝脑空涂。谁能一战功成处，不令万骨同枯？

〔见毕，坐介〕〔外〕老先生才观上苑之花，便司北门之钥[4]，真是九重重任，千古奇荣。〔生〕晚生观场[5]学步，滥占鳌头，受命观兵，得叨骥尾。还求老先生开愚振懦，才能共济时艰。〔外〕如今寇势披猖，人民骚动。老先生受命而来，毕竟有奇谋秘策。请问何计足以靖之？〔生〕晚生初到地方，不知蛮人作何蠢动，先求老先生开示情形，好待晚生略陈葑菲[6]。

【惜奴娇】〔外〕贼势堪虞，肆蛮军野战，不用兵书。冲锋辟路，惟仗那猛象前驱。披靡，就是那梼杌[7]、貔貅也难相御，使不着马如龙，人如虎。〔合〕倚壮图，幸得同舟共济，智力相扶。

〔生〕原来用的象战，窃闻象不可以人敌，唯狮子足以拒之。速令军中，做几个假狮子伺候。待与贼兵对垒之时，不意中推将出去，那象见了，自然丧魄。待他反奔之际,乘胜赶杀,可以一鼓就擒。

【前腔】贼势休虞,既蛮军野战,不用兵书。俺这里冲锋辟路,也用个狮子前驱。披靡,管教他猛象、貔貅难相御,使不着马如龙,人如虎。〔合〕倚壮图,幸得同舟共济,智力相扶。

〔外〕此计甚妙!明日会剿,就当依此而行。

制狮拒象莫称奇,宗悫〔8〕当年已用之。

欲向戏场娱耳目,何妨暂效古人为。

〔1〕丘墟:意为成了废墟。

〔2〕宸虑:皇帝的忧虑。宸,原指北极星,常代指皇帝。

〔3〕军谟:军事的谋略。

〔4〕北门之钥:"北门锁钥"。这里指镇守边境的重任。

〔5〕观场:指参加科举考试。

〔6〕葑(fēng)菲:指蔓菁和萧,两种植物的根茎时有苦味,但仍可采食。后遂以"葑菲之采"喻指可供采用的一得之见。

〔7〕梼杌(táowù):古代传说中的怪兽,这里代指勇士。

〔8〕宗悫(què):《宋书·宗悫传》载,宗悫官振武将军,率军攻林邑时,林邑王用象战,宗悫则制狮子相御,大获全胜。

第二十三出　败象

【水底鱼】〔净引众上〕象猛人豪，机锋阵上交。他来寻咱，教咱怎相饶。

俺掀天大王，自从起兵以来，杀人如割草，攻城似破竹，不曾有一处官兵，敢与咱们打仗。只有西川地方，是詹烈侯那厮镇守。虽然将老兵残，还亏几个神兵相助，故此饶他那条性命，再过几年。谁料他倒上疏请兵，如今差了新科状元，督兵前来，与他会剿。我想詹烈侯是个龙钟老汉，新状元是个乳臭孩儿，料他有甚么本事，敢来与咱交锋。难道那几个神兵，还跟来替你厮杀不成？分付大小蛮军，喂饱了象，备好了马，迎上前去，和他厮杀！〔众应毕，同唱前曲下〕〔外、生戎装；副净、末扮将官，引众上〕同舟共济矢[1]澄清，戮力捐躯奏荡平；特使中军陪尚父[2]，老成英锐互相成。〔外〕下官西川招讨詹武承是也。〔生〕下官督师翰林韩世勋是也。老先生一路行来，此处山高地广，好做战场。不如就在此处扎营，待探子回来，看贼兵远近何如，再议迁徙。〔外〕正合愚意。叫左右！岭上搭起将台，待我与韩老爷看山川形势，好伏奇兵。〔众〕搭齐备了，请两位

此出写战争场面颇具谐趣。那纸扎的假狮，吓得猛象魂消的情景，使人看了只能捧腹而笑。

老爷登台。〔生、外登台,望介〕

【醉花阴】〔生、外合〕俯水凭山共登眺,黑沉沉,峰峦窈窕。满山木叶未经烧,迷进路,似远非遥。猛可的人声低叫,怪空谷应偏高;分明是回复军中,此处藏兵好。

〔丑急上〕报!报!报!〔生、外〕贼兵远近何如?〔丑〕起先还在十里之外扎营,闻得官兵到了,倒反赶来迎战,如今只差一二里了。〔生、外〕这等更好。〔生〕京营将官,听俺分付!〔众应介〕

【喜迁莺】〔生〕等待那贼兵来到,乍交锋,且将锐气潜韬[3]。假败佯逃,一任他喜扬扬争先鼓噪。猛忽地现出神狮,将象势挠。他那里戈争倒,你听俺鼙鼓震,炮声高,一个个奋全威,追斩鲸妖[4]。

〔副净应介〕〔领兵下〕〔外〕本营将官,听俺分付!〔众应介〕

【出队子】〔外〕你与俺带领着精兵几哨[5],伏山隈,语莫高。只待那假狮王驱象过山腰,你与俺齐拥出,截咽喉,休放逃。鼓噪,合天兵,争戮力,长驱直捣。

〔末应介,领兵下〕〔净、众引象,唱前曲上〕〔净〕前面就是官兵了。把象做了先锋,人马紧随着象,一齐杀上前去!〔副净领众上,战败介〕〔净、众赶杀介〕〔内扮狮子舞出;象见,惊退介〕〔内击鼓、放炮〕〔副净领众,赶杀下〕

【刮地风】〔生〕制就狮王势转骁,张默口,风助咆哮。说甚么矫腾腾赤虎斑文豹,跆踊[6]跳将来,猛象魂消。堪笑那蠢蛮子,腹内诗书少,旧兵法,不晓分毫。〔内呐喊,作战声介〕这壁厢,那壁厢,声沸如涛;山如动,地欲摇,斩鲸鲵血染林皋。中军帐号令忒奇妙,不枉掌三军展六韬[7]。

【水底鱼】〔净、众败走上〕狮子咆哮,象如鼠见猫,人慌马乱,有命也难逃!

了不得!了不得!他那狮子跳将出来,我这象的威风竟不知那里去了,如今被他赶得人疲马倦,歇又歇不得,那大路怕有伏兵,打从小路快走!〔末领众喊杀上,战介〕〔净、众败走;末、众赶下〕

【四门子】〔外〕伏奇兵拥出如山倒,马腾舞,人欢噪。猿啸声低,虎啸声高,都与俺天兵下处增声号。这的是风鹤皆兵,草木皆刀[8],把蛮军魂收魄扫。

〔副净、末领众,驱象,持首级上〕禀老爷,贼兵大败,杀了数千,走去的,不上三分之一,象都夺过来了。〔生、外〕出征过的,听候赏犒;不曾出征的,速速领兵追剿!

【古水仙子】出征的,解战袍;出征的,解战袍。坐营的,领兵须及早。去,去,去,入深山,搜僻寨,诛剩贼,扫荡尘嚣。赶,赶,赶,赶渠魁[9],莫放逃。赦,赦,赦,赦无辜,归种归樵。惜,惜,惜,惜民房休得肆焚烧。戒,戒,戒,戒掳掠一寸民间草。犯,犯,犯,犯军令,有明条!

全剧第二条情节线至此终结。韩琦仲才貌双全,只待婚姻美满,自然转入主线。

【尾声】俺把那十载妖氛如电扫,你们一个个都有汗马功劳。休妒俺两文臣搦三寸管,坐军中把名标!

饶幸成功觉厚颜,制狮攻象等儿顽。

书生莫恃韬钤富,古法难欺识字蛮。

〔1〕矢:通“誓”。

〔2〕特使中军陪尚父:意为韩世勋前来督师,是陪同詹烈侯指挥作战。中军,这里指军中指挥作战的主将。尚父,原是周武王对吕尚的敬称,后常称皇帝加封所尊礼的大臣,这里借指詹烈侯。

〔3〕潜韬:深藏不露。

〔4〕鲸妖:这里喻指凶恶的贼兵。

〔5〕哨:古代军队的编制单位。明代以三千一百二十人为一枝,每枝分中、左、右哨。

〔6〕跆踊:疑即“扑通”,象声词。

〔7〕六韬:古代兵书,这里代指军事谋略。

〔8〕风鹤皆兵,草木皆刀:意同“风声鹤唳”“草木皆兵”,形容贼兵败逃

时极度疑惧、惊恐的心理。

〔9〕渠魁:指贼兵的首领。

第二十四出　导淫

【普贤歌】〔丑上〕新婚弄出丑名声,悔煞当初没正经。羊肉吃不成,惹得一身腥,几时洗得余膻尽。

奴家自与戚郎成亲,露出风筝马脚,淘了半夜臭气,坏了一世清名。如今还不曾满月,那个天杀的就要思量娶小。我若有一字不肯,他就要喊出前件来。我想世上的小,可是娶得的东西?娶进门来,若还三夜临着他一夜,我半年要守两个月空房;若还两宵轮着我一宵,就百岁也守五十年活寡!想到这个地步,教人毛骨竦然!我仔细思量起来,自家既有了那些小过,这一世要他循规蹈矩,替我守节,料想是不能够的了。若是容他娶小,不如许他嫖妓;许他嫖妓,又不如容他偷情。怎见得娶小不如嫖妓?妓妇迎新送旧,不靠一人终身,少不得有个开交的日子,不象小老婆是个贴骨疔疮。怎见得嫖妓不如偷情?娼妇人家要去就去,要来就来,容得他放肆。若偷良家女子,有信没人传,有话没处说。他心上想着

喜剧离不开讽刺。讽刺是鞭挞,是揭露,作者往往通过嘲笑的口气来否定反面人物及事物,从而达到讽刺的目的。此出写戚友先与爱娟的丑恶言行,真是淋漓尽致,极有讽刺力量。

佳人，或者还借丑妻来发泄。所以宁可开这条门路，还不十分亏本。戚郎前日，撞着我家妹子，见他生得标致，睡里梦里想着他。我不如将计就计，使他两个勾搭上手，也等戚郎做桩亏心事儿，省得他喊我的前件。况且二娘平日惯要夸嘴，说他的教法，强似我家母亲；也等他女儿弄些把戏出来，待我拿住筋节[1]，省得他欺负别人。我把一桩事钳了三个人的口，又免了娶妾的后患，何等不妙。戚郎这半日不见，一定又往墙洞边张他去了，且待我去撞一撞。吃醋先为酿醋计，卖奸且做捉奸人！〔下〕

【前腔】〔副净上〕杨家妹子[2]貌倾城，虢国[3]蛾眉画得精，襟丈[4]目睁睁。姨娘眼不青[5]，相思害杀谁偿命？

写戚友先垂涎美色，入木三分。

我戚友先娶了詹家丑妇，弄得情兴索然。谁料他的妹子，倒生得十分标致，前日偶然遇见，真是仙子临凡，嫦娥出月。可惜他住在隔墙，不能够日亲月近，勾搭上手。如今被我把那墙上，钻了一个小洞，只容得一只眼睛，且待张些意思出来，渐渐扩充大了，也未为迟。如今喜得无人在此，待我仔细看来。〔张介〕〔丑潜上，躲副净背后介〕〔副净〕你看他倚栏而坐，若有所思，不免待我叫他几声，低低唤起，渐渐高来，且看他应不应。〔连叫二小姐介〕〔丑高应介〕大姨夫！〔副净回看惊介〕〔丑〕你这样叫得亲热，我若不替他

应一声，可不辜负了你。〔副净笑介〕娘子，你怎么这样知趣？我正有话和你商量，请到房中去细说。〔携手行介〕

【水红花】伊家妹子太娉婷，我也太多情，欲把二乔[6]相并。〔丑〕花街柳巷，少甚么标致娼家，去选几个嫖嫖就是。章台[7]杨柳尽轻盈，为甚的惜花心，偏想着隔墙红杏[8]？〔副净〕采尽墙花路草，都是泛萼常英，争如这琼蕊擅奇馨也啰！

娘子若肯做媒，我终身感激你不尽！〔丑〕你今日也要娶小，明日也要娶小，去娶个标致的小来，受用就是了。我詹家只有这样风水，生不出甚么好妇人来。

【前腔】苎萝风水只平平，料我这丑东村[9]，有甚么佳人同姓？〔副净〕重华倘得并皇英[10]，我情愿守坚贞，不收他媵[11]。〔丑〕你如今花言巧语，骗我做牵头，只怕牵上了手，又不是这等说了。〔副净〕待我对天发下誓来。老天！戚友先与詹家二小姐有了私情，若再思量娶小，教我生个碗大的疳疮[12]，烂去了娶小的物件！〔丑慌介〕这怎么使得！别样灾祲易受，这段奇祸难经。但愿他比你更长生也啰！

这等我有个法子，明日叫奶娘去请他来看花。你预先躲在房里，我假意寻些事故，走将出去，将门反带上了。你然后走将出来，任凭下手就是。只有一件，他的性子，比不得我，你须要软款[13]些。那晚与我做亲的气质，一毫也使不着的！〔副净〕不消分付，你若不放心，今晚权当了他，待我操演操演就是了。

柔枝嫩蕊未经伤，蝶采蜂偷忌太狂。
暂借深房为浅蒂，今宵预试采花方。

〔1〕筋节：此处指把柄。

〔2〕杨家妹子：指唐玄宗的贵妃杨玉环。

〔3〕虢国：虢国夫人，杨玉环的三姐。

〔4〕襟丈：姐夫。

〔5〕眼不青：即不以青眼看人，不理睬的意思。

〔6〕二乔：三国时乔公的两个女儿，都是绝色美女。

〔7〕章台：汉代长安街名，为妓女聚居的地方，后即以代指娼妓。

〔8〕隔墙红杏：喻指隔墙的美人，即詹淑娟。

〔9〕东村：这里指古时丑女东施住的地方。

〔10〕重华倘得并皇英：意为詹家姐妹都嫁给戚友先。重华，上古帝王虞舜的名字，这里是戚友先自比。皇英，指娥皇和女英，两女都是虞舜的妃子，这里以詹家姐妹相比。

〔11〕媵(yìng)：古时指随嫁的女子，这里指妾。

〔12〕疳疮：这里指梅毒一类的性病。

〔13〕软款：温柔。

第二十五出　凯宴

【菊花新】〔外冠带,引众上〕雁书来自故乡天,闻道娇雏尚待年。同事有高贤,恰好是雀屏佳选。

下官得胜班师,正接着平安家报。大的女儿已许了戚家,二女尚无着落。我想韩状元年方弱冠,闻得他未有姻亲,舍了此人,那里去寻快婿?今日同赴太平公宴,按君[1]也在席中。下官先来相等,待他来时,央烦作伐,此时也该到了。

【前腔】〔末冠带,引众上〕欃枪扫尽睹尧天[2],文治于今始得宣。鞍马未相联,惭愧赴太平公宴。

〔见介〕老先生为何来得恁早?〔外〕学生有一事相烦,故此先来拱候。〔末〕有何见委?〔外〕学生年老无儿,止得两个小女,大的已曾赘有门婿,第二个小女,尚在闺中待字。闻得韩状元青春未娶,窃思赘作东床,借重老先生作伐,未知可否?〔末〕佳人才子,正该作合。待他到来,学生就讲。〔外〕这等小弟在此,倒不好面谈,且在后厅少坐,拱候回音。暂从闲处立,静听好音来。

〔下〕

【前腔】〔生冠带，引众上〕功成休使勒燕然[3]，不败还因仰恃天。鞍马浴腥膻，好归去木天[4]清院。

〔见介〕〔末〕学生先来拱候，有一桩喜事奉闻。〔生〕有甚佳音？敢烦赐教。〔末〕闻得老先生金榜虽登，洞房有待，学生不揣，敢以执柯自荐，不知可肯相容？〔生〕既蒙垂念，请问是那一家？〔末〕就是詹老先生第二位令爱，闻得他有倾城之貌，咏雪之才[5]，正是老先生的佳偶。〔生冷笑介〕

【榴花泣】【石榴花】〔末〕琼花玉笋两嫣然，前身同是玉京[6]仙。况有那清才艳思两无前，正好歌春咏雪把句相联。詹老先生正在此间踌躇择婿，老先生恰好奉诏而来，岂非是天作之合？【泣颜回】三生有缘，喜同舟共济成姻眷。那一封请兵书，先做了万里丝鞭；这一封叙功书，又做了百年婚券[7]。

〔生〕蒙台翁高谊，辱詹公错爱，自当依命，只是一件，学生因先君早丧，蒙戚补臣老伯抚养成人，如今婚姻一事，不能自主。现有戚老伯在家择配，一来不敢不告而娶，二来恐怕事有两歧，故此未敢轻诺。〔末〕原来如此。这等学生暂别，即刻就来奉陪。只道媒堪做，谁知事不谐。

〔下〕〔生大笑介〕好笑这位按君，不知听了那个的诳言，在这边道听涂说。那里知道他倾城之貌，咏雪之才，下官已都领教过了。

【驻马泣】【驻马听】花面嫣然，“云淡风轻”是他咏雪篇。若不是我亲觇奇貌，面试真才，又几乎耳信讹传。似这等乌纱作伐少真言，怎怪那媒婆巧语将人骗。【泣颜回】从今后愈教人虑诈防欺，见了那做媒的也脑闷头悬。

〔外、末上，相见毕，各坐饮酒介〕

【古轮台】〔合〕靖烽烟，今朝撑住杞人天[8]，荆棘铜驼[9]免。想前日东征西怨，都道是奚后奚先。到今朝四境讴歌声遍，箪食迎来，壶浆送转[10]，家家奠酒祭豚肩[11]。从今后愿一人垂冕[12]，万姓高眠。乐丰年，田无水旱，民无夭札[13]，境无烽燹，臣等乐无边。遂却良臣愿，胸中韬略不须展。

【余文】歌频度，酒浪传，拼酩酊交酬互劝。这叫做痛饮黄龙[14]的得意筵。

干戈动处扰生民，莫谓功高罪亦均。

曲突徙薪无上策，焦头烂额愧嘉宾[15]。

詹烈侯修书一封给戚补臣，以完招婿之愿，与前托戚补臣择婿之词互相照应，为全剧主要问题的解决创造了条件。

【外吊场】方才按君回复，说韩状元幼年丧父，亏戚补臣抚养成人，所以婚姻不能自主。我想戚补臣是我极相好的同年，我去年赴任之时，曾将女儿托他择婿。这等看起来，两家的权柄，都在他一人手里了。何须央别个做媒，我如今修书一封，连夜差人赶去，不要说韩状元不曾应允，竟说与我面订过了，只因不曾禀命于他，不好行聘，教他在家成了这桩好事，何等不妙。

若用奇谋招快婿，先凭巧语赚良媒。

〔1〕按君：对按察使的尊称。明代按察使主管一省的司法。

〔2〕“欃枪”句：意为战乱平息，天下恢复太平。欃枪：彗星，古代迷信说法，认为彗星出现是发生战乱的预兆。尧天：上古唐尧之治，旧时常以比喻太平盛世。

〔3〕勒燕然：刻石记功的意思。勒：刻石。燕然：山名，今蒙古境内的杭爱山。东汉窦宪大破北单于时，曾登燕然山“刻石勒功”。

〔4〕木天：唐代宫中藏图书的秘书阁，后常以指翰林院。

〔5〕咏雪之才：原指东晋才女谢道韫，这里借指詹淑娟颇有文才。

〔6〕玉京：道教传说中玉皇所住的地方。

〔7〕百年婚券：神话传说中的姻缘簿，凡世上应成为夫妇的男女姓名都记在这本簿册上。

〔8〕撑住杞人天：不用杞人忧天。

〔9〕荆棘铜驼：《晋书·索靖传》载，索靖预料天下将大乱，便指着洛阳宫门的铜驼说：“会见汝在荆棘中耳。”后即以“荆棘铜驼”比喻战乱后的残破景象。

〔10〕“箪食迎来”二句：语出《孟子·梁惠王下》：“箪食壶浆，以迎王

师。”意为热烈地慰劳凯旋的军队。

〔11〕豚肩:小猪的前腿。

〔12〕一人垂冕:皇帝安然地统治天下的意思。冕,王冠。

〔13〕夭札:指染上瘟疫短命而死。

〔14〕痛饮黄龙:黄龙,即黄龙府,金都城,在今吉林农安一带。宋代名将岳飞在朱仙镇大败金军时,曾鼓励部下说:“直抵黄龙府,与诸君痛饮尔!”

〔15〕“曲突徙薪无上策”二句:曲突,弯曲的烟囱。徙薪,搬开柴草。此用《汉书·霍光传》载“曲突徙薪”的典故,比喻当初没有防患于未然的良策,才搞得个焦头烂额,真是愧对前来庆功的嘉宾!

第二十六出　拒奸

写戏,就是写人,即写性格。莱辛说:“作家的职责,就是加强这些性格,以明确地表现这些性格。”(《汉堡剧评》)在这出戏里,笠翁运用了对比的手法,活画出一个风骚妇、一个贞淑女的形象,富有喜剧气氛。

【捣练子】〔旦上〕长夏静,小庭空,扇小罗轻[1]却受风。一枕早凉初睡起,簟痕犹印海棠红[2]。

淑娟与母亲同居西院,虽然冷静,倒喜清闲。奴家心存贞淑,读诗尝废淫风[3];性善娇羞,掩耳怕闻情事。但想妇人一世,既靠男子为天,得失所关,莫把婚姻作戏。好笑我家姐姐新赘的丈夫,就是那放风筝的戚公子。我当初见了那首诗句,不知是怎么样一个俊雅才人。前日在二娘房中,偶然撞见,相貌甚是不扬。又见他替二娘写信,寄与爹爹,十个字中倒有两三个别字。这等看起来,风筝上的诗,那里是他所作?不知何处袭来一张残稿,偶然糊在上面的。还亏得他求亲求着姐姐,万一求着别个,岂不误尽终身。〔笑介〕奴家因早凉好睡,起迟了些,如今盥栉完了,不免做些针指则个。〔做针指介〕〔净上〕做定风流计,来迎窈窕娘。二小姐,大小姐说,花缸里开了一朵并头莲,请你去一同赏玩。〔旦〕他如今不比当初了,有姐夫在家,混杂不雅,我不好去得。〔净〕戚公子回去看父亲,有好两日不来了,故此请你去消闲做伴。〔旦〕既然如此,待我收拾了针线,同你去来。既少嫌疑迹,难孤姊妹情。〔同下〕〔副净、丑携手上〕阿妹娉婷阿姐贤,姨夫兴趣更翩翩;拟将铜雀深深锁,不怕东风吹上天[4]。〔副净〕娘子,奶娘去请小姨,如今将要来了,我和你商议,还是躲在那一处好?〔丑〕那马桶旁边,衣架背后,黑魆魆的最好藏身。〔副净〕马桶旁边,虽然有些秽气,要做风流事,也顾不得许多,只得要躲进去。要同香作伴,先与臭为邻。〔下〕〔净随旦上〕未见芙蓉色,先闻菡萏[5]香。〔丑〕妹子来了!我一向因姐夫在家,不好来请你,心上好不记挂。〔旦〕多蒙垂念,姐姐,你这床头边,为何挂着一口宝剑?〔丑〕我自小儿有些怕鬼。母亲说宝剑可以辟邪,故此叫我挂在床头,好辟邪气。〔旦〕原来如此!为人不作亏心事,鬼神何足惧哉!〔丑〕奶娘,我们在此看花,你快去取茶来吃。〔净应下〕〔丑〕妹子,你看这

点出宝剑,为下文拔剑拒奸留地步。

两朵荷花,开在一枝梗上,好看不好看?〔旦〕果然有趣。

【风入松】逼真开出并头芳,不似那枕上绣来的花样。〔丑〕妹子,我年年种荷花,再不见开朵并头的,今年有了你的姐夫,他就装妖作怪,学人做起风流事来。〔旦微笑介〕姐姐,你休将亵语将花谤,可怜他不解语难伸奇枉。不过是根蒂好生来偶双,那里是因所见故联房。

〔丑连叫"茶来",内不应介〕〔丑〕怎么,奶娘和这些丫鬟,都到那里去了?妹子,你坐一坐,待我去看来。〔出介〕无心伴笑谈,有意相回避;立在戏台边,看做《西厢记》。〔虚下〕〔副净潜上〕法聪头擦裤,莺莺手托腮,红娘走开去,张生爬出来。娘子去了,小姨坐在那边,若论正理,该走过去温存一番,然后下手才是。只怕他见了我,定要惊慌做作,不若攻其不意,打从后面走去,一把搂住,使他脱不得身,才是个万全之计。〔潜走近旦,欲搂;旦回顾惊避介〕呀!你从那里走将出来?为何这等放肆!姐姐快来!〔副净〕小姐不须叫喊,这是令姐的美情,要我两个成就姻缘,他故此出去回避的。

【急三枪】只为要成就我风流愿,因此上安排着牢笼计,赚鸳鸯。

笠翁刻画戚友先,笔下饱含着辛辣的讽刺。戚友先的言谈举止、姿态神色都表现出内心的空虚,处处引人发笑,在笑中被否定。

小姐若不信，只看这房门，都是扣上的，如今没得说，只求你大舍慈悲。〔旦背介〕我今日堕了奸人之计，急切不能脱身，难得他有宝剑挂在床头，且待我拿来捏在手里，做一个护身符。〔取剑介〕你好好放我出去就罢，若不放我出去呵——

有了前面的挂剑避邪，此处拔剑拒奸才不感到突兀。

【风入松】借伊宝剑斩伊行，也只当辟除魍魉[6]。〔副净背介〕他是吓我的意思，我不如将机就计，也去吓他。〔转介〕小姐，我为你害不尽的相思，你若不肯搭救，我少不得要死，倒求你断送了罢。〔跪介〕请杀！〔旦〕你休得要假拼一死将人诳，欺负我螳臂软，料难终攘。要晓得贞烈性不嫌太刚，便把伊头断，有何妨。

〔挥剑欲杀介〕〔副净惊避介〕

【急三枪】我只为求好事，故意把头来换。谁知他真动手，拼得把命来偿。

〔旦赶杀介〕〔副净喊介〕娘子快来救命！〔丑上〕想因女子贪无厌，惹得男儿叫有声。呀！妹子为何动起粗来？〔旦〕我和你嫡亲姊妹，有甚么冤仇？你做成这样圈套来捉弄我，同你到母亲面前去说个明白！〔扯丑欲行介〕〔丑〕妹子，自古道："将酒劝人，终无恶意。"你不从就罢了，何须告诉母亲？待我陪个不是，求你宽容了罢。

〔跪介〕

【尾声】〔旦〕纵然不向慈亲控，姊妹情今朝断送。交还你辟鬼驱邪的三尺铜〔7〕。

〔掷剑下〕〔丑〕他便不从，我的情却尽了，"娶小"二字，以后休提。你这样才子，只好配我这样佳人，劝你断了想罢。〔副净〕都是这把宝剑误事，终日挂在床头，辟甚么邪？邪倒不曾辟得，几乎劈碎了我的天灵盖。我如今恨他不过，有个法子处他。〔丑〕甚么法子？

〔副净〕宝剑不该误事，将来铸作尿壶。

夜夜拿他出气，〔丑〕只愁妨却工夫。

〔1〕扇小罗轻：轻罗小扇，古代女子爱用的一种丝制小扇。

〔2〕海棠红：指胭脂。

〔3〕读诗尝废淫风：意为读《诗经》从不读其中的爱情诗篇。淫风：儒家诗教认为《诗经》中"郑风淫"，规诫青年人不要读。

〔4〕"拟将铜雀深深锁"二句：语出杜牧《赤壁》诗："东风不与周郎便，铜雀春深锁二乔。"这里以"二乔"比詹家姐妹，意为戚友先也要把詹淑娟骗娶到手。

〔5〕菡萏(hàndàn)：荷花的别称。

〔6〕魍魉(wǎngliǎng)：古代传说中的山林鬼怪，常比喻恶人。

〔7〕三尺铜：指宝剑。

第二十七出　闻捷

此出是过渡场次，只起交代剧情及人物关系的作用。

【生查子】〔小生便服，带末上〕儿媳已成双，犹子[1]迟鸳侣。闻道远从征，添却兵凶虑。

下官自与孩儿毕姻之后，终日望韩家侄儿到来，好定那头亲事。不想他又有西蜀之行，一向音信杳然。这些报人，晓得下官厌闻时事，不送邸抄[2]来看，未知他胜负若何，好生放心不下。〔丑持书上〕千里赍书来此地，百年订好在今朝。门上有人么？西川招讨詹老爷差人下书。〔末传介〕〔小生喜介〕詹年兄与韩家侄儿同事。他有书到，就晓得韩生的消息了，快叫进来。〔末引丑见介〕家老爷拜上，戚老爷有书呈上。〔小生看书，喜介〕好了，蛮寇剿平，韩生复命去了。〔又看书，大笑介〕你说有这等同心的事，我正要把詹家小姐，配与韩家侄儿，不想他翁婿二人，已订了婚姻之约。只因不曾禀命于我，不敢下聘。如今倒托詹年兄写书回来，教我替他行礼，岂不是天从人愿。〔叹介〕他如今中了状元，还是这等小心，把我做了父亲看待，不枉我当初抚养他一场。

【三学士】不枉呱呱从幼抚，也同孝

顺慈乌[3]。你便做了重华不告婚尧女，我岂学那瞽叟无情怪舜徒[4]？到如今奠雁通名[5]，还要我亲做主，不枉了知书辈，学道儒。

〔对丑介〕既然如此，待我遣媒婆过来，知会你家夫人，拣个好日子行礼就是。〔丑〕夫人那边，家老爷另有家书，已曾知会过了，只求早些下聘，待小人去回复老爷。〔小生〕这等就是明日行聘，待状元一到，即便成亲。我先写回书打发你去。

故人千里有同心，迢递驰书订好音。
师捷婚成都足喜，岂徒安乐值千金。

〔1〕犹子：侄儿。这里指韩世勋。

〔2〕邸抄：邸报，古代官府用以传知皇帝诏令、大臣奏事以及政治情报的一种类似报纸的文件。

〔3〕慈乌：乌鸦的一种，相传它能反哺母鸦，亦称孝乌、慈鸦。

〔4〕"你便做了重华不告婚尧女"二句：重华，指上古帝王虞舜，传说他娶尧的两个女儿娥皇和女英时，没有告知父亲。瞽(gǔ)叟，瞎眼老人，指虞舜的父亲。传说瞽叟不喜欢舜，对他很刻薄，还想害死他。二句意为你即使不把结婚的事告诉我，我也不会像瞽叟那样无情而怪罪于你。

〔5〕奠雁通名：古代婚礼，新郎到女家迎亲，用雁做见面的礼物，叫"奠雁"；男家请媒人问女方的名字和生年月日，叫"通名"。

第二十八出　逼婚

此出是解决大团圆结局的关键。詹烈侯给戚补臣修书一封是巧计，而戚补臣欲为侄儿韩琦仲择配却是真情，接书后自以为韩琦仲与淑娟已婚定，只差行聘，所以才产生“逼婚”的举动来。至此全剧主线问题的解决已见明朗。

写韩琦仲心情的变化极有层次。韩琦仲荣归，回来拜谢戚补臣教养之恩，并打算往扬州择配，心情自然是喜悦的。然而见面之后，戚补臣说已与詹烈侯面订过，要娶淑娟为妻，韩琦仲实际毫无所知，因而引起惊骇。戚补臣最

【天下乐】〔生冠带，引众上〕乘传[1]归来万马迎，漫夸前是一书生。纱笼不自人间定[2]，多少鸿儒到未能。

下官班师复命，蒙圣主不次加升，又见下官未曾婚娶，要把当朝宰相之女，钦赐完姻。下官因为不曾看见，恐怕做了詹家小姐的故事，所以只说家中已定了婚姻，连上三疏，才辞得脱。如今告假还乡，要往扬州择配。来此已是戚府门首了。左右快通报！〔小生冠带上〕景升后裔真豚犬，养子当如孙仲谋[3]。〔见介〕〔生〕老伯请上，容小侄拜谢教养之恩。〔小生〕贤侄荣归，老夫也该拜贺。〔同拜介〕〔生〕小侄茕茕弱息，委弃尘埃。蒙老伯鞠养扶持，得有今日，恩同覆载[4]，德配君亲。〔小生〕贤侄芝兰玉树，分种移根；老夫偶尔栽培，即成伟器，清光幸庇，末路[5]增荣。〔坐介〕〔小生〕贤侄，老夫起先得你的大魁[6]之信，不胜狂喜；后来又闻得你督师征剿，心上未免担忧。不想你去到那里，立了奇功，又且成了好事，可称双喜。〔生惊听介〕

【桂枝香】功成婚定，皆堪称庆。婚

定处，天遂人谋；功成处，人侥天幸。把"关雎"笑咏[7]，"关雎"笑咏。贤侄与令岳呵，才名相称，家声相并，互相成，婿润虽如玉，翁清也似冰。

〔生背介〕他说来的话，好生奇怪！教人摸不着头脑。我何曾定甚么婚姻？何曾做甚么好事？

【前腔】我低头延颈，将他倾听，先当个哑谜相猜，后认做微言思省。莫不是南柯[8]未醒，南柯未醒？试问他良媒谁倩？良缘谁聘？是了，我猜着他的意思了。从来督师征剿的人，再没有不掳掠民间妇女的。他疑我在西川带甚么女子回来做了宅眷，故此把这巧话试我。他话分明，虑我强娶民间妇，行师欠老成。

〔转介〕老伯，小侄行兵之际，纪律森严，不掳民间一妇，并不曾有甚么婚姻之事，老伯休要见疑。〔小生〕那个说你掳掠民间妇女？我讲的是詹家那头亲事，你怎么自己多心起来？〔生〕小侄也不曾与甚么詹家做甚么亲事。〔小生〕怎么？你与詹烈侯面订过了，要娶他第二位令爱，说不曾禀命于我，不好下聘，央他写书回来，教我行聘。你难道忘了不成？〔生大惊介〕小侄并不曾有这句话！〔小生〕你若不曾有这句话，他

后"逼婚"，韩琦仲又怕犯欺君逆父之罪，"哑巴吃黄连"，只得顺从。韩琦仲心情经过了喜、惊、顺三个阶段。笠翁刻画得细致，而又合情合理。

从剧情自然生发，随笔讽刺。

为甚么写书回来?〔生〕只有那一日与詹老先生同赴太平公宴,他央按院做媒,说起这头亲事。小侄回道:"自幼蒙戚老伯抚养成人,婚姻不能自主。"这是辞婚的话,怎么认做许亲的话来?〔小生大笑介〕何如?我说詹年兄是何等之人,肯写假书来骗我?据你自己说来的话,与他书上的话一字也不差,况且这桩亲事也不曾待他书来,我一向原有此意。只因你在京中,恐怕别有所聘,故此迟迟待你回来。〔生〕这等还好,既不曾下聘,且再商量。〔小生〕怎么不曾下聘?他书到之后,我随即行礼过了。〔生大惊,呆视介〕〔小生〕贤侄,你为何这等张惶?这头亲事也聘得不差。他第二位令爱才貌俱全,正该做你的配偶。

【赚】他体态轻盈,姑射[9]仙姿画不成。况与你才相称,正好把彩毫彤笔互相赓。〔生〕请问老伯,这"才貌俱全"四个字,还是老伯眼见的?耳闻的?〔小生〕耳闻的。〔生〕自古道:"耳闻是虚,眼见是实。"小侄闻得此女竟是奇丑难堪,一字不识的。貌堪惊,生平不晓题红字[10],日后还须嫁白丁。〔小生〕自古道:"娶妻娶德,娶妾娶色。"娶进门来,若果然容貌不济,你做状元的人,三妻四妾,任凭再娶,谁人敢来阻挡?〔生〕就依老伯讲罢,色可以不要,德可是要的么?〔小生〕妇人以德为主,怎么好不要？〔生〕这等小侄又闻得此女不但恶状可憎，更有丑声难听。他风如郑[11]，墙头有茨[12]多邪行，不堪尊听，不堪尊听！

〔小生〕我且问你，他家就有隐事，你怎么知道？还是眼见的、耳闻的呢？〔生〕眼……〔急住，思量介〕是……是耳闻的。〔小生大笑介〕你方才说我"耳闻是虚，眼见是实"；难道我耳闻的就是虚，你耳闻的就是实？做状元的人，耳朵也比别人异样些。〔生〕小侄是个多疑的人，无论虚实，总来不要此女。

韩琦仲以"耳闻是虚"驳戚补臣，戚补臣即以此反驳，使韩琦仲哑口无言，像这样机锋犀利的曲白，容易收到喜剧的效果，也表现了人物的辩才。

【前腔】便做道既美还贞，我与他夙世无缘，也强作成！〔小生〕我的聘又下过了，回书又写去了，他是何等样的人家，难道好悔亲不成？〔生〕小侄宁可终身不娶，断不要他过门，便做道难重聘，我情愿无妻、白发守伶仃。〔小生大怒介〕哇！小畜生！你自幼丧了父母，若不是我戚补臣，你莫说妻子，连身子也不知在何处了！如今养你成人，侥幸得中，就这等放肆起来！婚姻都不容我做主！哦！你说我不是你的父母，不该越职管事么？问狂生，你婚姻不许旁观主，为甚的不襁褓无人自去行？我明日竟备了花烛酒筵，送你到詹家入赘，且看你去不去！你若当真不去，待下官上个小疏，同你到圣上面前去讲一讲！我一面把佳期定，一面把封章写就和衣等。请试我桂姜[13]心性,桂姜心性!

〔径下〕〔生呆介〕你说世间有这等的冤孽!先人既曾托孤与他,他的言语就是我的父命了。况且我前日上表辞婚,又说家中已曾定了原配,他万一果然动起疏来,我不但犯了抗父之条,又且冒了欺君之罪,这怎么了?

【长拍】孽障相遭,孽障相遭,冤魂缠缚,这奇难倩谁援拯?我前世与詹家有甚么冤仇,他今生只管死缠着我!有甚么冤深难洗,仇深难解,故变个女妖魔,苦缠我今生?想我游街那一日,不知相过多少女子,内中也有看得的,便将就娶一个也罢了。只管求全责备,要想甚么绝世佳人,谁想依旧弄着这个怪物!都是我把刻眼相娉婷,致红颜诅咒,上干天听。因此上故把丑妻来塞口,问可敢,再嫌憎?老天,我如今悔过了!再不敢求全责备,只求饶了这场奇难,将就些的,任凭打发一个罢了!须念反躬罪已,望穹苍大赦,改祸为祯。

就是当朝宰相之女,纵然丑陋,也料想丑不至此。圣上赐婚的时节,我为甚么不依?

【短拍】辞却甜桃,辞却甜桃,来寻苦李。教我这哑黄连向何处开声?我待要从了呵,鬼魅伴今生,眼见得断送了这条性命;

我待要不从呵，怕犯了欺君逆父，不忠孝的万世不祥名。

也罢！我有个两全的法子：他明日送我去入赘，我就依他去；虽然做亲，只不与他同床共枕。成亲之后，即往扬州娶几个美妾，带至京中，一世不回来与他相见便了。

【尾声】准备着独眠衾，孤栖枕，听他咴咴唧唧数长更。丑妇！丑妇！我教你做个卧看牵牛的织女星〔14〕！

"我教你做个卧看牵牛的织女星"，不过就杜牧的现成诗句，加了几个衬字，就活画出韩琦仲指着淑娟嘲骂的舞台形象，也为下出《诧美》做好过渡。

〔1〕传：驿车。

〔2〕"纱笼"句：意为人的际遇是命中注定的。《书言故事》载，唐代李藩未做官时，遇一僧说他是纱笼中人，问其原因，僧说凡是做宰相的人，冥中都立其塑像，以纱笼罩护。后来李藩果然官至宰相。

〔3〕"景升后裔真豚犬"二句：景升，刘表的别字，汉末任荆州刺史，他死后，儿子刘琮投降了曹操。孙仲谋，孙权，字仲谋，三国时吴国的国主。语出《三国志·吴书·吴主传》裴松之注引《吴历》。

〔4〕覆载：天地的代称。

〔5〕末路：晚年。

〔6〕大魁：指考中状元。

〔7〕把"关雎"笑咏：婚配的意思。关雎，《诗经·周南》有《关雎》篇。

〔8〕南柯：指梦境。典出唐代李公佐作《南柯太守传》。

〔9〕姑射(yè)：山名。《庄子·逍遥游》谓姑射山中有神仙居住，"肌肤若冰雪，淖约若处子"。这里即以"姑射"形容詹淑娟貌美。

〔10〕"生平"句：意为生平不会作诗。参见《绿牡丹》第十六出注〔12〕。

〔11〕风如郑：郑，指春秋战国时的郑国。当时郑国流行的民间音乐，被

儒家斥为淫靡之乐。

〔12〕墙头有茨:茨,蒺藜。语出《诗经·鄘风·墙有茨》。诗意为讥讽卫宣公与庶母通奸。这里借用其意,讹指詹淑娟的行为丑恶不可言。

〔13〕桂姜:肉桂生姜,比喻性情刚强难以改变。

〔14〕卧看牵牛的织女星:语本唐杜牧《秋夕》诗:"天阶夜色凉如水,卧看牵牛织女星。"

第二十九出　诧美

全剧的高潮在此。《风筝误》的"误会"完全消除,韩琦仲、詹淑娟互相爱慕的心情得到披露,场面安排富有喜剧气氛。

【传言玉女前】〔小旦带副净上〕儿女温柔,佳婿少年衣绣,问邻家娘儿妒否?

妾身柳氏。前日老爷寄书回来,教我赘韩状元为婿。我想梅夫人与我各生一女,他的女婿是个白衣白丁,我的女婿是个状元才子;我往常不理他,今日成亲,偏要请过来同拜,活活气死那个老东西!叫梅香去请二夫人过来,好等状元拜见。〔副净应下〕

【传言玉女后】〔生冠带,末随上〕姻缘强就,这恶况怎生经受?冤家未见,已先眉皱!〔见介〕〔副净上〕夫人,二夫人说,他晓得你的女婿是个状元,他命轻福薄,受不得起拜,他不过来。〔生〕既是二夫人不来,今日免了拜堂罢。〔小旦〕说的甚么话?小女原不是他所生,

尽他一声不来就罢。叫傧相赞礼。〔净扮掌礼上,请介〕〔副净、老旦扶旦上,照常行礼毕,共坐饮酒介〕

【画眉序】〔生闷坐不开口,众唱〕配鸾俦,新妇新郎共含羞,喜两心相照,各自低头。合卺酒未易沾唇,合卺杯常思放手。状元相度,该如此端庄,不轻开口。

曲词生辉,把花烛之夜的欢快气氛描绘得极其生动。

【滴溜子】笙歌沸,笙歌沸,欢情似酒。看银烛,看银烛,花开似斗。冬冬鼓声传漏,早些撤华筵,停玉盏,好待他一双双,归房聚首。〔小旦〕掌灯送入洞房。〔行介〕

【双声子】新人幼,新人幼,看一捻腰肢瘦。才郎秀,才郎秀,看雅称宫袍绣。神祐祐,神祐祐;天辐辏[1],天辐辏。问仙郎仙女,几世同修。

【隔尾】这夫妻岂是人间偶?是一对蓬莱小友[2],谪向人间作好逑。

〔众下〕〔生、旦对坐,旦用扇遮面介〕〔内发擂毕,打一更介〕〔生背介〕他今日一般也良心发动,无颜见我,把扇子遮住了脸。〔叹介〕你这把小小扇子,怎遮得那许多恶状来!

运用误会奇巧合理,关目好!

【园林好】〔生〕我笑你背银灯,难遮昨

羞，隔纨扇，怎藏旧丑？他当初露出那些轻狂举止，见我厌恶他，故此今日假装这个端庄模样。〔叹介〕你就端庄起来也迟了！一任你把娇涩态，千般装扭，怎当我愁见怪，闭双眸！愁见怪，闭双眸！

成亲之夜，一个感叹闷坐，一个背灯静坐，各有不解之意。笠翁通过细致的动作、言谈，表现了各自的心境。

我若再一会不动，他就要手舞足蹈起来了，趁此时拿灯去睡。双炬台留孤烛影，合欢人睡独眠床。〔持灯下〕〔旦静坐介〕〔内打三更介〕〔旦觑生不见介〕呸！我只说他坐在那边，只管遮住了脸，方才打从扇骨里面张了一张，才晓得是空空的一把椅子！〔向内偷觑，大惊介〕呀！他独自一个竟去睡了，这是甚么缘故？

【嘉庆子】莫不是醉似泥，多饮了几杯堂上酒？莫不是善病的相如体态柔？莫不是昨夜酣眠花柳，因此上神倦怠，气休囚；神倦怠，气休囚？

他如今把我丢在这边，不偢不睬，难道我好自己去睡不成？独自个冷冷清清，又坐不过这一夜，不免拿灯到母亲房里去睡。檀郎[3]不屑松金钏，阿母还堪卸翠翘[4]。〔敲门介〕母亲开门。〔小旦持灯上〕眼前增快婿，脚后失娇儿。〔开门见旦，惊介〕呀！我儿，你们良时吉日，正好成亲，要甚么东西，只该叫丫鬟来取，为甚么自己走出来？〔旦〕孩儿不要甚么东西，来与母亲同睡。

〔小旦大惊介〕怎么不与女婿成亲，反来与我同睡？

【尹令】你缘何黛痕浅皱？缘何擅离佳偶？缘何把母阍[5]重叩？莫不是娇痴怕羞，因此上抱泣含愁把阿母投？

〔旦〕他不知为甚么缘故，进房之后，身也不动，口也不开，独自一个竟去睡了。孩儿独坐不过，故此来与母亲同睡。〔小旦呆介〕怎么有这等诧异的事？我看他一进门来，满脸都是怨气，后来拜堂饮酒，总是勉强支持。这等看起来，毕竟有甚么不慊意处？我儿，你且坐一坐，待我去问个明白，再来唤你。叫梅香掌灯。〔旦下〕〔副净上，持灯行介〕〔小旦〕只道欢娱嫌夜短，谁知寂寞恨更长。来此已是。梅香，请他起来。〔副净向内介〕韩老爷，请起来，夫人在这里看你。〔生上〕令爱不堪偕伉俪，老堂空自费调停。夫人到此何干？〔小旦〕贤婿请坐了，有话要求教。〔坐介〕贤婿，舍下虽则贫寒，小女纵然丑陋，既蒙贤婿不弃，结了朱陈之好，就该俯就姻盟。为甚的愁眉怨气，全没些燕尔之容？独宿孤眠，成甚么新婚之体？贤婿自有缘故，毕竟为着何来？〔生〕下官不与令爱同床，自然有些缘故。明人不须细说，岳母请自参详。〔小旦〕莫非为寒家门户不对么？〔生〕都是仕宦人家，门户有甚么不对？〔小旦〕这等，为小女容貌不佳？〔生〕容

“重复”是利用细致绵密的针线，通过埋伏照应，把不同的情节排比成前后呼应、彼此对称的事件，从而产生喜剧效果。此出与第二十一出“婚闹”中，两次新人洞房的吵闹及岳母的劝解，都富有喜剧效果。但因规定情景不同，喜剧效果的强烈程度亦各异。

貌还是小事。〔小旦〕哦,我知道了。是怪舍下妆奁不齐整?老身曾与戚年伯说过,家主不在家,无人料理,待老爷回来,从头办起未迟。难道这句话,贤婿不曾听见?〔生微笑介〕妆奁甚么大事,也拿来讲起?

【品令】便是荆钗布裙,只要德配也相投。况如今珠围翠绕,还堪度春秋。〔小旦〕这等为甚么?〔生〕只为伊家令爱,有声扬中苒[6]。我笑你府上呵,妆奁都备,只少个扫茨除墙[7]的佳帚。我只怕荆棘牵衣,因此上刻刻堤防不举头。

〔小旦大惊介〕照贤婿这等说起来,我家有甚么闺门不谨的事了?自古道:“眼见是实,耳闻是虚。”贤婿所闻的话,焉知不出于仇口?〔生〕别人的话,那里信得?是我亲眼见的。〔小旦大惊介〕我家闺阃的事,贤婿怎么看见?是何年、何月?那一桩事?快请讲来。〔生〕事到如今,我也不得不说了。去年清明,戚公子拿个风筝,来央我画,我题一首诗在上面,不想他放断了线,落在贵府之中。〔小旦〕这是真的,老身与小女同拾到的。〔生〕后来着人来取去,令爱和一首诗在后面。〔小旦〕这也是真的,是老身教他和的。〔生〕后来我自家也放风筝,不想也落在府上,及至着小价[8]来取,谁知令爱教个老妪,约我说起话来。〔小旦惊介〕这就是他瞒我做的事了。或者是他怜才的意思,也不可知。这等贤婿来了不曾?〔生〕我当晚进来,只说面订婚姻之约,待央媒说合过了,然后明婚正娶的。不想走进来的时节,我手还不曾动,口还不曾开,多蒙令爱的盛情,不待仰攀,竟来俯就。如今在夫人面前,不便细述,只好言其大概而已。我心上思量,妇人家所重在德,所戒在淫;况且是个处子,怎么"廉耻"二字全然不顾?彼时被我洒脱袖子,跑了出去,方才保得自己的名节,不曾敢污令爱的尊躯。

【豆叶黄】亏得我把衣衫洒脱,才得干休。险些做了个轻薄儿郎,险些做了个轻薄儿郎,到如今这个清规也难守。〔小旦〕既然如此,贤婿就该别选高门,另偕伉俪了,为甚么又来聘这个不肖的东西?〔生〕我在京中那里知道,是戚老伯背后聘的。如今悔又悔不得,只得勉强应承。不敢瞒夫人说,这一世与令爱只好做个名色夫妻;若要同床共枕,只怕不能够了。名为夫妇,实为寇仇。若要做实在夫妻,若要做实在夫妻,纵掘到黄泉,也相见还羞[9]。

〔小旦〕这等说起来,是我家的孽障不是了,怪不得贤婿见绝。贤婿请便,待老身去拷问他。〔生〕慈母尚难含忍,怎教夫婿相容?〔下〕〔小

柳氏既信前面的题诗、和诗是真,对后面的一段事就不容不

信。既误信了后面一段事就不能不悔恨自家的不是,埋怨淑娟的不争气。这就映衬了前面许多情节,又引起了后面母女的矛盾,为双方误会的最后解决提供充分的条件。

旦〕他方才说来的话,字字顶真,一毫也不假。后面那一段事,他瞒了我做,我那里知道?千不是,万不是,是我自家的不是!当初教他做甚么诗,既做了诗,怎么该把外人拿去?我不但治家不严,又且诱人犯法了。日后老爷回来知道,怎么了得!〔行到介〕不争气的东西在那里?〔闷坐气介〕〔内打四更介〕

【玉交枝】〔旦上〕呼声何骤?好教人惊疑费筹。〔见小旦介〕母亲为何这等恼?〔小旦〕你瞒了我做得好事!〔旦惊介〕孩儿不曾瞒母亲做甚么事。〔小旦〕去年风筝的事,你忘了?〔旦背想介〕是了,去年风筝上的诗,拿了出去,或者韩郎看见,说我与戚公子唱和,疑我有甚么私情,方才对母亲说了。〔对小旦介〕去年风筝上的诗,是母亲教孩儿做的;后来戚家来取,又是母亲把还他的,干孩儿甚么事?〔小旦〕我把他拿去,难道教你约他来相会的?〔旦大惊介〕怎么,我几时把人约黄昏后?向母亲求个分剖。〔小旦〕你还要赖!起先戚家风筝上的诗是韩郎做的;后来韩郎也放一个风筝进来,你教人约他相会,做出许多丑态,被他看破,他如今怎么肯要你!〔旦大惊,呆视介〕这些话是那里来的?莫非是他见了鬼!〔高声哭介〕天那!我和他有甚么冤仇,平空造这样的谤言来玷污我!今生与伊无甚仇，为甚的擅开含血喷人口！〔小旦掩旦口介〕你还要高声，不怕隔壁娘儿两个听见？今日喜得那老东西不曾过来，若过来看见，我今晚就要吊死！我细思量，如何盖羞！细思量，如何盖羞！

〔内打五更介〕料想今晚做不成亲了，你且去睡，待明日再做道理。粪缸越搂越臭。〔旦〕奇冤不雪不明。〔下〕〔小旦〕这桩事好不明白。照女婿说来，千真万真；照他说来，一些影响也没有。就是真的，他自己怎么肯承认？我有道理，只拷问是那个丫鬟约他进来的就是了。〔对副净介〕是你引进来的么？〔副净〕阿弥陀佛！我若引他进来，教我明日嫁个男子，也象这样不肯成亲。〔小旦〕掌灯！我再去问。〔行介〕〔副净请介〕〔生上〕说明分散去，何事又来缠？〔小旦〕方才的事，据贤婿说，确然不假；据小女说，影响全无。这"莫须有"三字也难定案。请问贤婿，去年进来，可曾看见小女么？〔生〕怎么不曾见？〔小旦〕这等，还记得小女的面貌么？〔生〕怎么不记得？世上那里还有第二个象令爱的尊容？〔小旦〕这等，方才进房的时节，可曾看看小女不曾？〔生〕也不消看得，看了倒要难过起来。〔小旦〕这等，待我教小女出来，请贤婿认一认；若果然是他，莫说贤婿不要他为妻，连老身也不要他为女了。恐怕事有差讹，也不见得。〔生〕

原评："此虑彼讯，彼愁此诮，画出两副心肝（按指梅、柳两氏），写生家有此传神妙技否？"

就剧情随笔点染，自然成趣。若矢口否认，便成笨伯。

这等，就教出来认一认。〔小旦〕叫丫鬟，多点几枝蜡烛，去照小姐出来。〔丑应下〕〔生〕只怕认也是这样，不认也是这样。〔小旦背介〕天那！保祐他眼睛花一花，认不出也好。〔老旦、副净持灯，照旦上〕请将见鬼疑神眼，来认冰清玉洁人。〔小旦〕小女出来了，贤婿请认。〔老旦、副净擎灯高照；生遥认，惊背介〕呀！怎么竟变做一个绝世佳人？难道是我眼睛花了？〔拭目介〕

前面经过许多波折，把琦仲不信淑娟的美的戏做尽，最后回灯一照，出现绝世佳人，这才把他惊诧的心情充分表现出来。

【六幺令】把双睛重揉，〔近身细认，又惊，背介〕逼真是一个绝世佳人！那里是幻影空花，眩我昏眸？谁知今日醉温柔，真娇艳，果风流，不枉我铁鞋踏破寻佳偶，铁鞋踏破寻佳偶！

〔小旦〕贤婿，可是去年那一个么？〔生摇手介〕不是，不是，一些也不是！〔小旦〕这等看起来，与我小女无干，是贤婿认错了人了。〔生〕岂但认错了人，竟是活见了鬼！小婿该死一千年了！〔小旦〕这等老身且去，你们成了亲罢。〔生〕岳母快请回。小婿暂且告罪，明日还要负荆[10]。〔小旦笑介〕不是一番疑彻骨，怎得千重喜上眉？〔老旦、副净随下〕〔生急闭门，向旦温存介〕小姐，夜深了，请安置罢。〔旦不理介〕〔生〕是下官认错了人，冒犯小姐，告罪了。〔长揖介〕〔旦背立，不理介〕

原评："到此才称岳母、小婿，以前皆尔、我相称，一字不肯假借。"

【江儿水】〔生〕虽则是长揖难辞谴，须念我低头便识羞。我劝你层层展却眉间皱，盈盈拭却腮边溜，纤纤松却胸前扣。请听耳边更漏，已是丑末寅初[11]，休猜做半夜三更时候。〔内作鸡鸣介〕〔生慌介〕小姐，鸡都鸣了，还不快睡！下官没奈何，只得下全礼了。〔跪介〕〔旦扶起介〕

【川拨棹】〔生〕蒙慈宥，把前情一笔勾。霁红颜，渐展眉头，霁红颜，渐展眉头；也亏我屈黄金，先陪膝头[12]。请宽衣，莫怕羞，急吹灯，休逗留。

【尾声】良宵空把长更守，那晓得佳人非旧，被一个作孽的风筝误到头！

鸳鸯对面不相亲，好事从来磨杀人。
临到手时犹费口，最伤情处忽迷神。

韩生前傲后恭，淑娟前愁后怨，两相对照，更见喜剧机趣！

〔1〕天辐辏(fúcòu)：意为天赐良缘。辐辏，原指车轮的辐条凑聚于车毂上，这里比喻夫妻婚配极为美满。

〔2〕蓬莱小友：喻夫妻二人为仙境中的人物。

〔3〕檀郎：晋代潘岳，小名檀奴，容貌秀美，颇得妇人欢心，后遂以“檀郎”称美男子。

〔4〕翠翘：妇女头上的装饰品，似翠鸟羽毛。

〔5〕闱：本为宫门，这里指房门。

〔6〕中冓(gòu)：内室。一说“冓”为“垢”“诟”的假借字。中冓，指内室

有垢耻的行为。

〔7〕扫茨除墙:扫除墙上的蒺藜,喻指整肃闺门。

〔8〕小价:小厮、仆人。

〔9〕"纵掘到黄泉"二句:《左传·隐公元年》载,郑庄公与母姜氏不和,曾发誓说:"不及黄泉,无相见也!"后在颍考叔的劝解下,掘了隧道,母子终于在地下相见。这里韩生表示比郑庄公更绝情,誓死不与詹淑娟相见。

〔10〕负荆:背着荆条,表示认错的意思。

〔11〕丑末寅初:丑,午夜一至三点。寅,深夜三点至凌晨五点。丑末寅初即夜里三四点钟。

〔12〕屈黄金,先陪膝头:黄金,指黄金之躯。二句意为弯下高贵的身躯下跪。

第三十出　释疑

笠翁极重一剧的结尾,他云:"骨肉团聚,不过欢笑一场,以此收锣罢鼓,有何趣味?水穷山尽之处,偏宜突起波澜;或先惊而后喜,或始疑而终信,或喜极、信极而反致惊疑。务使一折之中,七情俱备,始为到底不懈之笔、愈远愈大之才。所谓

【忆莺儿】〔外冠带,引众行,唱上〕兵燹稀,甘雨肥,未及瓜期[1]诏已催,带便还乡昼锦衣[2]。新花拂旗,新沙筑堤,宦囊不重肩夫喜。鹤相随,破琴犹在,依旧载将归。

下官詹烈侯,复任西川,未及一载,蒙圣上俯鉴微劳,加升大司马[3]之职,钦召回京,带便从故乡一过。左右的,此处到家还有多少路?〔众〕只得一站了。〔外〕这等,快些趱行,今日定要赶到!〔齐唱"宦囊"二句下〕

【燕归梁】〔老旦上〕先到华堂等客归，羞老鬓，更蓬飞。〔副净衣巾，同丑上〕阿姨新做状元妻，重见面，愧前非。

〔老旦〕老爷今日回来，老身一家先到公厅等候，柳夫人与他女儿女婿想必也就来了。

【前腔】〔小旦上〕膏沐新添媚远归，重学画少年眉。〔生冠带，同旦上〕逼成婚媾转相宜，亏阿丈赚良媒。

〔老旦、小旦先见介〕〔小旦〕女儿女婿成亲之后，还不曾见你，如今请坐了，待他们拜见。〔老旦〕等老爷回来，一齐拜罢。〔生〕这等，先见常礼。〔生、旦见老旦介〕〔副净、丑见小旦介〕〔生、副净相见介〕〔旦、丑相见介〕〔老旦〕你们今日顺便相见，只当会亲。大小姨夫、大小姨娘，都见一见，省得东躲西躲。〔副净见旦，旦作恼容，回礼介〕〔生见丑，丑作笑容，回礼毕。各惊介〕〔生背介〕这位大姨，好象在那里会过一次的？待我想来……〔想介〕〔丑背介〕小姨夫的面貌，与去年进来的人，生得一模一样，这一回更觉得标致些。〔生〕好奇怪！我恍恍惚惚记得在京中那个所在相会一次，为甚么再想不起来？

【渔灯儿】真怪异，既是上林花，为甚的向此处栽移？是了，我记得初报状元的那一晚，曾做个恶梦，梦中的人就是这副嘴脸。记在

有团圆之趣者也。”此剧是以“大团圆”作结束，乃属于“始疑而终信”格局的。笠翁把结尾写得别开生面、富有喜剧情趣，真是“绝技”。

恶梦里，受伊行无限凌亏。且住，梦中的人就是去年相会的詹小姐了。难道去年见鬼，如今又见鬼不成？待我问夫人。〔对旦指丑介〕夫人，那边立的，还是人，还是鬼？〔旦〕是我家姐姐，你怎么说起鬼话来？〔生〕这等我去年不曾见鬼，就是见了这个象鬼的人，分明是这个似鬼人儿把我迷，冒神女把夜叉相替，到今日鬼和神相对难欺。

〔旦〕你仔细看一看，又不要认错了人。〔生〕一毫也不错。〔老旦对小旦介〕前日女儿女婿成亲，不曾送得喜酒，今日有一杯清茶奉献。叫丫鬟拿茶来！〔净捧茶上〕和气人家无大小，不妨乳母代梅香。〔见生，各惊介〕〔对丑介〕小姐！那分明是去年进来的人，你可认得？〔丑〕面貌虽是一般，觉得去年的还没有这等标致。〔净〕去年是戴方巾，今年换了纱帽，自然一发标致了！〔丑〕有理。

【锦渔灯】天生就他娇面孔，原先美丽，况戴着俏乌纱，更长风姿。去年若不是你冲散了好事，今日这个诰命夫人，一定是我做了。都是你夺去花封[4]送阿姨，致今日教我睁白眼，妒人妻。

〔生背对旦介〕夫人，如今不但假莺莺认出来，连假红娘都认出来了！〔旦〕在那里？〔生〕

方才捧茶的那一个就是。〔旦〕原来是他们串通诡计,冒我名头,做出这般丑事,累我受此奇冤。我如今说与母亲知道,当面对他讲个明白,肉也咬他几口下来!〔欲行,生扯住衣袖介〕夫人,这个断使不得。你若与他争论起来,戚公子听见,说我调戏他的妻子,这场怨恨怎得开交?〔旦〕这也顾他不得。〔攞脱[5]衣袖,对小旦介〕母亲,有一句新闻,说与你知道。〔扯小旦,附耳说话;生慌介〕他母亲知道,一定要做出来了。这桩事怎么样处?〔副净背介〕你看他娘儿两个,唧唧哝哝,把手指着我家娘子,只怕是看荷花的事情发作了。他若与我娘子面质起来,老韩听见,说我调戏他妻子,这场怨恨怎得开交?〔小旦听毕,高声介〕原来有这等奇事,好没廉耻的女儿!〔生、副净各慌介〕〔副净背介〕我说不停当,如今怎么了?须要生个法子,骗老韩出去,不等他听见才好。〔生背介〕我说不停当,如今怎么了?须要生个法子,骗老戚出去,不等他听见才好。我有道理,〔对副净介〕老襟丈,如今岳父快到了,我们同到郊外去接他一接,何如?〔副净大喜介〕妙!妙!妙!小弟正有此意,我们两位新娇客,莫管他家闲是非。〔同下〕〔小旦对老旦介〕亏你有本事,养得这样好令爱出来!〔老旦惊听介〕

【锦上花】〔小旦〕一羡你的肚皮,二羡

至此"风筝误"真相大白。本应作结,但偏又起波澜,引人入胜。

朴斋主人评云:"此剧关目之妙,口不能赞,有拍案狂叫而已。"甚是。场面安排戏中有戏。韩琦仲与戚友先各有难处,所以寻机而走;人物下场又是关键之处,这才有下面说破"风筝误"的戏。

你教法奇，生这风流令爱，倒会讨便宜。〔老旦〕我晓得，你的女婿是个状元，如今要压制我么！〔小旦〕一愧我命运低，二愧我福分微，招得个状元女婿，又有了前妻，把封诰送还伊。

〔老旦〕有话明讲，不要语中带刺，讨人的便宜！〔小旦〕我正要和你明讲。去年清明时节，你家女婿，拿一个风筝，央我家女婿画。我家女婿懒得画，题了一首诗在上面。你家女婿放断了线，落在我家。我见上面有诗，教女儿和了一首，不想被你家女婿讨了出去。后来我家女婿也放风筝，也断了线，又落在你家，你的好令爱，就想做起风流事来。你做风流事也罢了，为甚么假冒我家女儿的名头，约他进来相会？我家女婿，想是见他忒标致了些，吓得不敢动手。谁想你家令爱，做湖州船[6]倒撑起来，做出许多怕人的光景，弄得我家女婿，抱头鼠窜。今年他在京中，戚公替他聘了我家女儿。他前日回来做亲，只说还是那一个，怒气冲冲，不肯与女儿同睡。及至我去细问缘由，把女儿与他细认，知道不是，才肯成亲。虽成了亲，究竟不得明白，方才在这边三头六面认将出来，方才晓得是这本新戏。〔老旦呆介〕〔旦对丑介〕你当初说我做了夫人，须要带挈你带挈。谁想我还不曾做夫人，你倒先做了夫人；我还不曾带挈你，你倒带挈我淘了那一夜

此语富有机趣，与第三出“闺哄”中爱娟挖苦淑娟的话前后遥相照应。

好气!

【锦中拍】多谢你,椒房宠,把内家[7]荫庇。这封诰忒离奇,我如今情愿把夫人让你,只要陪还我那一场呕气。为甚的你图欢乐,教别人皱眉?为甚的把风筝强匿?为甚的把我名儿巧替?好好的献出原赃,自口供罪,不须得紧紧的把牙关闭。

〔老旦对小旦介〕这等说起来,是我这个不成器的坏事了!你娘儿两个,如今要怎么样?〔小旦〕我没有甚么讲,只等老爷到家,拦马头就是一状。听凭他审就是了!〔老旦〕若审起来,你也未必全赢,我也未必全输!〔小旦〕怎见得?〔老旦〕莫说坏事的不好,还怪起祸的不是。虽是我家女儿冶容诲淫,也是你家女儿多才惹事;虽是我家闺范不严,不该放男子进来,也是你家门缝忒宽,不该让风筝出去。我要吃场大亏,你也要忍些小气;我的女儿若问充军,你的女儿也要问个徒罪[8]。不如同你两下里私和,还省了一场当官的没趣。

【锦后拍】笑世上,打官司的没便宜,枉自两下费心机。纵有十分道理,有十分道理,原告的脚膝头,预先落地,便全赢也有一分纸钱陪;倒不如三杯酒化做一团和气,还落得冤家少,狭路省防堤。

三个"为甚的……",有似电影叠印镜头,重现前面种种情境。

〔丑对小旦介〕你若和了就罢,若不肯和,我拼得做一个下水拖人。〔小旦〕怎么样的拖法?〔丑〕我说是妹子做诗在风筝上,约他进来;他认不得路,错走到我房里来的。〔小旦呆介〕〔旦〕不妨,有引他的人在这里,他走错了路,难道奶娘也走错了路不成?〔净惊背介〕这怎么了得?老爷到家,若还审起来,少不得拷问我。女儿是他亲生的,料想不置于死地,弄来弄去,只苦得我。没奈何,跪将过去,替他求和罢了。〔跪小旦介〕夫人!饶了我这条狗命,和了罢!〔小旦不理介〕〔净跪旦介〕小姐,你一向是贤慧的,劝声夫人,和了罢。〔旦不理介〕〔净起介〕夫人不肯和,小姐不肯和。这张状子,是一定要告的了;告起来,我少不得是死。这堂前有一口古井,不如跳下去,预先淹死了,省得明日零星受苦。〔跳介〕〔旦扯住介〕不要如此,待我劝夫人,和了就是。〔旦向小旦介〕母亲,和了罢!〔小旦〕我若与他和了,他娘儿两个倒翻起招来,怎么处?〔老旦起拜小旦介〕柳夫人,是我女儿该死了。你若肯和,我终身不敢忘你大德!〔小旦〕这等说,只得和了。〔同拜介〕〔净磕头,谢介〕

梅、柳两人争辩,舌剑唇枪,与整本戏相照应,也是剧情发展的需要。通过争辩,弄清"风筝误"的真情,最后和好,安排得合情合理。

【隔尾】〔合〕半生妒恨今朝释,把往事付之流水。〔老旦〕你就有万顷恩波,也难将我这羞洗。

〔内鼓吹介〕〔老旦〕老爷回来了!三娘,千

万不要提起。〔小旦应介〕〔丑又叮嘱旦介〕

【点绛唇】〔外冠带,引众;生、副净随上〕重到门楣,郁葱瑞霭增佳气,只因家内,添个乘龙婿。

〔各见介〕

【前腔】〔小生冠带上〕宦客新归,旧时年友新姻戚。芝颜[9]重对,两鬓添霜未。

〔各见介〕〔老旦、小旦〕你们两个女婿,都不曾拜丈人,两个媳妇,都不曾拜公公,今日在此,不如同拜了罢!〔同拜介〕

【画眉序】〔外、小生〕儿媳已齐眉,婚嫁从心向平喜。幸双亲犹健,杖不须携。既有子瓜瓞能绵[10],便无儿桑榆堪慰。〔合〕朱颜白发同偕老,举世共夸荣贵。

【前腔】〔老旦、小旦〕门户有光辉,玉树兼葭[11]得同倚。喜枯梅衰柳,不怕霜威。虽不是桃李春荣,还学得枇杷晚翠。〔合前〕

【前腔】〔生、旦〕何处谢良媒,一阵狂风似神鬼。怪风筝一片,东走西飞。论赏罚罪不酬功,量恩私功能赎罪。〔合前〕

【前腔】〔副净、丑〕一对丑夫妻,空费百般巧心计。岂从来神器[12],不许人窥。

全剧终场诗可视为笠翁喜剧创作的宣言。传奇是为了消愁,引起观众的笑乐,通过笑声达到度人的目的,这就是作者写作喜剧的宗旨。
原本总评:"是剧结构离奇,熔铸工炼,扫除一切窠臼,向从来作者搜寻不到处,另辟一境,可谓奇之极、新之至矣,然其所谓奇者，皆理之极平；新者，皆事之常有。近来牛鬼蛇神之剧，充塞宇内，使庆贺宴集之家，终日见鬼遇怪，谓非此不足悚人观听；讵知家常事中，尽有绝好戏文，未经做到耶。是剧一出，鬼怪遁形矣。”

男偷女，宝剑成精，女偷男，灯光作祟。〔合前〕

【滴溜子】〔合〕团圆处，团圆处，欢声如沸；相逢处，相逢处，欢容如醉。评才貌真无愧。总亏堂上翁，平心见己，公道无私，合成双配。

【尾声】无心演出风筝戏，怕世上儿童学会，也须要嘱语东风向好处吹。

传奇原为消愁设，费尽杖头[13]歌一阕。

何事将钱买哭声，反令变喜成悲咽。

惟我填词不卖愁，一夫不笑是吾忧。

举世尽成弥勒佛[14]，度人[15]秃笔始堪投。

〔1〕瓜期：指上任的日子。

〔2〕昼锦衣：白天穿着华丽的衣服，以示“衣锦荣归”。

〔3〕大司马：明时为兵部尚书的别称。

〔4〕花封：五花官诰。古时朝廷册封贵妇的诰命多写在五色绫上，故称。

〔5〕攦(lì)脱：甩脱。

〔6〕湖州船：或称湖船。湖州，在今浙江北部，地近太湖，明时以制造水乡行走的船闻名。

〔7〕内家：宫内人自称。

〔8〕徒罪：服劳役的刑罚。

〔9〕芝颜:对人容貌的美称。芝,指芝眉,像灵芝草一样的眉毛。

〔10〕瓜瓞(dié)能绵:语出《诗经·大雅·绵》:“绵绵瓜瓞”,大瓜小瓜不断结出的意思。后用作祝颂子孙昌盛的赞辞。

〔11〕玉树蒹葭(jiānjiā):玉树,珍贵的树,喻指韩世勋。蒹葭,芦苇,喻指戚友先。句意是这两个人的品貌很不相称。

〔12〕神器:原指帝位,这里喻指奥秘之处。

〔13〕杖头:杖头钱,钱的代称。

〔14〕弥勒佛:佛教大乘菩萨之一,俗称笑和尚。

〔15〕度人:佛语,超度别人,帮助人们脱离尘世苦海的意思。

后 记

李渔，字笠鸿，一字谪凡，后字笠翁，号觉世稗官，别署笠道人、新亭樵客、随庵主人、澹慧居士、湖上笠翁等。浙江兰溪下李村人。生于1610年(明万历三十八年)，卒于1680年(清康熙十九年)。自幼聪明好学，以才子自负。三十岁前，几度应乡试，均不第，遂“绝意浮名，不干寸禄”。约四十岁以后，迁居杭州、金陵，以卖文卖艺和刻印书画为业。晚年“买山而隐”，过着安闲、清淡的生活。

李渔是明末清初我国戏曲史上一位卓有成就的戏曲理论家和剧作家。他自蓄家班，携至各处献艺，积累了丰富的戏曲创作和演出经验。他生平著述甚丰，计有：诗文集《一家言》十六卷，包括《闲情偶寄》中的“词曲”“演习”二部；短篇小说集《十二楼》、《无声戏》(即《连城璧》)；长篇小说《织锦回文传》《肉蒲团》相传也是他的作品；他还编辑有《名词选胜》、《尺牍选》、《诗韵》、《资治新书》三集、《芥子园画谱》初集等。他的戏曲著作，有经他改写的《琵琶记》中《寻夫》与《明珠记》中《煎茶》二折(附载于《闲情偶寄》的“演习部”中)。他创作的剧本，据他自己说有前后八种和内外八种，今存传奇《奈何天》

《比目鱼》《蜃中楼》《怜香伴》《风筝误》《慎鸾交》《凰求凤》《巧团圆》《玉搔头》《意中缘》十种，合刻为《笠翁十种曲》。这些剧本的共同特色是情节新奇、结构紧凑、排场热闹、曲文浅显易懂，适合舞台演出。吴梅说李渔的剧作"其科白排场之工，为当世词人所共认，惟词曲则间有市井谑浪之习而已"（《顾曲麈谈》下）。日人青木正儿说："李渔之作，以平易易入于俗，故十种曲之书，遍行坊间，即流入我邦者亦多。"（《中国近世戏曲史》）据《毗梨耶室杂记》载："笠翁词曲有盛名于清初，十曲初出，纸贵一时。"足见他的剧作在当时剧坛上的影响。其中有的剧本还被翻译成拉丁、德、法文流行欧洲。李渔《闲情偶寄》中的"词曲部"和"演习部"，论述他长期从事戏曲创作和演出的经验，是一部比较系统全面的戏曲论著，为我国戏曲理论的发展做出了重大的贡献。

李渔的"十种曲"中，惟《风筝误》最脍炙人口。其中《惊丑》、《前亲》（《婚闹》）、《逼婚》、《后亲》（《诧美》）诸出，直到今天，昆曲、京剧和其他有些地方戏仍在搬演。

《风筝误》一剧，以关目新奇而又针线细密著称。它以风筝为姻缘的线索，通过巧合、误会等手法编织情节，产生许多逗人发笑的喜剧效果。

李渔编剧，很注意脱窠臼，出新意。他说"人惟求旧，物惟求新"，说"古人呼剧本为'传奇'者，因其事甚奇特，未经人见而传之，是以得名；可见非奇不传"。他认为"窠臼不脱，难语填词"。他的意思是：如欲脱窠臼，就要讲求情节的新奇。他曲论中所主张的"戒荒唐""戒浮泛"等，都与"脱窠臼"有密切关系。《风筝误》一剧，构思精巧，情节新奇，关目布置极见功夫。

正如朴斋主人在《风筝误·总评》中所说,写作传奇应当“扫除一切窠臼,向从来作者搜寻不到处,另辟一境”,以期做到“奇之极、新之至”。又说:“讵知家常事中,尽有绝好戏文,未经做到”,因此好的作品应既有新奇可喜之趣,而剧中“所谓奇者,皆理之极平;新者,皆事之常有”。《风筝误》的情节,正是一般作者“搜寻不到”的“家常事”,因此时有出人意料之处,而又在人情物理之中,做到了虽新奇而不荒诞。

剧中詹烈侯的梅、柳二妾,争风吃醋,一向不和。为避免二妾争吵,詹在起复赴任之前,将一宅分为两院,中以高墙相隔。这本是家庭常事。从情节发展上看,这却成了产生一切喜剧性误会的条件。

戚友先要在清明节于城上放风筝,遣家僮嘱韩琦仲在风筝上作画。适逢韩生成“偶感”一律,乃题于其上而与戚生。戚生风筝断线,落在柳氏院中。柳氏强要女儿淑娟和诗一首题于其后,这是“借他题目,写我襟怀”,并无其他用意。戚生的书僮从柳氏处索还风筝,适因戚生午睡,乃交给韩生。这是一“巧”。韩生见和韵诗为女子手笔,询知詹家次女貌美而有才学,猜度必为其所和,思慕不已,于是别作风筝,再题一首求婚诗于其上,故令风筝断线落入詹家,随即使书僮假戚生之名求之。谁知此次风筝却落入梅氏院中,偏又为貌丑而急色的爱娟拾得。这又是一“巧”。从此,《风筝误》中一系列的误会性的喜剧情节产生了。

爱娟见风筝而思“风流知趣郎”。乳母为之设计,通其意于韩生的书僮,约韩生晚间去詹家密会。韩生把爱娟当成和诗的女子,喜而赴约;爱娟把韩生当成戚公子,在黑暗中焦急以待。密会时,韩生再求和诗,爱娟却不能和,言谈举止极其粗俗。及乳母持烛前来,照见其丑貌,韩生大为惊骇,狼狈逃归。这就是名出《惊丑》。它是由巧合而造成误会,由误会而构成一出喜剧的。

《惊丑》以后,不仅原来的误会没有消除,而且产生了新的误会:爱娟以为韩生就是戚生,韩生以为爱娟就是淑娟。从此,两种误会分两条线索发展。前一误会发展为《婚闹》(《前亲》),进而演化为《导淫》《拒奸》;后一误会发展为《逼婚》、《诧美》(《后亲》)。

戚补臣给詹家下聘礼,以己子娶爱娟,欲以养子韩生娶淑娟,两对青年都蒙在鼓里。花烛之夜,戚生满以为詹家小姐一定是一位美貌佳人,及至揭开头巾一看,原来是个丑八怪。戚生惊讶莫名,佳兴扫尽,加上爱娟露出"风筝马脚",更使戚生"怒气冲霄"。而爱娟以为戚生就是那晚密会时的韩生。洞房之内,两丑闹得不可开交。这就是《风筝误》中著名的一出丑戏《婚闹》。它的演出,真使观众为之捧腹、喷饭。

由《婚闹》而直接演化过来的《导淫》《拒奸》二出,把一个浪荡子、一个风骚妇描写得淋漓尽致。

在《惊丑》一出中,韩生得识爱娟的"庐山真面目"而惊悔无及,得出了求配的"三不可":"一不可听风闻的言语,二不可信流传的笔札,三不可拘泥要娶阀阅名门"。韩生赴京应试,中了状元,授翰林院修撰,旋即被派往蜀边督师,恰巧来到詹烈侯率领的军中。在奏凯班师的宴会上,詹央人作伐,欲以二女淑娟配韩生。韩生误以为就是私会中的那一位,不敢"领教",托以未获养父戚补臣之命。于是詹乃致书于戚,要求玉成这桩婚事。韩生见戚,戚说已向詹家下聘,韩生大惊。戚夸詹家二小姐如何有才有貌,韩以"耳闻是虚"驳之,并说此女"奇丑难堪,一字不识",而且"丑声难听"。戚补臣亦以"耳闻是虚"加以反驳。韩生当然不敢说已"眼见"过,真是"哑巴吃黄连",为怕犯欺君逆父之罪,只好屈从养父的安排。《逼婚》这出戏,喜剧气氛是相当浓烈的。

韩生入赘詹家之日,结彩张灯,吹吹打打,好不热闹。韩生却心事重重,如临深渊。洞房之内, 一个感叹闷坐,生怕再睹"真容";一个背灯静坐,以待新郎启齿。可是僵持局面一直无法打开。直到柳氏亲来,反复劝说,韩生才勉强揭开淑娟的头巾。定睛一看,原来是个美貌佳人,韩生万分惊喜。从此,"风筝误"的误会在他们之间才得以消除。《诧美》这一出,极富喜剧色彩,与《婚闹》有异曲同工之妙。

《风筝误》取材于"家常事中",其情节处处引人入胜,做到了"非奇不传"。它是李渔"脱窠臼"、出新意编剧主张的成功实践。

《风筝误》的又一特点,是结构严谨,不蔓不枝。李渔编剧,主张"密针线""减头绪"。他认为"编戏有如缝衣,其初则以完全者剪碎,其后又以剪碎者凑成"。而"凑成之功,全在针线紧密"。以缝衣之理,用于编剧,则是注意"照应埋伏",务使全篇没有破绽。《风筝误》中每一个人、每一件事以及各人前后所说的话,既有"埋伏",又有"照应",确实没有漏洞。这样的细针密线,也与作者"减头绪"的主张有关。明代以来,传奇的情节结构多采用双线发展的方法,往往头绪繁多,旁见侧出,不仅结构松散,也使观场者应接不暇。这种毛病,即使出自大戏曲家汤显祖之手的名著《牡丹亭》也未能避免。李渔的《风筝误》,却无一多余的人、无一多余的事。虽然也有主线和副线,但二者紧密相连,没有游离的情节。剧中每个人、每件事,都与主角有关,都与“风筝误”的误会有直接或间接的关系,从而构成全剧的整体而不可分割。

李渔编剧,很重视宾白。他主张“宾白一道,当与曲文等观”,认为“常有因得一句好白而引起无限曲情”者。明、清时期,文人创作的传奇,宾白处理有两种通病:一是重曲而轻白,即奉定“曲为主、白为宾”的看法;二是如笠翁所说,把“宾白当文章做,字字俱费推敲”。他们所推敲的不是戏曲宾白,而是骈四俪六,典雅工整的诗赋。《风筝误》十分注意克服这两种毛病,做到了笔酣墨饱、曲白相生。青木正儿说此剧“宾白吞吐之得宜,为其长技”。朴斋主人评《惊丑》一出的宾白云:“信口说来,自成至理,自合声韵,令观者、听者无不解颐,宾白中第一手也。”宾白运用的成功,是《风筝误》的又一特色。

《风筝误》也如李渔的其他剧作一样,格调不高,时代脉息微弱,庸俗低级的情趣随处可见。这与他对戏剧创作的根本目的的错误看法(“药人寿世之方,救苦弭灾之具”,“借三寸枯管,为圣天子粉饰太平”)和他的生活道路(长期以“帮闲文人”为业)以及艺术趣味低下有密切的关系。李渔的剧作远远比不上他在戏曲理论上的贡献。

《风筝误》的刻本较多。我们以清康熙间世德堂的刻本为底本,并以冀圣堂所藏的清初刻本及民国初年上海朝记书庄的石印本为校本。剧本中字句偶有出入,我们择善而从,不一一作校记。本剧的注本,已有岳麓书社 1984 年出版的黄天骥、欧阳光同志合注的《李笠翁喜剧选》本,我们注释时吸取了其中的一些成果。

编后记

1980年春，教育部委托中山大学举办了中国戏剧史师资进修班。来自全国多所高等院校的十六位同志，在王季思教授的指导下，应上海文艺出版社之约，承担了《中国十大古典喜剧集》和《中国十大古典悲剧集》的编选工作。在编选过程中，我们和上海文艺出版社的同志，分别在上海、北京和广州等地广泛征求意见，这次选出的十大剧目，在颇大程度上是集体意见的产物。有些戏如汤显祖的《牡丹亭》，因有同志对其性质类型的归属持有不同看法，未予入选；个别戏如关汉卿的《望江亭》，其为优秀喜剧固无疑问，但因考虑到“十大”作品样式的多样性，也未选用。

两集的编选工作都是在王季思教授的亲自主持和指导下进行的。参加喜剧集校点和评点的有孙世文（东北师大）、张人和（东北师大）、李悔吾（武汉师院）、宋绵有（南开大学）、萧善因（吉林大学）、蒋松源（华中师院）六位同志；宁希元（兰州大学）、胡振务（四川大学）两同志参加了校点工作。喜剧集前言由黄秉泽同志（安徽师大）执笔，悲剧集前言由萧善因、焦文彬（陕西师大）两同志执笔，两文均由王季思教授改定。初稿完成后，由李悔吾、萧善因、黄秉泽、蒋松源四位同志组成定稿组，于1980年11月至1981年2月，对全稿进行了校订和修改。萧德明同志(中山大学)也参加了部分修改工作。卢汉超同志(中山大学)协助我们做了资料工作。全稿完成后，王季思教授又作了认真审阅，并且最后改定。

本集是将每个剧本的各种版本加以比较之后，选一个较好的本子作为底本，而以其它本子作为参校本。对底本文义可通的文字一般不予改动。唱辞的断句，参照了曲谱，如因依曲律而害意，则以曲意为主。对于确属讹、脱、衍文，则通过互校或意校予以改正。只有那些同音假借的声假字，当时通行又具有时代特征，如元杂剧中的“每”(们)、“交”(教)、“元”(原)等，则不予改动。

本集的眉批是根据我们对剧本的理解撰写的。其中不少剧本，过去的剧评家都曾作过评点，凡是我们认为较好的，尽量加以引录。对于一些颇有见地而又费解的旧评，作了适当改写。

本集的体例是前面有篇前言，对古代喜剧的历史发展及艺术特点，试作综合性的论述。每个剧本之后有一篇简短的后记，对作者生平和作品的思想内容、艺术特色，以及该剧的演出情况和对后世戏剧的影响，作些扼要的介绍。

我们的工作从始至终得到了中山大学中文系、上海文艺出版社戏剧电影编辑室，以及定稿组四位同志所在院校的支持和帮助；我们还参考了中华人民共和国成立后出版的校注本和有关学术论著。在此，谨向上述单位和有关作者表示诚挚的谢意。

编选中国古典悲、喜剧集，并对所选剧本进行评点，是一次新的尝试。由于受时间及认识水平的限制，本集一定存在着缺点甚至错误，我们企望得到海内外专家、读者的批评和指正。

《中国十大古典喜剧集》编选组

1981 年 2 月

新版后记

《中国十大古典悲剧集》和《中国十大古典喜剧集》，是我们运用西方悲剧喜剧理论整理研究中国古代戏曲遗产的一次尝试，自1982年10月、12月，两集先后出版以来，得到学术界同人直接或间接的肯定。上海文艺出版社曾召开讨论会，并出版了《中国古典悲剧喜剧论集》，使我们深受鼓舞。但也有读者指出它们的不足之处，特别是青年戏曲爱好者，以未加注释为遗憾。

1985年4月，借中国古代戏曲学术讨论会在郑州召开、多数撰稿人与会的机会，两集主编王季思先生召集大家就两集出版后的有关情况交换了意见，并一致同意重订增注出版，接着，给原参加编写初稿的十六位同志分配了重订增注的具体任务。王先生又和大家商定了重订增注的体例，并亲自注释了《窦娥冤》的一折和《桃花扇》的一出，印发给大家参考。至1988年10月，全稿基本汇齐，决定交齐鲁书社出版。

1988年11月，齐鲁书社与中山大学中文系发出请柬，邀请湖北大学李悔吾、兰州大学宁希元、吉林大学萧善因、安徽师范大学黄秉泽、华中师范大学蒋松源，于12月5日至12月25

日，集中中山大学进行定稿工作。

定稿工作是在王季思先生直接指导下，两集分别进行的。喜剧集由黄秉泽、蒋松源负责初审，由王先生最后审定。注释者和审订者，分别署于各剧本之前，以示负责。

重订增注的新版本与1982年上海文艺出版社的版本比较，有很大改变：

其一，增加注释。这是新版本的突出特点，全书篇幅将增加三分之一左右。注释主要在于帮助一般读者读通原文，而不作进一步疏通、引申或过多的考证。有些字、词、句虽略见生疏，联系上下文来读可以明白的，就不再加注，留给读者以思考的余地。

其二，修订原书。眉批原是我们运用传统文学批评方式的一次尝试，也是两集的一大特点。这次重订，仍是大家用力最多之处；王先生也特别重视，对原有和新增的眉批，都细加审定，并增补一些批语。修改的情况大致有三：一是增，新增眉批若干条，力求把各剧思想艺术的主要特点准确地指出。二是删，原眉批中的注释文字、校记删去，移入注释中。三是改，批语不准确、不精炼或文字欠妥之处，重拟或改正。修订后的眉批总条目有所增加，质量有所提高，给人以耳目一新之感。

各剧"后记"，也作了不同程度的修订，有的基本上是重写的。

"前言"基本上未加改动，只作了个别词句的修正，以保持原貌。

其三，校勘。这次定稿，对校勘工作十分注意，初稿执笔人校过一次，定稿人校过一次，王先生最后通校一次。虽难保无一遍校,但我们力求扫除讹误,使它成为名副其实的定本。

其四,插图。原来的插图是上海文艺出版社组织人绘制的,这次改由齐鲁书社出版,便抽掉原来的全部插图,由齐鲁书社组织人员重新制作。新版本的插图,将给读者以新的艺术感受。

我们的重订增注工作,得到了齐鲁书社、中山大学中文系和古文献研究所,以及参与定稿的五位同志所在单位的支持和帮助。王先生的助手林建同志协助我们做了许多具体工作。这次注释也参考了已出版的注释本和有关论著,谨向上述单位和作者表示诚挚的谢意。限于水平,新版本仍难免有疏漏谬误之处,望专家、学者和广大读者多加指正。

编　者

1989 年 1 月

再版后记

《重订增注中国十大古典喜剧集》由齐鲁书社于1991年出版,迄今已经二十多年了。二十多年来,随着中国社会的发展和转型,尤其是进入新世纪以来,中国古典戏剧发生了重大变化,从所展示剧本内容和舞台表演、表现形式的丰富性来看,无疑大为扩展,有关中国古典戏剧的研究也方兴未艾,从社会影响和面临的时代挑战来看,则颇有意兴阑珊之感。

中国古典戏剧作为承载中国文化信息的重要载体,有其自身优越性和特点,是在漫长的历史时期不断累积、扬弃而形成的,有着形式活泼、信息量大、平易近人的特色,代代相传,凝聚了无数文人和艺人的汗水、泪水。从宫廷大院,到勾栏瓦肆,从璀璨舞台,到街头巷尾,一千多年来,中国古典戏剧经历风风雨雨,作为中华文明的一个分支,流淌于中华文明的历史长河中,并与中华文明的其他支脉演替并进、相辅相成,成为历史留给我们的丰厚文化遗产。在新的时代,我们有责任、有理由,让中国古典戏剧文化传承有序、继续绽放在新时代的文化园地里。

本次再版,正是基于以上的考虑。

本次再版,在形式上,将1991年版简体竖排改为简体横排，图片删除，其他诸如注释、批注等形式一仍其旧；在内容上，对注释词条释义明显错误或者有待提升的，加以订正或者优化，注释不够规范的，比如正文文字和出注词条存在错节的情况进行完善。其他的保留原内容。需要说明的是，戏剧，事关教化，在今天看来，对中国古典戏剧的主体内容，读者自有公论，无可厚非，但部分批注的内容有着明显的时代印痕，或者说思想倾向过于明显，比如封建思想解放的尺度、婚姻自由的衡量标准等，反映出历史时期或特定时代的思想轨迹，对于这部分内容，考虑到尚不至于谬误，亦不难为今天的读者所接受，故本次再版绝大多数予以原貌保留。在内容的修订方面，由于原书的主编王季思先生和多位编者已归道山，本社也曾联系王先生及几位编者或审定者的后人，但几位后人多以不从事典籍整理工作或者专业不合等理由而婉拒，故上述少量的修订工作由本社完成。

本次再版得到了国家古籍整理出版专项经费的资助，在此表示感谢。

齐鲁书社

2018 年 5 月

图书在版编目(CIP)数据

重订增注中国十大古典喜剧集(上、下册) / 王季思主编. —济南：齐鲁书社，2018.6
ISBN 978-7-5333-3974-6

Ⅰ.①重… Ⅱ.①王… Ⅲ.①古代戏曲-剧本-作品集-中国 Ⅳ.①I237

中国版本图书馆 CIP 数据核字(2018)第 143817 号

重订增注中国十大古典喜剧集(上、下册)
王季思 主编
黄秉泽 蒋松源 副主编

主管单位	山东出版传媒股份有限公司
出版发行	齊魯書社
社　　址	济南市英雄山路 189 号
邮　　编	250002
网　　址	www.qlss.com.cn
电子邮箱	qilupress@126.com
营销中心	(0531)82098521　82098519
印　　刷	山东新华印务有限责任公司
开　　本	880mm×1230mm　1/32
印　　张	29.75
插　　页	6
字　　数	718 千
版　　次	2018 年 6 月第 1 版
印　　次	2018 年 6 月第 1 次印刷
印　　数	1—2000
标准书号	ISBN 978-7-5333-3974-6
定　　价	**128.00** 元(上、下册)